HET MEISJE OP DE ROTS

Ook verschenen van Lucinda Riley bij Xander Uitgevers

De zeven zussen (2017)
De zeven zussen – Storm (2018)
De zeven zussen – Schaduw (2018)
De zeven zussen – Parel (2018)
De zeven zussen – Maan (2019)

De nachtroos (2018)
De olijfboom (2019)
Het meisje op de rots (2019)
De lavendeltuin (2019)

Lees meer over Lucinda Riley en al haar boeken
op www.lucindariley.nlw

LUCINDA RILEY

Het meisje op de rots

XANDER

Uitgegeven door Xander Uitgevers BV
Hamerstraat 3, 1021 JT Amsterdam

www.xanderuitgevers.nl

Oorspronkelijke titel: *The Girl on the Cliff*
Eerder verschenen als: *Het meisje op de rotsen*
Oorspronkelijke uitgever: Penguin Books
Vertaling: Els van Son
Grafisch ontwerp: Studio Marlies Visser
Beeldbewerking: zero-media.net, Munich
Omslagbeeld: Lee Frost/Trevillion Images & FinePic
Auteursfoto: Lana Pinho
Zetwerk: Michiel Niesen, ZetProducties

Eerste druk 2018
Elfde druk 2020

ISBN 978 94 0161 120 6 | NUR 302

Voor Stephen

'Dus worstelen we door, boten tegen de stroom in,
onophoudelijk teruggeworpen in het verleden.'
F. Scott Fitzgerald, *The Great Gatsby*

AURORA

Ik ben ik.

En ik ga jullie een verhaal vertellen.

Voor een schrijver zijn de eerste zinnen van een verhaal het allermoeilijkst – tenminste; dat heb ik gehoord.

Het begin, dus. Ik heb gewoon dezelfde woorden genomen die mijn jongere broer ooit voor zijn eerste verhaal koos. Die zijn me altijd bijgebleven vanwege hun eenvoud.

Zo. Het begin is er.

Ik moet jullie waarschuwen dat ik geen professionele schrijver ben. Ik kan me niet eens herinneren hoelang het geleden is dat ik een letter op papier heb gezet. Ik heb altijd met mijn lichaam gesproken, snap je. Omdat ik dat niet langer kan, heb ik besloten dat nu met mijn geest te doen.

Ik schrijf dit niet met de bedoeling het gepubliceerd te krijgen. Ik ben bang dat dit een meer egoïstische onderneming is. Ik ben in de fase van het leven waar iedereen tegen opziet: waarin je je dagen vult met het verleden, omdat er nog maar weinig toekomst over is.

Het geeft me iets te doen.

En ik denk dat mijn verhaal – het verhaal van mij en mijn familie, dat bijna honderd jaar voor mijn geboorte begon – een boeiend verhaal is.

Natuurlijk weet ik wel dat iedereen dat vindt van zijn eigen geschiedenis. En dat klopt ook. Ieder mens heeft een fascinerend bestaan, een leven dat wordt bevolkt door een groot aantal goede en slechte mensen.

En met bijna altijd, ergens onderweg, magie.

Ik ben genoemd naar een prinses uit een beroemd sprookje. Mis-

schien komt het daardoor dat ik al van jongs af aan in magie geloof.

Toen ik wat ouder was heb ik geleerd dat een sprookje eigenlijk een vertelling is die symbool staat voor iets uit het werkelijke leven – het leven waar we allemaal bij onze geboorte aan beginnen.

En waar we pas van worden bevrijd op het moment dat we sterven.

Dus, beste lezer – je bent dit blijkbaar aan het lezen, dus kan ik je op die manier aanspreken – laat mij je mijn verhaal vertellen.

Veel van de personen uit mijn verhaal waren al dood voordat ik werd geboren, maar ik zal mijn best doen ze met mijn verbeelding weer tot leven te wekken.

En terwijl ik hier zit te broeden op het verhaal dat ik ga vertellen, het verhaal dat door de twee generaties voor mij is doorgegeven om uiteindelijk bij mij terecht te komen, besef ik dat het eigenlijk allemaal om een thema draait: liefde. Liefde, en de keuzes die je maakt omwille van de liefde.

Velen van jullie zullen onmiddellijk denken aan de liefde tussen man en vrouw, en ja, daar gaat het in dit verhaal vaak over. Maar er zijn ook andere kostbare vormen van liefde die even krachtig zijn: de liefde van een ouder voor een kind bijvoorbeeld. En dan is er ook nog de obsessieve, verwoestende liefde, liefde die alles kapotmaakt.

Het andere steeds terugkerende 'thema' in dit verhaal is de enorme hoeveelheid thee die mensen blijkbaar drinken – maar nu dwaal ik af. Sorry, dat doen mensen die zich oud voelen nu eenmaal. Dus daar zal ik verder niet over uitweiden.

Ik ga jullie door het verhaal heen loodsen en het onderbreken wanneer ik denk dat er meer uitleg nodig is – het is een ingewikkeld verhaal.

En om alles nog gecompliceerder te maken, begin ik ergens tegen het einde van mijn verhaal: op het moment dat ik een moederloos kind van acht jaar oud was en boven op het klif stond dat over Dunworley Bay uitkijkt – mijn favoriete plek op deze wereld.

Er was eens...

1

DUNWORLEY BAY, WEST-CORK, IERLAND

Er stond een klein figuurtje op het klif, gevaarlijk dicht bij de rand. Haar weelderige lange rode lokken wapperden in de stevige bries. Ze droeg een dunne, witkatoenen jurk die tot aan haar enkels kwam en haar blote voetjes vrijliet. Ze hield haar armen voor zich uitgestrekt, de handpalmen naar het grijze water gekeerd dat onder haar kolkte, haar bleke gezicht was opgeheven alsof ze zich als offerande aanbood aan de elementen.

Grania Ryan zag haar staan en staarde gefascineerd naar het onwerkelijke beeld in de verte. Even waren haar zintuigen te zeer van slag om te kunnen registreren of het echt was of inbeelding wat ze zag. Grania kneep haar ogen dicht, maar toen ze ze weer opendeed stond het figuurtje er nog steeds. Terwijl die informatie doordrong tot haar hersens, begon ze erheen te lopen.

Dichterbij gekomen besefte Grania dat het figuurtje nog maar een kind was en de witkatoenen jurk die ze droeg een nachthemd. Boven de zee pakten zich donkere stormwolken samen en Grania voelde de eerste zoute druppels van de dreigende stortregens al op haar wangen. Het kind stak zo fragiel en kwetsbaar af bij de woeste natuur die haar omringde, dat Grania sneller begon te lopen.

De wind begon steeds woedender om haar heen te brullen en striemde haar in het gezicht. Op een meter of tien van het kind vandaan bleef Grania stilstaan. Het meisje stond nog steeds even roerloos op de rand van het klif. Haar magere lijfje werd gegeseld door de storm en boog als een jonge wilgentak mee met de wind, maar haar kleine blauwe voetjes hielden haar stevig op de rots. Grania liep voorzichtig verder totdat ze nog maar een paar meter achter het kind stond. Ze wist niet wat ze nu moest doen. Het liefst was ze naar voren gerend om het kind stevig vast te grijpen, maar als het meisje daarvan schrok en zich omdraaide, zou ze misschien misstappen en dan zou er een afgrijselijke tragedie volgen waarin het kind te pletter viel op de rotsen die tientallen meters lager onder de woeste schuimkoppen schuilgingen.

Grania voelde paniek opkomen terwijl ze probeerde te bedenken wat de beste manier was om het kind uit haar gevaarlijke positie te redden. Maar voordat ze iets kon besluiten, draaide het kind zich langzaam om en staarde het haar met niets ziende ogen aan.

Intuïtief stak Grania haar armen naar haar uit. 'Kom maar, ik doe je geen kwaad. Kom, dan ben je veilig.'

Het meisje bleef haar aanstaren, onbeweeglijk op haar plekje aan de rand van het klif.

'Ik breng je wel naar huis, als je me vertelt waar je woont. Je wordt nog doodziek hierbuiten! Kom, laat me je helpen, alsjeblieft,' vroeg Grania smekend.

Grania deed nog een stap naar het meisje toe. Toen leek het of het kind uit een droom ontwaakte en er vloog plotseling een angstige uitdrukking over haar gezicht. Het meisje draaide zich meteen om en holde weg over het pad langs de klifrand – even later was ze al uit het zicht verdwenen.

'Ik stond net op het punt een zoekactie naar je te beginnen. Er steekt een flinke storm op, dat kan ik je wel vertellen!'

'Mam, ik ben eenendertig en ik heb de laatste tien jaar in Manhattan gewoond,' reageerde Grania droog terwijl ze haar natte jas over een stoel voor het fornuis hing. 'Je hoeft niet meer op me te passen, hoor, ik ben een grote meid!' Glimlachend liep ze naar haar moeder toe die bezig was de tafel te dekken en gaf haar een kus op de wang. 'Echt.'

'Dat kan wel zijn, maar ik heb mannen gekend die heel wat sterker waren dan jij en die in een storm als deze zo van het klif zijn geblazen.' Kathleen Ryan gebaarde naar buiten, waar door de harde wind de dunne, bruine twijgen van de kale blauweregen wild tegen de ruit tikten. 'Ik heb net theegezet,' zei ze terwijl ze haar handen aan haar schort afveegde en naar het fornuis liep. 'Wil je een kop?'

'Heerlijk, mam. Kom even zitten, dan schenk ik wel in.' Grania leidde haar moeder met zachte hand naar de keukentafel, trok er een stoel onder vandaan en zorgde dat ze ging zitten.

'Vijf minuutjes, hoor, de mannen zijn om zes uur terug en dan willen ze eten.'

Terwijl Grania de sterke thee in twee koppen schonk, fronste ze stilletjes haar wenkbrauwen over haar moeders huishoudelijke toewijding aan haar man en zoon. Niet dat dat vroeger, tien jaar geleden, anders was geweest. Kathleen had haar mannen altijd in de watten gelegd, hun wensen en behoeften kwamen voor haar op de eerste plaats. Maar het contrast met Grania's eigen leven, waarin emancipatie en gelijkwaardigheid van man en vrouw normaal waren, gaf haar een ongemakkelijk gevoel.

En toch... hoewel Grania in haar leven nooit te maken had met 'ouderwetse mannelijke tirannie' zoals veel moderne vrouwen dat betitelden – wie van hen tweeën was nou eigenlijk gelukkiger? Grania zuchtte triest en goot een scheut melk bij de thee van haar moeder. Het antwoord op die vraag was wel duidelijk.

'Alsjeblieft, mam. Wil je er een koekje bij?' Grania zette de trommel voor Kathleen op tafel en maakte het deksel open. Zoals altijd was de koektrommel tot de rand toe gevuld met overheerlijke roomboterkoekjes, chocoladewafels en biscuitjes. Precies zoals vroeger. Lekkernijen die haar lijnbewuste vriendinnen in New York vol afschuw zouden bekijken, alsof het nucleair afval was.

Kathleen nam er twee en zei: 'Kom op, Grania, neem ook een koekje om me gezelschap te houden. Je eet zo weinig, daar kan een muis niet eens op leven.'

Grania knabbelde gehoorzaam op een biscuitje en bedacht dat ze zich dankzij de kookkunsten van haar moeder nu al tot barstens toe volgepropt voelde; en ze was pas tien dagen hier. Bovendien was zij nog degene met de grootste eetlust van alle meiden die ze kende in New York. Net zoals zij ook de enige was die haar oven gebruikte op de manier waarvoor het apparaat bedoeld was, en niet als een handige plek om borden in op te bergen.

'En, heeft de wandeling je hoofd een beetje opgefrist?' begon Kathleen, en ze nam een hap van haar derde koekje. 'Als ik moet nadenken over een probleem ga ik altijd een stuk wandelen en als ik dan terugkom heb ik de oplossing.'

'Tja... ik heb onderweg wel iets heel vreemds meegemaakt,' zei Grania terwijl ze een slokje thee nam. 'Er stond een klein meisje van een jaar of acht, negen, in haar nachthemd op het klif, akelig dicht bij de rand. Ze had prachtig lang, krullend haar, rood... en het leek wel of ze aan het slaapwandelen was. Toen ik naar haar toe liep, draaide ze zich om en de blik in haar ogen was...' Grania zocht naar het juiste woord, '...leeg. Alsof ze me niet zag. Toen leek ze opeens wakker te worden en rende ze als een haas angstig weg over het klifpad. Weet jij wie dat kan zijn geweest?'

Grania zag alle kleur wegtrekken uit Kathleens gezicht. 'Gaat het wel, mam?

Kathleen moest zichtbaar iets van zich afschudden. Ze staarde haar dochter aan. 'Bedoel je dat je haar nog maar een paar minuten geleden hebt gezien, toen je aan het wandelen was?'

'Ja.'

'Heilige Moeder Maria!' Kathleen sloeg een kruis. 'Ze zijn terug.'

'Wie zijn er "terug", mam?' vroeg Grania bezorgd, omdat haar moeder echt van slag leek.

'Waarom zijn ze teruggekomen?' Kathleen staarde door het raam de donkere avond in. 'Waarom zouden ze dat willen? Ik dacht... ik dacht dat het eindelijk voorbij was, dat ze voorgoed waren verdwenen.' Kathleen greep Grania's hand beet. 'Weet je zeker dat het een klein meisje was dat je zag, geen volwassen vrouw?'

'Absoluut, mam. Zoals ik al zei, ze was een jaar of acht, negen. Ik was bezorgd om haar, ze was op blote voeten en leek het ijskoud te hebben. Maar om eerlijk te zijn vroeg ik me eerst even af of ik een geestverschijning zag.'

'Ja, Grania, dat was het ook, een soort geestverschijning,' mompelde Kathleen. 'Ze moeten echt pas terug zijn. Afgelopen vrijdag was ik nog op de heuvel en ben ik langs het huis gekomen. Het was al over tienen 's avonds en er scheen nergens licht door de ramen. Het huis was nog helemaal afgesloten.'

'Welk huis?'

'Dunworley House.'

'Dat grote, verlaten huis achter ons op de top van het klif?' vroeg Grania. 'Dat staat toch al jaren leeg?'

'Klopt, jouw hele jeugd heeft er niemand gewoond, maar...' Kathleen zuchtte diep, 'toen je verhuisd was naar New York, zijn ze teruggekomen en daarna, toen het... ongeluk gebeurde, weer vertrokken. Niemand dacht ze nog ooit hier in de buurt te zien. En daar waren we blij om,' voegde Kathleen er nadrukkelijk aan toe. 'Onze familie heeft een hele geschiedenis met die van hen, een geschiedenis die tot heel lang teruggaat.' Met een gedecideerd klapje op de tafel stond Kathleen op. 'Maar het verleden is het verleden en je kunt maar beter uit hun buurt blijven. Ze hebben onze familie alleen maar problemen bezorgd, alleen maar problemen.'

Grania keek naar haar moeder die naar het fornuis liep en met een harde uitdrukking op haar gezicht de zware gietijzeren pan met het avondeten uit de oven tilde.

'Maar de moeder van dat meisje zal toch willen weten hoe gevaarlijk haar dochtertje vandaag deed?' hield ze aan.

'Ze heeft geen moeder.' Kathleen roerde ritmisch met een houten lepel door de stoofschotel.

'Is die overleden?'

'Ja.'

'O... wie zorgt er dan voor dat arme kind?'

'Vraag me niet hoe ze dat hebben geregeld,' zei Kathleen schouderophalend. 'Het kan me niks schelen en het interesseert me ook geen zier.'

Grania fronste haar voorhoofd. Deze houding van haar moeder was volkomen tegengesteld aan haar gewone manier van reageren. Kathleen had een groot hart dat moederlijk klopte voor iedereen die in de problemen zat. Zij was de eerste die familieleden en vrienden raadpleegden wanneer er problemen waren en er hulp nodig was. En zeker als het om kinderen ging.

'Hoe is die moeder gestorven?'

De houten lepel stopte. Het bleef stil. Uiteindelijk keerde Kathleen zich met een diepe zucht naar haar dochter om. 'Tja, als ik het je niet vertel, zul je het gauw genoeg van een ander horen. Ze heeft zich van het leven beroofd, zo zit het!'

'Je bedoelt dat ze zelfmoord heeft gepleegd?'

'Ja, zo kun je het ook zeggen.'

'Hoelang geleden?'

'Vier jaar geleden is ze van het klif gesprongen. Haar lichaam werd twee dagen later gevonden; het spoelde aan op het strand van Inchydoney.'

Nu was het Grania's beurt om stil te zijn. Na een tijdje vroeg ze: 'Waar is het precies gebeurd?'

'Zo te horen waar je vandaag haar dochter hebt gezien. Ik vermoed dat Aurora op zoek was naar haar mama.'

'Je weet hoe ze heet?'

'Natuurlijk. Dat is geen geheim, hoor. De familie Lisle bezat vroeger heel Dunworley, inclusief deze boerderij. Lang geleden waren zij heer en meester hier. In de jaren zestig verkochten ze hun land, maar ze hielden het huis op het klif.'

'Die naam komt me bekend voor – Lisle...'

'Het plaatselijke kerkhof ligt er vol mee. Haar graf is er ook.'

'En je hebt dat kleine meisje – Aurora – al eerder op de kliffen gezien?'

'Daarom heeft haar vader haar mee hiervandaan genomen. Nadat... zij was overleden, zwierf die kleine meid hier op de kliffen rond, op zoek naar haar. Halfgek van verdriet, zou ik zeggen.'

Grania zag het gezicht van haar moeder iets verzachten. 'Arm kind,' fluisterde ze.

'Ja, het was zielig om te zien en ze heeft het natuurlijk helemaal niet verdiend, maar er zit slechtheid in die familie Lisle. Luister naar mijn woorden, Grania, en zorg dat je niets met hen te maken krijgt.'

'Ik vraag me af waarom ze terug zijn,' mompelde Grania, min of meer tegen zichzelf.

'Die Lisle's zijn een apart soort. Ik zou het niet weten en het interesseert me ook niet. Zo, en maak je nu maar eens nuttig en help me de tafel te dekken voor het avondeten.'

Om iets over tien ging Grania de trap op naar haar slaapkamer, zoals iedere avond sinds ze thuis was. Beneden in de keuken dekte haar moeder de tafel voor het ontbijt en zat haar vader in de woonkamer te dutten voor de televisie. Shane, haar broer, was naar het dorpscafé. Met zijn tweeën bestierden de twee mannen een stuk land van ruim tweehonderd hectare dat voornamelijk werd gebruikt voor melkkoeien en schapen. Op zijn negenentwintigste leek het 'jochie', zoals Shane nog altijd bij zijn koosnaampje werd genoemd, geen plannen te hebben om op zichzelf te gaan wonen. De vriendinnetjes kwamen en gingen, maar slechts zelden verder dan de drempel van de boerderij. Kathleen trok haar wenkbrauwen op over het feit dat haar zoon nog niet was getrouwd, maar Grania wist dat haar moeder het vreselijk zou vinden als hij uit huis ging.

Grania kroop tussen de lakens en hoorde de regen hard tegen de ramen kletteren. Ze hoopte dat Aurora Lisle veilig en warm in haar eigen bedje zou liggen. Even probeerde ze nog wat in haar boek te lezen, maar ze merkte dat ze zich niet kon concentreren en steeds moest geeuwen. Het zou de frisse lucht hier wel zijn waar ze zo slaperig van werd – in New York ging ze veel uit en lag ze zelden voor middernacht in bed.

Heel anders dan haar moeder, kon Grania zich nauwelijks een avond of een nacht uit haar jeugd herinneren dat Kathleen niet thuis was geweest. En als ze dan toch een nachtje weg moest om bijvoorbeeld een ziek familielid te verzorgen, waren de voorbereidingen daarvoor van een militaire precisie geweest, zodat het gezin niet zou omkomen van de honger of in smerige kleren zou rondlopen. Wat haar vader betreft – Grania betwijfelde of hij in de afgelopen vierendertig jaar van zijn huwelijk ook maar één nacht niet in zijn eigen bed had geslapen. Iedere morgen om halfzes stond hij op om naar de melkstal te gaan en iedere avond kwam hij weer terug als het donker begon te worden. Man en vrouw wisten altijd van elkaar waar de ander was. Hun levens waren een; onlosmakelijk en onafscheidelijk.

En wat hen verbond waren hun kinderen.

Toen Matt en zij acht jaar geleden gingen samenwonen, waren ze ervan uitgegaan dat ze op een dag kinderen zouden krijgen. En zoals ieder koppel in deze tijd waren ze, tot het juiste moment daarvoor zich aandiende, volledig opgegaan in hun carrières en hadden ze zolang het nog kon genoten van hun vrije leven.

En toen was Grania op een ochtend wakker geworden en had ze, zoals iedere morgen, haar trainingsbroek en loopschoenen aangetrokken om langs de Hudson naar Battery Park te rennen. Bij de Winter Gardens was ze gestopt om van een kop koffie met een broodje te genieten. En daar was het gebeurd: terwijl ze kleine teugjes koffie nam, had ze een blik in de kinderwagen bij het tafeltje naast haar geworpen. Daarin lag een piepklein, pasgeboren baby'tje te slapen. Grania was plotseling overvallen door een overrompelend verlangen om het baby'tje uit de kinderwagen te tillen en het zachte, donzige hoofdje beschermend tegen zich aan te drukken. Toen de moeder met een nerveus lachje naar haar had gekeken, was ze opgestaan en had de kinderwagen uit de buurt van Grania en haar onwelkome aandacht gereden, en Grania was naar huis gejogd – verbijsterd door de gevoelens die opeens in haar wakker waren geworden.

In de verwachting dat het wel over zou gaan had ze de dag in haar atelier doorgebracht, waar ze zich had geconcentreerd op het kneden van de zachte bruine klei tot het beeld dat haar opdrachtgever wilde hebben. Maar het gevoel was niet verminderd.

Om zes uur was ze opgehouden met werken. Ze had gedoucht en iets anders aangetrokken, wat geschikt was voor de galerieopening waar ze die avond heen zou gaan. Nadat ze een glas wijn voor zichzelf had ingeschonken, was ze naar het raam gelopen om naar de twinkelende lichtjes van New Jersey, aan de andere kant van de Hudsonrivier, te kijken.

'Ik wil een baby.'

Ze had een flinke slok wijn genomen, en gegiecheld om het belachelijke van de woorden die ze net hardop had gezegd. En dus had ze ze nog een keer gezegd, om het zeker te weten.

En ze had het nog steeds zeker geweten. Niet alleen geweten, maar het ook een volkomen natuurlijk en vanzelfsprekend idee gevonden, alsof de gedachte en het verlangen naar een kind bij haar leven hoorden en alle argumenten 'tegen' opeens in rook waren opgegaan en onzinnig waren.

Grania was naar de opening van de galerie gegaan en had net zoals anders staan kletsen met de gewone mix van kunstenaars, verzamelaars en liefhebbers die dat soort openingen altijd bezochten. Maar in gedachten was ze bezig geweest met de praktische consequenties van de beslissing die ze die dag had genomen. Hun leven zou totaal veranderen. Moesten ze verhuizen? Nee, op korte termijn waarschijnlijk niet – hun loft in TriBeCa, een van de meest gewilde wijken van New York, was ruim en Matts werkkamer kon gemakkelijk worden omgebouwd tot een babykamertje. Daar zat hij toch maar zelden; hij nam zijn laptop liever mee naar de woonkamer om daar te werken. En hoewel hun appartement op de vierde verdieping lag, was de goederenlift groot genoeg voor een kinderwagen. Verder was het maar een korte wandeling naar Battery Park, naar de frisse lucht van de rivier en een goed geoutilleerd speeltuintje. En omdat ze haar atelier aan huis had, zou ze, zelfs als ze een oppas namen, maar een paar passen van de baby vandaan zijn als dat nodig was.

Later, toen Grania in het grote lege bed lag, had ze een diepe zucht van ergernis geslaakt omdat ze haar plannen en opwinding nog een tijdje voor zichzelf moest houden. Matt was die week weg en zou pas over een paar dagen thuis zijn. En dit was niet het soort mededeling dat je gewoon door de telefoon deed. In de vroege uurtjes was ze eindelijk in slaap gevallen, met in haar hoofd het beeld van Matts trotse blik op het moment dat ze hem hun pasgeboren kind aangaf.

Toen hij een paar dagen later thuiskwam, was Matt even enthousiast geweest over haar plan als zij. En ze hadden onmiddellijk een uiterst plezierig begin gemaakt met de uitvoering ervan. Ze hadden het allebei een heerlijk idee gevonden hun eigen, geheime, gezamenlijke project te hebben dat hen stevig aan elkaar zou smeden, net zoals dat haar ouders had gedaan. Een kind was de ontbrekende schakel die hen eens en voor altijd tot een eenheid zou verbinden. Een gezin...

Grania lag in het smalle bed van haar jeugd en luisterde naar de wind die om de stevige stenen muren van de boerderij woedde. Ze pakte een tissue en snoot haar neus.

Dat was nu een jaar geleden. En de verschrikkelijke waarheid was dat hun gezamenlijke 'project' hen niet aan elkaar had gesmeed. Het had hen vernietigd.

2

Toen Grania de volgende ochtend wakker werd, was de storm van de avond ervoor geluwd en waren de grijze wolken met de wind verdwenen. De zon, die zich in de winter zelden liet zien, bescheen het heuvelachtige landschap achter haar slaapkamerraam. De witte wollige plukjes van de grazende schapen staken helder af tegen het eindeloze groen van de omringende velden.

Grania wist uit ervaring dat het mooie weer niet lang zou duren; de zon in West-Cork was als een temperamentvolle diva die even op het toneel verscheen om het applaus in ontvangst te nemen en dan weer net zo snel verdween als ze was gekomen.

De afgelopen tien dagen had het onophoudelijk geregend, waardoor Grania haar gewoonte om iedere ochtend een stuk te joggen maar had laten zitten. Maar nu sprong ze haar bed uit om in haar nog altijd onuitgepakte koffer te zoeken naar haar trainingspak en loopschoenen.

'Zo, jij bent vroeg uit de veren vanmorgen,' merkte Grania's moeder op toen ze beneden kwam. 'Pap?'

'Ik eet wel wat als ik terug ben. Eerst een eindje hardlopen.'

'Nou, zorg dat je jezelf niet te veel uitput. Ik vind dat je er maar ongezond uitziet – je hebt totaal geen kleur op je wangen.'

'Dat is nou juist waarom ik het doe, mam.' Grania onderdrukte een glimlach. 'Tot straks.'

'Pas op dat je geen kou vat, hè?' riep Kathleen de verdwijnende rug van haar dochter nog na. Door het keukenraam zag ze Grania het laantje af hollen dat door de velden naar de weg en het pad over de kliffen leidde.

Kathleen was geschokt toen Grania twee weken geleden was thuisgekomen. In de drie jaar dat ze haar prachtige, gezonde dochter niet had gezien – een meisje dat met haar romige, lichte huid, blonde krullen en levendige turquoise ogen altijd werd nagekeken – leek die haar sprankelende energie kwijtgeraakt te zijn. Kathleen had tegen haar echtgenoot, John, opgemerkt dat Grania wel een felroze bloesje leek dat per ongeluk bij de donkere was had gezeten en in een doffe, grauwe versie van haar vroegere zelf was veranderd.

Kathleen wist waarom. Dat had Grania haar verteld toen ze uit New York belde om te vragen of ze een tijdje naar huis kon komen. Natuurlijk had Kathleen dat goedgevonden, blij met de onverwachte kans wat tijd met haar dochter te kunnen doorbrengen. Maar ze begreep het niet – dit zou toch juist een periode moeten zijn waarin Grania en Matt, haar partner, samen moesten zijn, elkaar moesten steunen in hun gezamenlijke verdriet en juist niet door de halve aardbol van elkaar gescheiden hoorden te zijn?

En die goede Matt belde iedere avond om Grania te spreken. Maar Grania weigerde zijn telefoontje altijd koppig. Kathleen had altijd een zwak plekje voor Matt gehad. Met zijn regelmatige, knappe trekken, licht Amerikaanse accent en uitstekende manieren, deed hij haar denken aan de filmsterren met wie ze had gedweept toen ze jong was. Een jonge Robert Redford – zo zag Matt er in haar ogen uit. Waarom Grania niet al jaren geleden met hem was getrouwd, was haar een raadsel. En nu stond haar dochter, altijd koppig als ze iets wel of niet wilde, op het punt hem te verliezen.

Kathleen was dan misschien niet erg wereldwijs, maar over mannen en hun ego wist ze genoeg. Mannen zaten anders in elkaar dan vrouwen – ze konden er minder goed mee omgaan als ze hun zin niet kregen – en ze was er zeker van dat Matt binnenkort niet meer iedere avond zou bellen en het uiteindelijk helemaal op zou geven.

Tenzij er iets was wat Kathleen niet wist...

Met een zucht begon ze de ontbijtboel af te ruimen en zette ze de borden in de gootsteen. Grania was haar oogappel – de enige Ryan van de clan die was uitgevlogen en op wie iedereen, en Kathleen vooral, ongelofelijk trots was. Grania was de dochter naar wie de hele familie benieuwd was, iedereen las de krantenknipsels over haar laatste expositie als ze die opstuurde vanuit New York. Iedereen was gefascineerd door al die chique mensen daar die Grania opdracht gaven de gezichten van hun kinderen of huisdieren in brons te vereeuwigen...

De ultieme droom van de Ieren was nog altijd het te maken in Amerika.

Kathleen droogde de borden en het bestek af en borg alles op in de houten wandkast. Natuurlijk, niemand had een perfect leven, dat wist ze best. Ze had altijd gedacht dat het getrippel van kindervoetjes niet iets was waar Grania naar verlangde en dat had ze geaccepteerd. Ze had tenslotte een geweldige, sterke zoon die haar op een dag kleinkinderen zou schenken. Maar ze had het mis gehad. Want ondanks Grania's luxueuze leventje in New York, de stad die Kathleen beschouwde als het centrum van de wereld, had daar voor haar dochter iets aan ontbroken: kinderen. En zolang die niet kwamen, zou ze niet gelukkig zijn.

Kathleen kon er niets aan doen dat ze vond dat Grania dat zelf over zich had afgeroepen. Want al die nieuwerwetse medicijnen om het wonder van de natuur te stimuleren waren niets waard in vergelijking met het belangrijkste: leeftijd. Zelf was ze nog maar net negentien geweest toen ze Grania kreeg. En energiek en bruisend genoeg om binnen twee jaar nog een kind te baren. Grania was al eenendertig. En wat die moderne carrièrevrouwen ook dachten: je kunt nou eenmaal niet alles hebben.

En dus vond ze, hoewel ze meevoelde met het verlies van haar dochter, dat ze blij moest zijn met wat ze had en niet moest verlangen naar wat ze niet had. En met die gedachte liep Kathleen de trap op om boven de bedden op te gaan maken.

Grania zonk neer op een vochtige, met mos bedekte rots om op adem te komen. Ze hijgde als een oud paard; de miskraam en het weinige sporten van de laatste tijd eisten duidelijk hun tol. Met haar hoofd tussen haar knieën probeerde ze op adem te komen. Intussen porde ze met haar schoenen tegen de graspollen tussen haar voeten, maar die weigerden koppig los te laten omdat hun wortels stevig verankerd zaten in de grond. Was dat bij het nieuwe leven binnen in haar ook maar zo geweest...

Vier maanden... toen hadden Matt en zij gedacht dat ze eindelijk zekerheid hadden – het was tenslotte algemeen bekend dat je dan wel 'veilig' was. Grania was tot op dat moment nogal angstig geweest en had zich eindelijk kunnen ontspannen en erover durven dromen dat ze moeder ging worden.

Toen hadden Matt en zij het nieuws ook aan de aanstaande grootouders verteld. Elaine en Bob, Matts ouders, hadden hen mee uit eten genomen naar L'Escale, een restaurant vlak bij hun enorme huis in Belle Haven, de met hekken beveiligde luxueuze woonwijk in Greenwich. Matts vader had bot gevraagd wanneer ze nu eindelijk eens gingen trouwen, zeker nu Grania in verwachting was. Tenslotte was het hun eerste kleinkind en Bob had overduidelijk verklaard dat het zijn achternaam moest krijgen. Grania had afwerend geantwoord dat Matt en zij dat nog niet hadden besproken. Als ze in de hoek gedreven werd – en dat gold zeker wat Matts vader betrof – zette ze haar stekels altijd op.

Een week later was er aangebeld bij hun appartement in TriBeCa, en bleek er een vrachtwagen van Bloomingdale's voor de deur te staan, die een volledige babyuitzet kwam bezorgen. Grania, te bijgelovig om de spullen al in hun eigen loft te willen hebben, had alles in de kelder laten opslaan, waar ze zouden blijven staan totdat de uitgerekende datum een stuk dichterbij was. Toen ze de hoeveelheid dozen zag die in een van de hoeken werd opgestapeld, had ze beseft dat Elaine werkelijk aan alles had gedacht.

'Daar gaat ons uitje naar Bloomingdale's om zelf een wiegje uit te zoeken, of samen te beslissen welk merk luiers we willen,' had Grania die avond enigszins ondankbaar tegen Matt gemopperd.

'Mam probeert ons alleen maar te helpen, Grania,' had Matt verdedigend gezegd. 'Ze weet dat ik nauwelijks iets verdien en dat jouw inkomen wel goed is, maar heel onregelmatig. Misschien moet ik toch maar overwegen om bij pa in de zaak te gaan nu we een kleintje krijgen,' had Matt met een blik op de flauwe, maar duidelijk zichtbare bolling van Grania's buik opgemerkt.

'Nee, Matt!' had Grania heftig geprotesteerd. 'We hebben afgesproken dat je dat nooit zou doen. Als je voor je vader gaat werken, heb je geen leven en geen enkele vrijheid. Je weet hoe overheersend hij is.'

Grania gaf het op om een graspol los te trappen en richtte haar ogen op de zee. Ze glimlachte grimmig om haar eigen understatement in dat gesprek met Matt. Bob was een absolute controlfreak als het om zijn zoon ging. Hoewel ze wel begreep dat hij teleurgesteld moest zijn omdat zijn zoon niet bij hem in zijn investeringsbedrijf wilde komen werken, irriteerde het haar dat Bob zo weinig interesse had in Matts carrière en niet trots op hem was. Matt was een bekende autoriteit op het gebied van de kinderpsychologie. Hij had een leerstoel aan de Columbia University en werd doorlopend als gastdocent gevraagd door andere universiteiten uit het hele land. En wat Grania ook altijd ergerde aan Matts vader was dat hij haar zo denigrerend behandelde, met zijn constante, vervelende opmerkingen over haar opvoeding en opleidingsniveau.

Achteraf bezien was Grania in ieder geval blij dat ze financiële bijdragen van Matts ouders altijd hadden geweigerd. Zelfs in het begin, toen zij naam probeerde te maken als beeldhouwer en Matt nog studeerde, hadden ze nooit bij hen aangeklopt als ze moeite hadden om de huur op te brengen voor hun kleine eenslaapkamerappartement. Grania was daar heel gedecideerd in geweest. En gelukkig maar, dacht ze nu. De tot in de puntjes gesoigneerde, gepolijste vrouwen uit hetzelfde milieu als Matt en zijn familie waren zo volkomen anders dan zij – een plattelandsmeisje uit een klein Iers gehucht dat op een nonnenschool had gezeten. Misschien had het tussen Matt en haar wel moeten mislukken.

'Hallo.'

Grania schrok op. Ze keek om zich heen, maar zag niemand.

'Hallo, zei ik.'

De stem klonk pal achter haar. Grania keerde zich om, om te zien wie er iets tegen haar zei. En daar stond Aurora, vandaag gelukkig in spijkerbroek en een jack dat slobberig om haar frêle figuurtje hing, met een wollen muts die bijna al haar fantastische rode krullen verborg, maar waaronder hier en daar een losse haarlok tevoorschijn piepte. Ze had een fijn, hartvormig gezichtje, met volle roze lippen die bijna uit verhouding leken.

'Hallo, Aurora.'

Grania's begroeting zorgde voor een verbaasde blik in Aurora's ogen. 'Hoe weet je hoe ik heet?'

'Ik heb je gisteren gezien.'

'Echt? Waar?'

'Hier op de kliffen.'

'Echt?' Aurora fronste haar voorhoofd. 'Ik herinner me niet dat ik hier gisteren ben geweest. En al helemaal niet dat ik toen met je heb gepraat.'

'Dat heb je ook niet, Aurora, ik heb je alleen gezien, dat is alles,' legde Grania haar uit.

'Maar hoe weet je mijn naam dan?' Aurora had een licht bekakt Engels accent.

'Ik heb mijn moeder gevraagd wie het meisje met die prachtige rode krullen kon zijn dat ik op het klif had gezien. En zij wist het.'

'Maar hoe weet zij dat dan?' bleef het kind volhouden.

'Omdat ze hier haar hele leven al woont. Ze vertelde dat jij een paar jaar geleden van hier bent vertrokken.'

'Ja, dat klopt. Maar nu zijn we terug.' Aurora keek over de zee uit en spreidde haar armen wijd uit om de kustlijn te omhelzen. 'En ik vind het heerlijk hier, jij niet?'

Grania had het gevoel dat dat geen vraag was, maar een constatering waar ze niets tegen in mocht brengen. 'Natuurlijk vind ik het heerlijk hier. Ik ben hier geboren en getogen.'

'En jij?' Aurora streek gracieus naast Grania op het gras neer en haar blauwe ogen boorden zich in die van Grania. 'Hoe heet jij?'

'Grania. Grania Ryan.'

'Nou, ik kan niet beweren dat ik die naam ooit eerder heb gehoord.'

Grania had de neiging te glimlachen om de volwassen manier waarop Aurora zich uitdrukte. 'Ik geloof niet dat er een reden is waarom je die wel zou moeten kennen. Ik ben hier bijna tien jaar weggeweest.'

Aurora's gezicht lichtte op van plezier en ze klapte in haar kleine handjes. 'Dan zijn we dus allebei teruggekomen naar een plek waar we van houden.'

'Ja, daar lijkt het wel op.'

'Dan kunnen we elkaar gezelschap houden! En jij bent mijn nieuwe vriendin!'

'Dat is heel aardig van je, Aurora.'

'Tja, je moet wel eenzaam zijn, toch?'

'Misschien is dat wel zo, ja,' antwoordde Grania glimlachend. 'En jij? Ben jij hier ook eenzaam?'

'Soms wel, ja,' antwoordde Aurora schouderophalend. 'Papa heeft altijd zo veel werk te doen en moet vaak weg en dan heb ik alleen de huishoudster maar. Maar die is niet zo goed in spelletjes.' Aurora trok ontevreden haar met fijne sproetjes bespikkelde wipneusje op.

'O, jee,' reageerde Grania, omdat ze niets beters wist te zeggen. Ze vond het kind ontwapenend, maar ze voelde zich tegelijkertijd een beetje ongemakkelijk; Aurora had iets typisch. 'Je hebt toch wel vriendinnetjes op school?'

'Ik ga niet naar school. Mijn vader wil dat ik thuis ben, bij hem. Ik heb een gouvernante.'

'En waar is die vandaag?'

'Papa en ik vonden haar eigenlijk niet leuk, dus hebben we haar in

Londen achtergelaten.' Aurora begon te giechelen. 'We hebben gewoon ons boeltje gepakt en zijn vertrokken.'

'O, ik snap het,' zei Grania, maar eigenlijk begreep ze er helemaal niets van.

'Werk jij ook?' vroeg Aurora.

'Ja. Ik ben beeldhouwer.'

'Is dat niet iemand die standbeelden van klei maakt?'

'Zoiets, ja,' antwoordde Grania.

'O, weet je dan wat papier-maché is?' Aurora's gezicht lichtte op. 'Ik ben dol op papier-maché! Ik heb ooit een nanny gehad die me heeft geleerd hoe ik er schalen van kon maken en dan beschilderden we die om als cadeautje aan papa te geven. Ga je mee om iets van papiermaché te maken bij mij thuis? Alsjeblieft?'

Grania was gecharmeerd door Aurora's oprechte enthousiasme. 'Oké,' knikte ze. 'Ik zou niet weten waarom niet.'

'Nu?' Aurora greep haar hand. 'Dan gaan we naar ons huis en kunnen we nog iets voor papa maken voordat hij weggaat.' Aurora trok aan Grania's sweatshirt. 'Ja? Zeg alsjeblieft "ja"!'

'Nee, Aurora, ik kan niet nu. En ik moet trouwens eerst de spullen bij elkaar zoeken die ervoor nodig zijn. Bovendien zou mijn moeder denken dat ik verdwaald was,' voegde Grania eraan toe.

Grania zag Aurora's gezicht betrekken, de sprankeling verdween uit haar ogen en ze straalde opeens iets triests uit. 'Ik heb geen mama. Vroeger wel, maar nu is ze dood.'

'O, dat vind ik heel erg voor je, Aurora.' Grania stak instinctief haar hand uit en raakte Aurora's schouder even aan. 'Je zult haar wel erg missen.'

'Ja. Ze was de mooiste, liefste mama van de wereld. Papa zegt altijd dat ze een engel was en dat de andere engelen haar daarom zijn komen halen, om mee te gaan naar de hemel.'

Grania's hart kromp ineen toen ze zag hoe intens verdrietig Aurora opeens was. 'Ik weet zeker dat je papa gelijk heeft,' zei ze. 'En gelukkig heb je hem nog.'

'Ja,' beaamde Aurora. 'En papa is de beste papa van de wereld. En de knapste. Ik weet zeker dat je verliefd op hem wordt als je hem ziet. Dat worden alle vrouwen altijd.'

'Nou, dan moet ik hem maar eens ontmoeten, denk ik,' zei Grania glimlachend.

'Ja.' Plotseling sprong Aurora op van het gras. 'Ik moet gaan. Maar jij bent hier morgen weer om dezelfde tijd, hè?'

Het klonk niet echt als een vraag, eerder als een bevel.

'Ik...'

'Goed.' Spontaan wierp Aurora zich in Grania's armen en gaf ze haar een knuffel. 'Breng jij morgenochtend alle spullen mee voor het papier-maché, dan gaan we naar ons huis toe om daar iets moois voor papa te maken. Dag, Grania, tot morgen.'

'Dag,' zei Grania met een zwaai. Ze keek Aurora na terwijl het kind als een jonge gazelle over de kliffen danste. Zelfs in haar te grote jack en op haar sportschoenen bewoog ze zich heel gracieus.

Toen Aurora uit het zicht was verdwenen, ademde Grania diep in. Ze voelde zich haast betoverd, in de ban van een klein, bovenaards wezen. Ze stond op, schudde even flink met haar hoofd om helder te worden en vroeg zich af wat haar moeder ervan zou vinden als ze haar vertelde dat ze de dag daarna naar Dunworley House zou gaan, op bezoek bij Aurora Lisle...

3

Die avond, toen haar vader en haar broer van tafel opstonden, en hun vuile borden en bestek voor haar moeder achterlieten om op te ruimen, hielp Grania Kathleen bij de afwas.

'Ik heb Aurora Lisle vandaag weer gezien,' begon Grania terloops tijdens het afdrogen.

Kathleen trok haar wenkbrauwen op. 'En, was ze weer in haar nachtpon, vermomd als geest?'

'Nee, ze was gewoon aangekleed. Het is een typisch kind, vind je niet?'

'Nou, ik zou niet weten hoe ze is.' Kathleens mond werd een ferme, harde streep.

'Ik heb haar beloofd dat ik misschien naar haar huis kom om samen wat dingen van papier-maché te maken. Ze lijkt eenzaam,' vertelde Grania.

Het bleef een tijdje stil voordat Kathleen zei: 'Ik heb je gezegd, Grania, gewaarschuwd zelfs, dat je je niet met die familie moet inlaten. Maar je bent volwassen en ik kan het je dus niet verbieden.'

'Maar mam, het is gewoon een eenzaam, lief meisje. Ze leek me een beetje verloren... ze heeft geen moeder meer. Het kan toch geen kwaad een paar uurtjes aan haar te besteden?'

'Ik ga het er niet nog een keer met je over hebben, Grania. Je weet hoe ik erover denk, maar jij moet je eigen beslissingen nemen. Zo is dat.'

De stilte die daarop volgde werd doorbroken door het gerinkel van de telefoon. Grania maakte geen aanstalten om op te nemen en Kathleen ook niet. Bij de zevende keer overgaan zette Kathleen haar handen in haar zij. 'Je weet best wie dat is.'

'Nee,' zei Grania onoprecht. 'Waarom zou ik, mam? Het kan iedereen zijn.'

'We weten allebei wie er 's avonds om deze tijd belt, meisje, en ik schaam me intussen zo, dat ik niet meer opneem.'

De telefoon bleef doorrinkelen, het indringende geluid in schril contrast met de stilte tussen moeder en dochter. Uiteindelijk hield het op en de twee vrouwen keken elkaar strak aan.

'Ik wil dit niet hebben, Grania, zulk onbeleefd gedrag onder mijn dak. Ik weet niets meer tegen hem te zeggen. Wat heeft die arme man in vredesnaam misdaan, om zo'n behandeling te verdienen? Natuurlijk weet ik dat je verdriet hebt om je miskraam, maar dat is niet zijn fout, is het wel?'

'Het spijt me, mam,' zei Grania terwijl ze haar hoofd schudde, 'maar je begrijpt het gewoon niet.'

'Nou, dat is dan je eerste antwoord waar ik het mee eens kan zijn. Waarom leg je het me niet gewoon uit?'

'Mam! Alsjeblieft! Dat kan ik niet...' Grania wrong haar handen van onmacht. 'Dat kan ik gewoon niet!'

'In mijn ogen, Grania, is dat niet voldoende. Wat er is gebeurd, heeft zijn weerslag op iedereen hier in huis en ik vind dat we moeten weten hoe de vork in de steel zit. Ik...'

'Het is Matt, schatje.' Grania's vader kwam de keuken in met de hoorn in zijn hand. 'We hebben even gezellig gepraat maar volgens mij wil hij jou liever spreken.' John grijnsde verontschuldigend naar zijn dochter en stak de hoorn naar haar uit.

Grania wierp haar vader een dodelijke blik toe en griste vervolgens de hoorn uit zijn hand. Toen beende ze de keuken uit en de trap op naar haar slaapkamer.

'Grania? Ben jij het?' Matts vriendelijke, overbekende stem zorgde meteen voor een brok in haar keel. Grania deed de deur achter zich dicht en ging op de rand van het bed zitten.

'Matt, ik heb je gevraagd geen contact met me op te nemen.'

'Ja, dat weet ik, liefje, maar mijn god! Ik snap niet wat er aan de hand is. Wat heb ik je misdaan? Waarom ben je zo opeens vertrokken?'

Grania kneep met haar vrije hand in haar in spijkerbroek gehulde bovenbeen om niet emotioneel te worden.

'Grania, ben je er nog, schat? Alsjeblieft, als je me vertelt wat ik fout heb gedaan, kan ik het misschien uitleggen.'

Grania gaf nog steeds geen antwoord.

'Grania, alsjeblieft, praat met me. Ik ben het toch, Matt, de man die van je houdt. Met wie je al acht jaar lang je leven deelt. En die hier krankzinnig begint te worden omdat hij niet begrijpt waarom je bent vertrokken.'

Grania ademde diep in. 'Alsjeblieft, hou op met bellen. Ik wil niet met je praten. En mijn ouders raken van streek omdat je hen iedere avond lastigvalt.'

'Grania, alsjeblieft, ik begrijp dat het heel moeilijk voor je was om de baby te verliezen, maar we kunnen het toch opnieuw proberen? Ik hou van je, liefje, en ik zal er alles aan doen om...'

'Dag, Matt.' Grania drukte de toets in die de verbinding verbrak, niet in staat nog meer te horen. Ze bleef zitten waar ze zat en staarde zonder iets te zien naar de verbleekte bloemen op het behang van haar jeugd. Het was een patroon waar ze avond na avond naar had liggen staren toen ze jong was en droomde over de toekomst. Een toekomst waarin haar eigen prins op het witte paard zou verschijnen, die haar mee zou voeren naar een leven vol liefde. Matt was die prins geweest... en meer. Vanaf het allereerste moment dat ze hem zag, had ze hem aanbeden. En het was een sprookje geweest.

Grania liet zich achterover op het bed vallen en klemde het kussen stevig tegen zich aan. Maar nu was haar geloof dat liefde alles kon overwinnen, iedere grens kon overbruggen en ieder probleem in het leven aankon, verdwenen.

Matt Connelly hing onderuitgezakt op de bank met zijn mobiele telefoon nog in zijn hand.

Sinds Grania twee weken geleden haar boeltje had gepakt en was vertrokken, had hij zijn hersens gepijnigd om te begrijpen waarom. Maar zonder resultaat. Wat kon hij nu nog doen om de situatie op te lossen? Grania had hem meer dan duidelijk gemaakt dat ze op het moment niets met hem te maken wilde hebben... Was hun relatie dan definitief voorbij?

'Verdomme!' Matt smeet de telefoon de kamer door en zag de batterij eruit vliegen. Ja, hij begreep dat ze gebroken moest zijn vanwege de miskraam, maar dat was toch geen reden om hem nu uit haar leven te bannen? Misschien moest hij gewoon op het vliegtuig naar Ierland stappen... Maar als ze hem niet wilde zien? Stel dat hij alles daarmee nog erger maakte? Matt nam een besluit en stond op. Vastberaden liep hij naar zijn laptop, hij wist dat alles beter was dan de onzekerheid waarin hij nu zat. Zelfs als Grania hem doodleuk zou vertellen dat hun relatie voorbij was, viel dat te verkiezen boven deze afschuwelijke onduidelijkheid.

Matt logde in en begon te zoeken naar vluchten van New York naar Dublin. Terwijl hij daarmee bezig was, klonk de zoemer van de intercom. Hij besteedde er geen aandacht aan. Bezoek verwachtte hij niet en dat was op dit moment trouwens ook helemaal niet welkom. Maar de zoemer van de intercom bleef onophoudelijk gaan, totdat Matt geërgerd opstond en op de antwoordknop drukte. 'Wie daar?'

'Hi, schat, ik kwam toevallig langs en wilde even checken of alles goed met je is.'

Meteen drukte Matt op de knop die de voordeur van het slot deed. 'Sorry, Charley, kom boven.' Hij liet de deur op een kier en ging verder met het bestuderen van vluchten. Charley was een van de weinige mensen die hij nu om zich heen kon hebben. Een vriendin uit zijn jeugd die hij al een tijdje uit het oog was verloren – net zoals veel van zijn vroegere vrienden en vriendinnen – toen hij een relatie kreeg met Grania. Grania had zich niet op haar gemak gevoeld bij zijn oude vrienden uit Connecticut en dus had hij hen voor haar ontweken. Maar een paar dagen geleden had Charley opeens gebeld en gezegd dat ze van zijn ouders had gehoord dat Grania terug naar Ierland was. Toen was ze vanuit het andere eind van de stad naar hem toe gekomen om samen een pizza te gaan eten. Het was leuk geweest haar weer te zien.

Een paar minuten later voelde hij twee armen om zijn schouders en gaf Charley hem een zachte kus op zijn wang. Er werd een fles rode wijn naast de laptop op zijn bureau neergezet.

'Ik dacht dat je deze misschien wel kon gebruiken. Zal ik glazen pakken?'

'Oké. Bedankt, Charley.' Matt ging door met het vergelijken van tijden en prijzen. Charley ontkurkte de wijn en schonk in.

'Wat ben je aan het bekijken?' vroeg ze terwijl ze haar laarzen uitgooide, op de bank neerplofte en haar lange benen onder zich vouwde.

'Vluchten naar Ierland. Als Grania niet hierheen komt, moet ik daar wel naartoe.'

Charley trok haar perfect geëpileerde wenkbrauwen op. 'Denk je dat dat verstandig is?'

'Wat moet ik verdomme anders? Hier blijven rondhangen terwijl ik halfgek word van het gepieker over wat het probleem kan zijn en er telkens weer niet uitkom?'

Charley gooide haar glanzende donkere haren naar achteren en nam een slokje wijn. 'Maar als ze nou gewoon wat ruimte nodig heeft? Om eroverheen... nou ja, je weet wel. Misschien maak je de dingen alleen maar erger als je gaat, Matty. Heeft Grania gezegd dat ze je wil zien?'

'Nee, absoluut niet! Ik heb haar net gebeld en ze vroeg me geen contact meer met haar op te nemen.' Matt stond op, nam een flinke slok wijn en ging naast Charley op de bank zitten. 'Misschien heb je gelijk,' verzuchtte hij. 'Misschien moet ik haar wat meer tijd gunnen en komt ze wel weer tot zichzelf. Het verlies van de baby was zo'n klap voor haar. En je weet hoe mam en pap zaten te vlassen op de komst van de volgende generatie. Mijn vader deed nauwelijks zijn best om te verbergen wat een tegenvaller het voor hem was, toen hij vlak na de miskraam in het ziekenhuis langskwam.'

'Ik zie het voor me.' Charley rolde met haar ogen. 'Tact is nooit een van je vaders sterke kanten geweest, toch? Niet dat hij mij ooit tegen zich in het harnas heeft gejaagd, maar wij zijn natuurlijk een soort familie. Ik ben wel aan hem gewend. Maar ik kan me voorstellen dat het voor een buitenstaander als Grania heel moeilijk is om die botheid van hem aan te kunnen.'

'Ja.' Matt zette zijn ellebogen op zijn knieën en verborg zijn hoofd in zijn handen. 'Misschien heb ik haar gewoon niet voldoende in bescherming genomen. Ik weet hoe ongemakkelijk ze zich altijd voelde over de verschillen tussen onze milieus.'

'Matty, schat, je had echt niet meer kunnen doen. Je hebt mij zelfs bij het vuilnis gezet toen Grania in je leven kwam,' zei Charley met een glimlach.

Matt keek haar aan en fronste zijn voorhoofd. 'Hé, dat meen je toch niet, hè? Die tijd dat wij iets met elkaar hadden, dat was toch niet serieus? Het had toch nooit iets blijvends kunnen worden? Daar waren we het volgens mij over eens...'

'Tuurlijk, Matty.' Charley wierp hem een brede, geruststellende glimlach toe. 'Het was altijd iets wat weer over zou gaan, toch?'

'Inderdaad.' Matt was tevreden met haar antwoord. Het weerspiegelde zijn eigen gedachten.

'Weet je,' zei Charley peinzend. 'Soms dank ik de hemel dat ik nog single ben. Zeker als ik vrienden of vriendinnen door dit soort relatieleed zie gaan. Ik ken tegenwoordig bijna niemand die gelukkig is met zijn of haar partner, hoewel ik trouwens altijd dacht dat het bij jullie wel goed zat.'

'Ja, dat dachten wij zelf ook,' antwoordde hij triest. 'Maar je overweegt toch niet serieus om een ouwe vrijster te worden, hè? Jij was van onze Greenwichclub altijd degene met de meeste kansen: populair, cum laude afgestudeerd en het mooiste meisje van de klas. En nu redacteur bij een succesvol tijdschrift... verdomme, Charley, je weet dat je iedereen kunt krijgen.'

'Ja, en dat is misschien het probleem.' Charley zuchtte diep. 'Misschien ben ik wel te kieskeurig en vind ik niemand goed genoeg. Maar in ieder geval is dit niet het moment om het over mij te hebben. Jij bent degene die in de puinzooi zit. Wat kan ik doen om je te helpen?'

'Oké... vertel me eens, moet ik morgen op het vliegtuig naar Dublin stappen om te proberen mijn relatie te redden?' vroeg hij.

'Matty, dat is iets wat jij moet beslissen.' Er verscheen een rimpel boven Charleys neus. 'Maar als je mijn mening wilt weten: ik zou Grania de tijd en de ruimte geven. Het is duidelijk dat ze een aantal zaken op een rijtje moet krijgen voor zichzelf. En ik weet zeker dat ze terugkomt als ze dat heeft gedaan. Ze heeft je gevraagd haar met rust te laten, toch? Waarom doe je dat niet voorlopig? Dan kun je de situatie over een paar weken nog eens opnieuw bekijken. En bovendien dacht ik dat je tot over je oren in je werk zat?'

'Zit ik ook,' zei Matt zacht. 'Misschien heb je wel gelijk. Ik moet haar de ruimte geven waar ze om vraagt.' Hij stak zijn hand uit en gaf een paar vriendelijke klapjes op Charleys uitgestrekte scheenbeen. 'Bedankt, zusje van me. Je bent er altijd voor me, hè?'

'Ja, schat.' Charley glimlachte vanonder haar wimpers naar hem. 'Ik zal er altijd voor je zijn.'

Een paar dagen later ging de zoemer van Matts intercom opnieuw.

'Hé, lieverd, ik ben het, je moeder. Kan ik bovenkomen?'

'Tuurlijk.' Matt drukte op de knop om de voordeur te openen. Haar spontane bezoekje verraste hem. Zijn ouders kwamen zelden in dit deel van de stad en al helemaal niet onaangekondigd.

'Schat, hoe gaat het?' Elaine zoende haar zoon op beide wangen en liep toen achter hem aan naar binnen.

'Goed,' antwoordde Matt, te somber en te moe om zijn stemming te verhullen. Zijn moeder trok haar bontjas uit, streek met een hand door haar subtiel geblondeerde haar en vlijde zich met haar perfecte maatje zesendertig elegant op de bank. Matt veegde gauw zijn sportschoenen en een paar lege bierblikjes weg die naast haar schoenen met stilettohakken op de vloer lagen. 'Wat brengt je hier?'

'Ik was in de stad voor een liefdadigheidslunch en op de terugweg kwam ik hier langs,' zei Elaine met een glimlach. 'Ik wilde even kijken hoe het met mijn jongen gaat.'

'Goed,' herhaalde Matt. 'Wil je iets drinken, mam?'

'Een glas water, graag.'

'Oké.'

Elaine nam haar zoon in zich op terwijl hij naar de koelkast liep en water in een glas schonk. Hij zag er bleek en moe uit en zijn houding verraadde dat hij zich ongelukkig voelde. 'Dank je,' zei ze toen hij haar het glas aangaf. 'En, nog iets gehoord van Grania?'

'Ik heb haar een paar dagen geleden gebeld en kort gesproken, maar ze wil duidelijk geen contact met me.'

'Ben je erachter waarom ze is vertrokken?'

'Nee.' Matt haalde zijn schouders op. 'Ik weet echt niet wat ik heb misdaan. Mijn god, mam, die baby betekende alles voor haar.'

'Ze was heel stil toen we die dag in het ziekenhuis bij haar op bezoek waren en toen ze uit de badkamer kwam leek het of ze had gehuild.'

'Ja, en de volgende dag kwam ik haar daar na mijn werk opzoeken en bleek ze zichzelf uit het ziekenhuis te hebben ontslagen. In de loft vond ik een briefje waarin stond dat ze terug naar Ierland was om bij haar ouders te logeren. Sindsdien wil ze niets meer van me weten. Ik weet dat ze verdriet heeft, maar het lukt me niet om tot haar door te dringen.'

'Jij moet ook verdriet hebben, lieverd. Het was net zo goed jouw kindje als dat van haar,' merkte Elaine op. Ze vond het vreselijk om haar geliefde zoon zo ongelukkig en alleen in zijn verdriet te zien.

'Ja, het gaat niet zo best op dit moment. We zouden een gezin worden. Het was mijn droom... Shit! Sorry, mam.' Matt deed zijn best om zijn tranen in te houden. 'Ik hou zo veel van haar, en van dat kleintje dat het niet heeft gehaald en een deel van ons was... ik...'

'Och, lieverd.' Elaine stond op en stak haar armen uit om haar zoon te omhelzen. 'Ik vind het zo vreselijk voor je... Als ik iets kan doen om te helpen...'

Matt wenste dat zijn moeder hem niet op zo'n somber moment als dit had meegemaakt. Hij deed zijn uiterste best om zijn zelfbeheersing terug te krijgen. 'Ik ben volwassen, mam. Ik red het wel. Echt. Ik wou alleen maar dat ik wist waarom Grania is weggegaan. Ik begrijp het gewoon niet.'

'Wat zou je ervan zeggen om een tijdje bij ons te komen logeren? Ik vind het vreselijk dat je hier helemaal in je eentje zit.'

'Bedankt, mam, maar ik kom om in het werk. Ik moet er gewoon op vertrouwen dat Grania wel terugkomt als ze haar wonden heeft gelikt en eraan toe is. Ze is altijd al een heel eigenzinnig iemand geweest. Daarom hou ik waarschijnlijk ook zoveel van haar.'

'Ze is zeker niet doorsnee,' beaamde Elaine. 'En ze lijkt zich niets aan te trekken van de conventies waar de meesten van ons naar leven.'

'Dat komt misschien doordat ze daar niet mee is opgevoed,' pareerde Matt, niet in de stemming om vervelend ouderlijk commentaar of 'ik zei het toch'-opmerkingen over zijn keuze in de liefde aan te horen.

'O, nee, Matt. Je begrijpt me verkeerd,' zei Elaine haastig. 'Ik bewonder Grania juist, en jullie tweetjes, omdat jullie je niets aantrekken van de "regels" en gewoonweg samen zijn omdat jullie van elkaar houden. Misschien zouden meer mensen daar een voorbeeld aan moeten nemen en hun hart moeten volgen, in plaats van hun oren te laten hangen naar hoe het hoort in hun milieu.' Elaine slaakte een zucht. 'Ik moet terug. Je vaders golfvriendjes komen voor hun jaarlijkse winteretentje.'

Matt pakte gehoorzaam Elaines bontjas en hield die voor haar op. 'Dank je wel voor je komst, mam. Ik stel het op prijs.'

'Het was fijn je te zien, Matt.' Ze zoende hem op zijn wang. 'Je weet dat ik trots op je ben, hè? En als je wilt praten, schat, dan ben ik er, echt. Ik begrijp... hoe je je moet voelen.' Even verscheen er een vleugje triestheid in haar ogen, dat meteen weer verdween. 'Dag, Matty.'

Matt deed de deur achter haar dicht. Hij voelde dat ze echt met hem meeleefde. En dat vond hij lief van haar. Voor het eerst in zijn leven besefte hij hoe weinig hij eigenlijk wist van de vrouw die schuilging onder het glanzende laagje vernis van de chique, perfecte echtgenote en moeder.

4

Zodra Kathleen de volgende ochtend naar Clonakilty was vertrokken om de wekelijkse boodschappen te doen, ging Grania naar de schuur waar de oude kranten lagen en pakte er een paar van de stapel. Daarna doorzocht ze de rommelige werkplaats van haar vader, om na een tijdje triomfantelijk een beschimmeld pak behangsellijm te ontdekken. Even later liep Grania het laantje af in de richting van de kliffen, met alle spullen in een tas. Als Aurora niet kwam opdagen – en dat lag voor de hand omdat ze gisteren geen tijd hadden afgesproken – ging ze gewoon weer terug naar huis.

Onderweg piekerde ze over het verdoofde, onwerkelijke gevoel dat haar beheerste – alsof haar leven iemand anders overkwam, alsof ze door een mist liep en haar eigen gevoel niet kon bereiken. Ze kon gewoon niet huilen. Ze kon zich er niet toe brengen met Matt te praten, of proberen te bedenken of haar reactie wel reëel was. Als ze daaraan begon moest ze alle pijn en verdriet weer voelen en de veiligste en beste manier was juist om zich daarvoor af te sluiten. Wat gebeurd was, was nou eenmaal gebeurd en kon toch niet ongedaan worden gemaakt.

Op de top van het klif ging Grania op de rots zitten die over de zee uitkeek. Ze zuchtte. Terwijl Matt en zij de relaties van hun vrienden hadden zien stuklopen, had ze echt geloofd dat zij tweeën anders waren. Ze bloosde van schaamte als ze terugdacht aan alle zelfvoldane gesprekken die ze met elkaar hadden gevoerd. De 'dat zal ons nooit gebeuren' en de 'hebben wij geen geluk... wat zielig voor hen' brandden in haar herinnering. Zij waren uiteindelijk ook ten prooi gevallen aan de complexe, onophoudelijk veranderende maalstroom waarin een man en een vrouw die proberen in harmonie samen te leven, zich bevinden.

Grania staarde naar de koude, grijze zee en besefte dat ze een enorm respect voor haar eigen ouders had. Op de een of andere manier was het hun gelukt om het onmogelijke te doen: vierendertig jaar lang gelukkig zijn samen. Door te nemen en te geven. Misschien kwam het gewoon doordat de verwachtingen in een relatie tegenwoordig zo hoog waren. De hiërarchie van de behoeften was veranderd. Een echtpaar hoefde zich geen zorgen meer te maken of er wel genoeg te eten was voor de kinderen, waar morgen het geld vandaan moest komen, en of een kind een gevaarlijke kinderziekte wel zou overleven. Vandaag de dag ging het er niet meer om of men het wel warm genoeg kon houden tijdens de lange winter, maar meer om te bedenken van welke designer de jas moest zijn die daarvoor zou zorgen. Tegenwoordig hoefden nog maar heel weinig vrouwen in de westerse wereld hun man gedag te kussen omdat ze vertrokken om oorlog te gaan voeren en niemand wist of en wanneer ze elkaar ooit terug zouden zien. Het ging gewoon niet meer om louter overleven.

'Tegenwoordig eisen we geluk. We vinden dat we er recht op hebben,' constateerde Grania hardop. Het acceptatie- en doorzettingsvermogen van haar ouders vond ze eerder iets om jaloers op te zijn dan een beperking om medelijden mee te hebben. Ja, haar ouders hadden weinig in de zin van materieel bezit en hun horizon was beperkt. Maar ze konden glimlachen om kleine dingen van elkaar, ze deelden een wederzijds begrip en waren tevreden met hun bestaan. Hun wereld was klein, maar veilig in zijn begrenzing en hun levens waren op alle terreinen met elkaar verbonden. Terwijl Matt en zij in een enorme wereldstad leefden, waar alle mogelijkheden voor hen allebei openlagen en er gevaarlijk weinig grenzen waren.

'Hallo, Grania.'

Aurora's stem klonk achter haar. Grania keerde zich naar haar om en de gedachte schoot door haar hoofd dat Aurora wel iets van een geestverschijning had – zo stilletjes als ze er opeens kon zijn.

'Hallo, Aurora, hoe gaat het?'

'Goed, dank je. Zullen we gaan?'

'Ja. Ik heb de spullen die we nodig hebben bij me.'

'Dat weet ik. Ik zag ze al in je tas zitten.'

Grania stond gehoorzaam op en met zijn tweeën liepen ze in de richting van het huis.

'Misschien kun je kennismaken met papa,' opperde Aurora. 'Hij is in zijn werkkamer. Hoewel, het kan zijn dat hij hoofdpijn heeft, dat heeft hij vaak.'

'O, ja?'

'Ja. Dat komt gewoon omdat hij zijn bril niet draagt en te veel van zijn ogen vergt bij het lezen van al die zakelijke papieren van hem.'

'Dat is niet zo slim, hè?'

'Tja. Sinds mama dood is heeft hij niemand meer die voor hem zorgt, toch? Behalve mij.'

'En ik weet zeker dat je dat heel goed doet,' verzekerde Grania Aurora. Ze liepen naar het hek dat toegang gaf tot de tuin.

'Ik doe mijn best,' zei Aurora terwijl ze het hek openduwde. 'Dit is mijn thuis, Dunworley House. Het is al drie eeuwen in de Lisle-familie. Ben je hier ooit eerder geweest?'

'Nee,' antwoordde Grania, die achter Aurora aan door het hek liep, de tuin in. De wind die om hen heen had geblazen terwijl ze hoger het klif op waren geklommen, was plotseling verdwenen. De tuin werd ervoor afgeschermd door een dikke haag braamstruiken en wilde fuchsia – de plant waar West-Cork zo bekend om staat. Het hele huis werd erdoor omringd, alsof er een rij schildwachten omheen stond die het huis en zijn bewoners beschermden.

Grania was verrast door de prachtig onderhouden formele tuin die een weldadige, groene omgeving vormde voor het strenge grijze gebouw dat in het midden ervan stond. Het pad dat naar het huis voerde werd omzoomd door strak gesnoeide buxushaagjes. Terwijl ze achter Aurora aan liep zag Grania dat de bloemperken vol stonden met rozen, nu dood en kleurloos, maar in de zomer een lieflijke verzachting van de grimmige omgeving.

'We gebruiken de voordeur nooit,' zei Aurora. Ze ging rechtsaf en nam het paadje dat langs het huis leidde. Even later sloeg ze de hoek om en toen waren ze aan de achterkant van het huis. 'Papa zegt dat die op slot is gedaan tijdens The Troubles, toen het onrustig was in Ierland, en dat iemand de sleutels is kwijtgeraakt. Dus gebruiken we deze ingang altijd.'

Ze stonden op een groot binnenplein dat vanaf de weg bereikbaar moest zijn, want er stond een fonkelnieuwe Range Rover geparkeerd.

'Kom binnen,' zei Aurora en ze duwde de deur open.

Grania volgde haar door de hal naar een grote keuken. Er stond een enorme houten kast uit Wales die een hele muur besloeg en kraakte onder het gewicht van stapels blauw-witte borden en allerlei ander serviesgoed. Tegen een andere muur stond een flink fornuis en de derde muur werd in beslag genomen door een ouderwetse gootsteen tussen twee aanrechtbladen. In het midden van de keuken stond een grote eiken tafel, die vol lag met stapels kranten.

Het was geen gezellige ruimte waar je je snel op je gemak voelde, geen plek waar een gezin zich zou verzamelen terwijl de moeder achter het fornuis iets heerlijks voor het avondeten stond te maken. Het was er eerder spartaans, functioneel en streng.

'Nou, ik had geen kranten mee hoeven nemen,' merkte Grania op, wijzend naar de stapels op de tafel.

'O, die gebruikt papa altijd om alle haarden hier in huis aan te steken. Hij heeft het zo gauw koud. Kom, zullen we de boel wat opzijschuiven voor ons project?' Aurora keek verwachtingsvol naar Grania op.

'Ja... maar denk je niet dat we iemand moeten vertellen dat ik hier ben?'

'O, nee, hoor.' Aurora schudde haar hoofd. 'Papa wil niet gestoord worden en ik heb al tegen Mrs Myther gezegd dat je zou komen.' Aurora legde wat stapels kranten op de vloer en gebaarde naar de nu lege ruimte op tafel. 'Wat hebben we nog meer nodig?'

'Water om het behangselpoeder mee aan te maken.' Met een ongemakkelijk gevoel over haar onaangekondigde aanwezigheid stalde Grania de inhoud van haar boodschappentas uit op de tafel.

'Ik pak het wel.' Aurora haalde een kan uit de overvolle servieskast en vulde die met water.

'En een grote schaal om de lijm in aan te maken.'

Die wist Aurora ook te vinden en even later zette ze er een voor Grania neer. Aurora keek geïnteresseerd en enthousiast toe terwijl Grania de lijm aanmaakte. 'Is dit niet leuk? Ik hou ervan om dit soort dingen te doen. Van mijn laatste oppas mocht ik niks, ze was altijd bang dat ik er een smeerboel van zou maken.'

'Ik maak er iedere dag een smeerboel van,' zei Grania met een glimlach. 'De beelden die ik boetseer zijn van klei en dat heeft hier een hoop van weg. Nou, kom eens naast me zitten, dan laat ik je zien hoe je een schaal kunt maken.'

Aurora bleek een geestdriftige, snelle leerling te zijn en een uur later zette ze trots een schaal van doorweekte kranten op de warmhoudplaat van het fornuis.

'Zodra die goed droog is, kunnen we hem beschilderen. Heb je verf?' vroeg Grania toen ze haar handen waste bij de gootsteen.

'Nee. In Londen wel, en de verfspullen liggen daar nog.'

'Misschien kan ik bij mij thuis wel iets vinden.'

'Mag ik jouw huis een keer zien? Het lijkt me leuk om op een boerderij te wonen.'

'Ik woon daar niet altijd, Aurora,' legde Grania uit. 'Ik woon eigenlijk in New York. Ik logeer nu alleen een tijdje bij mijn ouders.'

'O,' Aurora's gezicht betrok. 'Betekent dat dat je gauw weer weggaat?'

'Ja, maar ik weet niet precies wanneer.' Grania was bezig haar handen af te drogen aan de handdoek bij de gootsteen, toen ze Aurora's blik op zich gevestigd voelde.

'Waarom ben je verdrietig?' vroeg Aurora.

'Ik ben niet verdrietig, Aurora.'

'Ja, dat ben je wel, ik zie het aan je ogen. Heeft iemand je pijn gedaan?'

'Nee, Aurora, er is niets.' Grania voelde dat ze bloosde onder de doordringende blik van het kind.

'Ik weet gewoon dat je verdrietig bent.' Aurora sloeg haar armen over elkaar. 'En ik weet hoe je je dan voelt. Als ik me verdrietig voel, ga ik altijd naar mijn eigen magische plekje.'

'O, en waar is dat?'

'Dat kan ik niet zeggen, anders zou het geen magische plek meer zijn. Of niet meer van mij alleen. Jij zou er ook eentje moeten hebben.'

'Dat lijkt me een geweldig idee.' Grania wierp een blik op haar horloge. 'Ik denk dat ik beter kan gaan. Het is tijd voor de lunch en je zult wel honger hebben. Komt er iemand hier om iets te eten voor je te maken?'

'O, Mrs Myther zal daar wel iets hebben neergezet.' Aurora wees nonchalant naar de koelkast. 'Het zal wel weer soep zijn. Wil je voor je vertrekt de rest van ons huis nog zien?'

'Aurora... ik...'

'Kom.' Aurora greep Grania's arm vast en trok haar in de richting van de deur. 'Je moet het echt zien. Het is prachtig.'

Grania werd mee de keuken uit genomen en kwam in een grote ontvangsthal terecht met een vloer van traditionele zwarte en witte handgemaakte tegels. In een van de hoeken was een sierlijke eikenhouten trap die naar de eerste verdieping leidde. Aurora sleepte haar met zich mee naar de andere kant van de hal, waar een grote woonkamer met hoge openslaande deuren bleek te zijn die op de tuin uitkwamen. Het was bloedheet in de kamer; er brandde een geweldig houtvuur in de haard onder de elegante marmeren schoorsteenmantel.

Grania wierp een blik op het schilderij boven de haard. Het trok de aandacht van haar artistieke oog. Het was een schilderij van een jonge vrouw met een hartvormig gezicht dat werd omlijst door een massa koperen krullen. Ze had verfijnde trekken die, viel Grania op, volkomen symmetrisch waren – het teken van echte schoonheid. De opvallende blauwe ogen contrasteerden met haar bleke, witte huid en hadden een onschuldige, maar tegelijkertijd wijze uitdrukking. Vanuit haar professionele gezichtspunt als kunstenaar wist Grania dat het schilderij gemaakt moest zijn door een getalenteerd iemand. Ze draaide zich om naar Aurora. Onmiddellijk viel haar de gelijkenis op.

'Dat is mijn moeder. Iedereen zegt dat ik op haar lijk.'

'Dat klopt,' antwoordde Grania zacht. 'Hoe heette ze?'

Aurora ademde diep in. 'Lily. Ze heette Lily.'

'Ik vind het heel erg voor je dat ze dood is, Aurora,' zei Grania vriendelijk terwijl het kind intens naar het schilderij staarde.

Aurora reageerde niet, maar bleef strak naar haar moeder staan kijken.

'En wie hebben we hier, Aurora?'

Grania schrok van de mannenstem achter zich. Ze vroeg zich af hoeveel van het gesprek degene die zo zachtjes was binnengekomen, had gehoord en ze draaide zich om. De adem stokte haar in de keel.

In de deuropening stond – Grania vond zichzelf belachelijk omdat ze zo clichématig dacht, maar het was gewoon een feit – de knapste man die ze ooit had ontmoet. Hij was lang, minstens een meter tachtig, en had dik, zwart haar, dat keurig gekamd was maar net iets te lang, waardoor het krulde in zijn nek. Hij had diepblauwe ogen omrand door dikke zwarte wimpers en volle lippen, maar niet zo vol dat ze vrouwelijk waren.

Met een geoefend oog nam Grania zijn gezicht in zich op en bewonderde ze de perfecte structuur ervan: de geprononceerde jukbeenderen, sterke kaaklijn en perfect gevormde neus. Het was een gezicht dat Grania goed in haar geheugen wilde prenten om er ooit nog eens een beeld van te kunnen maken.

En dat prachtige hoofd werd gedragen door een perfect geproportioneerd lichaam. Grania's aandacht werd getrokken door zijn slanke, gevoelige vingers die zich spanden en weer ontspanden, een teken van innerlijke onrust. Al met al was hij een ronduit elegante verschijning – een kwaliteit die ze normaliter niet zou associëren met een man. Hij had iets waardoor iedereen – zowel vrouwen als mannen – zich zou omdraaien als hij ergens binnenkwam.

Grania zuchtte onwillekeurig, haar beroepsmatige reactie op een man die in haar ogen fysiek bijna perfect was, mengde zich met haar natuurlijke reactie als vrouw. Ze wist even niets uit te brengen.

'Wie bent u?' vroeg hij nog een keer.

'Dit is Grania, mijn vriendin, papa.' Gelukkig verbrak Aurora de stilte. 'Weet je nog? Ik heb je toch verteld dat ik haar gisteren op de kliffen heb ontmoet. We hebben het zo gezellig gehad vanmorgen in de keuken; we hebben een schaal van papier-maché gemaakt. Als we die geschilderd hebben, doe ik hem aan jou cadeau.' Aurora liep naar haar vader toe en sloeg haar armen om hem heen.

'Ik ben blij dat je het leuk hebt gehad, liefje.' Aurora's vader streelde liefdevol over haar haren en glimlachte flauwtjes en een tikje wantrouwend in Grania's richting. 'Zo, Grania, ben je hier in Dunworley op bezoek?'

Zijn donkerblauwe ogen probeerden haar in te schatten. Grania deed haar best om haar kalmte te hervinden, haar mond was plotseling kurkdroog en ze slikte hevig voordat ze kon uitbrengen: 'Ik ben hier in het dorp geboren, maar ik heb de afgelopen tien jaar in het buitenland gewoond. Ik ben nu op bezoek bij mijn familie.'

'Aha.' Zijn ogen vlogen naar de hoge, openslaande deuren en het prachtige uitzicht op de zee achter de tuin. 'Dit is een zeldzame, magische plek. En jij vindt het hier heerlijk, hè, Aurora?'

'Dat weet je toch, papa. Dit is ons echte thuis.'

'Ja, dat is zo.' Hij richtte zijn aandacht weer op Grania. 'Excuses, ik heb mezelf nog niet voorgesteld.' Met Aurora's armen nog steeds om zijn middel kwam hij naar haar toe lopen en stak zijn hand uit. 'Alexander Devonshire.' Zijn lange, slanke vingers omklemden de hare.

Grania probeerde het onwerkelijke gevoel dat haar overrompelde van zich af te schudden. 'Devonshire? Ik dacht dat de familie Lisle hier woonde?'

Zijn donkere wenkbrauwen gingen haast onmerkbaar omhoog. 'Ja, je hebt gelijk dat dit het huis van de Lisle-familie is, maar ik ben aangetrouwd. Mijn echtgenote,' Alexanders ogen vlogen naar het schilderij, 'heeft het Dunworley House geërfd en op een dag zal het naar onze dochter gaan.'

'Mijn excuses. Dat wist ik niet.'

'Ach, Grania, ik ben er wel aan gewend dat ik hier "Mr Lisle" word genoemd.' Even in gedachten verloren, trok hij zijn dochter dichter tegen zich aan.

'Ik moet naar huis,' zei Grania nogal ongemakkelijk.

'O, papa, moet ze echt gaan? Kan ze niet hier blijven voor de lunch?' Aurora keek smekend naar haar vader op.

'Dank je wel voor het aanbod, maar ik moet echt weg.'

'Vanzelfsprekend,' zei Alexander. 'Het is heel vriendelijk van je dat je tijd hebt doorgebracht met mijn dochter.'

'Met Grania is het veel leuker dan met mijn vorige oppas, pap. Waarom kan zij eigenlijk niet mijn nieuwe oppas worden?'

'Lieverd, ik ben ervan overtuigd dat Grania allerlei andere dingen te doen heeft.' Alexander glimlachte over Aurora's hoofd verontschuldigend naar haar. 'En we mogen haar niet langer ophouden.'

'Echt, het was geen moeite. Ik heb ervan genoten.'

'Kom je morgen weer terug met de verf, als de schaal droog is?' vroeg Aurora.

Grania keek naar Alexander op om te zien of hij dat goedvond en hij knikte instemmend. 'Natuurlijk, ik zal zien wat ik kan vinden.'

Grania liep naar de deur, maar Alexander deed een stap opzij en stak zijn hand opnieuw naar haar uit.

'Dank je wel, Grania. Het is heel aardig van je dat je tijd vrijmaakt om iets leuks met mijn dochter te doen. Je bent altijd welkom om hier langs te komen. Als ik er niet ben, is Mrs Myther hier dag en nacht om voor Aurora te zorgen.' Hij leidde Grania de zitkamer uit en door de hal weer terug naar de keuken. Aurora hield zijn hand stevig vast. 'Aurora, kun jij Mrs Myther gaan zoeken en zeggen dat we graag willen lunchen?'

'Ja, pap,' zei ze gehoorzaam. 'Dag, Grania, tot morgen.' Aurora draaide zich om en verdween de trap op.

Alexander ging haar voor de keuken door naar de achterdeur. Toen hij die opendeed, keek hij haar aan. 'Aurora kan heel overredend zijn. Laat je alsjeblieft niet door haar ompraten om meer tijd met haar door te brengen dan je eigenlijk wilt.'

'Zoals ik al zei: ik vond het leuk.' Alexander stond maar op een paar centimeter van haar vandaan toen ze de deur door ging en zijn nabijheid zorgde ervoor dat haar hersens in pap leken te veranderen.

'Oké, maar ik weet hoe ze kan zijn, dus hou er rekening mee.'

'Dat zal ik doen.'

'Mooi. Dan zien we je denk ik snel weer hier. Tot ziens, Grania.'

'Tot ziens.'

Terwijl Grania over het binnenplein liep en daarna het pad nam dat naar het hek leidde, had ze het liefst achteromgekeken om te zien of hij nog in de deuropening stond. Buiten het hek zette ze er flink de pas in totdat ze bij haar favoriete rots was. Daar zeeg ze ademloos en nogal verward op neer.

Met haar hoofd in haar handen probeerde ze weer tot zichzelf te komen. Alexanders gezicht liet haar niet los. Ze voelde zich overrompeld en bijna bang, omdat de man die ze nauwelijks vijf minuten had gezien zo'n effect op haar had.

Ze hief haar hoofd op en staarde uit over de zee. Die was kalm vandaag, vredig – een slapend monster dat wakker kon worden om in een paar minuten enorme verwoestingen aan te richten.

Terwijl ze opstond en naar huis liep, vroeg Grania zich af of voor de man die ze zojuist had ontmoet hetzelfde gold.

'Hi, ik ben het. Mag ik bovenkomen?'

'Tuurlijk.' Matt drukte op de knop die de voordeur opende en liep mistroostig terug naar de basketbalwedstrijd op de televisie.

Charley kwam binnen en deed de deur achter zich dicht. 'Ik heb iets te eten gehaald bij de chinees. Jouw lievelingsmaaltje, schat, pekingeend,' voegde ze eraan toe terwijl ze naar de keuken liep. 'Heb je honger?'

'Nee,' zei Matt. Charley pakte een paar borden uit de keuken en ontkurkte de fles wijn die ze had meegebracht.

'Je moet wat eten, schatje, anders kwijn je weg.' Ze bekeek hem aandachtig terwijl ze de borden en het eten voor hem op de salontafel neerzette. 'Hier.' Charley rolde reepjes eend met sojasaus in een pannenkoekje en bood hem dat aan.

Met een zucht leunde Matt naar voren, hij nam een hap en kauwde lusteloos.

Charley rolde nog een pannenkoekje voor hem op en nam een slok wijn. 'Wil je erover praten?'

'Wat valt er te zeggen?' Matt haalde zijn schouders op. 'Mijn vriendin heeft me verlaten om redenen die ik niet ken en weigert met me te praten om het uit te leggen.' Hij schudde zijn hoofd wanhopig. 'Als ik nou op zijn minst wist wat ik misdaan heb, kon ik er misschien iets aan doen.' Hij stopte nog een pannenkoekje in zijn mond. 'En tussen twee haakjes: jouw tactiek van "hou je koest" heeft niet gewerkt. Grania heeft me de hele week niet gebeld. Dus het "cool" spelen helpt ook al niet,' voegde hij er somber aan toe.

'Het spijt me, Matty. Ik dacht echt dat Grania misschien zou reageren als je haar wat tijd en ruimte gaf. Ik dacht dat ze van je hield.'

'Dat dacht ik ook,' zei Matt wrang. 'Maar misschien heb ik het mis. En misschien gaat dit om haar werkelijke gevoelens voor mij. Misschien,' zei Matt, verstrooid een hand door zijn haar halend, 'wil ze me gewoon niet meer. Want ik heb mijn hersens afgepijnigd en ik kan verdomme niet één ding bedenken wat haar gekwetst kan hebben.'

Charley legde een geruststellende hand op Matts knie. 'Misschien komt het door het verlies van de baby, misschien zijn haar gevoelens veranderd...' Charley haalde haar schouders op. 'Sorry, ik kan geen gemeenplaatsen meer bedenken.'

'Nee, er valt weinig te zeggen, hè? Ze is weg en met iedere dag die voorbijgaat verlies ik een stukje geloof dat ze terug zal komen.' Hij keek Charley aan. 'Denk je dat ik moet doen wat ik eerst van plan was en op het vliegtuig naar Ierland moet stappen?'

'Ik weet het niet, Matty. Ik wil niet negatief doen, maar het lijkt mij dat ze aardig duidelijk maakt dat ze op het moment niets met je te maken wil hebben.'

'Ja, je hebt gelijk.' Matt sloeg zijn wijn in een teug achterover en schonk zijn volgende glas in. 'Ik hou me gewoon voor de gek als ik probeer te geloven dat het niet voorbij is, terwijl zij duidelijk wel vindt dat dat zo is.'

'Misschien moet je tot het eind van de week afwachten of ze belt. En haar dan voorstellen om op een vliegtuig naar Ierland te stappen.'

'Misschien, maar ik begin het een beetje moe te worden steeds het gevoel te hebben dat ik de slechterik ben. Bovendien heb ik een berg werk en ben ik de komende twee weken onderweg om colleges te geven.'

'Ach, arme Matty,' zei Charley troostend. 'Je hebt het echt zwaar, hè? Ik beloof je dat het beter wordt, hoe dan ook. Iedereen heeft rottijden... waarin het lijkt alsof de wereld vergaat.'

'Ja, ik geef het toe, ik stroom over van zelfmedelijden,' beaamde Matt. 'Sorry. Je kunt me beter alleen laten. Ik ben geen leuk gezelschap, dat weet ik.'

'Daar heb je vrienden voor, Matty, om er te zijn als je ze nodig hebt. Maar om van onderwerp te veranderen: ik ben hier om je een gunst te vragen,' zei Charley.

'En dat is?' Matt werd in beslag genomen door zijn eigen misère en luisterde nauwelijks.

'Over een paar dagen beginnen de bouwvakkers in mijn appartement. Dat duurt ongeveer een maand of zo, dus vroeg ik me af of ik op je logeerkamer kan terwijl ze bezig zijn? Ik betaal je natuurlijk huur,' voegde Charley eraan toe. 'En je kent me, ik ben de meeste avonden en weekenden toch weg.'

'Hé, je hoeft me geen huur te betalen! Zoals ik al zei, ik zit tot over mijn oren in het werk en ben meer weg dan thuis, dus ga je gang en trek hier in wanneer je maar wilt.' Matt stond op, zocht in zijn bureaula en haalde een sleutel tevoorschijn die hij aan haar overhandigde.

'Bedankt, lieverd.'

'Geen probleem. En om eerlijk te zijn kan ik, in tegenstelling tot wat ik eerder zei, wel wat gezelschap gebruiken. Je doet me er een plezier mee.'

'Nou, als je het zeker weet, vind ik het fantastisch!' Charley glimlachte hem toe. 'Super.'

Matt gaf een tikje op haar been. 'En ik vind het super dat je er bent voor me.'

'Tuurlijk, Matty,' zei Charley glimlachend. 'Tuurlijk.'

5

'Zo, en waar ga jij vandaag heen?' Kathleen bekeek Grania van top tot teen terwijl ze haar jas dichtknoopte. 'Je hebt je haar gewassen en make-up opgedaan.'

'Om je vraag te beantwoorden: ik ga bij Aurora op bezoek. En daarbij: is het vreemd voor een vrouw om haar haren te wassen en mascara op te doen in deze contreien?' antwoordde Grania verdedigend.

'Dus je gaat weer naar Dunworley House?'

'Ja.'

Kathleen sloeg haar armen over elkaar. 'Ik heb je gewaarschuwd, Grania, het is geen goed idee om betrokken te raken bij hun reilen en zeilen.'

'Mam, ik help alleen maar een eenzaam klein meisje bezig te houden, ik trek niet bij ze in! Wat is het probleem?'

'Ik heb het al eerder tegen je gezegd en ik vertel het je nog een keer: die Lisle's brengen alleen maar problemen. En ik zou denken dat je zelf al genoeg problemen hebt, zonder die van hen erbij.'

'In 's hemelsnaam, mam! Aurora is een kind zonder moeder dat net weer terug hiernaartoe is verhuisd. Ze kent niemand. En ze is eenzaam!' Grania zuchtte vermoeid. 'Tot straks.'

De deur sloeg achter Grania dicht en Kathleen slaakte een zucht. 'Ja,' fluisterde ze in zichzelf. 'En jij bent een moeder die haar kind heeft verloren.'

Kathleen deed haar ochtendwerk met een zwaar hart. Ze overwoog of ze met John moest praten over Grania en haar bezoekjes aan Dunworley House. De afgelopen week was hun dochter daar iedere dag naartoe gegaan en gisteren was ze pas na het donker thuisgekomen. De blik in Grania's ogen zei haar dat er iets was wat haar dochter daarheen trok, precies zoals dat eerder voor anderen was geweest...

'Nou, meisje,' zei Kathleen in zichzelf terwijl ze Shanes bed opmaakte. 'Hoe eerder je teruggaat naar New York en Matt, hoe beter het is. Voor ons allemaal.'

Grania wist intussen dat Aurora ergens zou opduiken tijdens haar wandeling naar Dunworley House en de heuvel af zou komen rennen om samen met haar op te lopen. Grania hield ervan om naar haar te kijken als ze dat deed; ze had nooit zo'n gracieus kind gekend als Aurora. Als ze liep, zweefde ze, en als ze holde was het alsof ze danste. En daar had je haar: ze dartelde om haar heen, een sprookjesachtig wezen dat rechtstreeks afkomstig leek uit de Ierse legendes die haar moeder haar ooit had voorgelezen.

'Hallo, Grania.' Aurora gaf haar een knuffel en pakte haar hand om samen met haar de heuvel op te gaan. 'Ik keek al naar je uit vanuit mijn slaapkamerraam. Ik denk dat papa je iets wil vragen.'

'O, ja?' Grania had Alexander heel de afgelopen week niet gezien. Aurora had gezegd dat hij werd geplaagd door een hevige migraine en in zijn kamer op bed lag. Toen Grania blijk had gegeven van bezorgdheid om zijn gezondheid, had Aurora nonchalant haar schouders opgehaald.

'Het is altijd gauw weer over, als hij maar alleen kan zijn en met rust wordt gelaten.'

Hoewel ze zichzelf ervoor op haar kop had gegeven, hadden er in de dromerige momenten voordat ze in slaap viel steeds gedachten aan Aurora's vader door haar hoofd gespeeld. En het feit dat Alexander ergens boven was als ze in Dunworley House op bezoek was en ieder moment kon binnenkomen, hield haar in gespannen verwachting, terwijl ze zich er tegelijkertijd schuldig over voelde. De impact die hij op haar had kon ze niet helemaal verklaren, maar betekende in ieder geval dat ze minder bezig was met gepieker over Matt. En dat moest toch een goed teken zijn.

'Waarom wil hij me zien?' Grania kon er niets aan doen, ze moest het vragen.

Aurora giechelde. 'Dat is geheim.' Ze maakte een paar pirouettes voor het hek en hield dat vervolgens voor Grania open.

'Ben je ooit op balletles geweest in Londen, Aurora? Volgens mij zou dat wel iets voor jou zijn.'

'Nee, dat mocht niet van mama. Ze had een hekel aan ballet.' Aurora wreef over haar neus en deed het hek achter hen dicht. 'Maar ik zou het best willen leren en ik heb ook een paar oude boeken op zolder gevonden met allemaal foto's van mooie danseressen op spitzen erin. Als mama er niet zo'n hekel aan had gehad, was ik best graag danseres geworden.'

Grania keek Aurora na terwijl het kind voor haar uit het pad op huppelde. Het liefst had ze haar verteld dat Lily er niet meer was en dat die het vast niet erg zou vinden als haar dochter dansles nam, maar het was niet aan haar om zoiets te zeggen. Dus liep ze zwijgend achter Aurora aan de keuken in.

'En?' Aurora keek glimlachend naar haar op en zette haar handen in haar zij. 'Wat gaan we vandaag doen? Wat heb je in je magische tas verstopt?' vroeg ze gretig.

Grania haalde er een doosje waterverf en een klein schildersdoek uit. 'Het is mooi weer vandaag, dus ik dacht dat we misschien buiten het uitzicht konden gaan schilderen. Wat vind je daarvan?'

Aurora knikte. 'Hebben we geen ezel nodig?'

'Ik weet zeker dat het zo ook wel lukt, maar als je dat graag wilt, kan ik je misschien meenemen naar de winkel in Cork waar ze schildersspullen verkopen en er eentje aanschaffen.'

Aurora's gezicht lichtte op. 'Gaan we dan met de bus?' vroeg ze. 'Ik heb altijd met de bus gewild.'

Grania trok haar wenkbrauwen op. 'Heb je nog nooit eerder in een bus gezeten?'

'Nee, er zijn er niet veel hier en in Londen bracht papa's chauffeur ons overal naartoe. Misschien kun jij aan papa vragen of het mag, als je hem ziet?'

Grania knikte instemmend. Op het moment dat ze de woonkamer in wilden lopen om via de tuindeuren naar het terras te gaan, kwam Mrs Myther, de huishoudster, met een mand wasgoed de trap af. Grania had haar al een paar keer eerder gezien en het leek haar een aardige vrouw.

'Kan ik je even spreken, Grania?' vroeg Mrs Myther nu. 'Privé,' fluisterde ze.

'Aurora, ga jij vast naar buiten om de beste plek te vinden waar we het uitzicht kunnen schilderen. Ik ben over twee seconden bij je.'

Aurora knikte, maakte de hoge openslaande deuren open en liep het terras op.

'Mr Devonshire vroeg me je uit te nodigen om vandaag of morgen hier bij hem te komen dineren. Hij zou het graag met je over Aurora hebben.'

'O.'

Grania moest bezorgd hebben gekeken, want Mrs Myther gaf haar een geruststellend klopje op haar arm en zei met een glimlach. 'Het is niets om je zorgen over te maken. Mr Devonshire, en ik trouwens ook, is je erg dankbaar voor alle tijd die je met Aurora doorbrengt. Mag ik hem vertellen welke avond je het beste uitkomt? Vandaag of morgen? Hij wil namelijk niet dat Aurora bij het gesprek aanwezig is, snap je.'

'Vanavond is prima.'

'Zal ik hem vertellen dat je hier om een uur of acht bent?'

'Prima.'

'Mooi. En mag ik nog zeggen dat je precies bent wat het kind nodig heeft,' voegde Mrs Myther eraan toe. 'Ze is helemaal opgeknapt sinds ze jou heeft ontmoet.'

Grania liep de zitkamer door en het terras op om naar Aurora toe te gaan. Ze deed haar best om haar gedachten niet af te laten dwalen naar wat Alexander met haar wilde bespreken. Aurora en zij spendeerden een gezellige ochtend in het waterige zonnetje en Grania legde de principes van het perspectief aan het meisje uit. Toen het kil begon te worden, gingen ze terug naar de keuken om hun tekening in te kleuren. Aurora klom op Grania's knie toen die haar voordeed hoe ze een beetje rood met blauw moest mengen om de zachtpaarse kleur van de kliffen aan het einde van de baai te maken. Toen ze klaar waren en hun werk bekeken, sloeg Aurora haar armen om Grania's hals en gaf ze haar een knuffel.

'Dank je wel, Grania. Het is prachtig en waar ik ook woon, ik ga dit schilderij altijd ophangen in mijn slaapkamer, als herinnering aan mijn thuis.'

Mrs Myther was intussen de keuken binnengekomen en had een pan soep op het fornuis gezet, waar ze nu in stond te roeren. Grania vatte haar komst op als signaal om te vertrekken en stond op.

'Wat gaan we morgen doen?' vroeg Aurora geestdriftig. 'Vraag je papa vanavond of ik met de bus naar de stad mag?'

Grania keek Aurora verrast aan. 'Hoe weet je dat ik vanavond hier ben?'

'Dat weet ik gewoon.' Aurora wreef even over haar neus. 'Vraag je het hem?'

'Goed,' beloofde Grania met een knikje.

Grania had haar moeder gezegd dat ze niet thuis zou eten die avond. Dat bracht een paar opgetrokken wenkbrauwen teweeg, maar verder geen commentaar.

'Ik ga,' zei Grania terwijl ze de trap af kwam. 'Tot straks.'

Kathleen nam haar in zich op. 'Je hebt je helemaal opgedirkt. Dat zal wel voor een man zijn. Is dat zo, Grania?'

'Ach, mam, Aurora's vader wil het gewoon met mij over zijn dochter hebben. Ik heb hem maar één keer ontmoet en dit is heus geen afspraakje of zoiets, hoor.' Grania liep zo snel ze kon naar de voordeur en griste een zaklamp mee van de plank.

'En wat moet ik jouw Matt vertellen als hij belt en vraagt waar je bent?'

Grania nam niet de moeite om antwoord te geven, sloeg de deur met een klap achter zich dicht en liep met grote stappen in de richting van het huis. Ze hoefde zich absoluut nergens schuldig over te voelen en haar moeder had ook geen enkele reden om aan haar motieven te twijfelen. Bovendien hoefde ze helemaal geen rekening met Matt meer te houden. Hij was tenslotte degene die hun relatie had kapotgemaakt. Dat haar moeder een zwak voor Matt had, daar kon ze ook niets aan doen. En na drie weken iedere avond thuis te zijn geweest, kon het geen kwaad er eens uit te gaan.

Vol opstandige gedachten knipte Grania haar zaklamp aan en marcheerde het laantje af.

Bij Dunworley House klopte ze op de achterdeur, maar er werd niet op gereageerd. Omdat ze niet wist wat ze anders moest doen, stapte ze naar binnen en bleef even onzeker in de verlaten keuken staan. Na een tijdje maakte ze aarzelend de keukendeur open om de hal in te lopen. 'Hallo,' riep ze, maar opnieuw kwam er geen reactie. 'Hallo?' Grania liep de hal door en klopte op de deur van de zitkamer. Toen ze die openduwde, zag ze Alexander, verdiept in een document, in een stoel bij het vuur zitten. Hij schrok op toen hij Grania zag en kwam verward overeind.

'Mijn excuses, ik ben bang dat ik je niet heb horen binnenkomen.'

'Geen probleem,' zei Grania, niet op haar gemak, opnieuw verlegen door zijn aanwezigheid.

'Mag ik je jas aannemen? Kom alsjeblieft hier bij het vuur zitten. Ik vind het altijd zo koud hier in huis,' merkte hij op terwijl hij haar uit haar jas hielp. 'Kan ik een glas wijn voor je inschenken? Of een gin-tonic misschien?'

'Wijn, graag.'

'Maak het jezelf gemakkelijk, ik ben zo terug.'

Grania liep niet naar de stoel tegenover het haardvuur – het was drukkend warm in de kamer. In plaats daarvan ging ze op een elegante, maar oncomfortabele, met damast beklede bank zitten. De kamer was heel gezellig 's avonds, vond ze.

Alexander kwam terug met een fles wijn en twee glazen.

'Dank je wel voor je komst, Grania,' zei hij, en hij reikte haar een glas wijn aan waarna hij weer in zijn stoel bij de haard ging zitten. 'Ik wilde je onder andere zeggen hoe dankbaar ik ben dat je Aurora de laatste weken een leuke tijd hebt bezorgd.'

'Echt, het was me een genoegen. Ik heb er net zo van genoten als zij.'

'Desondanks is het toch heel aardig van je. Aurora heeft me verteld dat je beeldhouwer bent. Doe je dat professioneel?'

'Ja, ik heb een atelier in New York.'

'Wat fantastisch lijkt me dat, om met je talent de kost te kunnen verdienen,' verzuchtte Alexander.

'Ja, dat vind ik ook,' beaamde Grania. 'Aan de andere kant kan ik ook gewoon niets anders.'

'Nou, het is veel beter om te excelleren in één ding, dan middelmatig te zijn in vele, zoals ik,' stelde hij vast.

'Mag ik vragen wat je precies doet?'

'Ik schuif geld de wereld over; geld van anderen, welteverstaan. En ik word rijk van het andere mensen rijk maken. Je zou me kunnen beschouwen als een aasgier. Mijn werk verschaft me geen enkel genoegen; het is volstrekt nietszeggend,' voegde Alexander er somber aan toe.

'Volgens mij ben je dan echt te hard voor jezelf,' merkte Grania op. 'Het is tenslotte een specialiteit. Ik zou niet weten hoe ik zoiets aan moest pakken.'

'Dat is vriendelijk van je, maar ik creëer niets, terwijl jij iets tastbaars maakt wat anderen plezier geeft.' Alexander nam een slokje wijn. 'Ik heb altijd bewondering gehad voor mensen met artistieke talenten, misschien omdat ik ze zelf totaal niet heb. Ik zou je werk graag willen zien. Exposeer je weleens?'

'Jawel, af en toe. Hoewel ik tegenwoordig vooral in opdracht werk.'

Hij keek haar aan. 'Dus ik zou je ook een opdracht kunnen geven?'

'Ja.' Grania haalde haar schouders op. 'Dat zou kunnen.'

'Nou, misschien doe ik dat wel.' Hij glimlachte. 'Heb je al zin om te eten?'

'Ja, hoor,' antwoordde Grania flauwtjes.

Alexander stond op. 'Ik ga Mrs Myther vertellen dat we graag aan tafel willen.'

Grania keek hem na terwijl hij de kamer uit liep, verbaasd dat een man als hij zich blijkbaar zo slecht op zijn gemak voelde. Zij had altijd ervaren dat rijke, succesvolle en goed uitziende mannen zoals Alexander, meestal een bepaalde arrogantie en natuurlijke zelfverzekerdheid hadden. Een gevolg van het feit dat iedereen hen bewonderde.

'Alles is klaar,' zei Alexander toen hij zijn hoofd om het hoekje van de deur stak. 'We gaan naar de eetkamer, die is veel warmer dan de keuken.'

Grania liep achter Alexander aan de hal door naar de eetkamer aan de overkant. Daar was het uiteinde van de grote, glimmend geboende mahoniehouten tafel gedekt voor twee personen. Ook hier brandde weer een groot vuur in de haard en Grania liep naar de stoel die er het verst vandaan stond.

Alexander ging naast haar aan het hoofd van de tafel zitten en Mrs Myther kwam de kamer binnen met twee borden in haar handen die ze voor hen op de tafel neerzette. 'Dank u wel,' knikte hij naar de huishoudster, die de kamer weer uit ging. Alexander wierp een blik op Grania en glimlachte wrang. 'Ik moet me verontschuldigen voor de eenvoud van het eten, maar bijzondere gerechten zijn niet haar sterkste punt.'

'*Colcannon* met jus is toevallig een van mijn favoriete Ierse gerechten,' stelde Grania hem gerust.

'Tja, als je in Rome bent... doe je als de Romeinen. En dit is een gerecht waarvan ik zeker weet dat Mrs Myther het heel goed maakt. Eet smakelijk,' zei hij.

Ze aten een tijdje in stilte en Grania wierp af en toe een verstolen blik op haar gezelschap. Uiteindelijk verbrak ze de stilte.

'Waarover wilde je me eigenlijk spreken?'

'Ik wilde je vragen naar je plannen voor de komende maand,' antwoordde Alexander. 'Ik neem aan dat je binnenkort weer teruggaat naar New York? Je bent hier toch alleen voor een bezoekje aan je familie?'

Grania legde haar mes en vork naast elkaar op haar bord. 'Om eerlijk te zijn heb ik nog niet besloten wat ik ga doen.'

'Moet ik daaruit concluderen dat je iets probeert te ontvluchten daar?'

Voor iemand die haar nauwelijks kende was dat heel juist gezien. 'Zo zou je het kunnen formuleren,' beaamde ze langzaam. 'Waarom dacht je dat?'

'Tja,' Alexander was klaar met eten en veegde met zijn servet zijn mond af. 'Om te beginnen heb je iets wereldlijks over je wat je waarschijnlijk niet in het dorp hier in Dunworley hebt opgedaan. Ten tweede heb ik je zien lopen over de kliffen, nog voordat Aurora je tegen het lijf liep, denk ik. Dan was je duidelijk diep in gedachten verzonken. Daar heb ik uit afgeleid dat je waarschijnlijk worstelde met een probleem. En als laatste ligt het niet voor de hand dat een vrouw als jij onder gewone omstandigheden tijd of zin zou hebben om haar dagen door te brengen met een meisje van acht.'

Grania voelde haar wangen rood worden. 'Ik moet bekennen dat dat een redelijk accurate beschrijving van mijn huidige situatie is.'

'Mijn dochter lijkt enorm op je gesteld en jij mag haar ook graag, lijkt het...'

'Ik vind haar een erg leuk kind en we hebben het gezellig met elkaar,' onderbrak Grania hem. 'Maar ze is eenzaam.'

'Ja, ze is eenzaam,' gaf Alexander met een diepe zucht toe.

'Zou het geen idee zijn om haar naar school te sturen? Er is hier een prima basisschool, maar zo'n anderhalve kilometer hiervandaan; daar zou ze vriendinnetjes van haar eigen leeftijd kunnen opdoen.'

'Dat heeft geen zin,' reageerde Alexander hoofdschuddend. 'Ik heb geen idee hoelang we hier blijven en het laatste wat Aurora nodig heeft is dat ze aan mensen gehecht raakt die ze vervolgens weer moet achterlaten.'

'En een internaat? Dan heeft ze in ieder geval een stabiele omgeving, waar jullie ook wonen,' suggereerde Grania.

'Ja, met die gedachte heb ik inderdaad gespeeld,' zei Alexander met een zucht. 'De moeilijkheid is dat Aurora sinds de dood van haar moeder problemen heeft... emotionele problemen, waardoor dat niet mogelijk is. Dus is thuisonderwijs de beste oplossing voor haar, hoewel lang niet ideaal. Wat me op de reden brengt waarom ik je vanavond hier heb uitgenodigd.'

'En dat is?'

'Mrs Myther werkte in Londen voor ons en was zo aardig om voor de eerste paar weken mee hierheen te gaan, maar ze heeft haar familie in Londen en wil natuurlijk zo snel mogelijk weer terug. Ik heb contacten met meerdere agentschappen om een oppas en een huishoudster voor hier te vinden, maar tot nu toe zonder resultaat. En over een paar dagen moet ik op reis. Wat ik je wilde vragen, Grania: ben jij bereid hier een tijdje bij Aurora in huis te wonen om voor haar te zorgen totdat ik goed personeel heb gevonden?'

Dat was het laatste wat Grania had verwacht. 'Ik...'

Alexander hief zijn hand op om haar te onderbreken.

'Ik weet dat je natuurlijk geen baantje als oppas ambieert, en zo zou ik het ook niet willen noemen. Maar Aurora kan deze keer echt niet met me mee en ik moet zo snel mogelijk iemand vinden die voor haar kan zorgen, iemand die ik kan vertrouwen en bij wie zij zich thuis voelt. Ik hoop dat je niet beledigd bent dat ik daarom aan jou dacht.'

'Helemaal niet,' antwoordde ze. 'Ik vind het een compliment dat je het gevoel hebt dat je me kunt vertrouwen, je kent me tenslotte nauwelijks.'

'O, ik ken je beter dan je denkt, Grania,' zei hij met een glimlach. 'Aurora heeft het alleen maar over jou. Sinds de dood van haar moeder heb ik niet meer meegemaakt dat ze zo dol is op iemand.

Dus vergeef me dat ik het je vraag. Ik begrijp volkomen dat je misschien andere plannen hebt en ik beloof je dat het niet langer dan een maand zal zijn, ik heb alleen wat tijd nodig om te doen wat ik moet doen...' Zijn stem stierf weg. 'En om iemand te vinden die op de lange termijn voor haar kan zorgen.'

'Een maand... Alexander,' Grania beet op haar lip. 'Ik weet niet...'

'Neem alsjeblieft de tijd om erover na te denken. Je hoeft niet meteen te besluiten. En het tweede wat ik je zou willen vragen is of ik je, terwijl je hier bent, de opdracht mag geven een beeld van Aurora te maken? Wat dus zou betekenen dat je tegelijkertijd kunt werken. En ik betaal je voor zowel het beeld als de zorg voor mijn dochter, natuurlijk. Ruimschoots.'

Grania voelde zich wegzinken in het diepe blauw van zijn ogen en vermande zich. 'Ik moet eerst naar huis om er rustig over na te denken, want ik weet eigenlijk niet zeker wat mijn plannen zijn...'

'Natuurlijk.' Alexander knikte. 'Misschien kun je het me zo spoedig mogelijk laten weten? Ik vertrek zondag.'

Zondag was over vier dagen.

'Wat doe je als ik "nee" zeg?' vroeg ze.

'Ik heb absoluut geen idee.' Alexander haalde zijn schouders op. 'Misschien Mrs Myther overhalen om te blijven en haar salaris verdubbelen? Maar in ieder geval is dat niet jouw probleem en ik bied je mijn verontschuldigingen aan als ik je het gevoel geef dat je geen keuze hebt. Je moet gewoon doen wat jij wilt. Sorry dat ik je dit vraag, maar Aurora heeft me erom gesmeekt.'

'Mag ik je morgen mijn antwoord geven?'

'Ja, natuurlijk. En nu moet ik helaas afscheid nemen, ik ben bang dat ik een afgrijselijke migraine voel opkomen.'

'Natuurlijk. Kan ik iets voor je doen?'

Alexander staarde haar met een diepdroevige blik in zijn ogen aan. 'Nee, was dat maar waar.' Hij stak zijn hand uit en legde die op de hare. 'Dank je wel dat je het vraagt.'

Een beetje beschaamd zocht Grania met behulp van de zaklantaarn haar weg terug naar huis over de kliffen. Op het moment dat Alexander zijn hand op de hare had gelegd was ze gewoon gesmolten. Toen had ze alles wat hij vroeg wel voor hem willen doen. Wie of wat hij was? Ze had geen idee. Maar de pijn in zijn ogen bleef door haar hoofd spelen terwijl ze het huis binnensloop, de trap op ging naar haar slaapkamer en, om de een of andere reden doodmoe, tussen de lakens kroop.

Het hele idee was natuurlijk belachelijk: ze was een succesvol beeldhouwer in New York, met een leven daar. Waarom overwoog ze zelfs maar om in een godvergeten huis op een klif te gaan wonen en de zorg voor een klein meisje dat ze tot twee weken geleden niet eens had gekend op zich te nemen? Om een man van wie ze niets wist een plezier te doen? En daar bovenop deed Grania's huidige betrokkenheid bij de Lisle-familie haar moeder om de een of andere reden verdriet.

En toch... en toch...

Terwijl de klok de nachtelijke uren wegtikte, drong het tot Grania door dat ze op het punt stond zich op gevaarlijk terrein te begeven. Plotseling verlangde ze vreselijk naar haar veilige, vertrouwde leventje van de laatste acht jaar.

Was haar relatie met Matt echt voorbij?

Ze was zo snel weggevlucht... zo gekwetst... als een angstig dier...

En ze had hem nooit de kans gegeven het uit te leggen. Stel dat ze het verkeerd had begrepen? Stel dat het een serie ongelukkige voorvallen was geweest die zij met elkaar in verband had gebracht, maar die gemakkelijk uitgelegd konden worden en niets betekenden? Tenslotte had ze toen nog maar net haar kindje verloren... de baby waar ze zo naar had verlangd. Was ze emotioneel gezien wel in staat geweest om het juist te beoordelen? En had ze, door de schok en de hormonen die door haar lijf joegen, niet te heftig gereageerd? Grania zuchtte en draaide zich nog een keer om in haar smalle bed. Ze miste het enorme bed dat Matt en zij hadden gedeeld. En wát ze erin hadden gedeeld. Ze miste het leven met hem... ze miste hem.

Grania nam een besluit. Misschien was het nu tijd om dat uit te zoeken, Matt de kans te geven zijn eigen versie van de gebeurtenissen te vertellen.

Ze keek op de klok en zag dat het drie uur 's ochtends was; in New York negen uur 's avonds. Op zijn slechtst zou Matts mobiele telefoon zijn uitgeschakeld en kreeg ze in de loft het antwoordapparaat van de vaste lijn. Op zijn best zou hij een van de twee opnemen.

Grania ging rechtop zitten, knipte het licht aan en pakte haar mobiele telefoon. Zonder verder nog na te denken selecteerde ze Matts naam en drukte vervolgens de toets in waardoor zijn nummer werd gebeld. Matts voicemail klonk onmiddellijk en ze verbrak de verbinding. Toen belde ze de vaste lijn in de loft en daar werd al na twee keer overgaan opgenomen.

'Hallo?'

Het was de stem van een vrouw, en ze wist van wie.

Grania staarde woordeloos voor zich uit en weer hoorde ze de stem: 'Hallo?'

O, mijn god... mijn god... mijn god...

'Met wie spreek ik?'

Grania drukte hard op de toets die de verbinding verbrak.

6

De volgende ochtend stond Alexander hen in de keuken op te wachten toen Grania en Aurora het huis in kwamen.

'Ik doe het. Voor Aurora zorgen, bedoel ik, voor een maand in ieder geval.'

'Dat is fantastisch! Dank je wel, Grania. Je hebt geen idee wat het voor me betekent te weten dat er hier iemand bij Aurora is die ze graag mag.' Alexander wierp een blik op zijn dochter. 'Ben je blij, Aurora?'

Geen van de twee volwassenen hoefde haar antwoord te horen: het stond overduidelijk op haar gezicht te lezen. 'O, ja!' Aurora omhelsde eerst haar vader en liep toen naar Grania om haar een knuffel te geven. 'Dank je, Grania. Ik beloof je dat ik heel braaf zal zijn!'

'Daar ben ik van overtuigd,' reageerde Grania met een glimlach.

'En misschien kun je dan ook de tijd vinden om eens een blik in de schoolboeken die boven liggen te werpen?' Alexander trok zijn wenkbrauwen op naar Grania. 'Ze heeft van haar gouvernante in Londen genoeg werk voor een maand meegekregen. Maar ik betwijfel of ze er ook maar een minuut aan heeft besteed.'

'Maar, papa, ik heb wel wat geleerd! Schilderen bijvoorbeeld!'

'Ik zet Aurora wel aan haar schoolwerk, maak je geen zorgen,' zei Grania snel.

'Heb je aan papa gevraagd of ik mee naar de stad mag met de bus?' vroeg Aurora geestdriftig, terwijl ze zich naar haar vader keerde. 'Grania moet spullen in Cork gaan kopen om te schilderen en ze zei dat ik wel mee mocht. Mag dat, pap? Ik heb nog nooit in een bus gezeten.'

'Ik zou niet weten waarom niet, zolang Grania het niet erg vindt dat je meegaat.'

'Natuurlijk niet,' zei Grania.

'Dan kun je misschien meteen de materialen aanschaffen die je nodig hebt voor het beeld waar we het gisteravond over hadden?' suggereerde Alexander.

'Ja, als je me die opdracht echt wilt geven. Ik kan je op internet wat werk van mij laten zien.'

'Daar heb ik vanochtend zelf al op gekeken,' zei hij. 'En ik geef je die opdracht heel graag. We moeten het natuurlijk nog over de betaling hebben, zowel voor jouw zorg voor Aurora als voor het beeld. En ik vroeg me ook nog af of jij misschien iemand uit het dorp weet die een paar uur per week zou kunnen komen om het huis schoon te maken? Dat is natuurlijk niet jouw taak.'

Grania dacht aan de antipathie die haar moeder had tegen de Lisle-familie en vroeg zich af of de mensen in het dorp die ook hadden.

'Ik kan eens informeren,' zei ze onzeker. 'Maar...'

Alexander hief zijn hand op. 'Ik weet dat onze familie geen goede reputatie heeft hier. Als relatieve nieuwkomer heb ik nooit precies begrepen waarom, maar ik weet wel dat het allemaal te maken heeft met iets wat allang voorbij is.'

'Ieren vergeten niet gauw,' zei Grania. 'Maar ik zal zien wat ik kan doen.'

Aurora trok aan Grania's mouw. 'Missen we de bus niet als we nu niet gauw gaan?'

'Er gaat er een om twaalf uur. Over tien minuten gaan we weg.'

'Dan laat ik jullie dames nu met rust.' Alexander knikte. 'Nogmaals bedankt, Grania, en ik spreek je voor ik vertrek nog wel om alle details te regelen.'

Nadat ze met een uitgelaten Aurora de bus naar de stad had genomen en beladen met kunstenaarsmaterialen was teruggekomen, was Grania net op tijd thuis voor het avondeten.

'En waar heb jij de hele dag gezeten, als ik vragen mag?'

'In Cork.' Grania zette haar tasjes op de vloer in de hal neer en trok haar jas uit. 'Ik had wat spullen nodig.'

'En ik heb gehoord dat je een vriendin bij je had,' merkte Kathleen op terwijl ze de runderstoofschotel opschepte.

'Ja. Ik heb Aurora meegenomen. Ze had nog nooit in een bus gezeten en vond het vreselijk spannend. Kan ik je helpen, mam?'

Kathleen negeerde haar aanbod en zette de borden met eten op tafel.

Grania ging bij haar vader en broer aan tafel zitten met een gevoel of ze een kind van acht was dat had gespijbeld van school en betrapt was in de bus.

Na het avondeten, toen Shane naar de pub was verdwenen en haar vader zich had geïnstalleerd in zijn stoel in de woonkamer, hielp Grania haar moeder met afruimen. 'Zal ik water opzetten voor een kop thee?' bood ze aan. 'Ik wil je iets vertellen.'

'Ga je terug naar New York naar die fantastische Matt van je?' Kathleens gezicht lichtte even op, maar Grania schudde haar hoofd.

'Nee, mam, het spijt me, ik betwijfel zelfs of dat ooit zal gebeuren,' zei ze triest terwijl ze de fluitketel op het fornuis zette.

'Maar, Grania, wat ik niet begrijp is: waarom? Natuurlijk snap ik dat het verschrikkelijk is dat je je kindje hebt verloren, maar...'

'Dat is het niet alleen, mam. Alsjeblieft, ik wil het er echt niet over hebben.'

'Maar zo te horen wil Matt, wat het ook is wat hij verkeerd heeft gedaan, het goedmaken met je. Kun je hem daar niet de kans voor geven, schat?' drong Kathleen aan.

Grania maakte twee koppen thee en nam die mee naar de tafel. 'Mam, ik zweer je: als het iets was wat opgelost kon worden, zou ik daar mijn best voor doen. Maar daar is het te laat voor. En zoals jij altijd zegt: gedane zaken nemen geen keer. Ik moet verder met mijn leven.'

'Wat ben je van plan dan?'

'Nou, ik weet dat je dit niet leuk zult vinden,' zei Grania en ze nam een slokje van de kokendhete thee. 'Maar Aurora's vader moet een maand op reis en ik heb beloofd om zolang hij weg is in Dunworley House te gaan logeren om voor zijn dochter te zorgen.'

'Heilige Moeder Maria! Mijn god!' Kathleen sloeg haar handen tegen haar wangen. 'Het wordt erger en erger!'

'Alsjeblieft, mam, zoals Alexander vandaag tegen me zei: wat er ook is gebeurd, het is allang geschiedenis. En het heeft niks te maken met die arme kleine meid. Of met mij,' antwoordde Grania zo rustig mogelijk. 'Alexander wil graag dat ik een beeld van Aurora maak als ik daar zit. Hij betaalt me ervoor en totdat de boel met Matt is geregeld, kan ik het geld goed gebruiken, mam, heel goed. Zeker omdat ik geen idee heb of ik nog wel naar New York terugga.'

Kathleen had haar gezicht nu in haar handen verborgen. 'Jezus! Het lijkt wel of de geschiedenis zich herhaalt. Maar je hebt gelijk.' Ze keek op naar haar dochter. 'Waarom zou het verleden iets met jou te maken moeten hebben?'

'Nou, mam, als ik wist wat het verleden was, zou ik het misschien begrijpen. Maar zoals het er nu voor staat neem ik Alexanders aanbod aan. Waarom zou ik dat niet doen?'

'Waarom zou je dat niet doen...' fluisterde Kathleen. Ze deed haar best om kalm te worden. 'Wat me hier het probleem lijkt, is dat we allebei in het duister tasten. Ik heb geen idee wat er is misgegaan tussen Matt en jou en jij kunt niet begrijpen waarom ik zo van streek raak door jouw omgang met de Lisle's. Jij zegt dat hij er zelf niet is als je in Dunworley House logeert?'

'Nee, hij moet ergens heen.'

'En wat vind je van Aurora's vader?'

'Het lijkt me een aardige man.' Grania haalde haar schouders op. 'Ik ken hem natuurlijk niet goed.'

'Inderdaad, het was... is... vast een goede man. Maar iedereen die het ongeluk heeft om bij die familie betrokken te raken, lijkt erdoor te worden besmet. En dat geldt ook voor jou, Grania.' Kathleen zwaaide haar wijsvinger waarschuwend heen en weer.

'Mam, het laatste wat ik wil is jou van streek maken, maar als ik niet weet...'

'Ja, je hebt gelijk,' onderbrak Kathleen haar. Ze glimlachte flauwtjes en gaf bedroefd een paar klapjes op de hand van haar dochter. 'En ik maar denken dat jij aan alles was ontsnapt.'

'Het is maar voor een maand, mam,' benadrukte Grania. 'En dan loop ik je hier tenminste niet meer voor de voeten.'

'En denk je nou echt dat ik dat wil, Grania? Nadat je al tien jaar in New York woont? Ik vind het heerlijk dat je hier logeert en dat zal altijd zo blijven.'

'Dank je, mam. Wat zou je ervan vinden als ik Aurora eens mee hiernaartoe nam om jou te ontmoeten?' opperde Grania. 'Ik weet zeker dat je het dan beter zult begrijpen. Het is zo'n schattig meisje...'

'Vraag nou niet te veel, Grania. Ik geloof zeker dat ze schattig is, maar de Lisle's roepen sterke emoties op in dit Ryan-huishouden. Het is beter dat je dat voorlopig achterwege laat.'

'Oké.' Grania geeuwde. 'Sorry, maar ik heb slecht geslapen vannacht. Ik ga naar bed.' Grania stond op en spoelde haar mok uit bij de gootsteen. Toen liep ze terug naar haar moeder om haar een zoen op haar kruin te geven. 'Welterusten, mam. Slaap lekker.'

'Jij ook, schat.'

Toen Kathleen boven de deur van Grania's slaapkamer hoorde dichtgaan, stond ze op en liep naar haar echtgenoot in de woonkamer.

'Ik maak me zorgen om onze dochter,' begon ze zuchtend terwijl ze zich in de fauteuil tegenover John liet zakken. 'Ze heeft afgesproken een maand voor dat Lisle-kind te gaan zorgen in Dunworley House.'

'O, ja?' John maakte zijn blik van de televisie los en richtte die op het bezorgde gezicht van zijn vrouw.

'Wat moeten we ertegen doen, denk je?' vroeg Kathleen.

'Niks, zou ik zeggen. Ze is volwassen.'

'John, zie je niet wat er gebeurt? Je weet hoe Grania zich altijd afsluit als er iets pijnlijks gebeurt in haar leven. Dat doet ze nu ook. Je merkt dat ze vanbinnen heel verdrietig is, maar ze kropt het allemaal op.'

'Zo is ze nou eenmaal, Kathleen. Net zoals haar vader,' gaf John toe. 'We verwerken onze problemen allemaal op onze eigen manier en daar is niets fout of goed aan.'

'Maar vind je het niet gek dat ze nog geen traan heeft gelaten om het verlies van haar kindje?'

'Zoals ik al zei, schat, we hebben allemaal onze eigen manier. Maak je nou niet zo'n zorgen.'

'John.' Kathleen voelde dat ze haar geduld begon te verliezen. John reageerde altijd zo kalm als zij voelde dat er een ramp dreigde. 'Onze dochter richt al haar moederlijke gevoelens op dat kind. Aurora is een vervanging voor wat ze is kwijtgeraakt. En daarbij is het contact met de vader van dat kind misschien een vervanging voor Matt. Zolang ze al haar energie in hen stopt, hoeft ze niet na te denken over haar eigen leven en haar best niet te doen om dat weer op orde te krijgen.'

'Ach, Kathleen,' verzuchtte John, eindelijk met aandacht voor de bezorgdheid van zijn vrouw. 'Ik begrijp dat je van streek raakt door deze situatie en dat je je dochter wilt beschermen, maar ik zou niet weten wat we eraan kunnen doen. Toch?'

'Nee,' zei Kathleen na een lange stilte. Ze begreep dat ze op zoek was naar oplossingen die John haar ook niet kon geven, maar ze was ondanks dat geïrriteerd. Ze stond op. 'Ik ga naar bed.'

'Ik kom zo,' antwoordde John tegen de rug van zijn vrouw. Hij zuchtte. Als Kathleen zich druk maakte over een van haar geliefde kinderen, wist hij dat hij weinig kon zeggen of doen om haar gerust te stellen.

Drie dagen later werd Grania door haar broer naar Dunworley House gereden.

'Bedankt, Shane,' zei Grania bij het uitstappen.

'Graag gedaan, Grania,' zei hij met een glimlach. 'Bel me maar als je een lift nodig hebt met die kleine meid. Dag.'

Grania pakte haar weekendtas uit de kofferbak en liep via de achterdeur de keuken in. Meteen werd ze besprongen door een kleine dondersteen.

'Je bent er! Ik heb de hele ochtend op je zitten wachten.'

'Natuurlijk ben ik er,' zei Grania. 'Je dacht toch niet dat ik niet zou komen, hè?'

Aurora tuitte haar roze lippen. 'Soms beloven grote mensen iets en dan doen ze het toch niet.'

'Nou, zo'n groot mens ben ik niet,' zei Grania geruststellend.

'Gelukkig. Papa zei dat ik je naar je slaapkamer moest brengen als je er was. Die is naast de mijne, zodat je je niet alleen hoeft te voelen. Kom je?' Aurora pakte Grania's hand en trok haar met zich mee de keuken uit, de hal door en de trap op. Op de overloop liepen ze naar een gezellige slaapkamer. Er stond een groot, smeedijzeren bed met een met wit kant bekleed hoofdeinde. De muren waren roze geverfd en er hingen bloemetjesgordijnen voor het raam, dat een omlijsting vormde voor het adembenemende uitzicht op de baai.

'Roze is mijn lievelingskleur,' zei Aurora terwijl ze op het grote bed neerplofte. 'En de jouwe?'

'Ik hou van roze en blauw en paars en...' Grania ging naast Aurora op het bed zitten en begon haar te kietelen, '... en geel en rood en oranje en groen...'

Aurora schaterde het uit en dat was hoe Alexander hen aantrof toen hij op de deur klopte en de kamer binnenstapte.

'Mijn hemel! Wat een herrie!'

'Sorry, pap.' Aurora ging meteen rechtop zitten. 'Ik hoop dat we je niet hebben gestoord.'

'Nee, schat.' Hij produceerde een glimlachje dat in Grania's ogen meer op een grimas leek. Zijn gezicht was doodsbleek.

'Als Aurora je een halfuurtje uit haar klauwen laat gaan, Grania, kunnen we nog een paar dingen doornemen voor ik vertrek,' stelde Alexander voor.

'Natuurlijk.' Grania stond van het bed op en zei tegen Aurora: Als jij die schoolboeken van je waar je vader het over had nou eens opzoekt, zie ik je straks beneden in de keuken.'

Aurora knikte gehoorzaam en ging naar haar eigen slaapkamer, terwijl Grania en Alexander naar beneden liepen. Ze gingen naar een kleine bibliotheek waar een bureau en een computer stonden.

'Ga zitten, Grania, alsjeblieft.'

Grania nam plaats en Alexander overhandigde haar een vel papier. 'Daar staan al mijn contactnummers op. Plus de naam van mijn zaakwaarnemer, Hans, want als je mij niet kunt bereiken, kun je het beste met hem overleggen. Hij weet dat je misschien belt.'

'Mag ik vragen waar je naartoe gaat?'

'Eerst naar Amerika en daarna misschien naar Zwitserland...' Alexander haalde zijn schouders op. 'Het spijt me dat ik niet specifieker kan zijn. Ik heb er ook de namen van een loodgieter en een elektricien op gezet voor het geval er problemen met het huis zijn. De verwarming en het warme water worden geregeld door een timer bij de boiler in het werkhok naast de keuken. Eens in de week komt er een tuinman hier, die tegelijkertijd hout voor de haard meebrengt.'

'Oké,' zei Grania. 'Ik denk trouwens dat ik een schoonmaakster heb gevonden. De dochter van de eigenaresse van de dorpswinkel. Het lijkt me een aardig meisje.'

'Mooi. Dank je, Grania. Ik heb een cheque voor je uitgeschreven met wat me een eerlijk bedrag lijkt voor je tijd hier plus het beeld. En ik heb er nog wat aan toegevoegd voor de dagelijkse boodschappen, zoals eten, de schoonmaakster en eventuele noodgevallen. Het staat allemaal op dat papier. En als je meer nodig hebt, neem dan alsjeblieft, zoals ik al zei, contact op met Hans, mijn notaris en zaakwaarnemer.'

Grania wierp een korte blik op de cheque. Daar bleek een bedrag van twaalfduizend euro op uitgeschreven te zijn.

'Maar dit is veel te veel, ik...'

'Ik weet dat jouw beelden voor ten minste tienduizend dollar per stuk worden verkocht, Grania.'

'Ja, maar normaliter wil de klant het beeld eerst zien als het klaar is, voordat hij het volledige bedrag betaalt.'

'Dat vind ik niet nodig,' zei Alexander. 'Nu genoeg over geld. Als jij er niet was, zou ik niet eens weg kunnen.'

'Echt, ik doe het graag,' herhaalde Grania nog een keer. 'Ik ben dol op Aurora.'

'En je weet dat dat wederzijds is. Ik heb mijn dochter sinds de dood van haar moeder niet meer zo op iemand zien reageren als op jou. Het is...' Alexander zuchtte diep, 'heel ontroerend.'

Weer zag ze die dieptrieste blik in zijn ogen en Grania moest zich inhouden om haar hand niet troostend naar hem uit te steken. 'Je kunt erop rekenen dat ik goed voor haar zal zorgen,' zei ze zachtjes.

'Dat weet ik. Er is nog een ding dat ik je moet vertellen... hoe zal ik het formuleren, eh... Aurora denkt soms dat haar moeder hier nog is, hier in dit huis en de omgeving.' Alexander schudde zijn hoofd. 'Natuurlijk is dat gewoon de fantasie van een verdrietig kind, en ik kan je verzekeren dat er geen geesten rondwaren hier, maar als het voor Aurora een troostende gedachte is, kan ik er geen kwaad in zien.'

'Nee,' beaamde Grania langzaam.

'Nou, dat was alles dan, denk ik. Ik vertrek over ongeveer een uur met de taxi naar het vliegveld van Cork. En je kunt mijn auto natuurlijk gebruiken als je die nodig hebt; de sleutels hangen op het sleutelrekje in de voorraadkamer.'

'Dank je wel.' Grania stond op. 'Dan ga ik nu maar eens op zoek naar Aurora om te kijken of ik haar zover kan krijgen dat ze met haar neus in de boeken duikt.'

Alexander knikte. 'Ik zal zo vaak mogelijk bellen,' zei hij. 'Maar maak je alsjeblieft geen zorgen als je een tijdje niets hoort. En dat moet Aurora natuurlijk ook niet doen. O, tussen twee haakjes,' Alexander wees op de bovenste linkerla van zijn bureau, 'als me toevallig iets mocht overkomen, liggen alle papieren die dan nodig zijn hier. Mijn zaakwaarnemer weet waar de sleutel ligt.'

Grania huiverde opeens bij het zien van de uitdrukking op Alexanders gezicht. 'Ik hoop niet dat ik hem daarover hoef te bellen. Tot over een maand, en goede reis.'

'Dank je.'

Grania draaide zich om.

'Grania?'

'Ja.'

Alexander glimlachte plotseling breed naar haar. 'Als ik terug ben, ben ik je minstens een etentje verschuldigd. Je hebt mijn leven gered. Letterlijk.'

Grania knikte en haastte zich de kamer uit.

Later zaten ze op de vensterbank in Aurora's slaapkamer en keken de taxi na die via de kronkelweg de heuvel af reed. Intuïtief sloeg Grania haar arm om Aurora's schouders, maar het kind leek niet geëmotioneerd. Ze keek naar Grania op. 'Ik ben niet verdrietig, hoor. Papa moet vaak weg voor zijn werk en ik ben eraan gewend. En deze keer is het al helemaal niet erg, omdat jij er bent.' Aurora stond op en sloeg haar armen om Grania's hals. 'Grania?'

'Ja?'

'Zullen we de haard aansteken in de zitkamer en marshmallows gaan roosteren? Dat doen ze ook in het boek van Enid Blyton dat ik net heb gelezen.'

'Dat lijkt me een fantastisch idee. Als jij dan, terwijl ik met het avondeten bezig ben, aan de keukentafel een uurtje sommen gaat maken. Afgesproken?' Grania stak haar hand uit.

Aurora schudde die met een glimlach. 'Afgesproken.'

Later die avond, toen Grania Aurora naar bed had gebracht en zich had laten verleiden het kind veel langer voor te lezen dan ze hadden afgesproken, liep Grania terug naar de zitkamer beneden. Terwijl ze voor de haard neerknielde om het vuur op te rakelen, luisterde ze naar de stilte in het huis en vroeg ze zich af wat haar in vredesnaam had bezield om hiermee in te stemmen. Het was waarschijnlijk een reactie geweest op de schok die ze had gekregen toen het Charley bleek te zijn die de telefoon in de loft in New York had opgenomen. Maar was het wel verstandig om zich een maand lang op te sluiten in een huis met een meisje dat ze nauwelijks kende?

Belde Matt maar naar haar bij haar ouders thuis, dan zou haar moeder hem moeten vertellen dat ze daar niet langer zat. Dan zou hij weten dat ze verderging met haar leven en dat ze heus niet kapotging aan wat hij haar had aangedaan...

Met moeite probeerde ze Matts gezicht uit haar hoofd te zetten en zich dat van Alexander voor de geest te halen. Had ze zich die intens verdrietige blik in zijn ogen ingebeeld, toen hij zei dat hij haar mee uit eten zou nemen als hij terug was? En was ze op dit ogenblik misschien zo kwetsbaar dat ze zich vastklampte aan een paar woorden die waarschijnlijk uit beleefdheid waren gezegd en verder geen betekenis hadden? Grania slaakte een zucht en besefte dat ze een maand had om daarover te piekeren, zonder dat het duidelijker zou worden wat Alexanders motief was.

Nadat ze de lichten beneden had uitgedaan, klom ze de trap op naar haar slaapkamer. Ze nam een uitgebreid bad in de ouderwetse badkuip op pootjes in de aangrenzende badkamer, trok haar pyjama aan en ging in het grote, comfortabele bed liggen. Ze genoot van alle ruimte die ze had, na vier weken in het smalle bedje uit haar jeugd.

Morgen begin ik met het schetsen van Aurora, nam ze zich voor toen ze het licht uitknipte. Langzaam de vorm van haar gezichtje in haar vingers zien te krijgen, ontdekken welke uitdrukking het meest bij haar past...

Grania nestelde zich onder de dekens en sloot haar ogen.

Kathleen zat aan de keukentafel met haar handen om een mok thee gevouwen. Vanuit de woonkamer ernaast hoorde ze dat het nieuws van tien uur was afgelopen. Na de weerberichten zou John de televisie en de lichten uitdoen en naar de keuken komen om een glas water te vullen om mee naar boven te nemen.

Kathleen stond op en deed de achterdeur open. Ze tuurde naar links om te zien of de lichten nog brandden in het huis op de top van het klif. Nee, Grania moest al in bed liggen. Ze deed de deur weer dicht en terwijl ze de grendel ervoor schoof, ging er plotseling een rilling door haar heen. Waarom voelde ze zich toch zo ongerust over het feit dat haar dochter nu daar was. Terug in de keuken stond John bij de gootsteen zijn glas water te vullen.

'Ik ga naar bed, lieverd, jij ook?' Hij keek neer op zijn vrouw en glimlachte teder naar haar.

Kathleen slaakte een diepe zucht en wreef met haar handpalmen over haar gezicht. 'O, John, ik weet gewoon geen raad met mezelf.'

John zette zijn glas op het aanrecht en liep naar zijn vrouw toe om haar in zijn armen te sluiten. 'Wat is er, liefje? Het is niks voor jou om zo van slag te zijn. Je kunt me beter vertellen wat het probleem is.'

'Het is Grania... dat ze daar in dat huis is... helemaal alleen. Ik weet dat je het belachelijk vindt, maar...' Ze sloeg haar ogen naar haar echtgenoot op. 'Je weet hoe ik me voel over die Lisle's en alles wat ze ons hebben gebracht.'

'Ja, lieverd, dat weet ik.' John stopte zachtjes een lok haar achter het oor van zijn vrouw. 'Maar het is allemaal lang geleden. Grania en dat kind zijn een nieuwe generatie.'

'Moet ik het haar vertellen?' Kathleen smeekte hem met haar ogen om het antwoord te geven.

John zuchtte. 'Ik weet niet of dat een goed of een slecht idee is. Maar niets tegen haar zeggen is duidelijk iets wat jou nerveus maakt. Als jij je er beter bij voelt, moet je het haar vertellen. Niet dat dat iets zal uitmaken, denk ik. Je weet net zo goed als ik dat de volgende generatie niet de schuld kan krijgen van de fouten van hun voorouders.'

Kathleen liet haar hoofd tegen de brede borstkas van haar man rusten. 'Ja, ik weet het, John, ik weet het. Maar wat zij onze familie hebben aangedaan...' Ze schudde haar hoofd. 'We zijn er bijna aan onderdoor gegaan, John, dat weet je.' Kathleen keek met angst in haar ogen naar hem op. 'En ik heb Grania's gezicht gezien als ze het over Aurora's vader had. Er zijn al twee generaties kapotgegaan door die Lisle's en nu ben ik bang dat het weer gaat gebeuren, hier, recht voor mijn ogen...'

'Kom nou, lieverd, onze Grania staat stevig in haar schoenen,' stelde John haar gerust. 'Je weet net zo goed als ik dat je onze dochter niet zover krijgt haar iets te laten doen wat ze niet wil.'

'Maar als ze hem nou wil?'

'Dan zul je daar weinig tegen kunnen uitrichten. Grania is een volwassen vrouw, geen kind, Kathleen. Maar je bent meteen bang voor het allerergste. Hij is niet eens thuis, ze past alleen op zijn dochter terwijl hij weg is, er is geen enkele reden om te denken dat...'

Kathleen rukte zich los uit Johns armen en wrong haar handen in wanhoop. 'Nee! Je hebt het mis! Ik ken die blik, John, ik zie aan haar ogen dat ze... Op hem! Hoe moet het dan met Matt? Misschien moet ik hem bellen, zeggen dat hij moet komen... Ze begrijpt het niet, ze weet het niet...'

'Kathleen, schat, doe nou rustig.' John zuchtte. 'Je mag je niet bemoeien met het leven van je dochter. Er is iets wat ze niet vertelt over Matt, en zolang ze dat niet doet, gaat het ons ook niet aan. Maar misschien zou je je beter voelen als je haar vertelt wat er in het verleden is gebeurd. Dat kan geen kwaad en dan begrijpt Grania misschien waarom je het zo moeilijk vindt dat ze daar is.'

Kathleen trok haar wenkbrauwen naar hem op. 'Denk je?'

'Ja. Dan kan ze zelf beslissen wat ze ervan vindt. En nu vind ik het hoog tijd dat we naar bed gaan. Ik zweer je dat ik onze dochter niets laat overkomen zolang ik haar vader ben.'

Wat gekalmeerd glimlachte Kathleen flauwtjes naar haar echtgenoot.

'Dank je, lieverd, dat weet ik toch.'

Grania werd wakker van een harde klap. Ze schoot rechtop, tastte naar het lichtknopje en vroeg zich af of ze het geluid misschien had gedroomd. Op de wekker naast haar bed zag ze dat het een paar minuten over drie was. Het was doodstil, dus deed ze het licht weer uit en ging ze liggen om te gaan slapen.

Het zachte kraken van de houten vloer op de gang voor haar slaapkamerdeur zorgde ervoor dat ze even later weer rechtop zat. Ze luisterde ingespannen en hoorde eerst voetstappen en daarna een deur die openging. Grania stapte uit bed, deed voorzichtig de deur van haar slaapkamer open en tuurde de gang in. Aan het einde ervan stond een deur op een kier, er viel een flauwe streep licht door. Grania sloop er zachtjes heen, de houten vloer kraakte nu onder haar eigen voeten. Behoedzaam duwde ze de deur open. De slaapkamer erachter baadde in het maanlicht dat de kamer in scheen via de openslaande deuren naar een klein balkon. Het was ijskoud en Grania zag dat de deuren op een kier stonden. Voorzichtig liep ze erheen en met haar hart kloppend in haar keel stapte ze het balkon op.

Daar stond Aurora, als een geestverschijning in het maanlicht met haar armen uitgestrekt naar de zee, precies zoals die eerste keer dat Grania haar had gezien op het klif.

'Aurora,' fluisterde Grania, zich er akelig van bewust dat de balustrade slechts tot Aurora's bovenbenen reikte. Niet genoeg om het kind te beschermen tegen een val van ten minste zes meter. 'Aurora,' riep ze zachtjes, maar opnieuw kwam er geen reactie. Instinctief stak Grania haar hand uit en greep ze het meisje bij de arm, maar nog reageerde het kind niet. 'Kom binnen, liefje, alsjeblieft. Je wordt nog doodziek buiten.' Grania kon door het dunne nachthemd heen voelen hoe ijzig koud Aurora's lijfje was.

Plotseling wees Aurora naar de zee. 'Daar is ze... zie je?'

Grania volgde Aurora's wijsvinger en tuurde naar de rand van de kliffen. Haar adem stokte in haar keel. Stond daar nou een schaduwachtig silhouet in het maanlicht afgetekend, precies op de plek waar ze Aurora voor het eerst had gezien? Grania slikte, deed haar ogen even dicht en toen weer open. Nog een keer tuurde ze naar de plek, maar nu zag ze niets. Paniekerig begon ze aan Aurora's arm te trekken.

'Aurora! Kom naar binnen! Meteen!'

Aurora reageerde nu en draaide zich om, haar gezicht zo bleek als het maanlicht. Ze keek glimlachend en zonder iets te zeggen naar Grania op en liet zich mee naar binnen nemen. Grania nam het kind mee terug naar haar eigen slaapkamer en stopte haar daar weer in bed. Ze legde nog een extra deken vanaf het voeteneinde over het kind heen om haar warm te krijgen. Aurora zei niets; ze draaide zich alleen om en deed haar ogen dicht. Grania bleef bij haar zitten totdat ze hoorde dat Aurora's ademhaling regelmatig werd en het kind sliep.

Intussen zelf bibberend van kou en angst sloop ze op haar tenen de kamer uit, terug naar haar eigen slaapkamer.

Toen ze in bed lag, zag ze het beeld van het silhouet op het klif weer duidelijk voor zich.

Ze moest het zich verbeeld hebben... toch? Grania was niet iemand die in geesten geloofde; ze had altijd gelachen om haar moeder als die beweerde dat er meer tussen hemel en aarde was. Ze had het altijd afgedaan als een product van de levendige verbeeldingskracht van Kathleen.

Maar vanavond... vanavond... buiten op de kliffen...

Grania zuchtte. Belachelijk.

Ze sloot haar ogen en probeerde te slapen.

7

Toen Grania wakker werd, scheen er een flauw ochtendzonnetje door de ramen. Ze rekte zich uit, draaide zich om en zag dat het al over achten was. Op de boerderij zou ze allang wakker zijn geworden van de geluiden van haar vader en broer die bij dageraad naar de melkstallen vertrokken. Liggend op haar rug dacht ze huiverend terug aan de vreemde gebeurtenis van die nacht. Dat moest toch gewoon haar verbeelding zijn geweest? En in het heldere licht van die ochtend viel dat gemakkelijk te geloven.

Aurora was al in de keuken en zat een kom cornflakes te eten. Haar gezicht betrok toen ze Grania zag. 'Ik had je ontbijt op bed willen brengen,' pruilde ze.

'Dat is heel lief van je, maar ik vind het prima om het zelf te maken.' Grania vulde de waterketel en zette die op het fornuis. 'Hoe heb je geslapen?' vroeg ze voorzichtig.

'Heerlijk, dank je,' antwoordde Aurora. 'En jij?'

'Prima,' loog ze. 'Wil je een kop thee?'

'Nee, dank je. Ik drink alleen melk,' zei Aurora met haar volle lepel halverwege haar mond. Ze zweeg even en zei toen: 'Soms droom ik heel raar, Grania.'

'O ja?'

'Ja...' De lepel hing nog altijd in de lucht. 'Soms droom ik dat ik mijn moeder zie, dat ze buiten op de kliffen staat.'

Grania zei niets maar ging verder met theezetten en zag de volle lepel in Aurora's mond verdwijnen. Toen Grania ging zitten, zat Aurora peinzend op haar cornflakes te kauwen. Ze keek Grania aan.

'Maar dat is alleen maar een droom, hè? Mama is dood, ze kan niet terugkomen omdat ze in de hemel is. Dat zegt papa tenminste.'

'Ja.' Grania legde een geruststellende hand op Aurora's smalle schoudertje. 'Je papa heeft gelijk. Mensen die naar de hemel zijn gegaan kunnen niet terugkomen, hoe graag je dat ook zou willen...'

Nu was het Grania's beurt om een plotselinge steek van verdriet om haar eigen verlies in haar hart te voelen. Verdriet om het lieve, kostbare kindje dat nooit de kans had gekregen om te leven, dat in haar buik was gestorven voordat het adem kon halen. Maar die voortijdige dood betekende niet dat Grania zich niet allerlei voorstellingen had gemaakt van hoe haar kindje zou worden... wat voor een leven haar baby'tje voor zich had. De tranen sprongen haar opeens in de ogen en ze probeerde ze snel weg te knipperen.

'Maar soms voel ik dat ze er is,' ging Aurora verder, 'en weet ik zeker dat ik haar zie. Maar als ik dat tegen papa zeg, wordt hij boos en wil hij dat ik naar een dokter ga. Dus zeg ik dat maar niet meer,' voegde ze er bedroefd aan toe.

'Kom eens hier, liefje.' Grania stak haar armen uit en trok Aurora op haar schoot. 'Ik weet zeker, Aurora, dat je moeder heel veel van je hield. En dat jij ook heel veel van haar hield. Zelfs als je papa gelijk heeft en mensen niet terug kunnen komen uit de hemel, kun je nog wel het gevoel hebben dat ze bij je zijn en dat ze je beschermen en van je houden.'

'En dat vind je niet raar?' Aurora keek haar ernstig aan, op zoek naar geruststelling. 'Jij denkt niet dat ik gek ben?'

'Nee, ik denk niet dat je gek bent.' Grania streek over Aurora's roodgouden krullen en wond een lok haar om haar vinger. 'Luister,' Grania gaf het kind een kus op haar voorhoofd. 'Ik dacht dat jij vandaag eerst eens wat schoolwerk moest maken om je vader een plezier te doen, dan kan ik intussen schetsen van je maken voor het beeld dat je vader graag van jou wil hebben. Dan hebben we de middag vrij om te doen wat we willen. Heb je nog ideeën?'

'Nee.' Aurora haalde haar schouders op. 'Jij?'

'Nou, ik dacht dat we misschien eerst een broodje in Clonakilty moesten gaan eten en daarna naar het strand konden gaan.'

Aurora's gezicht lichtte op en ze klapte in haar handen. 'O! Ja! Alsjeblieft! Ik ben dol op het strand!'

'Afgesproken dan.'

Aurora zat aan de tafel en maakte haar sommen plichtsgetrouw en beantwoordde daarna zelfs nog een hele lijst met aardrijkskundevragen. Grania schetste haar vanuit verschillende standpunten, totdat ze het gevoel had dat ze Aurora's gezichtsvorm een beetje te pakken had. Halverwege de ochtend, toen Grania koffie voor zichzelf aan het zetten was, besefte ze opeens wat ze miste. 'Aurora, is hier ergens een radio of een cd-speler?' vroeg ze. 'Als ik in mijn atelier aan het werk ben, luister ik graag naar muziek.'

'Mama hield niet van muziek,' antwoordde Aurora zonder op te kijken.

Grania trok haar wenkbrauwen op, maar ging er niet verder op door. 'En een televisie?'

'In Londen hadden we er wel eentje. Ik vind het altijd leuk om tv te kijken.'

'Nou, je vader heeft wat geld achtergelaten. Wat vind je ervan om er een te gaan kopen? Zou je dat leuk vinden?'

Aurora's gezicht begon te stralen. 'Hartstikke leuk, Grania.'

'Denk je dat je vader het een probleem zou vinden?'

'O, nee, hij keek er in Londen ook naar.'

'Nou, dan kopen we er een in de stad, voordat we naar het strand gaan. En dan vraag ik mijn broer, Shane, om die voor ons te komen installeren. Hij is goed in dat soort dingen.'

'En nemen we dan een ijsje op het strand?'

'Ja,' zei Grania met een glimlach. 'Dan nemen we op het strand een ijsje.'

Nadat ze een televisie hadden gekocht, aten ze een broodje in Clonakilty en vervolgens reed Grania naar het fantastische strand van Inchydoney waar de stad beroemd om was. Ze keek hoe Aurora over het uitgestrekte, schone witte zandstrand in het rond wervelde en danste en ze voelde opeens een enorme behoefte de pure gratie waarmee het kind zich bewoog in een beeldje te vangen. Voor een jong kind dat nog nooit één dansles in haar leven had gehad, was haar natuurlijke gratie adembenemend. Haar armen bewogen zich sierlijk om haar lichaam, terwijl haar voeten moeiteloos van de grond opvlogen in een perfecte *jeté*. Even later plofte Aurora met een gezonde roze blos op haar wangen weer in het duinzand naast Grania neer.

'Je vindt dansen heerlijk, is het niet?' vroeg Grania.

'Ja.' Aurora lag met haar handen achter haar hoofd gevouwen naar de wolken te kijken die langs de hemel gleden. 'Ik weet niet echt hoe het moet, maar...' Aurora zweeg.

'Maar?' spoorde Grania haar aan.

'Het lijkt wel of mijn lichaam weet wat het moet doen. Als ik dans, denk ik nergens aan en voel ik me gewoon gelukkig.' Er gleed een schaduw over Aurora's gezicht en ze slaakte een zucht. 'Ik wou dat ik me altijd zo kon voelen.'

'Denk je dat je graag zou leren dansen? Echt, bedoel ik. Balletlessen?'

'O, dat zou ik fantastisch vinden. Maar papa heeft dat ooit eens aan mama voorgesteld en toen zei ze "nee". Ik weet niet waarom.' Aurora trok haar kleine wipneusje op.

'Nou,' zei Grania voorzichtig. 'Misschien was dat omdat ze je nog te jong vond. Ik weet zeker dat ze het niet erg zou vinden als je het nu probeert, denk je niet?'

Grania wist dat het belangrijk was dat dit Aurora's eigen beslissing was, niet die van haar.

'Misschien... maar waar zou ik dat dan kunnen leren?' vroeg Aurora twijfelachtig.

'Ik weet dat er iedere woensdagmiddag balletles is in Clonakilty, Daar heb ik vroeger zelf ook op gezeten.'

'Dan is die lerares vast al heel oud.'

'Nou, niet zó oud, hoor.' Grania giechelde verstolen. 'En dat ben ik ook niet. Nou? Zullen we er morgen eens gaan kijken?'

'Moet ik dan geen balletschoenen hebben en zo'n ding dat ballerina's aanhebben?' vroeg Aurora zich af.

'Je bedoelt een tutu?' Grania dacht even na. 'Ik denk dat we morgen het beste eerst kunnen gaan kijken en als je denkt dat je het leuk vindt en ermee door wilt gaan, gaan we in Cork alles kopen wat je nodig hebt.'

'Maar lachen de andere meisjes me niet uit als ik in mijn gewone kleren ben?'

Dat was natuurlijk de meest voor de hand liggende angst voor een verlegen meisje van acht. 'Ik denk dat ze, als ze je zien dansen, niet eens zien wat je aanhebt.'

'Goed dan,' antwoordde Aurora onzeker. 'Maar als ik het niet leuk vind, hoef ik nooit meer, hè?'

'Natuurlijk niet, schatje.'

Die avond kwam Shane de televisie installeren in de zitkamer. Aurora dartelde opgewonden om hem heen en luisterde aandachtig toen hij haar geduldig uitlegde hoe de afstandsbediening werkte. Toen Aurora eenmaal voor het toestel zat, vertrokken broer en zus naar de keuken.

'Wil je wat drinken? Ik heb mezelf getrakteerd op een fles wijn toen ik in de stad was,' zei Grania terwijl ze de fles ontkurkte.

'Een klein glaasje dan, maar je weet dat ik geen wijndrinker ben,' zei Shane. Hij ging zitten en keek om zich heen. 'De boel kan hier wel een verfje gebruiken, vind je niet?'

'Ja, maar het heeft natuurlijk vier jaar leeggestaan. Misschien laat Alexander het wel opknappen als ze besluiten hier te blijven.'

'Het is anders wel een godvergeten plek.' Shane dronk zijn wijnglas in twee grote slokken leeg, op de manier waarop hij een biertje achterover zou slaan. 'Ik vind het maar dapper van je dat je hier helemaal in je eentje met alleen dat kleintje als gezelschap woont. Het zou niks voor mij zijn, dat weet ik zeker. En ma is er ook niet bepaald gelukkig mee.'

'Dat heeft ze me overduidelijk gemaakt.' Grania schonk nog wat wijn in zijn glas. 'Mam is nooit iemand geweest die een blad voor de mond neemt, toch? Heb jij enig idee waarom ze zo'n hekel heeft aan dit huis en de familie die erbij hoort?'

'Geen idee,' zei Shane en klokte de wijn op dezelfde manier naar binnen. 'Maar het heeft vast iets te maken met het verre, grijze verleden. Maak je niet druk, Grania, we hebben er allemaal onder te lijden. Vorig jaar had ik iets met een meisje van wie de moeder bij ma in de klas had gezeten. Ma had haar nooit gemogen en bleef me er maar over aan mijn kop zeuren.' Shane glimlachte. 'Maar goed dat ze de ware niet voor me was. Maar ze heeft het hart op de goede plaats, die moeder van ons, Grania, dat weet je.'

'Ja.' Grania zuchtte. 'Tuurlijk. Maar soms is het moeilijk te bepalen of er wel een echte reden bestaat voor haar gevoelens.'

'Nou, ik weet in ieder geval dat ze het gisteravond met pa over je heeft gehad, dus je kunt morgen waarschijnlijk een bezoekje verwachten. Maar ik moet gaan. Het eten staat bijna op tafel en je weet hoe vervelend ze het vindt als we te laat zijn.' Shane stond op. 'Dat meiske daarbinnen is een leuk kind, dat een moeder nodig heeft en wel wat liefde kan gebruiken, zou ik denken,' zei hij met een gebaar naar de zitkamer. 'En je weet het, Grania: als je iets nodig hebt terwijl je hier zit, moet je me gewoon even op mijn mobieltje bellen. Dan hoeft ma niet eens te weten dat ik naar je toe ga. Eén ding is zeker,' voegde hij eraan toe terwijl hij Grania een zoen op haar wang gaf, 'veranderen zal ze nooit. Tot later.'

Voordat ze naar bed ging die avond, liep Grania naar het einde van de gang en deed ze de deur van de slaapkamer, waar ze Aurora de nacht ervoor op het balkon had aangetroffen, open. Toen ze het licht aandeed, rook ze een zweem parfum die in de lucht hing. Haar ogen gingen naar de elegante kaptafel met drie spiegels, waar allerlei vrouwelijke verzorgingsspulletjes op stonden uitgestald. Ze liep erheen en pakte een prachtige ivoren haarborstel op met de initialen 'LL' in de achterkant gegraveerd. Ze draaide hem om en zag dat er nog een lange, roodgouden haar in de borstel hing. Grania huiverde

– ze vond de dingen die de doden achterlieten altijd een beetje eng.

Grania keerde zich om en keek naar het opgemaakte bed dat was bedekt met kussens, alsof het wachtte op degene die erin hoorde. Toen liep ze naar de mahoniehouten kast en, niet in staat zich te bedwingen, draaide ze de sleutel om. Zoals ze al had gedacht, hingen Lily's kleren er nog en het parfum waarvan nog een vleugje in de kamer hing, was sterker te ruiken in de kast.

'Je bent dood... weg...'

Grania sprak de woorden hardop uit alsof ze zichzelf ervan moest overtuigen. Voor ze de kamer uit ging, pakte ze de sleutel uit het sleutelgat aan de binnenkant van de deur en draaide die vanaf de buitenkant op slot. Daarna liep ze naar haar slaapkamer en legde de sleutel in het laatje van haar nachtkastje. In bed vroeg ze zich af of het goed was voor Aurora dat er na de dood van haar moeder blijkbaar niets was aangeraakt in haar slaapkamer. Het leek een soort schrijn, die het gevoel dat Lily nog leefde misschien versterkte en in stand hield.

'Het arme kind,' fluisterde Grania slaperig in zichzelf. Hoewel ze vermoedde dat haar eigen moeder wel erg dramatisch tegen de familie Lisle aankeek, waren het huis en zijn bewoners ongetwijfeld een beetje vreemd.

Grania schrok wakker en merkte dat het lampje op haar nachtkastje nog brandde. Ze hoorde voetstappen op de gang en liep naar de deur van haar kamer om die zachtjes open te maken. Aurora stond aan het einde van de gang en probeerde de deurknop van de kamer van haar moeder om te draaien.

Grania knipte het licht aan op de overloop en liep naar haar toe. 'Aurora,' zei ze voorzichtig terwijl ze haar hand op de schouder van het meisje legde. 'Ik ben het, Grania.'

Aurora keerde zich naar haar toe, haar gezicht verward en bezorgd.

'Schatje, je hebt weer gedroomd. Kom maar mee, terug naar bed.' Grania probeerde haar van de deur weg te leiden, maar Aurora schudde haar hand van haar schouder en keerde zich weer om naar de deurknop waar ze met groeiende wanhoop aan draaide. 'Aurora, wakker worden! Je droomt,' herhaalde Grania.

'Waarom gaat de deur niet open? Mama roept me, ik moet naar haar toe. Waarom kan ik niet naar binnen?'

'Aurora.' Grania schudde haar zachtjes door elkaar. 'Je moet wakker worden, liefje.' Ze probeerde Aurora's vingertjes los te wurmen van de knop, wat uiteindelijk lukte. 'Kom, liefje, dan breng ik je terug naar bed en stop ik je lekker in.'

Plotseling verdween alle verzet uit Aurora en drukte het kind zich huilend tegen Grania aan. 'Ze riep me... ik hoorde haar... Grania, ik hoorde haar.'

Grania voelde dat Aurora hevig begon te beven, dus tilde ze haar op en droeg haar terug naar haar bed. Daar veegde ze zachtjes de tranen van haar gezichtje en streelde haar haar.

'Lieve Aurora, je hebt het gedroomd, begrijp je dat niet? Het is niet echt, dat weet ik zeker.'

'Maar ik hoor haar, Grania, ik hoor haar stem. Ze vraagt of ik naar haar toe kom.'

'Ik weet het, schatje, en ik geloof je. Veel mensen hebben levensechte dromen, vooral over mensen die ze zijn verloren en heel erg missen.'

'Soms denk ik,' Aurora veegde met haar hand haar neus af, 'dat ze wil dat ik ook naar de hemel kom. Mama zegt dat ze eenzaam is en me nodig heeft om haar gezelschap te houden. Ze denken dat ik gek ben... maar dat ben ik niet, Grania, dat weet ik zeker.'

'Dat weet ik toch, liefje,' zei Grania troostend. 'Nou, waarom doe je je ogen niet dicht, dan blijf ik hier totdat je slaapt.'

'Ja, ik ben wel een beetje moe...' Aurora deed wat haar was gezegd en terwijl Grania haar over haar voorhoofd streelde, mompelde ze: 'Ik hou van je, Grania. Ik voel me veilig bij jou.'

Uiteindelijk sukkelde Aurora in slaap en sloop Grania, uitgeput, op haar tenen terug naar haar eigen kamer.

8

De volgende middag reed Grania met een nerveuze Aurora naar Clonakilty. ‘Echt, als je de balletles niet leuk vindt, hoef je nooit meer,’ stelde ze het kind gerust.

‘Ik weet dat ik het dansen wel leuk zal vinden, maar ik ben bang dat de andere meisjes me raar vinden,’ bekende Aurora. ‘Kinderen van mijn leeftijd vinden me nooit leuk.’

‘Ik weet zeker dat dat niet waar is, Aurora. En zoals mijn moeder altijd zegt: je moet iets altijd een keer proberen.’

‘Jouw moeder lijkt me aardig,’ zei Aurora terwijl ze uit de auto stapte. ‘Denk je dat we een keer naar jullie boerderij kunnen zodat ik haar kan ontmoeten?’

‘Ik weet zeker dat dat geregeld kan worden. Ik ga zelfs een kop thee met mijn moeder drinken zo, terwijl jij balletles hebt.’ Grania nam Aurora mee het gemeenschapshuis in.

Miss Elva, Grania’s vroegere balletlerares met wie ze eerder al had gesproken, gaf Grania een zoen. ‘Grania, geweldig je te zien.’ Vervolgens glimlachte ze warm naar Aurora. ‘En jij moet Aurora zijn.’ Miss Elva knielde voor het meisje neer en pakte haar handen. ‘Je weet toch wel dat je naar de mooie prinses uit het ballet *The Sleeping Beauty* bent genoemd?’

Aurora zette grote ogen op. ‘Nee, dat wist ik niet.’

‘Nou,’ zei Miss Elva en ze stak haar hand uit naar Aurora. ‘Kom maar met me mee, dan stel ik je voor aan de andere meisjes in je klas. Zeg Grania maar gedag, dan zien we haar over een uurtje weer.’

‘Oké.’ Aurora legde verlegen haar hand in die van Miss Elva en ging met haar mee de deuren van de balletstudio door.

Grania liep het gebouw uit en de smalle, drukke straat met de in vrolijke kleuren geschilderde huizen in – zoals in Ierland de gewoonte is. Ze zag haar moeder door het raam van het O'Donovan's Café al aan een kop thee zitten.

'Hi, mam, hoe is het?' Grania gaf haar een zoen en ging tegenover haar zitten.

'Prima. Met jou?'

'Goed, mam.' Grania keek op de kleine menukaart en bestelde een pot thee met een scone erbij.

'Dus dat kind is naar haar eerste balletles?'

'Ja, en ik denk werkelijk dat ze het talent heeft om heel goed te worden, al heb ik er natuurlijk geen verstand van. Ze is zo gracieus, mam, soms betrap ik me erop dat ik naar haar zit te staren – gewoon omdat ze zich zo prachtig beweegt.'

'Ja, dat is logisch.' Kathleen knikte. 'Het is niet gek dat ze talent heeft, het zit tenslotte in haar bloed,' verzuchtte ze.

'Echt?' Grania trok haar wenkbrauwen op. De thee werd gebracht. 'Was haar moeder danseres?' vroeg ze.

'Nee, maar haar grootmoeder wel. En destijds nog heel beroemd ook.'

'Het verbaast me dat Aurora het daar niet over heeft gehad.' Grania nam een hap van haar scone.

'Misschien weet ze het niet. Vertel eens, hoe is het daarboven in Dunworley House?'

'Het is... oké.' Grania wilde aan de ene kant graag met haar moeder praten over Aurora's nachtelijke escapades en de vreemde sfeer die er in het huis hing, maar aan de andere kant wilde ze niet nog meer olie op het vuur van Kathleens onvrede gooien. 'Aurora lijkt te ontspannen en uit haar schulp te kruipen bij me. Zoals je weet heb ik een televisie voor haar gekocht en daar geniet ze van. Ik heb het gevoel dat ze...' Grania zocht naar de juiste woorden, '...meer normale, gewone dingen nodig heeft. Ze is zo'n groot deel van haar leven afgesloten geweest van de buitenwereld, dat lijkt me niet goed voor haar. Eenzame afzondering geeft haar veel te veel tijd om in haar hoofd bezig te zijn. En daarom gaat haar fantasie af en toe met haar op de loop, volgens mij.'

'Fantasie?' Kathleen glimlachte wrang. 'Ze zal wel beweren dat ze haar moeder heeft gezien, vermoed ik?'

'Ja, maar we weten natuurlijk dat ze zich dat inbeeldt.'

'Dus jij hebt haar moeder nog niet op de kliffen zien staan?' Kathleens ogen twinkelden.

'Mam, doe normaal! Je maakt een grapje, toch?'

'Niet helemaal, Grania. Ik heb het zelf nooit meegemaakt, maar ik kan je een aantal dorpelingen noemen die zweren dat ze haar daar hebben gezien.'

'Maar dat is natuurlijk onzin.' Grania nam een nerveuze slok van haar thee. 'Het probleem is denk ik dat Aurora echt gelooft dat ze haar moeder ziet. Ze... slaapwandelt en als ik haar dan probeer wakker te maken, zegt ze dat haar mama haar roept.'

Uit gewoonte sloeg Kathleen een kruis en ze schudde haar hoofd. 'Nou, hoe die vader het in zijn hoofd heeft kunnen halen hier terug te komen met haar is mij een raadsel. Maar het is onze zaak niet om ons dat af te vragen. Hoewel jij wel degene bent die met de zorg voor die kleine meid zit opgezadeld.'

'Dat vind ik niet erg. Ik hou van haar en ik wil proberen haar te helpen, als ik kan,' antwoordde Grania verdedigend. 'Maar waar wilde je me eigenlijk over spreken?'

'Tja, Grania.' Kathleen leunde naar voren en dempte haar stem. 'Ik heb het er met je vader over gehad en hij denkt dat ik je het beste maar kan vertellen waarom jouw betrokkenheid bij de Lisle's me zo veel zorgen baart.' Kathleen stak haar hand in haar boodschappentas en haalde daar een dikke bundel brieven uit.

Grania zag aan de vergeelde randen dat ze oud moesten zijn. 'Wat zijn dat, mam. Van wie komen die?'

'Ze zijn van Mary, mijn grootmoeder.'

Grania fronste haar voorhoofd en zocht haar geheugen af naar een herinnering. 'Heb ik haar ooit gekend?'

'Toen ze stierf was jij pas een jaar, dus kun je je haar niet herinneren, maar Mary heeft je vaak genoeg paardje laten rijden op haar knie. Ze was een geweldige vrouw en ik was heel dol op haar. Sommige mensen zouden zeggen dat ze haar tijd vooruit was, een sterke, zelfstandige vrouw in een tijd waarin dat moeilijk was.' Kathleen grijnsde. 'Ze was onafhankelijk en vol energie en ik vind zelfs dat jij op haar lijkt, Grania.'

'Dat is een compliment, neem ik aan?' zei Grania met opgetrokken wenkbrauwen.

'Dat is zeker een compliment! Uiterlijk lijk je trouwens ook op haar.' Kathleen maakte de bovenste envelop open en gaf Grania een klein, sepiakleurig fotootje. 'Dat is ze... je overgrootmoeder.'

Grania bestudeerde de foto en moest toegeven dat het waar was. Ze zag haar eigen gezicht en kleur haar onder het hoedje van de vrouw in ouderwetse kleding vandaan komen. 'Wanneer is deze genomen, mam?'

'Ik schat dat Mary toen ergens in de twintig was, dus is die foto waarschijnlijk in Londen gemaakt.'

'Londen?' Grania keek verbaasd. 'Wat deed ze daar?'

'Nou, dat ontdek je wel als je haar brieven leest.'

'Je wilt dat ik ze lees?'

'Ik dwing je niet, maar als je wilt begrijpen wanneer het allemaal begon met de Lisle's, stel ik voor dat je dat doet. Bovendien verjagen die misschien de eenzaamheid daar zo in je eentje 's avonds in dat grote huis. En het is nog een prima plek om ze te lezen ook, gezien de tijd die Mary daar heeft doorgebracht.'

'Dus jij denkt dat dit alles uitlegt?'

'Nee.' Kathleen schudde haar hoofd. 'Dat zeg ik niet. Dit is alleen het begin. Dan kan ik je daarna de rest vertellen.' Kathleen keek op haar horloge. 'Ik moet gaan.'

'Ik ook.' Grania riep de serveerster en zei: 'Ga jij maar, mam, ik betaal wel.'

'Dank je, Grania.' Kathleen stond op en gaf haar dochter een zoen. 'Pas goed op jezelf, en tot gauw.'

'Dat doet me eraan denken: zou je het echt vervelend vinden als ik Aurora een keer meeneem naar de boerderij? Ze wil je heel graag ontmoeten en ze wil de beesten zien.'

'Ach, wat kan het ook voor kwaad,' zei Kathleen met een zucht. 'Bel alleen even voordat je komt.'

'Bedankt, mam.' Grania glimlachte. Ze betaalde de rekening, stopte de dikke bundel enveloppen in haar handtas en liep de straat af om Aurora op te gaan halen. Toen ze aankwam, zag ze dat de andere meisjes al naar de kleedkamer waren om zich om te kleden, maar Aurora stond nog samen met Miss Elva in de balletstudio. Miss Elva zag dat Grania door de glazen ruitjes tuurde, zei iets tegen Aurora die knikte, en kwam de studio uit om met Grania te praten.

'Hoe ging het?' vroeg Grania benieuwd.

'Nou, dat meisje is ongelofelijk,' zei Miss Elva op gedempte toon, omdat de andere meisjes de kleedkamer uit kwamen om naar buiten te gaan. 'Je vertelde dat ze nog nooit in haar leven een balletles heeft gehad?'

'Nee.' Grania schudde haar hoofd. 'Dat zegt ze tenminste en ik zou niet weten waarom ze daarom zou liegen.'

'Aurora heeft werkelijk alles wat je zou willen voor een toekomstige balletdanseres. Een hoge wreef, de perfecte fysieke proporties, een natuurlijk talent... om eerlijk te zijn, Grania, kon ik mijn ogen nauwelijks geloven.'

'U denkt dus dat ze door moet gaan?'

'Absoluut. En snel ook. Eigenlijk loopt ze nu al vier jaar achter en zodra haar lichaam volwassen begint te worden is het veel moeilijker om alles te leren. Maar dit is niet het juiste klasje voor haar. Binnen een paar lessen is ze hun ontgroeid. Ik weet niet hoe haar thuissituatie is, maar ik zou haar zeker een paar privélessen per week willen geven.'

'Het gaat erom wat Aurora graag wil,' zei Grania.

'Nou, dat heb ik haar net gevraagd en ze leek enthousiast. Grania, als dat kind wat meer techniek leert, zie ik haar over een paar jaar zo toegelaten worden op de Royal Ballet School in Londen. Misschien kan ik eens met haar ouders praten?'

'Aurora's moeder is overleden en haar vader zit in het buitenland. Ik zorg op het moment voor haar. Ik zal eerst eens aan Aurora vragen hoe ze het vond en of ze door wil gaan.'

Miss Elva knikte, terwijl Aurora, die genoeg had van het wachten in de studio, naar buiten kwam.

'Hi, schat, Miss Elva zegt dat je het leuk vond. Was dat zo?' vroeg Grania.

'O, ja.' Aurora's ogen straalden van vreugde. 'Ik vond het fantastisch.'

'Goed zo. Dus je wilt wel terugkomen hier?'

'Ja, natuurlijk. Miss Elva en ik hebben het er al over gehad. Ik mag toch terugkomen, hè, Grania?'

'Dat geloof ik zeker, ja. Maar misschien moet ik eerst met je vader overleggen om er zeker van te zijn dat het goed is.'

'Oké,' zei Aurora onwillig. 'Dag, Miss Elva, en dank u wel.'

'Ik hoop je volgende week te zien, Aurora,' riep Miss Elva hen na toen Grania en Aurora terug naar de auto liepen.

Die avond was Aurora helemaal opgewonden over haar balletles en ze liet Grania alles zien wat ze had geleerd. Ze maakte pirouettes, balletsprongen en deed allerlei posities voor, terwijl Grania stond te koken.

'Wanneer kunnen we naar Cork om balletspullen te kopen? Morgen?'

'Misschien,' zei Grania na het eten. 'Maar ik vind echt dat ik het eerst aan je vader moet vragen.'

'Als ik het graag wil,' zei Aurora pruilend, 'dan zal hij toch geen "nee" zeggen?'

'Nee, dat denk ik niet, maar ik wil het gewoon graag zeker weten. Zal ik je een verhaaltje voorlezen?'

'Ja, graag,' zei Aurora gretig en Grania pakte haar hand om samen de trap op te gaan. 'Ken je *The Sleeping Beauty* en de prinses, Aurora, naar wie ik ben genoemd? Dat ballet zou ik ooit heel graag willen dansen,' zei Aurora dromerig.

'Ik weet zeker dat die droom uit zal komen, liefje.'

Toen Aurora sliep, liep Grania beneden Alexanders werkkamer binnen. Ze vond zijn mobiele nummer op de contactlijst en toetste dat in. Ze kreeg meteen de voicemail.

'Hallo, Alexander, je spreekt met Grania Ryan. Met Aurora gaat het prima en mijn excuses dat ik je lastigval, maar ik wilde even checken of het goed is dat Aurora balletles neemt. Ze heeft vandaag een proefles gehad waar ze erg van heeft genoten en ze wil er graag mee doorgaan. Misschien kun je me even bellen of een sms'je sturen...' Grania dacht haastig na, voordat ze zei: 'Als ik niets van je hoor de komende twee, drie dagen, neem ik aan dat het goed is. Ik hoop dat alles oké is met je. Dag.'

Ondanks zichzelf was Grania een beetje bang toen ze die avond naar bed ging. Gespitst op voetstappen in de gang, kon ze niet slapen, hoe hard ze haar best ook deed. Om drie uur – het moment dat ze de nachten daarvoor wakker was geworden – liep Grania op haar tenen naar Aurora's kamer. Daar lag het kind vredig te slapen. Gerustgesteld ging Grania terug naar haar eigen slaapkamer, waar ze de bundel enveloppen tevoorschijn haalde die haar moeder haar had gegeven. Ze trok het lintje dat ze samenbond los, maakte de eerste brief open en begon te lezen...

AURORA

Nou, het verhaal is begonnen. En een aantal van de karakters is neergezet. Inclusief dat van mij, natuurlijk. Zoals gewoonlijk ben ik het middelpunt. Achteraf zie ik dat ik een kind was waarvan werd gehouden, maar dat ook de nodige problemen had, waardoor volwassenen je veel vergeven.

Ik ga dit verhaal niet verknoeien door nu al te veel te vertellen over mijn nachtelijke omzwervingen. Maar ik heb het al even aangeroerd voor het 'effect', vooral wat betreft mezelf. En bovendien wordt de ragfijne sluier tussen werkelijkheid en droom in de tweede akte van The Sleeping Beauty *door prinses Aurora zelf geopend, met behulp van de Lila Fee.*

Wie bepaalt wat echt is en wat niet?

Ik heb je al vanaf het begin verteld dat ik geloof in magie.

En vandaag heb ik ook ontdekt dat ik niet alleen vernoemd ben naar een prinses in een sprookje, maar ook naar een mystieke constellatie van sterren die de nachtelijke hemel verhelderen. Ik hou van het idee een ster te zijn, voor altijd vanuit de hemel neer te schijnen, hoewel ik blij ben dat mijn tweede naam geen 'Borealis' is.

Nu gaan we terug in de tijd en dat vraagt meer van mijn schrijfkunsten. Tot nu toe heb ik de mensen uit mijn verhaal levend en ademhalend gekend: Grania, die zo veel verdriet had om het baby'tje dat ze had verloren en zo in verwarring was over de man van wie ze hield. Ik begrijp nu hoe kwetsbaar ze was. Een gemakkelijk slachtoffer voor een kind dat een moeder nodig had. Met bovendien een knappe vader die zijn best deed alles aan te kunnen.

Kathleen. Haar kennis over het verleden maakt haar wanhopig, maar ze is onmachtig haar kind te beschermen.

En Matt, die goede Matt, zo van streek en hulpeloos, overgeleverd aan de genade van die vreemde wezens, zonder wie mannen in mijn ogen niet kunnen – maar ook niet met – vrouwen.

We leren veel vrouwen kennen in de volgende honderd pagina's. En we ontmoeten goede en slechte mannen – een hele reeks van mensen die voor ieder sprookje interessant zouden zijn. In een tijd die donkerder was dan nu, een tijd waarin een mensenleven weinig waard was, waar het belangrijkste waar we naar streefden gewoon overleven was.

Ik had hier graag kunnen constateren dat we daaruit een les hebben geleerd.

Maar mensen kijken zelden achterom naar het verleden, totdat ze beseffen dat ze dezelfde fouten hebben gemaakt. Maar dan zijn hun meningen niet meer relevant, omdat ze schijnbaar te oud zijn om jonge mensen te begrijpen. En dus blijven we een even gemankeerde en magische soort als we nu zijn.

Nu gaan we terug naar die kliftop in Dunworley Bay, waar mijn verhaal begon...

9

WEST-CORK, IERLAND, AUGUSTUS 1914

'Mijn mobilisatieoproep is gekomen. Ik moet me morgen melden in de Wellington Barracks in Londen.'

Mary, die genoot van de ongewoon blauwe zee beneden haar – de hete augustuszon veranderde de troebele, grimmige kleuren van Dunworley Bay in een ansichtkaart van de Franse Rivièra – bleef abrupt stilstaan en liet Seans hand los.

'Wát?' vroeg ze ontzet.

'Mary, schat, je wist net zo goed als ik dat dit eraan kwam. Als reservist van de Irish Guards moet ik, nu er oorlog met Duitsland is uitgebroken, de geallieerden helpen die te winnen.'

Mary keek haar verloofde strak aan en vroeg zich af of het hem in zijn bol was geslagen. 'Maar we gaan over een maand trouwen! We zijn halverwege de bouw van ons huis! Je kunt toch niet zomaar vertrekken!'

Sean keek met een glimlach op haar neer, zijn vriendelijke ogen vol begrip over haar geschoktheid. Eigenlijk was het voor hem ook een schok geweest, hoewel hij reservist was. Maar een gedachte en het verwezenlijken daarvan, waren twee verschillende dingen. Hij stak zijn arm uit om Mary tegen zich aan te trekken – met zijn lengte van een meter negentig en de hare van een meter vijfenvijftig, was dat een heel eind – maar ze verzette zich.

'Kom nou, Mary. Ik moet gaan en vechten voor mijn land.'

'Sean Ryan!' Mary zette haar handen in haar zij. 'Het is niet jóúw land waar je voor gaat vechten! Het is Engeland, het land dat dit land al driehonderd jaar onderdrukt!'

'Ach, Mary. Mr Redmond moedigt ons aan te gaan vechten voor de Britten. Je weet toch dat er een wet door het Britse parlement zal worden aangenomen waarin Ierland de onafhankelijkheid krijgt. Zij verlenen ons daarmee een gunst en daar moeten we nu iets voor terugdoen.'

'Gunst? De mensen aan wie dit land behoort zeggenschap geven over hoe het geregeerd moet worden? Nou,' Mary ging abrupt op een rots zitten, 'wat een geweldige gunst, zeg!' Ze sloeg haar armen over elkaar en staarde koppig voor zich uit over de baai.

'Jij wordt toch ook snel lid van de National Party?' Sean begreep haar behoefte om iemand anders de schuld te geven van de catastrofe die hij in haar leven bracht.

'Als ik daarmee mijn man bij me hou – waar hij thuishoort – ben ik tot alles in staat.'

Sean hurkte naast haar op de grond neer – de knieën van zijn lange benen kwamen zo ongeveer tot aan zijn oren. Hij wilde haar hand pakken, maar ze weerde hem af. 'Mary, liefje, alsjeblieft. Het betekent alleen dat onze plannen worden uitgesteld, niet afgelast.'

Mary bleef naar de zee staren en negeerde hem. Uiteindelijk slaakte ze een zucht. 'En ik maar denken dat dat soldatengedoe van je niet meer was dan een jongensspelletje, een kans om met geweren te spelen en je stoer te voelen. Ik had nooit verwacht dat het werkelijkheid zou worden. Of dat ik jou erdoor zou kwijtraken,' voegde ze er zachtjes aan toe.

'Lieverd,' Sean stak zijn hand weer naar haar uit en dit keer accepteerde ze die. 'Het maakt niks uit of ik reservist ben of niet. John Redmond roept alle jongens op om zich aan te melden als vrijwilliger en te gaan vechten. Ik vind het alleen maar een voordeel dat ik tenminste wat training heb gehad, dat hebben anderen helemaal niet. En de Irish Guards... dat is een legereenheid om trots op te zijn. Ik zal daar onder mijn eigen volk zijn, Mary, en we zullen die moffen een lesje leren dat ze nooit zullen vergeten. Voor je het weet ben ik weer bij je terug in Ierland, dus maak je geen zorgen.'

Er volgde weer een lange stilte voordat Mary, haar stem verstikt van emotie, kon uitbrengen: 'O, Sean, kom je wel terug? Daar is geen garantie voor, dat weet je net zo goed als ik.'

Sean stond op en rechtte zijn rug. 'Mary, kijk eens goed naar me, schat. Ik ben ervoor gebouwd om te vechten. Je aanstaande man is echt geen doetje dat verslagen kan worden door een paar Duitsers. Ik pak er drie tegelijk en dan is het nog een ongelijke strijd.'

Mary keek met tranen in haar ogen naar hem op. 'Maar hoe groot en sterk je ook bent, tegen een kogel in je hart kun je niet op.'

'Liefje, denk nou niet aan zulke dingen. Ik weet toch hoe ik mezelf moet beschermen. Voor je het weet ben ik bij je terug.'

Mary keek Sean in zijn ogen en ontdekte daar een zweem van opwinding. Ze kon alleen zien dat hij misschien zou sterven, maar hij zag de glorie van de overwinning voor zich. Ze besefte dat hij hierop had gewacht. 'Dus morgen vertrek je naar Londen?'

'Ja. We gaan vanuit Cork. Alle reservisten uit de provincie Munster worden naar Dublin vervoerd om daar op de boot naar Engeland te stappen.'

Mary sloeg haar ogen neer en staarde naar de dikke, harde graspollen tussen haar voeten. 'Wanneer zie ik je dan weer?'

'Mary, dat kan ik niet weten,' antwoordde Sean zachtjes. 'Maar zodra ik verlof krijg, kom ik meteen naar je toe, schat.' Hij nam haar hand in de zijne. 'Het komt voor ons twee op een slecht moment, maar daar valt weinig aan te doen.'

'Hoe moet je vader het zonder jou redden op de boerderij?' vroeg Mary bezorgd.

'De vrouwen doen wat ze altijd doen in dit soort tijden: ze nemen het mannenwerk over. En mijn moeder heeft dat geweldig gedaan toen mijn vader in de Boerenoorlog vocht.'

'Heb je het haar al verteld?'

'Nee, ik wilde het jou als eerste zeggen, en het daarna aan haar vertellen – wat ik nu moet gaan doen. Ach, Mary, ik beloof je...' Sean sloeg zijn armen om haar heen en trok haar tegen zich aan. '...dat we trouwen zodra ik terug ben. Nou, liefje, loop je met me mee naar de boerderij?'

'Nee.' Mary schudde langzaam haar hoofd. 'Ik heb tijd voor mezelf nodig. Ga jij maar om het aan je moeder te vertellen.' Sean knikte zwijgend, gaf haar een kus op haar voorhoofd en stond op. 'Ik kom later nog bij je langs, om... afscheid te nemen.'

'Ja,' fluisterde ze in zichzelf, terwijl Sean langzaam de heuvel af liep. Ze wachtte totdat hij uit het zicht was verdwenen en sloeg toen haar handen voor haar gezicht om in snikken uit te barsten. Vanbinnen was ze woedend op de God aan wie ze zo veel uren haar zonden had opgebiecht. Ze kon helemaal niets bedenken wat ze verkeerd had gedaan, niets waardoor ze deze ramp zou verdienen.

In haar oude leven – het leven dat ze tot twintig minuten geleden had geleid, voordat hij haar het nieuws had verteld – zou ze binnen vier weken Mrs Sean Ryan zijn geweest. Dan had ze voor het eerst in haar leven een eigen thuis, eigen familie gehad, was ze een respectabele vrouw geworden. Plus het belangrijkste van alles: een man naast zich die zich niet druk maakte om waar ze vandaan kwam, maar gewoon van haar hield om wie ze was. Op haar trouwdag had haar verleden moeten verdwijnen. Dan kon ze haar betrekking als dienstmeid in Dunworley House opzeggen, geen vloeren meer hoeven schrobben en niet meer aan de wensen van de familie Lisle hoeven voldoen. Ze zou alleen haar eigen vloeren hebben om te schrobben.

Niet dat haar werkgever, de jonge Sebastian Lisle, onvriendelijk tegen haar was geweest in haar tijd in Dunworley House. Toen hij vier jaar geleden naar het weeshuis van de nonnen was gekomen, op zoek naar een meisje dat een betrekking in zijn huishoudelijke staf kon vervullen, had Mary gesmeekt om daarvoor in aanmerking te mogen komen. Maar de moeder-overste had dat niet toegejuicht – Mary was slim en een harde werker, die de andere weeskinderen goed kon helpen met lezen en schrijven. Het klooster kon haar goed gebruiken en Mary wist dat het de grootste wens van de moeder-overste was dat ze haar heilige gelofte aflegde en de rest van haar leven als non in het klooster zou blijven.

Maar dat was niet wat Mary wilde; ze had te veel twijfels – die ze voor zichzelf hield – over een God die zijn kudde zo liet lijden. Moederloze baby's die op de stoep voor het klooster werden achtergelaten, meestal om een paar maanden later ongeliefd een pijnlijke dood te sterven tijdens een difterie- of mazelenepidemie. Er was haar geleerd dat lijden deel uitmaakte van de weg naar de hemel en God zelf, en dus deed ze haar best om te geloven in Zijn Goedheid. Maar een leven dat alleen aan Hem was gewijd, opgesloten zijn binnen de muren van het klooster en nooit de wereld zien, was niet wat bij haar paste.

De moeder-overste had algauw toegegeven en ingezien dat Mary, snel van begrip en gezegend met een helder en onderzoekend verstand, niet de weg zou kiezen die zijzelf was gegaan. Maar met het feit dat Mary als dienstmeid zou beginnen, was ze helemaal niet gelukkig.

'Ik heb zitten denken dat je een betrekking als gouvernante zou kunnen zoeken,' drong ze aan. 'Je hebt een natuurlijk talent om kinderen te onderwijzen. Ik zou kunnen informeren... of er iets dergelijks vrijkomt tegen de tijd dat je achttien wordt.'

Maar voor de veertienjarige Mary was het ondenkbaar nog vier jaar te moeten wachten voordat haar leven kon beginnen. 'Eerwaarde moeder, het maakt me niet uit wat ik doe. Alstublieft, ik zou zo graag de kans krijgen aan Mr Lisle te worden voorgesteld als hij hier is,' had Mary gesmeekt.

Uiteindelijk had de moeder-overste daarin toegestemd. 'Je wordt aan hem voorgesteld en dan is het Gods wil die beslist of je gaat.'

Gelukkig voor Mary, bleek het Gods wil te zijn. Van de zes meisjes die de moeder-overste voordroeg voor de positie van *tweeny*; jongste keukenhulpje, had Sebastian Lisle haar gekozen. Mary had haar schamele bezittingen ingepakt en het klooster verlaten zonder ook maar één blik achterom.

Zoals de moeder-overste al had voorspeld, was de betrekking ver onder Mary's capaciteiten, maar na al die jaren in het klooster was ze niet bang voor hard werken. De zolderkamer die ze moest delen met een andere meid vond ze geweldig, nadat ze haar hele leven met elf andere meisjes op een slaapzaal had gelegen. Mary deed goed haar best en werkte vlijtig.

Het duurde niet lang voordat de jonge heer des huizes dat opmerkte.

Binnen een paar maanden klom Mary op naar binnenmeid, degene die het eten aan tafel serveert en reageert als een van de bewoners van het huis om een bediende belt. Onder het werk lette Mary aandachtig op hoe de heer des huizes en zijn gasten zich gedroegen, ze luisterde en leerde. De Lisle's waren Engels, een familie die bijna tweehonderd jaar eerder naar Ierland was gekomen om te heersen over de 'heidenen' die in het land woonden waarvan de Britten vonden dat het hun toebehoorde.

Mary leerde hun afgemeten manier van praten verstaan, raakte gewend aan hun vreemde, formele tradities en hun ingesleten, onwankelbare gevoel van superioriteit.

Het was geen veeleisende huishouding om te werken. De heer des huizes, Sebastian Lisle, een jongeman van negentien, woonde er met zijn moeder, Evelyn, die haar echtgenoot was kwijtgeraakt in de Boerenoorlog en nu op haar zoon vertrouwde om het huis en de landerijen voor haar te bestieren. Evelyn Lisle bleek nog een oudere zoon te hebben, Lawrence, die, net als zijn vader vroeger, in diplomatieke dienst werkte en in het buitenland woonde. De Lisle's bezaten nog een andere residentie in Londen: een chic wit huis – er hing een schilderij van in hun Ierse onderkomen. Een huis dat Mary deed denken aan een bruidstaart.

Mary droomde ervan om op een dag uit Ierland te vertrekken en de wereld te gaan zien. Maar tot het zover was, spaarde ze onder haar matras de paar shilling op die ze per week verdiende.

En twee jaar later ontmoette ze Sean Ryan.

De huishoudster had die dag last gehad van een verkoudheid en wilde niet in de stromende regen de heuvel naar de boerderij af lopen om eieren en melk te gaan halen. Dus was Mary erop uitgestuurd.

Mary was het klifpad af gelopen en doornat op het erf van de Dunworley-boerderij gearriveerd. Ze klopte op de deur en bleef druipend staan wachten, toen een zware stem achter haar had gevraagd: 'Kan ik u helpen, Miss?'

Mary had zich omgedraaid en omhooggekeken – en nog verder omhoog; in de vriendelijke groene ogen van een jongeman. Hij was ongewoon lang en breedgeschouderd – gebouwd voor het land, dacht ze. Een man van wie je gewoon zeker wist dat hij je zou beschermen tegen alle kwaad. Met die sterke, gespierde armen om je heen was je zo veilig als wat, wat er ook gebeurde.

Na die eerste ontmoeting zwierf Mary op haar vrije middag niet langer doelloos rond over de kliffen in de buurt van het huis. Sean kwam haar nu halen, op zijn fiets, en dan reden ze naar Rosscarberry, dronken ze thee in Clonakilty, of, als het mooi weer was, gingen ze een stuk lopen over het strand. Ze praatten eindeloos over van alles en nog wat en leerden van elkaar. Mary had op een kloosterschool gezeten, en Sean wist van alles over het bewerken van het land. Ze hadden het over Ierland, The Troubles, hun dromen en hoop voor de toekomst. Ze zouden uit Ierland weggaan en hun geluk in Amerika gaan beproeven. En soms praatten ze helemaal niet, maar waren ze gewoon stil samen.

De dag waarop Sean Mary mee naar huis nam om zijn familie te ontmoeten, was ze met knikkende knieën door hem mee de keuken in genomen. Maar Bridget, zijn moeder, en Michael, zijn vader, hadden Mary gastvrij en vriendelijk verwelkomd, nieuwsgierig naar alle verhalen over het reilen en zeilen in het 'Grote Huis'. En het feit dat ze hele pagina's uit de Bijbel kon opzeggen, plus – in het Latijn zelfs – delen uit de catechismus, was iets wat een glimlach van verwondering op hun door weer en wind getekende gezichten bracht.

'Je hebt een goeie te pakken, jongen,' had Bridget gezegd. 'En ik hoop dat je gauw een eerbiedwaardige vrouw van haar maakt. Het is tijd dat je trouwt, zoon.'

Sean had haar na anderhalf jaar verkering gevraagd zijn vrouw te worden en samen hadden ze de trouwdatum vastgesteld voor een jaar later.

'Zo, jongen,' had Michael, Seans vader, een paar dagen later na een glaasje whisky te veel gezegd. 'Je moeder en ik hebben het gehad over de toekomst. Onze boerderij is klein, vochtig en oud. We moeten overwegen een heel nieuw huis te bouwen. Ik denk dat daar aan de andere kant van de schuur een prachtig plekje voor is. Je moeder en ik zijn te oud om nog te verkassen, maar voor jou en Mary en de kleintjes die er vast zullen komen, en voor de kinderen van hun kinderen, moeten we daar plannen voor gaan maken.' Michael had een ruwe schets voor zijn zoon op tafel gelegd. 'Wat vind je hiervan?'

Sean had de schets bestudeerd – een goede, grote keuken, een zitkamer, een eetkamer, en zelfs ruimte voor een inpandige wc aan de achterkant van het huis. Vier slaapkamers plus een zolder die bewoonbaar kon worden gemaakt, mocht de familie zich verder uitbreiden. 'Maar pa, hoe komen we aan het geld om een nieuw huis te bouwen?' had Sean gevraagd.

'Daar hoef je je geen zorgen om te maken, zoon, ik heb wat opzijgezet. En we hebben natuurlijk geen arbeidskosten.' Michael had een klap op de tafel gegeven en gezegd: 'We bouwen het met onze eigen, blote handen.'

'Maar, pa,' had Sean met een zucht gezegd, 'al dat geld en al dat werk, en dan is het straks nog niet van ons. We zijn tenslotte maar pachters en de Lisle's blijven de eigenaars van het land met alles daarop.'

Michael nam nog een flinke slok van zijn whisky en knikte instemmend. 'Dat weet ik, zoon, en dat is inderdaad zo. Maar ik heb zo'n voorgevoel dat er de komende jaren het een en ander zal veranderen hier in Ierland. De stem van de National Party wordt met de dag sterker en de Britse regering begint te luisteren. Ik verwacht dat de

Ryans op een dag hun eigen land zullen bezitten. En we moeten naar de toekomst kijken, niet naar het verleden. Dus, wat vind je ervan?'

Toen Sean het plan van zijn vader aan Mary had verteld, had ze in haar handen geklapt van vreugde.

'O, Sean, een inpandige wc! En een nieuw huis voor ons en onze kinderen. Gaan ze er al gauw aan beginnen?'

'Ja, liefje.' Sean had met zijn hoofd geknikt. 'De jongens uit de buurt komen helpen.'

'Maar hoe zit het dan met onze plannen?' Mary's glimlach verflauwde. 'Hoe zit het dan met de wereld zien en op de boot naar Amerika stappen?'

'Ik weet het, schat, ik weet het,' had hij beaamd terwijl hij zijn hand over de hare legde. 'En dat houden we ook in ons achterhoofd. Maar zelfs als wij weggaan, hebben de Ryans een goed, nieuw dak boven hun hoofd nodig. En zou het ons allebei geen beter gevoel geven als we hen achterlaten in een solide huis, als we besluiten te vertrekken?'

'Ik dacht dat we dat al hadden besloten,' had Mary geantwoord.

'Dat hebben we ook, liefje, dat hebben we ook, maar alles op z'n tijd.'

Dus was het afgelopen jaar de fundering van het huis gelegd – na de toestemming van Sebastian Lisle om een nieuwe boerderij te bouwen. Iets wat, zoals Michael had opgemerkt, de Lisle's niks kostte en alleen de waarde van hun land maar verhoogde. En daarna begonnen de muren te verrijzen. Mary liep er vaak heen om alles vol bewondering te bekijken.

'Mijn huis,' fluisterde ze dan vol ongeloof tegen zichzelf.

Sean werkte ieder vrij moment aan het huis, en toen het vorderde en de kamers die eens van hen zouden zijn, vorm begonnen te krijgen, werd er steeds minder over een vertrek naar Amerika gepraat en steeds meer over de meubels die Sean in zijn werkplaats zou gaan timmeren. En over wie ze zouden uitnodigen om hun prachtige nieuwe huis te komen bekijken als ze getrouwd waren.

Mary had zelf geen familie, maar begon die van Sean als de hare te beschouwen. Ze hielp Coleen, zijn jongere zusje, met haar brieven, zijn moeder met het bakken van brood en ze leerde van zijn vader hoe de koeien gemolken moesten worden. En het gezin raakte net zo gesteld op de onzelfzuchtige, handige Mary.

Hoewel de Ryans niet rijk waren, zorgde hun veertig hectare land voor een gestadig inkomen. De boerderij voorzag in veel van hun dagelijkse behoeften zoals melk, eieren, vlees van de schapen en wol van hun vacht. Michael en Sean werkten vanaf de dageraad tot zonsondergang om ervoor te zorgen dat ze alles uit de boerderij haalden wat maar mogelijk was.

Aan de gezichten van de plaatselijke families die op visite kwamen om haar te ontmoeten, zag Mary dat ze een goede partij zou trouwen.

En nu zou alles weer van haar worden afgenomen. Mary veegde haar ogen ruw af met haar sjaal. Het was allemaal goed en wel dat Sean ervan overtuigd was dat hij veilig terug zou keren bij haar, maar stel dat dat niet zo was?

Mary zuchtte. Ze had kunnen weten dat het allemaal te mooi was om waar te zijn. Haar betrekking in Dunworley House had ze al opgezegd: ze zou de maand daarop vertrekken om alle voorbereidingen voor de trouwerij te treffen. Mary vroeg zich af of ze onder deze nieuwe omstandigheden niet moest terugkomen op dat besluit. Als ze bij de Ryans ging wonen totdat Sean terugkwam uit de oorlog, zou ze niet onafhankelijk zijn en geen eigen geld hebben. En als Sean niet terugkeerde, zou ze uiteindelijk als een ouwe vrijster sterven onder het dak van haar overleden verloofde.

Mary stond op, om terug te gaan naar Dunworley House. Hoewel Mrs O'Flannery, de huishoudster, haar niet echt mocht, waardeerde ze Mary's harde werken en Mary had een blik van spijt in haar ogen gezien op het moment dat ze haar ontslag nam. En ook Sebastian Lisle en zijn moeder hadden gezegd dat ze het jammer vonden dat ze vertrok.

Haar betrekking in Dunworley House zou ze wel kunnen houden, dat wist Mary haast zeker terwijl ze het klifpad op liep. In ieder geval totdat Sean terug was. Toen ze de keuken van het Grote Huis binnenliep, klemde ze haar kiezen op elkaar. Ze zou haar trots moeten inslikken en de glimp van vreugde om haar pech in de ogen van de huishoudster trotseren, maar Mary besloot dat dat toch de minste van de twee kwaden was.

Ze was het grootste gedeelte van haar leven afhankelijk van anderen geweest en eindelijk was ze daaraan ontsnapt.

Terug naar die gevangenis ging ze niet!

10

Nadat Mary Sean had uitgezwaaid om de oorlog in te gaan en ze zich op haar lippen had gebeten om haar emoties de baas te blijven, had ze zichzelf op de terugweg naar Dunworley House ferm toegesproken en was ze weer aan het werk gegaan.

De maanden gingen voorbij en het nieuws van het front filterde via Sebastian Lisle naar haar door. Hij was geabonneerd op *The Times* en ontving de krant een keer per week uit Engeland. Af en toe kwam er een brief van Sean, die meldde dat hij al in Frankrijk zat en had gevochten bij een stad die Mons heette, in België. Zo te lezen was hij enthousiast en genoot hij van de kameraadschap met de andere *Micks*, zoals de Ierse soldaten werden genoemd. Maar er waren ook al slachtoffers gevallen in hun bataljon; hij schreef over vrienden die dood of gewond waren.

Af en toe ging Mary op bezoek bij de Ryans, maar het zien van het half afgemaakte huis – niet meer aangeraakt sinds Sean en de rest van de jonge mannen uit het dorp waren vertrokken – maakte haar van streek.

Haar leven verkeerde in een vacuüm – ze kon alleen maar wachten totdat het lot haar toekomst zou beslissen.

Negen maanden later kwamen Seans brieven minder frequent. Mary schreef hem iedere week, en vroeg hem altijd wanneer hij dacht dat hij het verlof zou krijgen dat hem was beloofd. In zijn laatste brief had hij verteld dat hij naar de barakken van de Irish Guards in Londen was verscheept, maar slechts voor vier dagen – bij lange na niet genoeg tijd om helemaal naar West-Cork te komen. Mary las in *The*

Times dat er duizenden geallieerde soldaten waren omgekomen bij een stad die Ieper heette.

Sebastian Lisle was vijf maanden daarvoor uit Ierland vertrokken. Niet om te gaan vechten in de oorlog – hij leed aan astma – maar om te gaan werken bij wat hij als 'Buitenlandse Zaken' betitelde.

Dunworley House raakte in de greep van de verveling – met alleen Evelyn Lisle om voor te zorgen en zonder gasten, viel er weinig te doen voor de driekoppige staf. De tweeny werd ontslagen, wat betekende dat Mary haar taken moest overnemen. En, net zoals iedere levende ziel in Europa, hield Mary haar adem in en wachtte.

Achttien maanden later kwam Sebastian Lisle weer thuis. Het was prettig om in ieder geval een persoon te hebben om aan tafel te bedienen. Bovendien wist Evelyn Lisle haar lethargie van zich af te schudden en kwam ze ook weer naar beneden om de maaltijden met haar zoon in de eetkamer te gebruiken. Na twee dagen werd Mary ontboden in Sebastians werkkamer.

'U wilde mij spreken, sir?' vroeg Mary toen ze binnenkwam.

'Ja.' Sebastians waterige blauwe ogen leken dieper in hun kassen te zijn gezonken en hij zag er afgetobd en uitgeput uit; wel twee keer zo oud als hij in werkelijkheid was. Zijn rode haar begon spaarzamer te worden en even schoot de gedachte door Mary's hoofd dat een goede afkomst niet altijd betekende dat je er ook goed uitzag. 'De betrekking van huismeid is vrij in ons huis in Londen. Ik heb jou daarvoor voorgesteld, Mary. Wat vind je daarvan?'

Mary keek hem verbouwereerd aan. 'Ik? Naar Londen?'

'Ja. Nu ik hier terug ben, redden we het wel met Mrs O'Flannery en een dagmeisje uit het dorp. Terwijl het in Londen steeds moeilijker wordt om huishoudelijk personeel te krijgen. Er werken steeds meer meisjes in de munitiefabrieken en in de banen van de mannen, zoals buschauffeur en dergelijke, die ze overnemen. Mijn broer heeft me gevraagd of ik iemand hier in Ierland zou kunnen vinden en jij bent de meest voor de hand liggende keuze.'

'Londen...' fluisterde Mary. Daar waren Seans barakken. Misschien kon ze hem dan wel zien als hij de volgende keer verlof uit Frankrijk kreeg. En bovendien was het een avontuur... een kans waarvan ze wist dat ze die moest grijpen.

'Dat lijkt me fantastisch, sir. Zijn mijn taken ongeveer dezelfde als hier?'

'Min of meer, ja. Het is een veel groter huis dan dit en het had een huishoudelijke staf van twintig personeelsleden. Maar die is momenteel gereduceerd tot tien en iedereen steekt elkaar een handje toe. Je krijgt een uniform, een kamer die je deelt met een andere meid en een loon van dertig shilling per maand. Lijkt je dat wat?'

'Ja, ik denk het wel, sir.'

'Fijn, Mary. Laat me je besluit, zodra je het hebt genomen, alsjeblieft meteen weten, dan kan ik je eventuele overtocht naar Engeland regelen.'

Een paar dagen later liep Mary de heuvel af om op bezoek te gaan bij Seans ouders en hun te vertellen van haar besluit. Zoals ze al had verwacht, vonden ze het niet prettig dat de verloofde van hun zoon, terwijl hij weg was, uit Ierland zou vertrekken.

'Maar, Bridget,' troostte Mary zijn moeder terwijl ze samen theedronken in de keuken, 'ik wil graag gaan omdat ik Sean dan misschien kan zien als hij zijn volgende verlof krijgt.'

'Ja, dat kan allemaal wel zijn, maar de dochter van mijn neef is vorig jaar naar Londen vertrokken en zij zegt dat ze daar de huishoudelijke hulpen uit Ierland niet graag hebben. Ze kijken op je neer, zoals alle Engelsen op Ieren neerkijken.' Ze gnuifde.

'Alsof me dat iets kan schelen! Ik zal ze beter leren, maak je maar niet druk.' Niet van haar stuk gebracht lachte Mary haar toe – een glimp van opwinding in haar ogen die ze niet helemaal wist te verbergen.

'Beloof me in ieder geval, Mary, dat je als de oorlog voorbij is terug naar huis komt, terug naar je man. Goed?' bad Bridget haar.

'Je weet toch dat ik nergens liever ben dan aan Seans zijde? Maar zolang ik iets nuttigs kan doen terwijl ik op hem wacht en wat extra geld kan verdienen om weg te zetten voor onze toekomst, lijkt me dat ik dat moet doen.'

'Nou, pas goed op jezelf dan in die heidense stad,' zei Bridget, en bij de gedachte alleen ging er al een rilling door haar heen.

'Maak je geen zorgen, dat zal ik doen, dat zweer ik.'

Mary begon zonder een spoortje angst aan de lange reis. Eerst naar Dublin, toen met de boot naar Liverpool en daarna in een overvolle trein zuidwaarts. Uiteindelijk kwam ze aan in een enorm station. Ze zette haar koffer op het perron neer en keek om zich heen. Het was afgesproken dat ze door iemand werd afgehaald die een bordje met haar naam omhoog zou houden. Ze tuurde door de zee aan kaki uniformen, bezig met verdrietig afscheid nemen of blij begroeten, en ontdekte uiteindelijk een man in een prachtig uniform die een stuk karton met haar naam erop in de lucht hield.

'Hallo,' zei ze met een glimlach terwijl ze naar hem toe liep. 'Ik ben Mary Benedict.'

De man knikte ernstig. 'Volg mij, alsjeblieft.'

Buiten gebaarde de man dat ze achter in een glimmende zwarte auto moest plaatsnemen. Toen ze zat, voelde Mary verbaasd aan het zachte leer van de bekleding. Ze had het gevoel alsof ze een prinses was: nog nooit eerder had ze in een auto gezeten.

Mary tuurde uit het raampje naar de gaslampen boven hen – het leken wel enorme citroenijsjes op lange stokjes –, naar de menigte mensen die over de stoepen liepen en de hoge gebouwen die ze passeerden. Midden op de straten reden de trams af en aan. En de vrouwen, zag ze, droegen rokken die hun enkels vrijlieten! Toen reden ze langs een brede rivier, maar het was te donker om veel te kunnen zien. Uiteindelijk sloeg de chauffeur rechts af, weg van de rivier en een groot plein op dat aan alle kanten werd omringd door enorme witte huizen. Ze reden een smal steegje in, waar de chauffeur de auto parkeerde en gebaarde dat ze moest uitstappen.

'Deze kant op, alsjeblieft,' zei hij, en Mary liep achter hem aan het smalle steegje door. 'Dit is de personeelsingang van Cadogan House, die je altijd moet gebruiken.' Hij nam haar mee een trapje af en opende de achterdeur, die toegang gaf tot een klein halletje.

De volgende deur die hij opendeed gaf toegang tot een warme keuken met een laag plafond. In het midden stond een tafel met een groep mensen eraan, stuk voor stuk gekleed in een mooi uniform.

'Uw nieuwe huismeid is er, Mrs C,' zei de chauffeur met een knikje naar een gezette vrouw aan het hoofd van de tafel.

'Kom eens hier, dan kan ik je zien.' De vrouw wenkte Mary naar zich toe en toen ze naast haar stond, bekeek ze haar van top tot teen.

'Goedenavond, ma'am.' Mary maakte een buiging. 'Ik ben Mary Benedict.'

'En ik ben Mrs Carruthers, de huishoudster.' De vrouw was klaar met haar inspectie en knikte. 'Nou, je ziet er tenminste gezond uit, wat meer is dan ik kan zeggen van de laatste Ierse meid die we hier hadden. Die was binnen een week dood aan bronchitis. Toch, Mr Smith?' Ze keerde zich naar een kalende man die naast haar zat en barstte in een hartelijk lachen uit, waarbij haar stevige boezem hevig op en neer zwoegde.

'Ik denk wel dat ik gezond ben, ma'am,' antwoordde Mary. 'Ik ben zelfs nog niet één dag ziek geweest in mijn leven.'

'Nou, dat is dan in ieder geval een begin, neem ik aan,' merkte Mrs Carruthers op.

Mrs Carruthers sprak met een vreemd accent. Mary moest haar best doen om te begrijpen wat ze zei.

'Ik neem aan dat je honger hebt. Dat hebben jullie Ieren altijd.' Ze wees naar een stoel aan het einde van de tafel. 'Zet je hoedje af, doe je jas uit en ga zitten. Teresa, haal een bord voor Mary.'

'Ja, Mrs Carruthers.' Onmiddellijk stond een jonge vrouw in een bruine jurk op van de tafel. Mary zette haar hoedje af en trok haar jas, sjaal en handschoenen uit en werd erop gewezen dat ze die kon ophangen in het halletje. Ze ging naast een meisje in het uniform van een dienstmeid zitten.

'En, Mary, ik neem aan dat je niet kunt lezen en schrijven? Dat kan jouw soort meestal niet. En dat maakt het leven voor mij zoveel ingewikkelder...' verzuchtte Mrs Carruthers.

'O, jawel, ma'am, dat kan ik wel.' Mary knikte toen er een bord met stoofschotel voor haar werd neergezet. 'Ik gaf de kleintjes les op de kloosterschool waar ik op heb gezeten.'

'Op school, hè?' grinnikte Mrs Carruthers meesmuilend. 'Nou, dan zul je me straks wel gaan leren hoe ik de tafel moet dekken!'

De anderen om haar heen lachten plichtmatig. Mary negeerde de spottende opmerkingen van Mrs Carruthers vastbesloten en werkte haar stoofschotel in stilte naar binnen, hongerig na de lange reis.

'Je hebt voor de broer van Mr Lisle in zijn huis in Ierland gewerkt, hoorde ik,' vervolgde Mrs Carruthers.

'Ja, ma'am.'

'Nou, ik weet niet hoe het daar toegaat, maar ik denk dat je het hier in Londen nogal anders zult vinden. Mr Sebastian Lisle heeft me verteld dat je weet hoe je aan tafel moet bedienen. Klopt dat?'

'Ja, ik denk van wel,' beaamde Mary. 'Maar ik weet zeker dat u gelijk hebt en dat de dingen hier anders zijn.'

'Je deelt een kamer met Nancy, onze kamermeid.' Mrs Carruthers wees op het meisje dat naast Mary zat. 'Ontbijt om halfzes precies, als je vijf minuten te laat bent, krijg je niks meer. Begrepen?'

Mary knikte.

'Je uniform ligt op je bed. En zorg ervoor dat je schort altijd schoon is. Mr Lisle is daar heel precies in. Na het ontbijt morgen vertel ik je wat je taken zijn. Wanneer Mr Lisle thuis is, is het een druk huishouden. Hij is een heel belangrijk man en hij heeft de dingen graag precies zoals hij wenst. Gelukkig voor jou is hij op dit moment weg, maar we laten de boel hier niet versloffen, nietwaar?'

Iedereen beaamde dat en toen stonden ze op.

'Nancy, breng Mary naar haar kamer.'

'Ja, Mrs C,' zei het meisje naast haar gehoorzaam. 'Kom maar mee,' zei ze tegen Mary.

Een paar minuten later sleepte Mary haar koffer de trap op en belandde in een ruime ontvangsthal. Er hing een enorme kroonluchter vol elektrische lichtjes in het trappenhuis. Nadat ze nog drie trappen hadden beklommen, waren ze op de zolder. 'Jezus! Moeder Maria! Dit huis is zo groot als een paleis!' riep ze uit.

'Die is voor jou,' zei Nancy terwijl ze een kamer in gingen waar twee bedden stonden en verder bijna niets. Ze wees op het bed onder het raam. 'Jij bent de nieuwkomer hier, dus jij ligt in de tocht.'

'Dank je.' Mary lachte wrang en liet haar koffer op het bed vallen.

'We halen om de beurt heet water bij de wasbak beneden en er staat een po onder het bed voor de rest,' wees Nancy. Ze ging op haar eigen bed zitten en bekeek Mary. 'Je bent knap om te zien. Hoe komt het dat je geen rood haar hebt, zoals alle Ieren?'

'Dat weet ik ook niet,' antwoordde Mary terwijl ze haar schamele kleding uitpakte en in het ladekastje bij het bed opborg. 'Maar niet alle Ieren hebben rood haar, hoor.'

'Alle Ieren die ik ken anders wel. Maar jij hebt prachtige blauwe ogen en blond haar. Is dat echt?'

'Bedoel je of ik het verf?' Mary grinnikte en schudde haar hoofd. 'Dat soort spullen kun je helemaal niet krijgen waar ik vandaan kom. We wachten nog steeds op elektriciteit in de streek waar wij wonen.'

'O hemel,' zei Nancy giechelend. 'Ik kan me niet meer voorstellen hoe het is om zonder te leven. Hoewel we toen ik klein was ook geen elektriciteit hadden. Vandaar dat ik zo veel broers en zusjes heb.' Ze kletste maar door. 'Heb je een vriend?'

'Ja, maar hij is weg, tegen de moffen aan het vechten, en ik heb hem al anderhalf jaar niet gezien.'

'Er zijn zat anderen van zijn soort, hoor,' zei Nancy met een grijns. 'Vooral hier in Londen.'

'Nou, ik heb geen interesse in een andere vent. Voor mij is er niemand anders,' antwoordde Mary trouw.

'Wacht maar tot je hier een paar maanden bent, dan zullen we weleens zien. Er zijn hier in de stad een hoop eenzame soldatenjongens met verlof die op zoek zijn naar een mooie meid om hun soldij aan op te maken. Let maar op!' Nancy begon zich uit te kleden, haar ondergoed kon haar volle borsten en rubensachtige heupen nauwelijks verhullen. Toen ze haar lange blonde haar losmaakte, leek ze wel een rijp cherubijntje. 'Als we samen een vrije dag hebben, neem ik je mee om wat van de bezienswaardigheden te bekijken. Er is hier genoeg afleiding, dat kan ik je wel vertellen.'

'Vertel eens, hoe zijn de heer en mevrouw des huizes?' vroeg Mary terwijl ze in bed ging liggen.

'O, er is nog geen mevrouw des huizes. Mr Lisle woont alleen, of in ieder geval als hij hier is. Hij heeft zijn oog nog niet laten vallen op de een of andere "lady". Of zij misschien niet op hem!' voegde Nancy er lachend aan toe.

'Nou, dat geldt ook voor zijn broer Sebastian,' zei Mary, en ze trok de dunne deken strakker om zich heen. Ze begon te begrijpen waarom haar bed niet favoriet was.

'Mrs Carruthers zegt dat Mr Lisle misschien wel een spion is,' zei Nancy. 'Maar wat hij ook doet, het is in ieder geval belangrijk. Hij ontvangt allerlei beroemde gasten voor het diner. Lloyd George is hier zelfs een keer geweest! Kun je je voorstellen, de premier van Engeland hier aan de eettafel?'

'Heilige Maria! Bedoel je dat ik hem misschien moet bedienen aan tafel?' Mary's ogen werden groot van afgrijzen.

'Als we hier een beroemd persoon in huis hebben en ik hem in het echt zie, hou ik mezelf altijd maar voor dat zij ook gewoon naar de plee moeten, net als wij. Dus dan beeld ik me in hoe ze daar zitten en dan is mijn angst verdwenen.'

Mary moest lachen en dacht dat ze Nancy wel zou mogen. 'Hoelang werk je al in het huishouden?' informeerde Mary.

'Sinds mijn elfde, toen mijn moeder ergens een dienstje voor me vond waar ik de po's moest legen en uitboenen. Dat was me nog eens rotwerk, al die smerige po's.' Nancy huiverde. 'Of je nou een dame of een armoedzaaier bent, poep en pies stinkt bij iedereen.'

Mary's ogen begonnen dicht te vallen, de spanning van de reis naar Londen speelde haar parten. Nancy bleef doorkletsen terwijl ze in slaap sukkelde, maar even later hoorde ze haar niet meer.

11

De eerste paar weken viel Mary van de ene verbazing in de andere over het leven in Cadogan House. Het huishouden werd groots en luxueus gevoerd, ook al woonde de heer des huizes er op dat moment niet. Mary's mond viel open bij het zien van de enorme, prachtige kamers, de grote ramen met hun dikke damasten gordijnen, de prachtig gemaakte meubels en de enorme haarden met elegante spiegels erboven.

Afgezien van de niet-aflatende reeks grappen over haar Ierse afkomst, vond Mary de andere bedienden een aardig stelletje. Nancy bleek een prima gids te zijn in Londen – ze had er haar hele leven gewoond. Ze nam Mary mee op de tram naar Piccadilly Circus om warme kastanjes te eten onder het beeld van Eros, en de Mall op om haar Buckingham Palace te laten zien. Ze bestelden thee met krentenbollen in Lyons Corner House, waar een stelletje jonge soldaten een 'oogje op hen had', zoals Nancy het uitdrukte.

Mary genoot van haar nieuwe en opwindende wereld. De vrolijke lichten en de drukte in Londen maakten het moeilijk om te beseffen dat het land in oorlog was. Tot op dat moment was er niet veel van te merken, en, buiten de ongewone aanblik van vrouwen die als tram- of buschauffeur werkten en in de winkels achter de toonbank stonden, was de stad niet veranderd.

Tot de zeppelins kwamen.

Mary hoorde de enorme explosie midden in de nacht en werd samen met de rest van de stad wakker om te horen dat de Duitsers een deel van East End hadden gebombardeerd, waarbij tweehonderd mensen waren omgekomen. Opeens was Londen een en al activiteit, met luchtballonnen die als versperring boven de stad hingen, de donkere silhouetten van machinegeweren boven op hoge gebouwen en de kelders van de huizen die in orde werden gebracht voor eventuele volgende aanvallen.

In de zomer van 1917, toen Mary al langer dan een jaar in Londen zat, gingen de sirenes ten teken van een luchtaanval regelmatig af. Het personeel haastte zich dan naar de kelder om daar droge biscuitjes te eten en te kaarten, terwijl het afweergeschut ratelde boven hun hoofden. Mrs Carruthers had haar eigen houten stoel die vanuit de keuken naar beneden was gebracht, en nam stiekeme slokjes uit haar zakflacon 'om de zenuwen te kalmeren'. Maar zelfs in de ergste ogenblikken, als het leek alsof recht boven hen een zeppelin zijn bommen uitwierp en in het kaarslicht de angst op de gezichten om haar heen stond te lezen, voelde Mary nauwelijks vrees. Ze voelde zich eerder... onoverwinnelijk – alsof de verschrikkingen van wat er gebeurde haar niet konden raken.

Op een ochtend in het voorjaar van 1918 ontving Mary eindelijk een brief van Sean. Hoewel ze hem haar nieuwe adres had geschreven, had ze geen brieven van hem teruggekregen. Ze had er geen idee van waar hij zat en of hij leefde of dood was. Iedere keer dat Nancy en zij zich op hun vrije dag optutten om naar de stad te gaan, voelde ze zich schuldig en gaf ze zichzelf op haar kop voor al hun gegiechel samen en het feit dat de enorme stad haar een gevoel van vrijheid gaf, van onbegrensde mogelijkheden.

En omdat ze zich, als ze eerlijk was tegen zichzelf, nauwelijks kon herinneren hoe Sean eruitzag. Ze maakte de brief open en begon te lezen.

Frankrijk
17 maart

Mijn liefste Mary,

Ik schrijf je om je te vertellen dat het goed met me gaat, hoewel het lijkt of deze oorlog al eeuwig aan de gang is. Binnenkort heb ik een week verlof en ik heb je brieven ontvangen waarin je vertelt dat je in Londen werkt. Als ik daar ben, kom ik langs om je te zien.
Mary, schat, we moeten er allebei in geloven dat deze oorlog snel voorbij zal zijn en we terug kunnen naar ons leven samen in Dunworley.
Jij bent het enige wat me hier door de dagen en nachten sleept.

Met heel veel liefs,
Sean x

Mary las de brief vijf keer over. Toen ging ze zitten en staarde ze zwijgend naar de witgekalkte muur tegenover haar bed.

'Wat is er?' Nancy keek haar onderzoekend aan.

'Mijn vriend, Sean. Hij krijgt binnenkort verlof en komt me dan opzoeken.'

'Mijn hemel!' zei Nancy. 'Dus hij blijkt toch geen product van je fantasie te zijn.'

Mary schudde haar hoofd. 'Nee, hij bestaat. Hij bestaat echt.'

'En hij is nog bestand tegen kogels en moffen ook, als hij al drie jaar in de loopgraven zit. De meeste soldaten redden het de eerste paar weken niet eens. Je bent een geluksvogel: je hebt een verloofde die nog leeft! Wat moet de rest van ons meiden nou nog? God weet hoeveel duizenden jongens wij meiden zijn kwijtgeraakt in deze oorlog, straks sterven we allemaal als ouwe vrijsters. Ik zou die van jou maar heel goed vasthouden, Mary, als ik jou was!' waarschuwde Nancy.

Een paar weken later was Mary het vuur in de zitkamer aan het opstoken, toen Sam, de huisknecht, zijn hoofd om de deur stak.

'Er was een heer met de naam Ryan aan de voordeur voor jou, Mary, en ik heb hem naar de ingang aan de achterkant voor het personeel gestuurd.'

'Dank je, Sam,' zei Mary. Terwijl ze de trap af liep naar haar verleden, bibberend op haar benen, bad ze dat de keuken verlaten zou zijn, zodat ze op z'n minst een ogenblik met Sean alleen zou hebben. Maar het personeel was blij met een verzetje in de monotonie van hun dagelijkse routine en dus was het druk in de keuken.

Mary liep zo snel mogelijk door naar de achterdeur, in de hoop dat zij daar als eerste zou zijn, maar Nancy was haar voor. Met haar handen in de zij lachte ze breed naar de uitgemergelde, nauwelijks herkenbare soldaat die op de drempel stond.

'Deze jongeman schijnt Sean te heten,' zei Nancy terwijl ze zich naar Mary omdraaide, 'en hij wil jou graag spreken.'

'Dank je,' zei Mary.

'Het is dan wel een *Paddy*, maar een knappe!' fluisterde Nancy haar toe terwijl ze na haar snelle opmerking over de knappe Ier weer de keuken in liep.

Voor het eerst in drieënhalf jaar keek Mary op in Seans ogen.

'Mary, mijn Mary, ik kan nauwelijks geloven dat ik je nu echt zie. Kom, geef je verloofde eens een omhelzing.' Seans stem was verstikt van emoties toen hij zijn armen opende en zij erin verdween.

Hij rook anders, maar ook hetzelfde. Toen ze haar armen om hem heen sloeg, voelde ze hoe mager hij was.

'Mary,' zei hij blij, 'ik kan niet geloven dat je hier bent, hier, in Londen. Maar ik hou je in mijn armen... je hebt geen idee hoe vaak ik hierover heb gedroomd. Echt. Laat me je bekijken.' Sean pakte haar schouders vast en nam haar in zich op. 'Ik zweer het, je bent nog mooier geworden.'

Hij keek glimlachend op haar neer, zijn vriendelijke ogen stonden vol tederheid.

‘Doe niet zo gek,’ antwoordde Mary blozend, ‘ik ben nog gewoon dezelfde als altijd, hoor!’

‘Kun je vandaag vrij krijgen? Ik heb maar twee avonden in Londen voor ik weer moet vertrekken.’

Mary keek hem twijfelend aan. ‘Dit is normaliter niet mijn vrije dag, Sean. Maar ik kan Mrs Carruthers vragen of het mag.’

Ze draaide zich om en wilde de keuken binnengaan, maar Sean hield haar staande. ‘Ga jij je maar klaarmaken om weg te gaan met mij. Dan vraag ik het intussen zelf aan haar. Er zijn maar weinig mensen in Londen die een soldaat kunnen weerstaan.’

En inderdaad, toen Mary in haar mooiste rok en met haar nieuwe hoedje op terug de keuken in kwam, zat Sean met een glas gin in zijn hand naast Mrs Carruthers aan de tafel. De huishoudster en de rest van de bedienden luisterden geboeid naar zijn verhalen over het leven aan het front.

‘Ze houden ons hier in het ongewisse,’ klaagde Mrs Carruthers. ‘We weten totaal niet wat er gaande is, totaal niet, ze vertellen ons alleen maar wat ze willen dat we horen.’

‘Nou, Mrs Carruthers, ik denk dat we ze in een maand of zes wel zullen verslaan. Het is in ieder geval zo dat er onder de moffen meer slachtoffers zijn dan bij ons. We hebben intussen geleerd hoe we hen te pakken moeten nemen. Het heeft even geduurd, maar volgens mij zijn we nu aan de winnende hand.’

‘Laten we dat hopen,’ zei Mrs Carruthers heftig. ‘De tekorten hier worden steeds groter en het is iedere dag moeilijker om iets te eten op tafel te zetten.’

‘Maakt u zich maar geen zorgen, Mrs Carruthers. We zijn een moedig stel soldaten dat onze natie verdedigt en ik zal er persoonlijk voor zorgen dat er met Kerstmis hier een kalkoen op uw tafel staat,’ voegde Sean er met een knipoog aan toe.

Mrs Carruthers glimlachte en keek Mary aan. ‘Je hebt een prima kerel uitgezocht, Mary, al zeg ik het zelf. En nu kunnen jullie twee beter maken dat je wegkomt. Ik weet zeker dat je verloofde geen seconde van zijn kostbare verloftijd aan zo'n oud wijf als ik wil besteden.'

'Nee, Mrs Carruthers, u bent juist precies het soort fatsoenlijke vrouw voor wie wij jongens vechten.' Sean wierp een blik op Mary en vroeg met een glimlach: 'Zullen we gaan?'

'Goed.' Mary richtte zich tot Mrs Carruthers. 'Hoe laat hebt u mij weer nodig?'

'Neem maar zo lang je wilt, Mary. Nancy zal vast je werk willen overnemen, toch, Nancy?'

'Ja, Mrs Carruthers,' stemde Nancy bedremmeld in. Ze keek danig op haar neus bij zo veel onverwachte extra taken.

'Het is enorm vriendelijk van u om Mary vrij te geven, Mrs Carruthers. En ik beloof u dat ik haar stipt om tien uur weer hier zal afleveren,' voegde Sean eraan toe.

'Zoals ik al zei: wanneer je maar wilt,' stemde Mrs Carruthers blijmoedig met hem in.

Mary en Sean gingen door de personeelsingang naar buiten en bleven in het steegje erachter staan.

'Ik was vergeten wat een charmeur je bent, Sean Ryan.' Mary keek bewonderend naar hem op. 'Zelfs die ouwe tang wind je om je vinger. Waar zullen we naartoe gaan?'

Sean keek haar aan en haalde zijn schouders op. 'Jij bent degene hier die Londen kent, Mary. Ik laat het aan jou over.'

'Nou, dan denk ik dat we eerst maar eens een rustige plek op moeten zoeken. Misschien kunnen we gewoon in het park in het midden van het plein hier gaan zitten – daar worden we door niemand gestoord.'

Sean nam haar handen in de zijne. 'Het maakt mij niet uit, zolang ik maar diep in die mooie ogen van je mag kijken.'

Ze staken de straat over naar het omheinde parkje, maakten het smeedijzeren hek open en gingen ergens op een bankje zitten.

'Ach, Mary,' zei Sean en hij kuste haar hand. 'Je kunt niet weten wat het voor me betekent om je te zien, ik...' Plotseling klonken zijn woorden verstikt en zweeg hij.

‘Wat is er, Sean?’

‘Ik...’

En toen begon hij te snikken. Enorm hevig te snikken, zijn hele lijf schokte ervan. Mary keek ongelukkig toe, ze wist niet wat ze moest zeggen of hoe ze hem kon helpen.

‘Het spijt me, Mary, het spijt me...’ Sean veegde zijn tranen ruw weg met de rug van een van zijn grote handen. ‘Ik gedraag me als een idioot, maar de hel waarin ik heb gezeten... en wat ik allemaal heb gezien. En dan ben jij er opeens, zo mooi, precies zoals je altijd bent geweest, ik...’ zijn schouders schokten op en neer, ‘...kan het niet uitleggen.’

‘Misschien is het het beste als je me probeert alles te vertellen, Sean. Ik kan je niet beloven dat ik je kan helpen, maar ik kan in ieder geval luisteren,’ zei Mary zacht.

Sean schudde zijn hoofd. ‘Ik had mezelf bezworen dat dit me niet zou gebeuren, dat ik niet zou instorten als ik je zag, maar... Mary, hoe moet ik beschrijven hoe het was? Ik heb zo vaak dood gewild, want het leven daar...’ zijn stem brak, ‘is gewoon ondraaglijk.’

Mary streek zachtjes over zijn hand. ‘Sean, ik ben hier en je kunt alles aan me kwijt, dat beloof ik je.’

‘De stank, Mary, de geur van de dood, rottende lijken... die hangt zelfs nu nog in mijn neus. Ze liggen daar gewoon in de modder, vertrapt – overal stukken lichaam waar je ook kijkt. En de stank van kruitdamp en gas, en de ontploffingen waardoor je je iedere keer weer doodschrikt en die maar door- en doorgaan, de hele nacht, de hele dag, zonder ooit op te houden.’ Sean verborg zijn gezicht in zijn handen. ‘Er is geen ontsnappen aan, Mary, geen ontsnappen aan. En je weet dat je iedere keer dat je in actie komt het risico loopt om op zijn best je vrienden te verliezen en op zijn slechtst je eigen leven. En zou dat eigenlijk niet gewoon fijn zijn? Te ontsnappen uit die hel waarin ik al bijna drieënhalf jaar zit?’

Mary staarde hem vol afgrijzen aan. ‘Sean, wij horen hier alleen dat onze jongens het goed doen. Dat we aan de winnende hand zijn.’

'Ach, Mary.' Sean was opgehouden met huilen. Maar zijn hoofd hing nog somber omlaag. 'Ze willen jullie niets vertellen over het lijden, natuurlijk niet. Ze zouden nooit nog een jongen de loopgraven in krijgen als ze de waarheid vertelden.' Hij keek plotseling naar haar op. 'En ik had je dit ook niet horen te vertellen.'

'Sean.' Mary stak haar hand uit en streek over zijn hoofd, voelde zijn stugge haar onder haar vingers. 'Het is goed dat je het me vertelt. Ik word tenslotte je vrouw zodra dit allemaal voorbij is. En dat kan niet lang meer duren, denk ik. Toch?'

'Dat denk ik de laatste drieënhalf jaar iedere dag, Mary, en ik zit er nog steeds,' antwoordde hij triest.

Ze zaten een tijdje zwijgend naast elkaar.

'Weet je, Mary,' zei Sean uiteindelijk. 'Ik ben vergeten waar we voor vechten. En ik weet niet zeker of ik het nog aankan om terug te gaan.'

'Je zult er gauw van verlost zijn.' Mary bleef zijn haar strelen. 'En dan ga je met me mee naar ons heerlijke nieuwe huis in Dunworley, waar we allebei thuishoren.'

'Je mag mijn moeder hier nooit iets over vertellen.' Sean keek bezorgd naar haar op. 'Beloof je dat, Mary? Ik moet er niet aan denken dat ze erover gaat zitten piekeren en zich zorgen maakt. En je hebt gelijk.' Sean pakte haar hand en klemde die zo stevig vast, dat het bloed uit haar vingers verdween. 'Het zal niet lang meer duren. Dat moet wel.'

Toen Mary een paar uur later weer thuis was en de trap op sloop naar haar slaapkamer, werd ze daar begroet door Nancy, die rechtop in haar bed op haar had zitten wachten.

'En? Hoe was het? Ik heb Mrs Carruthers nog nooit zo als was in iemands handen gezien. Het is een echte charmeur, die Sean van je.'

'Ja, dat is hij.' Mary begon lusteloos haar kleren uit te trekken.

'Waar zijn jullie geweest? Heeft hij je mee uit dansen genomen?'

'Nee, we hebben niet gedanst vanavond.'

'Heeft hij je mee naar een club genomen om uit eten te gaan?'

Mary trok haar nachtpon aan. ‘Nee.’

‘Nou, wat hebben jullie dan gedaan?’ vroeg Nancy op licht geïrriteerde toon.

Mary ging in bed liggen. ‘In het park gezeten op het plein.’

‘Bedoel je dat je helemaal nergens heen bent geweest?’

‘Inderdaad, Nancy,’ zei Mary, terwijl ze het licht uitdeed. ‘We zijn nergens heen geweest.’

12

De avond daarop kwam Sean weer naar Cadogan House om Mary op te halen. Deze keer nam ze hem mee in de tram naar Piccadilly Circus. Ze kochten fish-and-chips en aten dat op een bankje onder het beeld van Eros op.

'Ik wilde dat ik langer had, Mary, en ik je mee kon nemen naar iets bijzonders!'

'Maar dit ís bijzonder voor me, Sean.' Mary gaf hem een kus op zijn wang. 'Dit is veel beter dan ergens heen gaan waar het druk is en we steeds moeten opletten of we ons wel gedragen hoe het hoort, vind je niet?'

'Als jij dit leuk vindt, vind ik het ook,' stemde Sean met haar in, en hongerig propte hij de frieten in zijn mond. 'Mary, ik wil je nog zeggen hoe het me spijt van gisteravond. Je verdient het niet om dat soort dingen te moeten horen. En ik voel me vandaag al beter.'

'Het is geen probleem, Sean.' Mary haalde haar schouders op. 'Jij moest het een keer kwijt en het is juist goed dat je dat bij mij hebt gedaan.'

'Goed. Maar nu wil ik het niet meer over dat soort dingen hebben. Ik zal er al snel genoeg weer middenin zitten. Vertel me eens over jezelf, Mary, en je leven hier in Londen.'

Dat deed ze en hand in hand wandelden ze naar St. James's Park. Eindelijk nam Sean Mary's gezicht tussen zijn handen. 'Mary, het zal nu niet lang meer duren voor we allebei weer naar huis gaan.' Plotseling zag hij er bevreesd uit. 'Je wilt toch wel mee terug naar Dunworley, hè? Ik bedoel,' Sean spreidde zijn armen wijd uit, in een gebaar dat alles om hem heen omvatte. 'Het lijkt daar totaal niet op Londen.'

'Nee, dat klopt, Sean,' beaamde Mary. 'En ik zou zeggen dat we allebei volwassen zijn geworden sinds we elkaar al die jaren geleden ontmoetten. En daarbij is de wereld ook nog veranderd. Maar we gaan samen een leven opbouwen, hoe dan ook.'

'Mary, ach Mary.' Sean sloeg zijn armen om haar heen en kuste haar stevig. Maar opeens maakte hij zich weer van haar los. 'Als ik niet oppas gaat mijn verlangen met me op de loop.' Hij ademde een paar keer diep in en gaf haar een knuffel. 'We kunnen maar beter teruggaan nu. Ik wil niet dat je problemen krijgt met Mrs Carruthers.'

Samen wandelden ze door de straten, die om elf uur 's avonds nog altijd bruisten van activiteit. 'Precies Clonakilty op een regenachtige zondagavond,' zei Sean grinnikend. 'Wat vind je eigenlijk van Lawrence Lisle? Lijkt hij op zijn broer Sebastian, is het net zo'n slappe dweil? Ondanks al zijn land en dat grote huis,' voegde hij eraan toe.

'Ik zou het je niet kunnen vertellen, Sean,' zei Mary. 'Ik heb nog niets van hem gehoord of gezien sinds ik daar werk.'

'Waar zit hij dan?'

'Niemand weet het zeker, maar hij werkt ergens overzee voor de Britse regering. Het gerucht gaat dat hij in Rusland zit.'

'Nou, je zult wel gehoord hebben wat daar nu aan de hand is. Ik denk dat jouw Mr Lisle binnenkort wel terug zal komen als hij inderdaad in Rusland zit. De bolsjewieken krijgen daar met de dag meer macht. Ach,' zei Sean met een zucht, 'de wereld van nu is voorbij, volgens mij. Ik vraag me af waar het allemaal op uit zal draaien.'

Intussen waren ze in het steegje achter het huis beland en stonden ze zwijgend boven aan het trapje naar de achterdeur. Geen van tweeën wist hoe ze afscheid van elkaar moesten nemen.

'Kom hier, Mary en hou me vast. Geef me de kracht om jouw zachtheid achter me te laten en terug naar de hel te gaan,' mompelde Sean terwijl Mary haar armen om hem heen sloeg. 'Ik hou van je, Sean,' fluisterde ze. 'Kom veilig terug, lieverd, oké?'

'Ik ben al tot hier weten te komen, hè?' stelde hij haar gerust. 'Ik schrijf je zo vaak ik kan, maar maak je geen zorgen als je een tijd niets van me hoort. Ik heb het gevoel dat ons een moeilijke tijd te wachten staat. Er komt een flinke aanval aan die alles eens en voor altijd moet beslechten.'

'Nee, dat zal ik niet doen. God zegene je, mijn schat, en moge je snel veilig en wel thuiskomen. Dag, Sean.' Mary veegde haar tranen weg aan Seans overjas en ging op haar tenen staan om hem te kussen.

'Dag, schat. Alleen de gedachte aan jou sleept me er wel doorheen.'

Sean draaide zich met tegenzin om, hij had zelf ook tranen in zijn ogen. En met opgetrokken schouders liep hij langzaam het steegje uit.

'Ik weet niet wat er met jou aan de hand is, hoor,' zei Nancy een paar dagen later toen ze in bed lagen. 'Het zal wel komen omdat je je vent hebt gezien en hij nu weer terug is naar de oorlog, of wat?'

'Ja,' antwoordde Mary. In het donker slaakte ze een diepe zucht. 'De dingen die hij me heeft verteld over hoe het daar toegaat. Ik kan de beelden maar niet uit mijn hoofd zetten.'

'Misschien overdreef hij wel om je medelijden op te wekken en een extra kusje van je te stelen!'

'Nee, dat denk ik niet, Nancy.' Mary slaakte nog een zucht. 'Was dat maar waar, maar Sean is niet iemand die verhaaltjes ophangt.'

'Nou, van wat de kranten zeggen zou ik denken dat het nu gauw voorbij is en dan kunnen jij en je vent terug naar dat zompige moeras waar jullie vandaan komen,' zei Nancy grinnikend. 'Heb je zin om donderdag naar de stad te gaan om etalages te kijken en thee te gaan drinken bij Lyons? Daar vrolijk je vast van op.'

'Misschien, het ligt eraan hoe ik me voel.'

'Wat je wilt,' zei Nancy, een beetje op haar teentjes getrapt.

Mary draaide zich om, deed haar ogen dicht en probeerde te slapen. Sinds ze drie dagen geleden afscheid van Sean had genomen, kon ze die vreselijke verhalen van hem niet uit haar hoofd zetten. En sindsdien vielen de ontelbare mannen haar op die door Londen rondzwierven met een ooglapje op, of die een arm of een been misten. Die middag nog had een man midden op Sloane Square als een krankzinnige naar de voorbijgangers staan schreeuwen. Sean had haar verteld dat het lawaai van de doorlopende beschietingen mensen gek kon maken en Mary had zich met tranen in haar ogen afgewend van die arme soldaat.

De kranten stonden vol van de bolsjewistische revolutie in Rusland en van het feit dat de totale keizerlijke familie van Rusland was gevangengenomen. In de keuken werd gezegd dat de heer des huizes ieder moment thuis kon worden verwacht. Mrs Carruthers had blijkbaar een telegram ontvangen waarin stond dat ze het huis in orde moest maken voor zijn spoedige komst. De huishoudster kreeg het op haar heupen en liet Nancy en Mary het zilver tot drie keer toe poetsen, totdat Smith, de butler, het voldoende vond.

'Alsof het hem zal opvallen of zijn theelepeltje een vlekje heeft!' riep Nancy geërgerd uit. 'Na al dat Russische gedoe zal hij alleen maar blij zijn weer in zijn eigen bed te kunnen slapen.'

Hoewel het huis in de hoogste staat van paraatheid verkeerde, viel er vier dagen later nog altijd geen spoor van Lawrence Lisle te bekennen. De volgende ochtend deelde Mrs Carruthers de staf met rode ogen mee dat de heer des huizes om drie uur die nacht was thuisgekomen.

'En om redenen die jullie later wel te horen zullen krijgen, heb ik sindsdien geen oog meer dichtgedaan,' klaagde ze. 'Eerlijk,' zei ze met opgetrokken wenkbrauwen tegen Smith, 'wie had dát nou van hem gedacht?' Ze keken elkaar even vol ongeloof aan voordat Mrs Carruthers zei: 'Mary, Mr Lisle en ik verwachten je stipt om elf uur in de zitkamer.'

'Zit ik in de problemen?' vroeg ze nerveus.

'Nee, jij bent niet degene die in de problemen zit... maar ik kan er je verder niets over vertellen totdat je Mr Lisle hebt gesproken. Zorg dat je een schoon uniform aanhebt en dat er geen enkele haarpluk onder je kapje vandaan komt.'

'Ja, Mrs C.'

‘Ik vraag me af waar dat allemaal om gaat?’ zei Nancy toen Mrs Carruthers de keuken uit was. ‘Ze lijkt me in alle staten. En waarom willen ze jou spreken?’

‘Nou, dat hoor ik zo wel, denk je niet, over een paar uur,’ antwoordde Mary nerveus.

Precies om elf uur stond Mary voor de dubbele deuren van de zitkamer en klopte aan. Mrs Carruthers deed open.

‘Kom binnen en maak kennis met Mr Lisle, Mary.’

Mary liep de kamer in. Voor de open haard stond een lange man die verbluffend veel weg had van zijn jongere broer Sebastian, hoewel Mary vond dat hij het het beste had getroffen met de genen die zijn uiterlijk bepaalden.

‘Goedemorgen. Ik ben Lawrence Lisle, eh... Mary, is het niet?’

‘Ja, sir.’ Ze maakte een reverence.

‘Mary, er is in dit huishouden een... delicate situatie ontstaan. En nadat ik Mrs Carruthers om raad heb gevraagd, denkt zij dat jij degene bent die ons daarmee zou kunnen helpen.’

‘Dat zal ik zeker proberen, sir. Als ik weet wat het is,’ antwoordde Mary zenuwachtig.

‘Mrs Carruthers vertelde me dat je bent opgegroeid in het weeshuis van een klooster.’

‘Dat klopt, sir.’

‘En terwijl je in dat klooster woonde, hielp je met de zorg voor de kinderen daar, is het niet? Met name voor de allerjongsten?’

‘Ja, sir, als de baby’tjes werden achtergelaten op de stoep van het klooster, hielp ik de nonnen voor hen te zorgen.’

‘Dus je vindt baby’s leuk?’

‘O, ja, sir, ik ben er dol op.’

‘Mooi. Heel mooi,’ zei Lawrence Lisle knikkend. ‘Tja, Mary, de situatie is als volgt: ik heb een baby meegebracht van mijn reizen, van wie de moeder, net als die arme vrouwen die hun kind op de stoep van het klooster achterlaten, op dit moment... niet in staat is om voor het kind te zorgen. En daarom heeft ze me gevraagd of ik dat voor haar wilde doen, tot nader order.'

'Ik begrijp het, sir.'

'Ik heb het er met Mrs Carruthers over gehad om een kindermeid in te huren, maar zij stelde voor dat jij misschien degene zou kunnen zijn die die rol tijdelijk op zich neemt. Op dit moment zijn je taken als binnenmeid gemakkelijk over te nemen door anderen en dat zal voor de komende maanden zeker zo blijven. Dus zouden Mrs Carruthers en ik graag hebben dat je de zorg voor de baby per direct op je neemt.'

'Natuurlijk, sir. Hoe oud is de baby als ik vragen mag?'

'Ze moet ongeveer... eh...' Lawrence dacht even na en zei toen: 'Ik denk dat ze een maand of vier, vijf is.'

'Goed, sir. En waar is ze nu?'

'Daar.'

Hij wees op een kleine mand die op de bank aan de andere kant van de kamer stond. 'Ga maar kijken als je wilt.'

'Dank u, sir.'

Terwijl Mary naar het mandje toe liep en er zich voorzichtig overheen boog, voegde Lawrence Lisle eraan toe: 'Volgens mij is ze best mooi voor een baby, hoewel ik weinig ervaring heb in dit soort zaken. En ze gedraagt zich keurig. Op de boottrein vanuit Frankrijk heeft ze nauwelijks een kik gegeven.'

Mary staarde naar de bos donkere donshaartjes en de bleke, gave huid. De baby had haar duim in de mond en sliep vast en tevreden.

'Ik heb haar een uur geleden gevoed,' merkte Mrs Carruthers op. 'Ze kan zeker een keel opzetten als ze haar portie wil. Ik neem aan dat je weet hoe je een baby de fles geeft en een luier verschoont?'

'Natuurlijk, Mrs C.' Mary keek glimlachend op het meisje neer. 'Hoe heet ze?'

Lawrence Lisle aarzelde even voor hij zei: 'Anna, ze heet Anna.'

'Het is zeker een prachtig mooi kindje,' fluisterde Mary. 'En ja, sir, ik zal graag voor haar zorgen voor u.'

'Goed, dat is dan geregeld.' Lawrence Lisle leek opgelucht. 'De baby slaapt op de eerste verdieping en de kinderkamer is al in orde gemaakt. Jij moet daar vandaag naartoe verhuizen, zodat je haar 's nachts kunt voeden. Voorlopig ben je ontheven van al je huishoudelijke taken. En Mrs Carruthers en jij moeten alles aanschaffen wat nodig is voor het kind, een kinderwagen, kleren, enzovoort.'

'Heeft ze geen kleertjes bij zich, sir?'

'De moeder heeft wat ingepakt voor de reis. Dat is alles wat het kind heeft. En nu,' zei hij met een gebaar naar de deur, 'stel ik voor dat je haar mee naar boven neemt en je op je kamer installeert.'

'Mag ik u vragen uit welk land de baby afkomstig is?' vroeg Mary.

Lawrence Lisle fronste zijn voorhoofd en zweeg even. 'Vanaf dit moment is het kind Engels. En als iemand ernaar informeert, inclusief het personeel hier, is ze het kind van een goede vriend van me, van wie de echtgenote onwel is geworden tijdens de bevalling. De vader van het kind is een maand later gevallen in de oorlog. Ik heb haar voorlopig onder mijn hoede genomen, totdat haar moeder weer sterk genoeg is om zelf voor haar te zorgen. Begrepen, Mary?'

'Begrepen, sir. En ik beloof u dat ik zo goed mogelijk voor Anna zal zorgen.'

Na een lichte buiging verliet Mary de kamer met de baby en droeg ze de reiswieg voorzichtig de trap op naar de eerste verdieping. Op de overloop wachtte ze op de komst van Mrs Carruthers.

'Jij slaapt hier,' zei Mrs Carruthers terwijl ze haar naar een slaapkamer aan het andere einde van de gang met uitzicht op het park op het middenplein bracht. 'Ik heb je in deze kamer gezet omdat je dan zo ver mogelijk van de slaapkamer van de heer des huizes bent. Wat hij ook mag zeggen, dat kind zet een enorme keel op als het honger heeft en ik wil niet dat hij daardoor wordt gestoord.'

Mary staarde vol bewondering om zich heen. Het was een mooi ingerichte kamer, met een ladekastje en een comfortabel smeedijzeren bed met een sprei erover.

'Krijg het maar niet te hoog in je bol, jongedame,' voegde Mrs Carruthers eraan toe. 'Je hebt deze kamer alleen maar omdat je 's nachts voor de baby moet zorgen.'

'Nee, nee, natuurlijk niet, dat weet ik wel,' beaamde Mary snel, in het besef dat haar plotselinge stijging in rangorde als een bedreiging kon voelen voor Mrs Carruthers' eigen positie.

'Het is maar tijdelijk, onthou dat goed. Ik ben ervan overtuigd dat Mr Lawrence, zodra het kan, een professionele kinderjuf zal aanstellen. Maar ik heb hem duidelijk gemaakt dat dat nu, met de oorlog, zoeken is naar een speld in een hooiberg. Ik hoop dat je dankbaar bent dat ik jou heb voorgesteld voor de positie, Mary. Stel me niet teleur, afgesproken?'

'Ik zal mijn best doen, Mrs C. Dat beloof ik u,' verzekerde Mary haar. 'En het is niet nodig om geld aan kleertjes uit te geven, ik ben handig met naald en draad en ik hou van naaien.'

'Goed dan. Haal je spullen uit je oude slaapkamer als je daar even tijd voor hebt. Hiernaast zijn een wc en een badkamer. Geen pissen in een po meer voor jou, meid. Je mag wel van geluk spreken.'

'Ja, zeker. Dank u wel voor de kans, Mrs Carruthers.'

'Je bent een goede meid, Mary, al ben je Iers.' Mrs Carruthers liep naar de deur en bleef toen stilstaan. 'Ik weet het niet,' zei ze, 'maar er is iets vreemds aan dit alles. Toen jij de kamer uit was met de baby, vroeg Mr Lisle me Smith te laten komen om een koffertje te halen dat hij op de vliering moest opbergen. Hij zei dat het bewaard moest worden voor de moeder van de baby, voor als die het kwam ophalen. En dat kleintje ziet er in mijn ogen niet Engels uit,' zei Mrs Carruthers met een blik in de reiswieg. 'Wat denk jij?'

'Ze ziet er ongewoon uit, dat is zeker,' beaamde Mary voorzichtig. 'Met die bos donkere haren in combinatie met die lichte huid.'

'Ik wed dat het een Russisch kind is,' giste Mrs Carruthers. 'Maar dat zullen we wel nooit weten, denk je wel?'

'Tja, het enige belangrijke is dat die kleine schat nu veilig en wel hier bij ons is,' zei Mary.

'Ja, je hebt gelijk,' was Mrs Carruthers het met haar eens. 'Ik zie je straks beneden.'

Eindelijk was Mary alleen met haar nieuwe pupil. Ze ging naast de reiswieg op het bed zitten en keek op Anna's kleine hoofdje neer. Na een tijdje vertrok het kindje haar gezichtje – alsof ze wist dat er naar haar werd gekeken – en werd ze wakker. Haar ogen gingen open.

'Hallo, klein schatje,' koerde Mary terwijl ze in de diepbruine ogen van het baby'tje keek. Ze zag de uitdrukking erin veranderen en besefte dat de baby haar bekeek.

Mary pakte het handje van de baby beet. 'Hallo, Anna. Ik ga voor je zorgen.'

Het was liefde op het eerste gezicht.

13

In de maanden daarop sleepte de oorlog zich voort. Mary ontving maar één brief van Sean. Daarin schreef hij dat hij dacht dat de geallieerden aan de winnende hand waren. Mary stuurde hem iedere week trouw een brief en bad elke avond voor hem.

Maar haar gedachten werden nu niet alleen doorlopend in beslag genomen door Sean, ze waren ook constant bezig met het kleine, fantastische mensje dat ze verzorgde. Vierentwintig uur per dag was ze samen met de baby. 's Morgens, na haar ochtendvoeding, sliep Anna buiten in de tuin, terwijl Mary haar luiers in de week zette en de petieterige kleertjes die ze voor haar had genaaid waste. Na de lunch legde ze Anna in de grote wandelwagen en nam ze haar mee voor een wandeling naar Kensington Gardens. Dan streek ze in de buurt van het standbeeld van Peter Pan ergens op een bankje neer en luisterde naar het geroddel van de andere kindermeisjes die zich daar met hun pupillen verzamelden.

Niemand zei iets tegen haar. Mary wist dat ze op haar neerkeken, in hun grijze jurken, terwijl Mary nog haar uniform van binnenmeid droeg.

Na de wandeling en als de heer des huizes niet thuis was, nam Mary de baby mee naar de keuken om haar daar te voeden, waar een vertederde huishoudelijke staf babytaal brabbelde tegen het kind. Anna vond het heerlijk het middelpunt van alle aandacht te zijn. Ze zat rechtop in haar houten kinderstoel en sloeg zingend met haar lepeltje op de tafel. Iedere stap voorwaarts die ze in haar ontwikkeling deed werd bewonderd en geprezen door haar publiek. Wat Mary's nieuwe positie betrof was er geen enkele vijandigheid vanuit de rest van het personeel. Zij was gewoon degene die zorgde voor het kleine zonnestraaltje dat de keuken oplichtte. Iedereen was dol op Anna.

's Avonds zat Mary naast de wieg en naaide jurkjes voor Anna, met kraagjes die ze versierde met verfijnd borduurwerk, of haakte ze vestjes en slofjes voor haar. Anna werd met de dag molliger, haar wangetjes vulden zich en hadden door de frisse lucht nu ook een gezonde kleur.

Lawrence Lisle kwam af en toe de kinderkamer binnen om even een blik op haar te werpen, naar haar gezondheid te informeren en zich dan weer snel uit de voeten te maken. Hij had meestal geen belangstelling voor de vorderingen die Mary's pupil maakte en die ze hem graag wilde laten zien.

Op een avond in oktober gonsde heel Londen van het nieuws dat de overwinning nabij was. Mary zat naast Anna's bedje en keek naar het slapende kind. Er hing een opgewekte en opgewonden sfeer in huis vanwege het goede nieuws, iedereen hield gespannen de adem in of de beloofde wapenstilstand eindelijk zou komen.

Zoals duizenden vrouwen van wie de mannen aan het front zaten, had Mary zich vaak voorgesteld hoe fantastisch het zou zijn als de oorlog eindelijk voorbij was. Maar nu, dacht ze zuchtend, was ze daar niet meer zo zeker van.

Anna verroerde zich en brabbelde iets in haar slaap. Mary liep onmiddellijk naar haar toe. Ze keek op haar neer en streelde haar wangetje.

'Wat moet er dan van jou worden, als ik hier niet ben om voor je te zorgen?'

Opeens stonden er tranen in Mary's ogen.

Drie weken later was de wapenstilstand eindelijk een feit. Mrs Carruthers was bereid een paar uur op Anna te passen, terwijl Mary, Nancy en Sam, de huisknecht, samen met duizenden anderen de straat op gingen om het te vieren. Mary werd door een extatische, met vlaggen zwaaiende, zingende en juichende menigte meegevoerd naar de Mall en Buckingham Palace. Er ging een oorverdovend gejuich van vreugde op toen er twee piepkleine figuurtjes op het balkon verschenen – ze stonden te ver weg om hen goed te kunnen zien, maar iedereen wist dat het koning George en Mary's naamgenote, koningin Mary, waren.

Ze draaide zich om en zag Nancy Sam heftig omhelzen en voelde toen dat ze werd opgetild door twee sterke armen.

'Is het geen geweldig nieuws?' zei de soldaat. Hij wervelde haar in het rond en zette haar weer neer. 'Het begin van een hele nieuwe wereld.'

Nancy en Sam voegden zich bij een groep mensen die naar Trafalgar Square gingen om daar verder te feesten, en Mary liep in haar eentje door de overvolle straten terug naar huis. Hoewel ze genoot van de aanstekelijke vrolijkheid om zich heen, kon ze er niet met heel haar hart aan meedoen.

Het einde van de oorlog betekende ook het einde van haar zorg voor Anna.

Een maand later ontving Mary een brief van Bridget, Seans moeder. Bridget was nooit een goede brievenschrijfster geweest en het was dan ook een kort en bondig briefje, waarin stond dat alle jongens die uit Dunworley waren vertrokken om te vechten en het hadden overleefd, nu terug waren. Behalve Sean. Iemand herinnerde zich hem tijdens hun laatste gevecht bij de Somme nog levend te hebben gezien, maar de week daarvoor had Bridget een brief van het departement van Oorlog ontvangen waarin stond dat haar zoon officieel geregistreerd was als oorlogsvermiste.

Omdat Bridgets woordenschat zijn beperkingen had, kostte het Mary een paar minuten voordat ze bedacht had wat die term kon betekenen. Oorlogsvermiste. Betekende dat dat hij was omgekomen? Mary wist het niet. Ze had gehoord dat het een chaos was in Frankrijk door alle soldaten die naar huis vertrokken. En er waren heel veel militairen over wiens lot nog niets bekend was. Dan was er toch nog altijd hoop? bad ze wanhopig.

Terwijl de rest van de wereld zich voor het eerst in vijf jaar op de toekomst begon te richten, bleef Mary's toekomst even onzeker als die tijdens de oorlog was geweest. Tot er nieuws over Sean was, had het geen zin om terug naar Ierland te gaan. Hier in Londen had ze het tenminste druk en het bedrag aan shillings onder haar matras groeide gestaag.

'Het is toch zeker het beste als ik voorlopig hier bij jou blijf?' fluisterde Mary tegen Anna terwijl ze haar in bad deed. 'Er is niets in Ierland wat me bindt, zolang Sean niet terug is, schatje, niets.'

Tegen Kerstmis begonnen er af en toe weer gasten te verschijnen aan de dinertafel in Cadogan House. Op een ochtend halverwege december liet Lawrence Lisle Mary bij zich komen in de zitkamer.

Met het hart in haar keel maakte Mary een buiging. Het zwaard zou nu gaan vallen...

'Mary, ga zitten, alsjeblieft.'

Mary trok haar wenkbrauwen verrast op. Het was niet de gewoonte dat personeel ging zitten in het bijzijn van hun werkgever. Ze deed het aarzelend.

'Ik wilde je vragen naar de vorderingen van Anna.'

'O, sir, ze is fantastisch, echt. Ze kruipt en ik heb mijn handen eraan vol om haar bij te houden, ze is zo snel! Binnenkort gaat ze lopen en dan zitten we echt in de problemen,' antwoordde Mary met een vertederd glimlachje.

'Mooi. Mooi. Nou, Mary, het is je waarschijnlijk opgevallen hoe het huis weer tot leven aan het komen is. En daarom moeten we de functie van binnenmeid weer invullen, er is iemand nodig om aan tafel te kunnen bedienen.'

Mary's gezicht betrok en haar hart bonkte in haar borstkas. 'Ja, sir.'

'Het gaat om jouw oude betrekking en je hebt het recht om daarin terug te keren.'

'Ja, sir.' Mary had haar ogen neergeslagen en moest haar tanden op elkaar klemmen om niet in huilen uit te barsten.

'Maar Mrs Carruthers denkt dat je een natuurlijke band hebt opgebouwd met Anna. Ze heeft aangegeven dat die sterk is, en dat dat uitstekend is voor de ontwikkeling van het kind. Ik ben het met haar eens. Dus, Mary, ik zou je willen vragen wat je plannen zijn. Het spijt me te horen dat je verloofde nog altijd wordt vermist, maar mijn punt is: ik wil je een vaste betrekking aanbieden als kinderjuf van het kind. Tenminste, als je niet van plan bent om meteen terug naar Ierland te hollen als je verloofde komt opdagen.'

Lawrence Lisle en zijn bediende wisselden een blik uit die zei dat die mogelijkheid met de dag danig afnam.

'Tja, sir, ik kan natuurlijk niet weten of hij terugkomt, maar terwijl hij er... niet is, zou ik graag... heel graag mijn zorg voor Anna willen voortzetten. Maar als hij wel... wel naar huis komt, bedoel ik,' zei Mary haperend, 'denk ik dat ik terug met hem naar Ierland moet. En het lijkt me alleen maar eerlijk als ik dat nu tegen u vertel, sir.'

Lawrence Lisle dacht even na en woog de opties tegen elkaar af. 'Nou, misschien moeten we dat maar bekijken als het zover is, denk je niet?'

'Ja, sir.'

'We moeten allemaal de dagen nemen zoals ze komen en Mrs Carruthers heeft me verzekerd dat je uitstekend voor Anna zorgt. Als je de betrekking aanneemt, krijg je een opslag van tien shilling in de maand en verzoek ik Mrs Carruthers een passender uniform voor je te vinden. Ik wil niet dat mijn vrienden denken dat ik niet goed ben voor het kind.'

'Dank u, sir. En ik beloof u dat ik zo goed mogelijk voor Anna zal blijven zorgen. Het is zo'n prachtig kind. Misschien wilt u eens naar de kinderkamer komen om haar een bezoekje te brengen? Of zal ik haar hier naar beneden brengen?' bood ze enthousiast aan.

'Als ik tijd heb, kun je haar af en toe naar beneden brengen voor een bezoekje aan mij. Dank je, Mary, en ga zo door. Wil je alsjeblieft aan Mrs Carruthers vragen hierheen te komen, om te bespreken dat we een nieuwe binnenmeid moeten aannemen?'

'Natuurlijk, sir.' Mary stond op en liep naar de deur. Toen draaide ze zich om. 'Sir, de moeder van de baby, denkt u dat ze het kind ooit zal komen halen?'

Lawrence Lisle zuchtte en schudde vervolgens zijn hoofd. 'Nee, Mary, dat betwijfel ik. Dat betwijfel ik ten zeerste.'

Mary liep de trap naar de keuken af. Ze voelde zich schuldig dat ze zo blij was. Haar geliefde Sean was ze misschien kwijt, maar ze had de kleine Anna gelukkig niet ook verloren.

Maanden later was er nog steeds niets bekend. Mary was naar het departement van Oorlog geweest en had daar in de rij gestaan met de andere arme zielen die nog steeds geliefden zochten. De man achter het bureau, die de hele dag wanhopige vrouwen voor zich kreeg, zocht op de lijst van vermisten naar Seans naam.

'Het spijt me, madam, maar ik kan u weinig meer vertellen dan u al weet. Soldaat Ryan is nog niet geïdentificeerd, noch levend, noch overleden.'

'Betekent dat dat hij misschien nog leeft en bijvoorbeeld,' Mary haalde verdrietig haar schouders op, 'zijn geheugen kwijt is.'

'Geheugenverlies komt inderdaad vaak voor onder soldaten, madam. En het is ook goed mogelijk dat hij, als hij nog leeft, door iemand is gesignaleerd. Het uniform van de Irish Guards is nogal opvallend.'

'Ja, maar, moeten... moeten zijn familie en ik nog hoop houden op zijn terugkeer?'

Aan de uitdrukking op het gezicht van de man te zien was dat een vraag die hij vele malen per dag te horen kreeg.

'Zolang er nog geen... eh... overledene is gevonden, is er nog altijd hoop. Maar het is niet aan mij om u en uw familie te adviseren voor hoelang u hoop moet houden. Als soldaat Ryan in de komende weken niet wordt gevonden, zal het departement van Oorlog contact met u opnemen en zal zijn status worden veranderd naar "Vermist. Dood verondersteld".'

‘Ik begrijp het. Dank u.’

Zonder nog een woord stond Mary op en verliet ze het kantoor.

Zes maanden later ontving Mary een brief van het departement van Oorlog.

Geachte Miss Benedict,

Naar aanleiding van uw informeren naar de verblijfplaats van soldaat Sean Michael Ryan, is het mijn droevige taak u te informeren dat zijn uniformjasje met zijn legernummer en zijn identiteitspapieren zijn gevonden in een vijandelijke loopgraaf bij de Somme, Frankrijk. Hoewel er in de nabijheid geen stoffelijke resten zijn gevonden, moeten we helaas aannemen dat soldaat Ryan de dood heeft gevonden in de strijd voor zijn land.

Onze welgemeende condoleances gaan uit naar u en zijn familie, die ook nog separaat door ons op de hoogte zal worden gesteld.

Wat hem persoonlijk betreft: het feit dat zijn uniformjasje is gevonden in de vijandelijke loopgraven, vormt een passende toevoeging aan zijn staat van dienst, hetgeen, kan ik u verzekeren, reeds officieel is gemeld.

Op dit moment wordt bekeken of soldaat Ryan postuum in aanmerking komt voor een medaille wegens betoonde moed.

We begrijpen dat dit een magere compensatie is voor het verlies van een geliefde naaste, maar het is dankzij mannen als soldaat Ryan dat de oorlog is geëindigd in een overwinning en dat de vrede is hersteld.

Hoogachtend,
Edward Rankin

Mary nam Anna mee naar de keuken en vroeg Mrs Carruthers of ze een uurtje op haar kon passen terwijl zij even naar buiten ging.

Mrs Carruthers' vochtig wordende ogen stonden vol medeleven toen ze Mary's bleke gezicht zag. 'Slecht nieuws?'

Mary knikte. 'Ik heb wat frisse lucht nodig,' fluisterde ze.

'Ga maar zo lang je wilt. Anna en ik redden het wel, hè?' zei ze tegen het kind. 'Het spijt me voor je, meisje.' Ze stak aarzelend haar hand uit en legde die op Mary's schouder. 'Het was een goede kerel en ik weet hoe je al die lange jaren op zijn terugkeer hebt gewacht.'

Mary knikte verdoofd en liep de hal in om haar jas en laarzen aan te trekken. Het ongewone mededogen van Mrs Carruthers zorgde voor tranen in haar ogen en ze wilde niet dat Anna haar zag huilen.

Mary ging in Cadogan Place Gardens zitten en staarde naar de spelende kinderen en de paartjes die arm in arm voorbij wandelden. Deze nieuwe wereld, de nieuwe vrede, was een wereld waarin het geluk weer nagejaagd kon worden, waarin je kon genieten van eenvoudige dingen, een wereld die Sean had helpen bewaren en beschermen. Maar hijzelf had niet lang genoeg geleefd om het nog mee te kunnen maken.

Mary zat urenlang op het bankje, zelfs toen de schemer inviel en de andere bewoners uit het park vertrokken. Er ging een heel scala aan emoties door haar heen: verdriet, angst, woede... en ze huilde meer tranen dan ze ooit in haar leven had vergoten.

De brief herlas ze wel twintig keer, de woorden riepen allerlei gedachten in haar op.

Sean die enorme, energieke beer van een man. Zo sterk... zo jong...

Dood.

Hij haalde geen adem meer. Maakte geen deel meer uit van de wereld. Weg. Geen vriendelijke glimlach meer, plagerijtjes, samen lachen...

Of liefde.

Het werd donker, maar Mary bleef op haar bankje zitten.

Toen ze wat rustiger was en de eerste schok afnam, begon ze na te denken over de implicaties die dit voor haarzelf had. Ze waren nooit getrouwd, dus zou ze ook geen weduwepensioen ontvangen.

Het leven dat ze zich al die jaren had voorgesteld, met een man die van haar hield en voor haar zorgde, haar zou beschermen, met wie ze een eigen gezin zou stichten en die haar een dak boven haar hoofd verschafte, was weg.

Ze was weer alleen. Voor de tweede keer in haar leven: helemaal alleen.

Mary was er zeker van dat Seans ouders, als ze terug naar Ierland zou gaan, haar met open armen zouden ontvangen. Maar hoe zou haar leven dan zijn? Hoewel ze niet van plan was om een man te vinden die de plaats van hun zoon zou innemen, wist Mary dat iedere vrolijke activiteit waaraan ze zou deelnemen een bittere pil voor de rouwende ouders zou zijn. En haar aanwezigheid zou hen blijven herinneren aan de zoon die ze hadden verloren.

Langzaam wreef Mary met haar handen over haar gezicht. De maartlucht begon koeler te worden en ze merkte dat ze beefde. Of het door de schok of door de kou kwam wist ze niet. Ze stond op en keek verdrietig om zich heen; dacht terug aan die keer dat Sean en zij hier samen hadden gezeten.

'Dag, mijn liefste... God zegene je en rust zacht,' fluisterde ze en ze draaide zich om, om terug te gaan naar het enige leven dat ze nu had.

14

Anna was bijna drie nu en haar haar was uitgegroeid tot glanzende, lange, zwarte lokken die sterk contrasteerden met haar ivoorwitte huid. Ze dribbelde door de kinderkamer en viel haast nooit. Het hele huishouden was betoverd door haar natuurlijke gratie. Zelfs Lawrence Lisle vroeg regelmatig of Mary het kind naar de zitkamer wilde brengen, waar ze dan een perfecte reverence maakte zoals Mary het haar had geleerd.

Op de een of andere manier voelde Anna intuïtief aan dat de onbekende die ze soms in de zitkamer zag, belangrijk was in haar leven. In Mary's ogen leek het of ze haar best deed hem te charmeren, met haar allerliefste glimlach en haar armen wijd open gespreid om een omhelzing van hem te krijgen.

Ondanks haar voorspoedige fysieke ontwikkeling kon Anna nog steeds niet goed praten, hoewel ze bepaalde geluiden steeds herhaalde en een paar woordjes sprak. Mary probeerde zich er geen zorgen om te maken.

'Hoe vordert het met haar praten?' vroeg Lawrence Lisle op een dag toen Anna en Mary bij hem in de woonkamer waren.

'Langzaam, sir, maar ik weet uit eigen ervaring dat ieder kind zich in zijn of haar eigen tempo ontwikkelt.'

Toen het tijd was om te vertrekken, sloeg Anna haar armpjes om Mr Lisle's hals.

'Zeg maar "tot ziens" tegen me, Anna,' moedigde Mr Lisle haar aan.

'T-tot... ziens,' wist Anna uit te brengen.

Lawrence Lisle trok zijn wenkbrauwen op. 'Nog een keer, meisje, toe maar.'

'T-tot z-ziens,' zei de kleine meid gewillig.

'Hmm Mary, het lijkt wel of ze stottert.'

'Nee, nee,' zei Mary nerveus in een poging het te vergoelijken. Lawrence Lisle sprak hardop uit waar zij in haar hart bang voor was. 'Ze is gewoon bezig te leren haar tong op de juiste manier te gebruiken, om de woorden te kunnen vormen.'

'Nou, jij bent hier de expert in kleine kinderen, maar hou het in ieder geval goed in de gaten!'

'Ja, sir, dat zal ik doen.'

Maar toen Anna in de maanden daarna meer woorden leerde, werd haar stotteren overduidelijk en kon dat niet meer geweten worden aan een fase in haar ontwikkeling. Mary piekerde erover en vroeg in de keuken om advies.

'Daar valt niets aan te doen, zou ik zeggen,' zei Mrs Carruthers schouderophalend. 'Probeer alleen dat kleintje niet te veel te laten zeggen in het bijzijn van Mr Lisle. Je weet dat de betere klassen niet graag hebben dat hun kinderen gebreken vertonen. En omdat Anna zowat van hem is, zou ik het zo veel mogelijk voor hem verbergen.'

Niet gerustgesteld bracht Mary een bezoek aan de plaatselijke bibliotheek en vond daar een boek over het probleem. Ze leerde eruit dat Anna's stotteren erger zou worden in situaties waarin Anna zich nerveus voelde. En als degene die het meest met Anna in contact was, omdat ze voor haar zorgde, moest ze zorgen dat ze zo goed mogelijk articuleerde, zodat het kind de woorden goed hoorde en ze zo precies mogelijk kon nazeggen.

Het personeel beneden in de keuken lachte om Mary als ze heel langzaam tegen Anna praatte en de woorden heel zorgvuldig uitsprak. Mary spoorde de rest van de staf aan om dat ook te doen.

'Als je niet oppast, stottert het kind strak nog, maar heeft ze ook nog allerlei Ierse en Cockney accenten,' grinnikte Mrs Carruthers. 'Ik zou haar gewoon met rust laten als ik jou was en de natuur zijn werk laten doen.'

Maar Mary was dat niet van plan en hield vol met het kind. En met

Mrs Carruthers' woorden in haar hoofd leerde ze Anna ook om niets te zeggen in het bijzijn van Lawrence Lisle, in de hoop dat Anna's schattige reverence en haar charme het probleem zouden maskeren. Intussen oefende ze een aantal basiswoordjes met haar, die ze nodig had om met hem te communiceren.

Mr Lisle maakte meerdere keren een opmerking over Anna's zwijgzaamheid, maar Mary bleef dat wegwuiven.

'W-waarom mag ik niet tegen h-hem praten, M-Mary?' fluisterde het meisje terwijl Mary haar mee de zitkamer uit nam en ze teruggingen naar de kinderkamer.

'Dat mag je binnenkort, liefje, binnenkort,' stelde Mary haar gerust.

Maar Anna bleek haar eigen manier te hebben gevonden om te communiceren met de man die de verantwoordelijkheid voor haar op zich had genomen.

Een paar maanden later, toen Mary na hun halfuurtje samen op de deur van de zitkamer klopte, trof ze Lawrence Lisle bij de open haard aan met al zijn aandacht op Anna gericht. Het kind danste de kamer door op de muziek van de grammofoon.

'Kijk eens hoe ze danst... ze is fantastisch.' Zijn stem was niet meer dan een fluistering. Als betoverd bleef hij naar haar kijken. 'Het lijkt wel of ze intuïtief weet wat ze moet doen.'

'Ja, ze vindt het heerlijk om te dansen.' Mary keek trots toe terwijl Anna, helemaal opgaand in haar eigen wereld, door de kamer wervelde.

'Ze is dan misschien niet zo goed als een ander in communiceren met woorden, maar kijk eens hoe ze dat met haar lichaam doet,' was Lawrence' commentaar.

'Wat voor muziek is dit, sir? Prachtig!' informeerde Mary terwijl ze naar Anna keek die sprong, boog en draaide, zich onbewust van alles om haar heen.

'Het is de muziek van *The Dying Swan*, de stervende zwaan, een ballet van Fokine. Dat heb ik zien opvoeren in het Kirov in St. Petersburg...' Hij zuchtte. 'Het mooiste wat ik ooit heb gezien.'

Toen de muziek ophield, bleef de plaat ronddraaien en was alleen het krassende geluid van de naald in de kamer te horen.

Lawrence Lisle ontwaakte uit zijn dagdroom en met een diepe zucht zei hij: 'Nou, dat was het dan. Anna, je danst prachtig, zou je graag les willen krijgen?'

Het meisje begreep nauwelijks wat hij haar vroeg, maar ze knikte.

Mary wierp een nerveuze blik op Anna en keek daarna naar Lawrence. 'Denkt u niet dat het kind nog te jong is voor dansles, sir?'

'Absoluut niet. In Rusland beginnen ze op deze leeftijd. En ik weet dat er veel Russische immigranten hier in Londen wonen. Ik zal uitzoeken wie een goede leraar of lerares voor Anna is en je daarover informeren.'

'In orde, sir.'

'Ik h-h-hou van u, M-Mr Lisle,' zei Anna opeens en ze glimlachte stralend naar hem.

Lawrence Lisle was van zijn stuk door de plotselinge liefdesverklaring van zijn pupil, en Mary pakte Anna's hand en liep snel met haar naar de deur voordat ze nog meer kon zeggen.

'Mary, ik vraag me af of het wel gepast is voor mijn pupil om me "Mr Lisle" te noemen? Het klinkt zo... formeel.'

'Tja, sir, hebt u misschien een suggestie?' vroeg Mary.

'Misschien zou "oom" gepaster zijn, gezien de omstandigheden? Ik ben tenslotte haar voogd.'

'Dat lijkt me een uitstekend idee, sir.'

Anna draaide zich naar hem om. 'G-goedenacht, oom,' zei ze en met zijn tweeën verlieten ze de kamer.

Lawrence Lisle kwam zijn belofte na en een paar weken later bevond Mary zich in een helverlichte balletstudio met spiegelwanden in een huis met de naam Peasantry, op King's Road in Chelsea. De lerares, een zekere prinses Astafieva, was broodmager, droeg een tulband op haar hoofd, rookte een Sobranie met een sigarettenpijpje en was gekleed in een veelkleurig zijden gewaad dat achter haar aan sleepte als ze liep. Ze zag er heel exotisch, maar ook onvriendelijk uit.

Anna omklemde Mary's hand nog steviger, haar bleke gezicht gespannen en angstig bij het zien van die vreemde vrouw. 'Main goede vriend Lawrence zegt mai zis klaine maisje kan dansen.'

'Ja, madam,' antwoordde Mary nerveus.

'Dan spelen wai moeziek en kaiken wai hoe die klaine maid reageert. Doe jouw jas oit, kiend,' commandeerde ze en ze gaf de pianist een teken dat hij moest gaan spelen.

'Dans maar net zoals je doet voor oom, Anna,' fluisterde Mary en ze gaf Anna een duwtje naar het midden van de vloer. Even leek het of Anna in tranen zou uitbarsten, maar zodra ze de prachtige muziek hoorde, begon ze te bewegen en reageerde haar lichaam zoals altijd.

Twee minuten later stampte prinses Astafieva met haar stok op de vloer en hield de pianist op met spelen.

'Ik heb genoeg gezien, Lawrence heeft gelaik. Dat kiend beweegt natoerlaik op moeziek. Dus, iek neem haar. Jij breng Anna hier iedere woensdak om drie oer.'

'Ja, madam. Kunt u mij zeggen wat ze nodig heeft?'

'Voor nae, nieks. Alleen haar lichaam en bloite voeten.' Met een knikje schreed prinses Astafieva de balletzaal uit.

Om Anna over te halen terug te gaan, moest ze verleid worden: Mary kocht haar om met een roze jurkje met een tulen rokje dat ze voor haar maakte om in de les te dragen, en de belofte na de les thee en cakejes op Sloane Square te gaan eten.

Ook de rest van het huispersoneel bekeek Lawrence Lisle's plan met argusogen.

'Hij laat haar al aan danslessen beginnen, terwijl ze nog niet eens goed kan lopen en praten!' merkte Mrs Carruthers met opgetrokken wenkbrauwen op. 'Het zal wel komen door al die tijd dat hij in Rusland heeft gezeten, dat hij van die rare ideeën in zijn hoofd haalt. Hij blijft die trieste muziek ook maar draaien op die grammofoon van hem. Iets over zwanen die doodgaan of zoiets.'

Maar desondanks glimlachte Anna toen Mary haar na de eerste les kwam ophalen. Tijdens de beloofde thee met cakejes vertelde het kind dat ze had geleerd haar voeten op een rare manier, als een eend, neer te zetten, en om haar armen op allerlei manieren in de lucht te steken.

'Ze is n-niet echt een h-heks, Mary.'

'Dus je weet zeker dat je vaker wilt?' vroeg Mary.

'O, ja, ik w-wil terug.'

In het voorjaar van 1926 vierde Anna haar achtste verjaardag. Omdat Lawrence Lisle niet precies wist wanneer ze was geboren, hadden ze besloten dat ze midden april jarig was.

Mary keek trots naar Anna die de taart aansneed die Lawrence Lisle voor haar had gekocht. Anna was helemaal opgewonden toen ze zijn cadeau voor haar uitpakte en een paar roze satijnen balletschoentjes in het pakje vond.

'D-dank u, oom. Ze zijn p-prachtig. Mag ik ze m-meteen aan?' vroeg Anna.

'Dat mag als je je taart ophebt. Anders komen er misschien chocoladevlekken op je balletschoenen,' gaf Mary toe, met een sprankeling in haar ogen.

'Je hebt groot gelijk, Mary. Misschien wil je straks naar de zitkamer komen en op je nieuwe balletschoenen voor me dansen, Anna?' opperde Lawrence.

'N-natuurlijk wil ik dat, oom,' antwoordde het kind met een glimlach. 'En m-misschien kunt u dan met mij d-dansen?' vroeg ze plagend.

'Dat betwijfel ik,' reageerde hij grinnikend. En met een knikje naar zijn staf die zich had verzameld in de eetkamer, vertrok hij, terwijl iedereen taart at.

Een uur later verdween Anna op haar roze balletschoentjes naar de zitkamer.

Mary glimlachte toen ze de deur achter haar dichtdeed. Het was duidelijk dat de band tussen Lawrence en Anna was gegroeid. Als hij voor Buitenlandse Zaken op reis moest, stond Anna altijd al vanuit haar slaapkamerraam naar hem uit te kijken als ze wist dat hij weer thuiskwam. En ook hij was blij als hij haar zag; zijn gezicht lichtte helemaal op en de gewoonlijk strenge uitdrukking op zijn gezicht verdween als Anna naar hem toe rende en zich in zijn armen stortte.

In die tijd merkte Mary vaak tegen de rest van het personeel op dat Anna's echte vader niet beter voor haar had kunnen zijn. Lawrence Lisle besloot zelfs een gouvernante voor haar aan te stellen. 'Het is waarschijnlijk het beste als we haar hier in huis les laten geven. Dan wordt ze niet gepest omdat ze stottert,' had hij gezegd.

Maar ballet was Anna's echte passie, een passie die ieder ogenblik dat ze wakker was in beslag nam. Ze stond ermee op en ging ermee naar bed; ze kon niet wachten totdat ze weer les had en oefende iedere dag de nieuwe posities die prinses Astafieva haar leerde.

Als Mary haar op haar kop gaf omdat ze te weinig aandacht aan haar lessen besteedde, glimlachte Anna haar opgewekt toe. 'Ik h-hoef niets te weten over geschiedenis als ik g-groot ben, want ik word de beste b-ballerina van de wereld! En jij k-komt dan naar mijn eerste v-voorstelling, hè, Mary, als ik Odette en Odile dans in *The Swan L-Lake*?'

Mary had er wel geloof in dat ze *The Swan Lake* ooit zou dansen. Als het louter van Anna's wilskracht afhing, zou het kind haar droom zeker vervullen. En volgens prinses Astafieva had ze daarbij ook het talent.

Toen Mary naar boven ging om Anna te halen voor haar bad, trof ze haar helemaal opgewonden en pirouetten draaiend aan in haar slaapkamer.

'R-raad eens? Ik ga met de prinses en oom naar de *Ballets R-Russes* van D-Diaghilev! Er is een v-voorstelling in C-Covent Garden. Alicia M-Markova danst Aurora in *The Sleeping Beauty*!' Anna beëindigde haar dans met een sprong in Mary's armen. 'Wat v-vind je daarvan?'

‘Geweldig voor je, liefje,’ zei Mary glimlachend.

‘En oom zegt dat we er morgen op uit moeten om een n-nieuwe jurk te kopen voor mij! Ik wil f-fluweel, met een g-grote s-strik om mijn middel,’ verklaarde ze.

‘Dan moeten we eens kijken of we die voor je kunnen vinden,’ stemde Mary met haar in. ‘En nou in bad, dametje!’

Hoewel Mary dat niet kon weten, zou de avond dat Mr Lisle Anna meenam naar de eerste balletvoorstelling van haar bestaan, het leven voor hen allemaal veranderen.

Na de voorstelling kwam Anna thuis met het programma in haar kleine handjes geklemd en haar ogen groot van verwondering. ‘Miss M-Markova was zo mooi,’ zei ze dromerig toen Mary haar in bed stopte. ‘En haar partner, Anton Dolin, t-tilde haar helemaal boven zijn hoofd, alsof ze z-zo licht als een veertje was. Prinses Astafieva zegt dat ze Miss M-Markova kent. Misschien kan ik haar ooit eens ontmoeten. Stel je voor!’ voegde ze eraan toe terwijl ze het programma onder haar kussen stopte. ‘W-welterusten, Mary.’

‘Welterusten, schat,’ fluisterde Mary. ‘Slaap lekker.’

Een paar dagen later kwam Mrs Carruthers helemaal opgewonden de keuken binnen.

‘Mr Lisle is in de zitkamer en hij vroeg me thee te brengen. En hij is met...’ Mrs Carruthers zweeg even om het effect, ‘...een vrouw!’

Het voltallige personeel spitste de oren bij het horen van die mededeling.

‘Wie is het? Weet u dat?’ informeerde Nancy.

‘Nee, dat weet ik niet. Ik kan het mis hebben, maar hij had een bepaalde blik in zijn ogen toen hij naar haar keek, waarvan ik dacht... tja,’ zei ze schouderophalend. ‘Ach, misschien denk ik er wel veel te veel van, maar ik heb het gevoel dat onze verstokte vrijgezel van zijn geloof gaat vallen.’

In de daaropvolgende weken bleek Mrs Carruthers' intuïtie juist te zijn geweest. Elizabeth Delancey was regelmatig te gast in het huis. Met z'n allen wist het personeel alle informatie die het bij elkaar had gesprokkeld tot een geheel te maken: Mrs Delancey bleek de weduwe van een oude vriend van Lawrence Lisle, uit zijn schooltijd op Eton. Die vriend, officier in het Britse leger, was net zoals Sean omgekomen bij de Somme.

'Die Mrs Delancey is me een portret, zeg!' kwam de binnenmeid op een middag briesend de keuken in nadat ze de thee in de zitkamer had geserveerd. 'Ze zei dat de scones oudbakken waren en dat ik dat aan de kokkin moest zeggen!'

'Wie denkt ze wel dat ze is, om commentaar te leveren!' zei Mrs Carruthers geërgerd. 'Gisteren zei ze tegen me dat er vegen op de spiegel in de zitkamer zaten en of ik erop kon toezien dat de meid in het vervolg beter schoonmaakte.'

'Stomme paardenkop,' zei Nancy, 'met dat lange hoofd en die hangogen.'

'Een schoonheid is het niet, dat is zeker,' was Mrs Carruthers het met haar eens. 'En dan ook nog bijna even lang als Mr Lisle. Maar het is niet haar uiterlijk dat me zorgen baart, het is haar karakter. Ze krijgt steeds vastere grond onder de voeten – en als ze hier straks eenmaal woont, zitten wij met de gebakken peren, let op mijn woorden!'

'En hij vraagt Anna nooit meer in de zitkamer sinds dat mens hier komt,' zei Mary zachtjes. 'Hij heeft haar de laatste maand nauwelijks gezien. De kleine schat blijft me maar vragen waarom ze niet meer naar hem toe mag.'

'Het is een kouwe, dat is ze, en ze kan het natuurlijk niet velen dat Anna aandacht krijgt van Lawrence. We weten tenslotte allemaal hoe dol hij is op Anna. Ze is zijn oogappel en dat wil die trut natuurlijk niet hebben.' Mrs Carruthers zwaaide haar wijsvinger, tegen niemand in het bijzonder, waarschuwend heen en weer.

'Stel dat hij met haar trouwt,' zei Mary, en verwoordde daarmee de angst van alle bedienden.

'Dan zitten we allemaal in de problemen,' reageerde Mrs Carruthers grimmig. 'Dat is zeker.'

Drie maanden later riep Lawrence Lisle zijn personeel bijeen in de eetkamer om hun een mededeling te doen. Elizabeth Delancey stond naast hem toen hij vol trots aankondigde dat ze zouden trouwen zodra de bruiloft geregeld was.

De stemming in de keuken die avond was somber. Iedereen wist dat hun comfortabele wereld zou veranderen. Als de nieuwe mevrouw van het huis had Elizabeth Delancey na haar huwelijk de taak het huishouden te leiden en zou de staf zich tegenover haar moeten verantwoorden.

'V-vind jij Mrs D-Delancey aardig, Mary?' vroeg Anna stilletjes aan haar toen ze het kind voor het slapen een verhaaltje voorlas.

'Tja, eh... ik ken haar nauwelijks, maar ik weet zeker dat ze, als oom haar aardig vindt, fantastisch moet zijn!'

'Ze zei dat ik r-raar praatte en dat ik er...' Anna zocht in haar geheugen naar het woord, '...armetierig uitzag. Wat betekent armetierig, Mary?'

'O, dat betekent dat je een mooi klein meisje bent, liefje,' troostte Mary haar, terwijl ze het kind instopte.

'En ze zei dat ik haar "tante" moet noemen als ze ooms v-vrouw is.' Anna's ogen stonden nerveus. 'Dan w-wordt z-ze toch niet mijn m-moeder, hè, Mary? Ik bedoel, ik weet wel dat jij niet mijn echte m-moeder bent, maar ik vind van w-wel.'

'Nee, schatje, ga je daar nou maar niet druk over maken. Je weet dat ik altijd voor je zal zorgen. Welterusten, slaap lekker.' Mary gaf Anna een kus op haar voorhoofd.

Toen ze het licht uitdeed en de kamer uit wilde gaan, klonk er een klein stemmetje vanuit het donker.

'Mary?'

'Ja, liefje, wat is er?'

'Ik denk dat z-ze me niet... m-mag.'

'Doe niet zo raar! Hoe kan iemand jou nou niet mogen? Kom, nou niet meer piekeren en lekker gaan slapen!'

Het huwelijk werd voltrokken in een kerk in de buurt van het huis van Elizabeth Delanceys ouders in Sussex. Mary kreeg de opdracht om met Anna daarheen te komen. De nichtjes van de bruid fungeerden als bruidsmeisjes.

Cadogan House hield een maand lang de adem in. Gedurende die tijd waren de pasgetrouwden op huwelijksreis in Zuid-Frankrijk. Op de dag dat ze werden terugverwacht, droeg Mrs Carruthers het personeel op het huis van onder tot boven te poetsen en te boenen. 'Ik wil dat dat mens geen enkele aanleiding heeft om te doen alsof ik niet weet hoe ik voor haar nieuwe huis moet zorgen,' mompelde ze tegen het personeel.

Mary trok Anna haar mooiste jurk aan om haar oom en nieuwe tante te begroeten, maar met een bezwaard hart: ze had er helemaal geen goed voorgevoel bij.

De nieuwe Mr en Mrs Lisle arriveerden rond theetijd. De bedienden vormden een rij in de hal om hen te ontvangen en applaudisseerden verwelkomend. Hun nieuwe mevrouw had voor iedereen een paar woorden. Anna stond vol verwachting naast Mary, aan het einde van de rij, totdat ze haar perfecte reverence kon laten zien. Maar Mrs Lisle had slechts een minzaam knikje voor het kind over en liep meteen door naar de zitkamer, met Mr Lisle in haar kielzog.

'Ze wil ons morgen allemaal apart spreken,' deelde Mrs Carruthers later snuivend mee. 'En jou ook, Mary. Mijn god, als dat maar goed gaat...'

De volgende ochtend verdwenen de bedienden een voor een de salon in om kennis te maken met hun nieuwe mevrouw. Mary stond zenuwachtig op haar beurt te wachten.

'Binnen,' riep een stem en Mary liep de kamer in. 'Goedemiddag, Mary,' zei Elizabeth Lisle.

'Goedemiddag, Mrs Lisle. Mag ik u hartelijk feliciteren met uw huwelijk?'

'Dank je.' Haar lippen krulden zich niet in een glimlach. 'Ik wens je te informeren dat alle beslissingen omtrent Mr Lisle's pupil vanaf nu door mij genomen worden. Mr Lisle heeft het erg druk bij Buitenlandse Zaken en het is niet de bedoeling dat hij wordt lastiggevallen met muizenissen over een kind.'

'Ja, Mrs Lisle.'

'En ik prefereer het om aangesproken te worden met "ma'am", Mary. Dat ben ik gewend in mijn eigen huis.'

'Ja... ma'am.'

Elizabeth Lisle stond op en schreed naar haar bureau, waarop de boekhouding van de afgelopen maanden opengeslagen lag. 'Dit neem ik helemaal over van Mrs Carruthers,' zei ze met een gebaar naar de boekhouding. 'Ik heb de cijfers bestudeerd en in mijn ogen is er slordig omgesprongen met de financiën. Dat roep ik onmiddellijk een halt toe. Begrepen?'

'Ja, ma'am.'

'Bijvoorbeeld...' Mrs Lisle zette de hoornen bril die aan een ketting om haar hals hing op haar neus en zei: 'Er staat hier dat de kosten voor Anna meer dan honderd shilling per maand bedragen. Kun je me uitleggen waar dat geld aan wordt besteed?'

'Ja, ma'am. Anna heeft twee balletlessen per week, wat veertig shilling per maand kost. En dan heeft ze ook nog een gouvernante die hier iedere ochtend les komt geven, wat vijftig shilling per maand kost. Daarnaast zijn er de kosten voor haar kleren en...'

'Genoeg!' snauwde Mrs Lisle. 'Het is mij overduidelijk dat dat kind vreselijk verwend is en de kosten waar we het over hebben onnodig zijn. Ik zal het er later vanavond met Mr Lisle over hebben. Het kind is acht, nietwaar?'

'Ja, ma'am.'

'Dan lijkt het me absoluut onnodig dat ze twee balletlessen per week heeft.' Mrs Lisle trok haar wenkbrauwen op en slaakte een diepe zucht om blijk te geven van haar ontevredenheid. 'Dat was alles, Mary.'

'Ja, ma'am.'

'M-maar, Mary, waarom kan ik niet twee keer per week naar mijn balletles? Eén keer is niet genoeg!' Anna's ogen stonden vol pijn.

'Misschien kan dat ooit weer, liefje, maar oom kan het zich op dit moment niet veroorloven.'

'M-maar hij heeft net een nieuwe p-post! En iedereen in de keuken had het over die diamanten ketting die hij heeft gekocht voor t-tante. Hoe kan het nou dat hij geen t-tien shilling per week heeft, als hij w-wel zoiets voor h-haar kan k-kopen?' De emoties verergerden haar stotteren en Anna barstte in tranen uit.

'Ach, meisje, toch,' zei Mary, en ze sloeg haar armen om het kind heen. 'De nonnen hebben me altijd geleerd dat je dankbaar moet zijn voor wat je hebt. Je krijgt in ieder geval nog een les.'

'M-maar dat is niet genoeg! Dat is niet genoeg!'

'Je zult gewoon vaker moeten oefenen, liefje. Probeer nou niet zo van streek te zijn.'

Maar Anna was ontroostbaar, precies zoals Mary al van tevoren had geweten.

Na zijn huwelijk was Lawrence Lisle nog maar nauwelijks thuis. Maar als hij dat wel was, wachtte Anna altijd zenuwachtig af of hij zou vragen of ze naar de zitkamer kwam. Mary's hart brak als ze de teleurstelling op het gezicht van het kind zag als dat niet gebeurde.

'Hij h-houdt niet meer van me. Oom h-houdt niet meer van me. Hij h-houdt van tante. En hij doet alles w-wat ze hem z-zegt.'

De keuken was het helemaal met Anna eens.

'Ze heeft hem waar ze hem hebben wil, volledig,' verzuchtte Mrs Carruthers. 'Ik had niet gedacht dat Mr Lisle het in zich had om zo wreed tegen dat kind te zijn,' voegde ze eraan toe. 'De arme meid. Hij praat nog maar nauwelijks tegen haar tegenwoordig en hij heeft nog niet eens een blik voor haar over, van wat ik ervan meekrijg.'

'Hij krijgt waarschijnlijk een pets om zijn oren van zijn vrouw als hij meer zou doen!' merkte Nancy op. 'Ik denk dat hij net zo bang van haar is als wij. Ze is nooit tevreden, dat mens, het is nooit goed. Als het zo doorgaat, ga ik misschien wel op zoek naar iets anders. Er is genoeg werk tegenwoordig en het wordt nog goed betaald ook.'

'Ik denk er net zo over,' was Mrs Carruthers het met haar eens. 'Mijn vriendin, Elsie, vertelde me dat ze hier net om de hoek op zoek zijn naar een huishoudster. Ik ga misschien wel solliciteren.'

Mary luisterde vol verlangen naar hen. Ze wist dat weggaan geen optie was voor haar.

De huishoudelijke staf leefde doorlopend in een gespannen sfeer: iedereen wist dat het, hoe hard er ook werd gewerkt, nooit goed genoeg zou zijn om de nieuwe Mrs Lisle tevreden te stellen. De binnenmeid vertrok als eerste en daarna verdween de kok. Smith, de butler, besloot dat het tijd werd om met pensioen te gaan. Mary probeerde Anna zo veel mogelijk uit het zicht te houden en deed zelf haar werk zo onopvallend en rustig mogelijk. Als er vanuit de zitkamer naar Anna werd gevraagd, mocht Mary haar niet meer vergezellen en moest ze nerveus op de gang blijven wachten totdat Anna, meestal in tranen, weer naar buiten kwam. Elizabeth Lisle wist altijd wel iets te vinden om kritiek op te hebben en Anna kreeg van alles en nog wat voor de voeten geworpen: dat ze stotterde, dat de strik in haar haar was losgeraakt, zelfs dat er vuile voetstappen op de trap stonden.

'Ze h-haat me. Ze h-haat m-me,' huilde Anna op een avond in Mary's armen.

'Ze haat je niet. Zo behandelt ze iedereen.'

'Maar dat is toch een h-heel onaardige "behandeling", Mary?'

Mary kon het niet ontkennen.

15

In de herfst van 1927, toen Anna negen jaar oud was, vertrok Lawrence Lisle voor een nieuwe, permanente post bij het Britse consulaat in Bangkok. Elizabeth Lisle zou hem binnen een maand nareizen.

'Nou, we moeten het van de positieve kant bekijken – we hoeven tenminste nog maar een paar weken onder haar te lijden,' zei Mrs Carruthers. 'Met een beetje geluk komen ze hier jaren niet meer.'

'Misschien sterft ze wel aan de een of andere tropische ziekte en komt ze nooit meer terug,' zei Nancy hoopvol.

Lawrence Lisle nam kort en kil afscheid van Anna. Zijn vrouw stond naast hem en hield iedere beweging van hem in de gaten. Toen was het de beurt aan Elizabeth Lisle om afscheid te nemen van haar echtgenoot.

Lawrence sloeg zijn armen om haar heen. 'Liefste, ik zie je in Bangkok.'

'Ja,' knikte ze. 'En maak je geen zorgen over de zaken hier. Ik zorg ervoor dat het huishouden hier tijdens je afwezigheid geolied doordraait.'

Twee dagen later werd Mary naar de zitkamer geroepen.

'Mary.' Elizabeth deed een poging een koud glimlachje tevoorschijn te toveren. 'Ik heb je gevraagd hier te komen om je mee te delen dat jouw diensten niet langer nodig zijn in dit huis. Gezien mijn aanstaande vertrek naar Bangkok om me bij mijn echtgenoot te voegen, is besloten dat Anna het beste naar een internaat kan gaan. Mr Lisle en ik zullen op zijn minst de volgende vijf jaar in Bangkok verblijven en dit huis wordt in die periode gesloten. Het is geldverspilling om de huishoudelijke staf hier aan te houden terwijl wij weg zijn. Ik weet dat je al negen jaar voor Anna zorgt en dat het voor jullie allebei moeilijk zal zijn. Daarom ben ik bereid je een maand extra te betalen. Aan het eind van de week breng ik Anna naar haar nieuwe internaat en op diezelfde dag verwacht ik dat jij dit huis verlaat. Ik zal haar morgen vertellen dat ze hier weggaat. Maar ik vind het beter als jij niets zegt over het feit dat jij hier vertrekt. We kunnen het tenslotte niet gebruiken dat dat kind hysterisch wordt.'

Mary's oren tuitten. 'Maar... maar, ma'am, ik mag toch wel afscheid van haar nemen? Ik kan... Ze... mag niet denken dat ik haar... in de steek laat. Alstublieft, Mrs Lisle, ik bedoel, ma'am,' smeekte Mary.

'Anna komt er wel overheen. Tenslotte ben je niet haar echte moeder. Ze zal met meisjes van haar eigen leeftijd zijn. En van haar eigen milieu,' voegde Elizabeth Lisle er veelbetekenend aan toe. 'Ik weet zeker dat ze dat wel aankan.'

'En in de vakanties, wat gebeurt er dan met haar?'

'Net zoals veel weeskinderen en kinderen van wie de ouders in het buitenland wonen, blijft ze gewoon op het internaat.'

'U bedoelt dat het internaat voortaan haar thuis zal zijn?' vroeg Mary ontzet.

'Als je het zo wenst te formuleren: ja.'

'Mag ik dan ten minste naar haar schrijven?'

'Nee, onder de omstandigheden verbied ik je dat. Het is emotioneel te moeilijk en verontrustend voor haar om brieven van jou te krijgen.'

'Mag ik dan...' Mary wist dat ze niet moest huilen, '...weten waar u haar naartoe brengt?'

'Nee, dat lijkt me beter van niet. Dan kom je ook niet in de verleiding om contact met haar op te nemen. Ik heb alles geregeld wat ze nodig heeft voor haar nieuwe school. Het enige wat jij moet doen is haar kleren van haar naam voorzien en haar spullen inpakken, en die van jezelf ook.' Elizabeth Lisle stond op. 'Je moet begrijpen, Mary, dat een kind dat opgroeit met Mr Lisle als voogd niet kan worden opgevoed door bedienden. Ze moet manieren leren en decorum, zoals in haar milieu wordt verwacht.'

'Ja, ma'am,' zei Mary met verstikte stem.

Mary liep naar de deur en bleef toen staan. 'Hoe zit het met balletlessen? Geven ze ballet op haar nieuwe school? Ze is zo getalenteerd dat vindt iedereen... en Mr Lisle was er zo op gebrand haar...'

'Als de echtgenote van Mr Lisle en vervangend voogd van het kind terwijl mijn echtgenoot in het buitenland vertoeft,' onderbrak Elizabeth haar, 'komt het me voor dat het mijn zaak is te weten wat mijn echtgenoot vindt en om te beslissen wat het beste is voor Anna.'

Mary wist dat het geen zin had om nog iets te zeggen. Ze draaide zich om en vluchtte de kamer uit.

De volgende paar dagen gingen voorbij in een waas van verdriet. Niet geoorloofd om Anna te vertellen over haar aanstaande vertrek, deed Mary haar best het kind gerust te stellen, terwijl ze naamlabels in haar schooluniformen naaide en de hutkoffer die ze mee naar het internaat zou nemen inpakte.

'Ik w-wil n-niet naar die nieuwe school, Mary. Ik w-wil hier blijven b-bij jou en de andere bedienden. En mijn b-balletlessen.'

'Dat weet ik, liefje, maar oom en tante vinden het het beste voor je. En misschien vind je het wel heel leuk met andere meisjes van jouw leeftijd.'

'Waarom zou ik andere m-meisjes nodig hebben, als ik jou en al mijn andere vrienden en vriendinnen hier in de keuken heb? Mary, ik ben b-bang. Vraag je alsjeblieft aan tante of ik n-niet hoef? Ik beloof je dat ik heel lief zal zijn,' smeekte Anna. 'Alsjeblieft, v-vraag haar of ik hier m-mag b-blijven?' Mary sloeg haar armen om het verdrietig huilende kind heen. 'Jij zegt tegen de prinses dat ik t-terugkom in de v-vakanties, hè? Zeg maar dat ik heel h-hard zal oefenen en haar niet t-teleur zal stellen.'

'Tuurlijk doe ik dat, liefje.'

'En de tijd v-vliegt v-voorbij, hè? Het duurt niet lang v-oor het v-vakantie is en ik hier weer t-terug bij jou ben, hè?'

Mary moest haar tranen inhouden terwijl ze het kind zo naar geruststelling zag zoeken in het licht van het onvermijdelijke wat voor haar lag. 'Nee, schat, het duurt niet lang.'

'En dan w-wacht jij hier op me, hè, Mary? Wat ga je eigenlijk doen als ik w-weg ben?' vroeg Anna opeens met opgetrokken wenkbrauwen. 'Misschien v-verveel je je wel v-vreselijk.'

'Nou, misschien neem ik wel een tijdje vakantie.'

'O, nou, maar je b-bent toch wel terug als ik t-thuiskom van school, hè?'

'Ja, liefje, dat beloof ik.'

Op de ochtend dat Anna zou vertrekken, werd er om negen uur op de deur van Mary's kamer geklopt.

'Binnen.'

Anna verscheen in de deuropening in een schooluniform dat 'op de groei' was gekocht. Haar magere lichaampje verdronk er zowat in en haar hartvormige bleke gezichtje stond gespannen. 'Tante zegt dat ik h-hier a-afscheid moet nemen van jou. Ze z-zei dat ze beneden geen s-scène wil.'

Mary knikte, liep naar haar toe, sloot het kind in haar armen en zei: 'Zorg dat ik trots op je kan zijn, hè, liefje?'

'Ik z-zal het p-proberen, Mary, maar ik ben zo b-bang.' Anna's stotteren was in de laatste weken veel erger geworden.

'Over een paar dagen zul je het er leuk vinden, dat weet ik zeker.'

'N-nee, n-niet waar. Ik z-zal het er v-vreselijk vinden', hoorde Mary verstikt vanaf haar schouder. 'S-schrijf je iedere d-dag naar mij? Ja?'

'Natuurlijk doe ik dat. Kom...' Mary maakte zich zachtjes van Anna los en keek haar glimlachend aan. 'Nu kun je beter gaan.'

Anna knikte. 'Ja. D-dag, Mary.'

'Dag liefje.'

Mary keek naar het kind dat zich omdraaide en langzaam naar de deur liep. Toen ze daar was, bleef ze stilstaan en draaide ze zich om. 'A-als de andere m-meisjes me naar mijn m-moeder vragen, z-zeg ik dat jij dat b-bent. Is dat g-goed?'

'O, Anna.' Mary kon haar emoties niet langer verbergen. 'Als je dat wilt, weet ik zeker dat dat prima is.'

Anna knikte stilletjes, haar enorme ogen vol verdriet.

'En onthou goed,' voegde Mary eraan toe, 'op een dag zul je een fantastische ballerina zijn. Nooit je droom opgeven, hè?'

'Nee,' zei Anna met een flauw lachje. 'D-dat b-beloof ik.'

Mary keek door het raam van haar slaapkamer en zag Anna achter Elizabeth Lisle aan naar de auto lopen. Ze bleef nog een hele tijd onbeweeglijk staan toen ze allang de straat uit waren. Twee uur later had ze haar spullen gepakt en was ze klaar om te vertrekken. Elizabeth Lisle had haar het laatste salaris al uitbetaald en via Mrs Carruthers had Mary een kamer gehuurd in een pension in Baron's Court, een paar kilometer verderop, om de tijd te overbruggen en tot zichzelf te komen. Totdat ze had besloten wat ze nu verder moest.

Niet in staat om nog een paar keer emotioneel afscheid te moeten nemen, liet Mary op de keukentafel brieven achter die gericht waren aan Mrs Carruthers en Nancy. Toen tilde ze haar koffers op, deed de achterdeur open en liep een lege toekomst in.

AURORA

En zo werd die arme, goedhartige Mary op straat gezet door de boze stiefmoeder. Misschien is zij de Assepoester van dit verhaal. Hoewel ik daarmee wel een paar sprookjes door elkaar gooi – mijn excuses. En Anna – Het Kleine Weeskind – dat in materiële zin niets tekortkomt, maar des te meer liefde mist. En het vanaf dit moment verder maar zelf moet uitzoeken op een kostschool.

Mary's brieven aan haar voormalige aanstaande schoonmoeder, Bridget, die Grania tot diep in de nacht toegewijd las, eindigen hier. Achteraf denk ik dat het Mary's trots was die haar belette naar Seans ouders te blijven schrijven.

Ik weet dat Grania toen ze de brieven had gelezen, naar haar moeder is gegaan en haar heeft gesmeekt te vertellen hoe het verder is gegaan met Mary. Maar om de vaart in dit verhaal te houden – lezer, ik begin nog goed te worden in dit schrijfgedoe! – zal ik je niet vermoeien met de details van al Grania's bezoekjes aan de boerderij en alle koppen thee die werden gedronken terwijl Grania de rest van het verhaal te horen kreeg.

Theedrinken maakte een groot deel uit van ons leven op de boerderij in Dunworley.

Tegenwoordig drink ik nog maar zelden thee. Ik word er misselijk van, maar dat word ik nu van bijna alles.

Ik dwaal weer af. In een goed sprookje zou de prinses uiteindelijk haar geluk vinden met haar prins.

Wat mij altijd het meest heeft geïntrigeerd is wat er gebeurt na het 'en ze leefden nog lang en gelukkig'.

Bijvoorbeeld: prinses Aurora uit The Sleeping Beauty *wordt een eeuw later wakker. Mijn hemel! Kun je je dat voorstellen? Dan is ze dus honderdzestien jaar oud! Haar prins is achttien. Dat noem ik nog eens een leeftijdsverschil! En dan wordt ze natuurlijk ook nog eens wakker in een heel andere wereld dan die van honderd jaar daarvoor.*

Persoonlijk zou ik er weinig op inzetten dat die relatie het overleeft.

Natuurlijk zul jij, lezer, zeggen dat het nu eenmaal zo gaat in sprookjes. Maar verschillen de beproevingen die prinses Aurora te wachten staan als ze wakker wordt in dat eens-en-voor-altijd-gelukkige-land veel van die van Mary? Als ze, heel toevallig, haar prins zou tegenkomen? Tenslotte laat een oorlog – en zeker zo'n wrede als Mary had meegemaakt – afgrijselijke en onuitwisbare sporen na in iemands ziel.

Nou, we zullen zien...

16

Het moeilijkste van Mary's nieuwe leven was alle tijd die ze had om na te denken. Tot dan toe was iedere dag die ze zich kon herinneren van de laatste negenentwintig jaar volgepropt geweest met dingen die gedaan moesten worden voor andere mensen. Er was altijd een taak, een plicht die voor iemand anders moest worden vervuld. En nu was de enige persoon voor wie ze iets moest doen zijzelf. De tijd was aan haar... en duurde eindeloos.

Wat ook tot haar doordrong was dat ze haar hele leven omringd was geweest door andere mensen. Gewend aan de gemeenschappelijke ruimtes in de huizen waar ze had gewoond, vielen de uren in haar eentje in haar benauwde kamertje Mary ondraaglijk zwaar. Als ze alleen voor de vlammen van de gaskachel zat, werd ze besprongen door gedachten aan alle mensen die ze had verloren: haar ouders, Sean en nu het kleine meisje waarvan ze had gehouden alsof het haar eigen dochter was. Voor anderen was het misschien heerlijk om niet langer wakker te worden van een bel of een harde klop op de deur, maar voor Mary was het 'niet meer nodig zijn' een akelige ontdekking.

Ze had geen geldproblemen – in de vijftien jaar dat ze in de huishoudens van de Lisle's had gewerkt, had ze een flink appeltje voor de dorst opzij kunnen leggen, waarmee ze op z'n minst vijf jaar door zou kunnen komen. Ze kon het zich zelfs best veroorloven veel comfortabeler te gaan wonen dan ze nu deed.

Meestal liep Mary 's middags naar een bankje in Kensington Gardens, om te staren naar de bekende gezichten van de kinderjuffen die daar waren met hun pupillen. In het verleden hadden ze nooit iets tegen haar gezegd en dat gebeurde nu ook niet. Ze hoorde bij niemand en niemand hoorde bij haar. Ze keek naar de mensen die langs haar heen liepen, op weg naar Ergens Anders.

In haar somberste ogenblikken dacht Mary dat er geen levende ziel was die het iets uitmaakte of ze nou leefde of dood was. Ze was onbelangrijk, vervangbaar en onnodig. Zelfs voor Anna, die ze zo veel liefde had gegeven – ze wist dat het kind wel gewend zou raken op het internaat en haar leventje gewoon door zou gaan. Zo ging dat als je jong was.

Om de tijd door te komen besteedde Mary de eenzame avonden aan het maken van een volledig nieuwe garderobe voor zichzelf. Ze kocht een Singer-naaimachine en zat bij het licht van de gaslamp te werken aan het tafeltje voor het raam dat over de Colet Gardens uitkeek. Als ze aan het naaien was, piekerde ze niet, en uit het maken van 'iets' uit 'niets' putte ze troost. Onder het naaien moest ze regelmatig, als haar rechterarm moe werd van het draaien aan het wiel, even pauzeren. Dan keek ze naar buiten, naar het leven beneden op straat. Daar stond vaak een man tegen een lantaarnpaal geleund, recht voor haar deur. De man zag er jong uit – niet ouder dan zijzelf – en stond urenlang in de verte te staren.

Mary begon erop te wachten tot hij kwam, meestal rond zes uur 's avonds, en bestudeerde hem terwijl hij, zich niet bewust van haar blik, onder de lantaarnpaal stond. Af en toe vertrok hij pas weer tegen zonsopgang.

Zijn aanwezigheid gaf Mary een soort troost. Hij leek net zo eenzaam als zij.

'De arme donder,' fluisterde ze dan tegen zichzelf terwijl ze een beschuitbol boven de gasvlam roosterde. 'Hij is vast niet helemaal goed bij zijn hoofd, de ziel.'

De nachten werden langer en de winter was in aantocht, maar de jongeman bleef nog altijd naar zijn plekje onder de lantaarnpaal komen. Terwijl Mary steeds meer lagen over elkaar aantrok van de warme kleren die ze voor zichzelf had genaaid, leken de dalende temperaturen de man beneden niets uit te maken.

Op een avond in november, toen Mary laat thuiskwam van theedrinken met Nancy, liep ze langs hem heen en bleef toen staan. Ze draaide zich om en nam hem eens goed op. Het was een lange vent met verfijnde trekken – een adelaarsneus, een trotse kin en een bleke gelaatskleur in het licht van de lantaarn. Hij was mager, bijna vel over been, maar Mary kon zien dat hij knap zou zijn als hij iets gevulder was. Ze liep door, de trap naar de voordeur op, en stak de sleutel in het slot. Toen ze haar kamer binnenkwam, liep ze direct naar het raam. Ze vroeg zich af hoe hij het in vredesnaam zo lang uithield in de bittere kou. Huiverend stak ze de gaskachel aan en sloeg nog een extra sjaal om haar schouders. Ze had een idee...

Een week later liep Mary de trap van het pension af en liep ze naar de jongeman toe die weer op zijn vaste plek stond.

'Hier, pak aan. Dan blijf je warm terwijl je die lantaarnpaal overeind houdt.' Mary stak de bundel die ze in haar armen had naar hem uit en wachtte op een reactie. Een hele tijd liet de man niet merken of hij wist dat ze daar stond en hem iets aanbood. Op het moment dat Mary besloot dat hij niet meer te helpen was en ze zich om wilde draaien, keerde hij zijn gezicht naar haar toe, richtte zijn ogen op wat ze in haar handen hield en glimlachte flauwtjes.

'Het is een wollen jas. Zodat je warm blijft als je hier staat,' drong ze aan.

'Vv-voor mij?' Het leek of hij niet gewend was te praten. Zijn stem klonk schor en geforceerd.

'Ja,' antwoordde ze. 'Ik woon daarboven.' Mary wees naar haar verlichte kamer, 'en ik zie je steeds hier staan. Ik wil niet dat je voor mijn deur aan een longontsteking overlijdt,' voegde ze eraan toe. 'Dus heb ik deze voor je gemaakt.'

Verbijsterd keek hij naar de bundel in haar armen en toen naar haar. 'Heb je die v-voor mij gemaakt?'

'Ja. Nou, pak je hem nog aan? Hij is zwaar en ik zal blij zijn als je dat ding van me overneemt.'

‘M-maar... ik heb geen geld bij me. Ik kan er niet voor betalen.’

‘Het is een cadeau. Terwijl ik daarbinnen lekker warm zit, zie ik jou niet graag hier beneden staan bibberen. Dus ik doe mezelf hier eigenlijk een plezier mee. Kom, pak aan,’ drong ze aan.

‘D-dat is o-ontzettend v-vriendelijk, Miss...?’

‘Mary. Ik heet Mary.’

Hij nam de jas van haar aan en trok die met trillende handen aan.

‘Hij p-past p-precies. Hoe... hoe wist...’

‘Nou, ik had je hier iedere avond voor mijn neus staan, terwijl ik hem maakte.’

‘Het is het... b-beste cadeau d-dat ik ooit heb gehad.’

Het viel Mary op dat de man, hoewel hij stotterde, de woorden op dezelfde manier uitsprak als Lawrence Lisle.

‘Zo, nu lig ik in ieder geval meer op mijn gemak in mijn bed nu ik weet dat je het warm hebt. Goedenacht.’

‘G-goedenacht, M-Mary. En...’ de blik in zijn ogen drukte zo veel dankbaarheid uit, dat de tranen Mary in haar ogen sprongen, ‘...d-dank je wel.’

‘Geen dank,’ antwoordde ze en ze haastte zich de trap op naar de voordeur.

Een paar weken later, toen Mary eigenlijk op het punt stond te beslissen terug naar Ierland te gaan, omdat een leven als oude vrijster bij Seans familie haar enige ontsnapping aan de eenzaamheid was, had ze een afspraak met Nancy om thee te gaan drinken op Piccadilly.

‘Jeetje! Wat zie jij er mooi uit!’ merkte Nancy op nadat ze thee en toast met boter hadden besteld. ‘Hoe kom je aan die nieuwe jas? Ik heb hem wel in tijdschriften zien staan, maar hij kost een godsvermogen. Heb je een erfenis gekregen of zo?’

‘Ik heb hem ook in de tijdschriften zien staan en dus heb ik hem vanaf het plaatje nagemaakt.’

‘Heb je die zelf gemaakt?’

‘Ja.’

'Ik wist wel dat je handig was met naald en draad, maar die jas ziet er net zo uit als het origineel!' voegde Nancy eraan toe. 'Kun je er ook eentje voor mij maken?'

'Ja, dat kan ik zeker, als je me zegt welke kleur je wilt.'

'Wat denk je van rood? Zou dat me staan?' vroeg ze terwijl ze door haar blonde krullen streek.

'Ja, ik denk dat je dat goed zal staan,' stemde Mary met haar in. 'Ik moet je wel iets rekenen voor het materiaal, goed?'

'Natuurlijk. En voor je tijd. Dus, zeg eens, hoeveel denk je?'

Mary dacht na. 'Nou, ik denk ongeveer tien shilling voor de stof en dan nog wat extra voor het maken...'

'Afgesproken!' Nancy klapte in haar handen. 'Sam neemt me volgende week donderdag mee uit en ik denk dat hij me dan gaat vragen. Kan die jas dan klaar zijn, denk je?'

'Een week...' Mary dacht even na. 'Ik zou niet weten waarom niet.'

'O, Mary, dank je wel! Je bent een engel, echt, een engel.'

'De Rode Jas', zoals Mary hem in gedachten altijd zou blijven noemen, betekende een keerpunt in haar leven. Nancy pronkte ermee bij haar vriendinnen en algauw kwamen ze allemaal bij Mary langs om te vragen of ze er ook eentje voor hen kon maken. Zelfs Sheila, het meisje dat naast Mary woonde en in een van de luxe winkels bij Piccadilly werkte, had Mary op straat een compliment over haar jas gegeven en haar gevraagd er ook een voor haar te naaien. Op een dag kwam Sheila passen en daarna dronken ze samen een kop thee.

'Je zou moeten beginnen als naaister, Mary. Je hebt er echt talent voor.'

'Dank je, maar ik weet niet of het wel juist is om geld te verdienen aan iets wat je voor je plezier doet.'

'Natuurlijk wel! Ik heb ritsen vriendinnen die je graag zouden betalen als je kleding naar de laatste mode voor hen maakt. We weten allemaal wat ze daar in de winkels voor vragen.'

'Ja.' Mary leunde uit het raam en keek neer op de jongeman die, warm in zijn zwarte wollen jas, onder de lantaarnpaal stond. 'Weet jij misschien wie dat is?'

Sheila kwam naar het raam toe en keek omlaag.

'Mijn hospita heeft me verteld dat zijn vriendin hier voor de oorlog woonde, toen ze in het St. Thomas' Hospital werd opgeleid tot verpleegster. Maar ze is dood: vertrapt bij de Somme door een angstig paard. En hij heeft een shellshock opgelopen, de arme ziel.' Sheila zuchtte. 'Van hen tweeën zou ik, denk ik, liever haar zijn. Zij hoeft tenminste niet meer te lijden, zoals hij, die iedere dag alles weer opnieuw moet beleven.'

'Heeft hij een thuis?'

'Zijn familie schijnt er heel warmpjes bij te zitten. Hij woont bij zijn peettante, verderop, in Kensington. Zij heeft hem in huis genomen toen zijn ouders hem niet meer wilden hebben. Die arme jongen, wat moet er in de toekomst van hem worden?'

'Ik heb geen idee,' zei Mary zuchtend; ze werd bekropen door een schuldgevoel omdat ze de laatste paar weken zo veel zelfmedelijden had gehad. 'Het moet hem op de een of andere manier troost bieden, daar zo te staan. En troost kan iedereen altijd gebruiken.'

Mary woonde ongeveer drieënhalve maand in Colet Gardens. Haar dagen werden nu gevuld met klanten en het naaien van de jassen, jurken, bloesjes en rokken die ze bestelden. Ze overwoog een assistente te nemen en naar een groter appartement te verhuizen, zodat ze zich volledig zou kunnen wijden aan haar werk. Hoewel ze het druk had en daardoor minder tijd had om te piekeren, verlangde ze er vaak naar om een brief naar haar lieve Anna te kunnen schrijven. Ze had haar graag laten weten dat ze gedwongen was geweest haar te verlaten en niets meer van zich mocht laten horen, dat ze meer dan van wie ook van haar hield en iedere dag aan haar dacht. Maar ze wist dat haar stilzwijgen voor Anna's bestwil was geweest.

Hoewel Mary's dagen zich nu niet meer in een akelige leegte voor haar uitstrekten, voelde haar hart leeg en kil zonder iemand om van te houden. Maar iedere keer dat ze dreigde te worden overvallen door zelfmedelijden, hoefde ze alleen maar naar beneden te kijken om de arme jongeman onder de lantaarn te zien staan.

Kerstmis naderde en Mary's klanten vroegen of hun kleren daarvoor klaar konden zijn, zodat ze geen vrij moment had om te piekeren over hoe een Kerstmis zonder Anna zou zijn. Nancy had Mary uitgenodigd om eerste kerstdag te komen vieren in Cadogan House.

'Dat wordt voor ons allemaal de laatste kerst daar,' had Nancy eraan toegevoegd. 'Over een maand zijn we allemaal ontslagen – we moeten in januari weg zijn, als het huis wordt gesloten. Ik weet zeker dat die hooghartige koe ons het liefst voor de kerst op straat had gezet als ze dat had gekund, maar gelukkig was er nog van alles te doen.'

'Is ze al naar Bangkok vertrokken?' informeerde Mary.

'Ja, vorige week. En een feest dat we hebben gevierd in de keuken! Sam en ik hebben in ieder geval allebei een prima baan gevonden als butler en huishoudster in Belgravia. De dag dat ik die keuken uit stap, zal ik dolblij zijn dat het de laatste keer is. Maar ik heb wel te doen met die kleine meid. Die verwacht natuurlijk dat ze met Kerstmis naar huis kan. Je vraagt je toch af hoe een mens zo gemeen kan zijn, vind je niet, Mary? En een man zo blind dat hij voor zo'n rotmens valt,' voegde Nancy eraan toe.

Mary bleef de hele nacht voor kerstavond op, om alles op tijd af te hebben voor haar klanten. Om vier uur de volgende middag waren al haar orders opgehaald en zonk ze uitgeput in de leunstoel bij de kachel neer. Ze schrok wakker van een zacht klopje op de deur.

'Hallo?'

'Ik ben het, Sheila, van hiernaast. Je hebt bezoek.'

Mary kwam uit haar stoel overeind en liep naar de deur om Sheila binnen te laten. Toen ze zag wie er, bleek en nerveus, naast Sheila stond, kon ze haar ogen nauwelijks geloven.

'Mary!' Anna wierp zich in Mary's armen en klemde haar zo stevig vast dat ze bijna geen adem meer kon halen.

'Jezus, Jozef en Maria! Hoe kom jij nou hier, Anna? Hoe heb je me gevonden?'

'Je kent haar dus,' zei Sheila met een glimlach. 'Ze zat als een zwerver in de portiek.'

'O ja, ik ken haar. Je bent mijn Anna, hè, liefje?' Mary's ogen stonden vol tranen toen ze neerkeek in Anna's geliefde gezichtje.

'Nou, dan laat ik jullie alleen. Zo te zien is je kerstcadeau net gearriveerd, Mary.'

'Ja, dat kun je wel zeggen!'

Mary glimlachte, deed de deur dicht, liep met Anna naar een stoel en zette haar neer. 'Goed. Vertel me eens precies wat je hier doet. Ik dacht dat je op het internaat hoorde te zijn?'

'Ja, dat w-was ook zo... is ook zo. Maar...' Anna's gezicht stond vastbesloten. 'Ik ben weggelopen en ik g-ga... nooit meer t-terug.'

'Kom, kom, Anna, niet van die rare dingen zeggen. Dat meen je toch niet?'

'Jawel, ik m-meen het w-wel. En als je me dwingt, dan loop ik g-gewoon w-weer weg. De d-directrice is afschuwelijk, de m-meisjes zijn afschuwelijk en ik m-moet r-rondhollen bij een spel dat ze l-lacrosse noemen en dat is s-slecht voor mijn knieën en nog het a-afschuwelijkste van alles. O, Mary!' Anna verborg haar gezicht in haar handen. 'Ik ben z-zo ongelukkig geweest. Ik k-keek zo uit naar de k-kerstvakantie en d-dat ik jou dan zou zien en iedereen in Cadogan House en t-toen riep de d-directrice me bij zich in haar k-kantoor en zei ze dat ik n-niet naar huis k-kon. Dat tante naar B-Bangkok was met oom en het h-huis gesloten w-was, Mary, alsjeblieft, s-stuur me niet t-terug naar die a-afgrijselijke s-school, alsjeblieft.'

Toen liet Anna's laatste restje zelfbeheersing haar in de steek en barstte ze in tranen uit.

Mary trok het kind op schoot en Anna kroop tegen haar aan en stortte al haar akelige verhalen over eenzaamheid en verdriet en verlaten zijn over Mary uit.

Toen ze wat was gekalmeerd, sprak Mary zacht met haar: 'Anna, liefje, we moeten de directrice zo snel mogelijk laten weten dat je veilig bent. Het zou me niets verbazen als de politie nu met man en macht naar je op zoek is.'

'Ik ben pas v-vanmorgen weggelopen,' zei Anna pruilend. 'En Mrs G-Grix, de directrice, is weg naar haar z-zus in J-Jersey voor de kerst. Ze heeft me bij het h-hoofd van de h-huishouding achtergelaten, die altijd veel te veel g-gin drinkt en me wel twee keer zal z-zien, in plaats van h-helemaal niet.'

Mary moest glimlachen om de manier waarop Anna het uitdrukte. 'Nou, dan moeten we op zijn minst contact opnemen met haar. We willen niet dat iemand zich zorgen maakt, toch? Dat is gewoon niet goed, Anna, hoe je je ook voelt.'

'Als je d-dan maar niet v-verraadt waar ik ben. Want dan komen ze me m-misschien halen en ik g-ga niet terug. Dan g-ga ik nog liever dood.'

Mary wist dat het kind uitgeput was en nu toch niet kon worden omgepraat. 'Ik zeg alleen dat je veilig en wel in Cadogan House bent aangekomen en dat we na de kerst wel contact met haar zullen opnemen. Wat vind je daarvan?'

Dat leek Anna tevreden te stellen, want ze knikte, hoewel niet van harte.

'Nou, volgens mij kun je wel een bad gebruiken. Het is hier niet zoals je gewend bent in Cadogan House, maar je wordt er in ieder geval schoon van, schatje.'

Mary nam Anna mee naar de gemeenschappelijke badkamer aan het einde van de gang en liet de badkuip vollopen. Terwijl ze het kind waste, vroeg Mary hoe het haar was gelukt om de weg naar Londen en daarna naar Colet Gardens te vinden.

'Dat was makkelijk,' antwoordde Anna. 'Ik wist waar het station was, omdat we een dagje naar Londen zijn geweest om naar St. Paul's C-Cathedral te gaan. Dus ben ik stiekem uit school ontsnapt en daarheen gelopen. Toen ben ik op de t-trein gestapt en kwam ik op een heel g-groot station dat Waterloo heet en daar heb ik de bbus naar Piccadilly genomen en toen heb ik de w-weg naar Cadogan House gevraagd en ben ik de r-rest gaan lopen.'

'Maar, Anna, schatje, de directrice had je verteld dat het huis was gesloten. Wat had je gedaan als er niemand was geweest?' Mary hielp Anna het bad uit en sloeg een handdoek om haar heen.

'Z-zover had ik eigenlijk niet g-gedacht,' moest Anna toegeven. 'Ik weet dat de grendel van het keukenraam kapot is, dus had ik dat makkelijk open kunnen doen en naar binnen kunnen klimmen. Maar N-Nancy was er en zei dat je hier woonde.'

Mary keek Anna bewonderend aan, ondanks haar bezorgdheid over wat het kind had gedaan. Het kleine meisje dat vier maanden geleden van haar was weggegaan, was gegroeid en had ruggengraat en initiatief getoond, iets waarvan Mary niet wist dat ze het had.

'Goed dan,' zei Mary terwijl ze samen met Anna terug naar haar kamer liep. 'Ik stop je in bed en dan ga ik naar beneden om de huisbaas te vragen of ik gebruik mag maken van zijn telefoon. Ik zal Mrs Carruthers in Cadogan House bellen en vragen of zij het hoofd van de huishouding van het internaat wil bellen om te vertellen dat je veilig en wel thuis zit.' Mary zag de vrees op Anna's gezicht. 'En nee, we vertellen haar niet dat je hier bij mij zit. Bovendien,' stelde Mary niet alleen Anna, maar ook zichzelf gerust, 'zijn we morgen toch daar, voor een kerstlunch.'

Anna's gezicht klaarde helemaal op. 'Echt? W-wat fijn! Ik heb iedereen zo gemist.'

Mary zag Anna's ogen dichtvallen.

'Ga maar lekker slapen, schat, dan worden we morgen wakker en is het Kerstmis.'

17

In Cadogan House werden er door de bedienden nog haastig allerlei cadeautjes voor Anna bij elkaar gezocht. Toen ze de volgende ochtend arriveerde, werd Anna enthousiast en liefdevol begroet door de zes nog overgebleven leden van de huishoudelijke staf. Mrs Carruthers had, zoals ze altijd deed met Kerstmis, de lunch voor hen bereid. Toen Anna haar cadeautjes had uitgepakt, ging iedereen aan de keukentafel zitten om van de kalkoen met alles erop en eraan te genieten. Aan het einde van de lunch stond Nancy op en liet ze trots een ring met een schitterende steen aan de ringvinger van haar linkerhand zien. 'Ik wil graag aankondigen dat Sam en ik, nou, besloten hebben om ons te verloven.'

Daar moest natuurlijk op geproost worden. Sam werd naar de kelder gestuurd om een fles port te halen.

Nadat iedereen had meegeholpen met opruimen, stelde Nancy met een ondeugende glimp in haar ogen voor om naar de zitkamer te gaan en daar een spelletje Hints te gaan doen.

'O, j-ja!' Anna klapte in haar handen. 'Ik vind Hints zo leuk! Kom!'

Terwijl ze de trap op liepen naar de begane grond, zei Mary: 'Denken jullie nou echt dat wij spelletjes in hun zitkamer moeten gaan doen?'

'Wie houdt ons tegen?' riep Mrs Carruthers gnuivend, ze was een beetje aangeschoten van de port en de gin. 'En trouwens, we hebben de jonge mevrouw van dit huis in ons midden en zij heeft ons uitgenodigd, toch, Anna?'

Om acht uur, na een luidruchtig spelletje Hints, liep iedereen moe maar tevreden de trap weer af naar de keuken.

Mrs Carruthers richtte zich tot Mary. 'Waren Anna en jij van plan hier te overnachten?'

'Daar had ik nog niet over nagedacht,' antwoordde Mary eerlijk.

'Nou, waarom leg je haar dan niet in haar oude kamer en kom je daarna nog even naar beneden om te kletsen? Dan zet ik een lekkere pot thee.'

Mary vond het een goed idee en bracht een slaperige Anna naar haar eigen slaapkamer.

'O, ik heb zo'n leuke dag gehad, het was een van de f-fijnste Kerstmissen die ik ooit heb gehad.' Anna slaakte een diepe zucht van tevredenheid terwijl Mary haar instopte.

'Ik ben blij dat dat zo is, liefje. En het was ook veel leuker dan ik zelf had verwacht. Welterusten, slaap lekker.'

'Welterusten. Mary?'

'Ja, liefje?'

'Jij en Nancy en Sam en Mrs Carruthers, jullie zijn mijn f-familie, hè?'

'Ik zou niets liever willen, schatje, ik zou niets liever willen,' zei Mary zachtjes voordat ze de kamer uit liep.

'En, wat zijn je plannen met onze kleine meid boven?' vroeg Mrs Carruthers toen Mary beneden aan de keukentafel zat en een slok thee nam.

'Ik heb echt geen idee,' zei Mary met een zucht.

'Wat we natuurlijk eigenlijk moeten doen is een telegram sturen naar Mr en Mrs Lisle, om te zeggen dat Anna hier is opgedoken.'

'Ja, dat zouden we eigenlijk moeten doen,' beaamde Mary. 'Maar het probleem is dat ik Anna heb beloofd dat ze nooit meer terug naar dat internaat hoeft. En als we haar wel terugsturen, ben ik bang dat ze opnieuw wegloopt.'

'Klopt.' Mrs Carruthers was het met haar eens. 'Misschien moeten we met Mr Lisle praten en hem vertellen hoe ongelukkig Anna zich voelt op school, kijken wat hij voor oplossingen voorstelt.'

'Maar hoe denk je zijn echtgenote te kunnen omzeilen?' Mary rolde met haar ogen.

'We zullen erop moeten hopen dat je geluk hebt en rechtstreeks contact met Mr Lisle kunt leggen. Kun je hem geen telegram sturen dat alleen aan hem is gericht?'

'Zelfs als dat niet wordt onderschept door Mrs Lisle, zal hij er zeker met haar over praten. En dan zegt zij gegarandeerd dat Anna zo snel mogelijk terug naar het internaat moet worden gebracht.'

'Tja, ik weet ook niet wat we het beste kunnen doen,' zei Mrs Carruthers met een zucht. 'Dat arme kind is in de steek gelaten door dezelfde man die beloofd heeft haar onder zijn hoede te nemen. En ik kan het nauwelijks aanzien.'

'Ja, ik weet het. En ik moet haar niet ook nog een keer in de steek laten.' Mary nam een slokje thee en ademde diep in. 'Ze heeft me verteld hoe ze wordt gepest en dat de leraren en leraressen net doen of ze het niet in de gaten hebben. En dat iedereen weet dat ze wees is en dat ze haar ook nog op haar kop zitten vanwege haar gestotter. Hoe kan ik haar in vredesnaam helpen?' vroeg Mary dringend.

'Ik weet het niet, Mary, ik weet het echt niet. Maar ik ben ook op Anna gesteld en het laatste wat ik wil is dat dat kind lijdt. Weet je wat, laten we er eerst eens een nachtje over slapen, dan steken we morgenochtend de koppen weer bij elkaar om te zien wat we dan kunnen bedenken.'

'U weet toch dat ik er alles voor overheb om haar te beschermen, hè?'

'Ja, Mary,' antwoordde Mrs Carruthers. 'Dat weet ik.'

Mary deed die nacht geen oog dicht. Ze liep te ijsberen door haar slaapkamer en probeerde te bedenken hoe ze Anna het beste kon beschermen. Het liefst had ze haar met zich meegenomen en weggetoverd, maar dat kon natuurlijk niet, hoe sterk haar intuïtie en gevoel ook zeiden dat dat was wat ze moest doen.

Of kon dat wel?

De volgende ochtend om zes uur was Mary alweer beneden in de keuken. Even later kwam Mrs Carruthers ook geeuwend binnen. Ze zetten een pot thee en zaten zwijgend tegenover elkaar aan de keukentafel.

'Ik heb zitten denken...'

'Ja, dat dacht ik wel, Mary. Ik ook, maar ik kan niet zeggen dat ik een oplossing heb.'

'Nou, ik misschien wel, maar daarvoor moet ik u nog het een en ander vragen...'

Drie kwartier later zaten ze aan hun derde kop thee.

Mrs Carruthers, haar handpalmen klam van de zenuwen, zuchtte. 'Ik begrijp wat je voorstelt, Mary, maar je weet dat je weinig kans maakt, hè, meid? Plus dat het een overtreding van de wet is, zou ik denken. Je kunt ervoor achter de tralies komen als het misloopt.'

'Dat weet ik, Mrs C, maar het is het enige wat ik kan bedenken om Anna te beschermen. En ik zou erop moeten kunnen vertrouwen dat u er nooit met een woord over rept.'

'Je weet dat je op me kunt rekenen, Mary. Ik ben net zo dol op die kleine meid als jij.'

'Ik heb nog een vraag: heeft Mr Lisle het ooit over een geboortebewijs van Anna gehad?'

'Nee, dat is nooit ter sprake gekomen,' bevestigde Mrs Carruthers.

'Was er dan niet iets wat hij meebracht toen hij hier met Anna arriveerde, iets wat een aanwijzing zou kunnen zijn over wie ze was en waar ze vandaan kwam?'

'Ja, ik herinner me dat hij een koffertje bij zich had. Dat was van de moeder van de baby, zei hij. En dat hij dat moest bewaren totdat ze haar kind kwam ophalen.'

'Waar is dat nu?'

'Nog steeds op de vliering, neem ik aan. De moeder is het nooit komen ophalen, dat weet je.' Mrs Carruthers haalde haar schouders op.

'Denkt u dat het verkeerd is als ik ga kijken of het er nog is?' vroeg Mary.

'Tja, als het aanwijzingen kan geven over waar ze vandaan is gekomen, zou ik niet weten wat daar verkeerd aan is. Zal ik Sam vragen eens te kijken op de vliering of hij het kan vinden?'

'Als u dat zou willen doen, Mrs Carruthers, graag. En intussen heb ik, zoals we net hebben afgesproken, alles nodig wat u kunt vinden met Elizabeth Lisle's handschrift en handtekening erop. Plus briefpapier met haar naam en adres erboven om de brief op te schrijven.'

'Je meent het echt, hè, Mary? Jij liever dan ik,' verzuchtte Mrs Carruthers. 'Ik ga het kostbare kasboek van Mrs Lisle halen – waarvan ze vond dat ik het te slordig deed en te veel uitgaf en dat ze het toen zelf is gaan bijhouden.'

Later die dag vertrok Mary met Anna terug naar haar kamertje. Toen Anna diep in slaap was, ging Mary aan haar bureautje zitten en oefende ze op kladpapier de brief die ze wilde schrijven. Gelukkig had ze in haar jeugd vele uren doorgebracht met het perfectioneren van haar handschrift en haar spelling. In het kasboek ontdekte ze dat het schoolgeld voor het volgende semester al was betaald, vlak voordat Mrs Lisle naar Bangkok was vertrokken.

Toen ze zich zeker genoeg voelde, pakte Mary de kroontjespen die op Mrs Lisle's bureau had gelegen en die Mrs Carruthers haar had meegegeven en begon ze te schrijven.

Drie dagen later ging Doreen Grix, de directrice van het internaat, net terug van vakantie bij haar zus op Jersey, aan haar bureau zitten om de post door te nemen.

Cadogan House
Cadogan Place
Londen, SW1

26 december 1928

Geachte Mrs Grix,

Wegens het overlijden van een familielid heb ik mijn vertrek naar Bombay tot na Kerstmis moeten uitstellen. Tot mijn verrassing stond Anna, het voogdijkind van mijn echtgenoot, met Kerstmis hier op de stoep. Gezien haar verdriet omdat ze gescheiden van mijn echtgenoot en mij leeft, is beslist dat Anna met mij mee zal reizen naar Bangkok en haar opvoeding daar zal plaatsvinden. Ik begrijp dat we een semester schoolgeld verspelen, maar omdat dat bedrag al is betaald, neem ik aan dat de zaak hiermee is afgedaan. Graag eventuele correspondentie richten aan mijn adres in Londen ter attentie van mijn huishoudster, Mrs J Carruthers, die mijn post zal doorsturen naar Bangkok.

Hoogachtend,
Elizabeth Lisle

Het speet Doreen Grix niet dat het kind niet terug zou komen. Anna Lisle was een vreemd meisje, dat niet bijdroeg aan de goede reputatie van het internaat en bovendien in de vakanties nog verzorgd moest worden ook.

De directrice borg de brief op in haar bureaula en beschouwde de zaak als gesloten.

Een paar dagen later, toen alle bedienden vertrokken waren om te beginnen bij hun nieuwe werkgevers en alleen Mrs Carruthers nog in het huis was, liet Mary Anna bij Sheila achter en ging ze terug naar

Cadogan House. Aan Anna had ze verteld dat ze naar Kent ging om de directrice van het internaat mee te delen dat Anna niet terug zou komen.

Mary trof Mrs Carruthers boven, bezig het beddengoed in grote kisten op te bergen.

'Ik kom afscheid nemen,' zei ze.

Mrs Carruthers veegde het zweet van haar voorhoofd en kwam overeind. 'Je zet het door, hè?'

Mary knikte. 'Ja, ik zie geen andere optie.'

'Nee... zolang je je maar bewust bent van de risico's die je loopt. Weet Anna dat ze nooit terug zal kunnen keren naar Cadogan House?'

'Nee,' zei Mary met een nerveuze zucht. 'Denkt u dat ik iets verkeerds doe?'

'Mary, soms moet je in het leven je hart volgen. En... alles wat ik kan zeggen is dat ik wilde dat ik het mijne had gevolgd toen ik jonger was.' Mrs Carruthers staarde uit het raam, haar gezicht plotseling vertrokken vanwege een pijnlijke herinnering. 'Ik heb ooit een man gehad, weet je, en een baby. De man verdween, en ik moest werken, dus heb ik de baby afgestaan voor adoptie. Daar heb ik nog iedere dag van mijn leven spijt van.'

'O, Mrs Carruthers, wat erg voor u, ik had geen idee...'

'Nee. Dat kan ook niet, want ik heb het nooit aan iemand verteld,' antwoordde ze resoluut. 'Maar ik zie dat je van Anna houdt zoals een moeder van haar kind. En naar mijn mening is wat je gaat doen het beste voor haar. Niet noodzakelijkerwijs voor jou. Als ze erachter komen...'

Mary knikte vastberaden. 'Ja, ja.'

'Je weet dat ik je nooit zal verraden, hè?'

'Ja, dat weet ik.'

'Maar je moet begrijpen dat we, als je doet wat je van plan bent, elkaar nooit meer kunnen zien. Dan zou ik te boek kunnen komen staan als medeplichtig aan het ontvoeren van een kind en ik zit er niet op te wachten om mijn laatste jaren achter de tralies in Holloway te moeten zitten.'

'Ja,' zei Mary. 'Dat begrijp ik. Dank u wel.' Mary sloeg haar armen spontaan om Mrs Carruthers heen.

'Je hoeft me niet te bedanken. Dan krijg ik het maar te kwaad. Je kunt beter gaan nu.'

'Ja.'

Samen gingen ze de trappen af.

'Veel geluk,' zei Mrs Carruthers toen Mary en zij bij de achterdeur waren.

Mary knikte en verliet het huis. Ze vroeg zich af waarom haar leven leek te bestaan uit afscheid nemen.

Mrs Carruthers draaide zich om en wilde een kop thee voor zichzelf gaan zetten, toen ze het kleine leren koffertje pas zag dat in het halletje bij de achterdeur stond. Gauw liep ze naar buiten, maar het steegje was verlaten en Mary was al verdwenen. 'Ach, te laat,' mompelde ze in zichzelf en ze tilde de koffer op, om die weer terug naar de vliering te brengen.

Twee uur later arriveerde Mary in het Tunbridge Wells Station. Ze stapte uit de trein en vroeg de weg naar het postkantoor. Daar ging ze geduldig in de rij staan en probeerde het nerveuze bonken van haar hart te negeren. Toen ze aan de beurt was, sprak ze met een Engels accent tegen het meisje achter de balie.

'Ik wil een telegram versturen naar Bangkok. Hier zijn het adres en de tekst.'

'Komt in orde,' antwoordde het meisje terwijl ze op het papier keek. 'Naar Bangkok, dat is zes shilling en sixpence.'

'Dank u.' Mary telde het geld uit en schoof dat naar het meisje toe. 'Mag ik vragen wanneer het daar wordt ontvangen?'

'Vanavond op zijn laatst. We verzenden alle telegrammen voordat we sluiten.'

'En wanneer kan ik een antwoord verwachten?'

Het meisje keek haar een beetje bevreemd aan. 'Dat ligt eraan wanneer de ontvanger een antwoord verstuurt. Komt u morgenmiddag terug, dan hebben we misschien iets ontvangen voor u.'

Mary knikte. 'Dank u.'

Mary bracht de nacht door in een klein hotelletje in het centrum van de stad. Ze verliet haar kamer niet om te gaan eten, deels omdat ze geen honger had, maar ook omdat het belangrijk was om door zo weinig mogelijk mensen te worden gezien. Ze spendeerde de lange uren aan het piekeren over haar besluit en vroeg zich regelmatig af of ze wel goed bij haar verstand was.

Op papier had ze het kind gedood waarvan ze hield. Of in ieder geval de kans gedood van dat kind op een toekomst onder de vleugels van een rijke familie.

Maar Mary's gevoel vertelde haar dat de kans heel klein was dat Anna weer omarmd zou worden door de voogd die had beloofd haar onder zijn hoede te nemen, of door de vrouw die met die voogd was getrouwd en het kind verwenste. Bovendien zouden ze pas over vijf jaar terugkeren. Vijf jaar waarin Anna, als Mary geen actie ondernam, de rest van haar jeugd in eenzaamheid en in de steek gelaten zou moeten doorbrengen op een plek die ze haatte. En wat het ook kostte, wat ze ook zou moeten opgeven als ze werd gepakt, het was het risico waard. Eigenlijk was het zo, dacht Mary toen ze de volgende ochtend met het hart in haar keel terugliep naar het postkantoor, dat haar hele plan gebaseerd was op de overtuiging dat Anna's plotselinge verdwijning uit het leven van de Lisle's eerder een opluchting voor hen zou zijn, dan een vloek.

Elizabeth Lisle liep met het telegram in haar hand naar het kantoor van haar echtgenoot. Voordat ze naar binnen stapte, had ze haar gezicht in een passende uitdrukking van geschoktheid en verdriet geplooid.

'Lieveling, ik...' Ze liep naar hem toe en legde haar hand op zijn schouder. 'Ik ben bang dat ik heel droevig nieuws heb.'

Lawrence Lisle, uitgeput door weer een nacht van geselende hitte in Bangkok, nam het telegram aan dat Elizabeth naar hem uitstak. Hij las het in stilte en verborg toen zijn hoofd in zijn handen.

'Ik weet het, lieveling, ik weet het.' Elizabeth legde haar hand nogmaals troostend op zijn schouder. 'Wat een vreselijke tragedie.'

'Mijn Anna... mijn arme kleine meisje... Ik...' De tranen sprongen in zijn ogen en hij werd overvallen door schuldgevoelens en verdriet. 'Ik moet onmiddellijk terug. De begrafenis regelen... Ik...'

Elizabeth hield hem zwijgend vast terwijl hij huilde.

'Ik heb haar tekortgedaan, Elizabeth. Ik heb haar moeder beloofd dat ik voor haar zou zorgen. Het was verkeerd dat ik haar in Engeland heb achtergelaten... Ze had met ons mee moeten gaan hierheen.'

'Lieveling, ik heb altijd al gedacht dat Anna een fragiel kind was. Ze was zo bleek en mager, en dan dat afgrijselijke stotteren van haar ook nog. Het is natuurlijk heel ongelukkig dat ze het slachtoffer is geworden van een griepepidemie op het internaat en dat ze niet sterk genoeg bleek te zijn om die te boven te komen. Maar het is heel wel mogelijk dat ze, met haar zwakke gezondheid, de een of andere tropische ziekte zou hebben opgelopen als ze mee was gegaan.'

'Dan was ze in ieder geval onder mensen geweest die van haar hielden. Niet moederziel alleen in het een of andere van god verlaten internaat,' kreunde Lawrence.

'Lawrence, ik kan je verzekeren dat ik jouw voogdijkind niet op een internaat had gedaan als ik niet had geweten dat ze daar de allerbeste zorg kreeg,' wees Elizabeth hem terecht. 'Zoals in het telegram te lezen staat, was de directrice van het internaat erg op haar gesteld.'

'Mijn excuses, lieve,' zei Lawrence haastig. 'Ik wilde niet suggereren dat jou iets te verwijten valt. Nee,' Lawrence schudde zijn hoofd, 'ik ben degene die schuldig is. En nu is Anna dood... Ik kan het nauwelijks verdragen. Ik moet zo snel mogelijk naar Engeland. Het minste wat ik kan doen is haar begrafenis regelen en daarbij aanwezig zijn. Dan ben ik er in ieder geval nog voor haar nu ze dood is, in plaats van tijdens haar leven.'

'Ik kan het niet verdragen je zo te horen praten. Echt, mijn lieveling, je moet jezelf niet zo straffen. Jij hebt gedaan wat veel anderen niet zouden hebben gedaan. Je hebt haar gered, haar een thuis vol liefde en zorg gegeven en haar tien jaar lang behandeld alsof het je eigen kind was.' Elizabeth knielde naast de stoel van haar echtgenoot neer en pakte zijn handen in de hare. 'Lawrence, je moet beseffen dat het onmogelijk is om bij Anna's begrafenis aanwezig te zijn. Iets dergelijks kan niet de zes weken wachten die het je zou kosten om met de boot terug naar Engeland te gaan. Anna verdient het dat haar ziel zo snel mogelijk rust vindt door een christelijke begrafenis. Het schoolhoofd biedt aan de begrafenis te regelen en voor Anna's bestwil moeten we dat aanbod accepteren.'

Na een tijdje knikte Lawrence. 'Je hebt natuurlijk gelijk,' zei hij droevig.

'Ik zal het telegram voor je beantwoorden,' zei Elizabeth zacht. 'Misschien kun je beslissen waar je haar graag haar laatste rustplaats zou geven, dan kan ik dat aan het hoofd van de school berichten. Ze noemt een plaatselijke kerk daar, die zij geschikt acht. Tenzij jij een andere suggestie hebt.'

Lawrence keek naar buiten door het raam van het consulaat en zuchtte. 'Ik weet niet eens van welk geloof Anna was. Ik heb er nooit aan gedacht dat destijds te vragen. Er zijn zo veel dingen die ik niet heb gevraagd... dus, ja, doe maar wat de directrice voorstelt,' mompelde hij uit het veld geslagen.

'Dan zal ik haar onmiddellijk antwoord geven, haar bedanken voor haar goede zorgen en vragen of ze de nodige zaken wil regelen.'

'Dank je, lieve.'

'En, Lawrence, er is iets wat ik je moet vertellen.' Elizabeth zweeg even en nam een besluit. 'Ik wilde eigenlijk nog wat langer wachten, maar misschien helpt het je onder deze omstandigheden.' Ze stond op. 'Lieveling, we krijgen over zeven maanden een kind van onszelf.'

Lawrence staarde naar zijn echtgenote en probeerde om te schakelen van verdriet naar blijdschap. Hij had hier heel erg op gehoopt. 'Lieve... dat is prachtig nieuws! Weet je het zeker?'

'Ik weet het zeker.'

Hij stond op en sloeg zijn armen om haar heen. 'Vergeef me, ik ben helemaal overrompeld. Het is bijna te veel om te bevatten.'

'Dat begrijp ik. Maar ik dacht, lieveling, dat het de klap van dit afgrijselijke nieuws misschien iets kon verzachten.'

'Ja, ja...' mompelde Lawrence terwijl hij over het haar van zijn vrouw streek. 'En misschien, als het een meisje is, kunnen we haar "Anna" noemen, naar het kind dat we hebben verloren.'

'Natuurlijk, lieveling.' Elizabeth lachte grimmig. 'Als dat is wat je graag wilt.'

Mary pakte het telegram van het meisje achter de balie aan. Haar handen beefden toen ze naar buiten liep en op de dichtstbijzijnde bank ging zitten om het te lezen. Alles hing af van dit antwoord.

> GEACHTE MRS GRIX (STOP) MET GROOT VERDRIET HEBBEN WIJ KENNISGENOMEN VAN HET VROEGTIJDIG OVERLIJDEN VAN ANNA (STOP) OMDAT HET VOOR ONS BEIDEN ONMOGELIJK IS NAAR HUIS TE KOMEN (STOP) ZIJN WE U DANKBAAR VOOR UW HULP BIJ HET REGELEN VAN DE BEGRAFENIS (STOP) WE VOEGEN ONS NAAR UW SUGGESTIES EN ONTVANGEN GAARNE UW INFORMATIE OVER DE KOSTEN (STOP) WIJ DANKEN U VOOR UW VRIENDELIJKHEID EN BEMOEIENISSEN MET ANNA (STOP) ELIZABETH LISLE (STOP)

Mary slaakte een zachte kreet van opluchting. Hoewel ze er sterk aan had getwijfeld of Lawrence en Elizabeth op de boot naar Engeland zouden stappen, was het natuurlijk altijd een mogelijkheid geweest. Mary haalde haar pen tevoorschijn en stelde op de achterkant van het telegram een antwoord op. Er moesten nog een paar belangrijke losse eindjes aan elkaar worden geknoopt. Ze wist uit de boeken van Sherlock Holmes die ze altijd zo graag had gelezen, dat het in situaties als deze heel belangrijk was om aandacht aan de details te besteden. Tien minuten later liep ze terug naar het postkantoor en overhandigde ze haar antwoord aan het meisje achter de balie.

'Ik kom over een paar dagen terug om te horen of er een antwoord is,' zei Mary terwijl ze het bedrag uittelde en aan het meisje gaf.

'U weet dat we een telegram ook bij u thuis kunnen afleveren, als u dat beter uitkomt?' vroeg het meisje.

'Ja, maar ik... ga verhuizen en ik weet mijn nieuwe adres niet uit mijn hoofd,' antwoordde Mary haastig. 'En het is geen moeite om hierheen te wandelen en het op te halen.'

'Wat u wilt,' zei het meisje schouderophalend en ging verder met de volgende klant.

Mary liep het postkantoor uit, op weg naar een nieuw leven met haar geliefde Anna.

Elizabeth nam het antwoord op haar telegram mee naar het kantoor van haar echtgenoot.

'Mrs Grix regelt alles voor Anna. Ze zegt dat er geen kosten aan de begrafenis verbonden zijn, omdat we haar het schoolgeld voor het aanstaande semester al hadden betaald. En als er nog geld overblijft, maakt ze dat aan ons over. De begrafenis is over een week en ze zal ons informeren over de exacte plek waar het kind begraven ligt, zodat we het graf kunnen bezoeken als we in Engeland zijn. En ze stuurt Anna's overlijdenscertificaat op naar Cadogan House.'

'Overlijdenscertificaat... het arme kind, ik...'

Lawrence zag dat zijn echtgenote plotseling lichtjes op haar benen wankelde en deed haastig een stap naar haar toe. 'Lieve, ik weet hoe stressvol dit voor je moet zijn geweest, zeker in jouw toestand.' Hij bracht haar naar een stoel en pakte haar handen in de zijne. 'Wat voorbij is, is voorbij en je hebt gelijk: ik heb mijn best voor Anna gedaan. Ik moet verder en jou niet langer van streek maken door erover te praten. En,' hij gebaarde naar de buik van zijn echtgenote, 'we moeten aan leven denken, niet aan dood.'

18

'Anna, schatje,' zei Mary terwijl ze beschuitbollen boven het gas roosterden, 'ik heb met de directrice van het internaat gesproken en haar verteld dat je niet terugkomt.'

Anna's gezicht lichtte op van blijdschap.

'O, Mary! Dat is g-geweldig!' Toen fronste ze haar voorhoofd. 'En heb je het ook aan oom en tante v-verteld?'

'Ja, en die stemmen ermee in.' Mary ademde diep in. Ze haatte het te moeten liegen, maar ze wist dat ze Anna nooit de waarheid zou kunnen vertellen.

'Zie je wel? Ik wist wel dat oom me niet daar zou laten als hij wist dat ik er ongelukkig was. W-wanneer kunnen we terug naar Cadogan House?' Anna beet in de beboterde beschuitbol die Mary haar gaf.

'Tja, dat is het probleem, liefje. Zoals je weet wordt het huis gesloten gedurende de tijd dat oom en tante in Bangkok wonen. En hoewel ze veel van je houden, kunnen ze het zich niet veroorloven een huis van het formaat van Cadogan House open te houden voor een klein meisje om er te wonen. Snap je?'

'Ja, natuurlijk begrijp ik dat. Dus waar moet ik dan w-wonen?'

'Nou, ze hebben gesuggereerd dat je misschien hier wel zou willen wonen, samen met mij.'

Anna keek de kleine kamer rond. Plotseling verraadde haar bevoorrechte opvoeding zich in haar blik. 'Bedoel je v-voor altijd?'

'Mijn vriendin Sheila van hiernaast gaat volgende maand trouwen en vertrekt dan uit haar appartement. Haar huisbaas zei dat wij er dan kunnen wonen als we willen. Er zijn twee slaapkamers, een woonkamer, een keuken en een eigen badkamer. Ik dacht dat we daar maar eens moesten gaan kijken.'

'Goed,' zei Anna. 'Dan hoeven we die a-arme man onder de lantaarn buiten niet in de steek te laten.'

Mary wierp een korte blik op Anna. 'O, dus die heb je al ontdekt?'

'O, ja,' knikte Anna. 'Ik heb met hem gepraat. Hij zag er zo v-verdrietig en eenzaam uit, helemaal in zijn eentje.'

'Je hebt met hem gepraat?'

'Ja.' Anna ging op in het eten van haar beschuitbol.

'En hij gaf antwoord?'

'Hij zei dat het weer steeds k-kouder werd.' Anna veegde de boter van haar mond. 'Heeft hij een huis?'

'Ja, liefje.'

'Dus hij is geen wees, zoals ik?'

'Nee, hij is geen wees.'

'En waar moet ik dan naar school?' keerde Anna terug naar het eigenlijke onderwerp van gesprek.

'Nou, ik dacht dat we misschien terug konden naar hoe we het vroeger deden, toen je thuis les kreeg. Vooral als je wilt doorgaan met je balletlessen.' Mary wist welke wortel ze voor Anna's neus moest laten bungelen. 'Een school geeft je waarschijnlijk niet graag de middag vrijaf om naar balletles te gaan. Maar de beslissing is natuurlijk aan jou.'

'Kan ik t-terug naar prinses Astafieva?' vroeg Anna. 'Ik vind haar echt een heel goede lerares.'

'Helaas is de prinses niet helemaal in orde op het moment, maar ik heb al geïnformeerd en er zit een geweldige leraar op nog geen vijf minuten hiervandaan. Hij heet Nicholas Legat en hij is de vroegere partner van Anna Pavlova!' zei Mary enthousiast.

'Anna Pavlova...' Anna's ogen werden groot bij de gedachte. 'De beste ballerina die ooit heeft g-geleefd!'

'Ja. Ik dacht dat we in de komende dagen maar eens naar zijn balletstudio moesten gaan om te kijken of hij je wil aannemen. Wat vind je daarvan?'

'O, Mary.' Anna klapte in haar handen. 'Ik kan bijna niet geloven dat ik twee weken geleden nog op dat akelige internaat zat en dacht dat ik n-nooit meer zou dansen.' Ze sloeg haar armen om Mary's nek. 'En nu ben jij hier, mijn beschermengel, en r-red je me.'

'Ach, liefje, je wist toch dat ik je nooit iets zou laten overkomen.'

'Toen je me niet schreef op school, dacht ik...' Anna beet op haar lip. 'Ik d-dacht dat je me in de steek had gelaten.'

'Tja, dat kwam omdat iedereen het beter vond dat ik je met rust liet, zodat je kon wennen.'

Anna keek haar oplettend aan. 'Bedoel je dat je mij niet m-mocht schrijven van tante Elizabeth?'

'Ja, maar dat was alleen voor je eigen bestwil.'

'Mary, jij bent altijd zo aardig over iedereen, maar we weten allebei dat tante een h-hekel aan me had.' Anna gaf haar een zoen op haar wang. 'En wat je ook van mij bent, ik denk niet dat er iemand op de wereld is die een b-betere moeder kan hebben dan jij.'

Er sprongen tranen in Mary's ogen en ze vroeg zich af of Anna dat ook zou vinden als ze wist wat ze had gedaan. 'Nou, schatje, dat is wel goed. Maar omdat je minstens een paar jaar bij mij zult wonen, lijkt het me gemakkelijker als je mijn achternaam aanneemt.'

'Nou... ik heb er toch niet echt een, en ik vind het fantastisch als ik hetzelfde heet als jij,' stemde Anna ermee in.

'Wist je dat de nonnen "Benedict" als achternaam voor mij hadden bedacht? Dus ik heb eigenlijk ook geen echte achternaam. Ik stel voor dat we allebei opnieuw beginnen,' zei Mary met een glimlach, 'en er eentje verzinnen.'

'Kan dat dan?'

'Ik zou niet weten waarom niet.'

'O, wat spannend! Mag ik k-kiezen?'

'Natuurlijk, zolang het geen onuitsprekelijke naam van een Russische ballerina is waar iedereen zijn tong over breekt.'

Zoals altijd wanneer ze nadacht, stopte Anna haar wijsvinger in haar mond en begon ze erop te sabbelen. 'Ik weet het!'

'Echt, liefje?'

'Ja! Ik dacht aan mijn favoriete b-balletmuziek, van *The Dying Swan – De Stervende Zwaan,* en dat ik Anna heet, net zoals Anna P-Pavlova. Dus lijkt "Swan" me een mooie achternaam voor ons.'

'Swan.' Mary proefde de naam op haar tong en keek Anna aan: 'Ja, mooi.'

De volgende dag was het Anna Swan die de studio van Nicholas Legat binnenkwam. En het was Mary Swan, haar moeder, die haar bracht. Anna werd onmiddellijk aangenomen en zou drie lessen per week krijgen.

Binnen een maand verhuisden ze met z'n tweetjes naar Sheila's oude appartement in het gebouw ernaast. Mary ging meteen aan de slag om hun nieuwe thuis te schilderen en op te frissen. Op haar naaimachine maakte ze mooie, gebloemde gordijnen voor Anna's slaapkamer en ze trakteerde zichzelf op pastelblauwe chintzgordijnen voor de zitkamer, die ook dienst zou doen als haar naaikamer. Toen ze ze ophing en een stap naar achteren deed om het effect te bewonderen, dacht ze even terug aan het nieuwe huis in Dunworley waar ze al die jaren geleden van plan was te gaan wonen. Maar die droom was voorbij en in plaats daarvan richtte ze al haar nesteldrang op het kleine appartement dat ze nu had.

'Je hebt hier wonderen verricht,' verklaarde Anna toen Mary haar trots haar nieuwe slaapkamer liet zien. 'En ik hou van je. Zullen we Nancy en Mrs Carruthers op de t-thee vragen? Dan kunnen ze ons nieuwe huis zien.'

'Het spijt me, Anna, maar ze zijn allebei uit Cadogan House vertrokken en ik heb geen idee waar ze nu wonen,' antwoordde Mary kalm.

'Nou, wat onbeleefd van hen om hun adres niet achter te laten voor ons, vind je ook niet? Het zijn toch v-vriendinnen?'

'Ach, ze nemen vast contact op als ze eenmaal gesetteld zijn, liefje,' antwoordde Mary vol schuldgevoel.

Ze ontwikkelden een routine samen. Mary deed haar best ervoor te zorgen dat Anna aan het kleine bureautje in de hoek van de woonkamer ging zitten om aan haar lessen te werken. Ze maakte gebruik van de plaatselijke bibliotheek om geschiedenis- en aardrijkskundeboeken te halen en spoorde Anna aan te lezen zo veel ze kon. Ze wist dat het niet echt de educatie was die een meisje als Anna behoorde te krijgen, maar het was het beste wat ze haar kon geven. Bovendien wist ze dat de gedachten van het kind meestal ergens anders waren.

Drie middagen per week liep Mary met Anna door Colet Gardens om haar af te leveren bij haar balletles. Mary keek altijd nerveus achterom als ze het gebouw binnenging of verliet. Dat was iets wat ze de rest van haar leven zou blijven doen. Ze wist dat het de prijs was die ze moest betalen voor haar daden.

Op het moment dat het plan voor het eerst in Mary's hoofd was opgekomen, had ze gedacht dat het misschien het beste was om Anna mee te nemen naar het buitenland. Maar toen ze daar de details van begon uit te werken, had ze beseft dat dat geen optie was. Anna had geen geboortebewijs, paspoort of andere officiële papieren die bewezen wie ze was en dus zaten ze gevangen in Engeland. Ze had ook overwogen om uit Londen te vertrekken, maar waar haalde ze dan haar inkomen vandaan? En bovendien, bedacht ze, zouden zij tweeën in een dorp of een kleine stad veel meer opvallen dan in zo'n enorme metropool als Londen. Hier konden ze hopen op anonimiteit. Het feit dat Anna de meeste tijd van haar jeugd binnen de muren van Cadogan House had doorgebracht en ze weinig mensen had ontmoet, maakte de kans klein dat ze zou worden herkend.

Maar desondanks bleef Mary ver uit de buurt van Chelsea en stelde ze zichzelf gerust met de gedachte dat Anna, als ze opgegroeid zou zijn tot een jonge vrouw, door weinig mensen meer geassocieerd zou worden met het kleine meisje dat zo vroeg en tragisch was gestorven.

En de toekomst... daar kon Mary niet echt over nadenken. Ze had gedaan wat haar hart haar ingaf en het kind waarvan ze hield onder haar hoede genomen, in de vaste overtuiging dat ze daarmee het juiste had gedaan. En als ze één ding had geleerd door het verlies van Sean en alles waarvan ze had gedroomd en waar ze op had gehoopt, dan was het wel: pluk de dag!

Op een zwoele lenteavond, toen Mary en Anna ongeveer drieënhalve maand bij elkaar woonden in hun nieuwe leven, kwam Anna thuis met een bezoeker.

Mary keek verrast op van haar naaimachine. Want daar stond de jongeman van buiten onder de straatlantaarn verlegen naast Anna in de deuropening.

'Mary, dit is Jeremy. Hij is mijn vriend, hè, Jeremy?'

De man keek zenuwachtig op Anna neer en knikte.

'Ik zei tegen Jeremy dat hij mee naar b-binnen moest komen om jou te ontmoeten. En dat jij dat helemaal geen probleem zou vinden. Toch, Mary?'

'Nee... nee, natuurlijk niet.' Mary voelde zich nerveus met Jeremy's donkere, opgejaagde ogen op haar gericht. 'Jeremy, ga zitten, dan maak ik een pot thee.'

'D-d-dank je.'

Mary liep naar de keuken en terwijl ze daar bezig was, hoorde ze Anna in de kamer ernaast gezellig kwebbelen. Af en toe werd haar hoge stemgeluid onderbroken door het ongewone, diepe gebrom van Jeremy.

'Zo, hier ben ik weer,' zei Mary terwijl ze het dienblad op tafel neerzette. 'Jeremy, wil je suiker en melk?'

'A-allebei.' Na een lange stilte volgde er een: 'D-dank je.'

Mary schonk in en reikte hem een volle kop thee op een schoteltje aan. Toen Jeremy die van haar aannam, trilde zijn hand zo erg dat het kopje rammelde op het schoteltje. Dus nam Mary de thee meteen weer vriendelijk van hem over en zette ze die op het tafeltje naast hem.

'Is dit niet fijn?' vroeg Anna. 'Veel f-fijner toch dan daarbuiten?' Ze wees op de lantaarnpaal. 'En trouwens, ik heb Jeremy v-verteld dat mijn moeder ook geen vrienden heeft, en dus dacht ik dat jullie wel v-vrienden van elkaar konden worden.'

Jeremy knikte, met een korte blik naar Anna. Mary zag een glimp van emotie in zijn ogen en las daarin dat deze vreemde, droevige man werkelijk op zijn jonge vriendinnetje gesteld was. 'Nou, Anna, dat is heel attent van je dat je aan mij hebt gedacht. Vind je ook niet, Jeremy?'

'J-ja.'

Mary ging door met het inschenken van haar eigen thee en nam zwijgend een slokje. Ze vroeg zich af wat ze in vredesnaam tegen hem moest zeggen. Vragen wat hij deed was natuurlijk idioot, als ze wist dat hij het grootste deel van de tijd onder die lantaarnpaal voor haar raam stond.

'D-dank je wel voor de j-jas,' zei Jeremy. Het kostte hem zichtbaar moeite om de woorden uit te spreken. 'H-houdt me w-warm.'

'Hoor je?' zei Anna. 'Hij praat net zoals ik soms doe.' Ze gaf een liefdevol klapje op zijn hand.

'Nou, het is leuk dat jullie af en toe een praatje met elkaar maken.'

'A-Anna v-vertelt me dat ze v-van dansen houdt,' begon Jeremy. 'Van Ts-Tsjaikovski's *Zwanenmeer*.'

'Ja,' zei Anna enthousiast. 'En Mary heeft beloofd dat we, zodra we genoeg geld hebben, een grammofoon gaan kopen, net zoals we in Cadogan House hadden. Dan kunnen we de plaat k-kopen en dan kun jij ook k-komen luisteren, Jeremy.'

'Dank je, Anna.' Jeremy pakte zijn kopje op en bracht dat voorzichtig, met bevende handen, naar zijn mond. Hij klokte de inhoud naar binnen, opgelucht dat de vloeistof op de juiste plek was beland. Toen zette hij het kopje kletterend weer terug op het schoteltje. 'D-dank je wel voor de t-thee, Mary. M-moet jullie n-niet l-langer ophouden.'

'Je houdt ons helemaal niet op, toch, Mary?' zei Anna terwijl hij opstond.

'Nee, helemaal niet.' Mary liep met Jeremy mee naar de voordeur van het appartement. 'Kom gerust een kop thee drinken als je zin hebt.'

'D-dank je, M-Mary.' Jeremy glimlachte zo dankbaar naar haar, dat Mary intuïtief haar hand uitstak om een geruststellend klapje op de zijne te geven.

'We zien je gauw, hoop ik.'

Enkele dagen later kwam Anna weer samen met Jeremy het appartement binnen. Jeremy droeg iets wat was afgedekt met een deken.

'Jeremy zegt dat hij een cadeau voor ons heeft meegenomen! Ik kan niet wachten om te zien wat het is.' Anna dartelde opgewonden om hem heen, terwijl Jeremy aan Mary vroeg waar hij zijn vrachtje kon neerzetten.

'Hier,' zei Mary en wees op een kastje. Jeremy zette zijn spullen neer. Met een zwierig gebaar trok hij de deken weg. Er kwamen een grammofoon en een stapel platen onder vandaan.

'V-voor jou en Anna.'

'O, Jeremy!' Anna klapte opgewonden in haar handen. 'Wat een f-fantastisch cadeau! Vind je niet, Mary?'

'Dat vind ik zeker, maar alleen als het iets is wat je aan ons uitleent. Afgesproken, Jeremy?' benadrukte Mary.

'Nee... nee, het is een cadeau. Om t-te h-houden.'

'Maar die apparaten kosten een fortuin. Dat kunnen we niet...'

'J-jawel! Ik h-heb g-geld. W-welke plaat, Anna?'

Terwijl Anna en Jeremy overlegden of het *Doornroosje* of *Het Zwanenmeer* moest zijn, zag Mary dat Jeremy heel vastberaden kon zijn. Gebroken als hij was, ving ze daarmee een glimp op van de man die hij was geweest voordat de oorlog hem kapotmaakte.

Plotseling keerde hij zich met een glimlach om naar Mary, terwijl Anna een plaat op de draaitafel legde. 'V-voor de j-jas.'

En daarmee was de discussie gesloten.

Het was ook het begin van de veelvuldige aanwezigheid van Jeremy Langdon in Mary's woonkamer. Iedere middag sleepte Anna Jeremy met zich mee vanaf zijn plek onder de straatlantaarn om een kop thee te komen drinken. Terwijl Mary zat te naaien, luisterden

Anna en Jeremy naar balletmuziek. Anna draaide pirouettes door de kamer en Jeremy applaudisseerde enthousiast als de muziek was afgelopen. Toen Anna een gracieuze reverence voor hem maakte, drong het tot Mary door dat het kind probeerde de momenten te doen herleven die ze met Lawrence Lisle in de zitkamer van Cadogan House had doorgebracht.

'Z-ze is h-heel goed, Mary,' merkte Jeremy op een dag op toen hij het appartement verliet.

'Vind je? Ze is in ieder geval vastberaden, dat is zeker.'

'G-getalenteerd,' zei Jeremy met een knikje. 'Ik heb de b-besten gezien v-voor de oorlog. Z-zij kan d-daar ook bij gaan h-horen. T-tot ziens, Mary.'

'Hoe kom je eigenlijk aan je avondeten?' informeerde Mary. 'Je ziet eruit alsof je al in lange tijd geen behoorlijke maaltijd hebt gehad. Ik heb karbonaadjes in de oven liggen en er is ruimschoots voldoende.'

'Ja, Jeremy, blijf eten!' probeerde Anna hem te overreden.

'J-jullie zijn heel v-vriendelijk, maar ik wil jullie n-niet tot l-last zijn.'

'Maar dat is hij niet, hè, Mary?'

'Nee, Jeremy, je bent ons niet tot last,' beaamde ze met een glimlach.

19

Algauw was de lantaarnpaal zijn oude vriend kwijt; Jeremy bracht steeds meer tijd door met Anna en Mary. Hij kwam altijd aan met een cadeautje: een stuk chocola voor Anna, een verse vis voor het avondeten voor Mary. Met het groeien van zijn zelfvertrouwen werd zijn stotteren minder. En door de vriendelijke aansporingen van Mary en Anna begon hij gemakkelijker te communiceren. In de loop van de weken zag Mary, dankzij de enorme porties die ze hem voorschotelde, het magere van zijn uitgemergelde trekken langzaam verdwijnen. Zijn handen waren beter in staat mes en vork vast te houden en het eten naar zijn mond te brengen. Mary zag humor tevoorschijn komen, begon glimpen op te vangen van een man die niet alleen ontwikkeld was, maar ook wijs. Jeremy's vriendelijkheid, bedachtzaamheid en zachtheid, vooral ten opzichte van Anna, maakten dat hij Mary iedere dag dierbaarder werd. En toen zijn opgejaagde uitdrukking verdween en zijn lichaam zich vulde, ontdekte Mary wat een knappe man hij eigenlijk was.

Op een avond stopte Mary Anna in bed en besefte ze hoe Anna was opgebloeid sinds Jeremy in hun leven was gekomen.

'Ik ben zo blij, Mary,' zei Anna met een zucht terwijl ze ging liggen.

'Dat doet me plezier, liefje.'

'Ja...' mompelde Anna. 'Jij en ik en Jeremy, het is bijna of we een echt g-gezin zijn, hè?'

'Ja, daar lijkt het wel een beetje op. En nu ogen dicht en slapen!'

Mary liep de slaapkamer uit en ging weer aan de tafel zitten om verder te gaan met haar naaiwerk, maar ze kon zich niet concentreren. Ze staarde uit het raam en zag dat de plek onder de lantaarnpaal leeg was, zoals vaak tegenwoordig nadat Jeremy uit hun appartement was vertrokken. Ze wist nog altijd weinig van hem. Het kon best dat Jeremy op een dag gewoon verdwenen zou zijn en nooit meer terug zou komen. Mary's maag kromp ineen bij de gedachte dat Anna dan weer iemand van wie ze hield zou kwijtraken.

En zij ook...

Mary voelde een plotselinge steek in haar hart omdat het tot haar doordrong dat Anna niet de enige was die erg gesteld was geraakt op Jeremy. Jeremy had iets wat haar deed denken aan de laatste keer dat ze Sean had gezien. Ze had hetzelfde beschermende gevoel voor hem. En ze voelde zich net zo tot hem aangetrokken...

Mary riep zichzelf tot de orde. Ze moest meteen, eens en voor altijd, ophouden met dit soort idiote gedachten. Ze was een Ierse ouwe vrijster zonder ouders en had jarenlang als bediende in de huishouding gewerkt, terwijl Jeremy Langdon overduidelijk een heer van stand was. Hij was niet meer dan een vriend en een kameraad, iemand die pijn en verdriet in zijn leven had gekend, iets waarin zij zich kon verplaatsen. En zo moest het ook blijven.

Een paar dagen later werd er op Mary's deur geklopt. Verrast, Anna was naar balletles en ze verwachtte geen klant, liep ze naar de deur om open te doen.

'Jeremy,' zei ze verbaasd. Jeremy was nog nooit naar het appartement gekomen zonder Anna die hem meebracht. 'Ik... is alles in orde?'

'N-nee.'

Mary kon aan zijn bleke gezicht en de uitdrukking in zijn ogen zien dat er iets was gebeurd. 'Kom binnen. Anna is nog niet terug, maar we drinken een kop thee terwijl we op haar wachten, goed?'

'I-ik wil jou spreken. Z-zonder Anna.'

'Nou, ga maar vast zitten, dan zet ik thee.'

'N-n-nee! M-moet praten, n-niet drinken!'

Het viel Mary op dat hij erger stotterde dan hij de afgelopen weken had gedaan. Ze nam hem mee naar de woonkamer en gebaarde dat hij in de stoel moest gaan zitten waar hij altijd in zat.

'Weet je zeker dat ik niets voor je kan inschenken, Jeremy?' vroeg ze, en ze ging tegenover hem zitten.

'Mijn p-peett-tante is v-vannacht g-gestorven.'

'Ik... Ach, Jeremy... wat erg voor je.'

'Ik...' Jeremy bracht een bevende hand naar zijn voorhoofd. 'S-sorry,' zei hij, terwijl de tranen over zijn wangen begonnen te stromen. 'E-enige die,' verstikt kon hij even niets uitbrengen, 'o-om me gaf. V-van me hield! H-hoe ik n-nu ben!'

Mary zag zijn schouders wanhopig schokken. Niet in staat om zijn lijden aan te zien, deed ze wat haar hart haar ingaf: ze liep naar hem toe en sloeg haar armen om hem heen. 'Rustig maar,' zei ze, terwijl ze hem vasthield alsof hij een klein kind was en hem over zijn haar streek. 'Huil maar eens goed, dat helpt.'

Toen Jeremy maar bleef snikken, sloeg ze haar armen nog steviger om hem heen. 'Ik ben er toch, Jeremy. En Anna. Wij geven om je.'

Jeremy keek met een gepijnigde blik naar Mary op. 'G-geven jullie om mij? Om z-zo'n w-wrak als ik b-ben? Dat k-kan n-niet!'

'Jawel, je bent een goede, vriendelijke man. En wat je hebt opgelopen in de loopgraven is toch niet jouw schuld? Het verandert de persoon die je echt bent toch niet?'

Jeremy liet zijn hoofd naar voren vallen en Mary ging op haar knieën voor hem zitten. Ze stak haar armen naar hem uit om hem in haar armen te sluiten. Jeremy verborg zijn gezicht tegen haar schouder. 'D-dat is n-niet hoe mijn ouders erover d-denken. Zij h-haten het h-hoe ik ben geworden. Ze s-schamen zich. Z-ze wilden me uit het z-zicht houden.'

'Mijn god! Heilige Maria!' Mary huiverde van afschuw. 'Ik vind het heel erg voor je dat je zo hebt moeten lijden. Maar ik weet zeker dat de mens die je vanbinnen nog steeds bent, niet is veranderd. En dat moet je goed onthouden, Jeremy. De oorlog heeft mannen zoals jij afgrijselijke dingen aangedaan. Wij hier thuis hebben er geen idee van wat jullie allemaal hebben moeten doormaken voor onze vrijheid.'

'D-denk je?'

'Dat wéét ik.' Mary voelde haar schouder nat worden van zijn tranen. 'Ik had een... iemand die jarenlang in de loopgraven heeft gezeten. En het, vlak voor het einde, niet heeft gered.'

Toen ze dat zei, tilde Jeremy zijn hoofd plotseling op en keek hij haar recht aan. 'J-je hebt je g-geliefde v-verloren?'

'Mijn verloofde. En daarmee ook alle plannen die we samen voor de toekomst hadden.'

'M-Mary... j-je moet een engel zijn. De m-manier waarop je v-voor Anna zorgt, en v-voor m-mij. D-dat je luistert naar a-alles w-wat wij zeggen, t-terwijl je zelf zo veel bent k-kwijtgeraakt.'

'Ja, maar ik heb de angst en de pijn en de herinneringen niet die jij hebt en die je, denk ik, steeds weer opnieuw moet doormaken.'

'M-maar jij hebt ook g-geleden door die v-verdomde oorlog! Mary...' Jeremy pakte haar handen van zijn schouders en klemde ze in de zijne. 'Ik... ik heb hier een t-tijd over nagedacht. En w-wat ik denk is d-dat ik van je hou. Ik hou van je.' Jeremy herhaalde de laatste zin zonder stotteren, wat hem enorm veel moeite kostte.

Het bleef stil terwijl Mary in Jeremy's ogen keek. En toen won Mary's van nature praktische en verstandige houding het van wat hij haar vertelde. Het was een moment van heftige emoties en verwarring voor hem en ze moest zijn woorden niet echt geloven. 'Jeremy, je hebt nu zo veel verdriet, dat je niet goed kunt weten wat je voelt. Dat is de schok, weet je. En...'

'N-nee! Het k-komt niet door de schok. Jij bent zo m-mooi en lief. Ik hou al van je vanaf het moment dat je mij die j-jas gaf. Vanaf dat ogenblik stond ik niet hier onder de l-lantaarn om aan mijn overleden geliefde te denken, maar om een g-glimp van jou op te vangen!'

'Jeremy... alsjeblieft, hou op!' reageerde Mary vertwijfeld.

'Het is waar! Ik keek uit naar Anna, w-wist dat zij je dochter is, heb haar aangesproken. Om de kans te krijgen jou te ontmoeten. En v-vandaag, nu ik de enige die om me g-gaf heb verloren, moest ik je mijn gevoelens laten blijken. Het l-leven is zo k-kort!'

Mary keek verwonderd in zijn betraande ogen. Niet alleen omdat hij haar zijn liefde, zijn *liefde* verklaarde, maar ook omdat hij minstens twee zinnen zonder stotteren had gezegd.

'Jeremy, dat vind ik heel lief van je, maar ik denk ook dat je, als je heel eerlijk bent, weet dat dit met de schok te maken heeft.'

'Mary.' Jeremy's tranen waren nu gedroogd. Zijn blik verzachtte toen hij haar aankeek. 'Ik begrijp dat jij en ik... we hebben allebei v-verdriet gehad. Vertrouw me, ik zal nooit spelen met je g-gevoelens. En die van mij zijn echt niet in de w-war. Maar misschien v-voel je niets voor me.'

Mary zat aan Jeremy's voeten, haar ogen neergeslagen en haar handen nog altijd in de zijne.

'Ik begrijp het,' zei Jeremy met een knikje. 'Hoe k-kan iemand ook houden van z-zo iemand als ik?'

Mary sloeg haar ogen langzaam naar hem op. 'Nee, dat is het niet. Het is gewoon dat ik eerder van iemand heb gehouden en die persoon heb verloren. Ik...' Mary ademde diep in, 'geef écht om je. Ik zou zelfs zeggen dat ik veel te veel om je geef. En als je uit mijn leven zou verdwijnen, ben ik bang dat ik je zou missen.'

'Ik begrijp dat we allebei iemand z-zijn kwijtgeraakt. Dat delen we. Kunnen we het feit dat we iemand anders hebben gevonden ook d-delen met elkaar?'

'O, Jeremy, je weet helemaal niets van me.' Mary schudde bedroefd haar hoofd. 'Er zijn veel dingen die ik heb gedaan, veel dingen over mij...'

'M-Mary, ik heb andere m-mensen gedood. Niets wat je me vertelt kan nog een schok voor me zijn, na alles wat ik heb gezien en g-gedaan. En wat het ook is, mijn liefste, ik zou het met je willen delen! Dus vertel het me m-maar, dan vertel ik jou de d-dingen die ik heb g-gezien en gedaan. Daar gaat het om in de l-liefde, toch? Vertrouwen?'

'Maar, Jeremy, schat,' fluisterde Mary. 'Ik ben een weeskind zonder achtergrond. Jij bent van goede afkomst en je hebt iemand van je eigen stand nodig. Die persoon kan ik nooit zijn, hoe graag ik dat ook zou willen.'

'Denk je dat me dat iets kan schelen? Mijn moeder is een echte lady en t-toen ik t-terugkwam uit de loopgraven, heeft ze me in een g-g-,' Jeremy kreeg het woord bijna niet gezegd, 'gekkenhuis gestopt! Hun eigen k-kind!' Hij moest zijn tranen wegslikken. 'De oorlog heeft alles veranderd. Ik hoef v-verder helemaal n-niets van je te weten. Want ik weet dat je de l-liefste persoon bent die ik ooit heb ontmoet. En dat je een groot h-hart hebt.'

'Ach, Jeremy...' Mary trok haar handen uit de zijne en veegde ruw over haar ogen.

Nu was het Jeremy's beurt om zijn handen naar haar uit te steken, haar overeind te trekken en haar in zijn armen te sluiten. En wat ze daar voelde, na jaren eenzaamheid, kon ze nauwelijks beschrijven. Zijn geur, mannelijk – zo vertrouwd en toch ook zo onbekend.

'Mary,' hij tilde haar kin op en gaf haar zachtjes een kus op haar lippen. 'Ik zal je nooit p-pijn doen. Dat moet je geloven. Ik z-zie de angst in je ogen. Die heb ik al z-zo vaak eerder gezien.'

Jeremy overlaadde haar voorhoofd, ogen en wangen met vluchtige, tedere kusjes en uiteindelijk stopte Mary met bedenken wat dit allemaal betekende en gaf ze zich aan hem over. Er werden allerlei gevoelens in haar wakker terwijl hij haar kuste en streelde, gevoelens waarvan ze had gedacht ze nooit meer te hebben. Ondanks al Jeremy's zichtbare onvolkomenheden, voelde Mary zijn mannelijkheid en kracht.

Twintig minuten later wierp Mary een blik op de klok op de schoorsteenmantel en sloeg ze verschrikt een hand voor haar mond. 'O, mijn hemel, Anna wacht op me!' Ze stond op van Jeremy's schoot en streek haar haar glad voor de spiegel.

'Mag ik met je meelopen om haar o-op te halen?'

Mary draaide zich om en keek hem glimlachend aan. 'Als je wilt, ja.'

Anna zat met een ontevreden gezicht op de trap voor de balletstudio te wachten toen Mary en Jeremy de hoek om kwamen. Haar gezichtsuitdrukking veranderde op slag toen ze hen zag.

'Hallo, jullie tweetjes! Jullie zijn laat!' zei ze met een glimlach.

'Ja, sorry, schatje, maar Jeremy kwam langs. Hij heeft akelig nieuws gekregen vandaag, hè?' Ze keek hem aan.

'Ja.'

Anna keek hem onderzoekend aan. 'Je ziet er heel gelukkig uit voor iemand die a-akelig nieuws heeft gehad,' reageerde ze.

Jeremy lachte verstolen in Mary's richting. Onderweg naar huis danste Anna vrolijk voor hen uit. 'Het is goed. Ik weet wel waarom. Ik zit hier al w-weken op te wachten!' Plotseling bleef ze stilstaan en draaide ze zich naar hen om. 'Jullie twee houden van elkaar, hè?'

'Nou, eh...' Mary werd knalrood.

Jeremy pakte haar hand stevig in de zijne. 'Ja. Vind je dat v-vervelend?'

'Natuurlijk niet! Ik denk dat ik het gelukkigste meisje op de wereld ben. Als jullie dan trouwen, heb ik een moeder en een vader en zijn we een e-echt gezin.' Anna sloeg haar armen spontaan om hen beiden heen. 'Want ik hou h-heel, heel, heel veel van jullie!'

20

Door de dood van Jeremy's peettante werd hij eigenaar van een groot huis in West-Kensington, een mooie zwarte Ford, en genoeg geld om levenslang een bescheiden inkomen te hebben. Een week na de begrafenis nam Jeremy Mary en Anna mee naar zijn huis.

Anna rende opgetogen van kamer naar kamer. 'Het is bijna net zo groot als Cadogan House, maar niet h-helemaal.'

Mary voelde zich niet op haar gemak toen het kind dat zei. Hoewel ze Jeremy onvoorwaardelijk vertrouwde, vond ze praten over het verleden, vooral met iemand uit dezelfde sociale klasse als haar voormalige werkgevers, altijd gevaarlijk.

Terwijl Anna de trap af rende naar de ontvangsthal, bleef het kind plotseling stilstaan en keek ze Mary en Jeremy, die met wat meer decorum achter haar aan kwamen, nieuwsgierig aan. 'Ga je ons vragen om hier te komen w-wonen, Jeremy? Het is een groot huis voor jou alleen. En het is raar als Mary en ik in ons kleine appartementje w-wonen en jij hier in je eentje zo veel ruimte hebt.'

'Anna, sst!' zei Mary blozend vanwege Anna's onbevangenheid. 'Jeremy laat ons alleen zijn huis zien. Je mag hem niet zulke ongepaste vragen stellen.'

'Sorry, Mary. Het k-kwam alleen omdat ik d-dacht...'

'Dat heb je goed g-gedacht, Anna.' Jeremy glimlachte naar haar. 'De l-logica van een kind. En, Mary, zou je g-graag hier komen w-wonen?'

'Alsjeblieft!' Het werd haar allemaal te veel. Mary vluchtte de rest van de trap af, de hal door en de voordeur uit. Ze bleef rennen totdat ze weer veilig thuis was, in haar eigen kleine woonkamer.

Tien minuten later stond Jeremy voor de deur. Helemaal in tranen deed ze open. 'Waar is Anna?' vroeg ze meteen.

'Ik heb Mrs Hawkins, de huishoudster, gevraagd haar t-thee te geven. Ik d-dacht dat wij eens rustig m-met elkaar moeten praten. Mag ik binnenkomen?'

Mary knikte met een betraand gezicht, draaide zich om en ging hem voor naar de woonkamer. 'Jeremy, ik weet niet wat je van me wilt, maar wat het ook is, ik kan het je nooit geven. Je weet niet wie ik ben! Ik kom niet uit jouw milieu, dat heb ik je al eerder gezegd. En dat had je huishoudster meteen in de gaten. Ik zag het in haar ogen. Ik zou bij je in dienst moeten zijn, niet je geliefde!'

Terwijl Mary in een stoel neerzeeg, haalde Jeremy een zakdoek tevoorschijn en bood die haar aan. 'Mary, ik z-zie je nu al maandenlang bijna iedere dag. Jij hebt alles wat een dame zou moeten hebben. En over je m-milieu: ik heb in de loopgraven geleerd dat dat niets te maken heeft met iemands k-karakter. Wat je geheimen betreft; ik kan je alleen z-zeggen dat ik ernaar zal luisteren. En zoals ik je al eerder zei: niets kan mij nog s-schokken.' Hij knielde voor haar neer en veegde een losgeraakte haarlok van haar wang. 'En ik geloof dat liefde kan v-vergeven en alles kan begrijpen. Vertel het me, Mary. V-vertrouw me,' spoorde hij haar aan.

Mary zuchtte diep. Ze wist dat het, als ze het hem vertelde, het einde van hun relatie en hun toekomst samen kon betekenen. Maar om die toekomst een kans te geven, moest ze wel doen wat hij van haar vroeg.

Mary vroeg om hulp van boven. En uiteindelijk knikte ze.

'Ik zal het vertellen.'

Twintig minuten later zei Mary handenwringend: 'Ik heb gezondigd. Ik heb net gedaan of Anna dood is en haar gestolen. Ik heb een kind gestolen. O, mijn god, mijn god...'

Jeremy sloot haar stevig in zijn armen. 'Mary, Mary, alsjeblieft, s-straf jezelf niet langer. Ja, je hebt iets gedaan wat door de wet vverboden wordt, maar wel om de juiste redenen. Je hebt het gedaan omdat je van Anna houdt en wilde dat ze gelukkig was en zich v-veilig voelde.'

'Maar heb ik het wel voor Anna gedaan?' Mary keek hem bezorgd aan. 'Of heb ik het eigenlijk voor mezelf gedaan, omdat ik haar niet kon missen?'

'Van wat je mij hebt v-verteld, en het gevaar dat je loopt als je geheim ooit uitkomt, z-zou ik denken dat je het niet uit egoïstische motieven hebt gedaan.'

'Vind je dat echt?'

'Ja.' Jeremy pakte haar handen en gaf er een kneepje in. 'Echt, Mary, schat. En maakt het eigenlijk veel verschil wanneer je ouders vertelt dat hun zoon zonder te lijden in de loopgraven is gestorven, terwijl hij het in werkelijkheid uitschreeuwde van de pijn? En...' Jeremy wendde zijn blik af, '...er misschien dagenlang over heeft gedaan om te sterven? Of van een pelotonscommandant die zijn soldaten iedere k-keer weer de heuvel op stuurt, in de wetenschap dat ze hun dood waarschijnlijk t-tegemoet lopen?' Jeremy keek Mary weer aan. 'Jij hebt je best gedaan iemand van wie je houdt te b-beschermen, en daar moet je je n-nooit, nooit voor schamen! En ik hou nog meer van je om w-wat je hebt gedaan.'

'Echt?'

'Ja. Je bent moedig en g-goed en sterk.'

'O, Jeremy, dat ben ik niet. Ik ben zo bang dat het ontdekt wordt en Anna van me wordt afgenomen. Op straat kijk ik de hele tijd om.'

'Een weeskind beschermen, net zoals je zelf bent, is iets om trots op te zijn. En b-bovendien,' Jeremy keek met een glimlach op haar neer, 'k-kan ik jou en Anna misschien helpen. Als je met me wilt trouwen, t-tenminste.'

'Wil je dat nog steeds, zelfs na alles wat ik je heb verteld?' vroeg Mary verbouwereerd.

'Meer dan ooit, Mary. Geloof me.'

21

Drie maanden later werd Mary Swan, weeskind van onbekende ouders, Mrs Jeremy Langdon, de vrouw des huizes van een groot huis in Kensington. De enige andere aanwezige op de bruiloft was Anna Swan, een meisje van tien.

In het jaar daarop gebeurden er drie dingen waardoor Mary begon te geloven dat God het goed met haar voorhad. Ze ontdekte dat ze zwanger was, wat ze alle drie fantastisch vonden. Toen hoorde Jeremy via kanalen waar Mary liever niets van wist, dat Lawrence Lisle negen maanden daarvoor in Bangkok aan malaria was gestorven. Elizabeth Lisle had vlak daarna een miskraam gekregen, maar desondanks geen moment verloren om een andere passende huwelijkspartner te vinden. Jeremy's contacten berichtten dat de man een post had in Shanghai, waar Elizabeth Lisle nu ook woonde.

'Besef je w-wat dat betekent, Mary? Je bent vrij! Lawrence Lisle kan je nu nooit meer laten vervolgen. En van wat ik van je heb gehoord, b-betwijfel ik of Elizabeth Lisle interesse zou hebben.'

Mary sloeg een kruis en voelde zich schuldig dat ze zich zo opgelucht voelde om de dood van Lawrence Lisle. 'Het is droevig nieuws, maar ik zou liegen als ik niet toegaf dat ik er ook blij mee ben. Maar, Jeremy, dat betekent niet dat ik me nu helemaal vrij kan voelen.'

'Dat weet ik, liefste, maar hij k-kan je nu niets meer doen, dat beloof ik je. Ik denk dat ik maar eens moet gaan uitzoeken of we Anna misschien k-kunnen adopteren.'

'Maar ze heeft geen geboortebewijs. En niet eens een achternaam.'

'Laat dat maar aan mij over, schat.' Jeremy maakte een wegwuivend gebaar alsof dat onbelangrijke details waren. 'Ik kan dan nu wel een wrak van een man zijn, maar Binnenlandse Zaken is k-kapitein Jeremy Langdon nog het een en ander verschuldigd. Er is een man in het bijzonder die zijn leven aan mij te danken heeft.' Hij gaf een paar klapjes op Mary's hand en legde die zachtjes op het kleine, maar duidelijk zichtbare heuveltje van haar buik, waaronder de baby zich in haar had genesteld.

Zes weken voordat hun eigen baby was uitgerekend, ondertekenden Mary en Jeremy de adoptiepapieren die Anna wettelijk tot hun eigen kind maakten.

'Niemand kan ons nu nog raken, schat. Of jou of haar van me a-afnemen,' fluisterde hij zachtjes in haar oor.

Mary had tranen in haar ogen toen Anna met haar adoptiepapieren in de hand om de keukentafel heen danste.

'Anna Langdon,' fluisterde het kind tevreden en toen sloeg ze haar armen om allebei haar ouders heen. 'Ik ben zo blij! Ik kan nauwelijks... a-ademhalen!'

Tot Mary's frustratie kwam de baby tien dagen te laat, maar verder verliep alles probleemloos. Mary lag in haar eigen, mooie slaapkamer met haar baby aan de borst en haar geliefde, vertederde echtgenoot en dito pas geadopteerde dochter vlakbij. Ze was zo gelukkig, dat ze wenste dat de tijd stil zou staan en ze op dat moment kon sterven. De baby, een mollig meisje met roze wangetjes dat ze Sophia hadden genoemd – naar Mary's favoriete heilige – was tevreden en gelukkig. Mary keek vol blijdschap naar haar echtgenoot die het kindje in zijn armen hield.

Jeremy stotterde nauwelijks meer als hij iets tegen haar zei. En de afgrijselijke nachtmerries waar hij aan leed – waaruit hij schreeuwend en volkomen bezweet wakker werd – waren langzaamaan verminderd. Mary had alles wat ze maar te pakken kon krijgen gelezen over shellshock. Ze wist dat de aandoening zelden helemaal verdween, maar hij kon in ieder geval onder controle worden gehouden door een kalme en vredige manier van leven. Jeremy verliet het huis zelden, alleen om door Kensington Gardens te wandelen en *The Times* te gaan kopen. Als ze buiten in een lawaaierige Londense straat waren, schrok hij van iedere claxon, waardoor het stotteren en het beven van zijn handen een tijd verergerden. Maar de beperkingen van hun leven waren voor Mary geen probleem. Als haar gezin kalm en tevreden was, was zij het ook.

Jeremy begon met schilderen en bleek er meer dan gemiddeld goed in te zijn. Hoewel Mary huiverde als ze de schilderijen die hij maakte zag – van donkere loopgraven – wist ze dat het voor hem een manier van verwerken was: een uiting van alle pijn, angst, verliezen en dood die hij iedere dag van zijn leven voelde.

Jeremy schilderde en Mary zorgde voor hun baby. Op zonnige middagen nam ze Anna en Sophia mee naar het park en soms gingen ze naar Piccadilly, waar Anna eindeloos kon neuzen in de kledingwinkels. Het bleef Mary verbazen dat ze alles wat Anna uitzocht gewoon voor haar dochter kon kopen, zonder na te denken over de prijs ervan. Ze was een vrouw in goeden doen, getrouwd met een rijke heer van stand.

Intussen, terwijl de jaren in de veilige cocon van hun comfortabele huis voorbijgleden, leerde Sophia kruipen, lopen en daarna hollen door het huis. En Anna's passie om haar ambitie waar te maken en ballerina te worden, ontwikkelde zich in hetzelfde tempo. Op een avond, toen Sophia net vier was geworden, kwam Anna, die al vrouwelijke vormen begon te krijgen, de keuken binnen waar Mary het avondeten stond klaar te maken.

'Mam, wist je dat Ninette de Valois een nieuwe balletschool heeft geopend?' vroeg ze.

'Nee, dat wist ik niet, Anna.'

'Mag ik erheen, mam? Auditie doen voor haar en kijken of ze me les wil geven? Dan word ik op een dag misschien toegelaten tot haar balletgezelschap en mag ik bij Sadler's Wells dansen. Kun je je dat v-voorstellen?' Anna zonk gracieus op een stoel neer en zuchtte van genoegen bij de gedachte.

'Maar ik dacht dat je wilde dansen bij Diaghilevs Ballets Russes?'

'Dat wilde ik, ja. M-maar het is toch veel mooier om deel uit te maken van het eerste Britse balletgezelschap.' Anna strekte haar been uit, liet haar schoen van haar voet vallen en stak haar hoge wreef omhoog. 'Mag ik, mam, a-alsjeblieft?'

'Misschien moet je er eerst met je vader over praten om te kijken hoe hij erover denkt,' opperde Mary.

'Het zou betekenen dat ik de hele dag kan d-dansen, en geen tijd hoef te besteden aan Engels en rekenen. Maar zeg nou zelf, hoeveel meer hoef ik nou nog te leren? Ik kan lezen en schrijven en rekenen – meer heeft een d-danseres toch niet nodig? En ik weet de jaartallen van de Battle of Hastings, Trafalgar en...'

'Anna,' herhaalde Mary. 'Praat er met je vader over.'

Zoals Mary al had verwacht, was Jeremy als was in Anna's overredende handen. Ze spraken af dat ze auditie bij Ninette de Valois zou doen om te kijken of ze een plek op de Sadler's Wells Ballet School kon veroveren.

'Ik denk niet dat onze lieve Anna ergens anders mee tevreden zal zijn als ze dit niet op zijn minst heeft g-geprobeerd,' zei Jeremy, stilletjes trots.

Drie dagen later namen Mary en Anna de bus naar Islington, waar de lessen van de Sadler's Wells Royal Ballet School werden gegeven. Mary was nog nooit achter het toneel in een theater geweest en toen ze door een wirwar van gangetjes naar een kamer met een barre en een piano werden geleid, was ze enerzijds van haar stuk maar ook opgewonden zo'n andere wereld binnen te gaan. Anna beantwoordde een paar vragen over de lessen die ze daarvoor had gehad en toen liet Miss Moreton, de lerares, haar allerlei dansbewegingen uitvoeren – eerst aan de barre en daarna in het midden van de kamer. Mary zag dat Anna veel vooruitgang had geboekt gedurende de jaren, en was trots op haar en vol bewondering. Als kind had ze altijd een natuurlijke elegantie en stijl gehad, maar haar ontluikende volwassenheid gaf haar bewegingen een extra dimensie.

Na haar laatste *enchaînement* was Miss Moreton enige tijd stil. Ze bestudeerde Anna en vroeg: 'Je danst als een Russin en zo zie je er ook uit. Ben je Russisch?'

Anna wierp een korte nerveuze blik op Mary, die haar schouders licht ophaalde en nauwelijks merkbaar haar hoofd schudde.

'Nee, ik ben Engels.'

'Maar ze heeft les gehad van prinses Astafieva en Nicholas Legat,' merkte Mary zenuwachtig op, terwijl ze zich afvroeg of dat gunstig of juist ongunstig was.

'Tja, het is in ieder geval te zien aan de manier waarop je beweegt. En ik weet zeker dat je begrijpt, Anna, dat wij hier bij Sadler's Wells natuurlijk wel Russisch beïnvloed zijn, maar als eerste Brits balletgezelschap probeert Miss de Valois juist een eigen stijl te ontwikkelen. Je bent ongepolijst, maar je hebt talent. Kun je maandag beginnen?'

Anna's donkere ogen vol angstige spanning lichtten op van vreugde. 'Bedoelt u dat ik ben aangenomen?'

'Ja. Ik zal je moeder een lijst geven met alle leskleding die je nodig hebt en je moet je balletschoenen aanschaffen bij Frederick Freed. Dan zien we je hier aanstaande maandagochtend fris en vrolijk verschijnen.'

Die avond thuis viel er een hoop te vieren. Anna was buiten zichzelf van opwinding en het hele gezin werd erdoor aangestoken.

'Nou ga je me echt Odette en Odile zien dansen op het toneel, Sophia,' zei Anna enthousiast tegen haar kleine zusje terwijl ze met haar door de keuken walste.

'Vanaf nu is ze niet meer te stoppen, schat,' merkte Jeremy die avond op toen hij naast Mary in bed lag. 'Laten we hopen dat het haar lukt haar d-droom waar te maken.'

In de jaren daarop leken Anna's vastberadenheid, toewijding en natuurlijke aanleg hun vruchten af te werpen. Op het toneel van het net geopende Sadler's Wells Theatre op Rosebury Avenue maakte ze haar debuut als de jonge meester van Treginnis. Gekleed in een klein Lord Fauntleroy-kostuum en met een kortgeknipte pruik op, opende Anna's personage het ballet en aan het einde ervan stond ze ook nog even in haar eentje op het toneel. Mary, Jeremy en de negenjarige Sophia klapten en juichten, terwijl het balletgezelschap boog en boog. Anna's aandeel was dan nog wel mijlenver verwijderd van haar droomrol in een prachtige witte tutu, maar het betekende in ieder geval dat ze Ninette de Valois, de koningin van het gezelschap, was opgevallen. Er volgden andere, kleine rollen, zoals die van de vier jonge zwanen in de tweede akte van *The Swan Lake* en het Creoolse meisje in *Rio Grande.*

In januari 1939, vlak voor haar eenentwintigste verjaardag, maakte Anna haar debuut als Odette en Odile in *The Swan Lake.* Het Sadler's Wells-theater was uitverkocht – het was de eerste keer dat Engelse, in het land zelf opgeleide talenten in plaats van geïmporteerde Russische dansers, de hoofdrollen hadden in het Britse gezelschap. In de balletminnende wereld werd er al druk over Anna en haar talent gepraat. Mary zat, gekleed in een nieuwe avondjurk en met haar haar gekapt door een kapper, met Jeremy en Sophia in de loge. Toen de eerste tonen van Tsjaikovski's indringende ouverture klonken, verstomde het publiek en werd het doodstil. Mary hield haar adem in en bad dat dit moment, het moment waarvan Anna zo lang had gedroomd, absoluut perfect voor haar zou zijn.

Mary had zich nergens zorgen over hoeven maken. Terwijl de boeketten om de jonge ster te eren op het toneel neerregenden, omklemde ze Jeremy's hand stevig en biggelden de tranen over haar wangen. Na de voorstelling was de kleedkamer volgepakt met bewonderaars die Anna wilden complimenteren en kon Mary er nauwelijks doorheen komen om haar dochter te feliciteren. Anna, nog altijd in haar tutu, haar ogen enorm vanwege de make-up, kwam op haar af en omhelsde haar moeder stevig.

'Ach, liefje, ik ben zo trots op je. Je hebt altijd gezegd dat je dit wilde en kijk nou toch eens! Het is je gelukt!'

'Dat heb ik allemaal aan jou te danken, mam.' Er blonken tranen in Anna's ogen. 'Dank je wel,' fluisterde ze. 'Dank je wel voor alles.'

Later keek Mary met gemengde gevoelens terug op de avond dat Anna haar droom waarmaakte. Achteraf wist ze dat dat het moment was geweest waarop ze haar dochter kwijt begon te raken. De wereld waarin Anna leefde, vol kleurrijke, artistieke personen met hun exotische kleren, vreemde gewoonten en seksuele vrijheden, was mijlenver verwijderd van de wereld die Mary kende. Toen Anna werd uitgeroepen tot de jonge koningin van het Britse ballet en ze werd omringd door bewonderaars die wilden delen in haar succes, begon het meisje zich los te maken uit de veilige cocon van haar thuis in Kensington.

Mary was altijd opgebleven voor Anna als ze een voorstelling had – om te horen hoe het was gegaan en haar vermoeide dochter te vertroetelen met chocolademelk en koekjes. Maar nu hoorde ze Anna's voetstappen vaak pas om drie uur in de ochtend op de trap. Dan vertelde Anna de volgende dag over een diner na de voorstelling, met haar vrienden in de Savoy Grill, of een trendy nachtclub waar ze had gedanst met niet minder dan telgen van de koninklijke familie.

Mary had het leven van haar dochter niet meer onder controle. En omdat Anna veel geld verdiende, kon ze ook haar beklag niet doen over de uitdagende jurken die ze droeg – vaak zonder korset – en de hoeveelheid knalrode lippenstift die ze op haar lippen smeerde. Door het aantal boeketten dat werd afgeleverd bij hun huis, wist ze dat Anna een reeks van mannelijke aanbidders had. Of er een in het bijzonder was, wist Mary niet. Vragen in die richting ketsten altijd af op een muur van stilzwijgen.

Als Mary zich bij Jeremy beklaagde over het feit dat ze zich zorgen maakte omdat ze niets wist over Anna's sociale leven, en in het bijzonder over de mannen met wie ze omging, probeerde Jeremy haar altijd gerust te stellen met zijn gewone kalmte. 'Schat, Anna is jong en heel erg m-mooi. En bovendien een ster! Ze doet wat ze zelf wil.'

'Kan wel zijn,' merkte Mary op een avond geërgerd op, 'maar ik ben niet blij met de geur van sigarettenrook die 's nachts onze slaapkamer binnenkomt en ik weet ook zeker dat ze drinkt.'

'Roken en af en toe een gin zijn geen doodzonden, Mary. Vooral niet voor een jonge vrouw die iedere avond onder grote druk staat omdat ze een topprestatie moet leveren.'

Mary draaide zich om en keek hem aan, gefrustreerd dat Jeremy altijd Anna's kant leek te kiezen. 'Ik maak me gewoon zorgen om haar. De mensen met wie ze omgaat en...'

'Ja, dat weet ik, schat, maar ze is v-volwassen. Je moet haar loslaten.'

De spanningen tussen Anna en Mary kwam een paar weken later tot een hoogtepunt, toen Anna besloot om na de voorstelling, onaangekondigd, een groep vrienden mee naar huis te nemen. De grammofoonmuziek van Cole Porter en de gillende lachjes van Anna's gasten in de zitkamer hielden Mary en Jeremy tot in de vroege uurtjes uit hun slaap. De volgende dag was Mary vastbesloten met Anna te praten om een aantal regels af te spreken, en ze stapte, na een kort klopje op de deur, Anna's slaapkamer binnen. Anna was diep in slaap. En de jongeman naast haar in bed ook. Geschokt en vol afgrijzen draaide Mary zich om en smeet ze de slaapkamerdeur achter zich dicht.

Tien minuten later verscheen Anna in haar ochtendjas in de keuken. Ze glimlachte schaapachtig naar haar moeder, die de ontbijtbordjes met veel gekletter stond af te wassen. 'Het spijt me als ik jullie wakker heb gehouden gisteravond. Ik had het moeten vragen. Maar het was al laat en ik d-dacht...'

'Daar wil ik het nu niet over hebben! Wat is... wie is...' Mary kon de woorden niet uit haar keel krijgen.

'Michael bedoel je?' Anna haalde een pakje sigaretten uit de zak van haar ochtendjas, stak er een op en liet zich gracieus neerzakken op de rand van de tafel. 'Hij is mijn d-danspartner, mam. En we zijn... geliefden.' Ze nam een trek van haar sigaret. 'Dat vind je geen probleem, t-toch? Ik ben tenslotte allang eenentwintig.'

'Probleem? Natuurlijk vind ik dat een probleem! Jij mag dan misschien in een wereld leven waarin dat soort losbandig gedrag gewoon is, maar je hebt een zusje van elf. En zolang je onder mijn dak woont, gedraag je je fatsoenlijk en normaal. Hoe haal je het in je hoofd, Anna. Sophia had zo je slaapkamer binnen kunnen lopen en dan had ze hem zien liggen!'

'Sorry, moeder,' Anna haalde haar schouders op. 'Ik bedoel, de wereld is veranderd en t-tegenwoordig is het heel gewoon om se...'

'Ik wil het niet horen!' zei Mary huiverend. 'Hoe kun je in vredesnaam zo vreselijk losbandig zijn? Je zou je dood moeten schamen! En ik schaam me dat ik je niet goed heb opgevoed, omdat je je eigen gedrag blijkbaar niet zondig vindt.'

'Moeder, je klinkt echt vreselijk b-bekrompen en nogal katholiek en...'

'Hoe durf je zo tegen mij te praten! Het maakt me niets uit wat voor ster je op het podium bent, maar onder mijn dak gedraag je je volgens onze regels. En ik wil hier dat soort charlatans niet hebben!' zei Mary terwijl ze naar het plafond wees.

Anna rookte kalmpjes haar sigaret. Mary zag dat de as op de vloer viel, maar haar dochter deed geen moeite dat te voorkomen. Uiteindelijk knikte Anna. 'Goed, moeder, ik begrijp het. Als je mijn leven niet g-goedkeurt – ik ben volwassen en heb een eigen inkomen. Het lijkt me beter dat ik een eigen dak boven mijn hoofd ga zoeken.'

Zonder nog een woord liep Anna de keuken uit en smeet ze de deur achter zich dicht.

De dag daarop pakte ze haar koffers en vertrok.

Jeremy probeerde zijn vrouw te troosten, en verzekerde haar ervan dat Anna's gedrag normaal was voor een jong meisje van de moderne tijd. Een meisje dat niet alleen volwassen aan het worden was en daarin haar balans moest vinden, maar ook gefêteerd werd door een publiek dat haar aanbad. Ondanks de logica van alles wat Jeremy zei, had Mary het heel moeilijk met Anna's abrupte vertrek.

In de weken daarop deed Anna geen pogingen om contact te leggen met haar moeder. Alles wat Mary over haar wist kwam uit krantenartikelen en de roddelkolom, waar Anna regelmatig in werd genoemd. Ze werd met allerlei sterren van het toneel en aan de arm van een keur van aristocratische mannen gefotografeerd op glamourfeesten. Het verlegen kleine meisje waarvoor Mary zo veel had opgegeven, was veranderd in iemand die ze niet meer kende of begreep. En toch... Mary moest toegeven dat er altijd al iets keihards in Anna's karakter had gezeten. Wat Anna wilde, had ze meestal ook voor elkaar gekregen. Het feit dat ze nu aan de top schitterde van de carrière die ze had gekozen, was daar het bewijs van. En het gemak waarmee Anna haar moeder, vader en zusje uit haar leven sneed, getuigde van een tot dan toe niet opgemerkte harteloosheid.

Maar toen de oorlogswolken zich weer boven Europa begonnen te verzamelen, had Mary genoeg problemen onder haar eigen dak om zich zorgen over te maken. Jeremy, die zo enorm was hersteld sinds de dag dat ze hem had ontmoet, begon weer nachtmerries te krijgen. Het trillen van zijn handen en zijn stotteren werden weer sterker. Iedere morgen trok hij wit weg als hij *The Times* las. Zijn eetlust verminderde en Mary moest aanzien hoe hij zich steeds verder terugtrok in zichzelf. Hoe vaak ze hem ook voorhield dat er geen leger zou zijn dat hem zou oproepen als er een oorlog kwam; Jeremy's angst om terug te moeten naar de hel groeide gestaag.

'J-je b-begrijpt het niet, Mary. Misschien hoeven ze me in het b-begin wel niet, maar als ze een tekort aan k-kanonnenvlees hebben, roepen ze iedereen op om voor de m-moffen te gooien. Geloof me, ik heb het met eigen ogen g-gezien: mannen, ouder dan ik, die tegen de v-vijand werden ingezet, louter om genoeg manschappen te hebben.'

'Jeremy, lieverd, je hebt een medisch dossier waarin is vastgelegd dat je aan shellshock lijdt. Natuurlijk roepen ze je niet op.'

'Ik ben v-vier k-keer teruggestuurd naar de loopgraven, Mary. En toen was ik er v-veel slechter aan toe dan n-nu.' Hij schudde wanhopig zijn hoofd. 'Je begrijpt de oorlog niet, Mary. Dus p-probeer het ook maar niet.'

'Maar iedereen zegt dat het deze keer anders zal zijn. Er komen geen loopgraven, schat,' benadrukte ze steeds opnieuw. 'Deze oorlog, als hij al uitbreekt, zal worden uitgevochten met alle nieuwe wapens die zijn ontwikkeld. Niemand met gezond verstand is van plan om weer zowat een hele generatie mannen op te offeren. Alsjeblieft, Jeremy, de tijden zijn veranderd.'

Jeremy stond dan meestal abrupt op en liep met een van woede, angst en frustratie vertrokken gezicht de kamer uit.

Toen het nieuws steeds slechter werd en de kans op een nieuwe oorlog met de dag toenam, leed Mary vanbinnen met Jeremy mee. Hij kwam niet meer naar de keuken om samen met zijn vrouw en dochter te eten, maar at liever alleen in zijn werkkamer.

'Wat is er met pap aan de hand?' vroeg Sophia aan Mary toen ze haar instopte.

'Niets, schatje, hij voelt zich niet zichzelf op het moment,' stelde Mary haar gerust.

'Komt er een oorlog? Is dat waarom papa zo ongerust is?' had ze gevraagd. En haar enorme groene ogen, dezelfde als die van haar vader, staarden Mary vanaf het kussen aan.

'Misschien. Maar als er een oorlog komt, komt-ie. Je vader en ik hebben de laatste overleefd en dat doen we de volgende ook.'

'Maar alles is nu anders, mam. Anna is weg en papa lijkt...' Sophia zuchtte, 'ook wel weg. Niks is meer hetzelfde als vroeger. Ik ben bang, mam, ik vind het allemaal maar akelig.'

Mary nam haar dochter in haar armen, streelde haar haren – net zoals ze lang geleden bij Anna had gedaan – en mompelde geruststellende woordjes in haar oor, waarin ze zelf niet meer geloofde.

De zomer sleepte zich voort en in de stad werden steeds meer voorbereidingen op de komende oorlog zichtbaar. Voor Mary's gevoel stond het leven voor iedereen stil en hield het hele land de adem in. Jeremy was als verlamd. Hij was zelfs uit hun slaapkamer getrokken en sliep nu in zijn kleedkamer, zogenaamd omdat zijn nachtmerries Mary stoorden in haar slaap. Mary drong er zorgelijk bij hem op aan om contact op te nemen met zijn oude regiment, zodat zijn angsten daardoor misschien zouden bedaren.

'Je bent ziek uit het leger ontslagen, liefje. Ze roepen je echt niet op. Alsjeblieft, Jeremy, schrijf hun een brief en stel jezelf gerust. Als je het definitief op papier hebt, zul je je veel beter voelen.'

Maar Jeremy zat alleen maar voor zich uit te staren in zijn stoel in zijn werkkamer en haar woorden leken langs hem af te glijden.

Toen de oorlog begin september eindelijk uitbrak, voelde Mary zich bijna opgelucht. Misschien zouden ze nu tenminste gauw horen waar Jeremy aan toe was. Tien dagen later, toen Mary 's avonds in bed een boek lag te lezen, werd er op de deur geklopt. 'M-mag ik b-binnenkomen?'

'Natuurlijk, lieverd. Mijn hemel, dit is je eigen slaapkamer!' Mary keek naar Jeremy terwijl hij naar haar toe slofte. Hij had flink wat gewicht verloren en was weer net zo uitgemergeld en in zichzelf gekeerd als de eerste keer dat ze hem had gezien. Jeremy kwam naast haar op het bed zitten en nam haar handen in de zijne.

'Mary, ik w-wilde je zeggen dat ik v-van je hou. Jij, Anna en Sophia hebben mijn l-leven de moeite w-waard gemaakt.'

'En jij het mijne,' zei Mary zachtjes.

'Het s-spijt me dat ik z-zo moeilijk was de l-laatste p-paar weken. Ik zal je niet m-meer tot l-last zijn, dat b-beloof ik je.'

'Ik begrijp het wel, lieverd. Nu de oorlog is begonnen, ga je je vast beter voelen.'

'Ja.' Het was nauwelijks meer dan een fluistering. Jeremy sloot Mary in zijn armen. 'Ik hou v-van je, Mary. V-vergeet dat n-nooit, g-goed?'

'Nee, dat zal ik nooit vergeten.'

'Wees z-zo sterk en aardig en moedig als je altijd bent geweest.' Hij liet haar los, kuste haar op de lippen en glimlachte haar toe. 'H-heb je er bezwaar t-tegen als ik vannacht hier b-bij jou s-slaap? Ik w-wil niet alleen z-zijn.'

‘Lieverd van me,’ zei Mary teder. ‘Dit is jouw bed en ik ben je vrouw.’

Jeremy kwam naast haar liggen. Mary hield haar echtgenoot in haar armen en streelde zijn haar totdat ze zijn ademhaling regelmatig hoorde worden. Niet in staat om zelf te slapen, hield ze Jeremy in de gaten. En pas in de vroege uurtjes, toen ze wist dat hij diep en vredig sliep, stond ze zichzelf uitgeput toe ook in slaap te vallen.

22

Jeremy sliep nog toen Mary de volgende ochtend zachtjes de slaapkamer uit ging om het ontbijt voor Sophia klaar te maken. Om kwart over acht verlieten moeder en dochter het huis voor hun wandelingetje van tien minuten naar de school van Sophia, net om de hoek van Brompton Road.

'Fijne dag, liefje, en ik kom je vanmiddag weer ophalen, zoals altijd.'

Mary keek Sophia na toen ze zich omdraaide en de school binnenliep. Het was een heldere, zonnige dag en toen ze naar het rijtje winkels liep waar ze altijd haar boodschappen deed, voelde Mary zich opgewekter dan ze zich in lange tijd had gevoeld. Jeremy had in ieder geval weer met haar gecommuniceerd gisteravond en hij had ook kalmer geleken. Hoewel deze nieuwe oorlog opnieuw beloofde een hel te worden, was Mary ervan overtuigd dat Jeremy en zij alles aankonden, zolang ze maar samen waren. Ze deed wat langer over haar boodschappen dan gewoonlijk en luisterde naar de vrouwen die met de slager praatten over de kans dat het vlees op rantsoen ging en wanneer de Duitsers zouden beginnen met hun bombardementen op Londen. Wat hun ook te wachten stond, dacht ze op weg naar huis, Jeremy en zij hadden in ieder geval elkaar.

Toen ze thuiskwam was er nog nergens een teken van leven van hem, maar dat kwam wel vaker voor. Jeremy maakte 's morgens regelmatig een wandeling om de krant te gaan kopen en dwaalde dan op weg naar huis wat door Kensington Gardens.

Mary begon aan haar huishoudelijke werk. Ze wist dat veel mensen het vreemd zouden vinden dat ze het huishouden liever zelf deed terwijl ze daarvoor natuurlijk gemakkelijk iemand voor konden inhuren. Maar toen ze net met Jeremy was getrouwd, had ze de huishoudster ontslagen. Ze had zich ongemakkelijk gevoeld onder haar stekende blik en nu had ze alleen een werkster die dagelijks kwam om haar te helpen met het zware werk. En het verschafte haar plezier om voor haar man en kinderen te zorgen voor een keurig, schoon huis en een huishouding die op rolletjes liep.

Omstreeks het middaguur, toen ze een lichte lunch voor Jeremy en zichzelf had klaargemaakt maar zijn sleutel nog niet in de voordeur had gehoord, vroeg Mary zich af of hij misschien nog steeds lag te slapen. Hij was zo doodmoe tegenwoordig.

'Jeremy! Jeremy?' riep ze, en ze liep beneden kamer na kamer binnen. Jeremy's werkkamer was verlaten, de zitkamer was verlaten, de eetkamer en de bibliotheek waren verlaten. Mary begon in paniek te raken. Een van de dingen waardoor Jeremy zich staande had weten te houden, waren zijn vaste gewoontes. Het was heel vreemd dat hij er niet was op het tijdstip dat ze normaliter gingen lunchen. Met een akelig voorgevoel beklom ze de trap. Toen ze de deur van hun slaapkamer opendeed, ontdekte ze dat het bed leeg was.

'Waar zit je, liefje? Ben je hier?' riep ze, terwijl ze over de overloop naar zijn kleedkamer liep. Ze klopte op de deur en toen ze geen antwoord kreeg, duwde ze die open.

Het duurde even voordat ze kon bevatten wat haar ogen zagen. Er bungelde een paar glimmend gepoetste schoenen voor haar gezicht. Toen ze omhoogkeek, zag ze de rest van Jeremy's lichaam aan een touw aan het plafond hangen.

Nadat de dokter was gearriveerd, de overlijdensverklaring was getekend, de politie was gebeld en Jeremy's lichaam was losgemaakt, werd hij op het bed neergelegd. Mary zat naast hem en kon alleen maar steeds opnieuw over zijn bleke, grauwe huid strelen. Volkomen in shock, drong het nog niet echt tot haar door wat er was gebeurd.

'Hebt u een idee waarom Mr Langdon zich van het leven heeft beroofd, madam?' vroeg de agent.

Mary, met de hand van haar echtgenoot in de hare, knikte bevestigend. 'Misschien.'

'Het spijt me u op dit moeilijke moment vragen te moeten stellen, madam, maar ik zou dankbaar zijn als u dat verder wilt verhelderen. En dan hoeven we u niet meer lastig te vallen.'

'Hij...' Mary schraapte haar dichtzittende keel. 'Hij dacht dat hij weer opgeroepen zou worden voor de oorlog. Hij leed aan shellshock, ziet u.'

'En klopt dat ook? Wordt hij opgeroepen?'

'Hij is als ziek uit het leger ontslagen na de vorige oorlog. Ik heb hem talloze malen verteld dat ze hem niet zouden oproepen, maar hij...' Mary schudde wanhopig haar hoofd. 'Hij kon me niet geloven.'

'Ik begrijp het. Als het misschien een troost voor u is, madam, ik heb een oom die precies hetzelfde was. Niets wat we deden of zeiden kon zijn angst wegnemen. U hoeft uzelf nergens schuldig over te voelen.'

'Nee, maar dat voel ik me wel... dat voel ik me wel...'

Beneden ging de bel. 'Dat is waarschijnlijk de ambulance, madam, om uw echtgenoot op te halen. Ik loop wel naar beneden om open te doen. Zou u intussen zo vriendelijk willen zijn om te kijken of uw echtgenoot iets aan of bij zich heeft wat u zou willen behouden?'

Mary knikte. Ze keek naar de agent terwijl die de kamer uit liep en liet toen langzaam haar hoofd op Jeremy's borstkas zakken. 'O, mijn liefste. Waarom moest je mij en Sophia verlaten? Kon je niet op ons vertrouwen dat we je zouden helpen om het beter voor je te maken? Ik hield van je, schat, met heel mijn hart. Wist je dat dan niet? Kon je dat niet voelen?'

In de stilte die daarop volgde schudde Mary haar hoofd verdrietig heen en weer; ze besefte dat hij haar nooit meer antwoord zou geven. Zoals de politieagent had gevraagd, deed ze Jeremy's horloge af en voelde ze in zijn zakken of daar nog iets in zat. In zijn linkerzak stuitten haar handen op een stuk papier en even later trok ze een envelop tevoorschijn. Toen ze rechtop ging zitten, zag ze de woorden '*Zijne Majesteits Regering*' in de linkerbovenhoek staan. Het was net zo'n envelop als Sean had ontvangen toen hij werd opgeroepen voor de Irish Guards.

Mary draaide de envelop om en zag dat die nog dicht zat. Langzaam scheurde ze hem open en haalde de brief eruit, in het besef dat ze nu wist waarom haar echtgenoot zelfmoord had gepleegd.

Afdeling Legerpensioenen
5 oktober 1939

Geachte heer Langdon,
Hierbij delen wij u mede dat uw legerpensioen is verhoogd van £ 5.15 per maand naar £ 6.20. Dit gaat in per 1 januari 1940.
Hoogachtend,

De gestempelde handtekening eronder was onleesbaar.

Terwijl Mary haar hoofd terug op Jeremy's borst liet zakken en huilde alsof haar hart zou breken, viel de brief uit haar handen.

Op Jeremy's begrafenis waren alleen Mary en Sophia. Mary had geen idee waar zijn ouders woonden. Maar de afwezigheid van Anna was nog veel pijnlijker. Mary had haar per brief op de hoogte gesteld.

Het enige wat Mary door de donkere oktobermaand sleepte, was de troost die ze Sophia moest geven. Mary vond het een zegen dat ze de tijd niet had om aandacht aan zichzelf te besteden, want anders had ze misschien voor dezelfde vluchtweg gekozen als Jeremy – zo diep was haar verdriet. Ze wist dat er een aantal dingen waren die ze nodig moest uitzoeken. Jeremy had haar bijvoorbeeld iedere week huishoudgeld gegeven. Voorlopig gebruikte ze haar eigen spaargeld, uit de dagen dat ze in de huishouding bij anderen werkte. En hoewel dat in de nabije toekomst niet zou opraken – en ze bovendien natuurlijk ook weer als naaister kon gaan werken – had ze geen idee waar ze stond wat betreft het huis en of ze werd genoemd in zijn testament.

De situatie werd een week later duidelijk, toen de deurbel ging en een in het zwart geklede kalende man zijn bolhoed voor haar afnam.

'Mrs Langdon, neem ik aan?'

'En u bent?' vroeg Mary wantrouwend.

'Sidney Chellis, van Chellis en Latimer Notarissen. Ik kom hier namens Lord en Lady Langdon, de ouders van uw overleden echtgenoot, om wat zaken met u te bespreken. Mag ik binnenkomen?'

Mary knikte gelaten. Terwijl ze hem naar de zitkamer leidde, drong het tot haar door dat Jeremy haar nooit had verteld dat hij de zoon van een Lord was. Hij had überhaupt weinig over zijn familie verteld.

'Gaat u zitten. Kan ik u een kop thee aanbieden?' vroeg ze hem.

'Dat is niet nodig. Wat ik u kom vertellen zal niet veel tijd in beslag nemen.' De notaris haalde wat papieren uit zijn aktetas en plaatste die op zijn knieën.

Mary ging zenuwachtig tegenover hem zitten. 'Heb ik... iets verkeerds gedaan?'

'Nee, Mrs Langdon, u zit zeker niet in de problemen. Voor zover mij bekend, tenminste.' Hij keek haar aan over zijn bril en trok zijn wenkbrauwen op. 'U weet, neem ik aan, dat uw echtgenoot een testament heeft gemaakt waarin hij dit huis, zijn oorlogspensioen en zijn privé-inkomen aan u nalaat?'

'Nee, Mr Chellis, ik ben er nog niet aan toegekomen om me daarin te verdiepen. Ik ben nog te veel... in de rouw,' verklaarde Mary naar waarheid.

'Tja. Hij heeft zijn testament bij onze firma ondergebracht. Wij treden al meer dan zestig jaar als notaris op voor de familie Langdon. Er is nu echter een klein probleem.'

'En dat is?'

'Dit huis is ooit door Mr Langdons grootvader aan de peettante van Mr Langdon gegeven. Het is al tweehonderd jaar in de Langdon-familie, sinds het werd gebouwd. Het codicil in het testament van zijn peettante bepaalt dat uw echtgenoot levenslang gebruik van dit huis mocht maken. Maar dat het bij zijn dood weer terug zou gaan naar de Langdon-familie.'

'Ik begrijp het,' zei Mary zacht.

'Mr Langdon en u hebben samen een kind. Een meisje dat,' Mr Chellis raadpleegde zijn papieren, 'Sophia May heet. Klopt dat?'

'Ja.'

'En ze is op het moment twaalf jaar oud?'

'Dat klopt.'

'Het probleem dat we hebben...' Mr Chellis nam zijn bril af en poetste die op aan zijn jasje, 'is dat, om het eenvoudig uit te drukken, Sophia een meisje is. Als ze trouwt, krijgt ze de naam van haar echtgenoot. En als Sophia en haar echtgenoot bijvoorbeeld zouden scheiden, of Sophia zelf zou overlijden, zou er een probleem zijn het huis in de Langdon-familie te houden. Begrijpt u wat ik zeg?'

'Ja, Mr Chellis, helaas wel.'

'Ik moet u mededelen dat het volgens de wet mogelijk is, als u dat zou willen, het codicil aan te vechten. U zou kans hebben een rechtszaak hierover te winnen. Tenslotte bent u Mr Langdons weduwe en u bent de moeder van zijn nakomelinge. Maar dat zou een kostbare zaak zijn en,' Mr Chellis huiverde zichtbaar, 'een hoogst oneerbiedwaardige. Daarom doen Lord en Lady Langdon u een voorstel: als genoegdoening voor het verlaten van dit huis, zijn zij bereid u een flinke som geld als compensatie aan te bieden. En daarbovenop, als tegemoetkoming, wanneer u zou afzien van het recht op het privé-inkomen van uw overleden echtgenoot, een ruime vergoeding op naam van uw dochter, Sophia.'

'Ik begrijp het.' Mary dacht even na over wat de notaris had gezegd. 'Dus, Mr Chellis, het komt erop neer dat Lord en Lady Langdon willen dat mijn dochter en ik uit hun leven verdwijnen, net zoals hun zoon eruit verdwenen is?'

'Zo zou ik het niet willen formuleren, Mrs Langdon. Het is natuurlijk jammer dat er een verwijdering is ontstaan tussen Lord en Lady Langdon en hun zoon, maar als hun notaris is het niet aan mij daar een mening over te uiten. De genoegdoening die zij voorstellen voor het verlaten van het huis, is £ 1.500. En daarbovenop zal er een som van £ 5.000 op naam van Sophia worden gezet.'

Mary hoorde het zwijgend aan. Ze had geen idee wat het huis waard was of hoe hoog Jeremy's privé-inkomen was geweest, en dus kon ze niet bepalen of ze een eerlijke prijs kreeg geoffreerd. En daarbij walgde ze gewoon van het hele gedoe.

'Ik heb het aanbod op papier gezet, dan kunt u het rustig bekijken. Mijn adres en telefoonnummer staan erboven. Als u hierover hebt nagedacht en een besluit hebt genomen, zou ik het op prijs stellen als u mij rechtstreeks wilt contacteren.'

'En hoe zit het met Lord en Lady Langdon? Willen zij hun kleindochter niet zien?' vroeg Mary zich hardop af, hoewel ze het eigenlijk alleen tegen zichzelf had. 'Sophia is tenslotte hun eigen vlees en bloed.'

'Zoals ik al eerder aangaf, Mrs Langdon, ben ik eenvoudigweg de boodschapper in deze. Er is mij niet gemeld dat zij kennis zouden willen maken met Sophia.'

'Nee... natuurlijk niet.' Mary sloeg haar ogen op en keek Mr Chellis recht aan. 'Tenslotte is het kind van een Ierse kinderjuf niet gewenst bij de hogere standen, is het wel?'

In verlegenheid gebracht wendde Mr Chellis zijn blik af en richtte hij al zijn aandacht op het terugstoppen van de papieren in zijn aktetas. 'Zoals ik al zei, zou ik het op prijs stellen als u zo vriendelijk wilt zijn contact met mij op te nemen wanneer u tot een besluit bent gekomen, dan zal ik ervoor zorgen dat alles geregeld wordt.' Hij stond op en met een knikje naar haar vervolgde hij: 'Dank u voor uw tijd en ik hoop van harte dat alles tot tevredenheid van beide partijen kan worden geregeld.'

Mary liep zwijgend met hem mee naar de voordeur. 'Goedendag, Mr Chellis, en ik zal contact met u opnemen als ik de tijd heb gehad om over uw aanbod na te denken.'

In de dagen daarna begon Mary te informeren naar de mysterieuze familie van haar overleden echtgenoot. Ze ontdekte dat Jeremy de tweede zoon was van Lord en Lady Langdon, die een landgoed van tweehonderd hectare bezaten in Surrey. Het stond bekend om de eenden- en fazantenjacht, en een waardevolle collectie schilderijen van Holbein. Mary vond ook uit hoeveel het huis dat nu haar thuis nog was, waard was als ze het zou verkopen.

Het was een pijnlijke onderneming voor Mary, en ze deed het louter voor Sophia. Ze wilde weten wat haar dochter als Jeremy's nakomelinge rechtens toekwam. Een paar jaar geleden zou ze een dergelijke regeling de rug hebben toegekeerd, maar Mary was nu ouder en wijzer en begreep veel beter hoe de wereld werkte. Ze moest dit afwikkelen, voor het welzijn van haar dochter, hoewel de wijze waarop de Langdons alles wilden regelen – het was haast chantage – haar enorm tegenstond.

Daarbij besefte ze heel goed dat haar verleden iedere mogelijkheid om een rechtszaak te beginnen tegen de familie Langdon onmogelijk maakte. Wie wist waarheen dat zou leiden als de zaak de kranten haalde? Stel dat iemand uit het verleden haar herkende, zich haar connectie met Anna herinnerde en een en een bij elkaar optelde...

Het kantoorgebouw van Mr Chellis lag in Chancery Lane. Mary meldde zich bij de secretaresse en ging zitten wachten totdat ze in Mr Chellis' kantoor naar binnen kon. Ze deed haar best om haar zenuwen en emoties onder controle te houden.

'Mrs Langdon.' Mr Chellis stond in de deuropening van zijn kantoor. 'Komt u binnen en neemt u plaats, alstublieft.'

'Dank u.' Mary liep achter hem aan het kantoor in en ging op het puntje van een ongemakkelijke leren stoel zitten. 'Ik heb uw aanbod overwogen, Mr Chellis.' Mary raapte al haar moed bij elkaar en zei: 'En als u bereid bent het bedrag dat ik zal ontvangen voor het huis te verdubbelen, ga ik akkoord.'

Mr Chellis vertrok nauwelijks een spier. Zoals Mary al had vermoed, kwam dit niet onverwacht.

'Ik zal moeten overleggen met Lord en Lady Langdon, maar ik

denk dat een bedrag van die orde wel acceptabel is voor hen. Van u wordt natuurlijk verlangd dat u een rechtsgeldig document ondertekent, waarin u afziet van alle rechten wat betreft het testament van uw echtgenoot en van alle claims die Sophia in de toekomst zou kunnen leggen op het landgoed van de Langdons.'

'Dat begrijp ik.' Mary stond op, niet van plan om langer dan strikt noodzakelijk tijd te besteden aan dit pact met de duivel. 'Ik wacht uw berichten af. Goedendag, Mr Chellis.'

Twee maanden later stond Mary in de ontvangsthal van hun thuis en keek ze nog een keer om zich heen in het huis waar ze zo gelukkig was geweest. De auto kon iedere minuut arriveren en de twee hutkoffers met de kleren van haarzelf en haar dochter, plus de derde koffer met herinneringen, zouden worden nagestuurd. Mary ging op de onderste traptrede zitten; ze voelde zich leeg, haar energie was op. Ze troostte zichzelf met de gedachte dat ze waarschijnlijk toch niet hier zou zijn gebleven, zelfs als dat had gekund. Alles wat ze zag, iedere geur in huis, herinnerde haar aan wat ze had verloren.

Sophia kwam de trap af en liep naar haar toe en Mary strekte haar armen naar haar dochtertje uit. Sophia liet zich omhelzen en Mary streelde haar haren. 'Klaar?'

'Ja,' antwoordde Sophia. 'Maar ik ben bang, mam.'

'Dat weet ik, schatje. Maar het is het beste zo. Ik heb al een oorlog in Londen meegemaakt en ze zeggen dat de bombardementen deze keer veel erger zullen zijn.'

'Ja, ik weet het, mam, maar...'

Er werd op de voordeur geklopt. 'De auto is er, liefje.' Mary liet haar dochter los, glimlachte naar haar en pakte haar hand. Langzaam liepen ze samen naar de voordeur en namen ze zwijgend afscheid van het leven dat ze achter zich lieten. Mary nam Sophia mee naar buiten en ze stapten in de auto.

Het was tijd om naar huis te gaan.

AURORA

O, mijn hemel. Het zal wel niet horen dat een schrijver huilt om zijn eigen verhaal maar ik vind het allemaal zo vreselijk verdrietig. Jeremy en Mary hielden zo veel van elkaar en toch kon die liefde het uiteindelijk niet winnen. Van mijn reis door het verleden heb ik geleerd dat liefde de wonden die iemand heeft opgelopen niet altijd te boven kan komen. En was het maar zo dat Jeremy die envelop had opengemaakt en had gezien dat het ging om een verhoging van zijn pensioen en niet om een mobilisatieoproep...

Wás het maar zo...

Tja, ik neem aan dat je zoiets over iedereens leven zou kunnen zeggen... en zeker dat van mij.

Maar aan de andere kant: als Jeremy die envelop wel had geopend, zou de rest van mijn verhaal heel anders zijn gelopen en waarschijnlijk niet boeiend genoeg zijn geweest om op te schrijven. Ik begin te begrijpen dat pijn je wijsheid en kracht geeft – ik ben er heel erg door veranderd – en net zo bij het leven hoort als geluk. Alles heeft zijn eigen natuurlijke balans, en nu ik er zo over nadenk: hoe zou je weten dat je gelukkig bent als je niet ook af en toe ongelukkig bent? Of je gezond kunnen voelen als je nooit ziek bent?

De laatste tijd denk ik ook veel na over het begrip 'tijd'. En Mary en Jeremy hadden samen een moment in de tijd waarop ze volkomen gelukkig waren. Misschien is dat soort momenten wel alles waarop een mens kan hopen. En zoals het altijd gaat in sprookjes: er moeten zowel slechte als goede dingen in gebeuren. Wij mensen overleven door te hopen dat er weer goede momenten zullen komen. En als alle hoop daarop is verloren, zoals dat voor Jeremy was, wat blijft er dan nog over?

Om eerlijk te zijn, moet ik tegenwoordig hard mijn best doen om aan de goede momenten vast te houden. Ik heb nog maar weinig over.

Maar waar leven is, is...

Genoeg over mij. Ik ga nu weer terug naar de moderne tijd, nadat Kathleen het verhaal van haar overgrootmoeder aan Grania had verteld. En ik voor het eerst mee mocht naar de boerderij van Dunworley...

23

DUNWORLEY, WEST-CORK, IERLAND

'Ik neem aan dat "naar huis" terug naar Ierland betekende?' Grania zat aan de keukentafel in de boerderij van haar ouders, met haar handen koesterend om een mok thee. Ze had besloten Aurora mee te nemen naar de boerderij en Kathleen tegelijkertijd te vragen wat ze nog meer wist van Mary's verhaal.

'Ja. Mary kwam terug, samen met Sophia, en kocht een leuk huisje in Clonakilty.'

'En ze is nooit hertrouwd?'

'Nee.' Kathleen schudde haar hoofd. 'Van wat ik van mijn moeder heb gehoord, had Mary genoeg verdriet gekend om er haar hele leven mee voort te kunnen.'

'Maar de connectie met de familie Ryan bleef bestaan?'

'Ja, en zelfs op een ironische manier,' vertelde Kathleen. 'Het was Mary dan wel niet die Sean trouwde, maar haar dochter trouwde met Seamus Doonan, de zoon van Seans jongere zusje Coleen. Zij kregen samen een dochter... en dat ben ik!'

'O, mijn hemel, mam!' Grania was verbijsterd. 'Dus Bridget en Michael Ryan waren jouw overgrootouders? En als hij was blijven leven zou Sean jouw oudoom zijn geweest?'

'Ja. Toen Coleen met Owen, mijn grootvader, trouwde, verhuisde ze naar de nieuwe boerderij die oorspronkelijk voor Sean en Mary was gebouwd. Daarna ging die over naar Seamus, die met mijn moeder, Sophia, trouwde. En toen mijn vader stierf, hebben je vader en ik de teugels van de boerderij overgenomen,' legde Kathleen uit.

'Dus jouw moeder, Sophia, had Engels bloed, dat nog adellijk was ook?' vroeg Grania. 'Want je andere grootvader was Jeremy Langdon?'

'Ja, en dat betekent dat Shane en jij dat ook hebben.' Kathleens ogen twinkelden. 'Dus je bent niet zo'n Ierse boerenmeid als je altijd dacht, Grania! Niet dat je daar ooit iets van zou hebben gemerkt bij Sophia. Mijn moeder was precies zoals Mary, haar moeder: vriendelijk, huiselijk en zonder een greintje hoogmoed. Niet zoals die halfzus van haar, die Anna.'

Grania hoorde iets in haar moeders stem en zag haar gezicht betrekken.

'Heb je haar gekend?' vroeg Grania verrast. 'Ik dacht dat zij en haar moeder elkaar niet meer zagen.'

Kathleen zeeg op een stoel bij de tafel neer. 'Tja, Grania, schat, het verhaal gaat nog verder. Had je dat nog niet begrepen?'

'Nee.' Grania schudde haar hoofd. 'Wat had ik dan moeten begrijpen?'

'Omdat je nu in Dunworley House logeert, had ik gedacht dat je een plus een misschien wel bij elkaar had opgeteld. Er zijn daar heel wat aanwijzingen te vinden. Nou, de...'

Op dat ogenblik kwam Aurora door de achterdeur binnen met een van de pasgeboren collies in haar armen. 'O, Grania! Mrs Ryan! Aurora's ogen glansden van vreugde terwijl ze op het hondje neerkeek. 'Ze is zo lief. En Shane zei dat ik haar een naam mag geven! Ik dacht aan Lily, net als mijn moeder. Wat vinden jullie?'

Grania zag de uitdrukking op haar moeders gezicht wel, maar negeerde die. 'Ik denk dat dat een fantastische naam zou zijn.'

'Goed.' Aurora gaf een zoentje boven op de kop van het hondje dat nu 'Lily' was gedoopt. 'Is er misschien een kans, ik bedoel, mag het hondje misschien...'

'Dat moeten we eerst aan je vader vragen, Aurora,' raadde Grania haar gedachten. 'En bovendien is Lily nog te klein om al van haar moeder te worden weggehaald.'

'Maar mag ik dan iedere dag naar haar komen kijken?' smeekte Aurora. 'Mag dat, Mrs Ryan?'

'Ik...'

Grania zag dat haar moeders gezicht aarzelend iets verzachtte door het opgewonden en spontane kind. 'Tja, ik zou niet weten waarom niet.'

'Dank u wel!' Aurora liep naar haar toe en plantte een kus op Kathleens wang. Ze slaakte een zucht van geluk. 'Ik vind het heerlijk hier in uw huis. Het is zo'n echt gezellig...' Aurora zocht naar het juiste woord, "thuis".'

'Dank je, Aurora.' Kathleens laatste vleugje reserve verdween. 'En wat zijn jullie vanavond met het avondeten van plan?'

'Zover waren we nog niet echt, hè, Aurora?' zei Grania.

'Waarom blijven jullie dan niet hier bij ons eten?'

'Jippie! Dan kan ik ook langer bij Lily blijven! Ik ga nu terug naar Shane. Hij zei dat ik mee mocht naar de melkstal.'

Grania en Kathleen keken Aurora na toen ze weer naar buiten holde.

'Hoe je ook staat tegenover de Lisle's, je moet toegeven dat Aurora een schattig klein meisje is,' merkte Grania voorzichtig op.

'Je hebt gelijk,' zei Kathleen en ze gaf een klap op de tafel en stond op om naar de berg aardappels te lopen die lag te wachten om geschild te worden. 'Het heeft allemaal niets met háár te maken, het arme kind. Hoe gaat het met haar nachtmerries?' vroeg ze Grania terwijl ze een mes uit de la pakte en begon te schillen.

'Beter, lijkt het. Geen slaapwandelen meer, in ieder geval. Mam,' Grania wilde het gesprek weer terugbrengen naar waar het was geëindigd, 'toen je me vroeg of ik het nog niet had begrepen, voordat Aurora binnenkwam, wat...'

Deze keer was het Grania's vader die de boel verstoorde. 'Maak eens een lekkere kop thee voor me, Kathleen, ik sterf van de dorst,' zei John, die met grote stappen de keuken in kwam. 'Ga jij eerst maar naar boven om te douchen, dan maak ik een kop thee voor je.' Kathleen trok haar neus op. 'Je stinkt naar koeien en je weet dat ik daar een hekel aan heb.'

'Ja, oké, ik ga al,' zei hij terwijl hij Kathleen een plagerige zoen op haar wang gaf. 'En dan kom ik geurend als een bloementuin weer beneden voor de thee.'

Die avond kreeg Grania de kans niet om haar moeder meer vragen te stellen over het verleden, maar in plaats daarvan genoot ze van Aurora die aan de eettafel bij de Ryans zat en hen uitvroeg over ieder aspect van het leven op een boerderij.

'Ik denk dat ik later graag boer wil worden, als ballerina zijn niet lukt,' merkte ze tegen Grania op toen ze over het klifpad terug naar het huis liepen. 'Ik hou van beesten.'

'Heb je ooit een dier van jezelf gehad?'

'Nee, mama hield niet van beesten. Ze zei dat ze stonken.'

'Nou, dat doen ze eigenlijk ook wel een beetje,' bevestigde Grania.

'Ja, maar mensen stinken ook weleens,' zei Aurora volhardend toen ze de donkere keuken in liepen en Grania het licht aandeed.

'Zo, meiske. Meteen naar boven jij, het is al laat.'

Toen Aurora eenmaal in bed lag, kon Grania geen rust vinden en scharrelde ze, peinzend over haar overgrootmoeder, rond in het huis. Mary moest een bijzondere vrouw zijn geweest. Grania wist nog steeds niet wat de connectie met de Lisle's was en was dus blijkbaar niet in staat om een en een bij elkaar op te tellen, zoals haar moeder het uitdrukte. Maar er zeurde iets in haar achterhoofd. Iets wat ze niet kon plaatsen, maar waarvan ze wist dat het het verband was... Het was niet in de zitkamer, niet in de bibliotheek, niet in Alexanders werkkamer... Grania deed de deur naar de eetkamer open en dacht terug aan die avond dat ze hier met Alexander had gegeten.

En daar, boven de haard, hing het antwoord. Toen ze hier eerder had gezeten, had ze er nauwelijks een blik op geworpen, maar het beeld was wel in haar herinnering blijven hangen, dat was duidelijk. Het was een olieverfschilderij van een ballerina in een witte tutu, met zwanendons in haar donkere haar. Ze boog zich voorover en haar armen waren voor haar benen gekruist. Haar gezicht was onzichtbaar omdat het tegen haar knieën rustte. Aan de onderkant van het schilderij stond geschreven: ANNA LANGDON ALS 'DE STERVENDE ZWAAN'.

'Anna Langdon...' Grania sprak de naam hardop uit. Dit was de aanwijzing die ze over het hoofd had gezien. De reden waarom haar moeder had gezegd dat Aurora haar talent van haar grootmoeder had geërfd.

Een uur later klom Grania de trap op, niet in staat om haar theorie te toetsen, omdat het gezicht van de vrouw op het schilderij niet te zien was. Maar als dat hetzelfde was als dat van de vrouw met de donkere ogen van wie ze overal in het huis zwartwit-foto's zag, wist Grania dat dat de connectie was.

De volgende ochtend aan het ontbijt vroeg Grania terloops: 'Aurora, heb je je grootmoeder gekend?'

Aurora schudde haar hoofd. 'Nee, mama zei dat ze voor mijn geboorte is gestorven. Oma was al oud toen ze mama kreeg, weet je.'

'En weet je hoe ze heette?'

'Tuurlijk!' Aurora was beledigd door die vraag. 'Ze heette Anna en vroeger was ze ballerina. Net zoals ik later word!'

Terug op de boerderij die middag was Aurora helemaal in haar element: ze mocht Shane helpen de schapen op de heuvel te tellen. Voor Grania was dat een goed moment om er weer over te beginnen tegen haar moeder.

'Dus, mam, hoe kon het gebeuren dat Anna Langdon en Lawrence Lisle's jongere broer Sebastian elkaar ontmoetten en trouwden? Dat was het, hè? Heb ik gelijk? Anna Langdon, de beroemde ballerina, werd Anna Lisle? Lily's moeder en Aurora's grootmoeder?'

'Ja.' Kathleen knikte. 'Dat is waar. Maar vraag me niet naar de details, Grania, want ik was nog maar een baby toen ze trouwden. En hoewel ik haar wel heb gekend, kan ik alleen maar raden wat er daarvoor gebeurde. Mijn moeder en haar zus mochten elkaar niet erg, dus sprak mijn moeder nauwelijks over haar.'

'Maar waarom is Anna haar moeder en zusje achterna gereisd naar Ierland? Terwijl ze zo beroemd was geworden?'

'Nou, je moet wel beseffen dat Anna al eind dertig was toen ze naar Ierland kwam. Alle ballerina's en schoonheden hebben een houdbaarheidsdatum, toch? Ze ging op stok hier,' voegde Kathleen er pragmatisch aan toe.

'Herinner je je haar, mam, of helemaal niet?'

'O, jawel, ik herinner me haar best.' Kathleens bezige handen lagen even stil op het deeg dat ze aan het kneden was. 'Voor een kind zoals ik, dat was opgegroeid in dit kleine dorp, was tante Anna zoiets als een filmster. De eerste keer dat ik haar zag, had ze een echte bontjas aan. Toen ze mij knuffelde, voelde het zo zacht op mijn gezicht... Ze deed hem uit om in de opkamer een kop thee te drinken. Ze had het slankste figuur dat ik ooit heb gezien en hakken, torenhoog! En toen stak ze een roze sigaret op,' zei Kathleen met een zucht. 'Hoe zou ik dat ooit kunnen vergeten?'

'Dus ze was een schoonheid?'

'Ze was... een persoonlijkheid... van nature een krachtige aanwezigheid. En het is dan ook niet verbazend dat Sebastian Lisle de eerste keer dat hij haar zag, tot over zijn oren verliefd op haar werd.'

'Hoe oud was hij toen?'

'Zestig of zo, denk ik. Een weduwnaar die sowieso al laat was getrouwd. Adele, zijn eerste vrouw, was dertig jaar jonger dan hij. Ze is in het kraambed gestorven... toen ze beviel van die... jongen.'

'Dus Sebastian had al een zoon?'

'Ja.' Er ging een huivering door Kathleen heen. 'Hij heette Gerald.'

'Dus Anna en Sebastian Lisle trouwden met elkaar?'

'Ja, inderdaad.'

'Wat moest Anna met zo'n oude man, na het leven dat ze had geleid, mam?' vroeg Grania zich af.

'Geen idee. Geld, misschien? Mijn moeder zei altijd dat Anna een ongelofelijk gat in haar hand had en een luxueus leven leidde. Wat Sebastian betreft, die moet Anna de hemel op aarde hebben gevonden. Ze trouwden binnen drie maanden nadat ze elkaar voor het eerst hadden ontmoet.'

'De broer van Anna's voogd Lawrence...' peinsde Grania. 'Wist Sebastian wie ze was?'

'O, ja,' ging Kathleen verder. 'Ze vonden het allebei geweldig grappig dat Anna al jarenlang dood werd gewaand.'

'En Mary dan? Heeft het feit dat Anna naar Ierland kwam haar problemen bezorgd?'

'Tja, nou, toen Anna bij Mary voor de deur stond en een tijd later Sebastian ontmoette, begreep Mary dat ze haar moest vertellen wat ze had gedaan om haar, toen ze klein was, te beschermen,' zei Kathleen. 'Ze had het puur vanuit een goed hart gedaan – wat zou er anders van Anna zijn geworden als Mary geen actie had ondernomen? Anna besefte heel goed dat ze, als Mary Lawrence Lisle niet had wijsgemaakt dat ze dood was en haar in huis had genomen, nooit de kans zou hebben gehad een carrière als ballerina te maken.'

'En Mary vergaf haar dochter dat ze jarenlang geen contact met haar had gezocht?'

'Ja, na wat ze samen hadden meegemaakt in Londen, was er gewoon een band. En je weet al dat Mary van Anna hield alsof het haar eigen dochter was. Ze zou haar alles hebben vergeven. Mijn moeder, Sophia, was degene die het er het moeilijkst mee had. Ze sprak altijd over Anna als de "verloren dochter".'

'Misschien was ze jaloers op hun band,' merkte Grania op.

'Ja, dat speelde zeker mee. Maar Anna en Mary werden voor Mary stierf tenminste met elkaar verenigd. En na alles wat Mary vroeger voor Anna had gedaan, verdiende mijn grootmoeder dat ook echt. En ik kan je vertellen, Grania, dat er iedere week verse bloemen op Mary's graf bij de kerk van Dunworley lagen en dat dat ophield toen Anna stierf. Dat was haar manier van spijt betuigen. En van laten blijken dat ze hield van de vrouw die altijd als een moeder voor haar was geweest.'

Bij de gedachte aan dat gebaar kreeg Grania plotseling een brok in haar keel en voelde ze iets meer sympathie voor Anna.

'En Sebastian besloot geen actie te ondernemen ten aanzien van

Mary, omdat ze al die jaren geleden Anna van zijn broer had gestolen,' stelde Grania vast.

'Wat Anna hem ook heeft verteld over de situatie; het was voldoende. En bovendien was Lawrence Lisle allang dood, en het verleden het verleden. Wat Sebastian betrof had Mary voor de liefde van zijn leven gezorgd en dat was het enige wat ertoe deed. Ik zweer, Grania, dat ik nog nooit een man heb gezien die zo verblind van liefde was voor een vrouw.'

Grania moest moeite doen om het allemaal op een rijtje te zetten. 'En toen werd Lily geboren?'

'Ja, toen werd Lily geboren. Moge God ons behoeden,' mompelde Kathleen.

'En ze leefden nog lang en gelukkig in Dunworley House?'

'Nauwelijks,' zei Kathleen gnuivend. 'Dacht je nou werkelijk dat Anna Langdon tevreden zou zijn met moedertje spelen over een baby en haar driejarige stiefzoon, opgesloten in een vervallen huis in een verlaten uithoek van de wereld?' Kathleen schudde haar hoofd. 'Nee. Er werd een kinderjuf voor de baby aangesteld en tante Anna vertrok een paar maanden later. Ze beweerde dat ze een reeks balletvoorstellingen had en verdween dan voor weken. Mijn moeder was er zeker van dat ze ook andere mannen zag.'

'Dus Lily groeide zo ongeveer zonder moeder op, en Sebastian Lisle was een eenzame, bedrogen echtgenoot?'

'Daar kwam het zo ongeveer op neer, ja. En ik heb nooit iemand meegemaakt die er zo verdrietig om was als hij. Hij kwam vaak op bezoek met Lily. Dan zat hij hier aan tafel en vroeg hij aan mijn moeder of ze nog iets van haar zus had gehoord. Ik was pas vijf toen, maar ik herinner me zijn gezicht nog heel goed... wanhopig verdrietig. Het was alsof hij door haar was betoverd, die arme, bedrogen, oude man. En als tante Anna weer opdook van waar ze dan ook was geweest, soms pas na maanden van afwezigheid, vergaf hij haar altijd.'

'En Lily? Wat voor een leven moet zij niet hebben gehad met zo'n oude vader en een afwezige moeder?'

Plotseling stond Kathleens gezicht afwerend en gesloten. 'Zo is het wel genoeg, vind ik! Ik wil het er verder niet over hebben. Maar hoe zit het eigenlijk met jou, Grania? Met jouw toekomst?' vuurde ze terug. 'Aurora's vader komt binnenkort terug en dan ben je daar niet meer nodig.'

'Jij wilt het verder niet over het verleden hebben, en ik heb geen zin om over de toekomst te praten.' Grania stond op. Moeder en dochter waren op een dood punt beland in hun gesprek.

'Ik ga naar mijn kamer om nog wat spullen bij elkaar te zoeken om mee te nemen naar Dunworley House, voordat Aurora met Shane terugkomt.'

'Wat je wilt,' zei Kathleen tegen Grania's verdwijnende gestalte. Ze slaakte een zucht, uitgeput door alle herinneringen aan het verleden en in de wetenschap dat haar verhaal nog niet helemaal verteld was. Maar voor nu was het genoeg en bovendien... ze voelde zich niet krachtig genoeg om het over de rest te hebben. Misschien zou dat wel nooit zo zijn.

'Hé, schat,' John kwam de keuken in en sloeg zijn armen om zijn vrouw heen. 'Hoe zit het met de thee?'

AURORA

Ik vind dat ik hier moet onderbreken... alles ging goed, totdat ik besefte dat ik, als ik dit zou lezen, al helemaal in de war zou zijn over wie nou wie was. Het is ook ingewikkeld. Dus heb ik een stamboom voor jullie gemaakt.

Tjee! Dat kostte me veel meer tijd om uit te vogelen dan het schrijven van de drie hoofdstukken hiervoor. Ik hoop dat het de boel verduidelijkt.

Ik maak me zorgen dat je misschien denkt dat het allemaal een beetje te toevallig is. Maar dat is het helemaal niet. Wij – de Ryans en de Lisle's – leefden in een kleine, geïsoleerde gemeenschap in een uithoek van de wereld. We zijn al honderden jaren buren van elkaar en dus vind ik het niet verrassend dat onze levens met elkaar verweven zijn.

Ik geef toe dat ik het moeilijk vond om die stamboom te maken. Ik besef heel goed dat die tweede datum binnenkort ook voor mij in te vullen zal zijn en dat ik dan tot het verleden zal behoren, en niet meer tot het heden. Ik heb ook bedacht dat mensen hun levens leven alsof ze onsterfelijk zijn, beslissingen nemen alsof ze het eeuwige leven hebben, zonder de acceptatie van het onvermijdelijke, het onvermijdelijke dat ons allemaal overkomt. Maar eigenlijk is dat natuurlijk ook de enige manier waarop we kunnen leven.

Ik heb het gevoel dat het nu tijd is om uit Ierland en het verleden te vertrekken en naar de toekomst te kijken, in Amerika. Het land van de hoop, de dromen die uitkomen, waar alles mogelijk is.

Lezer, dat is mijn soort land!

Een land waar ze, net zoals ik, geloven in magie, omdat het een jon-

ge natie is, die nog steeds de wijsheid en het cynisme die met ervaring komen, moet leren.

Dus laten we eens gaan kijken hoe het met Matt gaat...

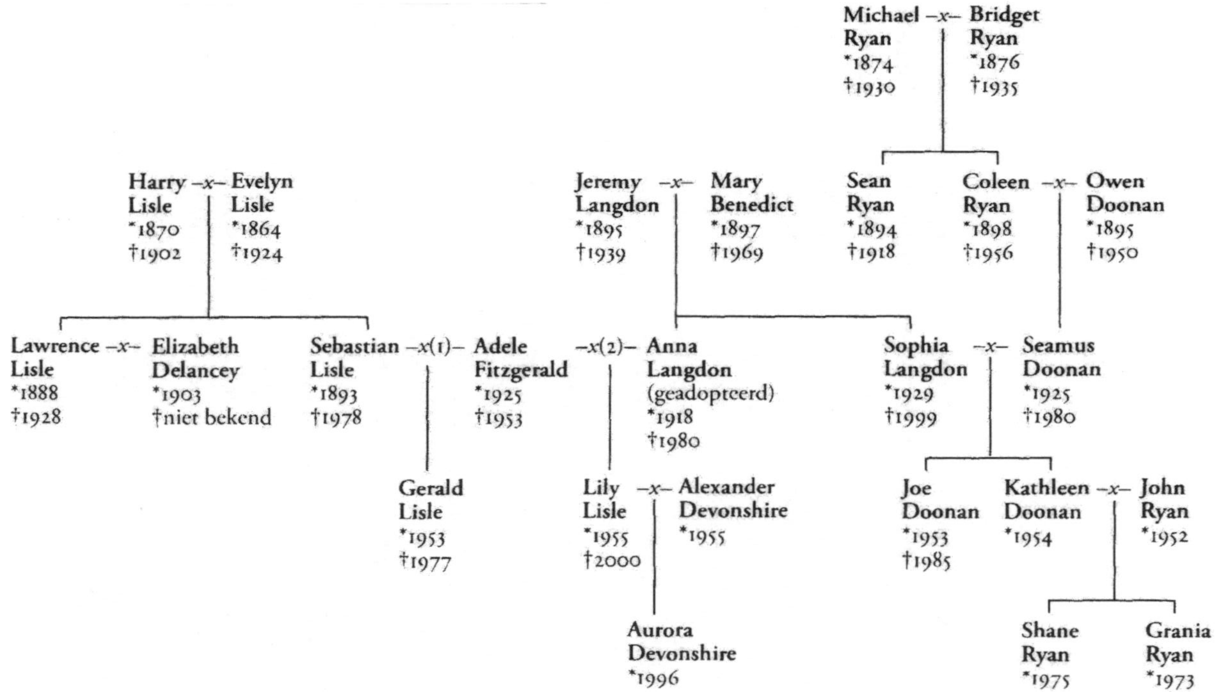
Michael Ryan *1874 †1930 –x– Bridget Ryan *1876 †1935
Harry Lisle *1870 †1902 –x– Evelyn Lisle *1864 †1924
Jeremy Langdon *1895 †1939 –x– Mary Benedict *1897 †1969
Sean Ryan *1894 †1918
Coleen Ryan *1898 †1956 –x– Owen Doonan *1895 †1950
Lawrence Lisle *1888 †1928 –x– Elizabeth Delancey *1903 †niet bekend
Sebastian Lisle *1893 †1978 –x(1)– Adele Fitzgerald *1925 †1953
–x(2)– Anna Langdon (geadopteerd) *1918 †1980
Sophia Langdon *1929 †1999 –x– Seamus Doonan *1925 †1980
Gerald Lisle *1953 †1977
Lily Lisle *1955 †2000 –x– Alexander Devonshire *1955
Joe Doonan *1953 †1985
Kathleen Doonan *1954 –x– John Ryan *1952
Aurora Devonshire *1996
Shane Ryan *1975
Grania Ryan *1973

24

Matt zapte doelloos van zender naar zender op de televisie. Zelfs als er iets was geweest wat hij normaliter had willen zien, had hij zich er toch niet op kunnen concentreren. Hij sliep slecht en de gedachten maalden onophoudelijk door zijn kop. Grania was al meer dan zes weken weg en hij had haar al bijna vier weken niet gesproken. Charleys doorlopende 'ze komt wel terug als ze tot rust is gekomen' begon steeds ongeloofwaardiger te klinken. Voor Matt werd het met iedere dag die voorbijging duidelijker dat de kans dat Grania terugkwam heel klein was. En dat hun leven samen dus voorbij was.

Veel van zijn vrienden die wisten wat er was gebeurd, spoorden hem aan om verder te gaan met zijn leven; hij was nog jong en op zijn leeftijd waren de meesten van zijn leeftijdsgenoten nog niet gesetteld. En daarbij waren Grania en hij niet getrouwd – ze had alleen met hem willen samenwonen om zo aan zijn familie en vrienden duidelijk te maken dat het haar niet om zijn geld ging. Dat was belangrijker voor haar geweest dan een gouden ring aan haar vinger.

In wezen hadden zijn vrienden gelijk. De loft waarin hij samen met Grania woonde was gehuurd en ze hadden geen belangrijke gezamenlijke bezittingen. Er was zeker geen lange en pijnlijke scheiding nodig. Hij kon gewoon de huur van hun loft opzeggen – wat hij binnenkort toch zou moeten doen omdat hij de huur onmogelijk in zijn eentje kon opbrengen – een andere plek zoeken om te wonen en de boel achter zich laten. Zonder grote schade, zowel praktisch als financieel.

Maar emotioneel gezien was het een heel ander verhaal, begon hij te beseffen.

Als zijn gedachten door het verleden dwaalden, kwamen ze altijd terecht bij die eerste keer dat hij Grania had gezien. Hij zou met een aantal vrienden en vriendinnen naar de opening van een kleine galerie in Soho gaan – een van zijn kameraden kende de eigenaar – en ze waren van plan geweest er even hun gezicht te laten zien en dan ergens in de buurt een hapje te gaan eten. Het groepje vrienden, de vrouwen stuk voor stuk volgens de laatste mode gekleed in designjeans en tot in de puntjes verzorgd, had zich verzameld voor de galerie.

Binnen was het druk en Matt had vluchtig naar de moderne schilderijen gekeken die aan de wanden hingen; die vreemde kladderwerken die eruitzagen alsof ze door kleine kinderen waren gemaakt, zeiden hem weinig. Toen was zijn oog gevallen op een klein beeldje dat in een van de hoeken van de ruimte op een sokkel stond. Hij liep erheen om het beter te kunnen bekijken en zag dat het een prachtig gevormde zwaan was. Zijn vingertoppen verlangden ernaar de elegante halslijn van het dier te volgen en het zwanendons van de vleugels te strelen. Het was de maker gelukt het er heel zacht en aaibaar uit te laten zien. Het beeldje sprak hem aan. Hij vond het prachtig. Toen hij keek wat het kostte, zag hij dat het binnen zijn budget lag. Hij was op zoek gegaan naar iemand die hem kon vertellen wat hij moest doen om het te kopen. Hij traceerde de eigenaar van de galerie die met Al, een van zijn vrienden, stond te praten, en was meegenomen naar een bureau waar hij zijn creditcard tevoorschijn had gehaald.

'U hebt er oog voor, sir. Het is ook een van mijn favoriete stukken hier. Ik heb zo'n gevoel dat de maker ervan het nog ver gaat schoppen.' De galerie-eigenaar had naar iemand achter in de ruimte gewezen. 'Daar staat ze. Wilt u aan haar worden voorgesteld?'

Matt had een kleine gestalte in een oude spijkerbroek en een rood geruit bloesje zien staan, met een massa – waarschijnlijk ongewassen – blonde krullen wanordelijk om haar hoofd. Toen de galerie-eigenaar haar naam riep, had ze zich omgedraaid en Matt had haar enorme turquoise ogen, wipneus met een vleugje sproeten en lichtroze lippen gezien. Zonder make-up had ze eruitgezien als een kind en haar onopgesmuktheid had geen groter contrast kunnen vormen met het gepolijste uiterlijk van de vrouwen met wie hij was gearriveerd.

Toen het meisje op een signaal van de galeriehouder naar hen toe was komen lopen, had Matt haar slanke lichaam, smalle heupen en lange benen in zich opgenomen. Ze was geen uitgesproken schoonheid, maar ze had het soort aantrekkelijkheid en een sprankeling in haar ogen die Matt instinctief aanspraken. Terwijl hij naar haar had staan kijken, had hij getwijfeld wat hij het liefst wilde: zijn armen om haar heen slaan om haar te beschermen of meteen haar kleren uittrekken om de liefde met haar te bedrijven.

'Grania, dit is Matt Connelly. Hij heeft je zwaan net gekocht.'

'Hallo, Mr Connelly,' had ze met een glimlach naar hem gezegd, en haar leuke neusje rimpelde van genoegen. 'Daar ben ik blij om. Heb ik zeker brood op de plank de komende paar weken!'

Achteraf gezien was het misschien dat zachte Ierse accent, zoveel prettiger – en sexyer – om te horen dan die harde, knauwende manier van praten van New Yorkers.

Maar wat het ook was, een kwartier later vroeg Matt Grania of ze met hem mee uit eten ging. Ze had 'nee' gezegd en verteld dat ze al met de galeriehouder en de andere exposerende kunstenaars had afgesproken. Maar hij had wel haar mobiele nummer weten los te peuteren, met het excuus dat hij graag meer werk van haar wilde zien in haar atelier.

Matt, zo knap om te zien, zo vriendelijk en aantrekkelijk, had nooit eerder moeite gehad om een afspraakje met een meisje te krijgen. Grania Ryan bleek de uitzondering. Hij had haar de dag daarna gebeld en een boodschap op haar voicemail achtergelaten, maar hij had geen telefoontje teruggekregen. Een paar dagen later had hij haar weer gebeld en toen had ze opgenomen. Maar ze had de meeste avonden iets te doen.

Hoe meer ze hem leek te ontwijken, hoe vastbeslotener Matt werd om haar belangstelling te wekken. Uiteindelijk had ze erin toegestemd hem te ontmoeten in een café dat ze kende in Soho. Matt was keurig in zijn blazer, chino en brogues komen opdagen en bleek in een onconventioneel artistiek café terecht te zijn gekomen, waar hij opviel door zijn keurige, brave uiterlijk. Grania leek nauwelijks een gedachte te hebben gewijd aan wat ze voor de gelegenheid zou aantrekken – ze droeg nog altijd die oude spijkerbroek met deze keer een blauw bloesje erop. Ze had een halve pint Guinness besteld en die dorstig opgedronken.

'Ik ben bang dat ik niet lang kan blijven.'

Ze had geen uitleg gegeven waarom dat zo was.

Matt had, nu hij eindelijk een afspraakje met haar had, zijn uiterste best gedaan om een leuk gesprek te hebben, maar Grania leek volkomen ongeïnteresseerd in de meeste dingen die hij te berde bracht, haar aandacht was ergens anders. Uiteindelijk was ze opgestaan, had ze zich verontschuldigd en gezegd dat ze weg moest.

'Kunnen we nog een keer afspreken?' had Matt gevraagd, terwijl hij haastig had afgerekend en achter haar aan het café uit was gelopen.

Op de stoep had ze zich naar hem omgedraaid en ze vroeg: 'Waarom?'

'Gewoon, omdat ik dat graag wil. Is dat niet voldoende reden?'

'Om eerlijk te zijn, Matt: ik heb al die beschaafde, gepolijste vriendinnen van je zien binnenkomen bij de galerieopening en ik denk echt niet dat ik jouw type ben, of jij het mijne.'

Matt was even van zijn stuk. Toen ze zich omdraaide om verder te lopen, was hij achter haar aan gegaan. 'Hé, wat denk je dan dat ik voor "type" ben, Grania?'

'O, je weet wel... geboren in Connecticut, de een of andere keurige privéschool, daarna nog even Harvard voor de finishing touch en dan geld verdienen op Wall Street.'

'Tja, nou, een deel daarvan klopt,' had Matt toegegeven terwijl hij een kleur kreeg. 'Maar ik ben echt niet van plan mijn vader op te volgen in zijn investeringsbusiness. Ik studeer psychologie aan Columbia en als ik daarmee klaar ben hoop ik les te gaan geven.'

Toen ze dat hoorde was Grania stil blijven staan en had ze zich met een zweem van interesse in haar ogen weer naar hem toe gekeerd. 'Echt?' Ze had haar armen over elkaar geslagen. 'Dat verbaast me. Je maakt niet de indruk een arme student te zijn, vind ik.' Ze had een gebaar gemaakt naar zijn kleding. 'Hoe zit het dan met het uniform?'

'Uniform?'

'Die ballerige kleding van je,' had ze giechelend gezegd. 'Je ziet eruit alsof je rechtstreeks uit een Ralph Lauren-reclame bent gestapt.'

'Nou, zeg, er zijn vrouwen die dat leuk vinden, hoor, Grania!'

'Nou, ik niet. Sorry, Matt. Ik heb geen zin om het speeltje van de een of andere rijke vent te zijn die denkt dat hij iemands gevoelens kan kopen.'

Matts gevoelens werden heen en weer geslingerd tussen woede, fascinatie en geamuseerdheid. Dit kleine, levendige Ierse meisje dat aan de buitenkant op een Alice in Wonderland leek, maar iets keihards bleek te hebben en daarbij over een vlijmscherpe tong beschikte, betoverde hem.

'Hé, jij daar!' had hij geroepen toen ze verder liep over het trottoir. 'Dat beeldje van je dat ik heb gekocht? Dat kan ik betalen vanwege een legaat dat ik van een tante van me heb geërfd. Ik ben maanden op zoek geweest naar iets wat me aansprak. In haar testament stond dat ik het geld aan iets moois moest besteden.' Het drong tot Matt door dat de mensen naar hem keken omdat hij stond te schreeuwen naar het kleine meisje dat nu een meter of vijftig voor hem uit liep. Maar voor de eerste keer in zijn leven kon hem dat niets schelen. 'En ik heb jouw zwaan gekocht omdat ik die ook echt mooi vind. En nog wat: mijn ouders zijn pissig op me omdat ik niet in papa's voetsporen volg. Deze ballerige kakker heeft geen penthouse op Park Avenue, dame. Hij woont in een studentenhuis op de campus, in een klein kamertje met een gemeenschappelijke keuken en dito badkamer!'

Grania was weer stil blijven staan, had zich opnieuw naar hem omgekeerd en haar wenkbrauwen zwijgend opgetrokken.

'Wil je het zien? Mijn kakvrienden komen daar niet, het ligt in de verkeerde buurt.'

Toen had ze geglimlacht.

'En...' Matt wist dat hij nu wel alles in de strijd gooide, maar op de een of andere manier was het belangrijk dat dit meisje echt wist wie hij was: 'En ik loop grote kans geen cent van mijn ouders te erven als ik niet doe wat zij willen. Dus als je op zoek bent naar een rijke vent, kunnen we het beter voor gezien houden.'

Daarna hadden ze elkaar zeker twintig seconden staan aanstaren. Net zoals de omstanders, die geboeid waren blijven kijken naar het straattoneel.

Toen was het Matts beurt geweest zich om te draaien en weg te lopen. Hij had er stevig de pas in gezet, enigszins verward door zijn ongewone, emotionele uitbarsting van daarvoor. Een minuut later kwam Grania naast hem lopen.

'Heb je echt een legaat gebruikt om mijn zwaan te kopen?' had ze stilletjes gevraagd.

'Ja, echt waar. Mijn tante was een fervent kunstverzamelaar en zei dat ik alleen iets moest kopen als het mijn ziel raakte. En dat deed jouw beeldje dus.'

Ze hadden een tijdje zwijgend naast elkaar gelopen, allebei zonder een idee waar ze heen gingen. Uiteindelijk had Grania iets gezegd: 'Het spijt me. Ik veroordeelde je op je uiterlijk en dat had ik niet mogen doen.'

'Hé, het is al goed, maar wat is er trouwens zo belangrijk aan waar ik vandaan kom en hoe ik me kleed?' Hij had haar vragend aangekeken. 'Ik zou denken dat dat net zo goed jouw probleem is als het mijne.'

'Kom me nou niet meteen aan met je psychologische nonsens, Mr Connelly. Straks ga ik nog denken dat je probeert indruk op me te maken.'

'Ik denk eerder dat je ooit eens een rotervaring hebt gehad met zo'n type als ik.'

Grania was rood geworden. 'Dat heb je goed.' Ze was plotseling blijven staan en had vragend naar hem opgekeken. 'Hoe wist je dat?'

'Tja, Grania,' had Matt schouderophalend geantwoord. 'Niemand kan zo'n vreselijke hekel aan Ralph Lauren-kleding hebben. Hij maakt best mooie dingen.'

'Klopt. En ja, mijn type was de grootste zak op aarde. Dus zo staan de zaken.' Plotseling had ze heel onzeker geleken. 'Nou, ik denk dat ik maar eens...'

'Luister, in plaats van dit gesprek lopend te voeren, waarom gaan we niet ergens zitten om een hapje te eten?' En met een knipoog had hij eraan toegevoegd: 'En... ik zweer je dat daar geen blazer te bekennen zal zijn.'

Matt herinnerde zich die avond en de paar weken daarna als de fijnste van zijn leven. Grania had hem helemaal overrompeld met haar gebrek aan berekening, haar openheid en haar eerlijkheid. Hij was gewend aan de afstandelijke, gepolijste vrouwen die hun echte gevoelens verborgen achter een sluier van beschaving, waardoor een man er maar naar moest raden wat ze van hem vonden. Grania was gewoon een verfrissing. Als ze gelukkig was, hoorde hij dat van haar, en als ze boos, geïrriteerd of gefrustreerd was omdat haar werk niet wilde lukken, dan wist hij dat ook. Bovendien was ze serieus en respectvol wat zijn carrière en toekomstplannen betrof en ging ze er niet van uit, zoals de meesten van zijn vrienden en vriendinnen, dat hij maar voor de lol studeerde en dat hij later wel zou capituleren voor zijn vader en bij hem in de zaak, de investeringsbusiness, zou gaan.

Hoewel ze niet evenveel opleiding had als Matt, had Grania een helder en onderzoekend verstand en zoog ze alle kennis als een spons in zich op. En dan kwam die er op een later moment weer uit, verrijkt met haar intuïtieve wijsheid waarmee ze nieuwe informatie in een kader plaatste. De enige kink in de kabel was dat hij Charley moest vertellen dat hun relatie voorbij was. Die was voor hem niet meer dan een avontuurtje geweest waar toch nooit iets serieus uit had kunnen voortvloeien, en hij had de indruk dat zij er net zo over dacht. In de maanden daarna had Matt haar en zijn vrienden überhaupt een stuk minder gezien. Grania had geen hoge pet op van zijn wereld en door haar ogen bezien ontdekte hij hoe oppervlakkig de meeste van zijn contacten waren. Maar het was nu eenmaal zijn wereld en hoewel hij zijn vrienden wel kon loslaten, kon hij dat natuurlijk niet met zijn familie.

Na een tijd had hij haar een weekend mee naar huis genomen om zijn ouders te ontmoeten. Grania had de dagen ervoor allerlei mogelijke kleding aangepast, totdat ze, met nog maar een paar uur te gaan, in tranen van frustratie was uitgebarsten. Matt had haar een knuffel gegeven. 'Schatje, wat je aanhebt is helemaal niet belangrijk, ze zullen weg van je zijn om wie je bent.'

'Pffft,' had ze gereageerd. 'Dat betwijfel ik. Ik wil je gewoon niet in verlegenheid brengen of teleurstellen, Matt.'

'Dat gebeurt ook niet. Ze zullen dol op je zijn, net als ik.'

Het weekend was goed verlopen, vond Matt. Ja, Elaine, zijn moeder, kon af en toe wat bazig over hem doen, maar alles wat ze deed of zei was met de beste bedoelingen voor haar zoon. En zijn vader was nou eenmaal niet erg benaderbaar. Bob Connelly was van een generatie waarin mannen mannen waren en er niet van hen werd verwacht dat ze zich bemoeiden met huiselijke zaken of de emotionele dilemma's van hun echtgenotes. Grania had haar best gedaan, maar zijn vader was geen man met wie je een openhartig gesprek kon voeren.

Op de terugweg naar huis was Grania stilletjes geweest en Matt had haar de week daarop vaak moeten verzekeren dat zijn ouders haar hadden gemogen. Misschien krijgt ze de zekerheid die ze nodig heeft, had hij gedacht, als ik haar laat zien dat dit niet zomaar een avontuurtje voor me is. Zes maanden later, tijdens een vakantie in

Florence, nadat ze vlak bij de Duomo met elkaar hadden gevreeën in een hotelkamer met van die typisch Italiaanse luiken voor de ramen, had Matt Grania gevraagd zijn vrouw te worden. Met grote ogen van verrassing had ze naar hem opgekeken.

'Trouwen? Matt, meen je dat?'

Matt had haar gekieteld en gezegd: 'Nee, absoluut niet, dat zei ik maar voor de grap. Grania, natuurlijk meen ik het!'

'O...' had ze gefluisterd. 'Nou, dat is een schok, dat is zeker.'

'Waarom is het in vredesnaam een schok?' Matt had zijn wenkbrauwen opgetrokken. 'We zijn toch allang meerderjarig? Ik hou van je en jij denk ik ook van mij. Dan ligt het toch voor de hand? Het is wat mensen normaliter doen, in zulke omstandigheden.'

Maar Grania's gezicht was betrokken en het leek of ze op het punt stond in tranen uit te barsten. Niet de reactie die Matt had verwacht of waar hij op had gehoopt.

'Liefje, ik wilde je niet van streek maken. Wat heb ik verkeerd gedaan?'

'Niks,' had ze gefluisterd. 'Het is gewoon, dat ik niet met je... ik nooit met je kan trouwen.'

'O. Mag ik vragen waarom niet?'

Grania had haar gezicht in het kussen verborgen en haar hoofd geschud. 'Niet omdat ik niet van je hou, want dat doe ik wel.' Haar stem klonk gedempt. 'Maar ik kan geen Mrs Matthew Connelly worden. Je ouders en vrienden zouden dat afgrijselijk vinden, Matt, wat jij ook denkt. Ik weet het zeker. En dan zou ik me de rest van mijn leven schuldig voelen en door iedereen beschouwd worden als iemand die op je geld uit was. En ik zou trouwens ook mijn eigen identiteit verliezen.'

'Grania, liefste,' had Matt met een zucht gezegd. 'Ik snap niet waarom je je zo veel aantrekt van wat andere mensen denken. Dit gaat niet om hen, maar om ons! En om wat ons gelukkig maakt. Het zou mij echt gelukkig maken als je "ja" zei en mijn vrouw wordt. Tenzij dit natuurlijk een excuus is waarmee je probeert te verhullen dat je niet van me houdt.'

'Doe niet zo stom, Matt! Je weet dat het dat niet is.' Grania was rechtop gaan zitten en had een hand door haar verwarde krullen gehaald. 'Het is mijn trots, Matt. Die heb ik altijd gehad en daar kan ik niet zomaar omheen. Ik zou het niet kunnen verdragen dat er ook maar iemand denkt dat ik jou niet uit liefde trouw.'

'En dat is belangrijker dan wat goed voor ons is?'

'Je kent me toch, lieverd, als ik iets in mijn kop heb, krijg je dat er niet zomaar uit. Luister,' Grania had zijn handen in de hare gepakt, 'als je me vraagt of ik de rest van mijn leven bij jou wil zijn en bij je wil wonen, dan zeg ik "ja". Dat zou ik heel graag willen. Kunnen we dat niet gewoon doen, Matt? Zonder de ring en de achternaam en zo?'

'Je bedoelt samenwonen?'

'Ja.' Grania had geglimlacht bij het zien van Matts geschokte blik. 'Dat doen mensen tegenwoordig, weet je. En bovendien, ik weet niet hoe het hier wettelijk zit, maar na een paar jaar word ik voor de wet waarschijnlijk toch gezien als je vrouw, Matt,' ze had zijn handen omklemd en hem ernstig in de ogen gekeken. 'Denk je echt dat we een papiertje nodig hebben om de wereld te tonen dat we van elkaar houden? Zou het niet meer betekenen als we bij elkaar blijven zonder, en zoiets niet nodig hebben?'

Ondanks Matts serieuze pogingen om de conventies van zijn opvoeding los te laten, had hij er moeite mee gehad. De mogelijkheid om met iemand te gaan samenwonen was nooit in zijn hoofd opgekomen, hij had altijd aangenomen dat hij, net zoals zijn ouders en zijn vrienden, traditioneel zou trouwen.

'Ik...' had hij hoofdschuddend gezegd, 'ik moet hier even over nadenken.'

'Dat begrijp ik.' Grania had haar ogen neergeslagen. 'Ik bedoel, ik zou je ring graag dragen, als je me er een zou willen geven, tenminste. Of we kunnen naar Tiffany's gaan en net zoals Audrey Hepburn doet in *Breakfast at Tiffany's*, zo'n lipje waaraan je een blikje opentrekt laten graveren.'

'En als er dan kinderen komen?' had hij ongerust gevraagd.

'Jezus!' had Grania lachend gezegd. 'We zijn er nog maar net over aan het denken om onze schamele meubels in een ruimte bij elkaar te zetten. Ik denk niet dat ik al zo ver vooruit kan kijken.'

'Ja, dat kan zijn, maar als ik dit ga overwegen, Grania, wil ik er wel van uit kunnen gaan dat we het daarover zullen hebben, als het zover is. Ik doe mijn best, schat, maar de gedachte dat mijn kinderen technisch onwettig zouden zijn en mijn naam niet eens zullen dragen, gaat me op dit moment te ver.'

'Oké, ik wil wel een compromis sluiten: als jij bereid bent eerst in zonde met me te leven, ben ik bereid om over trouwen te praten als er baby's komen.'

Matt was even stil geweest en had haar toen grinnikend een kusje op haar neus gegeven. 'Nou, je bent de droom van iedere romantische dichter! Maar goed, als dit is hoe jij het wilt: afgesproken. En nee,' had hij gezegd terwijl hij zijn ogen over haar lichaam liet dwalen, 'daar schudden we geen handen op, ik weet een veel betere manier om het te bezegelen.'

Dus om de relatie met zijn trotse, onafhankelijke, frustrerende, maar tegelijkertijd fantastische, altijd verrassende geliefde te behouden, had Matt al zijn principes overboord gegooid en waren Grania en hij gaan samenwonen. Hij had een ring bij Tiffany's voor haar gekocht, die ze vol trots droeg. En toen zijn ouders die ring hadden gezien, was hun enige vraag geweest wanneer ze de trouwdatum zouden vaststellen.

Maar die dag was nooit gekomen.

En nu zat hij hier, acht jaar later, met niets meer op papier dan hij die dag in Florence had gehad. Hij betrapte zichzelf erop dat hij bijna wenste dat ze een pijnlijke en moeilijke scheiding door moesten, omdat dat in ieder geval recht zou doen aan het feit dat het einde van hun relatie niet zomaar iets was. Ze hadden zelfs nooit een gezamenlijke rekening gehad. Alles wat hen bij elkaar had gehouden, was hun wens om bij elkaar te zijn. Matt liep naar het raam en staarde naar buiten. Misschien moest hij gewoon accepteren wat Grania nu zo overduidelijk maakte, en opnieuw beginnen. Maar omdat hij niet wist wat hij fout had gedaan, was dat heel moeilijk voor hem. En zolang ze hem dat niet wilde vertellen of erover wilde praten, stond hij machteloos.

'Hi, schat, hoe was je dag?' Charley deed de deur achter zich dicht, kwam achter hem staan en sloeg haar armen om hem heen.

'Ach, je weet wel...' zei Matt schouderophalend.

'Voel je je somber? Ach, Matty toch, dat is nou al weken zo en ik vind het echt moeilijk om dat aan te zien.'

'Tja, nou, zo is het nou eenmaal, denk ik.' Hij maakte zich los uit haar omhelzing en liep naar de keuken om een biertje te pakken. 'Ook iets drinken?'

'Waarom niet,' zei Charley terwijl ze op de bank neerplofte. 'Ik ben kapot.'

'Drukke dag op kantoor?' vroeg Matt niet echt geïnteresseerd. Hij maakte zijn biertje open en schonk haar een glas witte wijn in.

'Ja, deze meid kan wel een feestje gebruiken.'

'Nou, deze vent anders ook.'

Charley ging rechtop zitten en nam een slok wijn. 'Nou, laten we dat dan doen! Uitgaan en een feestje bouwen. Ik kan wat vrienden van onze ouwe groep bellen; die vinden het zeker leuk je weer eens te zien. Wat vind je ervan?'

'Ik weet niet of ik wel in de stemming ben voor een feestje,' zei Matt schouderophalend.

'Nou, het kan geen kwaad om dat te ontdekken, toch?' Charley had haar mobieltje al tevoorschijn gehaald en was bezig een nummer in te toetsen. 'Als je het niet voor jezelf doet, doe het dan voor je huisgenoot, die al vier weken lang naar jouw misère moet luisteren. Hi, Al,' zei ze in haar telefoon. 'Heb je plannen voor vanavond?'

Anderhalf uur later zat Matt met een groep van zijn oude vrienden in een luxe bar waar hij al jaren niet meer was geweest. Charley had hem zelfs een blazer en een chino uit de kast laten trekken. Zijn leven met Grania bracht hij door in spijkerbroek en T-shirt. Hij had één tweedjasje, dat Grania voor hem op een vlooienmarkt voor zijn werk op de kop had getikt – ze zei altijd dat hij er zo 'leraarachtig' in uitzag.

Er werd champagne besteld en Matt was dankbaar dat de anderen het zo leuk leken te vinden hem te zien. Toen hij een slok nam, drong het tot hem door dat hij de laatste acht jaar nooit meer in zijn eentje met hen was uit geweest. Niemand van het gezelschap had zich al gesetteld en hun snelle leven in de glamourwereld van het succes was nog niets veranderd. Toen hij zijn tweede glas champagne nam, had hij het gevoel dat hij terug in de tijd was gereisd, maar hij vond het niet onplezierig. Met Grania in zijn leven was hij min of meer gedwongen geweest zich uit deze wereld terug te trekken en dat had hij graag gedaan omdat hij van haar hield. Maar nu Grania er niet langer was...

Na drie flessen champagne trokken ze met zijn zessen naar een net geopend Japans restaurant, waar ze een lawaaiig etentje hadden met veel te veel wijn en drukke gesprekken over vroeger. Na zijn eenzaamheid en verdriet van de weken ervoor, voelde Matt zich al snel licht in het hoofd door de alcohol en zijn plezier in het gezelschap van oude vrienden die hij al kende sinds zijn kindertijd.

Om twee uur in de ochtend verlieten ze het restaurant. Onvast op zijn benen hield Matt een taxi aan om hem en Charley naar huis te brengen.

'Goed je weer te zien, ouwe jongen,' zei Al met een klap op zijn schouder. 'Dat zal wel vaker gaan gebeuren in de toekomst, neem ik aan.'

'Misschien,' zei Matt terwijl hij naast Charley achter in de taxi ging zitten.

'Kom met Pasen een paar dagen naar Nantucket. Mijn ouders zouden het leuk vinden je te zien, man.'

'Oké, Al. Nou, pas goed op jezelf,' zei Matt opgewekt met dubbele tong. Toen de taxi wegreed, deed hij zijn ogen dicht. Zijn hoofd voelde hetzelfde als toen hij eerstejaarsstudent was: het tolde in het rond als een bord op een stokje. Toen hij probeerde of het beter voelde als hij het opzij liet vallen, merkte hij dat het op Charleys schouder lag. Haar vingers streken zachtjes door zijn haar, een bekend en troostend gevoel.

'Heb je het leuk gehad, schat?'

'Ja,' mompelde Matt. Hij was misselijk.

'Ik zei toch dat het je goed zou doen om iedereen weer eens te zien. We houden nog steeds van je, hoor.'

Matt voelde haar zachte lippen op zijn hoofd.

De volgende ochtend werd Matt wakker met een barstende koppijn. Zonder zich te verroeren bleef hij liggen en staarde naar het plafond. Hij kon zich niet herinneren dat hij de taxi had betaald, in de lift was gestapt of in bed was gaan liggen. Matt deed zijn ogen dicht en draaide zich op zijn zij om te proberen of het bonken in zijn hoofd dan minder werd.

Toen hij ze weer opendeed, ontdekte hij tot zijn afgrijzen dat hij niet alleen was, maar hoe Charley naast hem in bed was terechtgekomen – hij herinnerde zich er niets van.

25

Grania probeerde Aurora zover te krijgen dat ze een hapje nam van de makreel die Shane had gevangen en was komen brengen voor het avondeten, toen de telefoon ging. 'Hallo?' zei ze en ze likte ondertussen de verse, zoutachtige smaak van het stukje vis dat ze in Aurora's mond had gestopt van haar vingers.

'Spreek ik met Grania?'

'Ja.'

'Met Alexander Lisle.'

'Hallo, Alexander.' Grania klemde de hoorn tussen haar kin en schouder en antwoordde met een bevestigend knikken op Aurora's gemimede vraag: 'Is dat papa?'

'Hoe gaat het met Aurora?'

'Heel goed, volgens mij.'

'Gelukkig. Ik wil haar natuurlijk graag spreken straks, maar eerst wilde ik jou vertellen dat ik aanstaande zaterdag weer thuiskom.'

'O, dat zal ze zeker geweldig vinden. Ze heeft je gemist.' Aurora knikte heftig.

'En ik heb haar gemist. Verder alles in orde?'

'Ja, hoor, alles in orde.'

'Mooi, mooi.'

Het gesprek dreigde dood te vallen en dus zei Grania: 'Wil je haar nu spreken? Ik weet zeker dat ze veel te vertellen heeft.'

'Graag. Tot zaterdag, Grania.'

'Ja. Tot zaterdag. Hier komt ze.'

Grania gaf de hoorn aan Aurora en liep discreet de kamer uit. Ze wist dat er verhalen zouden volgen over jonge hondjes en balletlessen en ze liep naar boven om het bad vast aan te zetten voor Aurora.

Terwijl ze op de rand zat en wachtte tot het volliep, besefte ze dat Alexanders terugkeer voor haar het moment was om beslissingen te gaan nemen.

De laatste dagen voordat Alexander thuis zou komen, waren Grania en Aurora veel op de boerderij. Aurora en de Ryans waren op elkaar gesteld geraakt. Zoals Grania's vader het uitdrukte: 'Die Aurora is een grootse kleine meid.' Kathleen, die eerst zo hard had geprobeerd Aurora niet te mogen, vroeg tegenwoordig of Aurora al voor het ontbijt kon komen, zodat ze samen eieren konden rapen. Aurora had alle kippen een naam gegeven en was ontroostbaar geweest toen er een vos in de ren had huisgehouden en Beauty en Giselle had opgevreten.

'Ondanks die verfijnde manieren van de Lisle's is dat kleintje een natuurtalent met beesten. Dat zou ooit een fantastische vrouw voor een boer zijn,' had Shane op een avond opgemerkt toen Aurora bezig was alle koeien in de stal gedag te zeggen.

'En dat is niet iets wat je kunt leren,' voegde John eraan toe.

Grania zorgde ervoor dat Aurora zich extra goed waste op de ochtend dat Alexander thuis zou komen. Ze wilde niet dat het kind rook naar de beesten waar ze zo veel tijd mee doorbracht. Met trots constateerde ze dat Aurora er zo gezond, knap en blozend uitzag als maar kon. Samen wachtten ze op de vensterbank van Aurora's slaapkamer totdat de taxi de heuvel op kwam rijden en toen stormde Aurora naar beneden om haar vader te begroeten, terwijl Grania boven bleef.

Na een tijdje hoorde Grania haar naam roepen en ze liep naar beneden om zich bij hen te voegen. Aurora wachtte haar op in de ontvangsthal, haar gezicht een mengeling van blijdschap en bezorgdheid.

'O, Grania! Het is zo fijn dat papa weer thuis is. Maar ik denk dat hij te hard heeft gewerkt, want hij is heel mager en zijn gezicht is een soort grijs. We moeten hem gauw eens meenemen naar het strand voor de frisse lucht.' Aurora pakte Grania's hand vast en trok haar mee naar de keuken. 'Kom mee hem gedag zeggen. Ik probeer een kop thee voor hem te zetten, maar dat lukt niet zo goed.'

Toen Grania de keuken binnenkwam, moest ze haar best doen niet te laten blijken hoe erg ze schrok. Dat Aurora haar vader beschreef als mager en grijs was nog zacht uitgedrukt, vond ze.

Ze vroeg Alexander of hij een goede reis had gehad en ze zette de thee waaraan Aurora was begonnen.

'Ik moet zeggen,' zei Alexander, 'dat Aurora er gezonder uitziet dan ik haar ooit heb meegemaakt.'

'Ja, papa. Ik zei toch dat Londen niks voor mij is. Ik hou van het platteland. Frisse lucht is heel goed voor je.' Aurora keerde zich naar Grania om. 'Papa zegt dat ik Lily mag hebben als ze bij haar moeder weg mag. Is dat niet super?'

'Ja,' zei Grania en tegen Alexander vervolgde ze: 'Sorry! Als je het liever niet hebt, mag Aurora ook zo vaak ze wil naar de boerderij komen om het hondje te zien, wanneer het te lastig is dat het beestje hier woont.'

'Nee, ik weet zeker dat we dat wel redden, een klein hondje in dit grote huis. En zeker als het Aurora gelukkig maakt.' Alexander wierp een liefdevolle blik op zijn dochter.

'Nou, dan moest ik maar eens op huis aan.'

De gezichten van zowel vader als dochter betrokken.

'Nee, Grania, niet weggaan!' zei Aurora.

'Nee, alsjeblieft, doe dat nog niet,' zei Alexander. 'Blijf in ieder geval vannacht nog hier slapen. En misschien wil je Aurora dan vanmiddag mee naar de boerderij nemen? Het was een lange reis hierheen.'

'Natuurlijk,' zei Grania, die zag hoe vermoeid Alexander leek. 'Aurora, zullen we ook blijven eten op de boerderij, zodat papa een beetje rust kan nemen vandaag?'

'Dat zou heel vriendelijk van je zijn, Grania.' Alexander hield zijn armen open naar Aurora. 'Kom hier en geef je vader een dikke knuffel. Ik heb je gemist, lieverdje.'

'Ik jou ook, pap. Maar op de boerderij is het heel leuk. Grania's familie is echt "groots", zoals ze dat hier zeggen.'

'Goed zo. En ik verheug me erop dat hondje te zien.'

Grania probeerde de tranen in Alexanders ogen niet te zien. En ze wilde ook niet dat Aurora die zag. 'Kom, dan halen we je laarzen en je jas en laten we papa met rust.' Grania forceerde een glimlach. 'Tot later.'

'Alexander zag er verschrikkelijk uit,' verzuchtte Grania tegen haar moeder. 'Hij is veel magerder geworden en hij kijkt op een manier...' ze schudde haar hoofd. 'Ik weet gewoon dat er iets mis is.'

'Nou.' Kathleen was weer haar oude, bruuske zelf, nu Aurora's vader terug was. 'Terwijl hij weg was heb je alles gedaan wat je kon voor zijn dochter. Wat voor problemen hij ook heeft, het is niet jouw zorg en niet jouw zaak.'

'Mam, hoe kun je dat nou zeggen,' reageerde Grania boos. 'Wat er ook aan de hand is met Alexander, het zal bijna zeker gevolgen voor Aurora hebben. En of je het nou leuk vindt of niet, ik geef om haar.'

'Sorry,' zei Kathleen. 'Je hebt gelijk. Maar je ziet toch ook wel in, na het lezen van die brieven en het horen van de verhalen, dat de geschiedenis zich herhaalt? Er lijkt altijd wel een kind van de Lisle's te zijn dat onze liefde nodig heeft en onder ons dak moet vertoeven.'

'Mam, alsjeblieft, hou op,' zei Grania vermoeid.

'Ik vind wat ik vind. Onze twee families lijken wel onlosmakelijk met elkaar verstrengeld – en of dat iets is waar we niet onderuit kunnen.'

'Nou, als we daar dan niet onderuit kunnen, kunnen we het maar beter accepteren.' Grania stond op, niet in de stemming voor al die onzin van haar moeder. 'Ik ga Aurora roepen voor het avondeten.'

Toen Grania en Aurora een tijdje later Dunworley House binnenkwamen, was het daar doodstil. 'Nou, ik denk dat papa zo doodmoe was dat hij even op bed is gaan liggen,' zei Grania terwijl ze Aurora de trap mee op nam naar haar eigen slaapkamer. 'We kunnen hem maar beter niet wakker maken. Amerika is heel ver weg.'

Aurora accepteerde dat zonder tegenstribbelen en liet zich door Grania in bed stoppen.

'Welterusten, schatje,' zei Grania en ze gaf het kind een zoen op haar voorhoofd. 'Slaap lekker.'

'Grania, denk je dat alles goed is met papa?'

'Ja, natuurlijk wel. Waarom vraag je dat?'

'Hij zag er niet zo goed uit, vond je wel?'

'Hij was waarschijnlijk gewoon moe.'

Grania sliep slecht die nacht. Alexanders aanwezigheid in het huis maakte haar onrustig. Ze wist dat hij tegenover Lily's oude slaapkamer sliep en vroeg zich af of Lily en hij altijd gescheiden slaapkamers hadden gehad. De deurkruk van Lily's kamer had ze eerder die avond geprobeerd en ze wist dat die nog steeds op slot zat.

Alexander kwam de volgende ochtend niet opdagen voor het ontbijt en Grania en Aurora volgden hun gewone ochtendroutine. Grania was bezig met het boetseren van Aurora's hoofd terwijl haar onderwerp over haar sommen gebogen zat; zoals altijd met haar duim in de mond. Tegen lunchtijd begon Grania zich echt zorgen te maken om Alexander. Aurora repte niet over zijn afwezigheid, te opgewonden vanwege haar balletles die middag in Clonakilty. Vlak voordat ze wilden vertrekken, verscheen Alexander in de keuken. Hij glimlachte flauwtjes. 'Gaan jullie tweetjes ergens heen?'

'Ja, pap, naar balletles.'

'O, ja?' Alexander glimlachte met moeite.

'Daar heb je toch geen bezwaar tegen, hoop ik?' vroeg Grania een beetje gespannen.

'Bezwaar? Nee, natuurlijk niet. Veel plezier, schatje.'

'Ja!' Aurora liep naar de deur, enthousiast om te vertrekken.

'Grania?' zei hij plotseling.

'Ja?'

'Ik vroeg me af of ik je mag uitnodigen voor het eten, vanavond? Ik weet niet wat we in huis hebben, dus misschien zou ik eigenlijk moeten vragen of ik mezelf mag uitnodigen hier van jouw eten te genieten?' vroeg hij met een glimlach.

'Ik weet zeker dat ik wel iets eenvoudigs in elkaar kan flansen. Ik wist niet of ik nog boodschappen moest blijven doen nu je weer terug bent.'

'Misschien kunnen we het daar vanavond over hebben?'

Terwijl Aurora balletles had, ging Grania naar de slager en de groenteman om de spullen voor het avondeten te halen. Toen ze weer thuis waren, zette ze het lam in de oven om langzaam te garen, deed ze Aurora in bad en liet ze het kind daarna nog een uurtje televisiekijken. Alexander kwam de keuken in op het moment dat ze neuriënd de aardappelen stond te bakken met een takje verse rozemarijn.

'Het ruikt hier heerlijk,' zei hij genietend.

Grania was blij te zien dat hij er beter uitzag. Frisgewassen en geschoren droeg hij een diepblauw linnen overhemd op een perfect geperste katoenen broek.

'Waar is Aurora?'

'In de zitkamer, ze zit televisie te kijken. Ik hoop niet dat je het vervelend vindt dat ik een tv voor haar heb gekocht.'

'Grania, wil je alsjeblieft ophouden met vragen of ik iets vervelend vind en zo? Mijn kind ziet er gelukkiger uit dan ze misschien ooit is geweest. En als daar wat balletlessen en een televisie voor nodig zijn, kan ik alleen maar zeggen dat ik er heel dankbaar voor ben. Nou, als jij deze ontkurkt,' stelde hij voor terwijl hij haar een fles wijn overhandigde, 'dan ga ik Aurora in bed stoppen.'

Terwijl Grania in afwachting van Alexanders terugkeer de tafel dekte en de wijn inschonk, betrapte ze zichzelf erop hoe heerlijk ze dit huiselijke vond. Plus dat ze zich erop verheugde met Alexander alleen te eten. Ze kon de adrenaline door haar aderen voelen stromen en dat was niet omdat ze zo'n trek had in het lam.

'Lekker ingestopt en bijna in slaap,' zei Alexander toen hij de keuken weer in kwam. 'Ze blaakt echt van gezondheid. En ze lijkt ook veel rustiger dan ik haar in jaren heb meegemaakt.' Hij tilde zijn wijnglas op en klonk het tegen het hare. 'Dank je wel, Grania. Ze heeft het duidelijk heel goed gehad bij je.'

'Echt, ik heb ervan genoten. En ja, ik denk inderdaad dat ze is opgebloeid. Hoewel ze in het begin...'

'Ja?'

'In het begin slaapwandelde ze. Ik trof haar een van de eerste nachten op het balkon aan van de kamer aan het andere eind van de gang. Ik dacht...' Grania hield op met het snijden van het lam en keek Alexander aan. 'Een paar seconden was ik bang dat ze op het punt stond te springen.'

Alexander zuchtte diep en ging zitten. Hij zweeg een tijdje voordat hij iets zei. 'Aurora denkt weleens dat ze haar moeder buiten op de kliffen ziet staan.'

'Ja, dat weet ik,' zei Grania zachtjes. 'Ik... ben zo vrij geweest de deur van die slaapkamer op slot te draaien. Als je wilt kan ik die natuurlijk weer opendoen, ik heb de sleutel.'

'Nee, ik vind het een heel verstandig idee. Die deur kan beter op slot blijven. Je hebt waarschijnlijk wel begrepen dat dat de slaapkamer van mijn overleden vrouw was?'

'Ja.'

Alexander nam een slok wijn. 'Ik heb natuurlijk een aantal psychologen geconsulteerd over Aurora's nachtmerries en dat slaapwandelen van haar. Volgens hen lijdt ze aan een zogenaamde posttraumatische stressstoornis, waar ze ooit overheen zal groeien. Jij denkt dat ze nu al twee à drie weken geen nachtmerries meer heeft gehad en ook niet heeft geslaapwandeld?'

'Ja, dat klopt.'

'Dan is het misschien zover.'

'Laten we dat hopen. Hadden Aurora en haar moeder een sterke band?'

'Dat is moeilijk te zeggen,' zei Alexander met een zucht. 'Of Lily in staat was echt een band met iemand te hebben, dat weet ik niet. Hoewel ze zonder twijfel van haar dochter hield en Aurora haar aanbad.'

'O.' Dat was het enige wat Grania als reactie kon bedenken. Ze goot de verse erwtjes af en schepte die naast de aardappelen en het lamsvlees op de borden. 'Zo,' zei ze terwijl ze de borden naar de tafel droeg. 'Ik weet niet of je van jus houdt, maar die staat hier in de juskom en ik heb ook verse muntsaus gemaakt,' zei ze, wijzend op een andere kom.

'Jee, wat een traktatie! Na al die weken van "plastic" Amerikaans eten droom ik hier gewoon van! Dank je wel, Grania,' zei Alexander oprecht.

'Nou, het is voor mij ook een traktatie. Ik hou veel van je dochter, maar volwassen gezelschap is voor de verandering ook weleens fijn,' zei ze met een glimlach.

'Je moet je hier nogal geïsoleerd hebben gevoeld, zeker als je in New York hebt gewoond.'

'Ik heb mijn ouders gelukkig dichtbij. Zij zijn trouwens ook erg gesteld geraakt op Aurora. Alsjeblieft,' Grania pakte haar mes en vork op, 'ga eten, voordat het koud wordt.'

Ze aten een tijdje in stilte. Alexander pauzeerde alleen even om op te merken dat het lamsvlees botermals was. 'En, Grania,' zei hij na een tijd, terwijl hij zijn mes en vork naast elkaar legde, hoewel zijn bord nog halfvol was, 'wat zijn je plannen voor de toekomst? Heb je dat al besloten?'

'Ik heb het veel te druk gehad met je dochter om daaraan toe te komen,' zei Grania grinnikend. 'Gisteren bedacht ik dat deze maand waarschijnlijk precies was wat ik nodig had.'

'Een periode van reflectie, bedoel je?'

'Precies.'

'Ga je terug naar New York?'

'Zoals ik al zei, ik heb nog geen echte besluiten genomen.'

'Grania, ik wil je graag iets vragen.'

Ze keek meteen naar hem op, omdat hij het op zo'n dringende toon zei. 'Wat wil je vragen?'

'Zou je er bezwaar tegen hebben om hier nog langer te blijven met Aurora en mij? Ik krijg het vreselijk druk en ik heb gewoon de tijd niet om haar alle aandacht te geven die ze nodig heeft.'

Grania was even stil. 'Ik... weet het niet...' antwoordde ze naar waarheid.

'Nee.' Alexander keek neer op zijn bord. 'Nee, natuurlijk niet. Waarom zou een jonge, mooie vrouw zich hier langer dan noodzakelijk opsluiten met een klein kind? Sorry, ik had je er niet mee lastig moeten vallen. Natuurlijk ben jij de eerste die ik het vraag; Aurora is zo opgeknapt en gelukkig door jouw goede zorgen.'

'Voor hoelang zou het zijn?' Grania keek hem aan.

'De waarheid is, dat ik dat niet weet. Ik...' Alexander schudde zijn hoofd. 'Ik weet het echt niet.'

'Heb je een zakelijk probleem?'

'Nee, ik... het is moeilijk uit te leggen,' zei hij. 'Excuses dat ik zo vaag ben. Ik heb zitten denken dat als je het misschien zou overwegen, je gebruik zou kunnen maken van de schuur die ik heb laten verbouwen tot atelier, toen Lily het plan had opgevat te gaan schilderen. Niet dat ze dat ooit heeft gedaan, maar het is een heel prettige plek om te werken. Met een prachtig uitzicht over de baai.'

'Alexander, het is heel vriendelijk van je om daaraan te denken, maar als ik Aurora fulltime om me heen heb, blijft er nauwelijks een moment over om te werken.'

'Nou, ik heb ook bedacht dat jouw idee om Aurora naar de plaatselijke lagere school te laten gaan, misschien wel goed is. Het gaat nu zoveel beter met haar. En dat zou betekenen dat je de hele dag hebt om te werken. Bovendien kun je natuurlijk alle hulp inschakelen die je maar wilt. Om te beginnen,' zei hij met een gebaar naar het overgebleven lamsvlees, 'een huishoudster annex kokkin bijvoorbeeld.'

'Ik denk zeker dat het goed is voor Aurora om onder kinderen van haar eigen leeftijd te zijn,' was Grania het met hem eens. 'Ze brengt veel te veel tijd in haar eentje of in het gezelschap van volwassenen door. Maar of...'

Alexander legde zijn hand over de hare. 'Ik begrijp het, Grania. Ik gedraag me egoïstisch. Je hebt een leven hier ver vandaan en je hebt een talent. Ik wil die dingen zeker niet in de weg staan. Wat ik je zou willen vragen, als je tenminste elders geen dringende bezigheden hebt, is of je hier nog een paar weken zou willen blijven. Ik sta onder grote druk en ik zal niet de tijd voor Aurora hebben die ze verdient. Of de energie...' hij zuchtte.

'Oké. Ik zal een paar weken langer blijven.' Grania wist dat haar reactie veel meer te maken had met zijn hand op de hare, dan met logica. 'Ik moet het beeld van Aurora toch nog afmaken.'

'Dank je.'

'En als je inderdaad wilt dat Aurora hier naar school gaat: het schoolhoofd is een nichtje van mijn moeder,' zei Grania. 'Ik weet zeker dat zij aan haar kan vragen of het mogelijk is dat Aurora meteen begint.'

'Fantastisch. En ik moet jouw familie natuurlijk ook nog betalen voor het hondje dat Aurora zo graag wil hebben.'

'Nee, Alexander, dat is echt niet nodig.' Grania stond op en begon de tafel af te ruimen. 'Koffie?'

'Nee, dank je. Volgens mij worden mijn hoofdpijnen daar erger van. Weet je,' zei Alexander terwijl hij haar in de keuken bezig zag, 'mijn overleden vrouw geloofde in engelen.'

'Echt?' zei Grania terwijl ze alles in de gootsteen zette.

'Ja, en ze beweerde dat je ze alleen maar hoefde te roepen.' Alexander glimlachte droevig en nam Grania in zich op. 'Misschien had ze toch gelijk.'

Die nacht, alleen in bed, werd Grania belaagd door allerlei gevoelens. Ze had er net in toegestemd om het leven van de Lisle's nog twee weken te delen. En misschien ook wel langer. Maar deze keer deed ze dat niet alleen voor Aurora, maar vooral voor Alexander. Misschien was het haar moederinstinct – Alexander leek net zo kwetsbaar als zijn dochter – of misschien was het een of andere projectie, zoals iedere therapeut in New York het vast zou betitelen. Misschien richtte ze haar verwarde gevoelens voor Matt op een andere man. De situatie met Matt was nog altijd niet opgelost, maar hier lag ze te dromen over de huiselijkheid die Alexander en Aurora representeerden. Een echt huis, een echt gezin, met een kant-en-klaar kind erbij.

Grania zuchtte diep en draaide zich om. Hadden de jaren van samenwonen met iemand die een graad had in de psychologie en zelfs een psychoanalyse van een worstje kon geven als hij wilde, haar meer beïnvloed dan ze had gedacht? Of had haar leven gewoon een plotselinge wending genomen en vulden Alexander en Aurora de periode van troost in die ze nodig had?

Maar een paar weken langer blijven, zodat Alexander aandacht kon besteden aan zijn zaken die zo dringend waren en Aurora kon wennen aan haar nieuwe school, was natuurlijk geen beslissing die haar leven zou veranderen. En daarbij, uit ervaring wist ze helaas ook maar al te goed dat zelfs beslissingen die je leven veranderden, volkomen fout konden lopen.

26

De twee weken daarna kwam Grania geen stap verder wat betreft haar beslissing hoe ze nu verder moest. Drie dagen later, toen Grania 's morgens thuiskwam nadat ze Aurora naar school had gebracht, zat Alexander met een bos sleutels in de keuken op haar te wachten.

'Van het atelier in de schuur,' zei hij terwijl hij de sleutelbos aan haar gaf. 'Ga maar kijken of je het geschikt vindt.'

'Dank je.'

'Ik geloof niet dat Lily er ooit iets heeft aangeraakt, dus ga je gang als je iets wilt verplaatsen en gebruik de ruimte zoals je wilt.' Met een knikje verliet Alexander de keuken.

Grania liep het binnenplein over en deed de deur van het atelier open. Ze hield haar adem even in toen ze het spectaculaire uitzicht achter het raam zag: het omlijstte een prachtig plaatje van Dunworley Bay. Door het glas, dat van de vloer tot aan het plafond reikte, stroomde het daglicht volop naar binnen. Grania keek om zich heen naar de smetteloze, ongebruikte ezel, de tubes verf en de dure nertskwasten en penselen van marterhaar – nog allemaal in plastic verpakt.

De kasten stonden vol doeken, en er lag smetteloos wit tekenpapier, maar nergens was ook maar een spatje verf te zien. Grania ging voor het raam staan en staarde naar de kliffen. Ze vroeg zich af waarom Lily nooit gebruik had gemaakt van deze geweldige ruimte. Iedere professionele kunstenaar zou een paar van zijn of haar beste schilderijen overhebben – of beelden, in haar geval – voor een atelier zoals dit. Er was zelfs een klein zijkamertje met een wc en een gootsteen om de kwasten schoon te maken.

Qua werkruimte overtrof dit alles waar Grania ooit van had gedroomd.

Die middag verhuisde ze het beeld van Aurora, dat inmiddels ongeveer halverwege was, naar het atelier en zette het op de werktafel voor het raam. Het enige nadeel was dat ze haar tijd hier misschien zou verdoen met het genieten van het uitzicht, in plaats van zich op haar werk te concentreren, bedacht Grania en ze ging zitten om dromerig naar buiten te staren.

Toen ze Aurora van school ging halen, zat het kind vol verhalen over haar nieuwe vriendinnetjes en kondigde ze trots aan dat ze bij het lezen de beste van de klas was. Die avond tijdens het avondeten luisterden Grania en Alexander als trotse ouders naar Aurora die haar vader over haar prestaties vertelde.

'Dus, papa, ik heb helemaal niet zo weinig geleerd als jij dacht. Eigenlijk ben ik best slim.'

Alexander maakte haar haar in de war. 'Ik weet dat je slim bent, schat.'

'Op wie denk je dat ik lijk? Op jou of op mama?'

'O, mama. Zeker. Ik was altijd een domkop op school.'

'Was mama slim?' informeerde Aurora.

'Heel erg.'

'O.' Aurora ging door met eten en zei toen: 'Ze lag wel heel erg veel in bed. En ze was ook veel weg, net als jij.'

'Ja, dat klopt, maar mama was vaak heel moe.'

'Tijd voor je bad, dametje.' Grania had gezien dat Alexanders gezicht gespannen begon te worden. 'We moeten morgen vroeg op om op tijd op school te zijn.'

Toen Grania weer beneden kwam, was Alexander in de keuken bezig met de afwas. 'Laat toch,' zei Grania, in verlegenheid gebracht. 'Dat is mijn werk.'

'Helemaal niet,' zei Alexander. 'Je bent hier niet om de boel schoon te houden, je bent hier voor Aurora.'

'Maar ik vind het helemaal niet erg om te doen,' zei Grania. Ze pakte een theedoek en ging kameraadschappelijk naast hem aan het aanrecht staan, terwijl hij haar de natte borden aangaf. 'Dat zit nu eenmaal in me, als dochter in een huishouden met verder alleen maar mannen.'

'Dan ben je een goed rolmodel voor Aurora. Je zou een goede moeder zijn, Grania. Heb je ooit overwogen om kinderen te krijgen?'

'Ik...'

Alexander merkte dat Grania even niet verder kon praten. 'Sorry, heb ik iets verkeerds gezegd?'

'Nee.' Grania voelde de golf van nog niet geplengde tranen achter haar ogen dringen. 'Ik... ik heb kortgeleden een baby verloren.'

'O, wat erg voor je.' Alexander bleef druk bezig met de afwas. 'Dat moet... heel moeilijk... voor je zijn.'

'Ja, ik...' Grania zuchtte. 'Ja.'

'Ben je daarom uit New York vertrokken?'

'Ja.' Grania voelde Alexanders diepblauwe ogen op zich rusten. 'Ja, dat en andere dingen. In ieder geval...'

'Er komt vast nog wel een kindje.'

'Ja. Ik zet deze even in de kast, oké?'

Alexander keek haar zwijgend na terwijl ze van hem vandaan liep en hij begreep dat ze er niet verder over wilde praten omdat het pijnlijk voor haar was. Hij veranderde van onderwerp.

'Wel, zoals ik daarnet al zei, ben je een goed voorbeeld voor Aurora. Haar moeder was nou niet wat je noemt huiselijk.'

'Nou, dan had ze waarschijnlijk andere talenten.'

'Ja, maar dat geldt ook voor jou.'

'Dank je.' Grania bloosde onder zijn blik.

'Ik hoop dat je het niet erg vindt, maar toen jij weg was om Aurora uit school te halen, ben ik even in het atelier geweest. Het beeld dat je van haar aan het maken bent is prachtig.'

'Het is nog lang niet af. Ik ben op het moment in gevecht met haar neus,' voegde Grania eraan toe.

'Dat is de typische Lisle-neus, alle vrouwen in de familie hebben die. Ik kan me voorstellen dat die moeilijk te boetseren is.'

'Je vrouw was heel mooi.'

'Ja, dat klopt, maar...' Alexander slaakte een zucht. 'Ze had veel problemen.'

'O, ja?'

'Geestelijke problemen,' vervolgde hij.

'O.' Grania zocht naar een passende reactie. 'Wat triest.'

'Het is verbazend hoe schoonheid kan verblinden en daarmee andere dingen voor het oog kan verhullen. Ik zeg niet dat het Lily's schuld was natuurlijk, maar toen ik haar voor het eerst ontmoette, heb ik er geen moment aan gedacht dat een vrouw die er zo uitzag als zij, kon zijn... hoe ze was. In ieder geval...' Alexander staarde in het niets.

Stilte hing in de keuken. Grania droogde de rest van het serviesgoed stilletjes af en borg alles op in de kast. Toen ze zich omdraaide, zag ze dat Alexander naar haar stond te kijken.

'In ieder geval,' herhaalde hij, 'is het voor Aurora en mij heerlijk dat er een normale vrouw hier in huis is. Aurora heeft nooit echt een rolmodel gehad. Hoewel Lily haar best natuurlijk wel deed,' voegde hij er haastig aan toe.

'Nou, er zijn er genoeg die vinden dat ik helemaal niet normaal ben,' zei Grania met een grijns. 'Vraag mijn ouders maar, of sommigen van mijn vrienden in New York. Ik weet zeker dat die iets anders zullen beweren.'

'Grania, in mijn ogen ben jij alles wat een vrouw zou moeten zijn. En een moeder. Dat ook nog. Het spijt me echt heel erg dat je je kindje hebt verloren.' Alexander bleef naar haar staan kijken.

'Dank je,' wist ze uit te brengen.

'En nu heb ik je in verlegenheid gebracht. Sorry. Ik ben mezelf niet op het moment.'

'Eh... ik ga naar boven, ik ga in bad. En dank je wel voor het gebruik van dat schitterende atelier. Het is een droom, echt.' Grania glimlachte flauwtjes naar Alexander en liep de keuken uit.

Later, toen ze in bed lag, nam Grania het zichzelf kwalijk dat ze zich emotioneel zo had laten raken en blijkbaar zo kwetsbaar was op haar zwakke punten. Maar onder Alexanders stoïcijnse uiterlijk zag ze haar eigen kwetsbaarheid weerspiegeld. Hij raakte haar omdat ze zichzelf in hem herkende.

Voor het eerst stond Grania zichzelf toe om de tranen te laten komen. Ze huilde om het kleine, kostbare leven dat verloren was gegaan. En toen ze een paar uur later probeerde te slapen, voelde ze zich kalmer, alsof er iets was gebroken, maar ook iets was geheeld in haar binnenste.

Met het verstrijken van de dagen kwam Alexander steeds vaker naar beneden. Soms wandelde hij het atelier binnen en keek toe terwijl Grania aan het werk was. Hij begon samen met haar de lunch te gebruiken en toen ze vertelde dat ze van muziek hield, stond er kort daarop een prachtige muziekinstallatie in het atelier. Langzaamaan werd hij ook steeds opener over Lily.

'In het begin hield ik van de manier waarop haar geest van het een naar het ander fladderde. Ze was,' Alexander zuchtte, 'betoverend. Ze leek altijd gelukkig, alsof het leven een opwindend avontuur was en niets haar verdriet kon doen. Alles wat Lily wilde, kreeg ze op de een of andere manier voor elkaar, omdat iedereen altijd dol op haar was. En ik viel ook voor haar magie. Als ze af en toe eens somber was omdat de wereld zich tegen haar keerde – en ze bijvoorbeeld snikte om een dood konijn dat ze in de tuin had gevonden of omdat de maan afnam en het weer een maand zou duren voordat die volop zou schijnen, nam ik aan dat dat gewoon bij haar gevoelige karakter hoorde. Pas toen die sombere buien veelvuldiger kwamen en langer aanhielden, toen er minder en minder gelukkige momenten waren, drong het tot me door dat er iets niet in orde was met haar. Een paar jaar na ons trouwen begon Lily hele dagen in bed door te brengen en zei ze dat ze te moe en te somber was om op te staan. En dan kon ze plotseling beneden verschijnen in haar mooiste jurk, met gewassen haren, en stond ze erop dat we iets opwindends gingen doen. Ze was bijna manisch in haar jacht op geluk. Als ze in zo'n periode zat, was het hectisch, maar ook fantastisch. We hebben heel wat avonturen beleefd, dat kan ik je wel vertellen. Lily kende geen grenzen en haar uitbundigheid was aanstekelijk.'

'Ja, dat kan ik me voorstellen,' zei Grania zacht.

'En natuurlijk hoopte en geloofde en wenste ik iedere keer dat ze zo'n vrolijke periode had, dat de donkere momenten nooit meer terug zouden komen. Maar dat gebeurde altijd wel. De jaren daarop slingerde ze, met mij in haar kielzog, tussen die twee uitersten heen en weer. Ik deed alle moeite om haar stemmingswisselingen bij te houden. En toen,' Alexander blies zijn adem uit en schudde zijn hoofd, 'toen raakte ze weer in een sombere periode die maanden aanhield. Ze weigerde een arts, werd hysterisch van woede als ik er zelfs maar over begon. Uiteindelijk, toen ze al een week weigerde te eten en te drinken, heb ik toch een arts gebeld. Toen is ze platgespoten en opgenomen. Manisch-depressief en schizofreen, was de diagnose.'

'Alexander, wat vreselijk.' Grania voelde zich fysiek misselijk worden. 'Wat moet dat vreselijk voor je zijn geweest.'

'Ach, het was natuurlijk haar schuld niet dat ze ziek was,' benadrukte Alexander. 'Maar het was wel erger omdat Lily iets kinderlijks had. Ze leek niet te begrijpen wat er aan de hand was. En toen ik haar voor haar eigen bescherming moest laten opnemen in een instelling die gespecialiseerd was in haar problemen, was dat werkelijk hartbrekend. Ze gilde, klauwde naar me en klemde zich aan me vast, smeekte me om haar niet achter te laten in het "gekkenhuis", zoals zij het noemde. Maar ze was een gevaar voor zichzelf op dat moment en ze had al een paar keer geprobeerd zelfmoord te plegen. Daarbij kon ze ook gewelddadig worden; ze is een paar keer met een keukenmes op me afgekomen. Ze zou me ernstig hebben verwond als ik mezelf niet had verdedigd.'

'O, mijn god, Alexander. Wat afgrijselijk. Het verbaast me dat jullie Aurora hebben gekregen,' zei Grania, diep geschokt door wat hij haar vertelde.

'Aurora kwam voor ons allebei als een verrassing. Lily was bijna veertig toen ze ontdekte dat ze zwanger was. Maar de artsen dachten dat het misschien goed voor haar zou zijn om een kind te krijgen waarvoor ze kon zorgen, zolang ze maar constant onder supervisie stond. En je moet onthouden, Grania,' legde Alexander uit, 'dat Lily grote delen van haar leven, als ze haar medicijnen nam, stabiel was. Hoewel ik natuurlijk altijd met de angst voor een terugval leefde en er nooit op kon vertrouwen dat ze de medicijnen uit eigen beweging nam. Ze haatte haar "zombiepillen", zoals zij ze noemde. Ze had het gevoel dat ze de sombere periodes wel deden verdwijnen, maar de gelukkige ook. Wat natuurlijk ook zo was. De pillen kalmeerden haar, maakten haar gelijkmoedig, maar ze zei altijd dat het was alsof ze achter een gordijn van mist leefde. Niets leek zo echt, blij of verdrietig als zonder haar medicijnen.'

'Wat zielig voor haar,' zei Grania. 'En werd het beter toen Aurora er was?'

'Ja, de eerste drie jaar van Aurora's leven was Lily de perfecte moeder. Niet huiselijk, zoals jij, Grania,' zei Alexander met een glimlach. 'Ze had altijd een hele stoet personeel om zich heen om van alles voor haar te doen, maar al haar aandacht ging uit naar haar kleine meisje en destijds had ik echt hoop voor de toekomst. Maar het bleef niet zo.' Alexander haalde een hand door zijn haar. 'En helaas moest Aurora daar het ergst onder lijden. Op een dag kwam ik thuis en vond ik Lily hier in bed, diep in slaap, met nergens een teken van Aurora. Ik maakte haar wakker om te vragen waar Aurora was en ze kon het zich echt niet herinneren. Aurora bleek in haar eentje over de kliffen te zwerven, ze had het ijskoud en was doodsbang toen ik haar vond. Lily en zij waren samen gaan wandelen en Lily was het bestaan van haar dochter eenvoudigweg vergeten.'

'O, Alexander, wat afschuwelijk.' Er sprongen tranen in Grania's ogen bij de gedachte hoe dat voor Aurora moest zijn geweest.

'Toen was het duidelijk dat ik Aurora nooit meer alleen met Lily zou kunnen laten, nog voor geen paar minuten. Maar daar bleek ik niet verder over na te hoeven denken, want Lily ging hard achteruit en moest weer worden opgenomen. Vanaf dat moment heeft Aurora haar moeder nog maar sporadisch gezien. We verhuisden terug naar Londen, zodat ik in de buurt van Lily's tehuis zat en kon werken, en Aurora had een lange reeks gouvernantes, die geen van allen een succes waren, zoals je vast hebt gehoord. Toen Lily weer stabiel was, stond ze erop om terug naar Dunworley House te gaan. Daar had ik niet mee moeten instemmen, maar ze hield zo van deze plek. Ze zei dat de schoonheid van de omgeving hier goed voor haar was.'

'Mijn moeder vertelde dat ze zich van het leven heeft beroofd,' zei Grania zachtjes.

'Ja, je moeder heeft gelijk.' Alexander verborg zijn hoofd in zijn handen en zuchtte. 'En ik weet zeker dat Aurora dat heeft gezien. Ik hoorde gegil uit Lily's slaapkamer en vond Aurora op het balkon. In haar nachthemd; ze wees naar de kliffen. Twee dagen later spoelde het lichaam van haar moeder op het strand van Inchydoney aan. Ik zal nooit weten wat voor gevolgen dat heeft gehad voor Aurora. En dan is er nog het feit dat Lily, zonder dat ze er iets aan kon doen, de kraan met moederliefde heel abrupt open en dicht kon draaien.'

Grania deed haar best om haar emoties in te houden. De gedachte dat Aurora had gezien hoe haar eigen moeder zich van het leven beroofde, was te erg om zich een voorstelling van te maken. Ze legde een troostende hand op die van Alexander. 'Alles wat ik kan zeggen is dat Aurora, ondanks alles wat ze heeft meegemaakt, heel evenwichtig lijkt te zijn.'

'Vind je?' Alexander keek met een vertwijfelde blik naar Grania op. 'De artsen vonden dat Aurora's reactie op de dood van haar moeder een signaal zou kunnen zijn van problemen: het is mogelijk dat ze Lily's instabiliteit heeft geërfd. Aurora's waanvoorstellingen dat ze haar moeder ziet op het klif, haar hoort roepen en nachtmerries heeft... dat kunnen de eerste tekenen zijn van iets wat zal uitgroeien tot dezelfde ziekte als Lily had.'

'Of het kan, zoals je eerder zei, het gedrag van een getraumatiseerd klein meisje zijn dat het feit probeert te verwerken dat ze haar moeder heeft verloren en waarschijnlijk getuige is geweest van haar zelfmoord.'

'Ja, laten we dat hopen,' zei Alexander met een flauwe glimlach. 'En het lijkt zeker stukken beter met haar te gaan sinds jij hier bent. Ik ben je heel erg dankbaar, Grania. Ik kan je niet vertellen hoeveel die kleine meid voor me betekent.'

'Weet je misschien of Lily in haar kindertijd iets traumatisch heeft meegemaakt?' vroeg Grania. 'Dat kan soms allerlei problemen veroorzaken.'

'Voor een kunstenaar,' zei Alexander met opgetrokken wenkbrauwen, 'ben je aardig op de hoogte van dit soort onderwerpen.'

'Mijn... ex-vriend gaf les in psychologie. Jeugdtrauma's waren zijn favoriete onderwerp. Ik zal wel het een en ander van hem meegekregen hebben,' bekende Grania.

'Ja...' Alexander knikte. 'Maar om op jouw vraag terug te komen: ik weet heel weinig over Lily's kinderjaren. Toen ik haar ontmoette, woonde ze in Londen. Ze praatte niet graag over haar verleden, hoewel ik wel weet dat ze hier in dit huis is geboren en er een groot deel van haar kindertijd heeft gewoond.'

'Ik vermoed dat mijn moeder wel meer over Lily's kindertijd hier weet,' zei Grania langzaam.

'O, ja? Zou ze mij dat willen vertellen?'

'Dat weet ik niet,' zei Grania en ze haalde haar schouders op. 'Tot nu toe is ze er erg gesloten over. Maar ik weet bijna zeker dat er iets is voorgevallen, omdat ik iedere keer als ik Lily's naam noem, een negatieve reactie krijg.'

'O, jee,' zei Alexander, 'dat klinkt niet erg goed. Maar ik ben dankbaar voor alles wat ik te weten kan komen om Lily's leven beter te begrijpen.'

'Ik zal zien wat ik eruit kan krijgen,' zei Grania, 'maar reken alsjeblieft nergens op. Mijn moeder is zo koppig als een ezel. Het kan dus heel lang duren.'

'En tijd is niet iets wat ik heb,' mompelde Alexander. 'Ik moet over tien dagen alweer weg. Heb je nog nagedacht over je verdere plannen?'

'Nee,' antwoordde Grania abrupt, in het besef dat ze tegen een steeds sterker wordende stroom in zwom.

'Goed. Ik wil je niet onder druk zetten, maar als jij niet wilt blijven, moet ik natuurlijk voordat ik vertrek nog iemand voor Aurora regelen.'

'Weet je voor hoelang je weggaat?'

'Waarschijnlijk een maand, misschien twee.'

'Oké,' Grania knikte. 'Morgen heb ik mijn antwoord voor je.' Ze stond op en begon de lunchboel op te ruimen.

'Grania.' Alexander stond naast haar, pakte de borden uit haar handen en zette die weer op tafel neer. Hij greep haar handen in de zijne. 'Ik wil je zeggen dat ik, of je nou blijft of vertrekt, blij ben dat ik je heb leren kennen. Ik vind je een heel bijzondere vrouw.'

Hij kuste haar zachtjes op haar lippen, draaide zich om en liep de tuin in.

Grania besteedde, zoals vrouwen nu eenmaal doen, de uren daarna aan het analyseren, piekeren en zichzelf tegenspreken over Alexanders motief voor die onverwachte kus. Het was zo plotseling en snel gegaan, dat ze nauwelijks kon geloven dat het echt was gebeurd. En dus betekende het waarschijnlijk helemaal niets. Bovendien leek het of Alexander ook niet meer gewild had dan dat. Maar aan de andere kant: het was toch niet gewoon om de oppas van je dochter op haar mond te zoenen?

Het was duidelijk dat Alexanders gedrag en gevoelens een raadsel voor haar waren. Maar wat ze wel wist was dat ze haar emotionele reserves langzaam voelde verdwijnen, omdat de diepgevoelde empathie van twee mensen die elkaars verdriet om een verlies begrijpen, hen steeds dichter bij elkaar bracht.

Alles wat Grania wist, was dat ze langzaam wegzonk in een gevaarlijk moeras van verliefdheid. Iets wat meteen een halt moest worden toegeroepen.

'Ik heb mijn besluit genomen, Alexander,' zei ze de volgende ochtend meteen toen ze de keuken binnenkwam nadat ze Aurora naar school had gebracht.

'En dat is?'

'Ik kan niet blijven. Ik heb... problemen en moet echt naar New York om die op te lossen. Je weet hoeveel ik van Aurora hou, maar...'

'Je hoeft het niet uit te leggen,' zei Alexander, en hij stak zijn hand haast beschermend op. 'Dank je wel dat je het me komt vertellen. Ik zal nu mijn uiterste best gaan doen om een vervanger voor je te vinden.' Hij draaide zich om en liep de keuken uit.

Grania sloop stilletjes door de achterdeur naar buiten en liep, vervuld van schuldgevoelens, over de binnenplaats naar het atelier. Ze voelde zich bijna een verrader omdat ze niet bleef. Het beeld van Aurora was haast af, het moest alleen nog goed drogen om dan in brons gegoten te kunnen worden. Ze zuchtte. Hoe sneller ze weg was van dit huis, hoe beter.

Die ochtend ontdeed ze het atelier van ieder spoor van haar aanwezigheid. Intussen peinsde ze erover dat haar moeder misschien wel gelijk had: dat de Lisle's een onontkoombaar en verraderlijk effect op het leven van de Ryans hadden – zo was het met haar in ieder geval gegaan. Zelfs voor Aurora kon ze niet emotioneel betrokken raken bij een man die ze nauwelijks kende. Die misschien gesteld op haar was omdat ze goed voor zijn kind zorgde... die haar misschien wel had willen overhalen met een kus, en meer...

Grania voelde aan iedere vezel in haar lichaam dat ze weg moest.

Aurora van school ophalen die middag bleek een moeilijke opgave. Het kind zat vol toekomstplannetjes waar Grania een rol in speelde. De wetenschap dat ze nog maar een paar dagen had voordat ze de zorg voor Aurora aan iemand anders zou overdragen, werd haar bijna te veel.

'Hoe bedoel je dat je weggaat?'

'O, Aurora, liefje, je wist toch dat ik hier niet voor eeuwig was? Dat ik niet altijd hier in Dunworley House kon blijven?'

Het was de volgende ochtend en sinds Alexander zich had omgedraaid en de keuken uit was gelopen, had Grania hem niet meer gezien. Maar ze wist dat ze Aurora moest vertellen dat ze wegging om het kind de gelegenheid te geven zich voor te bereiden op weer een volwassene die haar in haar ogen in de steek liet.

'Maar Grania, je mag niet weg!' Aurora's grote ogen vulden zich met tranen. 'Ik hou van je en ik dacht dat je ook van mij hield! We zijn vriendinnen, we hebben het leuk en papa houdt van je en...'

Aurora barstte in huilen uit, haar schouders schokten hevig.

'Liefje, alsjeblieft, niet huilen. Alsjeblieft. Natuurlijk hou ik van je, maar je weet dat ik in New York woon. Ik heb daar een leven en een carrière die allebei heel belangrijk voor me zijn.'

'Dus je gaat terug naar Amerika en dan ga je weg bij mij?'

'Niet meteen, schatje. Ik ga eerst nog een tijdje op de boerderij wonen bij mijn vader en moeder en mijn broer. Ik zit vlak bij je in de buurt.'

'O?' Aurora keek naar haar op. De wanhoop stond in haar ogen te lezen. 'Mag ik dan daar bij jullie komen wonen? Jouw ouders en je broer vinden mij toch aardig, of niet? Ik beloof dat ik zal helpen met koeien melken en met de schapen verzorgen en...'

'Aurora, je kunt zo vaak op bezoek komen als je wilt.' Grania voelde haar emotionele reserves langzaam afbrokkelen.

'Alsjeblieft, laat me meegaan. Laat me niet hier. Dan komen de nachtmerries terug en mama...' Aurora sloeg haar armen om Grania heen en klemde haar zo stevig en wanhopig vast dat Grania nauwelijks adem kon halen.

Het moeras begon zich boven Grania's hoofd te sluiten en ze moest er nu uit ontsnappen. 'Schat, ik ga je iets heel belangrijks vertellen, van vrouw tot vrouw, alsof je al volwassen bent.' Grania tilde Aurora's kin op en keek haar in de ogen. 'Dat iemand niet in dezelfde kamer is als jij, of niet bij je is op dat moment, betekent niet dat die iemand niet van je houdt. Om je de waarheid te zeggen zou ik willen dat je mijn dochter was, en dat ik je kon meenemen.' Grania moest haar tranen wegslikken om verder te kunnen praten. 'Maar je kunt niet met me mee, Aurora, omdat je je vader hier niet in zijn eentje kunt achterlaten. Hij heeft je nodig, liefje. En soms moeten we in ons leven dingen doen die heel erg moeilijk zijn.'

'Ja.' Aurora keek haar aan, ze leek het te begrijpen. 'Ja, je hebt gelijk,' zei ze met een zucht. 'Ik weet dat ik hier moet zijn voor papa. En dat je niet bij me kunt blijven. Je hebt je eigen leven en dat is belangrijk.' Aurora trok haar handen abrupt weg en keerde Grania haar rug toe. 'Iedereens leven is belangrijker dan het mijne. Dat is nu eenmaal zo bij grote mensen.'

'Op een dag ben je zelf ook volwassen, Aurora. En dan zul je het begrijpen.'

'O, ik begrijp het wel.' Ze draaide zich weer naar Grania om. 'Ik begrijp wel hoe het is om een groot mens te zijn.' Na een tijdje ademde ze diep in en kwam ze weer naar Grania toe lopen. 'Ik begrijp dat je weg moet, Grania, maar ik hoop dat ik je terugzie.'

'Dat beloof ik, schatje, dat beloof ik. Als je me nodig hebt, hoef je me alleen maar te bellen. Ik zal er altijd voor je zijn.'

'Ja.' Aurora knikte. 'Maar nu is het onderhand tijd om naar school te gaan, volgens mij.'

Aurora was stil tijdens de rit naar school, maar dat kon Grania goed begrijpen. Net zoals ze begreep dat Aurora, toen ze uit de auto stapte, zonder nog een blik achterom naar haar vriendinnetjes op het schoolplein liep. De pijn en het verdriet om het feit dat ze opnieuw werd verlaten raakten haar diep.

Grania vermande zich en dacht aan Mary, die alles had opgegeven om een kind te beschermen dat niet het hare was. Een kind dat Mary, toen haar dat goed uitkwam, uiteindelijk de rug had toegekeerd. Wat haar eigen gevoelens voor Aurora nu ook waren, het meisje was niet haar verantwoordelijkheid. En ze kon niet toestaan dat de geschiedenis zich herhaalde.

'O, mam, ze was zo zielig, haar gezichtje stond zo verdrietig, maar tegelijkertijd ook zo dapper en trots... je kunt je niet voorstellen wat dat kind allemaal heeft meegemaakt.' Op de terugweg van school was Grania langs de boerderij gegaan. En nu zat ze met haar moeder aan de keukentafel terwijl de tranen over haar gezicht stroomden.

'Nee, schat, dat weet ik ook niet,' zei Kathleen troostend. 'Maar wat je hebt gedaan is, hoe hard en moeilijk ook, het juiste. Zoals je zelf zegt: ze is niet jouw verantwoordelijkheid. Ze is de verantwoordelijkheid van haar vader.'

'Ik weet niet wat ze zonder mij moet. Iedereen verlaat haar, mam.' Grania zuchtte diep. 'Iedereen. En ze dacht dat ik van haar hield en om haar gaf en...'

'Ik weet het, Grania. Maar de band tussen jullie zal nooit verdwijnen. En ik beloof, en zeg dat maar tegen Aurora, dat ze hier altijd welkom zal zijn. We zijn allemaal op haar gesteld. Kom hier, meidje van me, en laat me je eens een dikke knuffel geven.'

Grania liet zich door haar moeder omhelzen en hoewel Kathleen haar soms irriteerde, voelde ze zich op dat moment gezegend dat ze haar had.

De drie volgende dagen in Dunworley House waren verbazend ontspannen. Aurora leek de situatie helemaal te hebben geaccepteerd. Ze schiep geen afstand tot Grania, maar vroeg haar juist de rest van hun tijd samen al hun favoriete dingen te doen. En dus maakten ze lange wandelingen over de kliffen, brachten ze een plakkerige, maar succesvolle middag door met het maken van schalen van papier-maché en gingen ze de laatste avond eten bij Grania's ouders.

Toen het na het eten tijd was om terug te gaan naar Dunworley House omdat Aurora naar bed moest, knuffelde Grania's moeder het meisje alsof het haar eigen kind was.

'Ik mag hier heel vaak bij jullie en mijn hondje op bezoek komen, hè, Kathleen?'

'Tuurlijk, liefje. En Grania gaat voorlopig nog nergens heen en onze deur staat altijd voor je open, dat beloof ik,' troostte Kathleen haar met een radeloze blik naar Grania. 'Dag, liefje, tot gauw.'

Toen ze thuiskwamen, wachtte Alexander hen op in de keuken.

'Aurora, ga jij je boven klaarmaken om te gaan slapen, alsjeblieft. Ik moet Grania even spreken.'

'Ja, papa,' zei Aurora gehoorzaam en ze ging de keuken uit.

Op de keukentafel lagen een paar enveloppen die voor Grania waren.

'Daarmee is alles afgerekend,' zei Alexander.

'Dank je.' Grania vroeg zich af waarom ze zich zo ongemakkelijk voelde, terwijl zij het toch was die hem een dienst had bewezen toen hij die nodig had.

'Morgenochtend om tien uur komt Lindsay, een heel aardig meisje uit het dorp. Als je zo vriendelijk zou willen zijn om Aurora naar school te brengen en Lindsay daarna een paar uurtjes in te werken, dan haalt zij Aurora op als de school uitgaat.'

'Vanzelfsprekend.' Grania pakte de enveloppen van de tafel en zei: 'Nu zou ik graag Aurora nog voor het laatst een keertje instoppen.'

'Ja.' Alexander knikte.

Grania liep naar de deur en deed die open.

'Grania...'

Ze draaide zich om en keek hem aan, zag het verdriet in zijn ogen.

'Ik hoop dat je op een dag zult begrijpen waarom ik...' Hij schudde zijn hoofd. 'Als ik je morgen niet meer zie, wil ik je graag heel veel geluk voor de toekomst toewensen. Zoals ik laatst al zei: je bent heel bijzonder. Dank je wel voor alles, en ik hoop dat je leven vanaf hier zal verlopen zoals je het graag hebt.'

Grania boog haar hoofd, ging de keuken uit en liep de trap op, om Aurora voor de laatste keer welterusten te wensen.

27

Aurora had niet wanhopig geleken en ze had Grania ook niet gesmeekt om te blijven, toen ze haar voor de laatste keer bij de school afzette. 'Ik ga straks kennismaken met je nieuwe oppas,' vertelde Grania. 'Ze heet Lindsay en zo te horen is ze heel aardig. Je weet trouwens dat je vader toch niemand zou aannemen die niet aardig is.'

Aurora knikte. 'Ja, dat weet ik.'

'En je weet ook dat ik vlakbij, in de boerderij, ben. En dat je ons zo vaak als je maar wilt kunt komen opzoeken?'

'Ja.'

'Dag lieverd. Kom maar snel bij ons langs. En ik beloof je dat ik nooit ver weg zal zijn.'

'Ja. Dag Grania.' Aurora glimlachte, draaide zich om en liep de school binnen.

Lindsay, de kinderoppas uit het dorp die Alexander had aangenomen, leek aardig, ervaren en goed op de hoogte van de situatie. 'Ik heb vaker in mijn eentje voor kinderen gezorgd, dus het zal echt geen probleem zijn, Grania,' zei ze.

'Ja, en ik weet zeker dat je daar veel meer ervaring in hebt dan ik. Ik ben maar een amateur die even is ingevallen.'

Maar desondanks wilde Grania dat Lindsay alles wist over Aurora's speciale wensen en verlangens. Waar haar beer moest liggen op het kussen en hoe ze graag ingestopt werd, dat ze graag in haar nek gekieteld werd...

Grania had Shane gevraagd haar te komen halen. Toen ze wegreden van Dunworley House, voelde Grania zich opgelucht. Maar ze had ook een slecht voorgevoel...

Het was drie dagen geleden dat Grania was vertrokken en het hele gezin Ryan wachtte in spanning af totdat Aurora's kleine gracieuze gestalte door het laantje naar hen toe zou komen huppelen. Maar tot dan toe was dat nog niet gebeurd.

'Dat moet betekenen dat ze gewend is aan het nieuwe meisje en het fijn heeft,' merkte Kathleen op.

'Ja,' antwoordde Grania twijfelachtig.

'Ze komt wel als ze eraan toe is, dus maak je geen zorgen. Kinderen zijn overlevers en Aurora is sterk.'

'Ja,' herhaalde Grania.

Maar ze wisten allebei dat ze er geen woord van geloofden.

Later die avond ging Grania's mobieltje. Het was Lindsay.

'Hi,' zei Grania terwijl ze de keukendeur achter zich dichtdeed en de woonkamer in liep om rustig te kunnen praten. 'Hoe gaat het met jullie tweetjes?'

'Ik dacht dat het goed ging. Tot vanmiddag, toen ik haar van school ging halen en ze daar niet was.'

'Hoe bedoel je, dat ze daar niet was?'

'Ze is verdwenen. Haar onderwijzeres zei dat ze een minuut daarvoor nog op het schoolplein was, en toen plotseling niet meer.'

'Jezus,' mompelde Grania, en haar hart begon sneller te kloppen. Ze wierp een blik op haar horloge. Het was tien minuten voor zes. Dat betekende dat Aurora al meer dan twee uur zoek was. 'Waar hebben jullie allemaal gezocht?'

'Overal. Ik...' Grania hoorde de radeloosheid in Lindsays stem. 'Ik bel jou om te horen of jij misschien speciale plekjes weet waar ze graag heen ging, of iemand waar ze naartoe zou kunnen zijn. Ik dacht... of eigenlijk, ik hoopte dat ze misschien bij jou was.'

'Nee, maar ik zal hier in huis en in de schuren gaan kijken. Ze kan over de velden hierheen zijn gekomen zonder dat wij het hebben gezien. Is Alexander daar?'

'Die is vanmiddag naar Cork gegaan en hij is nog niet terug. Ik heb zijn mobiel een paar keer geprobeerd, maar hij neemt niet op.'

'Heb je al op de kliffen gezocht?'

'Ja, maar geen enkel teken.'

Grania moest zich inhouden om niet te vragen of Lindsay ook naar beneden had gekeken, naar de rotsen in de zee eronder.

'Goed. Als jij nou het huis en de tuinen daar nog een keer doorzoekt, dan kijk ik hier. Maar als je haar niet vindt, moet je daar blijven, voor het geval Aurora terugkomt. Ik bel je als ik haar vind of een idee heb waar ze kan zijn. We spreken elkaar snel.'

Grania vroeg Shane de stallen en schuren uit te kammen, terwijl John de Land Rover nam om de velden rond de boerderij te checken. Kathleen stond in de tuin en riep Aurora's naam, een zinloze onderneming, maar iets beters wist ze niet.

Shane en Grania ontmoetten elkaar een tijd later weer op het erf. 'Geen enkel teken, vrees ik,' rapporteerde hij. 'Maar die puppy waar ze zo gek op was, is ook verdwenen.'

'Echt?'

'Misschien is het toeval, of zou Aurora hier geweest zijn en het beestje meegenomen hebben?'

'Ja, als Lily weg is, vermoed ik van wel,' zei Grania, enigszins gerustgesteld dat Aurora hier dus niet al te lang geleden nog was geweest. Dan was het kind met het hondje hopelijk ergens heen en lag ze niet dood op de rotsen onder de kliffen. 'Ik ga met de fiets het klifpad op. Misschien kun jij de andere kant op gaan om te zoeken, richting Clonakilty?' opperde Grania terwijl ze een roestige fiets uit de schuur pakte.

'Oké,' zei Shane. Hij pakte ook een fiets en zei: 'Ik heb mijn mobiel bij me, pa ook. Mam kan hier blijven voor het geval ze hier komt opdagen.'

Twee uur later hadden alle Ryans zich weer in de keuken verzameld. Geen van hen had een spoor van Aurora gevonden.

'Ik heb mijn hersens gepijnigd om een schuilplaats te bedenken waar ze zou kunnen zitten,' zei Kathleen, onrustig ijsberend door de keuken. 'Mijn hemel, Moeder Maria! Als die arme kleine meid iets is overkomen, dan...'

‘Moeten we de politie niet bellen?’ vroeg John.

‘Lindsay vertelde dat het is gelukt Alexander aan de telefoon te krijgen en dat hij nu vanuit Cork op de terugweg is naar huis. Als iemand die beslissing moet nemen, is hij het, vind ik,’ zei Grania terwijl ze haar handen warmde bij het fornuis.

‘Iemand een kop thee?’ vroeg Kathleen.

‘Ja graag, schat,’ zei John. ‘Zonder vervoer kunnen een achtjarig meisje en een jong hondje niet echt ver weg zijn, toch? Iemand moet hen op een gegeven moment ergens zien. En ze zal ook wel geen geld bij zich hebben. Misschien komt ze gewoon terug als ze honger krijgt,’ zei John rationeel.

‘En dat hondje is natuurlijk ook niet blij zonder zijn moeder in de buurt voor melk,’ voegde Shane eraan toe.

Grania luisterde nauwelijks. Haar gedachten vlogen de laatste tien weken langs, op zoek naar een plek waar Aurora naartoe zou kunnen zijn. Even later hoorde ze het grind knerpen en zag ze Alexanders auto het erf op rijden. Hij sprong eruit en kwam haastig naar de keukendeur toe lopen. Toen hij binnenkwam, was zijn magere gezicht grijs van angst.

‘Sorry, om zo binnen te komen vallen, maar Lindsay vertelde dat jullie allemaal op zoek naar Aurora zijn geweest. Is er nieuws?’

‘Nee, Alexander, tot nu toe niet. We hebben alles afgezocht. Dit is mijn moeder, trouwens, en mijn vader en mijn broer Shane,’ vervolgde Grania.

‘Prettig kennis te maken,’ zei Alexander automatisch. ‘Heeft iemand nog een idee?’

‘Nou, we denken dat ze haar lievelingspuppy heeft meegenomen, dus ze is in ieder geval niet in haar eentje,’ zei Shane.

‘Hier, jongen,’ zei Kathleen terwijl ze Alexander een kop hete thee aanbood. ‘Drink die eerst op, er zit veel suiker in, dat is goed bij zo’n schok.’

‘Dank u. Dus ze heeft dat hondje meegenomen. En dat betekent?’

‘Dat ze in ieder geval nog hier is geweest,’ zei John.

Even was er een glimp van opluchting in Alexanders ogen te zien. 'Nou, dat is tenminste iets. Hoe ver kunnen een klein meisje en een hondje in een paar uur komen, denken jullie?'

'Niet ver, zou ik zeggen,' zei Kathleen.

'We vroegen ons af of het misschien tijd werd om de politie in te schakelen,' opperde Shane.

'Nog maar niet,' zei Alexander haastig. 'Maar als we haar de komende paar uur niet vinden, zullen we wel moeten.'

'Ik wilde de omliggende boerderijen gaan waarschuwen, als jullie dat een goed idee vinden,' stelde John voor. 'Dan kunnen ze daar, nu we nog wat licht hebben, ook de schuren en het land afzoeken.'

'Goed idee, lieverd,' zei Kathleen en John liep met een knikje de keuken uit. Kathleen staarde in haar theekopje. 'Weet je, het is misschien alleen maar een voorgevoel, maar ik heb zo'n idee dat die kleine meid ergens dicht in de buurt is.'

'Die voorgevoelens van je blijken meestal te kloppen, mam,' zei Shane met een opbeurende blik naar Alexander. 'De vraag is alleen: waar?'

Na nog meer tevergeefse zoektochten op de kliffen, in de omliggende boerderijen en de velden, ging Alexander overstag en vond hij het tijd om de politie in te schakelen.

Grania liep naar buiten en bleef stilstaan in het veld voor de boerderij. De hemel was intussen diepzwart en zonder maan of sterren om licht te werpen op de plek waar Aurora verscholen zat.

'Waar ben je, lieve schat?' fluisterde ze. Onrustig drentelde ze heen en weer. Er zeurde iets in haar achterhoofd wat maar niet naar de oppervlakte wilde komen. Plotseling schoot het haar te binnen! Meteen draaide ze zich om en rende terug naar de keuken. Alexander verbrak net de verbinding met de politie.

'Ze zijn binnen tien minuten in Dunworley House om meer gegevens op te nemen. Ik kan maar beter gaan om ze daar te ontvangen.'

'Alexander, waar is Lily begraven?'

Alexander draaide zich langzaam naar Grania om. 'Bij de kerk van Dunworley. Je denkt toch niet dat...'

'Kunnen we met jouw auto?'

'Ja.' Meer woorden waren niet nodig. Met zijn tweeën renden ze het huis uit, stapten in Alexanders auto en raceten weg naar het kerkje van Dunworley, dat aan de andere kant van de heuvel lag.

'Lily zei altijd dat ze daar begraven wilde worden,' verbrak Alexander de stilte onderweg. 'Dat ze dan voor eeuwig het mooiste uitzicht had wat er was.'

Ze parkeerden de auto langs de weg en met een zaklamp die Alexander uit het handschoenenkastje in zijn auto haalde, liepen ze door het knarsende smeedijzeren hek het kerkhof op.

'Het is links, helemaal achteraan.' Alexander ging voorop, terwijl ze voorzichtig tussen de graven door laveerden.

Grania hield haar adem in toen ze zo dichtbij waren dat ze Lily's grafsteen konden beschijnen met de zaklamp. En daar lag Aurora, genesteld tussen het onkruid en de wilde bloemen die aan het graf waren ontsproten, met in haar armen, diep in slaap, het hondje.

'Godzijdank,' verzuchtte Alexander.

Grania zag dat hij bijna in tranen was van opluchting.

Alexander keerde zich dankbaar naar haar om en legde zijn hand op haar schouder. 'Dank je wel, Grania. Dank je wel, dat je mijn dochter nog beter kent dan ik.'

Alexander liep op zijn tenen naar Aurora toe, boog zich over haar heen en tilde haar voorzichtig op. Aurora's ogen gingen half open en ze keek glimlachend naar haar vader op.

'Hi, pap,' zei ze slaperig.

'Hi, liefje. We nemen je mee naar huis, dan kun je daar lekker in je warme bedje.'

Grania liep achter hen aan met het hondje terwijl Alexander Aurora naar de auto droeg. Ze ging achterin zitten en hij zette het kind bij haar op schoot.

'Hi, Grania.' Aurora keek glimlachend naar haar op. 'Ik heb je gemist.'

'En ik heb jou gemist.'

'Hoe heb je me gevonden, pap?' vroeg ze.

'Dat was ik niet, schatje,' zei Alexander toen ze in de auto de heuvel op reden naar Dunworley House. 'Het was Grania die bedacht dat je daar was.'

'Ja, ik wist wel dat ze dat zou raden.' Aurora klonk bijna zelfvoldaan. 'Grania is net een echte moeder. Ik hou van je, Grania,' zei ze. 'Je gaat nou toch niet weer bij me weg, hè?'

Grania keek op Aurora neer en zag de wanhoop in haar blik. Ze ademde diep in. En toen zei ze: 'Nee, lieverdje. Ik ga nooit meer bij je weg.'

Later, toen Aurora veilig in bed lag met een hete kruik om warm te worden, haar hondje door Shane mee teruggenomen was naar de moeder, en de politie was gebeld dat Aurora gevonden was, bood Alexander Grania in de keuken een cognacje aan.

'Dank je.' Grania liet zich moe op een stoel zakken en legde haar handen om het glas.

'Ik heb Lindsay naar haar moeder in Skibbereen laten gaan,' zei Alexander. 'Ze was behoorlijk van streek.' Alexander kwam naast Grania zitten; hij zag er uitgeput uit. 'Mijn god, wat een opluchting. Aurora lijkt er in ieder geval zonder kleerscheuren vanaf te zijn gekomen. IJskoud, maar zonder kleerscheuren,' herhaalde hij.

'Ja. Het ergste was dat ik dacht...' Grania keek Alexander aan en hij knikte. Zijn ogen dwaalden in de richting van de kliffen.

'Dat dacht ik ook.' Hij stak zijn hand naar Grania uit. 'Ik kan je niet zeggen hoe dankbaar ik ben dat je haar voor me hebt gevonden. Als ik Aurora kwijt was geweest...' Alexander schudde zijn hoofd, '...dan had ik niet geweten wat ik nog moest.'

'Daar ben ik van overtuigd.'

'Maar, Grania, luister eens,' zei Alexander op dringende toon. 'Aurora is een prachtig, schattig en slim meisje. En, net als haar moeder, is ze ook goed in manipuleren. Dit was een roep om hulp vanavond, en geen roep om mij, maar om jou. Je moet er niet aan toegeven. Het is bijna emotionele chantage.'

'Ik denk niet dat het zo bedoeld was, Alexander, echt niet.'

'Nee, ik weet zeker dat het niet zo bedoeld was,' beaamde Alexander. 'Het is haar kinderlijke manier om je ertoe te bewegen terug te komen. Het feit dat ze zo veel van je houdt, bewijst nog eens dat je heel goed voor haar hebt gezorgd. En dat ze zich geborgen voelt bij je. Maar, en met de nadruk op "maar": je moet je niet door haar aan het twijfelen laten brengen. Je hebt geen enkele verplichting ten opzichte van mijn dochter. En ik zou het vreselijk vinden als ze op de een of andere manier de plannen zou dwarsbomen die je intussen wel gemaakt zult hebben.'

Welke plannen? dacht Grania bij zichzelf, niet in staat om helder na te denken met Alexanders fysieke aanwezigheid zo vlak naast haar en zijn hand die de hare aanraakte.

'Ik begrijp wat je bedoelt, Alexander, en dat waardeer ik. Maar het probleem is,' zei Grania met een zucht, 'dat ik ook van haar hou.'

'Maar ik wil nogmaals benadrukken dat ze niet jouw verantwoording is. Ze is mijn verantwoording.'

'Wat zijn jouw plannen, Alexander?' vroeg Grania, waarbij ze hem recht in de ogen keek. Ze moest het weten. Dat was voor hen alle drie beter.

'Ik...' Alexander haalde zijn hand weg, zuchtte diep en streek door zijn haar. 'Grania, ik moet je iets vertellen.'

'Vertel het maar,' zei ze zacht.

Hij draaide zich naar haar toe en pakte haar handen in de zijne. Hij keek haar onderzoekend aan en schudde toen zijn hoofd. 'Dat kan ik niet.'

De cognac had Grania's gewoonlijk zo gereserveerde houding wat losser gemaakt. Nu was het haar beurt om een kneepje in zijn handen te geven. 'Alsjeblieft, Alexander, vertel het me.'

Hij boog zich naar haar toe, hun knieën raakten elkaar, en hij gaf haar een zachte kus op haar lippen. 'O, mijn god.' Hij kuste haar nog een keer. 'Ik... je bent echt fantastisch.' En toen trok hij haar tegen zich aan en kuste hij haar echt. Krachtig en vol verlangen sloot hij haar in zijn armen. Grania sloeg haar armen om zijn hals en hield hem stevig vast, terwijl ze hem met evenveel verlangen terugkuste. Toen maakte hij zich plotseling van haar los.

'Vergeef me! Sorry! Ik... kan dit... mag dit niet doen. Het is oneerlijk tegenover jou. Wat mijn gevoelens voor je ook zijn, ik...' Plotseling stond Alexander op, woede trok over zijn knappe gezicht. Hij pakte zijn cognacglas en smeet het tegen de muur, waarna het sierlijk in schitterende scherven op de grond viel.

Grania keek verbijsterd en geschrokken toe.

'O, mijn god! Sorry...' Hij liet zich terug op zijn stoel vallen en sloeg zijn armen weer om haar heen. Toen duwde hij haar zachtjes van zich af om haar in de ogen te kunnen kijken. 'Je hebt geen idee hoe moeilijk dit voor me is.'

'Misschien kun je het proberen uit te leggen?' wist Grania verstandig uit te brengen.

'Ja. Maar... ik kan het niet.' Hij strengelde zijn vingers door de hare en boog zich naar haar toe om zachtjes haar gezicht te kussen. 'Als je alleen maar wist wat ik allemaal heb gedacht... hoe geweldig ik je vind... hoe lief, hoe aardig, hoe vriendelijk, hoe... vol leven. En wat je Aurora hebt gegeven, dat is gewoon onbetaalbaar. Ik zou er alles voor overhebben om je nu in mijn armen te kunnen nemen en je naar boven te dragen.' Hij maakte zijn hand los en volgde met zijn vingertoppen de contouren van haar gezicht. 'Maar geloof me, Grania, je kunt het beste zo snel mogelijk vertrekken uit dit verdoemde huis. Ga terug naar je eigen wereld en leef. Vergeet me, Aurora en...'

'Alexander,' zei Grania zwakjes. 'Je klinkt als iemand in een film. Hou op, alsjeblieft. Dit leidt nergens toe.'

'Ja, je hebt gelijk. Lily zei altijd dat ik een dramatische kant in mijn karakter had. Sorry. Het is een dramatische avond geweest.' Hij lachte grimmig.

'En óf dat zo was.'

Alexander wendde zijn ogen af. 'Ik moet morgen weer weg. Maar ik denk dat ik het beter kan uitstellen, vanwege Aurora.'

'Hoelang ga je weg? Langer dan twee maanden?'

'In het allerergste geval kan het veel langer zijn dan dat...'

'Luister, ik heb een voorstel,' zei Grania.

'Wat?'

'Het is je vanavond waarschijnlijk wel opgevallen hoe dol mijn familie op Aurora is. Wat vind je ervan als ze daar met mij gaat wonen zolang jij weg bent? Als ik dan op een zeker moment mocht besluiten terug te keren naar mijn leven in New York, heeft Aurora in ieder geval de vastigheid van mijn ouders en mijn broer hier nog. En dan kun je als je terug bent besluiten hoe je verder wilt.'

'Denk je dat je ouders daar geen bezwaar tegen hebben?'

'Na het drama van vanavond,' zei Grania met opgetrokken wenkbrauwen, 'lijkt het me nogal duidelijk dat ze dat niet hebben. Het is mij nog niet gelukt om hun kleinkinderen te bezorgen, dus hebben ze Aurora als kleinkind geadopteerd.'

'Nou... dat klinkt me als muziek in de oren.' De gespannenheid verdween enigszins uit zijn gezicht. 'Het idee dat Aurora in een echt gezin woont. Ik betaal natuurlijk voor alle kosten, dat spreekt vanzelf.'

'Goed. Dan bel ik mijn moeder morgenochtend om te checken of het goed is, maar ik weet haast zeker van wel.' Grania was nog altijd verward door alle emoties van die avond. En Alexanders vreemd wisselende gedrag had haar uitgeput. 'Als je het niet erg vindt,' zei ze terwijl ze opstond, 'ga ik naar bed. Ik ben doodop.'

'Natuurlijk. Het is ook een uitputtende avond geweest. Een avond, mag ik wel zeggen, waarvan jij de heldin bent.'

'Dank je. Welterusten, Alexander.'

Hij volgde haar met zijn ogen terwijl ze haar cognacglas in de gootsteen zette, het uitspoelde en naar de keukendeur liep. 'Grania?'

'Ja?'

'Vergeef me alsjeblieft. Onder andere omstandigheden had ik...'

Ze keerde zich naar hem toe en knikte. 'Ik begrijp het,' loog ze.

AURORA

Mocht je het willen weten: nee, ik ben niet trots op mezelf. Mijn vader had natuurlijk gelijk – ik gedroeg me manipulerend. Maar ik was ook wanhopig. En bovendien was me ingefluisterd dat Grania lang, heel lang voor me zou komen zorgen. Dus beviel het me helemaal niet dat dat mis leek te lopen en ze me in de steek liet.

Het kostte me heel wat moeite om een goede plek te bedenken waar ik me kon verstoppen. Ergens waarvan ik zeker wist dat ze me er, als ze van me hield, zou vinden, maar die ook weer niet te veel voor de hand lag, zoals in de schuur bij de puppy's, of boven op het klif.

Hoewel ik niet bang ben voor geesten, ik ken en begrijp ze tenslotte, vond ik het niet fijn daar in mijn eentje op het kerkhof. Zo tussen al die doden voelde ik me een buitenstaander. En ik was natuurlijk nog maar acht, en ook maar een mens...

Arme Grania. Ze had er weinig verweer tegen, ze is nu eenmaal goedhartig. En natuurlijk hield ze ook van me. Wat, zoals ik al eerder zei, vaak de hele boel redt.

En ik denk dat ze ook van papa had kunnen houden, als de dingen anders waren geweest...

Ik moet ophouden met te wensen dat ik de loop van dit verhaal zou kunnen veranderen. Ik weet zeker dat de Meesterverteller, die de draden van het lot door ons leven weeft, daar veel beter in is dan ik ooit zou zijn. En hoewel het 'waarom' vaak moeilijk te begrijpen is, moet je er toch op vertrouwen dat Hij het goed doet. Dat Hij de redenen kent voor alles wat ons overkomt en ons allemaal een 'happy end' zal bezorgen. Zelfs al gebeurt dat pas achter die ragfijne sluier die we 'dood' noemen en is het iets wat we tijdens ons leven niet kunnen zien.

Zoals je misschien is opgevallen, ben ik geen fan van de evolutietheorie, hoewel ik Darwins Over het ontstaan van soorten *wel heb gelezen.*

Nee, ik lieg. Ik heb er twee hoofdstukken van gelezen en toen heb ik het opgegeven en ben ik in Oorlog en Vrede *van Leo Tolstoj begonnen, wat lang niet zulke zware kost is.*

Maar ik ben een creationist, ik geloof in de Schepper.

Misschien word je dat vanzelf als het einde van je leven nadert.

Sorry dat ik de aandacht hier weer zo op mezelf richt, lezer. Ik heb een paar slechte dagen achter de rug en Oorlog en Vrede *is nou ook niet bepaald een sprookje.*

Ik ga nu aan Austen beginnen, om me op te vrolijken. Ik hou van haar eindes, meer dan ik tegenwoordig van dat van mezelf hou.

En nu: verder met het verhaal!

28

Grania begreep er niets van. Toen ze terug de heuvel af reed naar de boerderij van haar ouders, met Aurora en haar kostbaarste bezittingen achter in de Range Rover, had ze geen idee wat zich in Alexanders hoofd afspeelde.

'We zijn er!' riep Aurora terwijl ze uit de auto sprong en naar de openstaande keukendeur holde. Met een sprong belandde ze in Kathleens armen. 'Heel erg bedankt dat ik mag komen logeren en mag Lily op mijn bed slapen? Ik beloof dat ik haar 's morgens meteen naar haar mama zal brengen om melk te drinken.'

'Tja, Aurora, hondjes kun je niet weghalen bij hun mama als ze daar nog niet klaar voor zijn. En ze mogen hier in de boerderij ook niet boven komen. Behalve bij een zeer speciale gelegenheid misschien, zoals je eerste nachtje hier.' Kathleen aaide Aurora's wang, streek over haar prachtige koperen krullen, en wisselde een toegeeflijke blik met haar dochter uit. 'Welkom, Grania, fijn dat je terug bent met onze nieuwe gast.'

Voor het avondeten nam Shane Aurora mee naar de wei waar de schapen begonnen te lammeren. 'Het is frappant,' zei Kathleen. 'Ik zei toch dat het voorbestemd is dat de Ryans zorgen voor een kind van de Lisle's!'

'Ach, mam, hou op met je koffiedik kijken! En je geklets over het verleden,' voegde Grania eraan toe. 'Het is duidelijk dat je dol op haar bent.'

'Ja.' Kathleen was eerlijk genoeg om dat toe te geven. 'Op de een of andere manier heeft dat kind de weg naar mijn hart gevonden, ondanks mijn goede voornemens. En je vader, dat is gewoon een verloren zaak. Hij heeft de logeerkamer roze geschilderd en is gisteren zelfs naar Clonakilty geweest om poppen voor haar te kopen. En lelijk dat ze zijn!' zei Kathleen grinnikend. 'Maar hij bedoelt het goed. En je broer is ook al helemaal weg van haar.'

'Mam, je weet dat het tijdelijk is, hè, totdat Alexander weer thuis is.'

'Een Lisle woont nooit tijdelijk in het huishouden van een Ryan, let op mijn woorden,' zei Kathleen zwaaiend met haar wijsvinger. 'Maar ik moet bekennen dat de boel hier weer helemaal opleeft door die kleine meid!' Kathleen zette water op. 'En als ik dacht dat het het beste voor haar was, zou ik waarschijnlijk als een leeuwin voor haar vechten. Dus nu heb ik toegegeven dat ik, als het om een kind van de Lisle's gaat, net zo erg ben als de rest van de vrouwen in deze familie. Maar wie kan er nou op tegen zo'n schatje dat een glimlach op je gezicht tovert?' Toen keerde ze zich naar haar dochter en met haar armen over elkaar geslagen zei ze: 'Maar de belangrijkste vraag, Grania, is wat jij nu van plan bent. Met Aurora hier veilig onder dak kun jij je eigen besluiten weer nemen.'

'Ja, mam, en daar ben ik jullie ook heel dankbaar voor. Ik zou je graag vertellen dat ik die besluiten ook heb genomen, maar dan lieg ik. Misschien zullen een paar dagen rust na al dit dramatische gedoe helpen.'

'Ja,' verzuchtte Kathleen. 'En die Alexander. Zelfs ik kan zien dat het een knappe vent is. Die ogen van hem...'

'Mam! Gedraag je!' zei Grania met een glimlach.

'Dat heb ik altijd gedaan, helaas.' Ze grijnsde. 'Maar een mens mag toch dromen? Nou, ik dacht dat ik maar eens een feestmaal moest gaan maken voor ons kleine prinsesje.'

Die avond, met Aurora bij hen aan tafel, had zijn eigen, bijzondere verloop. Vol afgrijzen over het feit dat Aurora geen enkel volksliedje van haar eigen land kende, haalde John na het eten zijn banjo tevoorschijn en bracht hij er een aantal ten gehore. Shane brak met zijn levenslange gewoonte om na het eten naar de pub te vertrekken. Met zijn vijven dansten ze Ierse *jigs*, totdat Aurora begon te geeuwen en Grania aan haar ogen kon zien dat ze heel moe was.

'Tijd om naar bed te gaan, liefje.'

'Ja,' zei Aurora, haast dankbaar.

Grania nam haar mee de smalle trap op naar de pasgeverfde logeerkamer, trok Aurora haar nachthemd aan en stopte haar in.

'Ik hou van iedereen hier, Grania. Ik hoop dat ik hier nooit weg hoef,' zei Aurora geeuwend, haar ogen tevreden halfdicht.

Ze sliep al voordat Grania de kamer uit was.

Matt kwam thuis, zette zijn weekendtas in het washok om later de was in de machine te stoppen en liep naar de keuken om iets te eten te pakken. Hij was hier niet meer geweest sinds de ochtend na die avond dat hij dronken was geworden met Charley en de rest van de clan. Hij liep de woonkamer in, opgelucht dat de loft op dat moment verlaten was, en liet zich op de bank neervallen. Het kon natuurlijk zijn dat Charley hier alweer vertrokken was; haar appartement moest nu toch zo onderhand wel tot op de laatste millimeter zijn opgeknapt?

Matt kleurde bij de gedachte aan die laatste ochtend hier, hoe afgrijselijk het was geweest te ontdekken dat Charley naakt naast hem had gelegen. Hij had gedoucht, zijn tas ingepakt met alles wat hij de weken daarop nodig zou hebben, en was als een afgewezen minnaar zijn eigen huis uit geslopen. Het ergste van alles was nog dat hij niet meer wist wat hij wel of niet had gedaan de avond daarvoor.

Charley had hem sindsdien niet meer gebeld. De gesprekken die je zou verwachten als je samen de nacht had doorgebracht, waren er niet geweest. Hij had ook geen contact met haar gezocht, want wat moest hij in vredesnaam zeggen? Beter eerst een idee krijgen van wat er was gebeurd, dan kon hij gepast reageren.

Matt hoorde de sleutel in het slot. Charley kwam binnenlopen en keek verrast naar Matt.

'Hi, ik verwachtte je niet hier.'

'Echt?' vroeg Matt nerveus. 'Vreemd, ik woon hier toch.'

'Ja, natuurlijk,' zei ze terwijl ze doorliep naar de keuken om een glas water te pakken. Toen kwam ze de zitkamer weer in, maar liep meteen door naar haar slaapkamer.

'Alles goed?' riep Matt. Ze was ongewoon stil.

'Ja, alles goed, heel moe alleen.'

Dat was alles wat hij van haar zag die avond, plus de avonden van de hele week die daarop volgde. Als ze samen thuis waren, gaf Charley eenlettergrepige antwoorden op zijn vragen en verdween dan in haar kamer om er pas de volgende ochtend weer uit te komen. Matt begreep dat ze hem ontliep en kon wel vermoeden waar dat mee te maken had, maar wist niet hoe hij het probleem moest oplossen.

Uiteindelijk besloot hij om Charley dan maar voor het blok te zetten. Die avond kwam ze op de normale tijd thuis. Ze liep meteen door naar de keuken om zichzelf een glas melk in te schenken.

'Charley, liefje, ik denk dat we eens moeten praten.'

Charley stond even stil tijdens haar tocht door de zitkamer op weg naar haar slaapkamer. 'Waarover?'

'Ik denk dat je dat wel weet.'

Charley bestudeerde hem een tijdje. 'Wat valt er te bepraten? Het is gebeurd, het was een vergissing en het is duidelijk dat je er spijt van hebt...'

'Jee!' Matt hief instinctief zijn handen op. 'Ho even! Ik stel voor dat we een hapje gaan eten en de boel uitpraten.'

'Oké,' zei Charley schouderophalend. 'Mij best. Ik neem eerst even een douche.'

Een uur later zaten ze een paar straten verderop tegenover elkaar in een Italiaans restaurant. Matt had een biertje besteld, maar Charley had geen alcohol gewild en dronk water.

'Alles in orde met je? Lichamelijk, bedoel ik. Niks voor jou om een glas wijn af te slaan, Charley.'

'Ik voel me niet zo geweldig op het moment.'

'Je moet eens naar de dokter om alles te laten checken,' spoorde Matt haar aan.

'Ja.' Charley hield haar ogen neergeslagen, speelde met haar bestek en weigerde oogcontact met hem te maken.

'Hé, Charley, ik ben het die hier tegenover je zit. Matt! Ik vind het vreselijk dat ik blijkbaar iets heb gedaan waardoor je van streek bent.'

Charley zweeg. Matt zwoegde manmoedig voort.

'Het probleem is dat ik die avond stomdronken was. Ik moet oud aan het worden zijn, dat ik niet meer zo veel drank aankan als vroeger.'

Zijn flauwe grapje veroorzaakte geen reactie.

'Luister,' probeerde hij het opnieuw. 'Ik zal eerlijk zijn en je bekennen dat ik maar heel vaag weet wat er die avond is gebeurd. Toen we terug waren uit het restaurant, bedoel ik. Ik bedoel, hebben we... heb ik?'

Matt hield aarzelend zijn mond. Meer kon hij niet zeggen, totdat Charley hem antwoord had gegeven. Ze sloeg haar ogen langzaam naar hem op. Hij wist niet of die nou droevig stonden of boos.

'Je herinnert je het niet?'

'Nee.' Matt kleurde. 'Ik herinner het me niet. Het spijt me heel erg, maar ik kan maar beter eerlijk zijn.'

'Jezus.' Charley zuchtte. 'Nou, dat kan er ook nog wel bij.'

'Sorry, Charley, ik schaam me dood. En ik vind het afgrijselijk. Maar het is niet... het is niet dat we dat... ik bedoel... het was niet de eerste keer, gelukkig.'

'O.' Charleys ogen kregen een kille blik. 'Dus dan is het wel oké? Dat je me besprong is wel oké, omdat we het al eerder met elkaar hadden gedaan? Bedoel je dat, Matt?'

'Nee, ik... shit, Charley!' Matt haalde verstrooid zijn hand door zijn haar en keek haar aan. 'Meen je dat? Dat ik je die nacht heb "besprongen"?'

'Ja, Matt, je hebt me besprongen. Of wou je beweren dat ik lieg?'

'Natuurlijk niet. Verdomme. Ik kan gewoon niet geloven dat ik me zo heb gedragen. Het spijt me heel erg, Charley, heel erg,' benadrukte hij nog een keer.

'Nou,' zei Charley schouderophalend, 'niet zo veel als het mij spijt. Maak je geen zorgen, ik heb daarna snel begrepen hoe het zat, hoor. Of je het je nou herinnerde of niet, het feit dat ik de twee weken erna niets van je hoorde, maakte alles duidelijk. Je hebt me gebruikt, Matt. En ik vind niet dat ik dat heb verdiend.'

'Nee, natuurlijk verdien je dat niet,' beaamde Matt, ineenkrimpend onder haar koude blik. 'Ik voel me een verschrikkelijke lul en als ik jou was zou ik me afvragen of je nog wel iets met mij te maken wilt hebben.'

'Die gedachte is wel in me opgekomen, ja,' gaf Charley toe terwijl hun pizza's werden gebracht. 'Ik bedoel, ik dacht dat we in ieder geval vrienden waren. En je zou je ergste vijand nog niet zo behandelen als je bij mij hebt gedaan.'

'Nee.' Matt had grote moeite met het scenario. Hij kon zich nauwelijks voorstellen dat hij zo hufterig had gedaan, zo totaal anders dan hij zich normaliter gedroeg. En dus had hij ook weinig weerwoord ter verdediging. 'Charley, ik weet gewoon niet wat ik moet zeggen! Jezus! Ik herken mezelf gewoon niet. Ik ben er altijd trots op geweest dat ik een fatsoenlijke vent was, maar nu moet ik op de een of andere manier zien te accepteren dat ik dat helemaal niet ben.'

'Nee,' Charley nam een klein hapje pizza en kauwde er nadenkend op, niet van plan om het daarbij te laten. 'Blijkbaar ben je dat helemaal niet. En ik maar luisteren naar al dat geweeklaag van je over Grania, dag en nacht. En ik maar proberen er als vriendin voor je te zijn op het moment dat je me nodig had. En hoe behandel jij mij?'

'Hé, Charley, ik begrijp waarom je zo boos bent,' wist Matt uit te brengen, verward door haar verbale aanval. 'Maar nou geef je me wel een heel slecht gevoel over mezelf.'

'Sorry, Matt,' gaf ze toe. 'Maar die avond, voordat je me besprong, was je heel overtuigend.'

'Is dat zo?'

'Ja. Je zei bijvoorbeeld dat je van me hield.'

Matt had het gevoel dat hij verdronk in een zee van beschuldigingen. En toch moest het allemaal waar zijn, want waarom zou Charley liegen? Ze was gewoon niet zo'n type vrouw. Ze waren samen opgegroeid – hij kende haar beter dan welke andere vrouw dan ook. Uitgezonderd Grania natuurlijk. Hij wist niet meer wat hij moest zeggen en zat zwijgend tegenover haar aan tafel.

'Luister, Matt,' zei Charley met een diepe zucht. 'Ik begrijp dat je niet goed in je vel zit op dit moment. Je was die nacht dronken en ik accepteer dat je daarom dingen hebt gezegd en gedaan die je niet meende. Ik was nou eenmaal voorhanden en geloofde wat je zei. En dat had ik niet moeten doen. Dus is het misschien net zo goed mijn schuld,' zei ze schouderophalend.

'Verdomme, Charley, het is absoluut niet jouw schuld. Het is de mijne, en ik wil niet dat je jezelf ook maar iets verwijt. Als ik de boel kon terugdraaien, zou ik dat zeker doen. En je hebt gelijk, ik zit niet goed in mijn vel op dit moment, maar dat is niet jouw probleem en ik zal mezelf nooit vergeven dat ik je verdriet heb gedaan. Het verbaast me dat je niet verhuisd bent en niet hebt besloten me nooit meer te willen zien.'

'Dat had ik wel gedaan als ik had gekund, maar het duurt veel langer om het appartement op te knappen dan ik dacht. Maak je geen zorgen, Matt,' zei ze met een bedroefd schouderophalen, 'ik ben weg zodra het daar weer bewoonbaar is.'

'Is dit het einde van onze vriendschap?' vroeg hij langzaam.

'Ik weet het niet, Matt,' zei ze met een zucht. 'Nu we hebben gepraat, heb ik wat tijd nodig om erover na te denken.'

'Dat begrijp ik.'

'Ik moet het je vragen, Matty, maar wees alsjeblieft heel eerlijk tegen me. Toen je zei... wat je tegen me zei die avond, voordat we met elkaar naar bed gingen, dat meende je niet, toch?'

'Je bedoelt dat ik van je hield?' informeerde Matt.

'Ja.'

'Ik hou van je, Charley,' zei hij met moeite. 'Je weet dat dat zo is. Dat was geen leugen. Ik heb je al eerder gezegd dat we elkaar ons hele leven al kennen, en dat jij het zusje bent dat ik nooit heb gehad. Maar...' Matt zuchtte, hij wist niet hoe hij moest formuleren wat hij verder wilde zeggen.

'Maar niet op die manier,' vulde Charley voor hem in.

Matt zweeg even voordat hij antwoordde. 'Nee.'

'Omdat je nog altijd van Grania houdt?'

'Ja. Ik denk dat ik nog van haar hou, ja.'

Matt keek toe terwijl Charley nog een klein stukje pizza afsneed, dat in haar mond stak, erop kauwde en het doorslikte. Opeens stond ze op. 'Sorry, Matt, ik moet even naar de wc.'

Matt keek Charley na, die zo snel als haar goede opvoeding haar toestond, door het restaurant liep en de trap naar de toiletten af ging. Hij zette zijn bord opzij en met zijn ellebogen op tafel wreef hij ruw met zijn handpalmen over zijn wangen. Dit was een nachtmerrie... Hoe kon hij zich in vredesnaam zo hebben gedragen als Charley hem vertelde? Hij, als psycholoog, zich welbewust van alle zwakheden van de menselijke natuur, was er zelf het slachtoffer van geworden.

Matt vroeg zich af wat er met hem aan de hand was, zijn hele zelfbeeld van de afgelopen zesendertig jaar was gebaseerd op zijn overtuiging dat hij een fatsoenlijke vent was. Hij had geloofd dat hij vrouwen altijd met respect had behandeld, nooit misbruik van hen had gemaakt of iets tegen hun zin in had gedaan. Dat hij hun kracht en kwaliteiten op waarde wist te schatten en zich aan de fatsoensnormen had gehouden waarmee hij was opgevoed. Matt had integriteit altijd hoog in het vaandel gehad en de gedachte dat hij dat niet was geweest in die nacht met Charley – een van zijn beste vriendinnen, verdomme – zorgde ervoor dat hij walgde van zichzelf.

Matt wierp een blik in de richting van de trap, maar zag nog geen teken van Charley. In ieder geval had hij de moed gehad om eerlijk te zijn tegen haar en duidelijk te maken dat hij geen toekomst voor hen samen zag. Hoeveel verdriet dat haar misschien ook deed, en zelfs als hun vriendschap kapot was na wat er die nacht was gebeurd, Matt wist zeker dat dat het juiste was om te doen.

Omdat...

Of hij het nou leuk vond, wilde, wenste of niet, de pijnlijke waarheid was dat hij nog altijd van Grania hield.

Charley kwam witjes terug van het toilet en ging weer tegenover Matt zitten.

'Gaat het?' vroeg Matt met een gefronst voorhoofd. 'Je ziet vreselijk bleek.'

'Nee.' Charley schudde haar hoofd. 'Het gaat niet. Het gaat helemaal niet.'

'Komt het door mij? Is het mijn schuld?'

'Ja. Eigenlijk wel, ja.' Charley keek met betraande ogen en een lijkbleek gezicht naar hem op. 'Het probleem is, Matt, dat ik zwanger ben.'

29

Toen Grania op een ochtend wakker werd en naar buiten keek, ontdekte ze de eerste sporen van de wilde fuchsia die de heggen langs het laantje uiteindelijk in een uitbundige, paarse gloed zou zetten. Dat betekende niet alleen dat het lente was en de zomer naderde, maar ook dat ze al bijna vier maanden in Ierland was. Tijdens het aankleden en terwijl ze de trap af liep om haastig te ontbijten voordat ze Aurora naar school bracht, was ze nogal verbaasd dat ze blijkbaar zo gemakkelijk aan haar nieuwe leventje gewend was geraakt. Haar dagelijkse bestaan hier voelde even normaal als haar vorige leven in New York. Toen ze later de deur van haar atelier van het slot deed, vroeg ze zich af of die snelle gewenning misschien te maken had met het nieuwe project waar ze aan was begonnen. De momenten dat een werk waar ze mee bezig was al haar gedachten in beslag nam, kende ze uit haar atelier in hun loft in TriBeCa.

Terwijl ze haar jas uittrok en naar de werktafel liep, besefte Grania dat het de laatste tijd zelden was gebeurd dat haar werk haar in een staat van creatieve geestdrift bracht. Het maken van beelden van kinderkopjes of dieren voor de rijken van de East Coast, was gewoon een manier van geld verdienen geworden. Brood op de plank. En het had haar de mogelijkheid gegeven zich te focussen op haar hartenwens: een baby.

Grania bestudeerde de twee beeldjes op haar werktafel. Er ging een vlaag van opwinding door haar heen. Beide beeldjes waren nog niet af en niet volmaakt, maar ze was professioneel genoeg om te zien dat ze het beste werk zouden worden wat ze ooit had gemaakt. En dat kwam, peinsde ze, doordat ze eenvoudigweg geïnspireerd was geweest, en niet gedwongen om ze te maken. De passie die ze voelde toen ze aan de tafel ging zitten en al haar aandacht focuste op het kneden van de klei in een sierlijk gebogen voet, was dezelfde passie waardoor ze ooit beeldhouwer was geworden. Een beeld maken, het moment dat haar had geraakt vasthouden en in materie te vatten, iets moois te kunnen vereeuwigen, daar ging het allemaal om.

Voor dit werk was ze op een middag geïnspireerd geraakt toen Aurora en zij met Lily, het hondje, over het klifpad liepen. Aurora had voor haar uit gedanst; haar moeiteloze gratie zo prachtig dat Grania die had willen vangen. Met haar mobiele telefoon had ze snel een paar foto's van het kind gemaakt, van haar prachtige, sierlijke bewegingen. En de volgende ochtend was ze begonnen aan deze beeldjes.

Sinds dat ogenblik had ze een soort vrede gehad – was ze de hele dag aan het werk in haar atelier, met klassieke muziek uit de luidsprekers en voor zich het geweldige uitzicht waarin het langzaam lente werd.

Die middag zou ze, na toestemming te vragen aan Miss Elva, naar de balletstudio gaan om foto's te nemen van Aurora terwijl ze danste.

Nadat ze de hele ochtend was opgegaan in haar werk, ontdekte Grania na een blik op haar horloge dat het al over drieën was, en ze nog maar net genoeg tijd had om Aurora van school op te halen en naar Clonakilty te brengen voor haar balletles.

Het onderwerp van haar creatieve inspiratie zat opgewekt naast haar in de auto tijdens de rit naar de stad. Ze kletste honderduit over haar nieuwe beste vriendinnetje op school, en vertelde wie er morgen allemaal op de boerderij voor de thee zouden komen om het hondje te zien. Terwijl ze de auto parkeerde, bedacht Grania hoe de eenvoudige dingen die de meeste kinderen normaal vinden, Aurora juist het gelukkigst maakten. Voor het eerst in haar bestaan woonde ze bij een gewoon gezin.

Grania zat in een hoekje van de balletzaal met haar schetsboek, wat een minder storende manier was om Aurora's bewegingen te vangen terwijl ze danste. Zelfs in de korte periode van de laatste twee maanden was Aurora al onherkenbaar veel vooruitgegaan. Haar natuurlijke gave werd langzaam gepolijst in de techniek die ballet vereist. En, dacht Grania terwijl Aurora een perfecte pirouette draaide, haar leven op de boerderij was nu wel bijna normaal, maar haar talent was uitzonderlijk.

Aan het einde van de les bonjourde Miss Elva Aurora de studio uit door te zeggen dat ze zich moest gaan verkleden. Toen richtte ze zich tot Grania en vroeg: 'En? Wat vind je ervan?'

'Ze is een genot om naar te kijken.'

'Ja, dat is ze zeker,' zei Miss Elva op bewonderende toon. 'Veruit de meest getalenteerde leerling die ik ooit heb mogen lesgeven. Ik was bang dat haar late start een probleem zou vormen, en ze moet technisch gezien nog veel leren, maar ik denk dat ze grote kans maakt aangenomen te worden op de Royal Ballet School. Heb je dat nog met haar vader kunnen bespreken?'

'Hij weet dat Aurora balletles heeft, maar ik heb het nog niet over een volledige balletopleiding gehad. En ik ben er niet zeker van of dat wel goed voor haar zou zijn. Voor het eerst in haar leven voelt ze zich nu echt op haar plek. Wanneer zou ze auditie moeten doen?'

'Op zijn laatst over anderhalf jaar. Als ze elf is moet ze echt fulltime gaan trainen.'

'Goed. Nou, waarom wachten we niet gewoon af hoe het gaat? Dan kunnen we het over een jaar nog eens bekijken.' Grania overhandigde Miss Elva het geld voor de les, bedankte haar en ging Aurora halen.

'En,' vroeg Grania op weg naar huis luchtig, 'denk je dat je ooit naar een balletschool zou willen om daar de hele dag bezig te zijn met leren dansen?'

'Nou, ik hou van ballet, dat weet je, Grania,' bevestigde Aurora. 'Maar wie moet er dan voor Lily zorgen en Shane helpen bij het melken van de koeien, als ik weg ben?'

'Ja, goed punt,' was Grania het met haar eens.

'En ik zou al mijn nieuwe vriendinnen van school ook niet willen achterlaten,' vervolgde Aurora. 'Misschien als ik ouder ben.'

'Ja, misschien als je ouder bent.'

Later die avond, op het moment dat Grania net naar boven wilde gaan om te gaan slapen, ging haar mobiele telefoon.

'Hallo?'

'Met Grania?'

'Ja.'

'Je spreekt met Alexander.'

Het was waarschijnlijk een slechte verbinding, want zijn stem klonk heel zwak en zachtjes.

'Hallo, Alexander, hoe gaat het?'

'Eh...' het bleef even stil, 'goed. Hoe is het met Aurora?'

'Ze is helemaal thuis hier op de boerderij en heeft het naar haar zin. Het gaat goed op school en ze heeft al een heleboel vriendinnetjes. En vandaag heb ik met haar balletlerares gepraat en...'

'Grania,' onderbrak Alexander haar. 'Ik moet je spreken. Dringend,' voegde hij eraan toe.

'Goed, wanneer kom je thuis?'

'Dat is juist het probleem. Ik ben bang dat ik op dit moment niet naar huis kan komen. Ik moet je vragen om hierheen te komen.'

'En waar is "hierheen"?' Omdat ze meer dan een maand niets van hem had gehoord, had Grania geen idee waar hij zat.

'Zwitserland. Ik ben in Zwitserland.'

'O. Nou, als het dringend is, dan...'

'Ja, het is dringend,' benadrukte Alexander. 'Vergeef me dat ik je vraag om de reis te maken, Grania, maar ik heb weinig keus.'

'Oké. Het is vandaag woensdag... aanstaand weekend worden op de boerderij de schapen geschoren, dus wat vind je van volgende week dinsdag?'

'Grania, ik moet je echt morgen spreken.'

'Morgen?'

'Ja. Ik heb al een vlucht voor je geboekt. Om kwart voor drie vanaf het vliegveld van Cork, dan ben je om vier uur in Londen en kun je overstappen op de vlucht van British Airways van zes uur naar Genève. Mijn chauffeur haalt je op van het vliegveld en brengt je dan naar mij toe.'

'Oké,' zei Grania onzeker. 'Wil je dat Aurora meekomt?'

'Nee. Zeker niet...' Alexanders stem stierf weg. 'O, en neem je geboortebewijs mee. De paspoortcontrole in Zwitserland staat erom bekend heel moeilijk te kunnen doen, dus het is beter dat je op alles bent voorbereid.'

'Goed.'

'Ik zie je morgenavond. En, Grania?'

'Ja?'

'Dank je wel.'

Grania drukte op de toets die de verbinding verbrak en ging beduusd op een stoel aan de keukentafel zitten. Ze vroeg zich af hoe Alexander zou hebben gereageerd als ze 'nee' had gezegd. Voor zover zij kon zien, had hij alles al geregeld voordat hij het zelfs maar aan haar had gevraagd.

'Waar zit jij over te piekeren, Grania?'

De stem van haar moeder onderbrak haar gedachten. Ze stond in de deuropening naar haar dochter te staren.

'Ik... ik heb net een heel vreemd telefoontje van Alexander ontvangen,' zei Grania langzaam. 'Hij wil dat ik morgen naar Zwitserland vlieg, omdat hij iets dringends wil bespreken. Hij heeft de vlucht al geboekt en alles.'

'Echt?' Kathleen trok haar wenkbrauwen op. 'En ga je?'

'Ik heb niet het gevoel dat ik een keuze heb.'

'Nou, je kunt natuurlijk altijd "nee" zeggen.'

'Ja, mam, dat kan natuurlijk, maar ik hoorde aan zijn stem dat er...' Grania haalde haar schouders op, '...er iets aan de hand is. Dat weet ik zeker.'

'Ik zou toch denken dat als meneer een probleem heeft, hij degene moet zijn die hierheen komt om er met je over te praten. En niet aan jou vraagt de halve wereld over te reizen om hem te zien.'

'Ja, dat vind ik ook, maar er valt voor mij weinig aan te doen, toch? Hij vroeg ook of ik mijn geboortebewijs meeneem. Omdat de douane daar weleens moeilijk doet. Kun je dat voor me opzoeken, mam?'

'Ja, dat kan, maar er klopt hier iets niet, volgens mij.'

'Ja, dat gevoel heb ik ook,' zei Grania met een zucht. 'Maar dan kan ik er maar beter naartoe gaan om te horen wat hij wil.'

'Grania,' Kathleen kwam op haar aflopen, 'alsjeblieft, geloof me dat ik me nergens mee wil bemoeien, maar is er... is er iets tussen jou en Alexander?'

'Ik weet het niet, mam.' Grania's behoefte om het met iemand te kunnen bepraten was sterker dan haar gewone onwil het over persoonlijke dingen te hebben met haar moeder.

'Heeft hij, eh...' Kathleen schraapte haar keel, '...toen je daar woonde?'

'We hebben elkaar gekust, mam,' bekende Grania. 'En ja, om je de waarheid te zeggen, voel ik iets voor hem. Maar hij zei...' Grania schudde haar hoofd niet-begrijpend heen en weer. 'Hij zei dat... nou, dat een relatie niet kon.'

'O, en zei hij ook waarom?'

'Nee. Misschien houdt hij eigenlijk nog van Lily, misschien is er iemand anders... wie weet? Ik weet het in ieder geval niet,' zei Grania met een zucht.

'Tja, ik weet niet wat het betekent, maar ik heb hem geobserveerd die avond dat Aurora het in haar hoofd had gehaald om weg te lopen, en ik zag aan de manier waarop hij naar je keek dat hij dol op je is. Of dat nou komt omdat je zo lief bent voor zijn dochter of dat het meer is, dat weet ik niet. Maar hoe dan ook, Grania, je betekent iets voor hem. De vraag is: betekent hij ook iets voor jou?'

'Ja, mam. Maar hoe of wat, of waarheen het moet leiden, dat weet ik niet. En bovendien... ben ik...'

'Ja?'

'...ben ik nog niet over Matt heen,' bekende ze.

'Dat weet ik, schat. En misschien zal dat ook nooit zo zijn. Maar je hebt me wel overduidelijk gemaakt dat hij voor jou tot het verleden behoort,' zei Kathleen. 'Begin in ieder geval niet overhaast aan een nieuwe toekomst, zou ik zeggen.'

'Nee.' Grania stond op. 'Ik kan maar beter naar bed gaan, als ik morgen naar Zwitserland moet.' Ze liep naar haar moeder toe om haar een knuffel te geven. 'Bedankt, mam. En zoals jij altijd zegt: misschien komt het allemaal wel op zijn pootjes terecht.'

'Laten we dat hopen. Welterusten.'

Kathleen keek haar dochter na terwijl die de keuken uit liep en zette daarna theewater op. Haar zesde zintuig was danig gealarmeerd. Haar kinderen en haar echtgenoot plaagden haar er wel altijd mee, maar als het hun uitkwam vertrouwden ze er ook op.

'Die Lisle's,' mompelde ze voor zich uit terwijl ze haar vest strakker om zich heen trok en wachtte tot het water kookte. Even later zat ze met een mok hete chocolademelk aan de keukentafel, bezig te bedenken waarom iets in haar binnenste er zo op aandrong dat Grania de rest van het verhaal nu moest weten... nu, voordat ze de veiligheid van haar thuis morgen zou verlaten om naar Zwitserland te reizen.

'Ik begin een rare ouwe vrouw te worden,' mompelde Kathleen in zichzelf, 'waarom zou Grania nou per se meer moeten weten van het verleden?' Toen ze haar chocolademelk ophad, slaakte ze een diepe zucht. 'Goed, ik geef me over,' zei ze met een blik hemelwaarts. Ze kwam overeind en liep nogal onwillig de trap op naar de slaapkamer van haar dochter. Ze klopte en fluisterde: 'Ik ben het, je moeder. Mag ik binnenkomen?'

'Tuurlijk, mam,' zei Grania, die met gekruiste benen met een half ingepakt koffertje voor zich op haar bed zat. 'Ik heb ook eigenlijk helemaal geen slaap. Ik vraag me af wat me morgen in vredesnaam te wachten staat.' Grania trok haar wenkbrauwen op.

'Ja, nou,' zei Kathleen terwijl ze zich op het bed liet neerzakken, 'daarom ben ik hier. Er zit een stemmetje in mijn hoofd dat blijft doorzeuren dat ik je, voordat je vertrekt, de rest van het verhaal moet vertellen. Over Lily.' Kathleen pakte haar dochters hand en gaf er een kneepje in. 'Het is nogal een verhaal en het kost ook nogal wat tijd om het te vertellen, dus wordt het misschien een latertje voor ons.'

'Dat maakt me niet uit, mam,' spoorde Grania haar aan. 'Ik kan wel wat afleiding gebruiken, anders zit ik toch maar te piekeren over morgen. Ik ben een en al oor.'

'Goed dan.' Kathleen slikte moeizaam. 'Het is niet iets wat ik ooit eerder heb verteld en misschien vergiet ik er wel wat tranen bij.'

'Och, mam,' zei Grania terwijl ze Kathleens hand stevig vasthield. 'Doe maar rustig aan. We hebben alle tijd, niets om ons voor te haasten.'

'Goed.' Kathleen wapende zich om aan haar verhaal te beginnen. 'Dit deel van het verhaal begint op het moment dat ik zestien jaar oud ben en Lily Lisle vijftien.'

'Waren jullie vriendinnen, mam?' vroeg Grania verrast.

'Ja.' Kathleen knikte. 'Je moet begrijpen, Grania, dat Lily zo veel tijd hier op de boerderij was, dat ik haar als mijn jongere zusje beschouwde. En mijn grote broer...'

'Je broer?' Grania staarde haar moeder verbijsterd aan. 'Ik wist niet dat je een broer had, mam. Je hebt het nooit over hem gehad.'

'Nee...' Kathleen schudde langzaam haar hoofd. 'Nou, waar zal ik beginnen?'

30

DUNWORLEY, WEST-CORK, IERLAND, 1970

Kathleen Ryan, zestien jaar, werd wakker en sprong meteen haar bed uit om de gordijnen open te doen en te zien wat voor weer het was. Als het mooi was, zou ze met Joe en Lily gaan picknicken op het strand van Dunworley Bay. Als het regende, zoals zo vaak, zelfs midden in de zomer, werd het weer een saaie dag binnen, met kaarten of een bordspel. Lily zou natuurlijk weer een toneelstuk verzinnen, waarin zij de hoofdrol zou spelen. Of ze zou de hutkoffer vol avondkleding van haar moeder in het Grote Huis willen doorspitten en de hele dag voor de spiegel paraderen in jurken die te groot voor haar waren.

'Als ik groot ben, ben ik een schoonheid en dan komt een knappe prins me hier weghalen,' zei ze altijd, en dan nam ze een bevallige houding aan.

Het was duidelijk dat Lily inderdaad een schoonheid zou worden – op haar vijftiende was ze al adembenemend. 'Er zullen een hoop jongens komen aankloppen om haar mee uit te nemen, dat is zeker,' had Kathleens moeder ooit tegen Seamus, haar echtgenoot, opgemerkt.

Kathleen had ongelukkig in de spiegel naar haar eigen stevige lichaam gekeken, en haar peper-en-zoutkleurige haar en haar bleke gezicht met die rotsproeten op haar neus.

'Er is meer nodig dan schoonheid om een man voor je te winnen, schat, en ze zullen van je houden om je andere kwaliteiten,' had haar moeder haar getroost toen ze had geklaagd. Kathleen wist niet echt wat die andere 'kwaliteiten' dan precies waren, maar ze vond het niet erg om de onopvallende van de twee te zijn. Of dat Lily altijd alle aandacht opeiste, waar dan ook.

Of dat Joe, haar broer, de grond aanbad waar Lily overheen liep. Kathleen begreep dat Lily, met haar exotische uiterlijk, glamourachtige moeder en rijke vader in het Grote Huis, iemand was met wie ze zich nooit zou kunnen vergelijken.

En ze was niet jaloers op haar, eigenlijk had ze juist medelijden met Lily. Tante Anna, Lily's moeder – een beroemde ballerina – was zelden thuis. Sebastian Lisle, haar vader, was afstandelijk en oud en Kathleen zag hem maar zelden. En zo te horen zag Lily hem ook nauwelijks. Lily werd aan de zorg van een hele reeks gouvernantes overgelaten, die ze altijd probeerde te ontlopen, meestal met succes.

Terwijl Kathleen zich haastig aankleedde om aan haar ochtendtaak te beginnen: eieren rapen en een emmer verse melk in de koeienstal halen, dacht ze aan Lily, die waarschijnlijk nog sliep in haar mooie slaapkamer in het Grote Huis boven op het klif. Lily had geen taken die ze moest doen. Ze had een dienstmeisje dat haar ontbijt, lunch en avondeten serveerde, haar kleren waste en alles voor haar verzorgde wat ze nodig had. Soms mopperde Kathleen daarover tegen haar moeder. Als het ijskoud was en ze toch naar buiten moest.

'Maar, Kathleen, jij hebt iets wat Lily niet heeft en dat is een echt thuis, jij woont in een gezin,' zei haar moeder dan.

Kathleen vond dat Lily dat wel had – al was het dan niet voor de wet: ze woonde min of meer onder hun dak, maar desondanks vroeg niemand haar om ook maar iets te doen.

En toch, ondanks Lily's voorrechten en haar soms irritante airs en maniertjes, voelde Kathleen zich heel beschermend ten opzichte van haar. Hoewel Lily maar anderhalf jaar jonger was dan zij, had ze iets kinderlijks, een kwetsbaarheid die Kathleens latente moedergevoelens wakker maakte. En ze leek geen greintje gezond verstand te hebben. Lily was altijd degene die allerlei avontuurlijke ondernemingen voorstelde – van gevaarlijke rotsen af klimmen, 's nachts stiekem het huis uit gaan om te gaan zwemmen in de donkere zee – ze was niet gauw bang. Haar plannen liepen vaak verschrikkelijk fout en dan moest Kathleen niet alleen Lily uit het gevaar redden, maar kreeg ze ook nog straf van pap en mam. Alsof het haar plan was geweest.

En Joe, die lieve Joe, zou Lily natuurlijk naar het andere einde van de wereld volgen als ze hem dat vroeg.

Kathleen voelde zich beschermend ten opzichte van Lily, maar dat was nog niets vergeleken met haar gevoelens voor haar grote, goedhartige broer. Drie jaar daarvoor was Kathleen huilend thuisgekomen, omdat ze Joe op weg naar huis in het laantje had aangetroffen. De dorpsjongens hadden hem na de oogst met wilde kastanjes bekogeld.

'Ze scholden hem uit, mam, afschuwelijke dingen riepen ze. Dat hij de dorpsidioot was, dat hij geen hersens had, dat hij in een tehuis voor debielen hoorde. Waarom doen ze zulke dingen, mam? Joe doet geen vlieg kwaad! Dat is toch zo? Hij wil gewoon vrienden zijn met iedereen.'

Nadat Sophia de wonden van haar zoon met toverhazelaar had ontsmet en Joe daarna naar buiten was gegaan om zijn vader te helpen de koeien op stal te zetten, had ze de keukendeur dichtgedaan en Kathleen uitgelegd waarom haar grote broer anders was dan anderen.

'Het was een moeilijke bevalling,' had Sophia verteld, 'en de dokter denkt dat Joe zuurstoftekort heeft gehad voordat hij geboren werd. Dat heeft zijn hersens beschadigd.'

'Maar Joe is niet dom, hè, mam? Hij kan zijn naam schrijven en ook een beetje tellen.'

'Nee, schat, Joe is niet dom. Hij is gewoon wat de dokters "achter" noemen.'

'En de beesten houden heel veel van hem, mam. Hij praat er altijd zo lief tegen en ze vertrouwen hem.'

'Ja, Kathleen, dat klopt. Maar soms zijn beesten aardiger dan mensen,' had Sophia met een zucht gezegd.

'Die jongens op school brengen hem altijd in de problemen, mam.

En de onderwijzeressen geloven altijd dat hij is begonnen, alleen maar omdat hij zoveel groter is dan de anderen. En, mam, hij doet er helemaal niets tegen!' Kathleen had haar gezicht in haar handen verborgen. 'Ik kan het niet aanzien als ze hem pesten. Hij vecht nooit terug, hij glimlacht alleen maar en accepteert zijn straf. Het is niet eerlijk, mam, het is niet eerlijk! Joe doet geen vlieg kwaad, dat weet je.'

Kort daarna hadden haar vader en moeder Joe van school gehaald. 'Het lijkt mij dat hij alles heeft geleerd wat hij ooit zal leren en hij voelt zich veel gelukkiger op de boerderij, bij ons en de beesten,' had Seamus gezegd.

En haar vader had gelijk gehad. Joe hielp de hele dag op de boerderij, zijn manier van omgaan met de dieren en zijn verbazende fysieke kracht waren een geweldige hulp op het boerenbedrijf.

Terwijl Kathleen de eieren raapte, dacht ze na over Joe's leven. Hij was altijd gelukkig, leek nooit somber of boos. Hij stond 's morgens vroeg op, at zijn ontbijt en ging het land op tot het donker werd. Dan kwam hij thuis, at het avondeten dat hem werd voorgezet en ging daarna naar bed. Joe had geen vrienden buiten zijn familie, maar hij leek niet eenzaam. En op zijn zeventiende had hij geen van de interesses die andere jongens van zijn leeftijd hadden. Het enige moment dat Joe's ogen werkelijk oplichtten, was als Lily Lisle naar de boerderij kwam. Hij volgde haar zwijgend met zijn ogen als ze door de keuken paradeerde en haar lange, roodgouden lokken over haar schouder gooide.

'Tijger,' had Joe een keer opeens gezegd, toen ze met z'n drieën een wandeling maakten.

'Waar is die tijger, Joe?' had Lily gevraagd, om zich heen kijkend.

'Jij, tijger.'

'Tijgerlelie!' hadden Kathleen en Lily tegelijkertijd uitgeroepen, omdat Lily's naam eigenlijk 'lelie' betekende.

'Haren.' Joe had op Lily gewezen. 'Tijgerkleur.'

'Joe, dat is een heel goede naam voor mij,' had Lily gezegd, en ze stak haar arm door de zijne. 'Tijger is de indianenprinses in een boek dat *Peter Pan* heet.'

'Jij bent prinses,' had Joe gezegd terwijl hij met een liefdevolle blik omlaag naar Lily keek.

Ondanks Lily's zelfzuchtige karakter, was ze heel lief tegen Joe. Ze nam de tijd om te luisteren als hij heel traag uit zijn woorden kwam en ze toonde interesse in de lijster met de beschadigde vleugel die Joe had gered en verzorgde totdat de vogel hersteld was. Dat was de belangrijkste reden waarom Kathleen Lily haar vele fouten vergaf. Ze was dan wel verwend en egocentrisch, maar in ieder geval lief en aardig tegen Joe.

Kathleen zette de verse eieren in de voorraadkast en liep de keuken binnen voor het ontbijt.

Joe zat al aan tafel te eten, zijn enorme hand om zijn lepel gevouwen.

'Goedemorgen,' zei Kathleen en ze begon boterhammen te maken. 'Het is goed weer, Joe, zullen we naar het strand gaan?'

'Ja. Met Lily.'

'Ze zei dat ze hier om een uur of elf zou zijn en wat te eten mee zou brengen, maar ze vergeet dat soort dingen altijd, dus maak ik maar genoeg voor ons drieën,' zei Kathleen.

'Hallo, allemaal. Ik ben er!' Lily kwam met haar gewone, dramatische flair de keuken in. 'Raad eens wie er thuis is?' zei ze terwijl ze met haar ogen rolde, een appel van de fruitschaal pakte en er een hap van nam.

'Wie?' vroeg Kathleen, die de boterhammen in de picknickmand stopte.

'Gerald. Die afgrijselijke halfbroer van me!' Lily liet zich afkeurend op een stoel ploffen. 'Ik heb hem al meer dan een jaar niet gezien – de vorige vakantie is hij bij de familie van zijn moeder geweest, in Clare.'

Zowel Kathleen als Joe keek Lily meewarig aan. Gerald, de zoon van Sebastian Lisle en Adele, zijn eerste vrouw, was een vloek voor hen allemaal geweest. Een arrogant klein ventje dat Kathleen en Joe bekeek alsof ze laag-bij-de-grondse onderkruipsels waren. Maar hij wilde wel altijd meedoen met hun spelletjes en verknoeide die dan vervolgens meestal. Als hij niet won, begon hij altijd te pruilen en beschuldigde hij de anderen van vals spel, waarbij hij dan meestal ook nog agressief naar hen uithaalde. Vooral Joe, die even oud was als hij, moest het vaak ontgelden en was meerdere keren ongenadig door hem gepest.

'Hij komt toch niet naar het strand, hè?' vroeg Kathleen ongerust.

'Nee, hij zei vanmorgen dat hij nu zeventien was en bijna volwassen. Gelukkig wil hij niets met ons te maken hebben, denk ik. Hij is heel erg gegroeid, echt. Ik herkende hem nauwelijks. Hij ziet eruit als een man en is bijna net zo lang als papa. Als hij "Gruwelijke Gerald" niet was, zou ik hem eigenlijk best knap vinden,' zei Lily giechelend.

'Niet met zijn persoonlijkheid,' zei Kathleen huiverend. 'Nou, het klinkt mij prima in de oren dat hij zich te goed voelt om met ons om te gaan. Ben je klaar, Joe?'

Joe zat, zoals altijd, bewonderend naar Lily te staren. 'Klaar,' antwoordde hij.

Met zijn drieën gingen ze op weg naar het strand, Lily op Joe's brede, sterke rug. Ze gilde het uit van zogenaamde angst terwijl hij langs de rotsen naar beneden klauterde en klemde zich als een babyaapje aan hem vast.

'Zo,' zei Kathleen hijgend terwijl ze de zware picknickmand in het mulle zand neerzette. 'Zet Lily eens neer, Joe, dan kan ze helpen de mand uit te pakken.'

'O, nee! Het is zo warm dat ik meteen de zee in wil!' antwoordde Lily en ze trok haar jurk uit. Het badpak eronder onthulde de zachte contouren van een lichaam dat vrouwelijke vormen begon te krijgen. 'Wie er het eerste is, Joe!' riep Lily geestdriftig en ze racete over het zand naar de zee.

Kathleen keek toe hoe Joe achter haar aan ploeterde, onderweg zijn hemd uitgooide en een paar seconden later in zijn korte broek de zee in plonsde. Kathleen spreidde de picknickkleden uit op het zand en zette het eten neer dat ze had klaargemaakt. Ze staarde naar Lily terwijl het meisje met Joe in de golven stond te spetteren en te gillen en besefte hoe lenig en mooi ze was. Toen wierp ze een blik omlaag naar haar eigen korte, mollige gestalte. Kon zij zich maar net zo weinig bewust zijn van haar lijf als haar nichtje; ze vond de manier waarop haar lichaam aan het veranderen was helemaal niet prettig.

Tien minuten later kwam Joe door het mulle zand weer naar haar toe zwoegen. Hij wees op een handdoek. 'Lily koud,' zei hij.

Kathleen knikte, gaf hem een handdoek en zag Joe terug naar de waterlijn lopen en de bibberende Lily omhullen met zijn warmte. Het was maar goed dat ze niet jaloers van aard was. Zelfs al hield ze Joe's hele leven al rekening met hem en had ze altijd van hem gehouden, hem verdedigd en beschermd omdat hij dat zelf niet kon, het was duidelijk wie Joe's hart had gewonnen. Als hij zou moeten kiezen of hij zijn zusje of zijn nichtje moest redden van de verdrinkingsdood, zou Lily die strijd moeiteloos winnen. Joe's adoratie voor Lily was het licht in zijn leven en iedere kruimel van haar tafel was minstens een jaar praktische en huiselijke zorg van Kathleen waard. Maar als Lily Joe gelukkig maakte, wat voor kwaad kon dat dan? Kathleen hoopte alleen dat Joe het zou overleven als Lily opgroeide en weg zou gaan – ze was zo mooi dat ze ongetwijfeld zou kunnen kiezen uit een hele reeks aanbidders.

Kathleen begreep op haar zestiende al goed hoe schoonheid in je voordeel werkte: zelfs op school kwamen de mooie meisjes al met meer weg dan de onaantrekkelijke. Het leek niet uit te maken hoe je vanbinnen was – goed of slecht – maar als je uiterlijk aantrekkelijk was, had je gewoon een voorsprong. Mensen bewonderden schoonheid – mannen zeker. Ze konden wel zeggen dat schoonheid alleen maar buitenkant was en verder niets betekende, maar Kathleen wist wel beter. Alle filmsterren waren mooi, de vrouwen die in grote huizen woonden waren mooi, en je kwam heel zelden een mooi meisje tegen dat ergens als dienstmeid in een huishouden wegkwijnde. Tenzij je Assepoester heette natuurlijk, want dan kwam de prins, die wist dat jij de ware was omdat je zulke kleine, elegante voetjes had.

'O, Kathleen. Ik sterf van de honger! Mag ik een boterham?' Lily was terug en Joe liep een paar passen achter haar.

'Hier, er is cornedbeef en jam.' Kathleen gaf Lily een papieren servetje met de boterhammen erop.

Joe pakte een picknickkleed en sloeg dat om Lily's schouders. Toen ging hij zelf in zijn natte korte broek in het zand naast zijn zusje zitten.

'Hier, Joe, jij moet ook iets eten.' Kathleen wees op de boterhammen die voor hem bestemd waren.

'Joe, kan ik mijn cornedbeef ruilen voor jouw jam?' vroeg Lily. 'Ik haat cornedbeef.'

Kathleen zag Joe zwijgend zijn boterhammen met jam aan Lily geven. Lily at ze op, gooide de korstjes in het zand en ging toen liggen. Ze strekte haar lange, slanke benen uit naar de zon.

'Waarom ben ik toch geboren met die bleke Ierse huid van me?' kreunde Lily. 'Moet je die witte melkflessen zien.'

'Nee. Mooi,' zei Joe glimlachend.

'Dank je, Joe. Zal ik je eens wat vertellen, Kathleen?' Lily kwam steunend op haar ellebogen overeind. 'Joe heeft me in de zee gevraagd met hem te trouwen,' zei ze giechelend. 'Is dat niet schattig?'

'Ja, heel erg schattig, vind ik,' zei Kathleen. De neerbuigende blik in Lily's ogen stak haar.

'Voor jou zorgen,' zei Joe knikkend terwijl hij nog een boterham met cornedbeef naar binnen werkte.

'Dank je wel, Joe. Ik weet dat je altijd voor me zult zorgen. En ik beloof dat ik zal nadenken over je aanbod.' Lily liet zich met een geamuseerde blik in haar ogen weer achterover in het zand vallen om te zonnebaden.

31

'Ik hoop dat jullie het niet erg vinden, maar Gerald wilde mee.'

Kathleen staarde naar de lange, knappe gestalte die achter Lily op de drempel van de keuken stond. Ze probeerde de 'nieuwe' Gerald te combineren met de oude en was overtuigd toen ze het bekende minachtende trekje om zijn mond zag. 'Hallo, Gerald,' begroette ze hem.

'Hallo...' Gerald krabde op zijn hoofd. 'Sorry, ik ben je naam vergeten.'

'Kathleen, Kathleen Ryan. En dit is mijn broer, Joe.'

'Natuurlijk, excuses. Hoe gaat het met jullie?'

'Prima,' zei Kathleen. 'Nou, zullen we gaan?'

'Hallo, Lily,' zei Joe, in afwachting van de knuffel die ze hem gewoonlijk gaf.

'Hi, Joe,' antwoordde Lily, maar ze deed geen stap van Geralds zijde. 'We hebben papa's vishengels gestolen, hè, Gerald?' Lily keek glimlachend naar hem op.

'Ja, die zijn een stuk beter dan een tak met een touw en een stuk spek eraan,' zei hij neerbuigend met een blik op de visuitrusting van Kathleen en Joe.

Gevieren verlieten ze het huis en liepen ze de heuvel af naar de rivier. Er hing een ongemakkelijke stilte. Kathleen voelde zich niet op haar gemak omdat Gerald erbij was. Lily liep naast haar halfbroer en praatte ontspannen tegen hem. Joe kwam als laatste. Toen ze bij de beek waren, klapte Gerald een handig vouwstoeltje uit dat hij onmiddellijk met een galant gebaar aan Lily aanbood. 'We kunnen niet hebben dat die derrière van je onder de modder komt, toch?' merkte hij op.

'Dank je, Gerald, dat is heel aardig van je,' zei Lily voordat ze erop ging zitten.

De drie anderen installeerden zich op de oever. Gerald legde Lily uit hoe ze de vishengel moest gebruiken en daarna zaten ze in stilte bij elkaar, hun normale geklets verdwenen door de aanwezigheid van Gerald. Iedere zin die in Kathleens hoofd opkwam, bleef steken op haar lippen. Ze wierp een blik naar links en zag Joe nors voor zich uit kijken naar het water, chagrijnig omdat hij niet naast zijn geliefde Lily zat.

En natuurlijk was Gerald de eerste die iets ving. Lily prees hem uitbundig terwijl hij een flinke forel binnenhaalde.

'Geweldig gedaan,' zei ze met een brede glimlach naar hem. 'Je bent er duidelijk handig in.'

'Het helpt dat deze rivieren nog vol vis zitten. Mijn vader heeft altijd goed voor onze landerijen gezorgd.'

'Pardon, Gerald, maar dit is tegenwoordig onze rivier. Mijn vader en moeder hebben dit land vorig jaar gekocht.' Kathleen was zo trots, dat ze het wel moest zeggen. 'En we hopen de rest van het land dat we pachten en de boerderij ook te kunnen kopen, als je vader dat goedvindt.'

'Nou, nou, landeigenaars! Na al die jaren,' zei Gerald snerend. 'Ik neem aan dat Lily's moeder daar iets mee van doen heeft gehad, hè? Een cadeautje voor haar zus, misschien?'

'Nee, sir, ik bedoel Gerald,' zei Kathleen, rood wordend van boosheid. 'Mijn vader en moeder hebben het voor een eerlijke prijs gekocht.'

'O.' Gerald trok zijn wenkbrauwen op, duidelijk niet blij met dat nieuws.

'Jeetje,' zei Lily met een zucht. 'Wat maakt het nou uit van wie het is? Die arme vis eindigt toch op iemands bord vanavond. En volgens mij kan het dat beest allemaal niks schelen. Neem mijn hengel eens over, Joe, ik heb het warm en ik heb zin om te zwemmen.'

Joe pakte de hengel en Lily liep de oever langs, op zoek naar een plekje waar ze gemakkelijk het water in kon gaan. Ze trok haar jurk uit en sprong in het ijskoude water.

Kathleen keek van Joe naar Gerald en zag twee paar mannenogen gefascineerd naar Lily staren.

'Ik moet toegeven,' zei Gerald toen ze hun picknick achter de kiezen hadden, 'dat dit deel van de wereld best mooi is als de zon schijnt. Jammer dat je moeder hier niet vaker is om ervan te genieten, Lil. Waar zit ze trouwens op dit moment?'

'O, in Londen, je weet dat ze een hekel heeft aan het platteland,' antwoordde Lily nonchalant.

'Het verbaast me dat pa dat allemaal maar accepteert. Het lijkt me afschuwelijk om een vrouw te hebben die maar wat rondfladdert,' zei Gerald.

'Ach, je kent mama, een paradijsvogel die de vrijheid nodig heeft,' zei Lily vergoelijkend. 'Die komt wel naar huis vliegen als ze eraan toe is.'

'Als dat ooit gebeurt,' mompelde Gerald binnensmonds. 'Nou, ik zal hier niet vaak meer zijn in de toekomst. Ik ga naar Sandhurst om opgeleid te worden tot legerofficier,' kondigde hij met een blik op Joe en Kathleen aan. 'Eigenlijk ben ik best jaloers op jullie. Altijd alles hetzelfde, iedere dag weer, schapen tellen, koeien melken...'

'Ik zou zeggen dat ons leven hier meer inhoudt dan alleen dat,' zei Kathleen. Ze haatte het hoe neerbuigend hij altijd tegen hen deed.

'En hoe zit het met dat leven van hem?' vroeg Gerald, met een knikje naar Joe.

'Joe is gelukkig, hè, Joe?' vroeg Kathleen zacht.

'Ja.' Joe knikte. 'Met Lily. Lily goed, Joe goed.'

'Echt?' Gerald trok zijn wenkbrauwen op. 'Met Lily? Denk je dat je op een dag met Lily gaat trouwen, Joe?'

'Ja. Met Lily trouwen. Zorgen voor haar.'

'Mijn god!' Gerald barstte in lachen uit. 'Heb je dat gehoord, Lil? Joe denkt dat je met hem gaat trouwen.'

'Je moet hem niet plagen, Gerald, dat begrijpt hij niet,' reageerde Lily.

'Nou, hij zal het wel moeten begrijpen, als jij over een paar weken naar het internaat gaat en je hier vertrekt.'

Lily trok haar knieën tegen haar borstkas en zei: 'Ze kunnen me heus niet dwingen, Joe. En ik wil niet, dus...' zei Lily pruilend.

Kathleen keek snel naar Joe's gezicht, dat dodelijk verschrikt stond.

'Lily weg?' vroeg hij langzaam.

Lily stond op, liep naar Joe toe en ging naast hem zitten. Ze gaf hem een paar geruststellende klapjes op zijn hand. 'Maak je geen zorgen, Joe. Ik beloof je dat ik hier niet wegga, wat mijn pa en ma ook zeggen.'

'Ik betwijfel of je de keuze hebt, zusje van me,' zei Gerald.

'Lily blijven.' Joe wierp een blik op Gerald en sloeg een beschermende arm om Lily's schouders.

'Zie je?' zei Lily met een glimlach. 'Joe laat me niet gaan, hè, Joe?'

'Nee.' Plotseling stond hij op, liep naar Gerald toe en boog zich over hem heen. 'Lily blijft hier.'

'Dat hoef je niet tegen mij te vertellen, Joe. Haar ouders zijn de baas over haar, niet ik. Hoewel ik zou zeggen dat het tijd voor Lily wordt om manieren te leren en zich als een dame te gaan gedragen.'

'Lily *dame*!' Joe haalde opeens uit, zijn vuist trof Gerald vol op zijn kaak.

Gerald klapte achterover. 'Nou zeg! Dat is nergens voor nodig, jongen!'

Kathleen was als verlamd, verbijsterd door Joe's agressieve reactie. Ze had hem nooit eerder geweld zien gebruiken. En hij had dit ongewone gedrag niet op een slechter slachtoffer kunnen botvieren.

'Joe!' Kathleen schrok op uit haar geschoktheid. 'Jij biedt onmiddellijk je excuses aan Gerald aan omdat je hem pijn hebt gedaan. Gerald, hij meende het niet, hij is alleen heel beschermend ten opzichte van Lily.' Kathleen trok aan Joe's arm en zei: 'Kom, Joe, zeg dat je er spijt van hebt.'

Joe keek naar zijn voeten, haalde diep adem en zei: 'Sorry.'

'Nou, niks aan de hand, toch?' Gerald stond op, veegde zijn kleren af en zei tegen Lily: 'Ik heb wel ergere klappen in mijn leven gehad en ik heb het altijd kunnen navertellen, hoor.'

Kathleen kon zien dat zijn ego erger geraakt was dan zijn kaak, omdat alles zich voor Lily's ogen had afgespeeld.

'Nou, laten we dan hopen dat we dit allemaal kunnen vergeten en de rest van de dag er niet door laten bederven,' zei Kathleen vertwijfeld.

'Natuurlijk,' zei Gerald. 'We vergeten het. Hand erop, Joe?'

Joe stak zijn hand onwillig uit.

'Goed zo. Alles is vergeten,' zei Gerald.

Maar Kathleen wist dat Gerald het nooit zou vergeten, laat staan vergeven.

De zomer verstreek en Joe en Kathleen zagen Lily minder dan gewoonlijk. Joe zat urenlang voor het raam van zijn slaapkamer naar het laantje te staren, te wachten tot Lily daar zou verschijnen. Maar als dat al gebeurde, leek ze afgeleid, op de een of andere manier veranderd. Kathleen dacht dat het misschien kwam doordat ze in haar hoofd bezig was met het dreigende vooruitzicht van het internaat.

'Ik blijf er niet, hoor, als ik het niet leuk vind,' zei Lily tegen Kathleen en Joe op een warme augustusavond terwijl ze over het klifpad liepen. 'Dan loop ik gewoon weg.'

'Ach, Lily, het is vast leuker dan je denkt.' Kathleen wierp een blik op Joe's verdrietige, ernstige gezicht. 'En je bent voor je met je ogen kunt knipperen alweer terug voor de kerstvakantie, hè, Joe?'

'Lily blijven. Lily hier blijven.'

'Ik beloof je dat ik terugkom, Joe,' zei Lily en ze sloeg haar arm om Joe's schouders. 'Maar ik moet over een week al naar Londen om mijn kleren voor school te kopen. Mama komt hierheen om me mee te nemen naar Engeland. Papa is helemaal nerveus omdat hij weet dat ze komt.' Lily trok haar wenkbrauwen op. 'Ik begrijp echt niet hoe hij het met haar uithoudt. Ze zet steeds die rotballetmuziek op. Zo deprimerend. Ik snap echt niet wat er aan is om mensen twee uur lang op een been te zien staan terwijl ze geen woord zeggen! Zo saai!'

Kathleen had haar moeder horen zeggen dat Lily een hekel had aan ballet omdat dat haar moeders passie was, en haar wereld niet om haar dochter, maar om ballet draaide. Maar Kathleen was het met Lily eens. Toen haar tante haar een keer had meegenomen naar een balletvoorstelling in Dublin, was ze halverwege in slaap gevallen.

'Nou, ik moet gaan, Gerald leert me bridgen. Ik begin er al een expert in te worden.' Lily gaf Joe en Kathleen een kus en huppelde weg in de richting van Dunworley House.

Joe keek haar na totdat ze nog maar een stipje in de verte was. Toen ging hij moedeloos op de grond zitten om naar de zee te staren. Kathleen knielde naast hem neer en sloeg haar arm om zijn brede schouders.

'Ze komt terug, Joe, dat weet je toch wel.'

Er sprongen tranen in Joe's ogen. 'Hou van haar, Kathleen. Hou van haar.'

Kathleen wist altijd, zodra ze de boerderij binnenkwam, dat haar tante Anna op bezoek was. De doordringende geur van parfum en sigarettenrook kwam dan vanuit de woonkamer de keuken in zweven. En ze kon haar schorre lach en het gerinkel van de theekopjes horen – die alleen uit de kast werden gehaald als tante Anna hen vereerde met een bezoekje.

'Kathleen, liefje! Hoe gaat het met je s-schat?' vroeg tante Anna terwijl Kathleen vooroverboog om haar een zoen te geven. 'Mijn hemel,' zei ze met een keurende blik op haar nichtje, 'jij bent gegroeid sinds ik je voor het laatst heb gezien.'

'Dank u,' reageerde Kathleen automatisch, niet zeker of het een compliment was.

'Kom,' zei tante Anna, met een klopje naast haar op de bank, 'kom zitten en vertel me w-wat je allemaal hebt gedaan.'

Kathleen ging zitten en voelde zich zoals altijd een boerenpaard naast haar frêle tante. Tante Anna's diepzwarte haar, geverfd volgens haar moeder, was in een elegante wrong samengebonden in haar nek. Haar enorme ogen waren omrand met eyeliner en haar lippen waren vuurrood gemaakt, zodat ze fel afstaken tegen haar witte huid, wat haar een dramatisch en fascinerend uiterlijk gaf.

Zoals gewoonlijk was Kathleen met stomheid geslagen, alleen al door de aanwezigheid van de vrouw van wie ze wist dat ze een wereldberoemde ballerina was. Het contrast tussen de twee zusjes had niet groter kunnen zijn. Ze hadden dan wel geen bloedband, omdat Anna was geadopteerd, wist Kathleen van haar moeder, maar waren wel in hetzelfde huishouden opgegroeid. Tante Anna zag er in de kleine zitkamer met zijn donkere, oude meubels uit als een exotische bloem die per ongeluk in een Iers moeras terecht was gekomen.

'Kom, Kathleen, vertel je tante al je nieuws eens,' spoorde Anna haar aan.

'Ik...' Kathleen wist niets te verzinnen, ze kon niet één ding bedenken dat iemand als haar tante zou kunnen interesseren. 'Nou... eh, de vakantie is bijna voorbij en over een week moeten we weer naar school,' wist Kathleen uit te brengen.

'En weet je al wat je later wilt w-worden?' informeerde Anna.

Kathleen had geen idee. Om te zeggen dat ze wilde trouwen en kinderen krijgen, leek haar op de een of andere manier niet het goede antwoord. 'Nee, dat weet ik nog niet, tante.'

'En hoe zit het met de jongens?' Tante Anna stootte haar samenzweerderig aan. 'Er is toch zeker wel een jongeman die zijn b-best voor je doet?'

Kathleen dacht aan de jongen uit Skibbereen, John Ryan, die ze kortgeleden tijdens een dansfeest in het dorp had ontmoet. Hij had vier keer met haar gedanst en ze waren erachter gekomen dat ze via hun grootmoeder, Coleen Ryan, verre familie van elkaar waren. Maar in deze buurt was iedereen wel op de een of andere manier familie van elkaar.

'Ik zie het, er is iemand, s-schatje. Je bloost!'

'Echt, Kathleen?' vroeg haar moeder vanaf de fauteuil tegenover haar. ‘Heb je kennis aan een jongeman? Nou, daar heeft ze het tegen mij nooit over gehad, Anna.’

‘Ach, alle vrouwen hebben zo hun geheimen, toch, Kathleen?’ zei tante Anna met een glimlach.

‘Ik heb geen geheimen,’ stamelde ze, maar ze voelde dat ze rood werd.

‘Ach, er is toch niks mis met een paar geheimen, hè, Sophia?’ zei tante Anna. ‘Ik weet zeker dat je moeder je heeft v-verteld, Kathleen, dat Mary, mijn adoptiemoeder, Lawrence Lisle, mijn voogd, heeft wijsgemaakt dat ik op kostschool aan de griep was overleden! Om me te beschermen! Kun je je dat voorstellen?’ Anna barstte uit in haar bekende, schorre lach. ‘En toen kwam ik s-springlevend hier in Ierland opdagen en trouwde ik de broer van de man die jaren daarvoor had gehoord dat ik dood was! Nou, dat is nog eens wat ik g-geheim noem!’

‘Persoonlijk vind ik dat niet iets om te lachen, Anna.’ Sophia keek echt woedend. ‘Je weet net zo goed als ik dat onze moeder alles wat ze maar kon, heeft gedaan om jou te beschermen en geborgenheid te bieden. Zeer ten koste van zichzelf, mag ik er wel aan toevoegen. Ze had in de gevangenis terecht kunnen komen.’

‘Dat weet ik allemaal, zusje van me, en ik ben haar er h-heel dankbaar voor. Dat weet je.’

‘En daarom heb je vijftien jaar geen contact met haar gehad, zeker?’ bracht Sophia ertegen in.

Kathleen zat tussen hen in en wenste dat ze in het niets kon verdwijnen.

‘Jeetje, Sophia! Ga me nou niet de les lezen, alsjeblieft.’ Anna rolde met haar ogen. ‘Ik heb me alleen maar gedragen zoals ieder jong m-meisje zou doen en ik heb het nest verlaten. Onthou alsjeblieft dat ik op dat moment geen idee had van alles wat Mary had gedaan om me te helpen. Daar kan ik toch niet de verantwoordelijkheid voor in de schoenen geschoven krijgen, is het wel? Nou, laten we het nu maar over de toekomst hebben. Je w-weet dat ik Lily volgende week meeneem naar Londen om kleren voor het internaat aan te schaffen?'

'Ja, dat weet ik.'

Kathleen zag hoe haar moeder zich inspande om haar zelfbeheersing te hervinden en besefte dat er heel veel was wat ze niet wist over de geschiedenis tussen de twee zussen.

'Ik kan gewoon niet geloven dat ik maandag moet vertrekken,' verzuchtte Lily terwijl Kathleen en zij op het zand naar de sterren lagen te staren. 'Hoe kan ik in vredesnaam zonder dit alles? Alle ruimte hier en de vrijheid... de geur van de zee die met de ochtendbries mijn slaapkamer binnenkomt... de storm die de golven woedend tegen de kliffen smijt. En het belangrijkste,' Lily zuchtte diep, 'het belangrijkste: geen mensen. Ik betwijfel of ik mensen wel leuk vind. Jij, Kathleen?'

Kathleen was gewend aan Lily's bizarre gedachten. 'Tja, ik kan niet zeggen dat ik daar ooit over heb nagedacht; of ik mensen leuk vind of niet. Ze zijn er nou eenmaal, hè? Je zult ermee moeten leven.'

'Maar kun je je voorstellen dat je met zeven anderen je slaapkamer moet delen? Dat doe ik dus over een week. Ik geloof zelfs dat je je niet in je eentje kunt wassen. O, Kathleen, kun je je dat voorstellen?'

Om eerlijk te zijn kon Kathleen dat niet. Plotseling vond ze haar eigen leven heel comfortabel. Ze begreep niet waarom een meisje dat met zoveel privileges als Lily was opgevoed, naar een internaat moest waar het volgens Lily's beschrijving nauwelijks beter was dan in *Oliver Twist* van Charles Dickens.

'In ieder geval,' vervolgde Lily, 'loop ik gewoon weg als ik het daar niet leuk vind. Ik heb wat geld van papa gepakt om er zeker van te zijn dat ik de terugreis naar Ierland kan betalen. En als het nodig is, kan ik altijd nog bij jullie in de schuur slapen en dan kun jij me eten brengen.'

'Och, Lily,' stelde Kathleen haar gerust. 'Zo erg zal het toch niet zijn. Je zei dat veel gegoede families hun kinderen naar dat internaat sturen waar jij heen gaat. Je krijgt er vast veel vriendinnen, dat weet ik zeker.'

'Maar ik háát regels, Kathleen. Dat weet je toch,' kreunde Lily. 'Ik ben er niet goed in, echt niet.'

Kathleen vroeg zich stilletjes af of dat kwam omdat Lily überhaupt weinig regels had waar ze zich aan moest houden, of dat het meer iets van haar karakter was. Sophia noemde haar nichtje altijd een 'vrije geest' en Kathleen vermoedde dat ze dat inderdaad was.

'Ik weet zeker dat het niet zo erg zal zijn als je denkt. Het hoort nou eenmaal bij de opvoeding van een dame. Toch?'

'Gerald zegt dat hij het heerlijk vond op Eton,' verzuchtte Lily. Ze draaide zich plotseling op haar buik en steunend op haar ellebogen keek ze op naar Kathleen. 'Gerald is best knap tegenwoordig, vind je niet?'

'Hij is mijn type niet,' antwoordde Kathleen en bij de gedachte alleen al ging er een huivering door haar heen.

'Nou, hij is zeker een stuk verbeterd vergeleken met die arrogante, pukkelige vaatdoek die hij vroeger was. Trouwens, hij stelde voor dat we mijn laatste avond in Ierland met z'n viertjes naar het strand gaan om daar een kampvuur te maken en te picknicken, als afscheidsfeestje voor mij. Wat vind je, Kathleen. Kom je? Met Joe?'

'Ik kom wel, maar of Joe...' Kathleen zuchtte diep. 'Ik had niet gedacht dat Gerald hem nog in zijn buurt zou willen hebben.'

'O, Gerald is alles allang weer vergeten,' zei Lily terwijl ze Kathleens zorgen met haar hand wegwuifde. 'Zeg maar tegen Joe dat ik er zal zijn, dan weet ik zeker dat hij komt. En zonder hem zijn we niet compleet, toch?'

'Nee.' Dat was Kathleen met haar eens. 'Eigenlijk niet.'

32

Natuurlijk lichtte Joe's gezicht op bij het vooruitzicht van een avond op het strand met Lily. Zelfs als dat betekende dat hij Gruwelijke Gerald erbij zou moeten tolereren. Toen de avond begon te vallen, wandelden Kathleen en Joe naar het strand.

'Joe, je moet goed onthouden dat het Lily's laatste avond is. Het is een afscheidsfeestje. Dus wát Gerald ook tegen je zegt, je moet me beloven dat je je niet boos laat maken door hem, oké?'

'Ja, Kathleen.'

'Beloofd?'

Joe knikte. 'Beloofd. Heb iets voor Lily.' Joe haalde een klein, uit hout gesneden engeltje uit zijn zak. 'Lily is engel,' verklaarde hij.

Kathleen bleef staan en bestudeerde het beeldje in Joe's handpalm. Ze had geen idee hoe Joe met zijn enorme handen zo'n verfijnd beeldje had kunnen maken of hoelang hij erover gedaan moest hebben.

'Joe,' zei Kathleen met oprechte bewondering. 'Het is prachtig! Echt! Je hebt talent voor houtsnijwerk!' Ze legde haar hand over de zijne. 'En ze zal het geweldig vinden, dat weet ik zeker!'

Toen Joe en Kathleen arriveerden, hadden Gerald en Lily zich al geïnstalleerd. Er brandde een vuurtje op het zand en Gerald was bezig worstjes te roosteren in de vlammen.

'Hallo, jullie twee!' zei Lily opgewonden. 'Ik hoop dat jullie heel veel te eten hebben meegenomen, ik ben uitgehongerd! Is dit niet fantastisch?'

Lily racete er opeens over het strand vandoor en alle drie zagen ze hoe ze in het rond wervelde van geluk.

'Ze haat ballet, maar de gratie van haar moeder heeft ze zeker geerfd, vind je niet, Kathleen?' gaf Gerald als commentaar, maar zijn ogen lieten Lily's dansende gestalte niet los.

'Ja, inderdaad.' Kathleen wierp een snelle blik op Joe, die verbaasd naar Lily stond te kijken. Kathleen pakte de kleden die ze had meegebracht en spreidde die op de grond uit. 'Ga daar maar zitten, Joe.'

Zonder zijn blik van Lily los te maken, deed Joe wat ze hem vroeg.

Lily kwam hijgend terug en liet zich op het zand vallen om op adem te komen. 'O! Als ik van dat rotinternaat af ben, kom ik hier terug om voor altijd in Dunworley te gaan wonen. Wie gaat er voor het eten nog mee zwemmen?'

Kathleen schudde haar hoofd. 'Te koud voor mij, Lily.'

'Wat ben je toch een tutje. Waar is je gevoel voor avontuur gebleven? Het is mijn laatste avond!'

'O, nou, goed dan,' gaf Kathleen onwillig toe. 'Jullie letten op de worstjes, goed, jongens?'

De twee jongens keken de meisjes na, die in de richting van de golven renden. Gerald haalde een fles uit de rugzak die hij bij zich had. 'En terwijl zij aan het zwemmen zijn, kunnen wij hier wel wat van nemen, dacht ik, om warm te blijven.'

Joe's blik ging traag van Lily's verdwijnende figuurtje naar de fles die Gerald in zijn hand hield.

'Whisky. Huisgestookt. Een van de pachters van mijn vader heeft het hem gegeven. Heb je weleens whisky gedronken, Joe?'

Joe schudde langzaam zijn hoofd.

'Nou, laten we het dan eens proberen. Proost!' Gerald nam een flinke teug en gaf de fles aan Joe.

Joe rook eraan en trok zijn neus op.

'Ben jij nou een echte man? Iedere Ier moet zijn nationale drank toch proberen! Of wil je dat Lily je een watje vindt, Joe?'

Na die opmerking zette Joe de fles voorzichtig aan zijn mond en nam een slokje. Hoestend en proestend gaf hij de fles weer terug aan Gerald.

'De eerste slok is altijd het ergst. Het smaakt beter als je er een paar hebt genomen.' Gerald nam weer een teug.

Toen de meisjes terugkwamen, waren de worstjes gaar en zaten Joe en Gerald om iets te lachen. Kathleen sloeg bibberend een handdoek om, blij te zien dat de sfeer tussen de twee jongens ontspannen was.

'Willen jullie wat vlierbessensap?' vroeg Gerald met een knipoog naar Joe, terwijl hij hun allebei een glas overhandigde. Beide meisjes klokten het sap dorstig naar binnen.

'Bah!' sputterde Lily. 'Het smaakt raar.'

'Ja, inderdaad.' Kathleen nam Gerald wantrouwig op. 'Wat zit erin?'

'Gewoon iets om warm te blijven, hè, Joe? Wil je nog wat?'

In het licht van het vuur zag Kathleen Gerald een fles aan haar broer doorgeven.

'Wie heeft er zin in een worstje?' vroeg hij vervolgens.

Drie kwartier later lag Kathleen op haar rug naar de sterren te kijken en vroeg ze zich af waarom ze zo ronddraaiden. Dat had ze ze nooit eerder zien doen. Ze hoorde Joe en Gerald wild om iets lachen en in het licht van het vuur zag ze Lily's dansende silhouet.

Kathleen glimlachte. Ze had het lekker warm. Tevreden deed ze haar ogen dicht en viel in slaap.

Toen ze wakker werd, voelde ze zich gedesoriënteerd en heel erg misselijk.

'Jezus, Maria,' zei ze terwijl haar maag zich omdraaide en ze naast zich moest overgeven in het zand. Dat gebeurde nog twee keer, maar toen alles eruit was, was het draaierige gevoel in haar hoofd gelukkig ook weg. Kathleen bedekte haar braaksel met een laag zand en merkte dat ze een ontzettende dorst had, dus ging ze op zoek naar de fles water die ze had meegebracht.

Naast haar waren de kleden leeg en het vuur was uitgegaan.

Gulzig klokte ze een paar slokken water naar binnen en toen stond ze op om te zien of de andere drie waren gaan zwemmen. Haar benen voelden raar onvast terwijl ze naar de kustlijn liep, maar daar aangekomen hoorde ze niet het normale gegil en gelach en zag ze ook niemand in de golven spetteren. Kathleen draaide zich weer om en liep terug naar het gedoofde kampvuur en ze begon te roepen: 'Kom op, jullie drie, ik weet dat jullie je verstopt hebben voor mij. Kom op nou, kom tevoorschijn!'

Geen reactie. Alleen het geluid van de golven die gestadig tegen het strand aan sloegen. 'Ze zijn toch zeker niet naar huis? Ze laten me toch niet zomaar in mijn eentje hier achter?' mompelde Kathleen in zichzelf. 'Ik kan al die spullen echt niet in mijn eentje de kliffen op dragen.'

Kathleen schreeuwde totdat ze er schor van was en ging weer op het kleed zitten. Er lag een lege fles in het zand, zag ze. Toen ze die opraapte en eraan rook, kreunde ze. Nu begreep ze waarom ze zo misselijk was geweest! Gerald moest een scheut illegaal gestookte whisky in hun vlierbessensap hebben gedaan. Ze wist dat de whisky in deze regio meestal van aardappelen werd gemaakt en dodelijk kon zijn.

'Verdomde idioot van een Gerald! Hoe kun je zo stom zijn om ons dit te voeren!'

Kathleen werd overvallen door een onheilspellend en angstig voorgevoel: ze stelde zich de andere drie voor terwijl ze dronken en overmoedig de zee in liepen. Koortsachtig probeerde ze te bedenken wat ze moest doen. Als ze hulp ging halen, zou haar vader haar levend villen als hij merkte dat ze had gedronken. En hij zou vast ook niet geloven dat Gerald de whisky stiekem door hun vlierbessensap had gedaan. En hoeveel had Joe gedronken? Hij had nog nooit in zijn leven één druppel alcohol gehad. De hemel wist hoe hij erop zou reageren...

Nadat ze nog tien minuten het strand had afgezocht en constant alle namen had geschreeuwd, besefte Kathleen met het hart in haar keel dat ze geen andere keuze had dan alarm te slaan. Ze had geen idee hoe laat het was en toen ze opstond bedacht ze dat ze alleen nog maar kon hopen dat de anderen haar hadden laten slapen, terwijl zij alvast naar huis waren gegaan. Kathleen liet alles achter op het strand en begon in de richting van het klifpad te lopen.

Plotseling hoorde ze een schreeuw vanuit de hoek van het strand die naar de volgende baai leidde.

Ze draaide zich om en tuurde die kant op, maar kon niet zien waar degene was van wie die schreeuw afkomstig was.

'Kathleen, ben jij dat?'

'Ja!' riep ze terug.

'Ik ben het! Gerald.' Hij kwam naar haar toe rennen. Toen hij bij haar was, was hij buiten adem. Voorovergebogen en happend naar lucht keek hij naar haar op en vroeg: 'Heb je ze gezien? Lily en Joe? Ze zeiden zowat een uur geleden dat ze gingen zwemmen. Ik zou bij de spullen blijven, want jij sliep. Toen ze maar niet terugkwamen, ben ik gaan zoeken. Maar ik zie ze nergens. Geen spoor van hen, langs de hele kustlijn niet. Zijn ze hier terug geweest? Heb ik hen soms gemist?'

'Nee, ik ben hier al de hele tijd en ik heb ze niet gezien.'

'Mijn god,' kreunde Gerald terwijl hij rechtop ging staan. 'Vooral Joe was aardig aangeschoten. Ik hoop niet dat er iets akeligs is gebeurd.'

'Nou,' zei Kathleen met haar handen in de zij, 'hoe kun je ook zo stom zijn hem drank te geven?'

'Joe is een volwassen man, hoor. En hij zei er geen "nee" tegen.'

'En Lily dan? En ik?' Kathleens woede en angst laaiden in haar op. 'Je hebt whisky in ons vlierbessensap gedaan! Hoe kun je? Stel dat Lily is verdronken in de zee? Dan is dat jouw schuld! En dan, Mr Lisle, wat dan?' gilde ze hysterisch.

'Luister, Kathleen, ik heb niks anders gedaan dan een beetje leven in de brouwerij brengen. Anders was het maar een saai feestje geworden. En trouwens, niemand kan het bewijzen, hoor. Wie denk je dat ze zouden geloven, Kathleen? Jou of mij? Maar dat maakt nu natuurlijk niks uit,' merkte hij schouderophalend op. 'We moeten Lily en Joe zo gauw mogelijk zien te vinden. Ik heb overal naar hen gezocht en nergens ook maar een teken van hen gezien.'

Kathleens blik werd getrokken door een modderige bloedvlek op Geralds korte broek.

'Wat is dat daar?' vroeg ze wijzend.

Gerald keek omlaag. 'O, ik zal mezelf wel verwond hebben bij het klimmen over de rotsen. Het bloed komt door mijn broek heen, blijkbaar. Maar dat doet er nu niet toe. Wat denk je: zullen we weer gaan zoeken, of hulp gaan halen?'

'Ik vind dat we hulp moeten gaan halen.'

'Goed. En ik waarschuw je.' Gerald keek haar doordringend aan en Kathleen was plotseling bang van hem. 'Jullie Ryans mogen dan nu wel een paar hectare waardeloos moerasland bezitten, maar jullie zijn ook nog steeds pachters van het land van mijn vader. Als je ook maar met een woord rept over die fles die ik vanavond naar het strand heb meegenomen, laat ik jou en je familie door mijn vader uit je huis zetten en van je land afgooien. Sneller dan je je kunt indenken. Begrepen?'

'Ja,' antwoordde Kathleen in tranen. 'Begrepen.'

Een uur later was er alarm geslagen in het kleine Dunworley en zochten de inwoners de baaitjes en de zee af naar een teken van Lily of Joe.

Toen het licht begon te worden werd Lily in een grot ontdekt door een plaatselijke boer. Ze was bewusteloos, bont en blauw en haar jurk was gescheurd. Nadat ze de rotsen op was gedragen en voorzichtig op de achterbank van een wachtende auto was gelegd, werd ze naar het ziekenhuis in de stad Cork gebracht.

Twintig minuten later werd Joe gevonden op nog geen twintig meter van de plek waar Lily had gelegen. Hij was diep in slaap.

Toen hij wakker werd gemaakt was hij helemaal gedesoriënteerd.

'Lily,' mompelde hij. 'Waar Lily?'

33

Later die middag werd er op de voordeur van de boerderij van de Ryans gebonkt. Toen Sophia opendeed stonden er twee agenten op de stoep.

'Mrs Doonan?'

'Ja?'

'We willen uw zoon en dochter graag spreken over gisteravond,' zei een van de agenten.

'Ze zitten toch niet in de problemen?' vroeg Sophia nerveus terwijl ze hen binnenliet. 'Het zijn allebei goede kinderen, ze hebben nooit iets verkeerds gedaan.'

'We willen uw dochter graag eerst spreken, Mrs Doonan,' zei een van de agenten toen ze hen mee de woonkamer in nam.

'Hoe gaat het met Lily? Ze moet van de rotsen zijn gevallen, zei Kathleen, mijn dochter. Ik...'

'Daar willen we het met haar over hebben,' onderbrak een van de agenten haar.

'Ik zal haar halen,' zei Sophia.

Kathleen kwam een paar minuten later de kamer in, haar knieën knikkend van angst.

'Kathleen Doonan?'

'Ja, sir.'

'Ga zitten, Kathleen. Er is niets om zenuwachtig voor te zijn, we willen je gewoon een paar vragen stellen over wat er gisteravond is gebeurd.'

'Alles is goed met Lily, toch?' vroeg Kathleen bezorgd.

'Alles komt in orde, maak je maar geen zorgen,' antwoordde een van de agenten. 'Nou, Kathleen, kun je ons vertellen hoe gisteravond is verlopen? Vanaf het moment dat jullie vieren op het strand aankwamen.'

'Eh,' Kathleen slikte, 'we gingen naar het strand om een afscheidsfeestje voor Lily te vieren, voordat ze naar het internaat zou gaan. De jongens letten op het vuur en roosterden de worstjes, terwijl Lily en ik de zee in gingen om te zwemmen,' verklaarde Kathleen. De politieman maakte aantekeningen, zag ze.

'En toen?' spoorde de agent haar aan.

'We kwamen terug, aten onze picknick en toen ben ik... nou ja, toen ben ik in slaap gevallen.'

'Was je moe?'

'Dat moet wel, sir.'

'Hoe laat werd je weer wakker?'

'Dat weet ik niet, maar toen ik wakker werd, waren Lily, Joe en Gerald verdwenen. Ik heb overal naar hen gezocht, maar kon ze niet vinden. Toen zag ik Gerald uit de richting komen van de baai waar Lily is gevonden. Hij zei dat hij ook naar hen op zoek was geweest. Toen hebben we alarm geslagen. En dat is alles wat ik u kan vertellen wat u nog niet weet,' besloot Kathleen schouderophalend.

'Kathleen, ik wil graag dat je me heel eerlijk antwoordt,' zei een van de agenten vriendelijk. 'Hebben jullie vieren gedronken gisteravond bij jullie picknick?'

'Ik... nee, sir. Waarom denkt u dat?'

'Omdat er nogal wat alcohol in het bloed van je nichtje Lily is gevonden toen ze in het ziekenhuis werd onderzocht. Dus jij zegt dat zij de enige is die had gedronken?'

'Sir...' Kathleen dacht aan wat Gerald had gezegd over hoe hij de Ryans van het land van zijn vader zou laten gooien als ze ooit vertelde hoe het werkelijk was gegaan. 'Ja,' gaf ze beschaamd toe. 'We hadden allemaal iets gedronken. Maar niet heel veel, sir. En van Gerald zou ik het niet weten,' voegde ze er haastig aan toe.

‘Hoe zit het met je broer, Joe?’

‘Ik denk dat hij ongeveer twee slokken heeft gehad,’ antwoordde Kathleen oprecht.

‘Tja, toen we daarstraks, voordat we hierheen kwamen, de jongeheer Gerald ondervroegen, heeft hij ons verteld dat Joe vreselijk dronken was.’

‘Ik denk van niet, sir. Joe drinkt nooit alcohol. Maar misschien zou zelfs een klein beetje hem al naar het hoofd stijgen.’

‘Iets is hem wel naar het hoofd gestegen, ja,’ mompelde de andere agent binnensmonds.

‘De jongeheer Gerald vertelde dat Joe erg gesteld is op Lily. Is dat waar?’

‘O, ja, sir, hij aanbidt haar,’ beaamde Kathleen.

‘De jongeheer Gerald vertelde dat hij Joe had horen zeggen dat hij met Lily wilde trouwen. Heeft hij dat goed gehoord?’

‘Ach, eh...’ Kathleen deed haar best om het juiste antwoord te vinden. ‘We kennen elkaar al van kleins af aan en we zijn familie van elkaar. Joe is altijd dol op Lily geweest.’

‘Ja, maar jullie zijn geen kinderen meer, is het wel? Of, in ieder geval, je broer is geen kind meer,’ zei de andere agent grimmig. ‘Zou je je broer als agressief omschrijven, Miss Doonan?’

‘Joe? Nee! Absoluut niet! Ik zou hem omschrijven als een van de vriendelijkste mensen op aarde. Hij doet echt geen vlieg kwaad.’

‘Dat is niet wat de jongeheer Gerald ons heeft verteld, Kathleen. Hij zei dat Joe hem een paar weken geleden in zijn gezicht heeft gestompt. En dat jij dat hebt gezien. Klopt dat?’

‘Ik...’ Kathleen voelde dat het zweet haar uitbrak van de zenuwen. ‘Ja, ik heb gezien dat Joe Gerald een klap gaf, sir, maar dat deed hij alleen maar omdat Gerald iets over Lily had gezegd wat Joe vervelend vond. Zoals ik al zei: hij is heel beschermend voor haar. Maar ik verzeker u, Joe doet niemand kwaad, dat kunt u aan iedereen vragen,’ voegde Kathleen er wanhopig aan toe. ‘Hij is vriendelijk en zachtaardig en meende het niet zo, echt, eerlijk niet.’

'Zou je Joe omschrijven als geobsedeerd door zijn nichtje Lily?' vroeg de agent.

'Nee.' Kathleen schudde haar hoofd. Ze had het gevoel dat ze een bepaalde richting op werd geduwd en dingen zei die helemaal fout klonken. 'Hij aanbad haar gewoon,' zei ze schokschouderend.

'Kathleen, heb je je broer Lily ooit zien aanraken?'

'Natuurlijk! Heel vaak! Hij liet haar meerijden op zijn rug, tilde haar op om haar in de golven te gooien... ze dolden samen...'

'Dank je, Kathleen. Nu willen we even met je moeder praten en daarna met Joe.'

'Ik begrijp het niet, sir. Joe zit toch niet in de problemen, hè? Hij had dan misschien wel iets gedronken en hij heeft Gerald toen een klap gegeven, maar hij zou niemand ooit een haar op zijn hoofd krenken. Zeker Lily niet,' drong ze wanhopig aan.

'Dit is alles voorlopig, Kathleen. Het kan zijn dat we je nog een keer willen spreken.'

Kathleen stond verslagen op en liep de woonkamer uit. Achter haar ogen prikten tranen. Haar moeder wachtte in de keuken. Met een heel bezorgd gezicht keek ze op toen Kathleen binnenkwam.

'Wat wilden ze, Kathleen?'

'Ik weet het niet, mam, ik weet het niet. Ze vroegen me van alles over Joe, maar ze wilden niet zeggen waarom. Ik weet dat Lily gewond was, maar dat komt omdat ze van de rotsen is gevallen, toch? Niet omdat iemand...' Kathleen sloeg haar hand tegen haar mond. 'O, mam, je denkt toch niet dat de politie denkt dat Joe...'

'We willen u nu graag spreken, Mrs Doonan.'

Een van de agenten stond op de drempel van de keuken.

'Goed,' zei Sophia met een zucht. Ze stond op en liep achter hem aan.

Kathleen ging de trap naar haar slaapkamer op en liep zenuwachtig heen en weer in de benauwde ruimte. Ze wist dat er iets afschuwelijk fout zat. Gespannen liep ze haar slaapkamer uit en klopte op de deur van Joe's kamer. Geen antwoord. Toen ze de deur openduwde trof ze Joe liggend op zijn bed aan, met zijn handen onder zijn hoofd gevouwen staarde hij naar het plafond.

'Joe.' Ze liep naar het bed toe en ging op de rand zitten. 'Hoe gaat het?'

Joe reageerde niet. Hij bleef naar het plafond staren, zijn ogen stonden triest.

Kathleen legde haar hand op zijn gespierde arm. 'Weet jij wat er gisteravond met Lily is gebeurd? En waarom de politie hier is?'

Na een tijd schudde Joe zijn hoofd.

'Heb je gezien dat ze viel en gewond is geraakt, Joe? Dat is toch wat er is gebeurd, hè?'

Na lange tijd dwaalde zijn blik naar Kathleen. Hij schudde langzaam zijn hoofd. 'Weet ik niet. Sliep.'

'O, Joe, ik ben zo bang. Je móét het je herinneren. Heb je gezien dat Lily viel en gewond raakte?' vroeg ze nog een keer.

'Nee.' Joe schudde opnieuw zijn hoofd. 'Sliep.'

'Joe, alsjeblieft, het is belangrijk dat je heel goed naar me luistert nu,' zei Kathleen dringend. 'Je moet proberen te begrijpen wat ik zeg. Ik weet het niet zeker, maar de politie denkt misschien dat jij Lily iets hebt aangedaan.'

Bij die woorden schoot Joe overeind. 'Nee! Lily nooit kwaad doen. Nooit!'

'Dat weet ik, Joe, maar zij niet. En ze zijn hier om wat er met Lily is gebeurd. Om uit te vinden hoe het gisteravond is gegaan. En ik ben bang dat ze proberen jou de schuld te geven.'

'Nee! Lily nooit kwaad doen!' schreeuwde hij terwijl hij een paar keer op het bed stompte.

Kathleen zag aan Joe's ogen dat hij zich verraden voelde en woedend was. 'Dat hoef je niet tegen mij te zeggen. Ik wéét hoeveel je van Lily houdt. Maar de agenten beneden weten dat niet en die kijken misschien met andere ogen naar wat er met Lily is gebeurd. Kun je me beloven dat je niet boos zult worden als ze je vragen stellen die je vervelend vindt? Alsjeblieft Joe, probeer kalm te blijven, zelfs als ze je vragen of je Lily kwaad hebt gedaan,' drong Kathleen aan.

'Lily nooit kwaad doen. Hou van Lily!' herhaalde Joe nog een keer.

Kathleen beet wanhopig op haar lip. Ze besefte dat er niets was wat ze kon zeggen of doen om haar geweldige, lieve broer tegen zichzelf te beschermen. 'Ach, Joe, misschien zie ik het allemaal wel te somber. Misschien kan Lily haar eigen verhaal wel gewoon vertellen.' Kathleen ging op haar knieën op het bed zitten en sloeg haar armen stevig om Joe heen. 'Wees gewoon zoals je bent en vertel hun dat je sliep.'

'Ja.' Joe knikte heftig.

Kathleen had haar armen nog altijd om hem heen toen hun moeder een paar minuten later met een bleek gezicht binnenkwam en zei dat Joe beneden moest komen. Met een hart vol angst keek ze toe hoe hij overeind kwam en de kamer uit ging.

Die middag moest Joe mee naar het bureau om verder ondervraagd te worden. Twee dagen later kwam er een andere agent naar de boerderij om te vertellen dat Joe werd beschuldigd van de verkrachting en mishandeling van Lily Lisle. Tot de rechtszaak voorkwam zou hij in hechtenis blijven in de gevangenis van Cork.

Toen de agent weg was, liet Sophia zich op een stoel aan de keukentafel neerzakken. Ze legde haar hoofd op haar armen en snikte stilletjes. Seamus liep naar haar toe en sloeg zijn armen om haar heen. Zijn ogen stonden vol tranen.

Kathleen zag de wanhoop op het gezicht van haar ouders en wist dat ze gebroken waren.

Uiteindelijk keek Sophia op. Ze omklemde de hand van haar man en zei: 'Hij heeft het niet gedaan, hè?'

'Nee, lieverd, wij weten dat hij het niet heeft gedaan.' Seamus schudde langzaam zijn hoofd. 'Maar ik weet niet wat we kunnen doen om dit recht te zetten.' Toen richtte hij zich tot Kathleen. 'Iemand moet zich toch kunnen herinneren wat er die avond is gebeurd? Hoe haal je het toch in je hoofd om whisky te gaan drinken,

Kathleen? Je weet wat het met je verstand doet, zeker bij iemand die zo'n langzaam verstand heeft als Joe!'

'Pap, het spijt me, het spijt me zo verschrikkelijk!' Kathleen wrong haar handen. Ze wilde niets liever dan hem de waarheid vertellen over hoe Gerald hen allemaal voor de gek had gehouden en het hun stiekem had gegeven.

'En de politie gelooft de Engelsman weer op zijn woord, zoals altijd. Misschien moet ik eens met hem gaan praten, met Gerald?' Seamus liep onrustig op en neer in de keuken.

'Maar zal hij jou de waarheid vertellen? Iemand heeft Lily dit aangedaan en we weten dat het niet onze Joe is geweest. Maar wat kunnen we eraan doen?' Sophia schudde wanhopig haar hoofd. 'Als het Gerald is geweest, geeft hij dat natuurlijk nooit toe. Nooit!'

'En Lily?' vroeg Kathleen. 'Zal ik bij haar op bezoek gaan? We zijn toch altijd goed bevriend geweest, mam.'

Sophia keek haar echtgenoot vragend aan. 'Wat vind jij ervan, Seamus? Zal Kathleen op bezoek gaan bij Lily?'

'Ik zou denken dat alles het proberen waard is op dit moment,' antwoordde Kathleens vader.

De volgende dag nam Kathleen de bus naar de stad Cork. Lily werd verpleegd in het Bons Secours Ziekenhuis.

Toen Kathleen haar kamer binnenliep, had Lily haar ogen dicht. Kathleen bestudeerde haar: de blauwzwarte plek om haar linkeroog, de snee in haar lip en de beurse plekken op haar kaak. Ze slikte. Alleen de gedachte al dat Joe dit zijn geliefde Lily had aangedaan was onzinnig. Kathleen ging op de stoel naast Lily's bed zitten. Ze wist dat ze kalm moest blijven als Lily wakker werd. Dat ze rustig met haar moest praten en niet hysterisch moest worden vanwege het afschuwelijke onrecht dat haar broer werd aangedaan.

Na een tijd gingen Lily's ogen open. Ze knipperde een paar keer en merkte toen dat Kathleen naast haar bed zat. Kathleen pakte haar hand vast. 'Hoe gaat het?'

'Slaperig,' antwoordde Lily. 'Heel slaperig.'

'Geven ze je iets tegen de pijn? Misschien maakt dat je zo slaperig.'

'Ja.' Lily ging met haar tong langs haar lippen. 'Kun je me het glas water aangeven?'

Kathleen hielp Lily rechtop te gaan zitten en liet haar iets drinken. Toen ze klaar was en Kathleen het glas weer op het nachtkastje naast het bed had gezet, vroeg ze vriendelijk: 'Wat is er met je gebeurd, Lily?'

'Ik weet het niet.' Lily deed haar ogen weer dicht. 'Ik kan het me niet herinneren.'

'Je moet je er toch íéts van herinneren,' drong Kathleen aan. 'Je denkt toch niet... ik bedoel, je weet toch dat Joe je zoiets nooit zou kunnen aandoen. Dat weet je toch, Lily?'

'De politie vraagt me ook steeds dat soort dingen en ik kan er gewoon geen antwoord op geven.'

'Ze hebben hem gearresteerd, Lily. Ze hebben Joe gearresteerd,' fluisterde Kathleen. 'Ze geven hem de schuld van wat jou is overkomen. Alsjeblieft, zeg tegen hen dat Joe van je hield en je nooit kwaad zou kunnen doen... Dat weet je toch, Lily. Alsjeblieft, zeg dat tegen hen.'

Lily's ogen bleven dicht. 'Nee, ik denk niet dat hij dat zou doen, maar ik kan hun niet iets vertellen wat ik me niet herinner.'

'Hoe zit het met Gerald? Heeft hij iets geprobeerd en...?' Kathleen kon de woorden niet hardop zeggen. 'Heb je moeten vechten om hem van je af te houden?'

Lily's ogen schoten open. 'Kathleen! Gerald is mijn halfbroer! Ik kan hem toch moeilijk beschuldigen van zoiets, hè? En bovendien kan ik het me niet herinneren. Dat zei ik toch.' Haar ogen vielen weer dicht. 'Alsjeblieft. Ik ben heel moe en wil er niet meer over praten.'

'Lily.' Kathleen vocht tegen haar tranen. 'Als je niet opkomt voor Joe, sturen ze hem waarschijnlijk naar de gevangenis! Alsjeblíéft, ik smeek je, ik...'

'Zo is het wel genoeg,' hoorde ze een stem achter zich zeggen.

Tante Anna stond met haar armen over elkaar geslagen in de deuropening. ‘Het is tijd om te v-vertrekken vind ik, Kathleen. Zoals Lily je vroeg.’

‘Alstublieft, tante Anna,’ zei Kathleen wanhopig. ‘Ze denken dat Joe Lily dit heeft aangedaan en u weet hoe hij haar altijd aanbad en haar wilde beschermen.’

‘Genoeg!’ Tante Anna’s stem klonk koud. ‘Je begint hysterisch te worden en dat is niet g-goed voor Lily. Ik stel voor dat je de politie hun onderzoek laat afmaken. Niemand w-weet waartoe Joe in staat is als hij dronken is, en ik denk niet dat jij in de positie bent om daar iets over te zeggen, jongedame. Jij was bewusteloos van de drank en hebt niets gehoord of gezien.’

‘Ja, maar ik heb Gerald wel gezien en hij had bloed…’

‘Genoeg, zei ik! Ik wil dat je nu uit de kamer van mijn dochter vertrekt, of anders laat ik je er uitzetten. En luister goed:

Sebastian en ik zijn het er volledig over eens dat de man die onze d-dochter dit heeft aangedaan een hoge straf verdient! En we zullen erop toezien dat hij die krijgt ook!’

Kathleen vluchtte, verblind door tranen, de kamer uit. Buiten ging ze op een bankje zitten in de prachtige tuin van het ziekenhuis. Het was zinloos. Zinloos… En Joe was, omdat hij Joe was, niet in staat zichzelf te beschermen of te verdedigen. Als Lily niet voor hem zou opkomen, of tante Anna, wist ze dat alle hoop verloren was.

Drie maanden later zaten Kathleen en haar ouders in de rechtszaal en hoorden ze Joe levenslang krijgen voor de verkrachting en mishandeling van Lily Lisle. Het was Joe’s advocaat gelukt om Joe, vanwege zijn beperkte verstandelijke vermogens, geplaatst te krijgen in een beveiligd instituut ergens in de Midlands.

Kathleen wist dat ze nooit de bange en verwarde uitdrukking op Joe’s gezicht zou kunnen vergeten op het moment dat hij naar zijn familie, die achter in de rechtszaal zat, wees, en ruw bij de ellebogen werd gepakt om door twee agenten de zaal uit gevoerd te worden.

‘Joe!’ gilde Sophia door de zaal. ‘Neem hem niet mee! Alstublieft!

Het is mijn zoon en hij begrijpt het niet! Alstublieft, het is mijn kind! Hij heeft me nodig! Joe! Joe!'

Terwijl Joe vanuit de beklaagdenbank de trap naar beneden af ging, zeeg Sophia ineen op haar stoel en begon ze beklagenswaardig te huilen. 'Hij gaat dood daarbinnen, opgesloten bij krankzinnigen en zonder zijn geliefde dieren om zich heen. O, god... o, god...'

Terwijl haar vader, zelf ook diepverdrietig, probeerde zijn vrouw te kalmeren staarde Kathleen, die naast haar moeder zat, strak voor zich uit.

Ze zou de Lisle's nooit vergeven wat ze haar familie hadden aangedaan. Nooit.

'O, mam,' zei Grania zachtjes. Kathleens schouders schokten van verdriet en Grania sloeg haar armen om haar heen. 'O, mam.'

'Sorry, schat, maar het doet me zo'n pijn dit verhaal te vertellen.'

'Mam, ik weet gewoon niet wat ik moet zeggen. Hier, een tissue.' Grania pakte er een uit de doos naast haar bed en depte er zachtjes mee over de ogen van haar moeder.

'Ik weet dat je denkt dat het allemaal lang geleden is,' zei Kathleen terwijl ze haar best deed rustiger te worden. 'Maar, Grania, ik zie Joe's onschuldige, trouwhartige ogen nog iedere dag voor me. Hij begreep gewoon niet wat hem gebeurde, snap je. Ze sloten hem op in die instelling, die afschuwelijke instelling vol krankzinnigen die schreeuwden en gilden en op de deuren bonkten om eruit gelaten te worden.' Er ging een huivering door Kathleen heen. 'Ach, Grania, je kunt het je niet voorstellen.'

'Nee, ik denk van niet,' zei Grania stilletjes. 'Zijn jullie in hoger beroep gegaan?'

'Verbaast het je als ik zeg dat onze advocaat dacht dat dat geldverspilling zou zijn?' Kathleen maakte een triest geluid. 'Bovendien ging Joe in die instelling hard achteruit. Hij had altijd al moeite met praten gehad, maar toen hij daar eenmaal zat, gaf hij het helemaal op. Ik betwijfel of hij de tien jaar van zijn leven daarna nog één woord heeft gezegd. Hij zat altijd voor het raam naar buiten te staren, zelfs als wij bij hem op bezoek waren. En hij leek niet te begrijpen wie wij waren. Ik denk dat ze hem kalmerende middelen gaven, dat kregen ze daar allemaal. Iets om hem rustig te houden, zodat de verpleegsters het niet te zwaar hadden.'

'Zit hij er nog steeds, mam?'

'Nee.' Kathleen schudde haar hoofd. 'Toen je twaalf was is hij aan een hartaanval gestorven. Tenminste, dat is wat ze ons hebben verteld. Joe had altijd al een hartruis, maar ik denk niet dat het kwam doordat hij lichamelijk iets mankeerde, het lag eerder aan een gebroken hart.' Kathleen slaakte een zucht. 'Wat had die arme jongen nog om voor te leven? Hij werd ervan beschuldigd de persoon iets te hebben aangedaan van wie hij het meeste hield op de hele wereld. En hij verloor zijn vrijheid. Joe had geen groot verstand en ik weet zeker dat hij niets begreep van alles wat hem overkwam. Dus overleefde hij door zich helemaal in zichzelf terug te trekken. Dat is tenminste wat de psychiater zei.'

'O, mam,' zei Grania hoofdschuddend. 'Wat een verschrikkelijk verhaal. Heeft Lily er ooit nog iets over gezegd tegen jou? Heeft ze zich ooit herinnerd wat er was gebeurd?'

'Die dag in het ziekenhuis was de laatste keer dat ik met Lily Lisle sprak,' antwoordde Kathleen. 'Zodra ze thuis was, sleepte tante Anna haar mee naar Londen en we hebben haar nooit meer teruggezien. Totdat ze jaren later met een echtgenoot terug in Dunworley House kwam wonen.'

'En Gerald? Hoe is het met hem gegaan?' vroeg Grania. 'Ik begrijp dat hij de werkelijke dader moet zijn geweest?'

'Dat zal ik tot aan mijn dood geloven,' herhaalde Kathleen overtuigd. 'Een van hen tweeën moet het hebben gedaan en Joe, onze lieve, goedhartige Joe, kan het niet zijn geweest. Maar wat Gerald betreft is er een schrale troost. Ik heb van iemand gehoord die voor Sebastian Lisle in Dunworley House werkte, dat Gerald,' ze spoog de naam bijna uit, 'is omgekomen in het buitenland. Niet terwijl hij zijn land diende in de strijd, kan ik je vertellen, maar tijdens een dronken caféruzie op straat, in Cyprus. Hij stierf nog eerder dan Joe, op zijn vierentwintigste. En zo erfde Lily Dunworley House.'

'En denk je dat Lily misschien gevolgen heeft ondervonden van het gebeurde? Ik bedoel...' Grania formuleerde het voorzichtig, in de wetenschap dat dit alles heel pijnlijk was voor haar moeder. 'Alexander heeft me verteld dat Lily ernstige mentale problemen had.'

'Ik zou het niet kunnen zeggen. Lily was altijd al een vreemd kind, en later, als tiener, nog,' zei Kathleen peinzend. 'Ze heeft nooit laten blijken dat ze zich ook maar iets herinnerde van die avond. Maar je zou denken dat ze er, als ze zich er iets van herinnerde, wel iets aan over zou houden, toch?'

'Ja, dat denk ik zeker,' beaamde Grania. 'En dat is natuurlijk ook de reden waarom jij je zo veel zorgen maakte over mijn omgang met de Lisle's. Dat begrijp ik nu heel goed.' Grania pakte haar moeders hand in de hare. 'En het spijt me als mijn bemoeienissen met hen je van streek hebben gemaakt en het verleden weer voor je hebben opgerakeld.'

'Tja. Je vader zegt steeds tegen me dat het verleden niets met jou te maken heeft. Maar ons gezin is er destijds aan onderdoor gegaan, Grania, dat is zeker. Mijn ouders zijn nooit meer de oude geworden. En het was natuurlijk niet alleen Lily die weigerde op te komen voor Joe. Anna, mama's zus, nam het ook niet op voor haar neef. Mijn moeder heeft Anna gesmeekt de politie te zeggen dat Joe nooit een vlieg kwaad zou doen, maar Anna deed het niet. Als ze dat wel had gedaan, Grania, had de politie waarschijnlijk geluisterd. Tenslotte was ze de vrouw van een vooraanstaand iemand en men zou zich iets van haar woorden hebben aangetrokken.'

'Maar, mam,' zei Grania met een zucht, 'dat kon je misschien ook nauwelijks van haar verwachten. Gerald was Anna's stiefzoon. Ze was met zijn vader getrouwd. O, mijn god, wat een afschuwelijke puinhoop.'

'Ja,' antwoordde Kathleen. 'En je hebt gelijk natuurlijk. Tante Anna besefte altijd heel goed waar het geld vandaan kwam. Sebastian kon haar een comfortabel leven bieden, waarbij ze zoveel vrijheid had als ze maar wilde. Na het incident kwam tante Anna nog maar heel zelden naar Ierland. Ze woonde meestal in Londen, in het huis waarin ze was opgegroeid. En de twee zussen spraken nooit meer met elkaar.'

Grania zweeg een tijd en probeerde te verwerken wat haar moeder haar had verteld. 'Ik begrijp dat je Lily haat voor wat ze Joe heeft aangedaan, maar was het uiteindelijk wel haar fout? Ze had die vreselijke verkrachting mee moeten maken, wie de dader dan ook was. Misschien kon ze het zich echt niet herinneren, maar zelfs als ze dat wel kon, had ze dan haar halfbroer er wel van kunnen beschuldigen?' peinsde Grania. 'En wie weet? Gerald bedreigde jou, maar hij kan Lily net zo goed bedreigd hebben om er zeker van te zijn dat ze haar mond hield. Ik probeer geen excuses voor haar gedrag te bedenken, hoor,' voegde ze er haastig aan toe, 'maar ik zie niet goed hoe ze het anders had kunnen doen.'

'Je hebt gelijk,' zei Kathleen. 'Dat zegt je vader al jaren tegen me. En, ik moet eerlijk toegeven, dat toen Sebastian Lisle vlak na Gerald stierf en Lily het huis en de landerijen van Dunworley van haar vader erfde, mijn vader haar een brief heeft geschreven met de vraag of hij de boerderij kon kopen. Daar stemde ze mee in en ze was heel schappelijk over de prijs.'

'Cynisch bekeken was dat misschien alleen maar om zo weinig mogelijk contact tussen jouw familie en de hare te hoeven hebben.'

'Ja, dat kan best,' beaamde Kathleen. 'En misschien ook omdat ze zich schuldig voelde.'

'Alexander weet hier allemaal niets van, dat is duidelijk,' zei Grania.

'Ik neem niet aan dat zijn echtgenote hem dat heeft verteld, nee.'

'Nee. Maar misschien zou het Alexander helpen om het wel te weten. Hij zegt altijd dat hij hier in Dunworley het gevoel heeft dat men iets tegen de Lisle's heeft. En ik denk dat een mens toch altijd met een schuldgevoel blijft zitten en vindt dat hij te weinig gedaan heeft om een partner met geestelijke problemen te helpen, hoewel je daar natuurlijk niets aan kunt veranderen. Maar ik weet van wat Alexander me erover heeft verteld, dat hij er werkelijk alles aan heeft gedaan om Lily te steunen.'

'Daar ben ik van overtuigd. En ik weet niet of het je iets uitmaakt, Grania, maar ik verwijt Lily niet langer wat er is gebeurd. Maar de pijn over onze Joe zal nooit overgaan.'

'Nee... en het klinkt alsof Lily er ook een prijs voor heeft moeten betalen. De arme ziel. Zou je het erg vinden als ik dit op een bepaald moment aan Alexander vertel?'

'Nee. Ik had plotseling het gevoel dat het belangrijk was om het je nu te vertellen, voordat je morgen vertrekt. Het trieste is,' vervolgde Kathleen met een zucht, 'dat ik de enige ben die nog leeft van de vier die die avond op het strand waren. Het lijkt haast of de wereld zich toen tegen ons allemaal heeft gekeerd.'

'Mam! Ik ben er toch, en Shane en papa,' zei Grania een beetje plagend. 'Dus er is toch wel iets goed gegaan!'

'Ja, schat.' Kathleen stak haar hand uit en streek over Grania's wang. 'Natuurlijk is dat zo. En je vader, Grania, ik zou echt krankzinnig zijn geworden als hij er daarna niet zo voor me was geweest. Echt. Hij was gewoon geweldig. En dat is hij nog altijd, ondanks al die irritante gewoonten van hem,' zei ze grinnikend. 'En nu kun je maar beter nog wat gaan slapen, voordat je morgen vertrekt. Beloof je dat je goed op jezelf zult passen?'

'Tuurlijk, mam. Ik ben een grote meid, weet je nog?'

'Nooit te groot voor een pak op je donder van je moeder,' zei Kathleen met een glimlach.

'Ja, ik weet het.' Grania keek toe hoe haar moeder van het bed opstond en naar de deur liep. 'Welterusten, mam. Ik hou van je.'

'En ik van jou, Grania.'

Kathleen liep de slaapkamer van haar dochter uit en ging ernaast haar eigen slaapkamer in. John was diep in slaap; het licht was nog aan. Ze gaf hem een tedere kus op zijn voorhoofd en liep naar de ladekast. Daar pakte ze het kleine, uit hout gesneden engeltje op dat Joe met zo veel liefde voor Lily had gemaakt. Een paar weken nadat Joe was veroordeeld had ze het gevonden in het zand, vlak bij de grot waar Lily was ontdekt. Kathleen drukte het tegen haar borst en keek omhoog.

'Welterusten, Joe,' fluisterde ze.

AURORA

O, lezer! Die arme Kathleen! Het verbaast me, gezien de zwarte herinneringen die ik weer oprakelde, dat ze me ooit heeft binnengelaten in haar huis.

En die arme Joe een van de meest kwetsbaren onder ons, niet in staat zichzelf te verdedigen, 'slachtoffer' van het lot, zonder er zelf enige schuld aan te hebben. Ik kan alleen maar hopen dat zijn vriendelijke geest terugkomt in de gedaante van een geliefd huisdier, een kat bijvoorbeeld, en dat Gruwelijke Gerald de muis is waar die kat achteraan gaat, mee speelt en die hij uiteindelijk, gewoon voor de lol doodt.

Het vervelendste is nog dat ik, hoe meer ik te weten kom over mijn verleden, steeds bezorgder word over de genen die ik misschien wel heb geërfd. Gruwelijke Gerald was mijn oom! En Anna was mijn oma, met zo'n egocentrisch karakter dat Lily haast zonder moederliefde opgroeide, iets wat in mijn ogen misschien wel het belangrijkste is in een mensenleven. En daarna is mij hetzelfde gebeurd, totdat Grania in mijn leven kwam.

In ieder geval heeft dit deel van het verhaal me geholpen mijn mama beter te begrijpen. Ik heb zitten denken dat wat Lily extra meekreeg toen ze op de wereld kwam – haar schoonheid – haar kwetsbaar maakte, net zoals Joe's tekort hem kwetsbaar maakte. Misschien is te veel van iets wel net zo fnuikend als te weinig. En ze was fragiel – net zo fragiel als Joe, hoewel op een andere manier. Misschien is dat het wel wat hij in haar herkende, terwijl anderen slechts haar buitenkant konden zien. De meeste mensen, zoals ook Kathleen toen ze jong was, verbinden schoonheid en rijkdom met macht en kracht. Maar Joe zag haar kwetsbaarheid en wilde haar beschermen.

Ik heb veel over religies gelezen de laatste tijd. (Als ik ernstiger klink dan gewoonlijk, komt dat door die boeken.) De wetenschap heeft de genen die we doorgeven geanalyseerd, maar ik beschouw iedere baby als geboren met een 'eigen' geest die ervoor zorgt dat iemand, onafhankelijk van zijn of haar opvoeding, zal worden wie hij/zij is. Dat geeft me persoonlijk een beter gevoel, gezien mijn genen.

Eerder schreef ik dat de wereld geen lering trekt uit zijn eigen verleden. Maar dat is toch niet helemaal waar, denk ik. Voor mensen als Joe, die eeuwenlang meteen na hun geboorte werden verdronken of hun leven lang opgesloten werden vanwege hun imperfecties, is er de laatste vijftig jaar veel veranderd: de maatschappij zorgt nu voor hen. Daar zit natuurlijk ook een negatieve kant aan. Kinderen worden tegenwoordig met zachtheid en invoelingsvermogen behandeld en niet meer verstoten, in ieder geval in de westerse wereld. Van een vaak ongewenst bijproduct van het spel van genot tussen man en vrouw (je weet welk spel ik bedoel!), vormen kinderen tegenwoordig het centrum van de wereld. Ik heb de laatste tijd vreselijk verwende kinderen om me heen gezien en ik kan me niet voorstellen dat zij later aan iemand anders zullen denken dan zichzelf. En dat kan inhouden dat de wereld, als hun generatie aan de macht is, weer verandert in een samenleving waarin iedereen alleen voor zichzelf zorgt. De wereld blijft altijd in beweging.

Ik ben blij dat ik in deze tijd heb geleefd. In het verleden zou ik zeker als heks zijn bestempeld. En dat geldt ook voor Kathleen, die de dingen net zo ziet, voelt en begrijpt als ik.

Ik betrap mezelf erop dat ik langer van stof ben dan gewoonlijk, maar dat komt doordat ik nogal opzie tegen het volgende gedeelte van het verhaal. Dat wordt geen gemakkelijke opgave voor me...

34

Toen Grania de aankomsthal van het vliegveld van Genève in liep, werd ze daar opgewacht door een chauffeur in uniform die een bordje met haar naam erop omhooghield.

'Volgt u mij, alstublieft, madam.'

Buiten stond een zwarte Mercedes te wachten. Ze stapte in en even later reed de chauffeur zwijgend weg.

Terwijl ze door Genève naar een onbekende bestemming reden, vroeg Grania zich plotseling af of ze misschien naïef was geweest. Kon ze Alexander wel vertrouwen? Ze wist tenslotte maar weinig van hem. Wie zei dat hij niet bij allerlei illegale zaken betrokken was: wapensmokkel, drugs...

Stel je niet aan, mens, en hou op met die idiote fantasieën, hield Grania zichzelf voor. Maar desondanks voelde ze in haar handtas naar haar mobiele telefoon en stopte die veilig weg in haar zak.

Na een rit die hen de stad uit voerde en de bergen die erachter lagen in, bleef de auto stilstaan voor een helverlicht, modern gebouw. De chauffeur opende het portier en Grania stapte uit.

'Ik wacht hier op u. Mr Devonshire ligt op de eerste verdieping. Als u het aan de balie vraagt, vertelt de verpleging u wel waar u moet zijn.'

Toen pas keek Grania omhoog en ontdekte ze dat ze voor de ingang van de Clinique de Genolier stond. Instinctief sloeg ze haar hand voor de mond. 'O, mijn god, mijn god,' fluisterde ze in zichzelf.

Verdoofd van schrik nam ze de lift naar de eerste verdieping en liep daar naar de balie om zich te melden, zoals de chauffeur had gezegd.

'Uw naam?' vroeg de verpleegster.

'Grania Ryan.'

'Ja,' zei de verpleegster met een glimlach. 'Mr Devonshire verwacht u. Loopt u alstublieft met me mee.'

Met kloppend hart liep Grania achter de verpleegkundige aan de gang door. Voor een van de deuren bleven ze stilstaan en de verpleegkundige klopte aan. Er klonk een zwak: 'Binnen.'

De verpleegkundige gebaarde dat Grania naar binnen kon.

Daar lag Alexander in bed, of beter gezegd: iemand die Grania alleen maar kon beschrijven als een zwakke afschaduwing van de man van wie ze een paar weken geleden afscheid had genomen. Hij was volkomen kaal, zijn huid zag grauw en aan zijn lichaam zaten allerlei slangen vastgemaakt. Het bed werd omringd door een hele batterij piepende monitors. Alexander wist met moeite zijn arm op te tillen om haar te begroeten.

'Ik laat jullie een tijdje alleen,' zei de verpleegkundige met een knikje en deed de deur achter zich dicht.

'Grania, dank... voor je komst.'

Grania stond als aan de grond genageld, ze wist dat haar geschoktheid duidelijk op haar gezicht te lezen stond. Maar het lukte haar niet om die te verbergen.

'Ik weet het,' zei Alexander schor. 'Ik weet het. Je verwachtte dit niet,' vervolgde hij terwijl hij op zichzelf wees.

Grania schudde zwijgend haar hoofd en moest haar uiterste best doen om niet in huilen uit te barsten. Alexander maakte een klein gebaar met zijn hand waarmee hij haar uitnodigde dichterbij te komen. Toen ze vlak bij hem stond, zag ze dat zijn donkerblauwe ogen vol tranen stonden.

Intuïtief boog ze zich over hem heen en gaf ze hem een kus op zijn kille voorhoofd.

'Alexander,' fluisterde ze. 'Wat is er met je gebeurd? Ik begrijp het niet.'

Hij gebaarde dat ze een stoel moest pakken om naast zijn bed te gaan zitten. Toen ze zat, schoof hij zijn hand naar haar toe en Grania nam die in de hare.

'Hersentumor. Een jaar geleden ontdekt. Was steeds weg voor behandeling.' Hij glimlachte droevig. 'Maar je ziet: niet gewerkt. Ik ga dood, Grania. Ik dacht dat ik nog langer had, maar...' Hij streek met zijn tong langs zijn lippen om de woorden uit zijn keel te kunnen krijgen: '...maar, nee.'

'Wat...' De tranen rolden nu vrijelijk over Grania's wangen. 'Wat vreselijk, Alexander. Waarom heb je dat niet eerder verteld? Ik wist dat er iets niet goed was; je zag er zo slecht uit toen je de laatste keer thuiskwam. En al die hoofdpijnen... nu snap ik het. Sorry.' Grania groef in haar handtas, op zoek naar een tissue om haar neus af te vegen. 'Waarom heb je het niet aan me verteld?' herhaalde ze.

'Wilde niet dat Aurora het wist, zolang er hoop was. Jij ook niet,' voegde hij eraan toe.

'Is er... is er nog iets wat de dokters kunnen doen?' Toen ze naar hem keek, besefte Grania dat ze op zoek was naar een laatste strohalm om zich aan vast te klampen.

'Niets. Alles geprobeerd. Opgegeven, ben ik bang.'

'Hoelang...' Grania kon haar zin niet afmaken.

Alexander vulde het voor haar in. 'Twee weken, misschien drie... ik denk eerder, voel me zo slecht. Grania...' ze voelde dat zijn hand de hare plotseling omklemde, 'ik heb je hulp nodig.'

'Zeg maar wat ik voor je kan doen, Alexander, zeg het maar.'

'Aurora. Ben zo bezorgd om haar. Als ik dood ben is er niemand die voor haar zorgt.'

'Daar hoef je niet bezorgd om te zijn. Mijn familie en ik nemen de zorg voor haar op ons. Dat weet je toch, Alexander.' Grania zag dat Alexander uitgeput raakte door alle emoties en de inspanning die het praten voor hem was.

'Mijn arme kleine meisje... wat voor verdriet moet ze toch allemaal meemaken.' Nu was het Alexanders beurt om te huilen. 'Grania, waarom is het leven zo wreed?'

'Ik weet het niet, Alexander, ik weet het echt niet. Alles wat ik je kan beloven is dat Aurora veilig en geborgen zal zijn, dat we goed voor haar zullen zorgen en dat we van haar houden.'

'Sorry... zo moe, de medicijnen...'

Alexanders ogen gingen dicht en hij viel in slaap. Grania bleef naast hem zitten. Ze voelde zich zwak en beverig van de schok. Van alles wat ze had verwacht, was aan het bed van een stervende Alexander te zitten wel het laatste geweest. Ze wist dat ze moest proberen verstandig na te denken over wat dit voor gevolgen had, maar haar geest was als verdoofd. Het enige wat ze kon was Alexanders hand stevig vasthouden, alsof zij er met haar gezondheid en energie voor kon zorgen dat hij bleef leven.

Na een tijd knipperden Alexanders ogen weer open en draaide hij zijn hoofd een beetje zodat hij haar kon aankijken. 'Ik vertrouw je, Grania. Heb gezien dat je van Aurora houdt. En je ouders en broer... lieve, goede mensen. Wil graag dat Aurora bij jou en... hen opgroeit.'

'Ik heb je al beloofd dat dat kan, Alexander. Dat dat zal gebeuren.'

'Nee,' Alexander spande zich in om zijn hoofd te schudden. 'Dat is niet voldoende. Kan geen risico nemen, Grania. Moet je om een gunst vragen.'

'Wat je maar wilt, Alexander, dat weet je.'

'Wil je met me trouwen?'

Na de ene schok na de andere te hebben gehad, was dit wel de grootste. Grania vroeg zich serieus af of Alexander geestelijk wel helemaal in orde was.

'Met je tróúwen? Maar...'

'Geen droomaanzoek, ik weet het.' Alexanders lippen vertrokken in een flauwe afspiegeling van een glimlach. 'Wilde dat ik je onder andere omstandigheden had kunnen vragen.'

'Ik begrijp het niet, Alexander. Kun je het proberen uit te leggen?'

'Dat doet mijn notaris morgen. Dan kan ik sterven in de wetenschap...' Alexander ademde diep in om zijn emoties onder controle te houden, 'dat mijn kleine meisje veilig is.'

'O, Alexander...' Grania's stem brak.

'Wil je... dat... voor me doen?' wist hij uit te brengen.

'Ik...' Grania legde haar vingers tegen haar slapen. 'Dit is zo'n schok, ik... ik heb tijd nodig om erover na te denken.'

'Heb geen tijd. Alsjeblieft, Grania, ik smeek je. Ik beloof je dat je de rest van je leven geen financiële zorgen zult hebben.'

'Ik wil je geld niet, Alexander.'

'Alsjeblieft, Grania, ik moet dit doen voordat het... te laat is.'

Toen ze de gefolterde uitdrukking op zijn gezicht zag, wist ze dat ze geen keuze had.

'Ja,' antwoordde ze langzaam. 'Ik zal het doen.'

De volgende ochtend, na een lange slapeloze nacht, ondanks de prachtige suite die voor haar bleek te zijn geboekt in een hotel in Genève, wachtte Alexanders chauffeur Grania om tien uur in de lobby op en werd ze door hem weer terug naar het ziekenhuis gebracht.

Alexander wist een zwakke glimlach te produceren toen ze binnenkwam. Op de stoel naast zijn bed zat een keurig verzorgde oudere man in een onberispelijk pak.

Toen hij opstond en zijn hand naar haar uitstak, bleek hij hoog boven Grania uit te torenen.

'Goedemorgen, Miss Ryan, mijn naam is Hans Schneider. Ik ben de notaris van Mr Devonshire, plus een oude vriend van hem en de peetoom van Aurora,' voegde hij eraan toe.

'Hans is hier om met je te praten over de dingen die we gisteravond hebben besproken,' zei Alexander. 'Je... hebt je niet bedacht?'

'Om eerlijk te zijn heb ik helemaal niet kunnen denken,' antwoordde Grania. 'Ik ben gewoon te veel uit mijn doen.'

'Dat is heel begrijpelijk,' zei Hans. 'Ik stel voor dat wij samen naar het restaurant hier beneden gaan, dan kan ik Alexanders voorstellen met je doorspreken.'

Grania knikte zwijgend. Ze had het gevoel dat ze een pion was in een complexe schaakpartij die ze niet kon volgen.

Beneden bleek een aangenaam restaurant te zijn waar Hans voor hen allebei een kop koffie bestelde. Hij haalde een paar dikke mappen tevoorschijn. 'Nou, Miss Ryan,' zei hij met een duidelijk Duits accent, 'mag ik u Grania noemen?'

'Natuurlijk,' antwoordde ze met een knikje.

'Ten eerste is het belangrijk om te weten dat hetgeen we gaan bespreken, is bedacht om alles zo goed mogelijk voor Aurora te regelen als Alexander er niet meer is.'

'Ja, dat begrijp ik. Maar wat ik niet begrijp, Hans, is dat Alexander toch alleen maar in zijn testament, of in een rechtsgeldig aanhangsel daarvan, hoeft vast te leggen dat hij wil dat ik en mijn familie Aurora adopteren?'

'Onder normale omstandigheden zou dat bijna zeker voldoende zijn. Maar het probleem is, Grania, dat de omstandigheden uitzonderlijk zijn,' vertelde Hans. 'Ik heb Alexander gevraagd of ik namens hem mag spreken – hij is nu te zwak om zijn gedachten uitgebreid aan je uit te leggen en het is natuurlijk belangrijk dat je op de hoogte bent. Het gaat hem puur om Aurora's welbevinden en geborgenheid. Hij wil haar toekomst waterdicht hebben geregeld als hij sterft. Door met hem te trouwen word je Aurora's stiefmoeder en als we nu het adoptieproces opstarten, is de kans klein dat daar protest tegen wordt aangetekend.'

'Maar waarom zou iemand daar protest tegen willen aantekenen?'

'Grania, Alexander is een extreem rijk man. Het fortuin dat hij nalaat gaat naar Aurora. Maar dat niet alleen: Aurora zal ook Dunworley House en andere waardevolle eigendommen van haar moeder, Lily, erven als haar vader sterft. Hoewel het grootste gedeelte daarvan al is vastgezet in trustfondsen totdat Aurora eenentwintig is, is er ook een flinke som geld beschikbaar voor degene die Aurora zal grootbrengen. Mr Devonshire heeft meerdere familieleden die dat geld graag in handen zouden krijgen. Zijn zus bijvoorbeeld – zijn meest naaste familielid – zou een rechtszaak kunnen beginnen die Alexanders wensen tenietdoet. Hij heeft haar in geen tien jaar gesproken en geloof me, Grania,' Hans trok zijn wenkbrauwen op, 'ik heb haar ontmoet en ik begrijp heel goed dat Alexander niet wil dat Aurora en haar fortuin in handen van zijn zus terechtkomen.'

'Ik begrijp het.'

'Misschien vind je Alexander overbezorgd en voorzichtig, maar na vijfendertig jaar ervaring als notaris, kan ik je garanderen dat de aasgieren arriveren zodra iemand is overleden,' merkte Hans op. 'En hij wil geen enkel risico nemen.'

'Dat snap ik,' zei Grania.

'En nu moet ik je niet alleen als Alexanders notaris, maar ook als zijn goede vriend en de peetoom van Aurora vragen of je bereid bent de verantwoordelijkheid om Aurora te adopteren op je te nemen?'

'Ja, als dat nodig is. Ik hou van haar,' antwoordde Grania eenvoudig.

'En dat is het allerbelangrijkste,' zei Hans glimlachend. 'De enige zorg die Alexander daarover heeft is dat het adopteren van Aurora jouw eigen toekomst op geen enkele manier in de weg mag staan. Hij wil dat je weet dat hij het prima vindt als Aurora bij jouw ouders woont, mocht jij besluiten weer naar New York terug te keren. Mag ik je vragen hoe zij tegenover Aurora staan?'

'Ze zijn dol op haar en Aurora op hen. Op dit moment logeert ze in Ierland bij hen en ik weet dat ze er heel gelukkig is. Maar, Hans,' vroeg Grania hoofdschuddend, 'hoe moet ik in vredesnaam aan Aurora vertellen dat haar vader...' Er sprongen tranen in Grania's ogen bij de gedachte aan dat gesprek.

'Ja, ik weet het.' Hans stak zijn hand uit en gaf een paar klapjes op de hare. 'Dat is de tweede reden waarom Alexander vindt dat het een goed idee is als je met hem trouwt. Aurora verliest haar vader, ja, maar ze krijgt tegelijkertijd een moeder. Hij denkt dat dat het verdriet draaglijker voor haar zal maken. En hij vertelde dat ze jou toch al als een moeder beschouwt.'

'Dat was aardig van hem om te zeggen,' reageerde Grania; ze probeerde zich niet te laten overrompelen door alle emoties. 'Ik hou in ieder geval van haar alsof ze mijn eigen dochter is. We hebben al vanaf het begin een bijzondere band.'

'Ik geloof werkelijk dat Gods wegen soms ondoorgrondelijk zijn,' merkte Hans zachtjes op. 'En als je Alexanders voorstel accepteert, kan hij tenminste sterven in de wetenschap dat de toekomst van zijn dochter is veiliggesteld en dat er van haar zal worden gehouden. Ik kan je niet vertellen hoe hoog hij je heeft staan, Grania. En ik moet helaas ook zeggen dat er nog maar weinig tijd is, minder dan Alexander misschien zelf denkt. We moeten het huwelijk meteen regelen, zodat het morgen al kan plaatsvinden. Ik zal contact opnemen met de ambtenaar van de burgerlijke stand hier, die morgen naar het ziekenhuis zal komen om de ceremonie te voltrekken. Triest genoeg, Grania, is het morgen je trouwdag.'

Ze knikte zwijgend. De bittere ironie van haar jarenlange weigering om met Matt te trouwen was zo tegengesteld aan deze tragische belofte waarin ze geen keuze leek te hebben, dat ze er een brok van in haar keel kreeg.

'Ik geloof dat Alexander je heeft gevraagd je geboortebewijs mee te nemen. Als ik dat, plus je paspoort, mee zou mogen nemen en je dit papier, waarvan ik al de vrijheid heb genomen alles voor je in te vullen, wilt ondertekenen, kan ik alles gaan regelen.'

Met een heel onwerkelijk gevoel zette Grania haar handtekening onder het formulier en haalde toen haar paspoort en geboortebewijs uit haar handtas om die aan Hans te overhandigen.

'Dank je wel. En dit zijn de formulieren om het adoptieproces op te starten.'

Zonder na te denken ondertekende Grania formulier na formulier en gaf ze daarna de papieren weer terug aan Hans.

'Zo...' begon Hans nadat hij de stapel papieren in zijn tas had opgeborgen. 'Je weet niet eens wat voor geldbedrag Alexander je voorstelt als je zijn vrouw wordt, maar je hebt alle papieren gewoon ondertekend...'

'Het gaat hier toch niet om geld? Ik doe het gewoon omdat ik van

Aurora hou en erg op haar vader ben gesteld.'

'Ja.' Hans glimlachte plotseling heel warm naar haar. 'Ik begrijp nu waarom Alexander wil dat jij zijn dochter grootbrengt. Hij zei al dat je niet geïnteresseerd zou zijn in de financiële regelingen, en daar blijkt hij helemaal gelijk in te hebben,' zei Hans met een knipoog.

'Goed,' zei Grania stroef, in het besef dat hij haar had getest. 'Onthou alsjeblieft dat ik er niet om heb gevraagd bij dit alles betrokken te worden. En ik verdien mijn eigen brood, hoor. Ik hoef Alexanders geld helemaal niet.'

'Mijn excuses. Maar in de wetenschap wat Alexander je toevertrouwt, moest ik zeker weten dat hij, gezien het feit dat hij zo ziek is, wel gezond van geest is, al is het dan niet van lichaam. En ik kan nu in volle overtuiging tekenen dat hij dat is. Ik ben straks de executeur-testamentair en zal in de toekomst alle financiële zaken voor jou en Aurora behartigen. En daarbij zal ik jullie natuurlijk zo veel ik kan tot steun zijn. Ik zal je nu vertellen hoeveel Alexander je nalaat in zijn testament...'

'Nee!' Grania was doodmoe en wilde niet nog meer horen. 'Kunnen we het hierbij laten, Hans? Dit kan toch wel wachten tot morgen? Ik zou nu liever teruggaan naar Alexander.'

'Alexander,' fluisterde Grania terwijl ze naast hem ging zitten. Hij deed zijn ogen open.

'Hallo, Grania.'

'Ik kom je vertellen dat Hans en ik alles hebben doorgenomen. De adoptiepapieren zijn getekend en we trouwen morgen.'

Alexander draaide zijn hoofd met veel moeite naar haar toe om haar in de ogen te kijken en tilde zijn hand op zodat ze die vast kon houden. 'Dank je, Grania. Koop je iets moois voor jezelf om aan te trekken? En ik heb natuurlijk ook een ring.' Alexander wees op het laatje van het nachtkastje naast hem. 'Kijk maar.'

Grania trok het laatje open en zag er een leren Cartier-doosje in liggen. Alexander stak zijn hand uit om het van haar aan te pakken.

Met grote moeite ging hij wat meer rechtop zitten en deed het doosje open. Hij pakte er een prachtige ring met een diamant uit.

'Grania Ryan, wil je met me trouwen?'

Met haar ogen verblind door tranen, knikte Grania instemmend. 'Ja, Alexander.'

Alexander schoof de ring, met alle kracht die hij nog had, om haar vinger. 'Nog één ding, Grania.' Ze voelde de druk op haar vingers toenemen. 'Wil je bij me blijven... tot het einde? Zoals... mijn echtgenote zou doen?' Hij glimlachte droevig.

'Natuurlijk wil ik dat. Maar... wat vertellen we tegen Aurora?'

'Dat we op huwelijksreis zijn. Daar zal ze blij om zijn.'

'O, maar, Alexander, wat vertel ik... hóé moet ik het haar vertellen?'

'Ik vertrouw erop dat jij de juiste woorden weet te vinden. En ze heeft nu tenminste een moeder van wie ze houdt.'

Alexanders ogen vielen dicht. Terwijl hij sliep, zat Grania aan zijn bed en staarde ze uit het raam. Het uitzicht was prachtig, in de verte lag de Mont Blanc.

Hoewel het morgen haar trouwdag zou zijn, had ze zich nog nooit in haar leven zo alleen gevoeld.

Kathleen had Aurora naar school gebracht en was nu bezig met het voeren van de kippen en de eieren rapen. Grania was vier dagen geleden vertrokken en ze had nog geen woord van haar gehoord. Kathleen had haar mobiele telefoon al talloze keren gebeld. Maar die stond altijd uitgeschakeld.

'Die meid moet eens flink op haar donder krijgen,' mopperde ze terwijl ze met boze stappen terug naar de boerderij liep. 'Weggaan en haar moeder niet eens laten horen waar ze zit. En mij halfgek van bezorgdheid laten zijn.'

Later die dag ging de telefoon en Kathleen nam meteen op.

'Mam? Met mij, Grania.'

'Ja, dat weet ik ook wel, dat jij het bent! Jezus, Maria! Ik heb me allerlei vreselijke dingen in mijn hoofd gehaald!'

'Sorry, mam. Ik kan je alleen zeggen dat alles wat je je in je hoofd hebt gehaald niets voorstelt vergeleken met de waarheid. Maar ik kan nu niet praten. Is Aurora daar?'

'Nee, het is maandag, was je dat vergeten? Ze zit op school.'

'O, ja, natuurlijk,' zei Grania afwezig. 'Luister, ik zal proberen haar later te bellen, maar het is heel moeilijk op dit moment. Mam, je moet haar iets vertellen voor me.'

'En dat is?'

'Zeg haar... dat haar vader en ik zijn getrouwd. En dat ik haar nieuwe moeder ben.'

Kathleen moest even naar adem happen. 'Wát? Vertel je me nou dat Alexander en jij getrouwd zijn?'

'Ja. Maar, mam, het is een heel verhaal. Ik kan het je nu niet allemaal uitleggen, maar geloof me, het is in ieder geval niet wat het lijkt.'

'Nou, ik zou zeggen dat het dat wel is,' zei Kathleen. 'En de nacht voor je vertrok zei je dat je nog steeds niet over Matt heen was. Wat bezielt je, meid? Ben je gek geworden of zo?'

'Mam, alsjeblieft, vertrouw nou voor één keer in je leven op me. Vertel Aurora alsjeblieft dat haar vader en ik op huwelijksreis zijn. En dat we niet precies weten...' Grania's stem stokte even, 'voor hoelang.'

'O. En kun je mij dan misschien vertellen voor hoelang?'

'Wist ik het maar, mam.'

'Grania Ryan... of nee, Grania wie? Tegenwoordig...'

'Devonshire. Mrs Devonshire heet ik voortaan.'

'Nou, het is tenminste niet de naam "Lisle".'

'Luister, mam, ik moet nu echt ophangen. Ik leg je alles uit als ik thuis ben. Geef Aurora een dikke kus van me en zeg haar dat haar vader en ik heel veel van haar houden. Ik bel je snel.'

De verbinding werd verbroken.

Kathleen dronk maar heel zelden iets, maar nu liep ze de woonkamer in en schonk ze zichzelf een glas sherry in, dat ze in een keer achteroversloeg. Toen haastte ze zich terug naar de telefoon, zocht het zelden gebruikte mobiele nummer van haar echtgenoot op, en toetste dat in.

35

Matt had het gevoel dat zijn leven een afgrijselijke wirwar van verwarring en verdriet was. Voor iemand die anderen doceerde over de werking van de menselijke geest, regelmatig publicaties schreef over dat onderwerp en zelfs een boek op zijn naam had staan dat uitgegeven was door Harvard Press, had hij er een vreselijke en wanhopige puinhoop van gemaakt.

Toen Charley hem het nieuws vertelde, had Matt niet geweten wat hij moest zeggen – of denken. En dat was nog steeds zo. Hij wist dat hij slecht had gereageerd; Charley was in tranen het restaurant uit gelopen. Nadat hij snel de rekening had voldaan, was hij een paar minuten later haastig achter haar aan gegaan. Maar toen hij even later thuiskwam, was Charley al naar haar slaapkamer verdwenen. Hij had op haar deur geklopt, maar geen reactie gekregen.

'Kan ik binnenkomen?' had hij gevraagd.

En weer was er geen reactie gekomen, dus was hij maar gewoon naar binnen gestapt. Charley lag weggedoken onder de dekens, haar gezicht nat van de tranen.

'Mag ik gaan zitten?'

'Ja,' had het antwoord gedempt geklonken.

'Charley, lieverd, het spijt me zo vreselijk.'

'Bedankt,' had ze verdrietig geantwoord.

'Heb je... al nagedacht wat je nu gaat doen? Ik bedoel... wil je het...'

Toen had ze de dekens van zich afgegooid en was ze met een woedende blik in haar ogen overeind geschoten. 'Vraag je me om het te aborteren?'

'Nee! Shit. Ik heb nog helemaal niet nagedacht over wat ik wil! Dit gaat over jou!'

'Wat? Hé, Matty, jij was er ook bij, hoor! Dit gaat niet alleen over mij, het gaat over ons!'

Hoezo 'ons'? had Matt gedacht, maar niet hardop gezegd, omdat hij Charley niet nog woedender wilde maken. 'Dat weet ik, lieverd, maar ik wilde eerst horen hoe jij erover denkt.'

Charley had haar lange benen tot aan haar kin opgetrokken en haar armen er beschermend omheen geslagen. 'Die avond bezwoer je me dat je van me hield en dus zou ik nu eigenlijk blij moeten zijn met het vooruitzicht van jou, mij en de baby. Maar omdat je niet van me houdt – en dat heb je me vanavond meer dan duidelijk gemaakt – weet ik niet meer wat ik wil.'

'Dan hebben we allebei misschien wat tijd nodig om erover na te denken.'

'Ja, nou, ik heb niet de luxe om daar veel tijd voor te nemen. Het kindje groeit binnen in mij en ik wil er geen band mee krijgen als ik het moet...'

De woorden hingen in de lucht.

'Nee,' was Matt het met haar eens geweest. 'Je weet het toch... heel zeker, hè?'

'Wat? Twijfel je aan mij? Nog even en je vraagt me verdomme om een DNA-test om te bewijzen dat het kind van jou is!'

Matt deed een stap naar voren en sloeg zijn arm om haar schouders. 'Natuurlijk twijfel ik niet, Charley. Absoluut niet! We zijn al van jongs af aan vrienden en ik ken je niet als iemand die liegt. Niet huilen, schat. We komen er wel uit, dat beloof ik je. Ik moet morgen weg, wat misschien wel goed is. We hebben allebei tijd en ruimte nodig om na te denken. Zullen we dan weer praten als ik terug ben? Als we allebei wat gekalmeerd zijn?'

'Oké,' had Charley huilerig toegestemd.

Matt had haar een kus boven op haar hoofd gegeven en was toen opgestaan. 'Probeer wat te slapen.' Hij liep naar de deur.

'Matty?'

'Ja?' Hij bleef staan.

'Wil je de baby?'

Matt had zich langzaam omgedraaid om haar aan te kijken. 'Het spijt me, Charley, maar als ik eerlijk ben weet ik het gewoon niet.'

Dat was nu een week geleden. En Matt was weer terug, nog even onzeker over alles als toen hij vertrok. Maar wie hou ik nou eigenlijk voor de gek? dacht hij terwijl hij de sleutel in het slot van de deur van zijn appartement stak. Hij wist absoluut zeker dat hij niet van Charley hield en geen kind met haar wilde. Als hij hiermee doorging, was dat alleen omdat hij een onherstelbare fout had gemaakt en zich als een 'gentleman' wilde gedragen. Maar aan de andere kant: hoeveel mannen hadden niet in dezelfde omstandigheden 'moeten' trouwen? Charley was een vriendin uit zijn jeugd, haar ouders en de zijne kwamen regelmatig bij elkaar op bezoek. Hij huiverde bij de gedachte aan alle opgetrokken wenkbrauwen op de golfclub als bekend werd dat Charley zwanger was van hem en hij had geweigerd zijn verantwoording te nemen.

Het probleem was dat Charley alle kaarten in handen had, bedacht Matt terwijl hij zijn weekendtas in zijn slaapkamer zette. Als zij besloot dat ze de baby wilde houden, vond Matt dat hij geen andere keus had en hun relatie in ieder geval een kans moest geven. Het had erger gekund: hij kende haar in ieder geval goed, ze konden het met elkaar vinden, hadden dezelfde achtergrond en vrienden...

Misschien moest hij het bekijken alsof het een gearrangeerd huwelijk was. Dat was een manier van trouwen die al heel lang bestond en vaak werkte. Tenslotte was het tussen Grania en hem op niets uitgelopen. Matt wierp een blik op de foto op zijn nachtkastje en moest iets wegslikken. Grania zag er nauwelijks ouder op uit dan een tiener. Hij was genomen tijdens hun vakantie in Florence, voor de Duomo, en Grania had moeten lachen om de vele duiven die om haar heen fladderden terwijl ze ze voerde.

Matt liet zich op het bed neerzakken. Het bed dat hij ooit met haar had gedeeld – en waarin hij haar, zonder het te weten, had bedrogen met Charley. Misschien moest hij gewoon maar afwachten hoe Charley erover dacht. Maar, mijn god, wat miste hij Grania! Hij was ervan geschrokken dat hij zo'n behoefte had om met haar te praten over wat hem nu allemaal gebeurde. Naast het feit dat ze zijn geliefde was geweest, was ze ook zijn beste vriendin. Haar nuchtere Ierse wijsheid had altijd gewerkt als hij zijn gedachten op een rijtje moest zetten. In een impuls pakte Matt zijn mobiele telefoon uit zijn tas en toetste hij, zonder verder nog na te denken, Grania's nummer in. Hij had geen idee wat hij tegen haar moest zeggen als ze opnam, maar hij móést haar stem even horen. Haar mobiele telefoon was uitgeschakeld, dus belde hij het nummer van haar ouders.

Daar werd al bij de tweede keer overgaan opgenomen.

'Hallo?' Het was de stem van een onbekend kind.

'Hallo,' antwoordde hij. 'Met wie spreek ik?'

'U spreekt met Aurora Devonshire,' antwoordde de stem in een duidelijk Engelse tongval. 'En met wie spreek ik?'

'Met Matt Connelly. Heb ik het goede nummer gedraaid? Ik ben op zoek naar Grania Ryan.'

'Ja, Mr Connelly, dit is het goede nummer. Maar Grania is helaas niet hier.'

'Weet je dan misschien waar ze is?'

'Ja. Ze zit in Zwitserland. Ze is op huwelijksreis met mijn vader.'

'Sorry?' Matt deed zijn best om in zich op te nemen wat ze zei. 'Kun je dat misschien nog een keer herhalen?'

'Natuurlijk. Ik zei dat Grania een week geleden met mijn vader is getrouwd en dat ze nu op huwelijksreis zijn in Zwitserland. Kan ik een boodschap aannemen? Ze wordt een dezer dagen terugverwacht.'

'Nee... ik bedoel...' Matt moest zeker weten dat het waar was wat het kind zei. 'Is Kathleen, haar moeder, misschien thuis?'

'Ja. Wilt u dat ik haar ga halen, Mr Connelly?'

'Ja, graag.' Matt wachtte af, het nieuws had hem erg van streek gemaakt en hij hoopte dat Kathleen zou ontkrachten wat het kind hem had verteld.

'Hallo?'

'Kathleen, je spreekt met Matt.'

'O...' Kathleen zweeg een tijdje voor ze zei: 'Hallo, Matt. Hoe gaat het met jou?'

'Goed,' antwoordde hij automatisch. 'Sorry dat ik je lastigval, maar het meisje dat ik net sprak vertelde me dat Grania op huwelijksreis is. Dat ze is getrouwd... Klopt dat?'

Het bleef opnieuw stil aan de andere kant van de lijn. Toen hoorde Matt Kathleen een diepe zucht slaken. 'Ja, Matt, schijnbaar wel.'

'Grania is... getróúwd?' Matt voelde zich genoodzaakt het woord steeds te herhalen, om het echt tot zich door te laten dringen.

'Ja, Matt, dat klopt. Het... spijt me.'

'Ik moet ophangen, Kathleen. Bedankt dat je... eh... het me hebt verteld. Dag.'

'Het allerbeste met je, Matt,' zei Kathleen, maar de verbinding was al verbroken.

Matt stond als aan de grond genageld, verlamd door de schok. Grania... getróúwd? Na al die jaren van niet met hem willen trouwen? Zonder enige uitleg was ze bij hem weggegaan en een paar maanden later trouwde ze opeens met iemand anders. Matts hart bonkte in zijn borstkas en hij voelde het bloed door zijn aderen jagen; hij werd er duizelig van. Hij wist werkelijk niet of hij moest lachen of huilen. Het was zo onwerkelijk, zo bizar...

Matt besloot tot een derde optie: hij werd furieus. Hij pakte de foto van Grania van het nachtkastje en smeet die tegen de muur; het glas viel in duizend splinters. Hijgend van woede hoorde hij de voordeur opengaan.

'Verdomme,' mompelde Matt boos terwijl hij met zijn hand door zijn haar ging. 'Kan een mens nou geen seconde rust hebben?' Diep inademend probeerde hij zijn fysieke reactie op het nieuws onder controle te krijgen. De emotionele consequenties te boven komen zou heel wat meer tijd kosten.

Vijf minuten later werd er op de deur van zijn slaapkamer geklopt. Hij stond op en deed die open. 'Hi, Charley.' Tot zijn opluchting zag ze er veel meer uit als haar oude zelf, met haar perfect gepolijste uiterlijk.

Ze glimlachte opgewekt naar hem. 'Hi, Matty, hoe staat het leven?'

'Ach, z'n gangetje...' wist hij uit te brengen.

'Goh, lieverd, je ziet er niet geweldig uit.'

'Bedankt, Charley, ik voel me ook niet geweldig.'

'Hard gewerkt?' vroeg ze.

'Kun je wel zeggen, ja.'

'Gaan we nog uit eten vanavond?'

'Ja, dat was het plan, toch?'

'Ja, klopt. Ik neem even een douche en dan kunnen we over een kwartiertje vertrekken.'

'Prima.'

Terwijl Charley onder de douche stond, liep Matt de woonkamer in en haalde gedachteloos een biertje uit de koelkast. Daarna zette hij de televisie aan en schakelde langs de zenders totdat hij bij een basketbalwedstrijd belandde – verdovend genoeg om zijn gedachten van zijn verdriet af te leiden. Toen de intercom zoemde, stond hij op om te horen wie er voor de deur stond. 'Hallo?' sprak hij in de microfoon.

'Hi, Matt, ik ben het, Roger. Grania heeft me een boek geleend en ik had haar beloofd het langs te brengen als ik het uit had.'

Roger was een vriend van Grania. Toen ze net in New York was gearriveerd, hadden ze samen een appartement gedeeld. Matt mocht hem graag. 'Kom boven,' zei hij en drukte op de knop. Drie minuten later bood hij Roger een biertje aan. 'Hoe kwam je hier zo in de buurt?'

'Ik heb net een loft hier een paar straten vandaan bekeken om te huren. Ik denk dat ik het doe. Het lijkt me hier een leuke buurt. Is Grania er niet?'

'Nee,' zei Matt en hij gooide de deur van de koelkast harder dicht dan nodig.

'O. En hoe gaat het met je carrière? Grania vertelde me dat je nogal naam begon te maken.'

'Ja? Ach, we moeten allemaal ons brood verdienen. Jij bent co-assistent, hè?'

'Ja. En met al die uren die ik in het ziekenhuis maak, begin ik me zo langzamerhand af te vragen of ik niet moet opteren voor een gemakkelijker leven.' Roger trok zijn wenkbrauwen op en nam een slok bier.

'Ja, jij liever dan ik,' was Matt het met hem eens. 'En, hoe is het met Grania?'

'Ik...' Matt slaakte een zucht. 'Om eerlijk te zijn weet ik dat niet echt.'

'O.'

Er viel een ongemakkelijke stilte waarin allebei de mannen een slok bier namen.

'Ik ben klaar.' Charley kwam de badkamer uit en bleef plotseling stilstaan toen ze Roger zag zitten. 'Wie ben jij?' vroeg ze.

'Hallo, Roger Sissens,' zei Roger terwijl hij zijn hand naar haar uitstak. 'En jij?'

'Charley Cunningham. Prettig kennis te maken.'

'Insgelijks,' zei Roger, en hij bleef net iets te lang naar Charley staan kijken. 'Heb ik jou niet eerder ontmoet?'

'Nee,' antwoordde Charley gedecideerd. 'Ik herinner me een gezicht altijd. En het spijt me, maar ik herinner me het jouwe niet. Zullen we gaan, Matt?'

'Ja, oké.' Matt voelde zich erg ongemakkelijk. Hij wist precies welke indruk Roger nu had. Helemaal verkeerd, dus. Of nee: eigenlijk had hij het pijnlijk genoeg bij het rechte eind...

'Ik zal jullie niet langer ophouden,' zei Roger, die zijn biertje zo snel mogelijk achteroversloeg. 'Ik ga met jullie mee naar beneden.'

Met z'n drieën wachtten ze zwijgend op de lift.

'Nou, leuk je ontmoet te hebben, Charley,' zei Roger, die het boek van Grania maar weer had meegenomen in de veronderstelling dat hij begreep hoe de vork in de steel zat. 'Tot ziens, Matt,' voegde hij eraan toe.

'Ja, tot ziens, Roger.'

Charley stak haar arm door die van Matt en liep haastig samen met hem weg over het trottoir. 'Vreemde vent,' zei ze. 'Ik heb hem nooit eerder gezien.'

Tijdens het eten leek Charley per se over koetjes en kalfjes te willen kletsen. Pas bij de koffie had Matt genoeg moed verzameld om het onderwerp aan te snijden waarover ze moesten spreken. 'En, hoe denk je er nu over?'

'Over de baby, bedoel je?'

'Ja, over de baby.'

'O, die laat ik gewoon komen, natuurlijk. Ik bedoel, ik ben vijfendertig en ik heb altijd kinderen gewild. Logisch, toch?'

'O, ja? Als jij dat vindt...' voegde Matt er gauw aan toe.

'En ik wil nog zeggen dat het me spijt van al dat dramatische gedoe vorige week. Toen had ik het net gehoord en ik denk dat ik nogal van streek was. Ik gedroeg me als het afhankelijke vrouwtje dat ik altijd zo heb veracht. Ik ben volwassen, heb een goede baan en een eigen appartement... waar ik trouwens volgende week weer in kan. Dus nog sneller dan je had gedacht, loop ik je niet meer in de weg.'

'Dus als ik het goed begrijp...' begon Matt terwijl hij zijn gedachten heel zorgvuldig probeerde te formuleren, 'laat je de baby komen, of je nou met of zonder mij bent?'

'Ja.' Charley knikte. 'Dit is een nieuw millennium, tenslotte. Een tijdperk waarin vrouwen geen man meer naast zich nodig hebben om een kind te krijgen. Tja, op de golfclub zullen ze natuurlijk wel commentaar hebben, maar ze zullen het ermee moeten doen.'

'Ja.'

'Hé, Matty.' Charley stak haar hand naar hem uit. 'Kijk niet zo geschokt. Ik heb je vorige week echt laten schrikken, hè. Maar ik ben niet van plan om je in de val te laten lopen, hoor. Je hebt me duidelijk gemaakt dat het allemaal een vergissing van je was, een misverstand... en echt, ik zit er niet meer mee. We zijn allebei volwassen en ik weet zeker dat het kan werken. In welke vorm dan ook,' voegde ze er nadrukkelijk aan toe.

'Hoe bedoel je?'

'Nou, ik denk dat het nu jouw beurt is om te zeggen hoe je erover denkt. Als je hebt besloten dat je er niet klaar voor bent om vader te worden, vind ik dat prima. Aan de andere kant zou ik het fijn vinden als je bezoekrecht wilt voor de baby en betrokken zou willen zijn bij de opvoeding. Maar dat zijn allemaal dingen die we te zijner tijd kunnen besluiten.' Charley glimlachte hem opgewekt toe.

'Oké.' Matt knikte. 'Dus ik begrijp dat je de gedachte dat we het kind ook gewoon samen groot kunnen brengen, zoals een normale vader en moeder, hebt uitgesloten?'

'Ja, natuurlijk.' Charley trok haar wenkbrauwen op. 'Na alles wat je hebt gezegd. En wat je niet hebt gezegd,' voegde ze eraan toe. 'Vorige week heb je me heel duidelijk gemaakt dat een relatie met de moeder van de baby geen optie voor je was.'

Matt keek haar aan. Plotseling steeg het bloed hem naar zijn hoofd. Of het nou zijn gebroken hart was, alles wat hij net had ontdekt, of de behoefte Grania net zoveel pijn te doen als zij hem had gedaan – hij wist het niet. Maar Grania was weg en de vrouw die hier tegenover hem aan tafel zat en die hij bijna heel zijn leven had gekend, was in verwachting van zijn kind. Wat had hij te verliezen? Hij moest het gewoon een kans geven.

'Ik ben van gedachten veranderd,' verkondigde hij.

'Echt?'

'Ik zei dat ik tijd nodig had om na te denken en ik heb bedacht dat jij en ik een goede combinatie kunnen zijn.'

'Werkelijk?' vroeg Charley twijfelend.

'Ja.'

'En Grania dan?'

De naam hing als een donkere wolk tussen hen in.
'Dat is voorbij.'
'Weet je dat zeker?' Charley keek hem wantrouwend aan. 'Dat leek vorige week nog niet zo. Wat is er gebeurd waardoor je van gedachten bent veranderd?'
'Ik denk dat ik gewoon goed over jou en mij heb nagedacht... we zijn altijd goede vrienden geweest en ooit hebben we zelfs een relatie gehad. En nu gebeurt er dit.' Hij gebaarde naar Charleys buik. 'Ik heb het gevoel dat het lot ons een duwtje in de goede richting geeft.'
'O.' Ze bleef hem onderzoekend aankijken. 'Weet je het wel zeker, Matty? Zoals ik al zei, ik wil de baby ook best in mijn eentje krijgen. Van mij uit is er echt geen enkele druk. En ik wil dat je dat goed tot je laat doordringen.'
'Het is goed tot me doorgedrongen, Charley, en ik waardeer je opstelling. Maar ik heb je net verteld dat ik bereid ben het samen te proberen. Hoe denk jij daarover?'
'Deze ommekeer van je is echt een schok voor me. Ik...' Charley kleurde, 'ik wil niet weer verdriet door je worden gedaan.'
'Dat weet ik. En ik zweer je, op het leven van onze baby, dat ik je geen verdriet zal doen, Charley.'
'Ik was er zo van overtuigd dat je niet hetzelfde voor mij voelde als ik voor jou.' Charley sloeg haar ogen verlegen neer. 'Ik heb altijd van je gehouden, Matty, dat weet je toch?'
'En ik heb altijd van jou gehouden.' Matt hoorde zichzelf met een verrassend gemak liegen. Er was iets kapotgegaan in zijn binnenste.
'Als een "vriendin"?'
'We zijn al zo lang bevriend, Charley. En ik denk dat vriendschap een heel goede basis is voor meer.'
'Oké,' zei Charley langzaam. 'Wat is je voorstel?'
'Nou, ten eerste: dat je niet verhuist, maar samen met mij in de loft blijft wonen.'
'In mijn slaapkamer, bedoel je?' informeerde Charley.

‘Nee.’ Matt ademde diep in en stak zijn hand naar haar uit. ‘In de mijne.’

‘Jezus, je weet wel hoe je een vrouw moet verrassen, zeg! Dit was wel het allerlaatste wat ik had verwacht vanavond.’

‘Hé, je kent me, ik zit vol verrassingen,’ antwoordde Matt, met een vleugje bitterheid in zijn stem.

Charley merkte het niet op. In plaats daarvan nam ze zijn uitgestoken hand in de hare. ‘Op ons,’ zei ze zacht, ‘en het kleine meisje of jongetje dat we samen hebben gemaakt.’

‘Ja.’ Matt voelde zich misselijk. ‘Op ons.’

36

Twee weken nadat Grania naar Zwitserland was gegaan, kwam ze onaangekondigd weer thuis. Het was net na de lunch en Kathleen was boven. Toen ze beneden kwam, trof ze Grania aan de keukentafel met haar hoofd in haar handen. Kathleen bleef een tijdje in de deuropening naar haar dochter staan kijken en liet toen pas merken dat ze er was.

'Hallo, Grania.'

'Hallo, mam,' kwam het verstikte antwoord. Grania tilde haar hoofd niet op.

'Zal ik water opzetten voor een kop thee?' vroeg Kathleen.

Er kwam geen antwoord. Kathleen liet de ketel langzaam vollopen en zette die op het fornuis. Toen ging ze in de stoel naast Grania zitten en legde ze voorzichtig een hand op haar schouder. 'Wat is er gebeurd, Grania?'

'O, mam... O, mam...'

'Kom hier, lieverd, ik weet niet waarom je zo van streek bent, maar laat me je eerst eens een stevige knuffel geven.'

Grania tilde vermoeid haar hoofd op en haar moeder ving een glimp op van haar bleke, gespannen gezicht. Kathleen sloeg haar armen om haar dochter heen en Grania begon verdrietig te snikken. De ketel floot zeker twee minuten lang voordat Kathleen overeind kwam. 'Ik ga een pot thee maken,' zei ze uiteindelijk. Ze deed het zwijgend en even later zette ze een mok op tafel voor Grania, die intussen rechtop zat, maar verstijfd voor zich uit staarde.

'Grania, ik wil me nergens mee bemoeien, maar, mijn god, je ziet er verschrikkelijk uit. Kun je me vertellen wat er is gebeurd, lieverd?'

Grania deed haar mond open en probeerde iets te zeggen, maar dat lukte haar de eerste paar keer gewoon niet. Na een tijdje wist ze uit te brengen: 'Hij is dood, mam. Alexander is dood.'

Kathleens linkerhand vloog naar haar mond. Met de rechter sloeg ze uit gewoonte een kruis. 'O, nee! Nee! Hoe kan dat nou?'

Grania streek met haar tong langs haar lippen. 'Hij heeft... had... een hersentumor. Al die keren dat hij weg was, was het voor een behandeling. En vier dagen geleden is hij... gestorven. Als zijn echtgenote moest ik daar blijven om zijn begrafenis te regelen. En allerlei papieren te ondertekenen.' Haar stem klonk mechanisch.

'Lieve schat, meisje van me, probeer wat thee te drinken. Je hebt suiker nodig, denk ik. En ik ga iets anders pakken wat ons allebei versterking zal geven.' Kathleen zocht in de kast naar de cognac die ze weleens gebruikte om te koken en goot een flinke scheut in allebei de theemokken. Toen bracht ze de mok naar de mond van haar dochter. 'Drinken, Grania.'

Grania nam drie slokjes voordat ze in hoesten uitbarstte. Toen wilde ze niet meer.

'Grania, ik weet dat je me een verhaal te vertellen hebt, maar...' Ze keek op de keukenklok hoe laat het was. 'Aurora is over minder dan een uur thuis. Zal ik Jennifer, de moeder van haar beste vriendinnetje, bellen en vragen of zij haar van school kan halen en of ze daar kan eten? Ik denk dat ze je beter niet zo kan zien.'

'Ja, alsjeblieft,' zei Grania. 'Ik ben niet in staat... ik kan nu niet... nee.' Er rolde een stille traan over haar wang.

Kathleen veegde de traan zachtjes weg. 'Je ziet eruit alsof je een week niet hebt geslapen. Wat vind je ervan om lekker naar bed te gaan, dan breng ik je een warme kruik.'

'Ik denk niet dat ik kan slapen,' zei Grania terwijl haar moeder haar overeind hielp en mee de trap op nam.

'Nee, maar het kan geen kwaad het te proberen.' Kathleen trok Grania's jasje, schoenen en spijkerbroek uit en stopte haar in bed. Toen ging ze op de rand zitten en streelde over Grania's voorhoofd, net zoals vroeger toen ze klein was. 'Probeer maar een beetje te slapen, schat. En als je me nodig hebt, ben ik beneden.' Toen ze opstond, zag ze Grania's ogen al dichtvallen. Kathleen bleef staan op de overloop; er sprongen tranen in haar ogen. Haar familie had altijd moeten lachen om haar zesde zintuig, en haar bezorgdheid om Grania's betrokkenheid bij de Lisle's met een korreltje zout genomen, maar het leek er nu toch op dat ze het bij het rechte eind had gehad.

Twee uur later kwam Grania, nog een beetje van de wereld, de keuken weer in.

'Hoelang heb ik geslapen? Het is al bijna donker.'

'Zolang je nodig had,' zei Kathleen. 'Ik heb met Jennifer geregeld dat Aurora daar kan logeren. Je vader is er een halfuur geleden naartoe geweest om haar slaapspulletjes te brengen en nu is hij naar het café, samen met je broer. Dus je hoeft niet bang te zijn dat we door iemand worden gestoord.'

'Bedankt, mam.' Moedeloos ging Grania aan de keukentafel zitten.

'Ik heb lamsstoofpot voor je gemaakt. Dat is altijd je lievelingskostje geweest. En je ziet eruit alsof je de laatste tijd geen behoorlijke maaltijd binnen hebt gekregen.'

'Dank je wel, mam,' zei Grania nog eens toen Kathleen een bord met stoofschotel voor haar neerzette.

'Hier. Eet maar zo veel mogelijk. Een lege maag helpt niet aan een verdrietig hart.'

'O, mam...'

'Eten, Grania, niet praten.'

Grania werkte het eten naar binnen; automatisch kauwend en slikkend. 'Ik kan niks meer op, mam, echt.' Ze schoof het bord weg.

'Nou, je hebt in ieder geval weer wat kleur op die wangen van je.' Kathleen haalde het bord weg en zette het in de gootsteen. 'Grania, ik ga er niet op aandringen dat je vertelt wat er is gebeurd, maar je weet dat ik naar je zal luisteren zodra je maar wilt.'

'Ik... ik weet gewoon niet waar ik moet beginnen.'

'Dat begrijp ik heel goed. Ik heb zitten denken terwijl je lag te slapen. Toen Alexander hier was die avond dat Aurora kwijt was, vond ik hem al... tja, dat hij eruitzag... er was iets niet goed met hem. Ik denk dat hij toen al een hele tijd wist dat hij heel erg ziek was.'

'Ja, dat klopt. Maar toen de artsen hem diagnosticeerden, was het niet meer mogelijk hem te opereren vanwege de grootte van de tumor en de plek ervan in zijn hersenen. Hij kon alleen hopen dat chemotherapie nog iets zou uitrichten. Maar dat was niet zo.'

'Nee.'

'Een paar weken geleden besefte hij dat hij het onvermijdelijke moest accepteren, toen hij echt heel hard achteruit begon te gaan. En toen is hij alles voor Aurora gaan regelen. Ik...'

'Rustig maar, schat.' Kathleen ging naast Grania aan tafel zitten en legde haar hand over die van haar dochter. 'Neem gewoon de tijd.'

Grania begon, in eerste instantie haperend, het verhaal aan haar moeder te vertellen. Kathleen luisterde zwijgend en vol begrip naar haar dochter. Ze schaamde zich dat ze in eerste instantie had gedacht dat Grania gewoon in een impuls met Alexander was getrouwd.

'Hans, zijn notaris, komt ergens in de komende twee weken hierheen en brengt dan Alexanders as mee. Hij wilde dat die wordt uitgestrooid over Lily's graf.' Grania zweeg en zuchtte lang en diep. 'O, mam, te moeten aanzien dat hij stierf... het was vreselijk. Vreselijk,' benadrukte ze nogmaals.

'Van wat je vertelt, lieverd, klinkt het ook als een genadige verlossing.'

'Ja. Hij had heel veel pijn.' Plotseling keek ze naar haar moeder op en glimlachte ze flauwtjes naar haar. 'Weet je, mam, jouw intuïtie klopte helemaal, dat je mij dat verhaal over Lily moest vertellen voordat ik naar Zwitserland vertrok. Ik heb Alexander voor zijn dood kunnen vertellen wat Lily was overkomen toen ze jong was. En hij zei dat het hem had geholpen en ik denk dat dat waar is. Hij hield enorm veel van haar.'

'Tja, laten we hopen dat ze nu samen zijn, ergens daarboven, dat de pijn van het leven voor hen nu voorbij is,' zei Kathleen ernstig. 'En dat ze nu omlaagkijken en zien dat hun lieve dochtertje hier veilig bij ons is.'

'O, mijn god, mam.' Grania schudde wanhopig haar hoofd. 'Hoe moet ik het haar in vredesnaam vertellen?'

'Grania, dat is iets waar ik geen antwoord op heb. En ik vind het vreselijk dat haar vader dat aan jou heeft overgelaten.'

'Ja,' zei Grania, 'maar als je had gezien hoe hij eraan toe was... hij zag eruit als een geest. En hoewel hij niets liever had gewild dan Aurora nog een keer zien, was hij ervan overtuigd dat het alleen maar moeilijker voor haar zou zijn als ze hem zo zag. Hij wil – wilde – dat Aurora zich hem herinnerde zoals hij was. We weten nu eenmaal dat Aurora nogal instabiel was na de dood van haar moeder. Ik denk dat hij gelijk had.'

'Heb je enig idee hoe je het haar gaat vertellen?' vroeg Kathleen.

'Ik denk de laatste dagen aan niets anders,' antwoordde Grania desolaat. 'Heb jij misschien een suggestie, mam?'

'Het lijkt me het beste om niet te liegen als dat niet echt hoeft. Gewoon de waarheid vertellen, maar wel zo verzacht mogelijk.'

'Ja,' stemde Grania in. 'Maar ik wil niet dat ze weet hoe erg hij heeft geleden.'

'Tja, het is een zware last die hij op je schouders heeft gelegd, maar ik kan alleen maar beloven dat wij er voor haar zullen zijn als je het haar hebt verteld. En dat we haar, en jou, zo veel mogelijk zullen steunen en van jullie zullen houden. Je weet toch, Grania, dat Aurora altijd een thuis bij ons zal hebben, wat jij verder ook wilt met je leven.'

'Ja, mam. En daar ben ik heel erg dankbaar voor. Dat was het enige waar Alexander zich zorgen om bleef maken; hij wilde niet dat het feit dat ik Aurora adopteerde, mijn toekomstplannen in de weg stond.'

'En je moeder zal er zeker op toezien dat dat niet gebeurt,' zei Kathleen vastberaden.

'Maar ik betwijfel of ik hier snel zal vertrekken,' zei Grania zuchtend. 'Ik kan nergens anders naartoe,' zei ze schouderophalend. Toen stond ze geeuwend van tafel op. 'O, mam. Ik ben zo moe. Als ik het morgen aan Aurora moet vertellen, kan ik nu beter proberen wat te slapen, denk ik.'

'Ja.' Kathleen sloeg haar armen om Grania heen en gaf haar een knuffel. 'Slaap lekker, schat. En je moet weten dat ik heel trots ben op een dochter zoals jij,' fluisterde ze.

'Bedankt, mam. Welterusten,' antwoordde Grania en ze liep de keuken uit.

John en Shane kwamen een halfuur later thuis. Kathleen vertelde hun het vreselijke nieuws.

'Die arme kleine meid,' zei John terwijl hij stilletjes een traan wegveegde. 'Maar gelukkig heeft Aurora ons nog.'

'Inderdaad,' voegde Shane eraan toe. 'We houden allemaal van haar alsof ze familie is.'

'En ze zal ieder grammetje van onze liefde hard nodig hebben,' benadrukte Kathleen.

'Nou, het lijkt erop dat dat zesde zintuig van je het weer bij het rechte eind heeft gehad, liefje,' zei John. 'Je hebt vanaf het begin gezegd dat je er een slecht gevoel over had.'

'Ja, mam, je bent duidelijk een heks,' beaamde Shane en daarbij gaf hij haar een paar liefdevolle klapjes op haar arm. Hij stond op. 'Ik ga naar bed, mam, maar zeg tegen Grania en dat kleintje dat ik veel van ze hou.'

Later, toen John en Kathleen ook naar bed gingen, vroeg John: 'Wanneer gaat Grania het aan Aurora vertellen?'

'Ik denk morgenmiddag als ze uit school komt. Dan heeft Grania nog een hele dag om een beetje bij te komen.'

'Kom hier, schat.' John strekte zijn sterke armen naar Kathleen uit en sloeg die om haar heen. 'Probeer je niet te veel zorgen te maken. Zie het maar van de positieve kant: Aurora krijgt morgen natuurlijk iets vreselijks te horen, maar ook zekerheid over haar toekomst: dat ze hier bij ons voor de rest van haar leven een thuis heeft. Ik heb bewondering voor Alexander omdat hij het zo goed heeft geregeld, hoewel dat voor onze Grania heel zwaar is geweest.'

'Ja. Welterusten, schat.'

'Welterusten.'

Pas toen Kathleen haar ogen dichtdeed om te proberen te slapen, herinnerde ze zich het telefoontje van Matt.

Toen Grania de volgende ochtend wakker werd, voelde ze zich een stuk beter. In ieder geval lichamelijk. Liggend in bed overpeinsde ze wat er allemaal was gebeurd, niet alleen in de twee weken daarvoor, maar in de vier maanden dat ze nu in Ierland was. Aurora was als een wervelwind haar leven binnen gestormd en had het onherroepelijk veranderd. Zelfs zo dat ze nu Mrs Devonshire was, de stiefmoeder van een kind dat al snel officieel haar dochter zou worden. En bovendien weduwe...

Net zoals Mary, lang geleden.

Grania probeerde te bedenken in welke woorden ze Aurora over de dood van haar vader zou vertellen, maar na een tijdje besloot ze dat dat gewoon geen zin had. Ze kon het niet plannen; ze had tenslotte geen idee hoe Aurora zou reageren. Het zou improviseren worden op het moment zelf. En hoe sneller het achter de rug was, hoe beter.

Plotseling voelde ze een enorme behoefte om het huis uit te gaan, de frisse lucht in. Het was een beproeving voor haar geweest om twee weken lang opgesloten te zitten in dat bedompte ziekenhuis. Snel trok ze haar joggingbroek, loopschoenen en sweater met capuchon aan en ging ze naar beneden. Ze zag Kathleen nergens, dus jogde ze het laantje af en sloeg ze aan het eind ervan rechts af, om het klifpad op te gaan naar Dunworley House. Het was een prachtige dag en de zee was zo glad als een spiegel.

Hijgend liet Grania zich een tijdje later op de met mos begroeide rots neerzakken waar ze ook had gezeten toen ze Aurora voor het eerst op de rand van het klif had zien staan. Ze keek op naar het huis boven haar – het huis dat nu van Aurora was en waar ze kon gaan wonen als ze dat zou willen.

Hans had Grania uiteindelijk de som geld die Alexander haar in zijn testament had nagelaten genoemd; het was genoeg om nooit meer een dag te hoeven werken – mocht ze dat willen. Ze was een rijke vrouw.

'O, Matt.' Haar keel zat plotseling dicht toen ze zijn naam uitsprak. Haar moeder was een schat, maar op dit moment had ze enorme behoefte aan de warmte, het begrip en de liefde van de man die ze altijd had beschouwd als haar zielsverwant. De pijn die ze voelde om het feit dat ze hem kwijt was, was haast fysiek. En het besef dat het voorbij was en ze nooit meer door hem getroost zou worden, was bijna tastbaar.

Grania stond op en liep verder de heuvel op naar Dunworley House. Ze moest er niet bij stil blijven staan... het was nu eenmaal zo en er was geen weg terug. Ze duwde het hek open en liep de voortuin in. Alexander had in zijn testament bepaald dat het huis op Aurora's eenentwintigste verjaardag van zijn dochter zou worden. Dan was het aan Aurora om te besluiten of ze het wilde houden of verkopen. Er was een flink bedrag gereserveerd om het te renoveren, en dat was een van de dingen die Grania met Hans wilde bespreken als hij er was.

Op het binnenplein achter het huis pakte Grania de sleutel van het atelier onder de steen vandaan waar ze hem altijd verstopte. Binnen bestudeerde ze aandachtig de beeldjes die op de werkbank stonden – en voor het eerst in twee weken voelde ze een sprankje blijheid. Ja, ze waren inderdaad zo goed als ze zich herinnerde, maar ze kon er nog dingen aan verbeteren.

'Mijn god, Grania! Waar heb jij gezeten?' riep Kathleen uit toen Grania de keuken in kwam.

'Sorry, mam, ik ben naar het atelier geweest en was de tijd vergeten. Is er iets te eten? Ik ben uitgehongerd.'

'Ik smeer wel gauw een boterham voor je,' zei Kathleen met een nerveuze blik op de klok. 'Je weet dat Aurora over een halfuur al thuiskomt?'

'Ja.' Grania's maag kromp samen bij de gedachte. 'Als ze er is, neem ik haar mee voor een wandeling.'

'Grania!' Aurora sprong in Grania's armen en omhelsde haar stevig. Over het hoofd van het kind wisselden moeder en dochter een droevige blik uit.

'Het is heerlijk je weer te zien, schatje,' reageerde Grania. 'Hoe gaat het met je?'

'Heel goed, dank je wel,' antwoordde Aurora. 'Heeft Shane je al verteld dat Maisie, de herdershond, jonkies krijgt? Hij zei dat ik erbij mag zijn als ze worden geboren, zelfs als dat midden in de nacht is,' voegde ze er met een snelle blik op Kathleen aan toe. 'En ik heb al mijn vriendinnen op school verteld dat jij mijn moeder nu bent.' Aurora liet Grania los en begon door de keuken te dansen. 'Ik ben zo blij!' Midden in een pirouette bleef ze plotseling stilstaan en vroeg: 'Waar is papa?'

'Aurora, ga jij Lily even halen, dan nemen we haar mee voor een wandeling? Goed?' stelde Grania voor.

'Goed,' zei ze. 'Ik ben zo terug.'

'Ik wacht buiten op je,' riep Grania haar na.

Kathleen liep naar haar dochter toe en legde een bemoedigende hand op haar arm. 'Sterkte, Grania. En als jullie terugkomen, kun je van ons op aan.'

Grania knikte zwijgend en liep de keuken uit.

Aurora kletste aan een stuk door terwijl ze de heuvel op liepen en het hondje naar insecten hapte of om de benen van haar kleine baasje dartelde.

'Weet je, ik zat pas te denken,' begon Aurora op haar bekende volwassen manier, 'dat ik mijn leven nu veel en veel leuker vind. Ik was zo eenzaam voor ik jou en Kathleen en John en Shane leerde kennen.

En ik vind het heerlijk om op een boerderij te wonen. En nu jij met papa bent getrouwd, zijn we allemaal echt familie van elkaar, hè?'

'Ja. Ik ga hier even zitten, Aurora,' zei Grania toen ze bij 'haar' rots met uitzicht op de zee waren. 'Kom je naast me zitten?'

'Ja.' Aurora liet zich gracieus naast de rots op de grond zakken en Lily nestelde zich in haar schoot. Toen keek het kind op naar Grania's ernstige gezicht. 'Wat is er? Je moet me iets vertellen, hè?'

'Ja, Aurora, dat klopt.' Grania pakte Aurora's hand. 'Iets over papa?' vroeg Aurora.

'Ja, over papa. Hoe wist je dat?'

'Ik weet niet. Ik... wist het gewoon.'

'Aurora, lieve schat, ik weet niet goed hoe ik je dit moet zeggen, dus doe ik het maar heel snel...'

'Papa is er niet meer, hè?'

'Aurora... ja, hij is er niet meer.'

'Is hij naar de hemel?'

'Ja. Hij werd heel ziek toen we net getrouwd waren en is toen... gestorven. Ik vind het heel, heel triest voor je.'

'O.' Aurora keek strak naar het hondje in haar schoot dat ze gespannen aaide.

'En ik wil je zeggen, mijn schat, mijn lieve Aurora, dat je óns hebt, je nieuwe familie – en dat wij voor je zullen zorgen. En,' voegde Grania er nadrukkelijk aan toe, 'ik ben niet alleen je stiefmoeder, maar je vader en ik hebben papieren getekend waardoor ik je zo snel mogelijk kan adopteren. Dan ben je ook voor de wet mijn dochter, en zal niemand je nog ooit van me kunnen afnemen.'

Tot op dat moment zag Grania nog geen zichtbare tekenen van verdriet bij Aurora. Haar eigen ogen stonden vol tranen. 'Je weet dat ik van je hou alsof je mijn eigen kind bent. Dat heb ik op de een of andere manier altijd gedaan...' vervolgde Grania, terwijl ze wenste dat ze net zo beheerst kon zijn als Aurora op dat moment. 'Aurora, begrijp je wat ik je vertel?'

Aurora sloeg haar ogen op en staarde over de zee uit. 'Ja, ik begrijp het. Ik wist dat hij er algauw niet meer zou zijn. Ik wist alleen niet precies wanneer.'

'Hoe wist je dat dan, Aurora?'

'Van mama... Ik bedoel mijn eerste mama,' verbeterde Aurora zichzelf. 'Die heeft het me verteld.'

'O?'

'Ja. Ze zei dat de engelen hem zouden meenemen naar de hemel, om bij haar te zijn.' Aurora draaide haar gezicht naar Grania toe en keek haar aan. 'Ik zei toch dat ze zich eenzaam voelde.'

'Ja, dat klopt.'

Aurora bleef lang stil en zei toen: 'Ik zal hem missen. Heel erg. En ik had graag afscheid van hem genomen.' Ze beet op haar lip en Grania zag de eerste tranen komen.

'Lieve schat, ik weet dat ik je papa en mama nooit kan vervangen, maar ik beloof je dat ik heel erg mijn best zal doen.'

Aurora staarde weer over de zee uit. 'Ik snap wel dat mama papa bij zich wilde hebben, maar waarom gaan alle mensen van wie ik hou nou altijd bij me weg?'

Toen barstte ze in huilen uit. Ze snikte hevig, haar hele lijfje schokte ervan. Grania trok Aurora bij zich op schoot en wiegde haar als een baby in haar armen heen en weer.

'Ik zal nooit uit je leven weggaan, Aurora, dat beloof ik je,' fluisterde ze troostend. 'En papa wilde ook niet van je weg, geloof me. Hij hield heel erg veel van je. Heel erg veel. En daarom wilde hij zeker weten dat je geborgen zou zijn en bij mij en mijn familie kon wonen. Daarom zijn we met elkaar getrouwd.'

Aurora keek naar haar op. 'Maar ik denk dat hij ook een beetje van je hield.' Ze veegde met haar onderarm over haar ogen en vroeg: 'Ben je bedroefd, Grania? Dat hij er niet meer is.'

'O, ja,' antwoordde Grania. 'Heel, heel bedroefd.'

'Hield je van papa?'

'Ja, ik denk van wel. Ik heb alleen maar heel weinig tijd met hem gehad.'

Aurora pakte Grania's vingers stevig beet. 'Dus hebben we allebei van hem gehouden, en zullen we hem allebei missen, toch?'

'Ja.'

'Dan kunnen we elkaar helpen opvrolijken als een van ons verdrietig is, goed?'

Aurora's kracht en moed waren sterker dan haar tranen. 'Ja,' zei Grania, terwijl ze Aurora tegen zich aan trok. 'Dat doen we.'

'Waar is Aurora?' vroeg Kathleen aan Grania toen die de keuken weer in kwam.

'Ze legt Lily te slapen en zei dat ze met Shane mee naar de schapen wil.'

'Echt?' Kathleen trok haar wenkbrauwen op. 'En je hebt het haar verteld?'

'Ja.'

'Hoe nam ze het op?'

'Mam,' zei Grania verbaasd, terwijl ze verward haar hoofd schudde. 'Ze zei dat ze het al wist.'

AURORA

Ja, ik wist het.

Maar precies uitleggen 'hoe' – dat kan ik eigenlijk niet. Als ik zeg dat het me door een stemmetje was ingefluisterd, denken jullie natuurlijk dat ik geestelijk net zo in de war ben als Lily, mijn arme moeder. Logisch, natuurlijk. Dus laten we het er maar op houden dat ik een 'voorgevoel' had. Dat hebben wel meer mensen, toch?

Maar toch was het een vreselijke slag voor me. Net op het moment dat alles zo goed ging. Grania getrouwd met mijn vader... iets wat ik had gewild en ja, ik geef toe, waar ik ook mijn best voor had gedaan om het zover te laten komen.

Maar ik kreeg de tijd niet om ervan te genieten, om een paar maanden het geluk te proeven, zelfs nog geen paar weken. Mijn blijheid sloeg meteen om in verdriet.

Door met Grania te trouwen en het gemakkelijk voor haar te maken me te adopteren, had papa alles gedaan wat hij kon om me geborgenheid te geven. Hij toonde zijn liefde voor mij in zijn daden – zoals zo veel mannen doen. Maar ik had het fijn gevonden om echt afscheid van hem te nemen, hoe akelig hij er ook uitzag.

Dat had me niets uitgemaakt, want ik wist de hele tijd al dat hij ziek was. En als je van iemand houdt, gaat het er helemaal niet om hoe iemand er op het laatst uitziet... het gaat erom nog een laatste keer je zielsverbintenis met iemand te voelen.

Achteraf bezien was het misschien wel net zo moeilijk voor Grania. Haar leven kwam in de stormen van mijn familie terecht – en daarmee werd ze min of meer gedwongen te voldoen aan de wens van een vader die wanhopig op zoek was naar een veilige toekomst voor zijn kind.

Ik heb pas een boek gelezen waarin werd uitgelegd dat geesten, met elkaar verbonden in vaste 'groepjes', door de tijd reizen. Hoewel steeds in een andere gedaante, worden ze altijd weer door een onzichtbare band naar elkaar toe getrokken.

Misschien verklaart dat waarom Kathleen zo sterk het gevoel had dat de geschiedenis zich herhaalde. Tenslotte was Grania ruimhartig en verlangde ze naar een kind om van te houden toen ze mij ontmoette, en ik was het 'weeskind' dat ze onder haar hoede nam. O, lezer, ik hoop dat ik nooit zo harteloos tegen haar heb gedaan als Anna, mijn grootmoeder, tegen Mary was. De boeddhisten geloven dat we steeds weer op de aarde terugkomen totdat we al onze lessen hebben geleerd en dan naar het nirwana gaan. Ik hoop dat ik altijd liefdevol en dankbaar tegen Grania ben geweest. En eigenlijk zou ik hierna best naar het hiernamaals willen. Maar misschien heb ik nog een eind te gaan op aarde. Ik heb wel altijd geprobeerd een goed mens te zijn, maar mocht ik weer terugkomen: een nieuw en sterker lichaam kan ik in ieder geval goed gebruiken.

Het verhaal gaat nu weer terug naar New York, naar de puinhoop die Matt van zijn leven maakt.

Op dit moment loopt alles daar helemaal mis. De vraag is: kan Matt zijn leven weer op de rails krijgen?

37

De avond dat ze hadden besloten om hun relatie een kans te geven, was Charley meteen naar Matts slaapkamer verhuisd. Vanwege haar zwangerschap had ze iedere vorm van lichamelijke intimiteit afgezworen; een opluchting voor Matt – het gaf hem in ieder geval uitstel. Hoewel hij zich de laatste keer dat ze met elkaar hadden gevreeën niet kon herinneren omdat hij toen te dronken was, wist hij nog wel hoe het was geweest toen ze nog een stel waren. Hun vrijpartijen waren in zijn ogen altijd weinig geïnspireerd en nogal mechanisch geweest – in ieder geval voor hem. Heel anders dan die met Grania; die waren altijd heerlijk en alsof hun zielen samensmolten...

Matt rukte zich los uit zijn gemijmer, stapte uit bed en liep naar de badkamer om te gaan douchen. Charleys nieuwe status had nog allerlei andere, irritante consequenties: ten eerste nam haar gigantische verzameling schoonheidsproducten – talloze crèmepjes en lotionnetjes die met gemak een hele afdeling bij Saks konden vullen – alle ruimte op de wasbak en in de rest van de badkamer in. Volkomen anders dan het eenvoudige schoonheidsregime van Grania; een pot gezichtscrème was alles wat ze nodig had. En dan was er nog het feit dat zijn kleren tegenwoordig nog slechts ongeveer een tiende deel van zijn kast innamen, vanwege de enorme collectie aan designkleding die Charley had. Wat de verschillen tussen beide vrouwen nogmaals onderstreepte.

Terwijl Matt zijn scheermesje zocht, waarbij hij een toilettasje met make-up omstootte dat in de wasbak viel, probeerde hij zijn ergernis te overwinnen. Hij was tenslotte degene geweest die had gewild dat ze het samen probeerden. Charley had hem niet onder druk gezet en ook niet opgezadeld met een schuldgevoel. Hij mocht haar niets verwijten.

Hoewel, ze was al eens begonnen over verhuizen – had geopperd dat ze misschien een huis in Greenwich konden kopen om dichter in de buurt van hun beider ouders te wonen. Matt was niet enthousiast over dat idee. Maar het feit dat Grania en hij – nog maar een paar maanden geleden geconfronteerd met dezelfde overwegingen – absoluut niet van plan waren geweest om de stad uit te gaan, betekende niet dat Charleys wens om haar kind in gezondere lucht te laten opgroeien abnormaal was. Toen Matt had gezegd dat hij met geen mogelijkheid het geld had om zo'n soort woning voor hen te kopen, had Charley zijn bezwaren nonchalant weggewuifd.

'Pap en mam helpen ons wel, Matty. Dat weet je toch.'

Door die opmerking had Matt opeens beter begrepen wat Grania gevoeld moest hebben toen zijn eigen ouders hun financiële hulp hadden aangeboden. Hij wilde helemaal niet dat Charleys ouders hem iets gaven. En verder had Charley zich een paar avonden geleden naar hem omgedraaid en hem gevraagd of hij echt zo veel bezwaren had om bij zijn vader in de zaak te gaan.

'Ik zal moeten stoppen met werken als de kleine komt, al is het maar voor een paar maanden. En misschien doe ik het wel voor altijd,' had ze er schouderophalend aan toegevoegd. 'Ik vind het rot om te zeggen, Matty, maar met wat jij verdient kan ik me net drie keer per week een Filipijnse werkster veroorloven en niet de inwonende huishoudster die ik nodig heb.'

Matt kleedde zich snel aan, blij dat Charley naar haar eigen appartement was om de laatste betaling aan de interieurarchitect te doen. De week daarvoor had ze het resultaat aan Matt laten zien en hij had grote ogen opgezet bij het zien van de chique inrichting. Alleen maar glas, chroom en wit, zo warm en gezellig als een operatiekamer. Matt had zich afgevraagd hoe Charley het kon verdragen in zijn armoedige loft te wonen. Hij maakte een kop koffie voor zichzelf en vond in de vriezer een broodje dat over de datum was. Charley was geen kokkin – ze hadden alleen maar afhaalmaaltijden gegeten de laatste twee weken – en Matt voelde het water in zijn mond lopen bij de gedachte aan de heerlijke zuurkool met ham die Grania regelmatig voor hem had gemaakt.

'Shit!' gaf Matt zichzelf op zijn kop. Hij kon de twee vrouwen niet met elkaar blijven vergelijken. Ze verschilden van elkaar, dat was alles. Het werkelijke probleem was dat Charley er in de vergelijking steeds negatief uit kwam. Matt ging achter zijn bureau zitten en startte zijn laptop op. Hij was bezig een stuk te schrijven dat al drie weken geleden af had moeten zijn, maar door alle gebeurtenissen was zijn concentratie verdwenen. Hij las door wat hij tot nu toe had geschreven en besefte dat het lang niet goed genoeg was. Zuchtend leunde hij in zijn stoel naar achteren. Hij zag duidelijk voor zich welke kant zijn leven op zou gaan. Na al die jaren waarin hij had geprobeerd te ontsnappen aan een leven zoals zijn ouders dat hadden, was hij er nu hard naartoe op weg. Had hij maar iemand om mee te praten... hij voelde zich radeloos. De enige die daarvoor in aanmerking kwam nu Grania weg was, was zijn moeder.

In een impuls pakte Matt zijn mobiele telefoon en toetste het nummer in. 'Mam? Met Matt.'

'Dag, Matt, fijn iets van je te horen. Hoe gaat het?'

'Luister, mam, ik kan wel wat frisse lucht gebruiken. Heb je een druk weekend?'

'Morgen krijgen we een paar vrienden op de barbecue, maar vandaag is je vader aan het golfen en ben ik alleen thuis. Heb je zin om langs te komen en samen te lunchen?'

'Goed plan, mam. Ik vertrek meteen.'

Er waren geen files op de Westside Highway en Matt arriveerde in minder dan drie kwartier bij het huis van zijn ouders in Belle Haven.

'Hallo, schat.' Elaine stond in de deuropening om hem met een warme omhelzing te begroeten. 'Wat een heerlijke verrassing. Ik heb mijn zoon niet zo vaak meer voor me alleen. Kom binnen.'

Matt liep door de ruime hal achter zijn moeder aan naar de enorme keuken, die voorzien was van ieder denkbaar huishoudelijk apparaat. Bob, Matts vader, was dol op nieuwe snufjes en kocht iedere verjaardag en iedere kerst een nieuw apparaat voor zijn vrouw. Elaine maakte zijn cadeaus altijd met een gelaten glimlach open, zei 'dank je' en zette ze vervolgens bij de rest in een van de vele keukenkasten.

'Kan ik iets te drinken voor je inschenken, lieverd?'

'Een biertje zou lekker zijn.' Matt stond onzeker in de keuken, want nu hij er eenmaal was, wist hij niet goed wat hij moest zeggen. Zijn moeder wist dat Grania was vertrokken, maar verder niets.

'En hoe staat het leven in de stad?'

'Ik... shit, mam!' Matt schudde zijn hoofd. 'Ik ga niet tegen je liegen. Ik zit diep in de problemen.'

'Nou,' zei Elaine terwijl ze met een meelevende, moederlijke uitdrukking in haar ogen een biertje voor haar zoon neerzette. 'Vertel je moeder dan maar eens wat er is.'

En dat deed Matt, zo eerlijk als hij kon, hoewel hij het feit dat hij zich niets herinnerde van die bewuste nacht, niet vermeldde. Hij dacht niet dat Elaines gevoelige ziel dat aankon.

'Oké,' zei Elaine na afloop. 'Dus kort gezegd komt het erop neer dat Grania vlak nadat ze thuiskwam uit het ziekenhuis is vertrokken naar Ierland en je niet wil vertellen wat je hebt misdaan. Daarna hebben jullie maanden geen contact en dan hoor je opeens dat ze met een ander is getrouwd?'

'Ja, daar komt het inderdaad op neer,' beaamde Matt met een zucht.

'Vervolgens trekt Charley bij je in om je gezelschap te houden, terwijl haar appartement wordt gerenoveerd. Jullie twee trekken naar elkaar toe en beginnen een relatie.' Elaine krabde op haar hoofd. 'Maar ik begrijp dat je niet zeker bent van je gevoelens voor haar?'

'Ja,' zei Matt. 'Mag ik nog een biertje?'

Elaine haalde er eentje voor hem. 'Dus het kan zijn dat je je bedenkt?'

'Ja.' Matt ademde diep in. 'En er is nog iets.'

'Je kunt maar beter alles bekennen, schat.'

'Charley is zwanger.'

Elaine keek hem nogal vreemd aan, voordat ze vroeg: 'Echt? Weet je dat zeker?'

'Ja, natuurlijk weet ik dat zeker, mam. Over een paar weken ga ik mee naar haar eerste echo.'

'Oké,' zei Elaine langzaam. 'Ik heb een salade gemaakt voor de lunch. Zullen we die op het terras eten?'

Matt hielp mee de salade, de borden en het bestek naar buiten te brengen. Toen ze gingen zitten, merkte Matt dat zijn moeder van haar stuk was.

'Het spijt me echt, mam.'

'Dat hoeft niet, Matt. Ik kan het heus wel aan. Dat is het niet, er is gewoon iets wat ik niet snap...' zei ze fronsend. 'Maar laten we dat buiten beschouwing laten. De vraag is: hou je van Charley?'

'Ja, ik hou van haar als vriendin en misschien als partner... dat weet ik nog niet, mam. Echt niet. Ik bedoel, we zijn op dezelfde plek opgegroeid, kennen dezelfde mensen... jullie zijn bevriend met haar ouders... wat is er mis mee? Niets,' verzuchtte hij.

'Iemand trouwen die uit dezelfde wereld komt maakt het altijd gemakkelijker, Matt. Dat is precies was ik ook heb gedaan.' Elaine glimlachte terwijl ze de sla opschepte. 'Het is geruststellend en daaruit kan liefde groeien. Maar het is niet...' Elaine zocht naar de juiste woorden, 'uit een diep gevoel, passie. Het is een "veilige" keuze.'

Matt verbaasde zich over het feit dat zijn moeder het zo raak formuleerde. 'Ja, dat zeg je precies goed, mam.'

'Denk niet dat ik het niet begrijp, Matt, want dat doe ik zeker. Grania was jouw ontsnapping uit je veilige wereldje en ik heb je er altijd om bewonderd dat je dat durfde. Grania was jouw passie, de sprankeling in je leven.'

'Ja, precies.' Matt slikte met moeite. Hij wist dat hij op het punt stond in tranen uit te barsten. 'En pas sinds ze weg is besef ik hoeveel ik van haar hield... van haar hou.'

'Ik heb ooit... vóór je vader... van iemand gehouden. Mijn ouders vonden hem niet geschikt – hij was musicus. Ik heb het uitgemaakt, hem weggestuurd...'

'Dat wist ik niet.' Matt was verbijsterd door de onthulling van zijn moeder. 'Heb je er spijt van?'

'Ach, wat voor zin heeft spijt?' vroeg Elaine een beetje bitter. 'Ik heb gedaan wat ik dacht dat goed was en iedereen tevredenstelde. Maar er is geen dag dat ik niet aan hem denk, dat ik me niet afvraag waar hij is...' Haar stem stierf weg, maar toen vermande ze zich. 'Sorry, Matt, dit is niet jouw zaak. En je vader en ik hebben altijd een goed leven gehad samen. Bovendien heb ik jou natuurlijk gekregen. Dus, nee, ik heb geen spijt.'

'Het verschil is dat ik het niet heb uitgemaakt met Grania.'

'Nee. En nu is ze getrouwd,' zei Elaine.

'Ja, dat is wat haar moeder zei toen ik haar opbelde.'

'Tja. Het verrast me werkelijk. Ik weet dat ze zich niet op haar gemak voelde in ons milieu, Matt, en dat ze waarschijnlijk dacht dat we haar niet mochten. Maar ik heb een enorm respect voor haar en haar talent. En,' benadrukte Elaine, 'ik zag dat ze van jou, mijn zoon, hield. En dat maakte alles goed.'

'Maar Grania is weg, mam. En ze komt voorlopig niet terug. Ik moet verder met mijn leven. De vraag is, moet ik doorgaan met te proberen een relatie met Charley op te bouwen?'

'Dat is een moeilijke kwestie. Charley is mooi, slim en afkomstig uit dezelfde wereld als jij. En daarbij wordt de boel natuurlijk gecompliceerd door de baby. Je weet zeker dat ze zwanger is?' vroeg Elaine opnieuw.

'Ja, mam!'

'Tja,' zei Elaine met een zucht. 'Het ziet ernaar uit dat je in een onomkeerbare situatie zit. En ik weet dat je vreselijk verdrietig was toen Grania jullie kind verloor. Hoewel ik...'

'Wat, mam?'

'Niks, niks,' zei Elaine haastig. 'Als het inderdaad is zoals je zegt, denk ik niet dat je veel te kiezen hebt.'

'Nee,' beaamde Matt somber. 'Inderdaad. En ik moet me de levensstijl kunnen veroorloven. Ze had het er al over dat ik misschien toch bij pa in de zaak moest gaan. Iemand zoals Charley neemt geen genoegen met het inkomen van een docent psychologie.'

'Je weet dat het de droom van je vader is dat je uiteindelijk de zaak overneemt. Maar, Matt, als dat niet is wat je wilt...'

'Mam, niets is zoals ik het wil op dit moment.' Matt legde zijn mes en vork naast elkaar op zijn bord en keek op zijn horloge. 'Ik kan maar beter teruggaan. Charley zal zich afvragen waar ik ben.' Hij trok zijn wenkbrauwen op.

'Ik wilde dat ik meer wist te zeggen, maar als Grania is getrouwd...'

'Op de een of andere manier, en ik weet niet hoe, is het me blijkbaar gelukt de boel grondig te verpesten.'

'Lieverd, ik begrijp je goed. Maar je zult leren van Charley te houden, net zoals ik echt heb moeten leren om van je vader te houden,' merkte Elaine met een wrange glimlach op.

'Ik weet zeker dat je gelijk hebt,' was Matt het zuchtend met haar eens. 'In ieder geval bedankt voor de lunch en het aanhoren van alles. Dag, mam.'

Elaine keek haar zoon na toen hij de auto de oprit afreed. Toen deed ze de voordeur dicht en liep terug naar het terras. Tegen haar levenslange gewoonte in ruimde ze de tafel niet onmiddellijk af. In plaats daarvan ging ze zitten om te overdenken wat haar zoon haar had verteld.

Een halfuur later was Elaine tot de conclusie gekomen dat ze moest kiezen. Of ze kon de gemakkelijkste weg kiezen en haar mond houden over wat ze wist. Iets wat niet alleen de status quo in stand zou houden, maar ook zou voldoen aan haar egocentrische wens om dicht in de buurt van haar zoon en aanstaande kleinkind te wonen. Want Elaine twijfelde er geen moment aan dat Charley haar zoon terug naar Greenwich zou slepen als de baby geboren was... Of ze kon haar vermoedens verder onderzoeken.

Elaine hoorde de jeep van haar echtgenoot de oprit op rijden.

Ze besloot er nog een nachtje over te slapen...

38

Op de boerderij was iedereen gespitst op signalen van emotionele stress bij Aurora. Ze was zeker stiller dan gewoonlijk, haar normale joie de vivre was enigszins gedoofd.

'Nou, dat lijkt me heel gewoon,' was Johns commentaar tegen Kathleen op een avond.

Kathleen had Aurora gevraagd of ze misschien liever een tijdje niet naar school ging, maar Aurora stond erop wel te gaan.

'Papa wilde altijd dat ik me op mijn lessen concentreerde. En Emily vindt misschien wel een nieuwe beste vriendin als ik niet ga,' had Aurora geantwoord.

'Ik neem mijn petje af voor die kleine meid,' zei Kathleen toen ze de keuken in kwam nadat ze Aurora boven welterusten had gekust. 'We kunnen alleen maar hopen dat ze zich nu niet te groot houdt en straks instort.'

'Ja,' beaamde Grania, die net terug was uit haar atelier. 'Maar daar zie ik tot nu toe geen tekenen van; het lijkt bijna alsof ze erop was voorbereid.'

'Ja, dat vind ik ook,' zei Kathleen met een korte blik op haar dochter. 'Maar ik heb altijd al geloofd dat ze al eerder hier op aarde is geweest. Dat kind heeft een oude ziel. Ze begrijpt dingen die wij waarschijnlijk niet begrijpen. Ik heb trouwens worstjes voor je warm gehouden in de oven.'

'Dank je wel, mam. Ik was de tijd vergeten.'

'Wat ben je toch allemaal aan het doen in dat atelier van je?' vroeg Kathleen.

'Gewoon, wat ik altijd doe,' antwoordde Grania op een toon die verdere vragen voorkwam. Ze praatte nooit graag over haar werk als het nog niet af was. En dit project lag haar zo na aan het hart – alsof ze haar hele ziel in de klei had gestopt. Ze kon er op dit moment nog niet over praten. 'Morgen arriveert Hans hier.'

'O, ja?' Kathleen haalde de worstjes met puree uit de oven en zette het bord voor Grania neer.

'Hij logeert in Dunworley House. Ik heb daar vandaag een slaapkamer voor hem in orde gemaakt.'

'Oké.' Kathleen ging naast Grania zitten terwijl haar dochter af en toe een hapje van haar eten nam. 'En hoe voel jij je nu eigenlijk, schat?'

'Het gaat. Een beetje moe, maar ik heb ook hard gewerkt.' Grania schudde haar hoofd. 'Ik denk dat ik geen trek meer heb.' Ze legde haar mes en vork neer.

'Niets voor jou om niet te willen eten.'

Grania stond op en zette haar bord in de gootsteen. 'Ik ga naar bed, mam.'

'Welterusten.'

'Bedankt, mam.'

'En ik maar denken dat Aurora van streek zou zijn door alles. Maar het lijkt erop dat ze het beter verwerkt dan onze dochter,' merkte Kathleen op.

'Tja,' John stak zijn hand uit naar het lichtknopje, terwijl zijn vrouw naast hem in bed stapte. 'Aurora heeft haar vader verloren, maar het leven dat ze graag leidt, heeft ze gewonnen, terwijl Grania haar manier van leven kwijt is.'

Kathleen trok in het donker haar wenkbrauwen op bij zo'n wijze opmerking van haar echtgenoot. 'Ik maak me zorgen om haar, John. Op deze leeftijd is ze juist op haar best en zou ze ook de beste tijd van haar leven moeten hebben. Maar ze weet niet welke kant ze op moet, John, ze dwaalt verloren rond.'

'Gun haar wat tijd, schat, ze heeft veel meegemaakt en allemaal zonder er iets aan te kunnen doen, zou ik zeggen.'

'Maar wat had ik je gezegd? Het is de vloek van die Lisle's. Ik...'

'Genoeg, Kathleen. Je kunt er anderen niet de schuld van geven. Grania heeft alles uit vrije wil gedaan. Welterusten, schat.'

Kathleen zei niets meer – ze wist wel beter dan een gesprek voortzetten waar haar echtgenoot niet aan mee wilde doen. Ze lag in het donker en kon niet slapen van de zorgen om haar geliefde dochter.

Grania voelde zich vreemd opgelucht en gerustgesteld toen ze het stevige silhouet van Hans Schneider in de auto zag die het binnenplein op kwam rijden. Ze veegde haar met klei besmeurde handen aan haar schort af, opende de deur van het atelier en liep naar buiten om hem te begroeten.

'Hoe gaat het, Grania?' Hij kuste haar beide wangen.

Ze hadden Alexander samen zien sterven en door dat gedeelde trauma was er een sterke band tussen hen ontstaan, die de normale formaliteiten tussen notaris en cliënt overbodig maakte.

'Goed, dank je, Hans. Heb je een goede reis gehad?'

'Ja.' Hans keerde zich om naar Dunworley House. 'Zo te zien moet er in ieder geval een nieuw dak op.'

'Ja, misschien wel. Zullen we naar binnen gaan?'

Een uur later zaten ze aan een lunch van verse oesters die Grania die ochtend aan de kade in Ring had gekocht. Ook had ze de wijnkelder geplunderd en aan Hans vroeg ze welke fles ze zou openen.

'En, hoe is het met Aurora?' vroeg Hans.

'Verbazend goed,' antwoordde Grania. 'Misschien te goed, maar dat moeten we afwachten. Helaas is het verlies van iemand van wie ze houdt geen nieuwe ervaring voor haar,' zei Grania met een zucht. 'En ze heeft een druk leventje met school, balletles en van alles op de boerderij, dus heeft ze gelukkig weinig tijd om te piekeren.'

'En jij?' vroeg Hans.

'Om eerlijk te zijn ben ik nog bezig om die laatste paar dagen in het ziekenhuis te verwerken.'

'Ja, ik begrijp wat je bedoelt. Het was... moeilijk. Ik heb de as bij me, trouwens.'

'Oké,' zei Grania eenvoudig. 'Wil je nog een oester?'

Zwijgend aten ze verder, totdat Grania vroeg: 'Vind je dat ik Aurora moet vragen of ze me wil helpen de as van haar vader over Lily's graf uit te strooien?'

'Denk je dat ze erdoor van streek zal raken?'

'Dat weet ik niet. Maar ik weet wel dat ze het heel erg vond dat ze geen kans heeft gehad om persoonlijk afscheid van haar vader te nemen. Dus wie weet helpt het haar. Maar aan de andere kant is het misschien toch niet goed om hem gereduceerd tot een hoopje as te zien.'

'Tja, van wat je me hebt verteld, heb je de situatie tot nu toe heel goed aangepakt. Misschien moet je gewoon op je intuïtie blijven vertrouwen.'

'Dank je, Hans. In wezen is het Aurora die de situatie goed aanpakt. En mijn ouders en broer zijn fantastisch. Ze aanbidden haar.'

'Op een bepaalde manier, ondanks het feit dat allebei haar ouders tragisch genoeg zijn overleden, is het leven dat Aurora nu heeft – een stabiel leven bij een normaal gezin – beter voor haar,' zei Hans peinzend. 'Ze heeft een moeilijke jeugd gehad.'

'Ja, en van wat ik hoor over de geschiedenis van de Lisle's, had haar moeder ook geen gemakkelijke jeugd. Misschien is het dit huis...' Er ging een plotselinge huivering door Grania heen. 'Er hangt hier een heel vreemde sfeer.'

'Ik weet zeker dat een renovatie zal helpen. Heeft Aurora al iets gezegd over hier gaan wonen?' vroeg Hans. 'Of blijft ze liever op de boerderij met jou?'

'Op dit moment is ze met geen stok te bewegen haar geliefde beesten te verlaten,' zei Grania glimlachend. 'Maar ze kan natuurlijk van gedachten veranderen.'

'In de week dat ik hier ben, wil ik een bouwkundige zien te vinden die me kan vertellen wat er allemaal aan dit huis gedaan moet worden,' zei Hans. 'En misschien kan hij me ook wel een betrouwbare aannemer aanraden om het werk uit te voeren. De bijdrage die ik van jou zou willen vragen is je artistieke oog bij het uitzoeken van de kleuren voor de muren,' zei Hans met een glimlach.

'Natuurlijk,' stemde Grania toe.

'Of Aurora het huis nou wel of niet wil houden als ze ouder is, als ze besluit het te verkopen is het dan in iedere geval goed onderhouden,' vervolgde Hans. 'Ik ga ook naar de stad Cork om bij mijn Ierse contact te informeren hoe het staat met de adoptie, maar geen van ons beiden verwacht problemen. Alexander is bij zijn sterven even efficiënt geweest als tijdens zijn leven. Wat, gezien de omstandigheden, ook nodig was – dat wist hij maar al te goed. Zijn zus heeft al contact met me gezocht om te horen wat er in Alexanders testament staat.' Hans glimlachte grimmig. 'Zoals ik je al eerder zei, als er iemand sterft, verschijnen de aasgieren onmiddellijk. En hoe zit het met jou, Grania?' Hij bestudeerde haar. 'Heb jij al tijd gevonden om na te denken over je toekomst?'

'Nee,' antwoordde ze kort. 'Ik richt me nu simpelweg op Aurora en haar welzijn. En daarbij ben ik druk aan het werk. Dat helpt.'

'Werk is altijd een balsem voor de ziel, vind ik. En ik zou graag een aantal beelden van je zien, Grania. Alexander vertelde dat je uitzonderlijk getalenteerd bent.'

'Dat is heel vriendelijk van hem...' zei Grania blozend. 'Ik heb het gevoel dat mijn werk het enige is wat ik na de laatste paar maanden nog overheb. Ik zal je later wat laten zien. En ik dacht er ook over om Aurora mee hiernaartoe te nemen om jou te zien. Morgen is het zaterdag, dus hoeft ze niet naar school.'

'Ik zou het geweldig vinden haar te zien. Dat is al heel wat jaartjes geleden.'

Grania ruimde de tafel af en zette de borden in de gootsteen. 'Red je het wel hier in je eentje in dit huis?'

'Natuurlijk,' zei Hans glimlachend. 'Waarom vraag je dat?'

'Gewoon. Als je iets nodig hebt, moet je me gewoon bellen. Er staat melk in de koelkast en er is brood voor het ontbijt. Plus spek en eieren.'

'Dank je, Grania. Ik kijk ernaar uit jou en Aurora hier morgen te zien.'

'Ja, tot morgen, Hans,' zei Grania, waarna ze het huis uit liep.

'Tot morgen,' riep hij terug. Hans schonk zichzelf nog een glas wijn in en dacht eraan hoe triest het was dat Alexander niet langer had kunnen genieten van de lieve vrouw met wie hij was getrouwd.

De volgende ochtend reed Grania met Aurora naar Dunworley House.

'Oom Hans!' Aurora wierp zich in zijn armen. 'Dat is jaren geleden! Waar hebt u gezeten?'

'Waar ik altijd zit, Aurora,' zei Hans grijnzend. 'In Zwitserland, hard aan het werk.'

'Waarom werken mannen toch altijd de hele tijd?' vroeg Aurora. 'Geen wonder dat ze ziek worden.'

'Ik denk dat je daar een heel goed punt hebt, *liebchen*,' zei Hans met twinkelende ogen.

'Ik hoop dat u vandaag een dagje vrij neemt, oom Hans, dan kan ik u alle beesten laten zien. Maisie heeft nieuwe jonkies die nog maar twee dagen oud zijn. Ze hebben hun oogjes nog niet open.'

'Dat lijkt me een heel goed idee,' kwam Grania ertussendoor. 'Aurora, waarom neem jij oom Hans niet mee naar de boerderij, dan werk ik hier nog wat verder. Als jullie rond lunchtijd weer hier zijn, kunnen we misschien naar het strand gaan om te picknicken.'

'Grania,' zei Aurora pruilend. 'Nou ga jij weer werken! Oké, ik zorg wel voor oom Hans en dan komen we je later hier halen.'

Toen ze waren vertrokken en de heuvel af liepen naar de boerderij, ging Grania haar atelier binnen. Door het raam keek ze hoe Aurora naast Hans over het pad danste. Toen wierp ze een blik op het beeldje voor zich. Ze hoopte dat ze Aurora's natuurlijke, bovenaardse gratie erin had weten te vangen.

De ochtend vloog voorbij en er werd al snel weer op de deur van het atelier geklopt.

'Mogen we binnenkomen? Ik heb oom Hans alles laten zien en ik verga van de honger!' Aurora dartelde het atelier binnen, vloog Grania om de hals, gaf een zoen op haar wang en plofte op de werkbank neer. Haar ogen gingen naar het beeldje dat voor Grania op de tafel stond. Ze keek, en keek nog een keer.

'Ben ik dat?'

Grania had Aurora de beeldjes eigenlijk niet willen laten zien voordat ze af waren. 'Ja.'

'Oom Hans, kom eens kijken! Grania heeft een beeldje van mij gemaakt!'

Hans kwam naar de werktafel toe en bekeek Grania's werk.

'Mein Gott!' Hij boog zich voorover om de beeldjes beter te kunnen bestuderen. 'Grania, ze zijn...' Hij moest moeite doen om de juiste woorden te vinden. 'Ze zijn... ongelofelijk! Was het maar zo dat...' Hans wierp een korte blik op Grania, met nieuwe bewondering in zijn ogen, en ze wist meteen wat hij dacht. 'Als Alexander ze had kunnen zien, zou hij ze allemaal hebben gekocht. Je hebt Aurora's beweeglijkheid in klei weten vast te leggen.'

'Dank je,' zei Grania. 'Het is louterend voor me geweest.'

'Ja. En uit je verdriet heb je iets prachtigs gecreëerd.'

'Kunnen jullie nou ophouden over mijn beeldjes en me vertellen wat we voor de lunch krijgen?' smeekte Aurora.

Met z'n drieën brachten ze een gezellige middag door op Inchydoney Beach. Aurora dook en sprong en spetterde in de ondiepe golven en Hans en Grania genoten in een duinpan van de warmte van de zon.

'Je hebt gelijk als je zegt dat ze aan de buitenkant niet vreselijk verdrietig lijkt,' merkte Hans op. 'Ze lijkt... gelukkig. Misschien komt dat doordat ze als kind weinig aandacht heeft gehad, en die nu juist in overvloed heeft.'

'En ze houdt van publiek,' zei Grania glimlachend toen ze Aurora moeiteloos een jeté zag maken. 'Haar balletlerares vindt dat ze een buitengewoon talent heeft om te dansen,' voegde ze eraan toe. 'En haar grootmoeder was natuurlijk een beroemde ballerina.'

'Dan moet ze, als ze wil, dat talent van haar maar verder ontwikkelen. Net zoals jij door moet gaan met beeldhouwen,' zei Hans. 'Waar exposeer je?'

'Er is een galerie in New York die beelden van me exposeert, maar de laatste jaren werk ik steeds vaker in opdracht. Het is eigenlijk niet echt wat ik wil, maar het bracht in ieder geval brood op de plank,' antwoordde Grania eerlijk.

'Dan lijkt het erop dat er toch nog iets positiefs uit deze moeilijke tijd voortvloeit, Grania. Je weet dat je nu een rijke vrouw bent.'

'En jij weet, Hans, dat ik dat geld niet wil aannemen.' Haar toon veranderde op slag, nu het over geld ging.

Hans nam haar in zich op. 'Grania, als ik eerlijk ben, lijkt het me dat je trots het soms overneemt van je gezonde verstand.'

'Ik...' Grania was verbouwereerd door Hans' inschatting. 'Hoe bedoel je?'

'Wat is er verkeerd aan om een cadeau te accepteren dat iemand je graag geeft?'

'Dat is het niet, Hans. Het is gewoon omdat...'

'Nou, Grania, omdat?' daagde hij haar uit.

'Omdat...'

Plotseling herinnerde Grania zich al die keren met Matt. Hoe koppig ze de hulp die zijn ouders hadden willen bieden had geweigerd en, nog veel erger, hoe ze niet met hem had willen trouwen. Dat waren beslissingen die louter uit haar trots waren voortgekomen. En niet omdat het echt was wat ze wel of niet wilde. Of, achteraf bezien, omdat het het beste was geweest om te doen. Want als ze wel met Matt was getrouwd, zat ze waarschijnlijk niet in de situatie waarin ze nu zat. En wat hulp van Matts ouders die hun alleen graag een cadeau hadden willen geven, precies zoals Hans net had gezegd, zou hun leven een stuk gemakkelijker hebben gemaakt.

'Misschien heb je wel gelijk,' moest Grania uiteindelijk bekennen, van streek door haar plotselinge zelfinzicht. 'Maar ik kan er niets aan doen, zo ben ik altijd geweest.'

Hans keek haar zwijgend aan en zei: 'Misschien is het gewoon je karakter, maar het ligt meer voor de hand dat die trots van je voortkomt uit onzekerheid. Je zou jezelf eens moeten afvragen waarom je niet wilt dat anderen je helpen? Misschien denk je diep vanbinnen wel dat je hun hulp niet waard bent?'

'Ik... ik weet het niet,' antwoordde Grania naar waarheid. 'En je hebt gelijk, ik denk dat mijn trots mijn leven op een bepaalde manier negatief heeft beïnvloed. Maar genoeg over mij. En dank je wel, Hans, voor je eerlijkheid. Dat heeft me iets duidelijk gemaakt. Echt.'

De volgende ochtend, toen de rest van haar familie zoals gewoonlijk naar de zondagsmis ging, bleef Grania thuis om op Aurora te passen.

'Wil je straks met me meelopen naar de kerk in Dunworley? Oom Hans heeft een urn uit Zwitserland met zich meegebracht, met daarin...' Grania koos haar woorden zorgvuldig, '... iets wat je misschien wel de toverstaf van je papa kunt noemen.'

'Bedoel je zijn as?' vroeg Aurora terwijl ze nog een hapje toast nam.

'Ja. Ik vroeg me af of jij misschien zou willen helpen die uit te strooien.'

'Ja, natuurlijk,' zei Aurora. 'Kan ik kiezen waar?'

'Ja. Hoewel je vader dacht dat de as misschien over het graf van je moeder kon worden uitgestrooid.'

'Nee.' Aurora slikte een hap door en schudde haar hoofd. 'Dat is niet de plek waar ik het wil.'

'Oké.'

'Daar liggen mama's botten alleen maar. Dat is niet waar ze is.'

'Oké, Aurora, laat me die plek dan maar zien.'

Toen het begon te schemeren, kondigde Aurora aan dat ze haar vaders as met Grania wilde gaan uitstrooien.

Met de urn in een tas liep Grania achter Aurora aan naar buiten, het laantje door. Aan het einde ervan nam het kind het klifpad richting Dunworley House en toen ze bij hun bekende rots waren, bleef ze stilstaan.

'Ga jij maar hier zitten, Grania, op je gewone plekje.' Aurora deed de tas open en haalde de urn eruit. Toen ze het deksel eraf had gehaald, tuurde ze er gefascineerd in.

'Het lijkt op korrelig zand, hè?'

'Ja.'

Aurora draaide zich om, liep het klif verder op en bleef op slechts een paar centimeter van de rand stilstaan. Opeens draaide ze zich om, ze leek nerveus. 'Grania, wil je me komen helpen?'

'Natuurlijk.' Grania kwam overeind en stond in een paar passen naast haar.

'Dit is de plek waar mama is gevallen. Hier zie ik haar soms. Mama!' riep ze. 'Ik geef papa nu aan jou!' Aurora keek naar de urn, in haar ogen schitterden tranen. 'Dag papa, ga maar naar mama, ze heeft je nodig.' Aurora schudde de urn leeg en de as werd meteen door de wind meegenomen over de zee. 'Ik hou van je, papa. En ook van jou, mama. Tot gauw in de hemel.'

Aurora's kalmte en moed veroorzaakten een brok in Grania's keel. Na een tijdje liep ze terug naar haar plekje op de rots om Aurora de ruimte te geven. In de avondschemering zag ze het kind neerknielen – misschien in een stil gebed?

Na een tijd stond Aurora langzaam op. Ze draaide zich naar Grania om. 'Ik ben klaar om naar huis te gaan. Ze willen nu vertrekken.'

'O?'

'Ja.'

Aurora stak haar hand uit en Grania pakte die in de hare. Langzaam liepen ze de heuvel af, terug in de richting van de boerderij.

Plotseling draaide Aurora zich om. 'Kijk! Kijk!' Ze wees. 'Zie je ze?'

'Wie?'

'Kijk dan!'

Grania dwong zichzelf haar hoofd om te draaien en over de baai uit te kijken in de richting die Aurora wees.

'Ze vliegen,' zei Aurora vol ontzag. 'Ze is hem komen halen en nu vliegen ze samen naar de hemel.'

Grania bestudeerde de hemel en zag niets anders dan wolken die werden voortgejaagd door de wind en langs de hemel snelden. Zachtjes trok ze Aurora met zich mee, op weg naar haar nieuwe toekomst.

39

Matt knipperde met zijn ogen bij het zien van het vage bewegende beeld. Op het scherm was het levende bewijs te zien van de nacht die hij zich niet kon herinneren.

'Wilt u het ook driedimensionaal zien?' vroeg de persoon achter het scanapparaat.

'Natuurlijk,' antwoordde Charley terwijl de technicus het apparaat over haar buik bewoog.

'Daar is het hoofdje, daar een armpje... als het ophoudt met spartelen, kunnen we misschien een goed beeld krijgen...'

'Wow,' fluisterde Matt, terwijl hij naar het scherm keek. In kleur, achterkant, voorkant, de hele rataplan. Daar betaalde je nou voor in een topprivékliniek. De scan van hun baby die hij met Grania in het plaatselijke ziekenhuis in de buurt had gezien, was als een zwart-witfilm uit 1940 vergeleken met het James Cameron-beeld dat hij nu zag.

Na afloop vroeg Charley, met de foto in haar ene hand geklemd en de andere naar hem uitgestrekt: 'Zullen we gaan lunchen? Ik heb opeens ongelofelijke honger.' Ze grinnikte.

Tijdens de lunch praatte Charley voor twee, iets wat Matt zich wel kon voorstellen. Hoe hij zich er ook over voelde, dit was Charleys eerste kind en ze had er alle recht toe daar opgewonden over te zijn. De volgende dag zouden Charleys ouders een barbecue in hun tuin geven, om Charleys verbintenis met hem aan te kondigen. En de komst van een baby. Hij zuchtte. Zelfs de datum die ze net te horen hadden gekregen, klopte exact. Hij moest nu eindelijk eens echt gaan accepteren dat dit zijn leven was. Het leven dat hij zelf had gecreëerd, of hij dat nou had gewild of niet. Zo was het nu eenmaal.

Terwijl Charley zat te kletsen over de volgende dag, over hoe geweldig ze het vond om het aan al hun vrienden te kunnen vertellen, hun gezamenlijke vrienden, gaf Matt zich over. Over de tafel heen keek hij haar aan. Ze was zonder twijfel de mooiste vrouw in het restaurant. Een 'goede vangst'. Natuurlijk zou hij, zoals zijn moeder had voorspeld, van haar gaan houden, van hun leven samen gaan houden, en van de baby die ze samen hadden verwekt.

Grania was uit zijn leven verdwenen...

Matt gebaarde naar de ober en fluisterde hem iets in het oor.

Vijf minuten later werd er een fles champagne naar hun tafeltje gebracht. Charley trok haar wenkbrauwen op. 'Waar is dat voor?'

'Ik vond dat we iets te vieren hadden.'

'Echt?'

'Ja.'

'Je bedoelt de baby?'

'Ja, plus...' De ober schonk champagne in hun twee glazen. Matt tilde het zijne op. 'Ons.'

'Vind je?'

'Ja. En met morgen in het vooruitzicht wil ik je vragen, Charley, of je met me wilt trouwen?'

'Echt? Écht?' herhaalde Charley. 'Is dit een aanzoek?'

'Ja.'

'Weet je het zeker?' Ze fronste haar wenkbrauwen.

'Ik weet het zeker, schat. Dus wat is je antwoord? Zullen we de baby mijn achternaam geven? Er een wettig kind van maken? Ons aanstaande huwelijk morgen aankondigen tijdens de barbecue?'

'O, Matty... je hebt geen idee hoe ik...' Charley schudde haar hoofd en haar ogen vulden zich met tranen. 'Hé, trek je er maar niets van aan. Het zijn de hormonen. Ik wil alleen zeker weten dat je dit doet omdat je het echt wilt. Dat het om ons gaat, en niet om de baby. Want als dat niet zo is, denk ik niet dat het zal werken.'

'Ik vermoed...' Matt krabde op zijn hoofd. 'Dat we, eh, bestemd zijn voor elkaar.'

'Dat heb ik altijd gedacht, maar nooit durven zeggen,' antwoordde ze zachtjes.

'En?' Matt hief zijn glas. 'Is het antwoord "ja"?'

'O, Matty, natuurlijk is het "ja".'

'Dan kunnen we nu beter gaan winkelen om een verlovingsring uit te zoeken die je morgen kunt laten zien.'

Drie uur later waren Charley en Matt pas weer terug bij de loft. Hij was kapot. Ze waren bij Cartier geweest, bij Tiffany en toen weer terug naar Cartier, waar ze verdomme iedere ring in de winkel had gepast. In zijn ogen was het enige verschil tussen de eerste ring die ze had gepast en de ring die ze uiteindelijk had gekozen, alleen de hogere, toch al exorbitante, prijs geweest. Het eindresultaat had hem bijna een half jaarsalaris gekost – hij had betaald met zijn creditcard. En ze leek er dolblij mee.

Je leert wel van haar te houden...

Toen Matt die avond ging slapen, waren die woorden van zijn moeder zijn enige troost.

De barbecue om hun goede nieuws te vieren, en de sfeer, plus de mensen, waren zoals Matt het zijn hele leven al kende. Hij dronk veel meer dan goed voor hem was – ze zouden toch bij zijn ouders overnachten – en toen hij hun verloving en aanstaande huwelijk aankondigde, vulden zijn ogen zich met tranen. Niemand die dat zag twijfelde, gezien zijn duidelijke emoties, aan zijn liefde voor de vrouw met wie hij zou trouwen. Charley zag er stralend uit in een nieuwe jurk van Chanel, die ze voor de gelegenheid had gekocht. Matts rug deed pijn van alle goedmoedige klappen die hij erop had gekregen. Later, na het vertrek van de gasten en toen alleen de twee ouderparen met hun kinderen er nog waren, had Charleys vader nog kort iets gezegd:

'Ik heb er geen woorden voor om uit te drukken hoe groot mijn blijdschap is op dit moment. En ik weet dat jouw ouders, Matt – onze goede vrienden Bob en Elaine – dat ook zo voelen. Met z'n vieren hebben we besloten wat we jullie als huwelijkscadeau willen geven. Er staat een huis te koop in Oakwood Lane, hier vlakbij, dat perfect geschikt voor jullie zou zijn: het is ruim vanbinnen en heeft een geweldige tuin voor het kind om in te spelen... Matt, je vader en ik hebben morgen een gesprek met de makelaar en we gaan het kopen voor jullie.'

'O, mijn hemel! Matty!' Charley keerde zich blij naar Matt toe en greep zijn hand. 'Is dat niet super? Dan hebben we alle grootouders in de buurt om op te passen!'

Iedereen lachte, behalve Matt, die zichzelf nog een glas champagne inschonk.

Later die avond, na een ritje van tien minuten naar het huis van Matts ouders, trof zijn moeder hem in zijn eentje buiten op het terras aan.

'Ben je gelukkig, lieverd?'

'Ja, mam,' zei Matt, en hij hoorde zelf de sombere ondertoon in zijn stem. Hij vermande zich. 'Tuurlijk, waarom zou ik niet gelukkig zijn?'

'Geen idee.' Ze legde haar hand op Matts schouder. 'Ik wil gewoon dat mijn jongen gelukkig is.'

Elaine liep verder het terras op. Ze draaide zich om en keek naar Matt. Zijn hele lichaam drukte het tegenovergestelde uit van zijn woorden. Elaine zuchtte. Zo was het leven nou eenmaal. Later, toen ze slapeloos naast haar echtgenoot in bed lag, dacht ze na over de afgelopen negenendertig jaar van haar leven. Aan de buitenkant zag dat er perfect uit. Maar in haar hart voelde het heel anders, omdat haar huwelijk een verstandshuwelijk was uit 'fatsoen', en niet uit liefde.

En haar zoon sloeg nu precies dezelfde weg in.

De zomer ging kalmpjes voorbij in Dunworley Bay. Er waren dagen dat het warm genoeg was om naar het strand te gaan en in zee te zwemmen, en andere waarop het doorlopend miezerde van de regen; een soort mist waarvan je volkomen doorweekt raakte. Aurora leek tevreden en op haar plek. Ze bracht veel tijd door op de boerderij met John en Shane, ging met Kathleen winkelen in de stad Cork om nieuwe kleren te kopen en genoot van de korte uitstapjes met Grania naar mooie plekjes langs de kust. Als ze niet samen met Aurora was, sloot Grania zich op in haar atelier en perfectioneerde ze haar serie van zes dansende figuurtjes in uiteenlopende gracieuze houdingen.

Op een dag in augustus rekte Grania zich uit en stond ze op van haar werktafel. Nu zou alles wat ze nog aan de beeldjes deed ze niet beter, maar slechter maken. Ze waren af. Er ging een golf van opwinding door haar heen toen ze ze een voor een voorzichtig inpakte om naar Cork te vervoeren en ze daar in brons te laten gieten. Toen ze daarmee klaar was, ging ze weer achter haar werktafel zitten. Opeens werd ze overvallen door een leeg en desolaat gevoel. Doordat ze druk aan het werk was geweest, had ze geen aandacht hoeven besteden aan dat vreemde, onwerkelijke gevoel dat ze de laatste tijd steeds had. Het was alsof ze niet echt contact kon maken met de rest van de wereld, alsof ze er vanachter een sluier naar keek, haar anders levendige gevoelens afgevlakt. Grania voelde zich als een zwart-witafdruk van haar vroegere kleurrijke zelf.

Natuurlijk was het feit dat Aurora binnenkort haar dochter zou worden – ze waren al samen bij de Ierse autoriteiten geweest voor een gesprek – een fantastische en positieve toevoeging aan haar leven. Daar probeerde ze zich zo veel mogelijk op te richten, en zich niet te laten deprimeren door de moeilijkere aspecten van haar bestaan. Zo wilde ze bijvoorbeeld niet eeuwig onder het dak van haar ouders blijven wonen – hoeveel ze ook van hen hield. De renovatie van Dunworley House was nu dan wel volop aan de gang, maar Grania wist niet zeker of ze zich daar wel genoeg op haar gemak zou voelen om er te gaan wonen – zelfs als het helemaal was verbouwd. Bovendien was Aurora helemaal gelukkig op de boerderij en zou ze niet blij zijn met een verhuizing. En met de dood van haar vader zo kort geleden, was zo'n verandering waarschijnlijk ook niet goed voor haar.

Dus voorlopig zag het ernaar uit dat ze hier nog wel even vastzat.

In september kwam Hans terug naar Ierland vliegen om met zijn drieën naar de rechtbank in Cork te gaan, zodat het officiële adoptieproces afgerond kon worden.

'Nou, Aurora,' zei Hans toen ze daarna ergens zaten te lunchen, 'nu heb je officieel een nieuwe moeder. Wat vind je daarvan?'

'Super!' Aurora gaf Grania een dikke knuffel en voegde eraan toe: 'én een nieuwe opa en een nieuwe oma en... Shane is nu mijn oom, hè? Toch?' vroeg ze terwijl ze aan haar neus krabde.

'Ja, inderdaad,' zei Grania met een glimlach.

'Denk je dat ze het vervelend vinden als ik hen opa en oma en... oom Shane ga noemen?' vroeg Aurora giechelend.

'Nee, hoor, ik denk dat ze dat helemaal niet vervelend vinden,' zei Grania.

'En jou, Grania?' Plotseling was Aurora verlegen. 'Mag ik jou "mammie" noemen?'

'Lieve Aurora,' zei Grania ontroerd. 'Als je me graag zo wilt noemen, vind ik dat een heel grote eer!'

'Nou voel ik me buitengesloten,' zei Hans pruilend. 'Het lijkt wel of ik de enige nog ben die niet officieel familie van je is, Aurora!'

'Doe niet zo gek, oom Hans! U bent mijn peetoom! En dat is toch ook een oom!'

'Dank je, Aurora,' zei Hans met twinkelende ogen. 'Gelukkig hoor ik er ook bij!'

Hans genoot met hen van het feestmaal dat Kathleen had aangericht omdat Aurora nu wettelijk bij hun familie hoorde. Na het eten stond hij op en vertelde hij dat hij terug naar zijn hotel in de stad Cork moest, omdat hij de volgende ochtend vroeg weer naar Zwitserland zou vliegen. Nadat hij Aurora vaarwel had gekust en Kathleen en

John had bedankt, liep Grania met hem mee naar zijn auto.

'Het is goed om dat kind zo gelukkig te zien. En ze heeft het getroffen dat ze deel mag uitmaken van zo'n hecht en liefhebbend gezin.'

'Tja, mijn moeder vindt het ook leuk; ze zegt dat Aurora hun leven opfleurt.'

'En hoe zit het met jou, Grania?' Hans bleef staan en stapte nog niet in de auto. 'Wat zijn jouw plannen?'

'Ik heb nog geen echte plannen,' zei ze schouderophalend.

'Alsjeblieft, vergeet niet Alexanders wens dat Aurora jouw eigen toekomst niet in de weg mag staan, dat moet je goed onthouden,' bracht Hans haar in herinnering. 'Ik heb zelf gezien hoe fijn Aurora het vindt om hier te wonen. Als jij ooit voor je andere leven en meer voor jezelf zou willen kiezen, betwijfel ik of dat slecht voor haar zou zijn.'

'Dank je, Hans, maar ik heb geen "ander" leven meer. Dit hier is mijn leven.'

'Dan moet je een ander leven voor jezelf vinden. Misschien is het goed om binnenkort weer eens een tripje naar New York te maken? Grania,' zei Hans, en hij legde een hand op haar schouder, 'je bent te jong en te getalenteerd om jezelf hier te begraven. En gebruik Aurora niet als excuus om op te geven. Wij zijn allemaal verantwoordelijk voor onze eigen toekomst.'

'Ik weet het, Hans,' was Grania het met hem eens.

'Vergeef me als ik je de les misschien lees. Maar ik heb het gevoel dat je ergens onder lijdt. En dat de laatste paar maanden meer van je hebben geëist dan je zelf denkt. Ik ben bang dat je in de put zit en daar moet je uit zien te klimmen. En wil dat lukken, dan moet je soms je eigen trots inslikken, wat juist voor jou, naar ik begrijp, erg moeilijk is, Grania.' Hij glimlachte, zoende haar op beide wangen en stapte in. 'Pas goed op jezelf en onthou goed: ik ben maar één telefoontje van je vandaan. Als ik je ergens mee kan helpen, of dat nou persoonlijk of professioneel is, doe ik dat graag.'

'Dank je wel, Hans.' Grania zwaaide Hans uit, bedroefd dat hij weer vertrok. Ze waren erg gesteld geraakt op elkaar in de afgelopen maanden en Grania respecteerde zijn mening. Hans was een wijze man en leek de gave te hebben om de vinger precies op de zere plek van Grania's meest verborgen gevoelens en gedachten te kunnen leggen.

Misschien moest ze inderdaad terug naar New York...

Grania geeuwde. Zoals Scarlett O'Hara ooit had gezegd: daar zou ze morgen wel over nadenken. Het was een lange dag geweest.

Toen de koude wind vanaf de Atlantische Oceaan weer over de kustlijn van West-Cork woedde en er vuren brandden in de haarden van de bewoners van die regio, begon Grania aan een nieuwe serie beelden. Deze keer gebruikte ze Aurora's grootmoeder, Anna, als inspiratie. Met het schilderij van *De Stervende Zwaan* dat in de eetkamer van Dunworley House hing als voorbeeld, probeerde ze een driedimensionale vorm te creëren. Ze dacht terug aan haar eerdere zwanenbeeldje dat ervoor had gezorgd dat haar pad dat van Matt had gekruist. Er zat een droevige ironie in de benaming van het werk dat onder haar handen ontstond. Maar in ieder geval had ze door alle tegenslag haar eigen kracht ontdekt: de elegantie en gratie van dansers inspireerde haar en paste goed bij haar specifieke beeldende talenten.

Aurora's negende verjaardag was eind november en toen Grania hoorde dat het English National Ballet kwam optreden in Dublin, bestelde ze in het geheim toegangskaarten. Zoals ze had verwacht, was Aurora buiten zichzelf van opwinding toen ze haar dat vertelde.

'Grania! Dat is het mooiste cadeau dat ik ooit heb gehad! En het is nog wel *The Sleeping Beauty*! Mijn ballet!'

Grania had voor een nacht een kamer gereserveerd in het Jurys Inn Hotel in Dublin. Ze was van plan om ook nog wat te winkelen terwijl ze in de stad waren. Voor Grania was Aurora's gefascineerde gezicht tijdens de opvoering nog mooier dan de voorstelling zelf.

'O, Grania,' zei Aurora dromerig terwijl ze het theater uit liepen. 'Ik heb besloten dat ik echt ballerina moet worden, hoeveel ik ook hou van de beesten op de boerderij. Op een dag wil ik de rol van prinses Aurora dansen.'

'Dat zal je zeker lukken, schat.'

Weer terug op de hotelkamer, toen ze allebei in het tweepersoonsbed lagen, gaf Grania Aurora een nachtzoen en deed ze het licht uit. Even later klonk er een stemmetje op in het donker.

'Grania?'

'Ja?'

'Ik weet dat Lily altijd zei dat ze ballet haatte, maar als dat zo was, waarom heeft ze me dan naar de prinses uit een beroemd ballet genoemd?'

'Dat is een heel goede vraag, Aurora. Misschien haatte ze het niet écht.'

'Nee...'

Het bleef een tijdje stil. En toen: 'Grania?'

'Ja, Aurora?'

'Ben jij gelukkig?'

'Ja. Waarom vraag je dat?'

'Omdat... soms zie ik je heel bedroefd kijken.'

'Echt?' Grania schrok. 'Natuurlijk ben ik gelukkig, schatje. Ik heb jou, mijn werk en mijn familie.'

Het bleef weer even stil. 'Ja, dat weet ik. Maar je hebt geen man.'

'Nee, dat is zo.'

'Nou, die zou je wel moeten hebben. Ik denk niet dat papa het fijn zou vinden als hij wist dat je alleen bent. En eenzaam,' zei Aurora berispend.

'Dat is lief van je om te zeggen, schatje. Maar het gaat prima met me, echt.'

'Grania?'

'Ja, Aurora,' zei Grania met een zucht, lichtelijk vermoeid. 'Heb je vóór papa van iemand anders gehouden?'

'Ja.'

'En wat gebeurde er toen?'

'Nou, dat is een lang verhaal en om je de waarheid te zeggen... ik weet het niet precies.'

'O. Moet je dat dan niet uitzoeken?'

'Aurora, je moet nu echt gaan slapen.' Grania wilde een eind maken aan het gesprek. Het voelde veel te ongemakkelijk. 'Het is al laat.'

'Sorry. Ik heb nog maar twee vraagjes. Waar woont hij?'

'In New York.'

'En hoe heet hij?'

'Matt. Hij heet Matt.'

'O.'

'Welterusten, Aurora.'

'Welterusten, mammie.'

40

Charley was zes maanden zwanger. Ze straalde van gezondheid en haar collectie zwangerschapskleding van bekende modeontwerpers groeide even gestaag als haar buik. De koop van het huis was rond. Het lag drie bomenrijke straten verder dan de woningen van hun beider ouders. Charley was hard aan het werk om het huis helemaal te laten verbouwen, hoewel Matt het eigenlijk goedvond zoals het was. Ze had al zwangerschapsverlof genomen en logeerde meestal bij haar ouders, om de renovatie te kunnen overzien. Daar was Matt dankbaar voor: het gaf hem ademruimte en tijd om zich op zijn werk te concentreren. Ze hadden verhitte discussies gevoerd over Matts weigering om in het investeringsbedrijf van zijn vader te gaan, maar hij had het gevoel dat hij op z'n minst één ding van de persoon die hij was geweest, moest bewaren – zijn identiteit, waaraan hij zo hard had gewerkt, leek met de dag verder af te brokkelen.

Hij was bezig zichzelf te verliezen...

Ter voorbereiding op de verhuizing naar het nieuwe huis, was hij begonnen zijn spullen uit te zoeken. Grania's bezittingen lagen nog altijd in de loft. Matt had geen idee wat hij ermee moest. Misschien alles inpakken en opslaan? En naar het adres van Grania's ouders schrijven waar alles stond? Als ze haar spullen tot nu toe blijkbaar niet terug had gewild, betwijfelde hij of ze dat ooit nog wel zou willen. Bovendien, bedacht Matt kil, had haar nieuwe echtgenoot vast alles wat ze nodig had voor haar gekocht.

Hij hoopte dat de liefde en de pijn die hij voelde omdat hij haar zo miste, zouden omslaan in woede. Heel af en toe gebeurde dat even – dat hij echt furieus op haar was – maar dat duurde nooit lang.

Matt besloot naar buiten te gaan om ergens te gaan ontbijten. In een klein café in de buurt bestelde hij een cappuccino met een broodje.

'Hé, hallo, Matt, hoe gaat het?' Toen Matt opkeek, bleek Roger, de vroegere appartementgenoot van Grania, naast zijn tafeltje te staan.

'Goed, goed,' knikte hij, met zoveel enthousiasme als hij kon opbrengen. 'Je woont nu hier in de buurt, Roger?'

'Ja, en het bevalt me uitstekend! Hoe is het met je vriendin?' vroeg Roger.

'Je bedoelt Charley?'

'Ja, Charley.'

'Goed. We... gaan trouwen,' zei Matt blozend.

'Echt? Gefeliciteerd.'

'Als Charley is bevallen van de baby.' Hij kon net zo goed meteen alles vertellen, dacht Matt, liegen had geen zin.

'Dat is geweldig nieuws!' Roger glimlachte. 'Om eerlijk te zijn, wist ik dat jullie twee daarmee bezig waren. Nadat ik Charley die avond bij jou in de loft had ontmoet, herinnerde ik me opeens weer waar ik haar eerder had gezien. Ik werk in een vruchtbaarheidskliniek en daar ken ik haar van. Zeg maar uit mijn naam tegen haar dat ze zich gelukkig mag prijzen. Ondanks alle medische vooruitgang is er maar een klein percentage van onze patiënten die het lukt zwanger te worden, zelfs met de allerbeste behandelingen.'

Matt schudde verbouwereerd zijn hoofd. 'Jij kent Charley van de vruchtbaarheidskliniek?'

'Ja, ik weet zeker dat zij het was, ik heb haar zelf nog in een steriel schort geholpen. Maar ik begrijp dat veel stellen zoiets liever niet aan de grote klok hangen. In ieder geval veel geluk met alles in de toekomst.'

'Bedankt.'

'Tot ziens, Matt.'

'Ja, tot ziens.'

Roger draaide zich om en wilde het café uit lopen. 'Roger? Weet je nog wanneer dat was?'

Roger krabde op zijn hoofd. 'Half mei, geloof ik.'

'Weet je dat zeker?'

'Ja, vrij zeker, ja... is er een probleem?' vroeg Roger nogal verbouwereerd.

'Nee, ik... hé, niks aan de hand!'

Matt liep terug naar huis. Roger vergiste zich vast. Waarom zou Charley half mei in die kliniek zijn geweest? Tenzij...

Zijn mobiele telefoon ging en Matt nam automatisch op.

'Hallo, Matt, met je moeder. Hoe gaat het met de aanstaande vader?'

'Eh...'

'Alles goed, jongen?'

'Om eerlijk te zijn, mam, ik weet het niet. Ik heb net iets gehoord...'

'Wat is er? Wat is er gebeurd, Matt?'

'Jezus, mam, ik geloof niet dat... dat ik je dat nu kan vertellen.'

'Je kunt me alles vertellen, Matty, dat weet je.'

'Oké, mam, maar je moet wel weten dat ik niet weet of het waar is. Ik kwam net een vent tegen die ik ken. Hij is co-assistent in een vruchtbaarheidskliniek en vertelde dat hij Charley kende omdat ze daar een behandeling heeft gehad. Een tijdje geleden kwam hij iets afgeven in de loft en later herinnerde hij zich dat hij haar uit de kliniek kende. Het was in mei, precies de tijd waarin... shit, mam! Hij heeft zich waarschijnlijk vergist, maar... Ik ben helemaal in de war. Die vent was er echt zeker van dat zij het was. Geloof jij... geloof jij dat ze...'

Het duurde even voordat Elaine antwoordde. Uiteindelijk zei ze zuchtend: 'Nee, het is geen kwestie van "geloof", Matt. Luister, jongen, er is iets wat ik weet, maar niet aan je heb verteld. Kun je hierheen komen?'

'Ik kom eraan.'

'Toen Charley in haar puberteit zat en haar... vrouwengedoe begon,' Elaine kleurde licht, 'was er een probleem. Ze had iedere maand veel pijn – zelfs zo erg dat ze veel school miste. Uiteindelijk heeft haar moeder haar meegenomen naar een specialist. Hij stelde de diagnose dat ze leed aan iets wat endometriose wordt genoemd – wat betekent dat zich cysten op je eierstokken hebben gevormd. Charley kreeg toen te horen dat ze waarschijnlijk nooit langs de natuurlijke weg zwanger zou raken, als dat überhaupt al zou lukken. Ik weet dit alleen maar omdat haar moeder bij mij langskwam toen ze dat net hadden gehoord. Ze was heel verdrietig dat haar dochter misschien wel nooit kinderen zou kunnen krijgen. Het is iets wat ze altijd geheim hebben gehouden – het is nou niet bepaald het soort informatie dat je rondbazuint op de golfclub, vooral niet als je hoopt dat je dochter een goede partij zal trouwen. Charley is destijds aan de pil gegaan, waardoor ze minder pijn had. En sindsdien heb ik haar moeder er nooit meer over gehoord.'

Matt floot zachtjes. 'O, zit het zo.'

'Lieverd, begrijp alsjeblieft dat ik iemands vertrouwen beschaam door je dit te vertellen, en er misschien ook wel een vriendschap door verlies. Maar hopelijk kun je mijn naam erbuiten houden als je besluit hier met Charley over te praten? Zou dat kunnen, Matt?' smeekte Elaine. 'Want waarschijnlijk is het waar wat die vriend van je zei. En hoewel het heel vervelend voor me zal zijn als Charleys moeder erachter komt dat ik je dit heb verteld, laat ik niet toe dat mijn jongen voor de gek wordt gehouden als het om zoiets belangrijks als dit gaat.'

Elaines ogen stonden woedend, iets wat maar zelden voorkwam. Matt klopte haar geruststellend op haar hand. 'Maak je geen zorgen, mam, ik zeg geen woord. En ik moet er eerst goed over nadenken wat ik ga doen. Als Charley dat... als ze me heeft... Mijn god, mam, ik snap het niet, echt niet. Ik heb tijd nodig om na te denken voordat ze thuiskomt.' Matt stond op en omhelsde zijn moeder. 'Ik waardeer het enorm dat je het me hebt verteld. Ik bel je gauw.'

Matt reed terug naar de stad, zijn gedachten warrig en chaotisch. Hij wist niet wat hij moest denken, wat hij voelde... In het gunstigste geval was het een ongelukkig toeval dat Charley besloten had om zwanger te worden en hij die avond zo dronken was geweest. Verdomme! Hij kon zich niet eens herinneren dat hij met haar had gevreeën... Had ze haar lichaam op de een of andere manier voorbereid om haar kansen op zwangerschap te verhogen? Had ze alles op touw gezet en was hij eenvoudigweg het slachtoffer van Charleys verlangen naar een kind?

Er waren akelig veel opties, die allemaal ook akelig verwarrend waren. Terwijl hij de deur van de loft opende, besefte Matt dat al zijn vragen maar door één persoon beantwoord konden worden. En of hij dan de waarheid te horen zou krijgen, was nog maar de vraag.

Charley kwam later die avond helemaal opgewonden thuis omdat zij en de binnenhuisarchitect die ze had uitgekozen zo op een lijn zaten en een paar fantastische ideeën hadden voor het nieuwe huis.

Matt kon nauwelijks iets tegen haar zeggen. Hij moest zijn gedachten op een rijtje zien te krijgen voordat hij haar ermee confronteerde. Boosheid, wist hij, was niet de goede manier om dat te doen, dan zou Charley alleen maar in de verdediging schieten en was de kans kleiner dat ze eerlijk tegen hem zou zijn. En hoewel er genoeg aanwijzingen tegen haar waren, was ze natuurlijk onschuldig totdat het tegendeel werd bewezen.

Het lukte hem om de avond door te komen, met knikjes en glimlachjes op de juiste momenten. Toen ze in bed stapten, boog Charley zich naar hem toe om hem een kus te geven.

'Welterusten, schat. Ik ben zo opgewonden over onze toekomst.' Ze draaide zich om en deed het licht uit.

Op dat moment hield Matt het plotseling niet meer. Hij knipte het licht weer aan.

'Charley, we moeten praten.'

'O. Oké, liefje.' Ze ging rechtop in bed zitten en pakte zijn hand. 'Ben je zenuwachtig dat je vader gaat worden? Dat is helemaal niet erg, Matty, de dokter zei dat dat heel normaal is. Hij zei...'

'Charley, ik moet je iets vragen. En ik wil dat je eerlijk tegen me bent.' Matt keek haar doordringend aan. 'Wat de gevolgen er ook van zijn, dat moet je echt voor me doen. Oké?'

'Tuurlijk, schat, ik zou nooit tegen je liegen.'

'Oké...' Matt ademde diep in. 'Ben je in mei naar een vruchtbaarheidskliniek geweest voor een behandeling zodat je een baby kon krijgen?'

Matt bleef haar strak aankijken. Hij wist dat de waarheid in die eerste paar seconden in haar ogen te lezen zou staan, als de hersens nog niet in actie hadden kunnen komen om een verhaal te verzinnen.

'Ik... mijn god... liefje!' Ze glimlachte nerveus.

En op dat ogenblik wist Matt dat ze hem had belazerd.

'Jezus, Charley! Ik weet niet hoe of waarom, maar je hebt een vruchtbaarheidsbehandeling gehad, hè? Je moet eerlijk tegen me zijn, ik móét weten hoe de vork in de steel zit.' Matt hield haar blik nog altijd vast. Charley, onzeker, weifelde een paar seconden en barstte toen in tranen uit.

'O, Matty. Hoe ben je daarachter gekomen?'

'Ik kwam die Roger gisteren tegen in een koffieshop. Hij feliciteerde ons met het succes van ons project. Maar het "hoe" is niet belangrijk, ik...'

'Oké! Ja! Ik heb een behandeling gehad daar, maar ik heb niet geprobeerd je in de val te laten lopen of je te strikken. Ik ben vanaf het begin bereid geweest om de baby in mijn eentje te krijgen. Weet je nog?' drong ze wanhopig aan. 'Toen we het daarover hadden? Toen heb ik je gezegd dat ik de baby wilde houden, hoe jij er ook over dacht. Het was een wonder, Matty, na al die jaren waarin ik heb gedacht dat ik nooit een kind zou krijgen. Te ontdekken dat ik zwanger was... O, Matty, kun je me vergeven? Alsjeblieft, ik hou van je!'

'Kijk me eens aan, Charley.' Hij nam haar handen in de zijne. 'Was het toeval dat je zwanger werd toen we de nacht samen doorbrachten? Of opzet?'

‘O, ik weet dat het verkeerd was wat ik heb gedaan, maar...’

‘Ik moet je nu vragen of...’ onderbrak hij haar, zich ervan bewust dat hij haar geen kans gaf om het uit te leggen, maar er was één vraag die voor hem van levensbelang was, waarop hij het antwoord nu direct moest weten. ‘Is de baby die je draagt van mij?’ Opnieuw probeerde hij haar blik vast te houden, maar ze keek weg. ‘Hebben we...?’ drong hij aan. ‘Ik bedoel, hebben we die nacht...? Verdomme, Charley! Ik moet een eerlijk antwoord hebben. Ben ík de vader van jouw baby?’

Charley hield op met huilen. Zwijgend staarde ze naar de muur. Matt stapte het bed uit en begon door de slaapkamer te ijsberen. ‘Ik moet het nú weten. Echt.’ Hij draaide zich om en keek haar aan. ‘En ik moet erop kunnen vertrouwen dat je me de waarheid vertelt.’

Plotseling leek het of alle energie uit Charley wegvloeide. Langzaam schudde ze haar hoofd. ‘Nee, Matt, jij bent niet de vader.’

‘Shit!’ Dat was het enige wat hij kon zeggen. Hij moest zich inhouden om haar niet gewoon een klap te geven. Hij ademde een paar keer diep in om te kalmeren. ‘Dus wie is het dan, als ik het niet ben?’

‘Ik weet zijn naam niet,’ zei ze schouderophalend. ‘Maar het is niet wat je denkt, Matty.’

‘Verdomme! Hoe kan het nou niet zijn wat ik denk, Charley? Je hebt een andere vent geneukt en je wou zijn kind voor het mijne door laten gaan.’

‘Néé! Zo zit het niet!’ Charley kromp ineen. ‘De reden dat ik de naam van die man niet ken, is omdat ik alleen een DNA-profiel weet van het sperma dat bij mij is ingebracht. Verder niets.’

‘Wát?’ Matt schudde zijn hoofd. ‘Het zal wel stom van me zijn, maar ik heb geen idee waar je het over hebt!’

‘Oké.’ Charley knikte en deed een zichtbare poging zich te vermannen. ‘De vader van de baby is een man van achtentwintig, die studeert aan de universiteit in Californië en daar ook woont. Hij heeft bruine ogen, donker haar en is een meter achtenzeventig lang. Hij heeft nooit een ernstige ziekte gehad en zijn IQ is bovengemiddeld.

Dat is zijn genetische profiel en dat is ook alles wat ik weet.'

'Dus...' Matt liet zich op het bed neerzakken. De waarheid begon tot hem door te dringen. 'Je bent naar een spermabank gegaan en hebt een anoniem DNA-profiel uitgezocht om te dienen als vader voor je kind? Je bent geïnsemineerd met zijn sperma?'

'Precies.'

'O.'

Zwijgend zaten ze een tijdlang naast elkaar op het bed. Matt deed zijn best om te verwerken wat ze hem had verteld. 'Dus waar pas ik verdomme in het plaatje? Maakte ik vanaf het begin al deel uit van het plan?'

'Matty.' Charleys tranen waren opgedroogd en haar gezicht zag krijtwit. 'Je moet weten dat ik dit al heel lang geleden heb besloten. Maanden geleden, voordat ik bij jou introk.'

'Dus als ik het goed begrijp was ik de meest voor de hand liggende vent op dat moment? Een sukkel die je wel voor de vader kon laten doorgaan?' onderbrak Matt haar bitter.

'Nee! Ik hield van je, Matty. Ik hou nog steeds van je!' Charley wrong haar handen. 'En die avond, de dag nadat ik de behandeling had ondergaan – ja, dat kun je toeval noemen. Je was dronken en knuffelig, je zei een paar echt lieve dingen tegen me en ik dacht...'

'Charley, zijn we die avond met elkaar naar bed geweest? Ik kan het me absoluut niet herinneren. En hoe dronken ik ook was, dat is me nooit eerder gebeurd.'

'Nee. In ieder geval niet op een manier waardoor een vrouw zwanger kan worden,' bekende Charley. 'We hebben gezoend en wat aan elkaar gefrunnikt, maar jij was niet in staat om...'

'Je te neuken?'

'Ja, om me te "neuken",' bevestigde ze bitter.

'Jezus! Waarom heb je dan in vredesnaam gezegd dat dat wel zo was? Waarom moest je me zo'n schuldgevoel geven... Waarom heb je gelogen? Verdomme, Charley! Dat was echt wreed van je.'

'Hou op, Matt!' Charleys ogen sproeiden vuur. 'Ik neem de schuld tot op zekere hoogte op me, maar wat ik je over die nacht heb verteld, is niet allemaal gelogen! Je was lief tegen me, aardig... je kuste me en raakte me aan... zei dat ik prachtig was en dat je van me hield...' Plotseling klonk haar stem verstikt. 'Zelfs al kon je... hem niet omhoog krijgen... ik had daarna op z'n minst een belletje of een berichtje van je verwacht. Ik dacht dat je misschien, heel misschien, toch op dezelfde manier om mij gaf als ik om jou. En ik hoorde... niets. Je gaf me het gevoel dat ik een goedkope slet was, die je gewoon voor een nachtje had gebruikt.'

'Je hebt gelijk,' bond Matt in. 'Ik heb me als een zak gedragen, Charley. En daar bied ik je mijn verontschuldigingen voor aan. Maar dat is geen excuus om tegen me te liegen over...' Matt wees op haar buik, 'zoiets.'

'Ik zweer je dat ik toen nog niet wist dat de ivf was aangeslagen en ik zwanger was. Dat wist ik pas vlak voordat jij terugkwam van je lezingenreis en we uit eten gingen. Misschien waren het de hormonen die avond, of was het de schok, maar waarschijnlijk een combinatie van het feit dat ik moeder ging worden en tegelijkertijd besefte dat onze nacht samen niet méér voor jou had betekend, dan een wip met een willekeurige vrouw die je ergens had opgepikt. Dat je nooit zo van mij hebt gehouden als ik van jou. En dat dat ook nooit zo zou zijn. Het deed me zo'n pijn, Matt, de manier waarop je met me omging. En... ik denk dat ik je wilde straffen.'

Matt, kalmer nu hij de feiten kende, luisterde zwijgend.

'En toen, toen het tot me doordrong dat je altijd van Grania zou houden en niet van mij, ben ik de boel voor mezelf gaan regelen. Ik zou de baby in ieder geval houden, dat heb ik een week later ook tegen je gezegd. Ik had me er al bij neergelegd dat ik het kind in mijn eentje zou krijgen, zoals ik me in eerste instantie ook had voorgenomen. En toen zei jij: "Waarom geven we het geen kans?" Niet alleen met de baby, maar ook wij tweeën. Jee, Matt, ik was buiten mezelf van geluk. Het was alles waar ik altijd van had gedroomd. Plotseling leek het allemaal goed te komen. Al die jaren dat ik van je had gehouden...' Charley zuchtte. 'En toen vroeg je me met je te trouwen en begon ik er werkelijk in te geloven dat we het zouden redden samen.' Plotseling draaide ze zich naar hem toe en sloeg ze haar armen stevig om hem heen. 'En dat kan nog altijd, toch, Matty? Alsjeblieft. Ik heb tegen je gelogen, maar...'

Matt maakte zich los uit Charleys greep. 'Ik moet even naar buiten, ik heb frisse lucht nodig.'

'Alsjeblieft, Matty.' Ze keek naar hem terwijl hij wat kleren aantrok. 'Je laat me nu toch niet in de steek, hè? We hebben het aan iedereen verteld, het huis is gekocht en de baby...'

Matt smeet de deur achter zich dicht en nam de trap naar de begane grond. Buiten jogde hij door de straten totdat hij in Battery Park terechtkwam. Hij leunde tegen de balustrade en staarde naar de twinkelende lichtjes aan de andere kant van de Hudson. Er zwierven allerlei mensen om hem heen – figuren die graag opgingen in de duisternis van de nacht – schaduwachtige silhouetten van dronkenlappen, opgefokte puberjongens en geliefden. Over de balustrade geleund stond hij uit te hijgen en ging hij de gebeurtenissen nog eens na waardoor hij op dit punt was beland.

Het was niet alleen wat Charley had gedáán, maar ook wat haar motieven ervoor waren geweest. Had ze hem er vanaf het begin proberen in te luizen? Had haar beslissing om ivf te proberen echt niets met hem te maken gehad? Ze had onder zijn dak gewoond tijdens de behandeling... ze had bekend dat ze van hem hield... kon hij werkelijk geloven dat de timing een kwestie van toeval was geweest?

Maar zelfs als dat zo was, dan was het nog geen excuus voor het feit dat ze hem had wijsgemaakt dat de baby van hem was. Ze had ronduit gelogen. En dat niet alleen, ze had hem beschuldigd van iets wat hij niet eens had gedaan.

De psycholoog in Matt wist dat iemand die een misstap heeft begaan, altijd probeert zijn of haar daad goed te praten. Er was altijd een goed excuus, een reden waarin de dader zelf heilig geloofde, die het gedrag rechtvaardigde. Maar, bedacht Matt met een zucht, hoe hij er ook tegenaan keek, er waren geen excuses voor. En wat het allemaal nog erger maakte, was de gedachte dat ze bereid was geweest hun verdere leven samen met die leugen te leven. Dan was hij waarschijnlijk nooit te weten gekomen dat het kind waarvan hij zeker zou hebben gehouden, niet van hem was.

Matt voelde zich onpasselijk worden bij de gedachte.

Hij liep een eind verder langs de rivier, nog altijd bezig de feiten te verwerken.

Hij besefte dat hij zijn eigen aandeel in het hele gebeuren ook moest accepteren. Zijn verdriet toen hij had gehoord dat Grania was getrouwd, had instinctief geleid tot zijn reactie die avond in het restaurant. Zijn plotselinge bereidheid om het met Charley te proberen, had de situatie met Charley verergerd en ook bijgedragen aan de situatie waarin ze nu zaten.

Ze had hem die avond inderdaad verteld dat ze bereid was het kind in haar eentje te krijgen. En hij was het geweest die het anders had gewild en geopperd had dat ze het moesten proberen samen. Hij had nooit enig idee gehad van wat Charley voor hem voelde. Toen hij Grania had ontmoet, was hij verblind van verliefdheid voor haar geweest en had hij, toen hij Charley vertelde dat hun relatie voorbij was, nauwelijks stilgestaan bij haar gevoelens.

Matt huiverde bij de gedachte aan de puinhoop die ze er samen van hadden gemaakt. Maar waren het 'waarom' en 'waarvoor' echt relevant nu? Het ging erom dat hij moest besluiten hoe het nu verder moest.

Wat waren zijn opties?

Ze konden doorgaan waar ze waren gebleven – zoals Charley had gezegd: hij wist de waarheid nu. Hij hield niet van haar – hij had nooit op die manier van haar gehouden – en daardoor leefde hij eigenlijk al in een leugen. Wat er echter was veranderd, was het feit dat de baby die ze droeg niet van hem was.

Matt slaakte een zucht toen hij eraan terugdacht hoe beschermend hij zich in de eerste maanden van Grania's zwangerschap had gevoeld. Iedere keer dat hij aan de baby en de komst van het kindje had gedacht, had hij een steek in zijn hart gevoeld. Hij had Grania en het kindje met iedere vezel van zijn lichaam willen beschermen. Voor Charley en de baby die in haar buik groeide voelde hij niet iets wat daar ook maar in de verste verte op leek. Het enige wat hij had gedaan was zich neerleggen bij het feit dat het zo was. Kon hij leren van de baby te houden, die hij als zijn eigen kind moest opvoeden? Matt beet op zijn lip. Of zou hij het kind zijn bestaan in stilte verwijten? In zijn lezingen had hij het vaak genoeg over de rol van de vader en de impact daarvan op een kind. Hij wist wat het effect kon zijn van een ouder die het kind eigenlijk niet wilde en hij wilde absoluut niet in die valkuil terechtkomen.

Na een hele tijd, toen er al een lui zonnetje begon op te komen boven de skyline van New Jersey, liep Matt langzaam naar huis. Hij was niet veel verder gekomen en had geen idee wat hij tegen Charley zou zeggen. Maar hij was in ieder geval gekalmeerd.

Bij binnenkomst bleek de loft verlaten. Op zijn bureau lag een envelop met zijn naam erop.

Matt,

Ik ben weg. Het spijt me dat ik je heb misleid, maar jij hebt net zo goed een rol gespeeld in deze puinhoop. Op deze manier maak ik het gemakkelijker voor ons allebei en voor de baby. We verdienen alle drie beter.

Zie je, Charley

Matt slaakte een zucht van opluchting. Charley had de beslissing voor hem genomen. En daar was hij haar dankbaar om.

41

De winter duurde voort. Voor het raam van Grania's atelier joegen de wolken langs en kleurde het ruwe palet van Dunworley Bay in verschillenden tinten blauw en grijs. Ze werkte onophoudelijk, soms tot laat in de avond, en het aantal beelden groeide gestaag.

'Ben je eigenlijk nog iets van plan met deze beelden, Grania?' vroeg Kathleen op een middag toen ze met Aurora bij haar dochter in het atelier op bezoek was. 'Ik ben geen deskundige natuurlijk, maar, schat, zelfs ik kan zien dat ze heel bijzonder zijn.' Kathleen keerde zich naar haar dochter, haar ogen vol bewondering en trots. 'Het beste werk dat je ooit hebt gemaakt.'

'Ze zijn prachtig, mammie.' Aurora streek met haar vingers langs de vormen van de figuurtjes. 'Maar oma heeft gelijk. Het is niet goed dat alleen wij ze hier kunnen bekijken. Ze moeten ergens staan waar de mensen ze kunnen zien en kopen. Ik wil dat de mensen mij zien!' zei ze giechelend.

Grania, verdiept in een nieuw beeld, knikte verstrooid. 'Ja, misschien wel.'

'Ga je mee naar huis, Grania, voor het avondeten?' vroeg Kathleen.

'Straks, mam, ik wil even deze arm afmaken.'

'Nou, maak het niet te laat,' zei Kathleen en ze klakte met haar tong. 'We missen je aan tafel, hè, Aurora?'

'Ja,' was Aurora het met haar eens. 'Je ziet bleek, mammie. Vind je niet, oma?'

'Inderdaad.'

'Ik heb gezegd dat ik er zo aan kom,' zei Grania grinnikend. 'Jezus! Het is al erg genoeg om een moeder te hebben die me op mijn kop zit, maar nou heb ik er nog een dochter bij!'

'Tot zo,' zei Kathleen met een knikje terwijl ze Aurora mee het atelier uit nam.

Er stond een koude wind, terwijl Kathleen en Aurora het klifpad af liepen.

'Oma?'

'Ja, Aurora?'

'Ik maak me zorgen om mammie.'

'Ik ook, schatje.'

'Wat is er met haar aan de hand, denkt u?'

'Tja.' Kathleen had geleerd dat het zinloos was om Aurora's vragen af te doen met nietszeggende antwoorden. 'Als je wilt dat ik eerlijk ben, zou ik zeggen dat ze een man mist. Het is niet gezond voor een vrouw van Grania's leeftijd om alleen te zijn.'

'De man van wie ze hield voordat ze papa ontmoette – Matt heette die, vertelde mammie – weet u wat er is gebeurd? Waarom Grania hem in New York heeft achtergelaten en naar Ierland is gekomen?'

'Ach, Aurora, als ik dat wist, zou ik een stuk gelukkiger zijn.

Maar als mijn dochter iets geheim wil houden, krijg je het met geen mogelijkheid uit haar. En ze wil er niets over vertellen.'

'Was het een aardige man?'

'Ja, een echte "gentleman",' zei Kathleen zachtjes. 'En hij hield ontzettend veel van Grania.'

'Denkt u dat hij nog steeds van haar houdt?'

'Nou, uit het aantal keren af te leiden dat hij naar de boerderij heeft gebeld toen ze net uit New York was weggevlucht, zou ik denken van wel. Maar zo onderhand...' Kathleen zuchtte. 'Wie weet? Het is zo jammer dat Grania destijds weigerde met hem te praten over wat het dan ook was wat er was gebeurd. Er zijn weinig dingen die niet op te lossen zijn met een kop thee en een goed gesprek.'

'Maar Grania is heel trots, hè?'

'Ja, schatje, dat is ze zeker. Kom.' Kathleen huiverde in de straffer wordende wind. 'Het is geen avond om buiten te zijn.'

Hans belde Grania een paar dagen later om te vragen hoe het renovatiewerk in Dunworley House vorderde.

'En ik vroeg me ook af of we elkaar misschien volgende week kunnen ontmoeten in Londen. Ik heb een vriend die kunsthandelaar is daar; hij heeft een galerie in Cork Street. Ik heb hem over jou en je nieuwe werk verteld en hij wil graag met je kennismaken. Bovendien lijkt het me goed voor je om er eens een paar dagen uit te zijn. En ik kan je dan meteen het huis in Londen laten zien dat Aurora van haar moeder heeft geërfd.'

'Dat is aardig van je, Hans, maar...'

'Maar wat, Grania? Je gaat me toch niet vertellen dat je geen gaatje in je overvolle agenda hebt, hè?'

'Probeer je me te koeioneren, Hans?' Grania glimlachte wrang.

'Misschien een beetje, ja. Maar ik volg eenvoudigweg de instructies uit het testament van mijn cliënt op, zoals een goede notaris behoort te doen. Ik boek voor aanstaande woensdag een vlucht naar Londen voor je, en een hotel. Ik mail je alle reisgegevens wel.'

Met een diepe zucht gaf Grania zich over. 'Als jij dat nodig vindt, Hans.'

'Ja, dat vind ik. Dag, Grania. Ik mail je.'

Een paar dagen later logde Grania in op de huiscomputer om haar e-mails op te halen en de vluchtgegevens en dergelijke te bekijken van de boekingen die Hans had gedaan.

Aurora kwam achter haar staan en sloeg haar armen om Grania's schouders.

'Waar ga je naartoe, Grania?'

'Naar Londen, voor een afspraak met Hans.'

'Dat is leuk voor je, het is tijd dat je er eens uit gaat.' Aurora bekeek het computerscherm, terwijl Grania haar paspoortnummer begon in te typen om online in te checken.

'Mag ik het doen?'

'Weet je hoe het moet?'

'Ja, natuurlijk. Ik hielp papa er altijd mee.'

Grania stond op en liet Aurora op haar plek zitten. Aurora moest lachen toen ze de foto in Grania's paspoort zag terwijl ze alle gegevens keurig intypte. 'Je ziet er zo raar uit!'

'Nou,' zei Grania met een glimlach, 'die van jou is anders niks beter, hoor.'

'Heb jij mijn paspoort dan?'

'Ja, hier in deze portefeuille, waar ik het mijne ook bewaar.'

'Klaar! Zal ik "print" indrukken?' vroeg Aurora.

'Ja, graag.' Grania stopte haar paspoort weer in de portefeuille en legde die terug in het bureau. 'Tijd om naar bed te gaan, jongedame.'

Met tegenzin klom Aurora de trap op, poetste haar tanden en ging in bed liggen. 'Ik meende het niet over je pasfoto, hoor,' zei Aurora. 'Ik vind je heel mooi, mammie.'

'Dank je, lieverd. En ik vind jou ook heel mooi.'

'Maar ik maak me ook zorgen om je. Want als je niet gauw een vriend krijgt, ben je misschien te oud en dan vinden mannen je niet meer leuk. Hahaha!' giechelde Aurora omdat Grania haar kietelde.

'Wat een schattige opmerking van je! Het probleem is, Aurora, dat ik niemand ken die ik wil.'

'En Matt? De man over wie je me hebt verteld? Die in Amerika woont? Je hield van hem, toch?'

'Ja, dat klopt.'

'Ik denk dat je nog steeds van hem houdt.'

'Misschien wel,' verzuchtte Grania. 'Maar het heeft geen zin om te treuren om wat voorbij is, toch?' Ze gaf Aurora een zoen. 'Welterusten, schatje, droom maar lekker.'

'Welterusten, mammie.'

Die woensdagochtend reed Grania naar het vliegveld van Cork en stapte ze op het vliegtuig naar Londen. Hans wachtte haar op in de aankomsthal en ze namen een taxi naar Claridge's.

'Mijn hemel,' riep Grania uit toen ze de prachtige suite zag die Hans had geboekt. 'Dit moet een fortuin kosten. Je verwent me, Hans.'

'Je verdiende een verwennerijtje. En trouwens, je bent een welgestelde vrouw en je hebt een ontzettend rijke dochter. Ik verdien een heel salaris aan het beheren van haar bezittingen. En nu laat ik je alleen om te doen wat vrouwen nou eenmaal doen voor een diner en dan zie ik je om acht uur beneden hier in de bar. Daar heb ik om kwart over met Robert, de galerie-eigenaar, afgesproken.'

Grania nam een uitgebreid bad, wikkelde zich in de dikke badjas en nam een glas champagne uit de fles die klaarstond in de prachtig ingerichte zitkamer van haar suite. En ondanks haar antipathie tegen te uitbundige luxe, besloot ze dat het allemaal heel plezierig was. Daarna trok ze het korte zwarte cocktailjurkje aan dat ze de week daarvoor in een winkeltje in Cork had gekocht – uit New York had ze niet zoiets gekleeds meegebracht – en deed ze mascara en een vleugje lipstick op. Met het beeldje van Aurora in haar hand om aan de galeriehouder te laten zien, liep ze naar beneden om Hans te ontmoeten in de bar.

Het werd een gezellige avond. Robert Sampson, de galeriehouder, was leuk gezelschap en hij was enthousiast over Grania's werk. Ze had foto's meegenomen van de rest van de beelden die ze pas had gemaakt.

'Ik denk, Grania,' zei Robert toen ze aan de koffie met armagnac zaten, 'dat we, als je de komende maanden nog een stuk of zes beelden maakt, genoeg hebben voor een expositie. Op dit moment ben je nog onbekend in Londen en ik zou je hier met veel bombarie willen introduceren. We zullen alle grote, rijke kunstverzamelaars inviteren die ik in mijn bestand heb en je lanceren als "De Nieuwe Ontdekking". Wat je werk zo goed maakt is dat je echt je metier hebt gevonden. Het vloeiende in je beelden is prachtig. En zeldzaam,' voegde hij eraan toe.

'Vind je echt dat mijn werk dat verdient?' vroeg Grania, gevleid door zijn enthousiasme.

'Ja! Zeker! Natuurlijk wil ik nog graag naar Cork komen om de beelden in het echt te bekijken, maar met wat ik tot nu toe van je heb gezien, zou ik je heel graag aan mijn stal toevoegen.'

'En het is waarschijnlijk ook niet verkeerd dat Grania jong en fotogeniek is,' zei Hans met een knipoog naar Grania.

'Nee, inderdaad,' beaamde Robert. 'Als je tenminste geen bezwaar hebt tegen wat publiciteit.'

'Als dat helpt, nee, natuurlijk niet,' zei Grania.

'Uitstekend.' Robert stond op en kuste Grania op beide wangen. 'Ik ben blij kennis te hebben gemaakt, Grania. Ik hoop dat je wilt nadenken over mijn voorstel en als je interesse hebt, stuur me een e-mail, dan vlieg ik naar Cork en kunnen we de boel verder bespreken.'

'Dank je, Robert.'

Toen Robert was vertrokken, zei Hans: 'En? Vond je het een geslaagde avond?'

'Ja. Dank je wel dat je me bij hem hebt geïntroduceerd,' zei Grania, en ze vroeg zich af waarom ze zich lang niet zo blij voelde als ze had verwacht. Robert Sampson was een belangrijke persoon in de kunstwereld en zijn goedkeuring voor haar nieuwe werk was een enorm compliment.

Hans merkte het onmiddellijk. 'Is er een probleem?'

'Nee, ik... tja, ik neem aan dat ik in gedachten mijn carrière in New York nog niet had afgesloten.'

'Nou,' zei Hans met een klopje op haar hand, 'misschien is het tijd voor een volgende stap.'

'Ja.' Ze liepen naar de lift.

'Voor morgen stel ik voor dat je 's ochtends wat gaat winkelen. In Bond Street zitten allerlei prachtige winkels en hij ligt hier slechts op een steenworp vandaan. Dan kunnen we daarna samen gaan lunchen en moet ik een stapel saaie papieren met je doornemen. En 's middags laat ik je Aurora's huis hier in Londen zien. Goed? Welterusten, Grania.' Hans kuste haar liefdevol op de wang.

'Welterusten, Hans, en nogmaals bedankt.'

De volgende ochtend stond Grania in de kledingrekken bij Chanel te snuffelen en dacht ze eraan hoe vreemd het was dat ze nu alles kon kopen wat ze maar wilde, toen haar mobiele telefoon ging.

'Hallo, mam,' nam ze afwezig op. 'Alles goed?'

'Nee, Grania, helemaal niet.'

Grania kon de paniek in de stem van haar moeder horen. 'Wat is er?'

'Het is Aurora. Ze is weer verdwenen.'

'O, nee, mam!' Grania's hart maakte een duikeling. Ze keek op haar horloge. Het was halftwaalf. 'Hoelang is ze al weg?'

'Dat weten we niet precies. Je weet dat ze zei dat ze bij Emily zou logeren gisteravond?'

'Ja, natuurlijk! Ik heb haar gisterochtend toch bij school afgezet met een tas met slaapspullen.'

'Nou, ze heeft daar helemaal niet gelogeerd. De school heeft me een kwartier geleden gebeld om te vragen of ze ziek was, omdat ze er niet was. Toen heb ik de moeder van Emily meteen gebeld en bleek dat er helemaal niets was afgesproken wat logeren betreft.'

'O, god, mam! Wanneer heeft iemand haar dan voor het laatst gezien?'

'Emily zegt dat Aurora gisteren op de gewone tijd, toen de school uit was, is vertrokken en dat ze tegen haar zei dat ze in haar eentje naar de boerderij terug zou lopen, omdat jij in Londen was.'

'En daarna heeft niemand haar meer gezien?'

'Nee. Ze is de hele nacht al weg. O, Grania,' Kathleens stem stokte, 'wat is ze deze keer van plan?'

'Luister, mam.' Grania liep Chanel uit en begon snel de straat af te lopen. 'Ik kan je nu niet verstaan vanwege het verkeer, maar ik ga terug naar het hotel en bel je over tien minuten terug, als ik even de tijd heb gehad om na te denken. Het is mijn schuld, ik had niet bij haar weg moeten gaan. Niet na wat er de vorige keer is gebeurd. Ik bel je straks.'

Twee uur later liep Grania nerveus heen en weer in haar suite, terwijl Hans haar, zonder succes, probeerde te kalmeren. John, Shane en Kathleen hadden de omgeving en alle plekjes waarvan Grania dacht dat Aurora daar kon zijn, afgezocht, maar niets gevonden.

'Mijn vader belt de politie,' zei Grania met bonkend hart. 'O, mijn god, Hans, waar is ze naartoe? Ik dacht dat ze gelukkig was bij mijn ouders op de boerderij. Ik had niet bij haar weg moeten gaan... ik had niet bij haar weg moeten gaan...'

Grania liet zich moedeloos op de bank neervallen en Hans sloeg zijn arm om haar heen. 'Alsjeblieft, Grania, je moet jezelf niet de schuld geven.'

'Jawel. Het is duidelijk dat ik het effect van Alexanders dood op Aurora heb onderschat.'

'Nou, ik begrijp het ook niet. Ze leek zo gelukkig en op haar plek,' zei Hans met een zucht.

'Het probleem is, Hans, dat Aurora haar gevoelens niet zo gemakkelijk toont. Ze is zo zelfstandig en verstandig, zo volwassen vaak... misschien hield ze haar verdriet wel verborgen. Stel... stel dat ze denkt dat ik haar in de steek heb gelaten en ze zich in het hoofd haalt dat ze... naar haar ouders wil? Ik had haar beloofd nooit bij haar weg te gaan, Hans, ik had het beloofd... ik...' Grania barstte in tranen uit.

'Grania, alsjeblieft, probeer kalm te blijven. Ik heb nooit een kind gezien dat me minder geneigd lijkt zelfmoord te plegen dan Aurora. En bovendien, zij was degene die je aanmoedigde naar Londen te gaan, is het niet?' voegde Hans eraan toe.

'Ja,' beaamde Grania, en ze snoot haar neus, 'dat klopt.'

'Ik heb sterk het gevoel dat dit niets te maken heeft met instabiliteit,' zei hij.

'Maar als het dat niet is, wat kan er dan zijn gebeurd?' Plotseling sloeg Grania haar hand voor haar mond. 'O, mijn god, Hans! Ze zal toch niet ontvoerd zijn?'

'Ik ben bang dat die gedachte ook bij mij is opgekomen. Zoals je weet is Aurora een uitzonderlijk rijke jongedame. Als er binnen een uur nog geen teken van haar is, bel ik mijn contact bij Interpol en vraag ik hun voor de zekerheid een onderzoek te starten.'

'En ik neem zo snel mogelijk het vliegtuig naar huis, denk ik.'

'Natuurlijk.'

'Als Aurora iets is overkomen, Hans, zal ik dat mezelf nooit kunnen vergeven,' zei Grania handenwringend. Haar mobiele telefoon ging en ze nam onmiddellijk op. 'Heb je nieuws, mam?'

'Ja, godzijdank! Aurora is terecht.'

'O, mam, godzijdank... godzijdank! Waar is ze gevonden?'

'Nou, dat zul je niet geloven! Ze zit in New York!'

'New York? Maar hoe... waarom... wáár?'

'Ze is bij Matt.'

Het duurde een paar seconden voordat de woorden van Kathleen tot Grania doordrongen. 'Ze is bij Matt? Míjn Matt?' herhaalde Grania.

'Ja, Grania, jouw Matt. Hij heeft een minuut of tien geleden hierheen gebeld. Hij had net een telefoontje van de luchtvaartmaatschappij gekregen om te vragen waarom hij niet, zoals afgesproken, op het vliegveld was om een kind genaamd Aurora Devonshire op te halen.'

'Wát?' riep Grania uit. 'Hoe heeft ze in vredesnaam...'

'Grania, ik weet het ook niet, dus vraag het me ook niet. Matt belt me zo terug, maar ik wilde je natuurlijk meteen laten weten dat Aurora terecht is. En wat dat kind daar van plan is, dat komen we later wel te weten.'

'Ja, mam, je hebt gelijk.' Grania liet verward een lange zucht van opluchting ontsnappen. 'Gelukkig is ze terecht.'

42

Matt had inderdaad om tien uur die ochtend een telefoontje van Aer Lingus ontvangen. De medewerkster van de luchtvaartmaatschappij had hem gevraagd waarom hij niet, zoals afgesproken, op JFK was om een meisje met de naam Aurora Devonshire op te halen, dat zonder begeleiding uit Dublin, Ierland, was gearriveerd.

In eerste instantie begreep Matt er niets van en had hij zich afgevraagd of er soms iemand een grap met hem uithaalde. De luchtvaartmaatschappij bleek zijn naam, adres en telefoonnummer te hebben, maar hij had er geen idee van wie het kind was. Terwijl hij antwoordde dat hij niet op de hoogte was van enige afspraak, hoorde hij de vrouw aan de andere kant van de lijn nerveus worden.

'Bedoelt u dat u het kind niet kent, sir?' had ze gevraagd.

'Ik...' Matt wist dat de naam een belletje deed rinkelen, maar kon niet bedenken waarom.

'Een moment, sir.' Hij had een gedempte stem iets horen zeggen en even later was de medewerkster weer terug aan de lijn gekomen en had gezegd: 'Miss Devonshire zegt dat ene Miss Grania Ryan alles met u heeft geregeld.'

'O, ja?' Matt was perplex.

'Dat zegt het meisje hier, sir. Als u het kind niet komt ophalen, zitten we met een probleem.'

'Nee... het is goed. Ik ben er in drie kwartier.'

Terwijl Matt naar het vliegveld reed, had hij nog steeds geen idee wat er aan de hand kon zijn. De naam 'Grania' was in ieder geval bekend, dus moest hij wel aannemen dat er een verband was, hoe vaag ook. En hij moest het op z'n minst onderzoeken.

Op JFK liep Matt naar de afgesproken plek en trof daar een klein, heel mooi meisje met vuurrode krullen aan, dat Ben & Jerry's-ijs uit een beker zat te lepelen. Naast haar zaten een medewerkster van Aer Lingus en een veiligheidsbeambte.

'Hallo, ik ben Matt Connelly,' stelde hij zich wat onzeker voor.

Het kleine meisje zette onmiddellijk haar beker ijs neer en sprong enthousiast in zijn armen. 'Oom Matt! Hoe kon je nou vergeten dat ik kwam? Grania had me beloofd dat u hier zou zijn. Echt,' ze draaide zich om naar de medewerkster van de luchtvaartmaatschappij en de veiligheidsagent en vervolgde: 'Oom Matt is altijd zo verstrooid. Hij is professor in de psychologie, weet u.'

De veiligheidsagent en de vrouw glimlachten toegeeflijk, gecharmeerd door het kind. Het meisje keerde zich weer naar Matt om en hij zag de waarschuwende blik in haar ogen. 'Kunnen we nou naar de loft, oom Matt? Ik kan niet wachten om Grania's beelden daar te zien. En ik ben heel moe,' zei ze geeuwend.

Opnieuw die waarschuwende blik in haar ogen. De blik die zei: 'Speel het mee en haal me hier weg.'

'Oké... Aurora,' zei Matt. 'Sorry dat ik een probleem heb veroorzaakt. Zoals ze al zei, kan ik nogal verstrooid zijn. Waar is je bagage, Aurora?' vroeg hij.

'Ik heb alleen dit bij me,' zei ze, wijzend op een kleine rugzak. 'Ik heb toch altijd maar weinig bij me, oom Matt. Dan neemt u me lekker mee uit winkelen.' Aurora legde haar kleine hand in de zijne en keek glimlachend naar hem op. 'Gaan we?'

'Ja. Nogmaals bedankt en mijn excuses dat ik zo laat was.'

'Dag, Aurora,' zei de veiligheidsbeambte zwaaiend terwijl Matt en Aurora wegliepen. 'Pas goed op jezelf.'

'Ja, dat zal ik doen.'

Zodra ze uit het gezichtsveld en buiten gehoorsafstand waren, zei Aurora: 'Sorry, Matt. Ik leg alles wel uit als we bij jou thuis zijn.'

Maar toen ze bij zijn auto waren, zei Matt tegen haar: 'Sorry, meisje, maar we stappen niet in voordat je me hebt verteld wie je bent en waarom je hier bent. Ik moet er zeker van zijn dat dit niet de een of andere ingewikkelde truc is, waardoor ik straks nog van het ontvoeren van een kind word beschuldigd. Dus je kunt me alles nu maar beter snel uitleggen.'

'Oké, goed, Matt, maar het is een lang verhaal.'

'De kille feiten zijn genoeg.' Matt sloeg zijn armen over elkaar en zei: 'Ik luister.'

'Nou,' begon Aurora, 'het komt hierop neer. Ik heb Grania op de kliffen bij mijn huis vlak bij Dunworley ontmoet en toen vroeg mijn vader aan Grania of zij voor me kon zorgen terwijl hij weg was, omdat hij op reis moest. En toen kwam hij erachter dat hij gauw dood zou gaan en vroeg hij aan Grania of ze met hem wilde trouwen, zodat ze mijn stiefmoeder werd en mij gemakkelijk zou kunnen adopteren, en dus trouwden ze en ging mijn vader dood en nu is Grania mijn nieuwe mammie en...'

'Tjee, Aurora!' Matt was volkomen beduusd door die paar zinnen. 'Begrijp ik nou goed dat Grania Ryan je heeft geadopteerd?'

'Ja, en ik heb bewijzen, als je die wilt zien.' Aurora deed haar rugzak af, voelde erin en haalde er een foto van zichzelf met Grania uit. 'Hier.' Ze gaf de foto aan Matt, die hem bestudeerde.

'Bedankt. Tweede vraag dan: wat doe je hier in New York?'

'Weet je nog dat je naar oma en opa's huis belde en Grania wilde spreken? Dat ik toen de telefoon opnam?'

Daarom had haar naam een belletje doen rinkelen! 'Ja, dat weet ik nog,' zei Matt.

'En dat ik zei dat Grania met papa op huwelijksreis was? Natuurlijk wist ik toen nog niet dat papa zo ziek was. En dat Grania alleen met hem was getrouwd om mij te kunnen adopteren, zodat ik bij haar familie kon wonen.'

Matt knikte, onder de indruk van Aurora's volwassen manier van praten. 'Ja, ik volg je nog.'

'Nou, Grania zag er zo verdrietig uit toen papa dood was, en dat is nog steeds zo. Ik vind het niet leuk dat ze zo alleen is. Dus vroeg ik haar of er een man was van wie ze hield en toen zei ze dat jij dat was. En toen besefte ik opeens dat ik tegen jou had gezegd dat ze met mijn vader was getrouwd en op huwelijksreis was. En dat je daardoor misschien wel dacht dat ze niet meer van jou hield. Wat natuurlijk niet zo is,' voegde Aurora eraan toe. 'Dus dacht ik dat ik beter hierheen kon gaan om je persoonlijk te vertellen dat Grania niet langer getrouwd is en dat ze nog steeds van je houdt.'

'O.' Matt slaakte een zucht. 'Oké, derde vraag: weet Grania dat je hier bent?'

'Eh... nee. Ik wist dat ze me niet zou laten gaan, dus moest ik alles in het geheim doen.'

'Aurora, weet er wel iemand op dit moment waar je bent?'

'Nee.' Aurora schudde haar hoofd.

'Jezus! Dan moeten ze gek van bezorgdheid zijn!' Matt haalde zijn mobiele telefoon uit zijn jaszak. 'Ik bel Grania meteen. En jij krijgt haar aan de lijn, zodat ik weet dat je me de waarheid vertelt.'

'Grania zit op dit moment in Londen,' zei Aurora, plotseling nerveus. 'Misschien moet je Kathleen bellen? Die is altijd thuis.'

'Oké.' Matt belde en hoorde de enorme opluchting in Kathleens stem. Toen gaf hij het toestel aan Aurora.

'Hallo, oma... ja, goed. Wat? O, hier komen was een makkie. Ik heb al eerder alleen gevlogen, hoor, papa zette me altijd op allerlei vliegtuigen. Oma, nu ik hier toch ben, mag ik dan in ieder geval naar Matts loft en daar een tijdje blijven voordat ik weer thuiskom? Ik ben heel moe, snap je.'

Ze spraken af dat Matt Aurora mee naar huis zou nemen. En dat ze later, als ze wat had geslapen, plannen zouden maken over haar terugkomst naar Ierland.

Op de terugweg naar New York keek Aurora door het raampje naar de enorme gebouwen. 'Ik ben nooit eerder in New York geweest, maar Grania heeft me er alles over verteld.'

'Nou, meiske,' zei Matt onder het rijden, 'kun je me nu alles uitgebreid vertellen? Vanaf het begin, vanaf het moment dat je Grania op de kliffen ontmoette?'

Aurora deed haar verhaal opnieuw en deze keer stelde Matt allerlei vragen als hem iets niet helemaal duidelijk was.

'En Grania is zo lief en knap en ik voelde me vreselijk dat het misschien mijn schuld was dat jullie nooit meer bij elkaar zouden komen,' legde Aurora uit terwijl ze met zijn tweeën op de lift stonden te wachten die hen naar de loft zou brengen. 'Ze is zo lief voor mij geweest en ik wil niet dat ze de rest van haar leven eenzaam is. Of dat ze een ouwe vrijster wordt vanwege iets wat ik heb gezegd. Begrijp je, Matt?'

'Ja.' Terwijl hij de sleutel in het slot stak, staarde hij in verbijstering naar het bijzondere kind naast hem. 'Ik denk van wel, meiske.'

'O, Matt,' riep Aurora uit toen ze in de ruime zitkamer om zich heen keek, 'prachtig! Het is hier prachtig! Precies zoals ik me had voorgesteld.'

'Dank je, liefje. Ik vind het prettig hier. Wil je iets drinken? Een glas melk misschien?'

'Ja, graag.' Aurora ging zitten, terwijl Matt melk voor haar inschonk en het glas aan haar overhandigde. Zodra ze het leeg had, zette ze haar ellebogen op haar knieën en boog ze zich naar Matt toe. Met een ernstig gezicht zei ze: 'Nu moet ik je iets heel belangrijks vragen, Matt. Hou je nog van Grania? Want als dat niet zo is, dan...' zei ze, plotseling besluiteloos, 'dan weet ik niet wat ik moet.'

'Aurora, ik heb altijd van Grania gehouden, vanaf het eerste moment dat ik haar zag. Je moet onthouden dat zij het was die naar Ierland is vertrokken en mij heeft verlaten. Niet andersom.' Matt zuchtte diep. 'Soms kunnen volwassenen de boel heel ingewikkeld maken.'

'Maar als je van elkaar houdt, dan snap ik niet wat het probleem is,' merkte Aurora op.

'Nee... eigenlijk niet,' fluisterde Matt. Hij had het al opgegeven om Aurora als een kind te behandelen, dus sprak hij tegen haar alsof ze volwassen was. 'Als jij die nieuwe moeder van je kunt wijsmaken dat ze me moet vertellen wat ik al die maanden geleden fout heb gedaan en waarom ze naar Ierland is gevlucht, dan komen we misschien nog ergens.'

'Dat zal ik doen,' zei Aurora met een geeuw. 'O, Matt, ik ben zo moe! Het is een lange reis van Ierland naar New York.'

'Ja, dat is het zeker, liefje. Laten we een bed voor je opzoeken, zodat je kunt slapen.'

'Oké.' Aurora stond op.

'En ik heb nog steeds geen idee hoe het je is gelukt om die hele reis vanuit Ierland in je eentje te regelen.'

'Als ik wakker word, zal ik het uitleggen,' beloofde Aurora terwijl Matt haar meenam naar de logeerkamer en ze daar in bed ging liggen.

'Oké, schatje.' Matt deed de gordijnen dicht. 'Ga jij maar eens flink uitrusten nu, dan praten we later wel verder.'

'Oké,' antwoordde Aurora slaperig. 'Matt?'

'Ja?'

'Ik snap dat mammie van je houdt. Je bent lief.'

'Aurora blijkt jouw creditcardnummer en alle details te hebben gebruikt om via de computer een vlucht naar Dublin en vandaar naar New York te boeken en te betalen.' Hans herhaalde wat Kathleen hem net door de telefoon had verteld. 'Ze heeft eerst een bus naar Clonakilty genomen en toen een taxi naar Cork Airport. Daar heeft ze zich voorgedaan als een alleenreizend kind zonder begeleiding, wat ze in Alexanders tijd blijkbaar al vaak had gedaan. Vervolgens is ze overgestapt in Dublin en toen ze in New York arriveerde is het haar gelukt om Matt zover te krijgen dat hij haar kwam ophalen.'

'Ik begrijp het.'

Grania was op aandringen van Hans even gaan liggen om bij te komen van alle spanningen van die ochtend. Ze had niet geslapen, maar liggen piekeren over waar Aurora nu was, en erger: met wie.

'Je moet het haar nageven,' vervolgde Hans. 'Het is een heel vindingrijk kind. De vraag is waarom ze het nodig vond om die reis te maken?' Hij keek Grania aan, wachtend op een antwoord.

Maar Grania kwam hem niet tegemoet. 'Geen idee,' zei ze.

'Aurora had er anders duidelijk een goede reden voor. Ik neem aan dat die Matt de man is met wie je in New York samenwoonde?'

'Ja.' Grania had Aurora op dat moment wel met haar blote handen kunnen wurgen.

'Waarom is die relatie afgelopen?'

'Sorry, hoor, maar ik onderga deze grote inquisitie liever niet,' antwoordde Grania afwerend. 'Ik wil liever bedenken hoe we Aurora weer zo snel mogelijk hier krijgen, of dat ik onmiddellijk naar New York moet vliegen om haar op te halen.'

'Tja, ik vermoed dat Aurora daar haar eigen gedachten wel over zal hebben. Ze lijkt me in veilige handen. Je moeder vertelde dat Matt een betrouwbare man is. En als zij dat vindt, geloof ik het,' zei Hans met een glimlach, in een poging de stemming wat luchtiger te maken.

'Ja, dat klopt,' gaf Grania schoorvoetend toe.

'En ik weet zeker dat Aurora je graag wil spreken, dus waarom bel je haar niet? Dan kun je zelf horen dat alles goed met haar is.'

'Eh... dat zou betekenen dat ik eerst Matt aan de lijn krijg. Ik wacht wel tot ze mij belt. Misschien slaapt ze trouwens wel.'

'Oké, Grania. Ik laat je met rust.' Hans wist wanneer hij het beter kon opgeven. 'Niks wijzer geworden, helaas. Maar ik moet nog wat werken. Als je straks met me wilt eten, bel je dan even naar mijn kamer, alsjeblieft?'

'Goed.'

Hans gaf Grania een klopje op haar schouder en liep de suite uit. Zodra de deur dicht was, stond Grania op en begon ze door de kamer te ijsberen. Nu ze de schok te boven was, voelde ze zich woedend... nee, furieus, dat Aurora zich durfde te bemoeien met haar leven. Dit was geen sprookje of een kinderspelletje waar iedereen nog lang en gelukkig leefde en haar prins vond. Het was de werkelijkheid. En sommige dingen die waren misgelopen, konden niet meer worden goedgemaakt, hoe graag Aurora dat ook wilde. Aurora moest gewoonweg zo snel mogelijk naar huis komen en uit Matts klauwen weggehaald worden. De gedachte dat die twee nu bij elkaar waren en haar zaten te bediscussiëren, vond ze verschrikkelijk. En nu, net nu ze zo haar best deed om een stap vooruit te zetten in haar leven, zoals Hans had gevonden dat ze moest doen – en dat was moeilijk! – werd ze weer terug het verleden in gesleurd. Er zou hoe dan ook contact met Matt moeten zijn. Matt, die vast nog in de loft woonde, met háár natuurlijk...

Grania kreunde van wanhoop. Ze wist dat ze Aurora zo snel mogelijk moest spreken, moest checken of alles goed met haar was. Voor haar eigen gemoedsrust. Ze pakte het toestel en toetste het nummer in, maar verbrak de verbinding alweer voor de telefoon overging. Nee. Ze kon het niet. Dan haar moeder maar.

'Wij zijn allemaal zo vreselijk opgelucht hier!' Kathleen klonk euforisch. 'Die kleine meid van ons toch, helemaal in haar eentje naar New York gevlogen!'

'Ja, ze is slim,' reageerde Grania toonloos. 'Mam, ik zou graag hebben dat jij Matt belt en regelt dat Aurora zo snel mogelijk op een vliegtuig terug wordt gezet. Wil je dat voor me doen?'

'Als je dat wilt, Grania. Toen ik Aurora sprak, had ze het erover dat ze graag een paar dagen bij Matt in New York wilde blijven. Nu het haar is gelukt om helemaal daar te komen, gelukkig, kan ze net zo goed de bezienswaardigheden daar gaan bekijken. Toch? Matt lijkt helemaal weg van haar te zijn, echt.'

'Nee, ik vind dat ze zo snel mogelijk naar huis moet komen. Ze moet naar school, mam.'

'Ach, wat voor kwaad kan het nou?' vroeg Kathleen. 'Ik zou zeggen dat ze een ervaring opdoet die alle lessen die ze op school kan leren overstijgt. En ze wordt nog eens rondgeleid door iemand die er woont ook!'

'Nou, ik laat het aan jou over om het allemaal te regelen,' antwoordde Grania kortaf. 'Ik stuur je een e-mail met mijn creditcardgegevens en dergelijke om Aurora's vliegticket te betalen.'

'Goed,' zei Kathleen. 'Maar ik vraag Shane wel om het te boeken. Ik ben niet echt goed met computers. En, Grania?'

'Ja?'

'Is alles goed met je?'

'Ja natuurlijk, mam,' zei ze bruusk. 'Tot gauw.'

Grania gooide het toestel op de houder en liep haar slaapkamer in. Daar liet ze zich op het bed vallen en trok ze een kussen over haar hoofd om de pijn en haar frustratie te verdoven.

De twee dagen daarop bezichtigden Aurora en Matt alles wat er in New York City te zien viel. Matt voelde zich betoverd door haar. Het kind was een mengeling van naïviteit en intelligentie, onschuld en wijsheid... hij begreep heel goed waarom Grania dol op haar was.

Op Aurora's laatste avond nam Matt haar mee naar een hamburgertent, zoals ze had gevraagd. De volgende ochtend zou hij haar weer op het vliegtuig terug zetten. Tot op dat moment was het onderwerp Grania door beiden zorgvuldig vermeden.

'Matt, heb je al een plan bedacht om Grania's liefde terug te winnen?' vroeg Aurora hem nu, tussen twee happen van haar hamburger door.

'Nee,' zei hij schouderophalend. 'Ze heeft me heel duidelijk gemaakt dat ze me niet wil spreken. Haar moeder heeft me steeds gebeld over alles wat er voor je terugvlucht geregeld moest worden.'

'Grania is heel koppig,' zei Aurora. 'Dat zegt oma tenminste.'

'Ik weet dat ze koppig is, liefje.' Matt glimlachte bij het idee dat een kind van negen hem goede raad gaf.

'En trots,' voegde Aurora eraan toe.

'Ja, daar heb je zeker gelijk in.'

'Maar we weten dat ze nog steeds van je houdt.'

'O ja?' Matt trok zijn wenkbrauwen op. 'Weet je, Aurora, ik weet het gewoon niet meer.'

'Nou, ik wel.' Aurora boog zich samenzweerderig naar hem toe en zei: 'En ik heb een plan...'

Grania had zich twee dagen schuilgehouden in haar hotelsuite van het Claridge's. Nu ze wist dat Aurora terecht was, had ze besloten niet naar huis te vliegen, niet in staat om de druk van haar moeder, dat ze Aurora moest bellen, aan te kunnen. En te moeten horen hoe fantastisch Aurora het had met Matt. En Charley waarschijnlijk...

Als Aurora morgen eenmaal in het vliegtuig zat, kon ze naar huis.

Hans en zij hadden hun laatste, zwijgzame, diner die avond. Hij vertrok de dag daarop ook uit Londen, terug naar Zwitserland.

'Ik hoop dat ik je de volgende keer dat je in Londen bent Aurora's huis kan laten zien. Het is heel mooi.'

'De volgende keer, ja,' zei Grania afwezig.

'Grania.' Hans keek haar aan en vroeg: 'Waarom ben je zo boos?'

'Boos? Ik ben niet boos. Nou, misschien een beetje op Aurora, omdat ze ons allemaal zo aan het schrikken heeft gemaakt. En omdat ze zich bemoeit met mijn leven,' voegde ze er eerlijk aan toe.

'Ja, dat kan ik begrijpen,' zei Hans kalmerend. 'Maar we hebben het al eerder gehad over jouw problemen met het aannemen van cadeaus. Denk je niet dat Aurora je op haar manier een cadeau wilde geven? Je probeerde te helpen?'

'Ja, maar ze begrijpt niet...'

'Grania, het is niet aan mij om me ermee te bemoeien. En al helemaal niet als het om jouw gevoelens gaat. Maar je boosheid verraadt de sterke emoties die deze man in je oproept. Simpel gezegd moet je of van hem houden of je haat hem. Jij alleen kunt beslissen welke van de twee het is.'

Grania zuchtte. 'Ik hou van hem,' bekende ze triest. 'Maar maanden geleden is het helemaal fout gelopen. En hij heeft nu iemand anders.'

'Weet je dat zeker?'

'Ja,' zei Grania knikkend.

‘Maar misschien houdt hij niet van die ander?’

‘Hans, het is heel lief van je, maar echt, ik wil er verder niet over praten. En ik schaam me dat mijn liefdesleven al deze heisa heeft veroorzaakt.’

‘Tja, misschien probeerde Aurora alleen wat terug te doen voor alle liefde en zorg die je haar geeft. Geef haar maar niet al te erg op haar kop als ze terug is, zou ik zeggen, Grania.’

‘Nee, natuurlijk niet. Geloof me, Hans,’ zei Grania heftig, ‘het liefst vergeet ik dat dit ooit is gebeurd.’

43

Toen Grania de volgende dag rond lunchtijd thuiskwam, ging ze rechtstreeks naar haar atelier. Ze wist dat Aurora er pas over een paar uur zou zijn en ze had geen zin om door haar moeder te worden onderworpen aan een kruisverhoor. Ze ging aan haar werktafel zitten en begon aan de schetsen voor een nieuw beeld. Tegen het avondeten reed Grania met tegenzin naar de boerderij.

'Mammie!' Er kwam een kleine wervelwind naar buiten stormen die haar in de armen vloog. 'Ik heb je gemist.'

'En ik jou!' Grania glimlachte terwijl ze Aurora stevig omhelsde.

'New York was fantastisch! Ik heb een heleboel cadeautjes voor je gekocht. Maar ik ben blij dat ik weer thuis ben. Bij jou,' zei Aurora terwijl ze Grania meetrok naar het huis. 'En je raadt nooit wie er heeft besloten met me mee te komen voor een bezoekje.'

'Hi, Grania.'

Grania hield halt op de drempel toen ze ontdekte wie er aan de keukentafel zat. Haar hart bonkte plotseling tegen haar ribben. Na een tijdje was ze pas in staat iets uit te brengen. 'Wat doe jij hier?'

'Ik kwam om jou te zien, liefste.'

Grania keek snel naar haar moeder, die op 'pauze' leek te zijn gezet: ze hield de theepot boven Matts kop en staarde naar haar dochter om haar reactie te zien.

'Hij wilde je zien,' zei Aurora schouderophalend. Haar stem echode door de stilte. 'Dat vind je toch niet erg, hè, mammie?'

Grania was te geschokt om te kunnen antwoorden. Ze keek toe terwijl Aurora Matt een knuffel gaf.

'Maak je maar geen zorgen, hoor, Matt. Ik zei toch dat ze wel verrast zou zijn, maar ik weet zeker dat ze vanbinnen blij is. Toch, mammie?'

Aurora, Kathleen en Matt staarden haar aan, wachtend op haar antwoord. Grania voelde zich in de hoek gedreven en was, zoals ze normaal in zulke omstandigheden deed, het liefst weggevlucht.

'Nou,' zei Kathleen in een poging de spanning te breken. 'Het is natuurlijk een schok voor Grania om haar... oude vriend hier opeens aan de keukentafel te zien,' zei ze tegen Aurora.

'Mammie, alsjeblieft, niet boos zijn,' smeekte Aurora. 'Ik moest echt naar New York, naar Matt toe, echt. Hij had hierheen gebeld, weet je, toen papa en jij op huwelijksreis waren. Toen had ik hem verteld dat jij getrouwd was. Maar dat ben je nou niet meer, hè, Grania? En ik wilde niet dat Matt dacht dat je dat nog wel was, als je snapt wat ik bedoel. Dus heb ik tegen Matt gezegd dat je hem diep in je hart heel graag zou zien en toen ben ik...'

'Aurora, alsjeblieft!' Grania kon het niet meer aan.

'Grania is moe, net als wij, meiske,' kwam Matt voorzichtig tussenbeide. 'En ik weet zeker dat we iets te bepraten hebben, is het niet, Grania?'

'Kom, wij gaan naar boven om je in bad te stoppen, dame. Al het vuil van die vliegtuigen van je afschrobben en dan ga je maar eens vroeg naar bed.' Kathleen pakte Aurora's hand en trok haar met zich mee de keuken uit. Ze deed de deur stevig achter zich dicht.

Grania slaakte een diepe zucht en deed toen een stap de keuken in. 'Nou, wat doe je nou écht hier?' vroeg ze Matt koud.

'Het was in eerste instantie een voorstel van Aurora,' gaf Matt toe, 'maar ze heeft gelijk, Grania. Ik moest hierheen komen om in ieder geval met je te praten, zodat ik begrijp waarom je weg bent gegaan.'

Grania pakte een mok uit de kast en schonk zichzelf thee in uit de theepot. Het leek wel alsof alles in slow motion ging.

Matt keek haar aan. 'Nou?'

'Nou, wat?' zei ze en ze nam een slok lauwe thee.

'Kunnen we praten?'

‘Matt, ik heb je niets te zeggen.’

‘Oké.’ Matt wist hoe koppig Grania kon zijn als ze zich verzette. Hij moest het behoedzaam aanpakken. ‘Nou, misschien kun je iemand die net de halve wereld is overgevlogen om je te zien, in ieder geval zijn woordje laten doen en luisteren wat hij je te vertellen heeft.’

‘Ga je gang,’ zei Grania schouderophalend. Ze zette haar thee neer en sloeg haar armen afwerend over elkaar. ‘Ik ben een en al oor.’

‘Wat vind je ervan om een wandeling te gaan maken? Ik heb zo’n gevoel dat jij in dit huis niet de enige bent die oren heeft.’

Grania gunde hem een knikje, draaide zich om en liep de keukendeur uit. Matt ging achter haar aan naar buiten en kwam naast haar lopen.

‘Ik moet zeggen dat je, als je enorme onthullingen verwacht, er geen zult krijgen,’ begon hij. ‘Ik snap nog steeds niet waarom je toch zo woedend op me bent. En je me hebt verlaten. En dat zal ik nooit snappen, tenzij je het me uitlegt.’ Matt wierp een verstolen blik op haar, maar zag dat Grania’s kin onverzettelijk opgeheven was en haar gezicht geen enkele emotie verraadde. ‘Goed,’ zei hij met een zucht. ‘Dan zal ik je moeten vertellen hoe het er van mijn kant uitziet. Is dat goed?’

Nog steeds zweeg ze, dus begon Matt maar gewoon.

‘In eerste instantie was ik geschokt toen je je spullen pakte en verdween. Ik dacht dat het waarschijnlijk iets te maken had met de miskraam. Dat je hormonen alle kanten op stuiterden. En dat het misschien niet zozeer met mij te maken had dat je gewoon even weg moest, maar met het verlies van de baby. Dat kon ik begrijpen. Maar toen ik belde en je zo kil reageerde, begon ik te beseffen dat het toch iets moest zijn wat met mij te maken had. Ik heb je al ik weet niet hoe vaak gevraagd wat het was, maar je wilde het niet vertellen. En toen weigerde je zelfs überhaupt nog met me te praten.’ Matt slaakte een zucht. ‘Ik wist echt niet wat ik ervan moest denken. De weken verstreken en ik hoorde niks van je en je kwam ook niet terug. Dus breek ik me constant het hoofd over wat ik heb misdaan. En dat niet alleen: ik besef hoeveel ik van je hou. En je mis. Verdomme, Grania! Mijn leven is een puinhoop sinds je weg bent. Het is een grote ramp, Grania, onvoorstelbaar.'

'Dito,' gaf Grania met tegenzin toe.

'Toen Aurora voorstelde dat ik meeging, besloot ik dat ze gelijk had,' ging Matt verder. 'Dat als Mohammed niet naar de berg komt, ik een vliegtuig moest nemen en de berg naar Mohammed moest gaan. Als je me het gewoon kunt uitleggen, kan ik ophouden met me dood piekeren en misschien lukt het me weer te slapen 's nachts.'

Matt had niets meer te zeggen en liep zwijgend achter Grania aan het klifpad op. Na een tijd waren ze op de top van het klif en ging Grania op haar favoriete plekje op de rots zitten. Ze zette haar ellebogen op haar knieën en staarde over de zee uit.

'Hé, lieverd, alsjeblieft. Ik moet het weten.' Matt ging op zijn hurken naast haar zitten en tilde haar gezicht naar hem op. 'Alsjeblieft,' zei hij zacht, 'help me uit mijn verdriet.'

Toen ze hem aankeek stonden haar ogen zo hard als staal. 'Bedoel je dat je me recht kunt aankijken en nog steeds durft te beweren dat je het niet weet?'

'Je hebt me altijd gezegd dat ik een slecht acteur ben, schat, en al zou ik willen, ik zou dit echt niet kunnen spelen.'

'Goed dan.' Grania ademde diep in. 'Waarom heb je me niet verteld dat je een relatie met Charley had voordat wij elkaar ontmoetten? Dat je die nog had op het moment dat wij elkaar leerden kennen? Hoelang heeft die nog geduurd na onze ontmoeting? En wat heb je nu met haar?'

'Grania, liefste, ik...' Matt keek haar verbijsterd aan. 'Gaat het daar allemaal om? Om het feit dat ik iets met Charley had toen we elkaar ontmoetten en ik je dat niet heb verteld?'

'Ga het nou niet bagatelliseren, Matt. Ik haat leugenaars. Ik haat leugenaars het meest van alles.'

'Maar ik heb niet gelogen, Grania. Ik ben gewoon...' Matt haalde zijn schouders op.

'Vergeten om er iets over te zeggen,' onderbrak Grania hem. 'Je hebt het maar gewoon weggelaten uit je biografie, zelfs terwijl het op dat moment gaande was.'

'Maar, Grania, snap je het niet?' Matt was diep geschokt dat dit blijkbaar de reden was dat Grania uit zijn leven was verdwenen. 'Ik vond het absoluut niet belangrijk. Het was geen liefde of zoiets, het was gewoon een losse verhouding die...'

'Anderhalf jaar duurde, van wat ik van je vader en moeder heb gehoord.'

Matt keek haar bevreemd aan. 'Van mijn vader en moeder? Wanneer? Waar?'

'Toen ze in het ziekenhuis op bezoek kwamen na de miskraam. Ik was in de badkamer toen ze binnenkwamen en ze wisten niet dat ik daar was. Je moeder zei hoe triest het was dat we de baby hadden verloren en je vader merkte op hoeveel gemakkelijker het voor je zou zijn geweest als je Charley niet voor mij aan de kant had gezet.' Grania's ogen glinsterden van de tranen. 'Ik vermoed dat ze vonden dat mijn genen, omdat ze uit het moeras van Ierland komen, niet goed genoeg waren voor zo'n chique hoogheid als jij.'

'Je bent bij me weggegaan omdat je dat mijn vader hoorde zeggen?' Matt liet zich op het gras neerzakken en verborg zijn hoofd in zijn handen. 'Verdomme, Grania, ik begrijp dat het een gesprek was dat je niet had moeten horen, maar volgens mij heb je veel te heftig gereageerd. Je kent mijn vader toch: zo warm en gevoelig als een vrieskist.'

'Dat weet ik,' antwoordde Grania verhit. 'En wat betreft dat heftige reageren: misschien was dat niet zo geweest als ik er enig vermoeden van had gehad dat Charley en jij ooit een stel waren geweest. Maar dat had ik natuurlijk niet. In ieder geval,' zei Grania schouderophalend, 'kun je fijn achter je blauwbloedige prinses aan nu ik niet meer in de weg sta,' voegde ze er bitter aan toe.

'Verdomme, Grania! Ik weet niet wat jij je allemaal in je hoofd hebt gehaald, maar ik zweer dat ik geen enkele interesse heb in Charley. En het gaat erom dat ik dat ook nooit echt heb gehad!'

'En waarom nam ze dan de telefoon op in de loft toen ik je een paar weken nadat ik was vertrokken belde?' Grania spuwde de woorden uit.

'O, jezus, lieverd...' Hij zuchtte diep. 'Dat is een lang verhaal.' Nu was het Matts beurt om te zwijgen en over de zee uit te staren. Na een tijd zei hij: 'Alles wat ik je kan zeggen is dat Charley voorgoed uit mijn leven is verdwenen.'

'Dus je geeft toe dat er de laatste tijd nog iets aan de gang was?'

'Grania.' Matt schudde zijn hoofd in wanhoop. 'Net zoals ik over jou moest horen dat je getrouwd was, is mijn leven ook heel... gecompliceerd verlopen de laatste tijd. En natuurlijk kan ik je het verhaal daarover vertellen, maar het is zo bizar, dat ik betwijfel of je het zult geloven.'

'Nou, dat is dan een ding wat we gemeenschappelijk hebben, denk ik,' zei Grania zachtjes. 'Jouw leven kan nauwelijks gecompliceerder zijn geweest dan mijn leven hier het afgelopen jaar.'

'Nee.' Matt keek naar haar op. 'En hoe zit het met Aurora's vader? Heb je... was je...'

'O, Matt,' verzuchtte Grania. 'Er is zo veel gebeurd sinds ik uit New York ben weggegaan.'

'Nou, misschien, heel misschien, als jij had vertrouwd op mijn liefde voor jou en had geloofd dat ik mijn blauwbloedige prinses, zoals jij haar noemt, had kunnen krijgen als ik haar had gewild, was dit allemaal niet gebeurd.'

'Maar het is wel gebeurd, Matt,' zei Grania. 'En ja, ik weet dat ik emotioneel heel kwetsbaar was toen ik hoorde wat je vader zei. En ja, ik was niet rationeel. Het verlies van de baby bracht alle onzekerheden die ik in me had naar boven. Ik had zo veel verdriet dat ik wegvluchtte. Hans zegt...' Grania beet op haar lip, 'dat mijn trots me domme dingen laat doen. En daar heeft hij waarschijnlijk gelijk in,' gaf ze toe.

'Nou, ik weet niet wie die "Hans" is, maar ik wil hem zeker graag ontmoeten,' merkte Matt wrang op.

'Maar begrijp je het dan niet? Toen ik gekalmeerd was en het een paar weken nadat ik was vertrokken tot me doordrong dat ik waarschijnlijk te heftig had gereageerd, belde ik naar de loft om te proberen het uit te praten. Maar Charley nam de telefoon op en toen knapte er echt iets in me. Het was de bevestiging van mijn diepste angst.'

'Ja, ik begrijp dat dat zo moet zijn geweest.' Matt stak aarzelend zijn hand naar Grania uit. 'Schat, ik moet je ook een heleboel vertellen. Maar ik ben bang dat ik straks onderkoeld raak hierbuiten. Is er ergens een plek waar we verder kunnen praten, met wat te eten erbij, misschien? Ik verrek van de honger.'

Grania nam Matt mee naar een café in de buurt van Ring waar verse vis, rechtstreeks uit zee, werd geserveerd. Ze zat tegenover hem en voelde zich ongemakkelijk. De onwillekeurige aanraking van zijn hand was verdwenen, het gemakkelijke van jaren van liefde. Matt voelde heel bekend, maar tegelijkertijd ook heel onbekend.

'Zo,' zei hij vanaf de andere kant van de tafel. 'Wie vertelt zijn verhaal eerst?'

'Nou, ik was al begonnen, dus kan ik net zo goed doorgaan.' Grania keek hem aan. 'En ik wil dat we allebei eerlijk zijn. Tenslotte hebben we niets te verliezen en dat zijn we elkaar op z'n minst verschuldigd.'

'Goed,' zei Matt. 'En er zal een heleboel zijn wat je niet leuk zult vinden, ben ik bang. Maar ik zweer je dat je alles wat ik vertel kunt geloven.'

'Van mij ook,' zei Grania zacht. 'Oké, Aurora heeft je vast verteld hoe we elkaar hebben ontmoet. Wat je wilt weten is wat voor relatie ik met Alexander had?'

'Ja.' Matt zette zich schrap om het aan te horen. En terwijl hij naar Grania luisterde die de dramatische gebeurtenissen van de afgelopen maanden uit de doeken deed, merkte Matt dat ze was veranderd. Hij vond haar volwassener geworden, en op de een of andere manier milder. En toen hij hoorde hoe de relatie met Alexander was geweest, merkte Matt zelfs dat hij nog meer van haar hield. Vanwege haar goedheid, haar gulheid en de kracht die ze had getoond in, zo te horen, afschuwelijke omstandigheden.

'...en dat was het,' eindigde Grania schouderophalend.

'Wat een verhaal,' zei Matt met een zucht. 'Dank je wel, lieverd, dat je het zo eerlijk hebt verteld,' zei hij. 'Maar eh...' vervolgde hij met tegenzin. Hij moest nog een punt ophelderen voordat hij zich er later het hoofd over zou breken. 'Ik ben maar een gewone vent en ik wil graag geloven dat je fysieke relatie met Alexander niet verder is gegaan, maar als dat wel zo is, zeg je dat dan alsjeblieft?'

'Matt, we hebben elkaar gekust en dat was alles, dat zweer ik. Hij was zo ziek.' Grania bloosde. 'Maar als ik eerlijk ben, kan ik niet zeggen dat er niets zou zijn gebeurd als hij gezond was geweest. Ik voelde me aangetrokken tot hem.'

'O.' Dat was een afschuwelijke gedachte voor Matt, maar hij besefte dat hij daar maar overheen moest zien te komen. 'Oké, dus... je heet nu Grania Devonshire, je bent weduwe en je hebt een kind van negen. En je bent rijk. Mijn god, wat is er veel gebeurd in die paar maanden,' zei hij met een grimas.

'Ja, ik weet het, maar ik beloof je dat ik je de waarheid heb verteld. En trouwens, Aurora en mijn ouders kunnen zowat ieder woord bevestigen. En nu denk ik dat we allebei wel een nieuw drankje kunnen gebruiken, dan kun je me daarna over Charley vertellen.'

Matt liep naar de bar en terwijl hij op zijn bestelling stond te wachten, besefte hij somber dat ieder woord dat straks over zijn lippen zou komen, Grania's vermoedens en onzekerheden alleen maar zou aanwakkeren.

Grania keek naar hem terwijl hij bij de bar stond en op de gemakkelijke manier die hij van nature had, een praatje met de vrouw erachter maakte. Hij zag er ouder uit dan ze zich hem herinnerde. Misschien was het de stress van de laatste paar maanden die de trekken van zijn jongensachtige gezicht wat rijper hadden gemaakt. Maar hoe dan ook, dacht ze met een zucht, het maakte hem alleen maar aantrekkelijker.

Hij zette de drankjes voor hen neer. 'Ik dacht dat ik het Ierse bier maar eens moest proberen,' zei hij terwijl hij een slok van een glas Murphy's nam. 'Ik heb je al gezegd dat het geen leuk verhaal is, maar hier komt het dan...'

Matt vertelde het zo eerlijk en realistisch als hij kon. Hij spaarde zichzelf niet, omdat hij wist dat hij de waarheid moest spreken als hij met deze vrouw – de vrouw van wie hij hield – een kans wilde maken op een toekomst samen. Terwijl hij praatte, wierp hij af en toe een snelle blik op haar, in een poging in te schatten wat ze dacht of voelde, maar haar gezicht verraadde niets.

'En dat was het zo'n beetje,' eindigde Matt, zijn opluchting nadat hij alles had verteld, was haast tastbaar. 'Het spijt me, lieverd, ik had je al gezegd dat het geen prettig verhaal is.'

'Nee.' Grania schudde langzaam haar hoofd. 'Dat is het zeker niet. Waar is Charley nu?'

'Mijn moeder vertelde dat ze in het huis in Greenwich woont en iets heeft met mijn oude vriend Al, die blijkbaar zowat bij haar is ingetrokken. Hij is altijd dol op haar geweest.' Matt lachte grimmig. 'De baby is over een paar weken uitgerekend. Op de golfclub wordt mijn naam natuurlijk door het slijk gehaald, maar dat kan me niks schelen.'

'En je moeder en vader? Het moet voor hen ook moeilijk zijn.'

'Tja.' Matt wist een flauwe glimlach tevoorschijn te toveren. 'Het lijkt erop dat mijn moeder haar eigen beslissingen heeft genomen, na alles wat er met mij is gebeurd. En zodoende heb ik vanaf volgende week een nieuwe huisgenoot in de loft.'

'Wat bedoel je?' vroeg Grania fronsend.

'Mam is blijkbaar al jarenlang niet gelukkig met mijn vader. En je kunt je wel voorstellen dat hij niet te spreken was over het feit dat Charley en ik uit elkaar zijn. Hij vond dat ik bij haar hoorde te blijven, gewoon, uit "fatsoen". En dat was de bekende laatste druppel voor mijn moeder.' Matt schudde zijn hoofd. 'Het klinkt misschien ironisch, maar ze zegt dat ze er genoeg van heeft om altijd maar te doen zoals het hoort. Ze wil leven, zolang dat nog kan. En weet je, Grania, ondanks de indruk die je van haar hebt, vindt ze je juist geweldig. Ze zei zelfs dat je een voorbeeld voor haar was.'

'Echt?' Grania was oprecht verrast. 'Maar voor jou moet het verdrietig zijn, Matt. Ze zijn al zo lang getrouwd.'

'Tja, nou, ik heb zo'n voorgevoel dat ze uiteindelijk wel weer terug zal gaan, maar het kan geen kwaad dat mijn vader het een tijd zonder haar moet zien te redden. Misschien gaat hij haar dan eens een keer waarderen in plaats van altijd de fatsoensridder uit te hangen, en verbetert zijn relatie met haar. Plus die met zijn zoon.' Matt trok zijn wenkbrauwen op. 'Maar we zitten hier niet om over de relatie van mijn ouders te praten. Het gaat om jou en mij. Hoe voel je je, lieverd?'

'Ik weet het werkelijk niet, Matt.' Grania staarde in de verte en zei uiteindelijk: 'We hebben allebei een hoop voor onze kiezen gekregen vanavond.'

'Maar ben je niet blij dat we nu met elkaar hebben gepraat? Dat hadden we al maanden geleden moeten doen, Grania,' zei Matt overtuigd.

'Ja, ik weet het,' antwoordde ze zachtjes.

'En dat kleine meiske van je heeft er alles aan gedaan om die kans voor ons te creëren,' voegde Matt eraan toe. 'Onze goede toverfee.'

'Ja, dat heeft ze inderdaad,' was Grania het met hem eens, maar...'

'Maar wat?'

'Dat maakt de foute dingen nog niet goed. En wist het verleden niet uit.'

'Wat zijn die "foute dingen" dan?' Matt staarde haar aan. 'Anders dan jij, heb ik altijd alleen de "goede dingen" gezien van ons twee.'

'Ik ben moe, Matt,' zei Grania met een zucht. 'Kunnen we nu naar huis gaan, alsjeblieft?'

'Oké.'

Zwijgend reden ze terug naar de boerderij. Grania staarde uit het raampje de zwarte nacht in.

Toen ze de keuken in kwamen, vroeg Matt: 'Waar kan ik slapen?'

'Ik ben bang dat dat de bank wordt. Ik haal een kussen en wat dekens.'

'Grania... alsjeblieft, schat, geef me op zijn minst een knuffel. Ik hou van je... ik...' Hij stak zijn hand naar haar uit toen ze langs hem liep. Maar Grania negeerde die en liep de trap op naar de linnenkast om de spullen te pakken die Matt nodig had.

'Zo.' Weer beneden, liet ze de stapel op de keukentafel vallen. 'Sorry dat de accommodatie weinig voorstelt.'

'Ik red het wel,' zei hij, plotseling koeltjes. 'En maak je geen zorgen – je bent morgen van me af. Ik heb een lezingencyclus die woensdag begint.'

'Goed. Welterusten, Matt.'

Matt keek haar na terwijl ze de kamer uit ging. Hij begreep dat ze van streek was: wat hij haar vanavond had moeten vertellen was moeilijk om aan te horen. Maar Grania's verhaal was voor hem ook geen pretje geweest. Hij was nog steeds bereid om haar de hand te reiken, alles te accepteren en te begrijpen. En het verleden achter zich te laten. Gewoon omdat zijn behoefte om samen te zijn met de vrouw van wie hij hield, al het andere oversteeg.

Terwijl zij ijskoud tegen hem deed en geen centimeter toegaf. Hij had het geprobeerd, aangemoedigd door Aurora, en was de halve wereld overgevlogen om haar te zien, om nog een keer te proberen hun relatie te redden. Matt zuchtte diep toen hij zich op de bank liet neervallen. Misschien kwam het doordat hij moe was van de reis, maar hij had geen enkele hoop meer op de toekomst.

Grania lag boven in haar slaapkamer en kon niet slapen. Hoewel ze Matts verhaal geloofde, bleef het onverteerbare deel eruit door haar hoofd malen. Of Matt nou dronken was geweest of niet, Charley was in zijn bed terechtgekomen. En had daar de vijf maanden erna ook in gelegen. Haar spullen hadden in de kast gehangen waar haar kleren vroeger hingen, ze bezaten samen een huis en hadden hun verloving aangekondigd. Het scenario was haar ultieme angstdroom. Grania huiverde bij de gedachte aan hoe zelfvoldaan Matts vader geweest zou zijn, omdat zijn zoon herenigd was met een vrouw uit zijn eigen milieu.

Maar het was ook zo dat veel stellen hun verschillende achtergronden goed wisten te combineren. En de meeste vrouwen leken niets liever te willen dan te worden meegenomen door hun prins op het witte paard. Dus waarom was dat dan niet haar wens? En daarbij was Matt natuurlijk nauwelijks een prins te noemen. Maar het feit dat zijn vader een pompeuze, arrogante, bekrompen kwast was, die haar altijd het gevoel had gegeven dat ze minderwaardig was – en datzelfde gevoel zo te horen zelfs zijn eigen vrouw had gegeven – was niet de schuld van zijn zoon. De gedachte dat Elaine haar echtgenoot in de steek liet, was het enige wat Grania even deed glimlachen.

Het feit dat Matt de halve wereld was overgevlogen, moest betekenen dat hij het niet had opgegeven. Dat hij nog steeds van haar hield...

Terwijl de eindeloze uren van de nacht traag voorbijkropen en Grania met haar kin op haar knieën rechtop in bed zat, begon de waarheid langzaam tot haar door te dringen. Achteraf besefte ze dat Matt ervoor had gekozen om met haar te zijn, wat zijn vader daar ook van vond. Het was Matt geweest die vanaf het begin een relatie met haar had gewild. Ze had hem nergens toe overgehaald, of hem gedwongen het leven te leiden dat ze samen hadden opgebouwd. Het was wat hij had gewild. En hij was degene geweest die zich had aangepast, om haar eigenaardigheden de ruimte te geven. Hij had haar koppigheid over het weigeren van financiële hulp van zijn ouders aanvaard, hoe krap ze af en toe ook hadden gezeten. Hij was degene die er begrip voor had gehad dat ze moeite had met zijn vrienden en was hen daarom uit de weg gegaan. En hij had ermee ingestemd om samen te wonen in plaats van te trouwen...

'O, god...'

Grania besefte opeens heel duidelijk dat het niet Matt was die een probleem had, ze was het zélf.

Haar stupide, koppige, belachelijke, destructieve trots, en haar onzekerheid, hadden ervoor gezorgd dat ze blind was voor zijn liefde. En dat gesprek dat ze had opgevangen toen ze zich in het ziekenhuis zo zwak en kwetsbaar voelde, had ze, in combinatie met die 'blinde vlek' van haar, veel te zwaar opgevat. Ze had zich een mislukkeling gevoeld: als vrouw, als partner en als mens.

Grania zuchtte en dacht aan Hans en zijn inschatting van haar karakter. Ze had veel over zichzelf geleerd in de laatste paar maanden: wat ze altijd had gezien als haar sterke punten, waren net zo goed haar zwakheden. Wat was er nou zo erg aan dat Matt een relatie met Charley had gehad voordat hij haar ontmoette? Hij had het er niet tegen haar over gehad omdat hij het eenvoudigweg niet belangrijk genoeg vond. En niet omdat hij diep in zijn hart in stilte van Charley hield.

Matt had eigenlijk helemaal niets verkeerd gedaan, besefte ze nu.

Toen het matte licht van de dageraad door het raam begon te schemeren, sukkelde ze eindelijk in slaap. Niet lang daarna werd ze wakker van een zacht klopje op haar deur. 'Binnen,' zei ze slaperig.

Aurora, gekleed in haar schooluniform, stak haar hoofd verlegen om het hoekje. 'Ik ben het.'

Grania kwam overeind en glimlachte naar haar. 'Ik weet dat jij het bent.'

Aarzelend kwam Aurora naar Grania's bed en ze ging op het randje zitten. 'Ik wilde alleen maar zeggen dat het me spijt.'

'Wat spijt je?'

'Oma heeft me gisteravond gezegd dat het geen goed idee is om je te bemoeien met het leven van iemand anders. Ik dacht dat ik iets goeds voor je deed, Grania, maar dat was niet zo, hè?'

'O, schatje, kom hier, dan geef ik je een knuffel.'

Aurora liet zich door Grania omhelzen en begon te huilen. 'Ik vond je zo eenzaam en verdrietig. En ik wilde juist dat je gelukkig was, net zoals jij mij gelukkig hebt gemaakt... ik wilde iets terugdoen voor je.'

'Lieve schat, wat je hebt gedaan was fantastisch. En moedig en een beetje gevaarlijk,' voegde Grania eraan toe.

'Maar je bent boos op me, hè?' Aurora keek door haar tranen naar haar op.

'Nee, ik ben helemaal niet boos, ik was gewoon...' Grania zuchtte. 'Soms kunnen zelfs goede feeën iets niet meer goedmaken.'

'O,' zei Aurora. 'Ik dacht dat jullie van elkaar hielden.'

'Dat weet ik, schatje.'

'En Matt is zo aardig en heel knap. Maar niet zo knap als papa,' voegde ze er snel aan toe. 'En jullie hebben gisteravond heel lang met elkaar gepraat, toch?'

'Ja, inderdaad.'

'Nou,' Aurora maakte zich los uit Grania's armen en stond op. 'Ik moet nu naar school. Ik beloof dat ik er niets meer over zal zeggen. Want oma zegt dat je het zelf moet beslissen.'

'Ja, dat is zo, liefje, maar dank je wel dat je hebt geprobeerd te helpen.'

Aurora bleef bij de deur staan. 'Maar ik denk echt dat jullie goed bij elkaar passen. Tot straks.'

Grania bleef, een beetje moedeloos, nog even liggen. Ze moest haar gedachten op een rijtje hebben voordat ze naar beneden ging.

Zelfs al zou het hun tweeën lukken over alles wat er was gebeurd heen te komen, hoe konden ze dan hun levens ooit combineren? Die liepen nu zo enorm uiteen: Matt woonde aan de andere kant van de Atlantische Oceaan, en zij zat hier vast vanwege Aurora. Ze was tenslotte moeder geworden – ironisch, gezien de omstandigheden – sinds ze Matt voor het laatst had gezien. Ze had geen idee hoe hij daartegenover stond.

Grania ging onder de douche, kleedde zich aan en liep naar beneden. Aurora was al met Kathleen naar school vertrokken. Matt zat aan de keukentafel en werkte het uitgebreide ontbijt dat haar moeder voor hem had gemaakt naar binnen.

'Je moeder weet uitstekend hoe ze iemand moet verwennen,' zei Matt toen hij klaar was. 'Ik heb jouw kookkunsten ook gemist, schat.'

'Nou, ik weet zeker dat Charley je overladen heeft met meeneemmaaltijden van Dean en Deluca – de beroemde traiteur,' was Grania's onmiddellijke commentaar. Toen kon ze zichzelf wel slaan, het was er uitgekomen voor ze het wist.

'Grania,' zei Matt met een zucht. 'Begin daar nou niet over, alsjeblieft.'

Er hing een gespannen stilte in de keuken en geen van beiden wist iets te zeggen. Grania maakte een kop thee voor zichzelf en Matt dronk zijn koffie. Toen stond hij op en liep in de richting van de achterdeur, waar hij, met zijn hand op de klink, bleef staan. 'Luister, lieverd, ik heb mijn best gedaan, maar het is duidelijk dat jij het verleden niet achter je kunt laten. Waar het hoort. En misschien wil je wel niet eens een nieuw begin maken.' Matt haalde zijn schouders op. 'Om eerlijk te zijn ben ik moe van mijn eenzijdige gevecht. En dat is hoe onze relatie op dit moment voelt.'

'Matt...'

'Het is goed, schat, je hoeft het niet uit te leggen. En misschien zegt al dat gedoe over onze verschillende achtergronden en Charley, plus het feit dat je niet met me wilde trouwen, wel iets: misschien, Grania, heb je nooit genoeg van me gehouden om ook maar te proberen een succes van onze relatie te maken. Iedereen komt problemen tegen in zijn leven, maar dat is juist waardoor een relatie sterk kan worden. Dat en compromissen. Jij hebt daar nooit iets mee willen doen – het moet altijd op jouw manier. En bij het eerste teken van een probleem keerde je je van me af en vluchtte je weg. Ik heb het gehad.' Hij keek op zijn horloge. 'Ik moet gaan. Tot ziens.'

Matt ging de deur uit en trok die met een klap achter zich dicht. Grania hoorde zijn huurauto het laantje af rijden, en de tranen sprongen haar in de ogen. Ze was geschokt. Waarom was Matt zo tegen haar tekeergegaan? Ja, het was een gemene opmerking die ze had gemaakt over die traiteur, maar wat bedoelde hij met dat ze 'niet genoeg van hem had gehouden' om ook maar te proberen hun relatie tot een succes te maken?

En nu was hij weg.

En het was voorbij. Hij had het gehad. Dat had hij heel duidelijk gezegd.

Grania liep het huis uit en reed als verdoofd naar het atelier. Haar maag kromp samen. Toen ze achter haar werktafel zat, bleven de tranen haar ogen vertroebelen. Ze was er niet aan gewend dat Matt terugvocht. Hij was altijd zo lief, gemakkelijk en redelijk. Zij was de heftige, opvliegende van de twee. En na al haar gedachten en goede bedoelingen van die nacht, had ze een zin aan haar lippen laten ontsnappen die alles voorgoed had geruïneerd.

'Stomme, koppige trut dat je ook bent. Je houdt van hem!' kreunde ze terwijl de tranen op haar nieuwe beeldje drupten en de klei doorweekten. 'Matt heeft zo hard geprobeerd voor je te vechten en nu is hij weg! En dat is je eigen schuld!' Ze stond op, veegde de tranen weg met de rug van haar hand en begon door het atelier te ijsberen.

Wat moest ze nu doen?

Een deel van haar, de oude, trotse Grania, zei dat ze hem moest laten gaan.

Maar een nieuw deel, het deel dat ze door Hans en de gebeurtenissen van de afgelopen maanden had leren onderkennen, vertelde haar dat ze haar trots moest inslikken en achter hem aan moest gaan. Hem moest smeken het nog een keer met haar te proberen.

Ze had zo veel te verliezen als ze dat niet deed. Natuurlijk waren er problemen die ze moesten oplossen, bijvoorbeeld waar ze moesten gaan wonen, en of Matt bereid was Aurora te accepteren en als een vader voor haar te zijn. Maar zoals Matt had gezegd: als je van iemand hield, was het toch zeker het proberen waard?

Maar ik dacht dat jullie van elkaar hielden...

Grania zag Aurora's trieste gezichtje van die ochtend voor zich. Kon ze de gewoonte van een heel leven lang doorbreken? Haar trots opzijzetten en achter de man van wie ze hield aan gaan?

Ga... ga... ga...

Misschien was het het gehuil van de wind om het atelier, of misschien was het Lily die haar met haar geest aanspoorde om op de liefde te vertrouwen.

Grania griste haar autosleutels van tafel en racete weg naar Cork Airport.

Tijdens de rit probeerde ze Matt verschillende keren mobiel te bereiken, maar zijn telefoon was uitgeschakeld. Grania reed veel harder dan veilig was, maar toen ze bij de vertrekhal arriveerde, ontdekte ze dat de passagiers van de vlucht naar Dublin al aan het instappen waren. Ze holde naar de informatiebalie van Aer Lingus en wachtte ongeduldig in de rij.

'Mijn... eh... vriend is bezig aan boord van het vliegtuig naar Dublin te stappen en ik moet hem nog iets zeggen. Is er een manier om contact met hem te krijgen?' vroeg ze het jonge meisje achter de balie wanhopig.

'Hebt u zijn mobiele telefoon geprobeerd?' vroeg het meisje verstandig.

'Ja, natuurlijk! Die is uitgeschakeld, waarschijnlijk omdat hij het vliegtuig in gaat. Kunt u geen boodschap omroepen of zoiets?'

'Tja, dat hangt van de urgentie af,' zei het meisje langzaam. 'Is het urgent?'

'Ja, natuurlijk is het urgent!' antwoordde Grania geërgerd. 'Vreselijk urgent. Kunt u een boodschap voor Matt Connelly omroepen, en zeggen dat Grania Ryan... op hem wacht bij de informatiebalie. En of hij haar alsjeblieft kan bellen voordat hij vertrekt?'

En dat ze van hem houdt en hem nodig heeft en dat het haar zo ontzettend spijt...

Maar dat zei ze niet hardop. Het duurde eindeloos lang voordat het meisje met haar meerdere had gesproken en tranen van frustratie sprongen in Grania's ogen.

Eindelijk werd het omgeroepen: luid en duidelijk galmde de boodschap door de kleine luchthaven. Grania wachtte en tuurde gespannen naar de mobiele telefoon in haar handpalm. Die lag daar – het zwijgende bewijs van de verschrikkelijke fout die ze had gemaakt.

'Miss, het vliegtuig is zojuist opgestegen,' zei het meisje achter de balie. 'Ik denk niet dat hij u nu nog belt,' voegde ze er nogal onnodig aan toe.

Grania draaide zich om en keek door het raam. Ze wist een gemompeld 'dank je' uit te brengen en liep verslagen terug naar haar auto.

Langzaam reed ze terug naar huis, in de wetenschap dat ze de toekomst die ze had gezaaid nu oogstte: Matt wilde niets meer met haar te maken hebben en dat verbaasde haar niet. Het was alsof ze tot vandaag opgesloten had gezeten in een gevangenis van niet-voelen, de muren dichtgesmeerd met een dikke laag onzekerheid en trots. Die muur was nu ingestort en Grania kon eindelijk zien wat ze was kwijtgeraakt. En waarom.

Toen ze haar auto tot stilstand had gebracht bij de boerderij, liep ze met een verlaten gevoel naar de keukendeur, van plan om meteen naar boven, naar haar slaapkamer, te gaan.

'Waar heb jij in vredesnaam gezeten, Grania Ryan? We hebben ons allemaal hartstikke bezorgd gemaakt.' Kathleen stond van de keukentafel op, waar de rest van de familie met een kop thee voor zich zat, iedereen zichtbaar opgelucht dat Grania er weer was.

'Ja, mam,' zei Aurora, 'en nu weet ik ook hoe jullie je gevoeld moeten hebben toen ik weg was.'

'Kom zitten, schat, en neem een kop thee,' moedigde John haar aan, en hij klopte op de stoel naast zich.

Grania deed wat hij vroeg, haar tegenzin getemperd door de oprechte warmte van haar familie die ondanks al haar fouten zo duidelijk van haar hield. 'Bedankt, pap,' mompelde ze terwijl John een kop thee inschonk en die voor haar neerzette. Toen ze een slok nam, viel haar op dat de rest van de familie haar in stilte bekeek, alsof ze haar stemming probeerden te taxeren.

'De prijs van een kalf is met tien procent gestegen,' verkondigde

John plotseling tegen niemand in het bijzonder, in een poging de spanning te breken. 'Toen ik vandaag op de markt in Cork was, klaagden de anderen dat hun kuddes volgend jaar een stuk kleiner zullen zijn als het zo doorgaat.'

Achter Grania ging de deur naar de trap open, maar ze hoorde het niet.

John keek op. 'Voel je je wat opgefrist? Na zo'n veemarkt hangt die stank soms nog dagenlang om je heen.'

'Ja, bedankt,' hoorde Grania een stem achter zich. 'Bedankt dat ik mee mocht, John. Het was echt interessant om te zien hoe het toegaat op zo'n markt.'

Grania voelde een hand op haar schouders. 'Dag, lieverd. Je bent er gelukkig weer. We waren allemaal bezorgd om je.'

Ze draaide zich om en keek op in Matts ogen. 'Ik... dacht dat je was vertrokken.'

'Je vader bood aan me mee te nemen naar de veemarkt in Cork,' antwoordde hij terwijl hij een stoel onder de tafel vandaan trok en naast Grania ging zitten. 'Ik dacht dat ik maar eens wat typisch Ierse dingen moest gaan bekijken voordat ik vertrok. En die heb ik zeker gezien vandaag!' grinnikte hij.

'Maar... je vlucht... ik dacht dat je vandaag weg moest. Dat zei je gisteravond.'

'Je vader vroeg vanmorgen aan het ontbijt of ik met hem mee wilde en dus heb ik mijn vlucht omgezet.' Onder de tafel pakte Matt haar hand en gaf er een kneepje in. 'En bovendien dachten je familie en ik dat het misschien een goed idee was als ik wat langer bleef, onder de omstandigheden. Het leek iedereen beter als je wat tijd had om na te denken en de ruimte kreeg, dus heb ik je vandaag niet voor de voeten gelopen. Vind je het erg dat ik ben gebleven, Grania?'

De blikken van haar familie vlogen weer naar Grania's gezicht, in afwachting van haar reactie. Grania's keel zat dicht en ze werd overspoeld door emoties. Met de steun van iedereen hier aan tafel had Matt genoeg van haar gehouden om haar nog een laatste kans te geven.

'O, mammie, zeg nou dat je het niet erg vindt!' Aurora rolde met haar ogen. 'We weten allemaal dat je vreselijk veel van Matt houdt en de koeien moeten nodig op stal gezet worden.'

Grania keerde zich naar Matt en met haar ogen vol tranen glimlachte ze hem toe.

'Nee, Matt, dat vind ik helemaal niet erg.'

AURORA

Lezer, het is me gelukt!

Ja, ik weet dat mijn verdwijntruc een hoop moeilijkheden en stress veroorzaakte, vooral voor Grania, maar weet je hoe vaak ik de plot tijdens het schrijven van dit boek niet had willen veranderen en er een andere wending aan had willen geven? Nou, toen had ik de kans om tussenbeide te komen, te doen wat een goede fee doet, en opeens tevoorschijn te komen om alles goed te maken.

En net zoals goede feeën doen, was ik aan komen vliegen – in Amerika.

Ik was absoluut niet bang.

Dat is me vaak gevraagd, waarom ik nergens bang voor lijk te zijn. Blijkbaar is dat het wat mensen tegenhoudt om iets te ondernemen waardoor hun leven gelukkiger zou kunnen worden. Nou, ik heb daar niet echt een antwoord op, maar misschien is het zo dat je, als je niet bang bent voor geesten, of beter gezegd: voor de dood – wat tenslotte het ergste is wat een mens kan overkomen – er weinig overblijft om bang voor te zijn.

Behalve pijn...

In mijn jeugd heb ik heel veel tijd doorgebracht in het gezelschap van volwassenen, en ik heb nooit kunnen begrijpen waarom ze niet echt tegen elkaar leken te kunnen zeggen wat ze voelden. Dat ze ophielden met communiceren, terwijl ik kon zien dat hun hart pijn deed en dat ze van de ander hielden. Hoe trots, woede en onzekerheid de kans op geluk zo gemakkelijk kapot kunnen maken.

Ja, natuurlijk kan het ook allemaal verschrikkelijk fout lopen, maar soms moet je de sprong gewoon wagen en erop vertrouwen dat het goed zal gaan. Ik had het, als het slecht was afgelopen, in ieder geval geprobeerd, en echt, meer kun je volgens mij niet doen in het leven. Het is al zo kort en ik weet, nu ik terugkijk en nog maar weinig tijd overheb, dat je beter zo weinig mogelijk spijt van dingen kunt hebben.

En Grania deed natuurlijk precies wat ze moest doen. Ik heb het al eerder gehad over de lessen die we in ons leven moeten leren, en Grania zag haar fouten in en erkende die net op tijd. Het was kantje boord, en hopelijk zal haar huidige leven gemakkelijker zijn nu ze haar fouten inziet. En dat ze haar eigen zwakheden nu kent, kan ook betekenen dat ze de volgende keer als iets heel schattigs terugkomt. Persoonlijk hoop ik terug te komen als vogel – misschien een zeemeeuw. Ik wil voelen hoe het is om op te vliegen, weg te zweven van de kliffen en hoog boven de oceaan rond te cirkelen.

En Matt is precies het type man met wie ik had willen trouwen. Ik weet dat hij een heel goede vervangende papa zou zijn geweest voor de papa die ik was verloren. Tegenwoordig zijn er veel vrouwen die vinden dat ze geen man in hun leven nodig hebben, maar, lezer, zijn we niet geboren om een partner te vinden? Verlangen we het grootste deel van ons leven niet allemaal naar de magie van de liefde?

Ik heb de laatste tijd veel films gezien en ik heb ontdekt dat die eigenlijk altijd om drie dingen draaien: strijd, geld en liefde. En normaliter sluipt de laatste ook nog ergens binnen bij de eerste twee.

En in dit verhaal is er sprake van alle drie!

Ik kan maar beter opschieten…

44

LONDEN, EEN JAAR LATER

Grania en Aurora stonden voor het elegante witte huis en keken omhoog.

'Het is prachtig,' fluisterde Aurora. Ze draaide zich om naar Hans. 'Is het echt van mij?'

'Het is helemaal van jou, Aurora. Dit heb je, samen met Dunworley House, van je moeder geërfd,' zei Hans met een glimlach. 'Zullen we binnen gaan kijken?'

'Ja, graag,' zei Aurora.

Grania bleef stilstaan op de bordestrap en legde haar hand op Hans' arm. 'Wat is het adres van dit huis eigenlijk?'

Hans keek op zijn papier. 'Cadogan House, Cadogan Place.'

'O, mijn hemel!' Grania sloeg haar hand voor haar mond. 'Dan is dit het huis waar mijn overgrootmoeder, Mary, als dienstmeid werkte. En waar Anna Langdon, Aurora's grootmoeder, als baby door Lawrence Lisle mee naartoe werd genomen.'

'Wat interessant! Op een dag kun je Aurora misschien vertellen hoe haar geschiedenis in elkaar zit.' Ze stonden in de donkere entreehal en Hans snoof. 'Vocht,' stelde hij vast. 'Dit huis staat al jaren en jaren leeg.'

'Ik weet dat Lily hier, na de problemen in Ierland, met haar moeder heeft gewoond,' bevestigde Grania. Ze probeerde de puzzelstukjes in elkaar te passen. 'Toen Laurence Lisle stierf, heeft haar vader, Sebastian, het van zijn broer geërfd.'

'Nou, Alexander, Lily en Aurora hebben hier niet gewoond als ze in Londen waren. Alexander heeft een heel comfortabel huis, hier vlakbij, in Kensington. Niet zo groot als dit, moet ik zeggen,' merkte Hans op. 'Maar zeker gezelliger.'

'Het is enorm!' zei Aurora vol bewondering, terwijl ze de elegante zitkamer binnenliep en Hans de luiken opende om het licht binnen te laten.

'Dat is het zeker, jongedame.' Hans was het met haar eens. 'Maar ik denk dat er, net zoals bij Dunworley House, veel geld voor nodig is om het in de oude glorie te herstellen.'

Grania liep achter Hans en Aurora aan door de vele kamers en daarna de trap op, en ze had een gevoel alsof de tijd had stilgestaan: het huis was als een relikwie uit een andere tijd bewaard gebleven. Aurora had enorm veel plezier met de schellekoorden, ze trok er steeds aan en dan konden ze een flauw gerinkel beneden in de keuken horen.

'Mijn overgrootmoeder Mary was waarschijnlijk een van de bedienden die op zo'n belletje moest reageren,' merkte Grania op, terwijl ze de trap weer af gingen.

Toen ze eenmaal terug beneden in de ontvangsthal waren, merkte Hans – ingegeven door zijn Zwitserse voorkeur voor orde en netheid – met een huivering op: 'Nou, Aurora, naar mijn mening kun je beter het huis van je vader als woning hier in Londen overwegen en dit verkopen.'

'O, nee, oom Hans, ik vind het fantastisch hier!' Aurora danste de zitkamer weer binnen en wees op iets dat boven op een kastje stond. 'Wat is dat?'

'Dat, Aurora, is een heel oude grammofoon.' Hans en Grania wisselden een glimlach. 'Een apparaat waar wij, reptielen uit de vorige eeuw, onze muziek op speelden.'

Aurora wierp een blik op de stoffige vinylplaat die op de draaitafel lag. 'Het is *Het Zwanenmeer*! Misschien heeft Anna, mijn grootmoeder, dat hier wel als laatste gedraaid. Ze was een beroemde ballerina, oom Hans.'

'Nou, wie weet. Maar ik denk dat we alles wat er hier te zien valt wel hebben gezien.' Hans liep in de richting van de voordeur. 'Ik weet zeker dat er projectontwikkelaars genoeg zijn die dit in handen willen krijgen. Het is perfect om er drie of vier appartementen van te maken en bovendien ligt het natuurlijk op een geweldige locatie. Het zal miljoenen opbrengen.'

'Maar, oom Hans, als ik graag zou willen dat we hier wonen als ik naar de balletschool ga, zou het dan veel geld kosten om het een beetje op te knappen?'

'Ja, Aurora, dat zou heel veel geld kosten. Heel veel.'

Aurora keek hem aan en sloeg haar armen over elkaar. 'Maar heb ik genoeg geld om dit huis te verbouwen tot een fijne plek om te wonen voor ons?'

'Ja, dat heb je,' bevestigde Hans, 'maar dat zou ik je niet adviseren. Vooral omdat je een paar kilometer verderop in Kensington ook een huis hebt, en dat is van alle gemakken voorzien.'

'Nee, ik heb besloten dat ik hier wil wonen.' Terwijl Hans de voordeur achter hen op slot deed, vroeg Aurora aan Grania. 'Wat vind jij ervan, mammie? Tenslotte zou jij hier dan ook moeten wonen.'

'Het is een prachtig oud huis, Aurora, en natuurlijk zou ik hier graag wonen met je. Maar zoals oom Hans al zei, het is waarschijnlijk verstandiger het te verkopen.'

'Nee,' zei Aurora overtuigd. 'Hier wil ik wonen.'

Met zijn drieën namen ze een taxi vanaf Cadogan House naar het Claridge's. Bij de thee met cakejes daar, gaf Aurora Hans officieel opdracht om de nodige zaken te regelen, zodat het huis gerenoveerd zou worden. 'We kunnen in papa's huis in Kensington wonen zolang er wordt verbouwd. Toch, Grania?'

'Als je zeker weet dat je dit wilt, Aurora, dan kan dat, ja.' Grania's mobiele telefoon ging. 'Excuseer me.' Grania liep de lounge uit en de lobby in voor wat privacy.

'Hi, schat. Hoe staat het ervoor? Heb je het huis gezien?'

'Ja, het is prachtig en echt enorm, en er moet zowat alles aan gebeuren wat je maar kunt bedenken om het bewoonbaar te maken. Maar Aurora heeft besloten dat ze er wil wonen.'

'En de auditie bij de Royal Ballet School gisteren?'

'Aurora zei dat het goed ging, maar dat weten we over een week of wat pas zeker.'

'En met jou, schat?'

'Prima, lieverd. Ik mis je.' Grania moest zichzelf er nog altijd toe zetten om zoiets liefs te zeggen, maar het ging haar steeds gemakkelijker af.

'Ik ook, liefje. Het duurt nog maar een paar dagen en dan ben ik daar ook.'

'Weet je zeker dat het echt is wat je wilt, Matt?'

'Ik ben nog nooit zo zeker geweest. Ik kan gewoon niet wachten om uit New York te vertrekken en aan mijn nieuwe leven met mijn twee meiden te beginnen. En nu we het erover hebben: geef mijn andere meiske maar een dikke kus van me.'

'Zal ik doen.'

'O, en Grania?'

'Ja?'

'Je gaat toch niet op het laatste moment afhaken, hè? Ik bedoel, ik wil niet alle schepen hier achter me verbranden om er dan over drie maanden, als mijn verblijfsvergunning voor Groot-Brittannië afloopt, achter te komen dat je van gedachten bent veranderd en niet met me wilt trouwen.'

'Nee, ik zal niet van gedachten veranderen, Matt,' beloofde Grania. 'Ik heb geen keus meer, toch, als je anders het land wordt uitgegooid?'

'Precies, ik heb gewoon alle maatregelen genomen die er maar zijn, zodat je er deze keer niet onderuit kunt. Ik hou van je, schat, en ik ben voor je het weet daar bij jullie.'

'Ik hou ook van jou, Matt.' Grania glimlachte toen ze haar telefoon weer in haar handtas stopte en terugliep naar de lounge. Het had een jaar van heen en weer reizen tussen New York en Ierland gekost om te bedenken hoe ze hun drie levens het beste konden samenvoegen en een gezamenlijke toekomst tegemoet konden gaan. Het besluit was gevallen toen Aurora had aangekondigd dat ze wilde proberen op de Royal Ballet School te komen, dat in het groene Richmond Park lag, net buiten Londen.

Grania's expositie, nu drie maanden geleden, was een groot succes geweest en ze had steeds meer tijd in Londen doorgebracht. Alles wat nog geregeld had moeten worden, was een baan voor Matt als docent psychologie, die hij drie weken geleden had gekregen op King's College. In de grote vakantie, als Matt en Aurora vrij hadden van de universiteit en de balletschool, waren ze van plan terug te gaan naar het inmiddels prachtig gerenoveerde huis in Dunworley. Dan kon Grania daar in haar atelier werken, en Aurora kon haar tijd doorbrengen bij haar Ierse familie en haar geliefde beesten.

Grania wist dat het voor Matt een opoffering was om uit New York weg te gaan, maar Londen was, zoals hij zelf had gezegd, misschien wel het perfecte compromis: daar waren ze allebei op neutraal terrein – geen van beiden was daar geboren – en konden ze samen een nieuwe toekomst opbouwen.

'Ik heb net tegen oom Hans gezegd dat ik denk dat we papa's huis in Kensington moeten verkopen als Cadogan House is opgeknapt. Dan kan dat geld bijdragen in de kosten ervan.'

'Echt een dochter van haar vader,' zei Hans met opgetrokken wenkbrauwen. 'Op tienjarige leeftijd al financieel inzicht. Nou, Aurora, omdat je mijn cliënte bent en dus de baas, moet ik voldoen aan je wensen. En ja, als degene die jouw geld moet beheren, denk ik dat dat een verstandig besluit is.'

'Ik ga mijn neus even poederen, zoals oma altijd zegt,' zei Aurora.

Toen ze weg was, vroeg Hans: 'Hoe gaat het met Matt?'

'Goed, dank je, Hans. Druk met het inpakken van zijn spullen en het afscheid nemen van zijn leven in New York.'

'Het zal een grote verandering zijn voor hem – voor jullie allebei. Maar ik denk dat het een goede is. Een frisse start kan heel louterend zijn.'

'Ja.' Grania was het met hem eens. 'En ik geloof niet dat ik je ooit heb bedankt omdat je mij beter kende dan ik mezelf. Je hebt me de fouten die ik maakte laten inzien.'

'Ach! Dat is toch niets,' wimpelde Hans af. 'Het gaat erom dat je niet alleen je fouten kent, maar er ook iets aan doet. En dat is precies wat je hebt gedaan, Grania.'

'Tja, ik doe mijn best, maar die trots van me zal wel nooit helemaal verdwijnen,' zei ze met een zucht.

'Je bent samen met iemand die je begrijpt, waarschijnlijk nog beter dan vroeger. Matt is een goede man, Grania. Wees zuinig op hem.'

'Ik weet het, Hans, en dat zal ik zeker zijn, dat beloof ik.'

'Waar hebben jullie twee het over?' vroeg Aurora, die weer terug bij hun tafeltje was. 'Kunnen we nu naar boven naar de kamer? Ik wil oma bellen en haar vertellen over mijn nieuwe huis.'

'Aurora vertelt me dat ze heeft besloten in Cadogan House te gaan wonen,' zei Kathleen, toen Aurora eindelijk ophield haar oma de oren van het hoofd te kletsen en de hoorn aan Grania gaf.

'Ja.'

'Je weet dat dat is waar Mary, je overgrootmoeder...'

'Ja, ik weet het.'

'Wat ik me afvroeg... weet je nog, toen ik je Mary's verhaal vertelde, dat ik het over een koffertje heb gehad? Dat Lawrence Lisle, toen hij thuiskwam met Anna, het koffertje van haar moeder op de vliering heeft laten zetten? Zou dat...'

'Nou, er is maar een manier om daarachter te komen,' zei Grania. 'De volgende keer dat ik er ben, zal ik eens gaan kijken.'

Een week later, toen Matt in Londen was aangekomen, nam Grania Aurora en Matt mee naar Cadogan House. Aurora gaf Matt een rondleiding, waarna hij naar de keuken beneden kwam, en zijn armen om Grania heen sloeg.

'Nou, schatje, het is maar goed dat ik niet dezelfde trots heb als jij,' merkte hij op en hij floot zachtjes. 'Dit huis zou zelfs indruk maken op die vader van me! Het is... geweldig! En ik mag er verdorie wonen, zonder ook maar een cent huur te betalen!' Hij glimlachte. 'Zal ik dat wel aankunnen?'

'Nou, het is ook niet van mij, toch? Het is van Aurora.'

'Ik plaag je, schat.' Hij gaf haar een knuffel.

'Weet je zeker dat je dit oké vindt, Matt?' Grania keek hem aan. 'Zul je je hier op je gemak voelen?'

'Hé,' hij stak zijn handen in de lucht. 'Ik ben hier bij jou en ik heb werk dat ik graag doe. En als mijn vrouw en mijn kind mij daarbij voorzien van zeer comfortabele omstandigheden, heb ik daar geen problemen mee.'

'Gelukkig. Nou, denk je dat je ook nog iets nuttigs kunt doen en met me mee naar boven, naar de vliering wilt gaan? Ik heb een zaklamp meegenomen. Er is iets waar ik naar op zoek wil.'

Met Aurora geïnstalleerd in de zitkamer, waar ze luisterde naar een nauwelijks aan te horen *Zwanenmeer* op de oude grammofoon, liepen Matt en Grania de trappen op naar de bovenste verdieping van het huis.

'Daar.' Grania wees op een rechthoekig luik in het plafond. 'Daar moet de toegang zijn.'

Matt keek omhoog. 'Ik heb iets nodig om op te staan, anders kan ik er niet bij.'

Ze haalden een houten stoel uit een van de slaapkamers op zolder. Matt ging er voorzichtig op staan en worstelde met de roestige grendel boven zijn hoofd. Toen die losschoot kon hij het luik openduwen. Er kwam een wolk van stof en spinnenwebben naar beneden.

'Mijn god, ik denk dat hier in eeuwen niemand meer is geweest,' zei Matt toen hij zijn hoofd door het gat stak. 'Geef me de zaklamp eens.' Grania reikte hem aan en Matt scheen om zich heen op de vliering. 'Volgens mij wil jij hier niet graag komen, schat. Misschien kun je beter zeggen wat je zoekt, dan kijk ik wel of ik het kan vinden.'

'Van wat ik van mijn moeder weet, zoeken we een klein, oud koffertje.'

'Oké.' Matt duwde zich op zijn armen omhoog tot hij, met zijn benen naar beneden bungelend, op de rand van het gat zat. Meteen klonk er getrippel.

'Muizen, of erger misschien, ratten.' Matt verbleekte. 'Dat moeten we melden aan de aannemer als hij hier is.'

'Dan kunnen we beter iemand anders vragen om de boel hierboven leeg te ruimen,' zei Grania huiverend.

'Nee, geen sprake van! Ik ben nog wel érgens goed voor,' zei Matt met een glimlach omlaag naar Grania. 'Jij blijft hier en ik ga eens rondsnuffelen.' Hij zwaaide zijn benen de vliering op en kwam voorzichtig overeind. 'Ik ben bang dat sommige van deze planken verrot zijn, schat. Jee, het staat hier vol oude spullen.'

Grania stond beneden en luisterde naar Matts voetstappen boven haar.

'Oké. Ik heb een paar hutkoffers gevonden, maar die zijn heel zwaar.'

'Nee,' riep Grania naar boven, 'het was een klein koffertje.'

'Wat zit er eigenlijk in, dat zo belangrijk is?' riep hij. 'Mijn hemel, de spinnenwebben hier lijken wel afkomstig uit een horrorfilm! Zelfs ik vind het maar eng!'

Grania hoorde gebonk terwijl Matt dingen verplaatste en uiteindelijk...

'Ik denk dat ik het heb gevonden... of wat er nog van over is. Ik zal het je aangeven.'

Matts handen verschenen in het gat en hij hield een klein koffertje vast. De kleur ervan was ondefinieerbaar vanwege de vele lagen stof.

'Oké, ik vind het wel genoeg zo. Ik hou ermee op.' Matt kwam tevoorschijn, zijn haren grijs van het stof en vol spinnenwebben. 'Brr!' zei hij, terwijl hij zich langzaam door het gat op de stoel liet zakken. 'Zoiets doe je alleen maar uit pure liefde.'

'Dank je wel, schat,' zei Grania en ze richtte haar aandacht op het koffertje. Toen ze het stof van het versleten leer had geveegd, kon ze vaag de initialen erop onderscheiden. Matt knielde naast haar neer.

'Dat lijkt me een "L", en dat een "K"', zei ze.

'Van wie is dat koffertje dan?'

'Als het goed is, was het van Aurora's overgrootmoeder. Lawrence Lisle kwam thuis met een baby, Anna,' legde Grania hem uit, 'en hij vertelde zijn huishoudelijke staf dat de moeder zou komen om het kind en het koffertje op te halen. Dat is nooit gebeurd, dus Anna heeft nooit iets geweten over haar echte moeder.'

'Nou, die roestige sloten zullen maar moeilijk open te krijgen zijn. Laat mij eens proberen.'

Uiteindelijk namen ze het koffertje mee naar de keuken en zochten ze iets om het te openen. Grania haalde een mes uit een la en het lukte Matt na een tijdje om de sloten open te prutsen.

'Wat is dat?' Aurora was binnengekomen en bekeek het vuile koffertje met afkeer.

'We denken dat het van je overgrootmoeder is geweest, die het nooit is komen ophalen. Het is hier bijna honderd jaar geleden achtergelaten,' legde Grania haar uit. 'Wil jij het graag openmaken?'

'Nee, doe jij het maar, misschien zitten er wel spinnen in,' antwoordde Aurora met een opgetrokken neus.

Grania zag er al even weinig enthousiast uit.

'Oké, dames, ik denk dat dit mannenwerk is.' Voorzichtig tilde Matt het deksel op, met gekraak van het oude leer, en de inhoud van het koffertje werd onthuld.

Ze tuurden er alle drie naar.

'Bah! Het stinkt naar oud!' zei Aurora. 'Er zit maar weinig in, hè?'

'Ja.' Grania was teleurgesteld. Er lag alleen een in zijde gewikkeld pakketje in – niets anders.

Matt voelde de weerzin van de dames en pakte het bundeltje uit de koffer en legde dat op tafel. 'Zal ik het uitpakken?'

Ze knikten.

Voorzichtig wikkelde Matt de dunne, verschoten zijde eraf.

Aurora en Grania staarden naar wat er tevoorschijn kwam.

'Een paar balletschoenen,' fluisterde Aurora vol ontzag. Ze pakte er een op om te bekijken en er dwarrelde een halfvergane envelop naar de vloer.

Grania bukte zich om hem op te pakken. 'Het is een brief, geadresseerd aan...' Grania probeerde de verbleekte inkt te ontcijferen.

'Ziet eruit als "Anastasia",' zei Matt, die meekeek over haar schouder.

'Anna... Mijn oma's naam was Anna,' zei Aurora opgewonden.

'Ja, dat klopt. Misschien heeft Lawrence Lisle het afgekort,' opperde Grania.

'Dat is een Russische naam, hè?' vroeg Aurora.

'Ja, inderdaad. En Mary, die Anna verzorgde toen ze een baby was, zei altijd dat ze vermoedde dat Anna door Lawrence Lisle uit Rusland was meegenomen.'

'Zal ik die brief openmaken?' vroeg Aurora.

'Ja, maar heel voorzichtig, hij ziet er erg fragiel uit,' waarschuwde Matt.

Aurora's kleine vingertjes maakten de envelop open. Ze wierp een blik op de woorden en fronste haar voorhoofd. 'Ik kan niet lezen wat er staat.'

'Dat komt omdat het in het Russisch is geschreven,' zei Matt achter hen. 'Ik heb op de middelbare school drie jaar Russisch gehad, maar dat is wel lang geleden, dus is het nogal weggezakt. Maar ik denk dat ik er met behulp van een woordenboek wel uitkom.'

'Je zit vol verborgen talenten, schat.' Grania draaide zich om en plantte een kus op Matts wang. 'Dan gaan we straks op weg naar huis even langs een boekwinkel.'

Toen ze in Kensington bij Alexanders prachtige huis arriveerden, waar ze zouden wonen terwijl Cadogan House werd gerenoveerd, vonden ze daar een andere envelop op de mat, die geadresseerd was aan Aurora.

'Hij is van de Royal Ballet School!' Aurora raapte hem op en keek naar Grania, er stonden hoop en vrees in haar ogen te lezen. 'Hier.' Ze gaf hem aan Grania. 'Kun jij hem voor me openmaken, mammie? Ik ben veel te zenuwachtig.'

'Tuurlijk. Goed.' Grania maakte de envelop open, ontvouwde de brief erin en begon te lezen.

'Wat staat er, mam?' Aurora hield haar tot vuisten gebalde handen gespannen onder haar kin.

'Er staat...' Grania keek Aurora met een glimlach aan. 'Er staat dat je maar beter zo snel mogelijk je spullen kunt inpakken, omdat je begin september op school wordt verwacht!'

'O, mam!' Aurora wierp zich in Grania's armen. 'Ik ben zo blij.'

'Goed gedaan, schatje,' zei Matt, en hij sloot hen allebei in zijn armen.

Toen ze alle drie weer een beetje waren gekalmeerd, toog Matt met zijn nieuw aangeschafte woordenboek naar boven om te proberen de brief te vertalen.

Aurora zat aan de keukentafel met de balletschoenen nog in haar handen geklemd en kletste opgewonden over de toekomst, terwijl Grania het avondeten klaarmaakte. 'Ik wou maar dat Matt opschoot, ik kan haast niet wachten om uit te vinden wie mijn overgrootmoeder is. Vooral vandaag, nu ik weet dat ik in haar voetstappen zal treden.'

'Ja, er is nog veel wat je niet weet over jouw geschiedenis, Aurora. En op een dag ga ik er rustig voor zitten om het je allemaal te vertellen. Het bijzondere is dat jouw geschiedenis en de mijne al bijna honderd jaar met elkaar zijn verwikkeld. Mary, mijn overgrootmoeder, heeft ooit Anna, jouw grootmoeder, geadopteerd.'

'Jeetje!' Aurora zette grote ogen op. 'Dat is toevallig, vind je niet? Omdat jij mij ook hebt geadopteerd, mammie.'

'Ja, schat, dat klopt.' Grania gaf Aurora een vertederde zoen op haar hoofd.

Twee uur later was Matt weer beneden en kondigde hij aan dat het hem was gelukt het grootste deel van de brief te ontcijferen. Hij overhandigde Aurora de vertaling.

'Hier heb je hem, liefje. Het is niet perfect, maar ik heb mijn best gedaan.'

'Dank je, Matt. Zal ik het hardop voorlezen?' stelde Aurora voor.

'Als je dat wilt,' zei Grania.

'Goed,' Aurora schraapte haar keel. 'Daar gaat-ie.'

Parijs
17 september 1918
=
Mijn lieve Anastasia,
Als je dit leest, ben ik niet langer op deze wereld. Mijn goede vriend Lawrence zal deze brief aan je geven als ik niet terugkeer om je op te halen, en wanneer je oud genoeg bent het te begrijpen. Ik weet niet wat hij je over je mama heeft verteld, maar het belangrijkste is dat je moet weten dat ik meer van je hou dan welke moeder maar zou kunnen. En daarom, en omdat ons geliefde Rusland in chaos verkeert, wilde ik zeker weten dat je veilig was. Mijn schatje, ik had gemakkelijk met Lawrence mee kunnen reizen naar Engeland om aan het gevaar te ontkomen, zoals zo velen van mijn landgenoten doen. Maar er is een reden waarom ik vanuit Parijs terug moet keren naar ons moederland. De man die jouw vader is, verkeert in groot gevaar. In feite weet ik niet eens of hij nog leeft. Dus moet ik naar hem toe. Ik weet dat ik daarmee riskeer dat ik direct gevangengenomen word, en misschien zelfs wel word gedood, maar ik kan alleen maar bidden dat jij, Anastasia, als je ouder bent, het genot en de pijn zult kennen van de ware liefde voor een man.
Je vader is afkomstig uit de belangrijkste familie in Rusland en onze liefde heeft altijd geheim moeten blijven. Met schaamte moet ik je bekennen dat hij al getrouwd was.
Jij bent het resultaat van onze kostbare liefde.
Van de schoenen die ik bij deze brief voeg, zul je wel begrepen hebben dat ik ballerina ben. Ik heb bij het Kirov gedanst en in mijn

eigen land ben ik beroemd. En zo heb ik je vader ook ontmoet. Hij kwam kijken naar een voorstelling – De Stervende Zwaan *– en vanaf dat moment heeft hij mij het hof gemaakt.*
Ik ben nu in Parijs, want ik weet dat mijn connectie met de keizerlijke familie jou en mij in groot gevaar brengt. Daarom heb ik een rol aangenomen bij de Ballets Russes van Serge Diaghilev, zodat ik Rusland kon verlaten en jou naar een veilige plek kon brengen. Mijn vriend Lawrence, mijn vriendelijke Engelse gentleman (ik denk dat hij misschien ook een beetje verliefd op me is!) fungeert als mijn redder en hij heeft beloofd jou naar Londen mee te nemen en in mijn plaats voor je te zorgen.
Mijn liefste kind, ik hoop met heel mijn hart dat de waanzin in ons land gauw voorbij zal zijn. Dan zal ik vrij zijn om naar Londen te komen, je mee terug te nemen naar ons geliefde moederland en je voor te stellen aan je vader. Maar met alle chaos van nu, weet ik dat ik mijn eigen gevoelens opzij moet zetten en jou moet verlaten.
Mijn lieve kleine schat, de tijd vliegt. Over een paar uur komt Lawrence Lisle al hier om je mee op reis te nemen naar de veiligheid. Alleen het lot kan beslissen of we elkaar ooit weerzien, dus zeg ik je gedag, mijn Anastasia, en wens ik je alle geluk.
Onthou altijd dat je uit liefde bent geboren!
Je liefhebbende mama,
Leonora

Het bleef stil in de keuken.

Matt kuchte en veegde stiekem een traantje weg. 'Jee,' fluisterde hij, niet wetend wat hij anders kon zeggen.

Grania sloeg haar armen om Aurora heen en de tranen rolden over haar wangen.

'Is het niet... prachtig, Grania?' fluisterde Aurora.

'Ja,' beaamde ze.

'Leonora stierf toen ze terug naar Rusland ging, hè?'

'Ja, ik denk dat het zo is gegaan. Als ze beroemd was, kunnen we waarschijnlijk wel terugvinden wat er met haar is gebeurd. En wie Anastasia's vader was,' overpeinsde Grania.

'Als Anastasia's vader deel uitmaakte van de Russische keizerlijke familie, dan is hij al snel nadat Leonora die brief schreef vermoord, samen met zijn hele familie,' zei Matt.

'Leonora had kunnen vluchten en met haar baby en Lawrence naar Engeland kunnen reizen. Maar dat deed ze niet omdat ze zo veel hield van Anastasia's papa.' Aurora schudde haar hoofd. 'Het moet een afschuwelijke keuze voor haar zijn geweest, dat ze haar baby aan een vreemde moest toevertrouwen.'

'Ja,' zei Grania. 'Maar aan de andere kant denk ik niet dat Leonora geloofde dat ze zou sterven. We nemen allemaal beslissingen alsof we het eeuwige leven hebben. Ze deed het beste wat ze op dat moment kon doen om ervoor te zorgen dat Anastasia veilig was.'

'Ik weet niet of ik wel zo moedig zou kunnen zijn,' verzuchtte Aurora.

'Tja.' Matt sloeg zijn arm stevig om Grania heen en plantte een kus op Aurora's hoofd. 'Dat komt omdat je nog niet hebt geleerd wat wij mensen allemaal opgeven voor de liefde. Toch, Grania?'

'Ja,' zei Grania en ze keek hem glimlachend aan. 'Precies.'

AURORA

Is dat geen perfect einde?

De echte 'nog lang en gelukkig'-afloop waar ik zo van hou.

Grania en Matt herenigd en aan het begin van een nieuwe toekomst samen, financieel verzorgd voor de rest van hun leven. En ik bij hen, in de geborgenheid van het liefdevolle gezin waarvan ik altijd had gedroomd. En aan het begin van een carrière als ballerina.

Wat is een perfecter einde dan dat?

Ik weet het! Een baby, een broer of zusje voor mij!

En ja, die baby kwam er ook, een jaar later.

Ik overweeg om het verhaal hierbij te laten, en het niet te verpesten met wat er na het 'lang en gelukkig' gebeurde...

Maar dat zou niet het werkelijke einde zijn van mijn verhaal.

En ik moet bekennen dat ik jullie op het verkeerde been kan hebben gezet: ik ben niet echt 'oud', maar mijn lichaam voelt wel zo.

Minstens honderd jaar oud.

Maar anders dan Doornroosje uit het sprookje, zal ik geen honderd jaar gaan slapen – eerder voor altijd – en komt er geen knappe prins die me wakker kust...

Niet hier op aarde, tenminste.

Beste lezer, ik wil je niet somber maken. Zestien Jaar een goed leven is beter dan geen leven.

Maar als je op een zeker moment in mijn verhaal misschien hebt gedacht dat mijn visie op mijn karakters erg romantisch en naïef is, kun je me dan vergeven? Ik ben pas zestien jaar en te jong om getekend te zijn door een liefde die slecht afloopt.

Tja. Ik ga dood, voordat ik getekend ben. En dus geloof ik nog altijd in de magie van de liefde. Ik geloof dat onze levens, net zoals sprookjes – verhaaltjes die door ons mensen zijn geschreven om onze ervaringen in het leven te beschrijven – altijd een held en een heldin hebben: een goede fee en een boze heks.

En dat liefde en goedheid en vertrouwen en hoop altijd zullen overwinnen.

Natuurlijk heb ik ook bedacht dat de boze heks net zo goed vindt dat ze de heldin van haar eigen levensverhaal is, maar daar gaat het hier niet om.

En aan alles zit een positieve kant, als je er maar naar zoekt.

Mijn ziekte heeft me de kans gegeven onze familiegeschiedenis vast te leggen. Het schrijven van dit verhaal is mijn vriend en kameraad geweest in mijn moeilijke, pijnlijke ogenblikken. En ik heb er ook de kans door gekregen te leren over het leven. Een soort spoedcursus in de korte tijd die me hier nog is gegund.

Grania en Matt – mijn moeder en vader hier – vinden het veel moeilijker het onontkoombare te accepteren. Ik ben kalm, omdat ik besef dat ik geluk heb. Ik weet dat ik niet alleen zal zijn als ik door de ragfijne sluier ga: er zijn twee paar liefdevolle armen die op me wachten.

Geesten... fantomen... engelen... hoe je ze ook wilt noemen, lezer, ze bestaan! Ik zie ze al mijn hele leven, maar ik heb geleerd dat je er beter niet over kunt praten.

En voor jullie cynici: onthou gewoon dat er geen bewijs is, zowel niet voor, als tegen.

Dus ik verkies erin te geloven. En volgens mij is dat de beste optie.

Zoals ik al in het begin zei: ik heb dit niet geschreven om het gepubliceerd te krijgen. Mijn ouders hebben me zien schrijven en ze hebben gevraagd waar het over gaat, maar ik heb ze daar geen antwoord op gegeven. Dit is van mij, weet je, tot het einde (of het begin), dat denk ik al snel zal komen.

Dus, beste lezer, mijn verhaal is bijna ten einde.

Maak je geen zorgen om mij en voel je niet verdrietig. Ik ben eenvoudigweg in de volgende fase van mijn reis en ik ben blij die te onderne-

men. Wie weet wat voor magie ik zal ontdekken aan de andere kant van die sluier?

Alsjeblieft, onthou mijn verhaal en dat van mijn familie in een klein hoekje van je geest. Het is net zo goed jouw verhaal want het gaat over menselijkheid.

En, het belangrijkste van alles: verlies nooit je geloof in de schoonheid en de goedheid van de menselijke natuur.

Je moet soms alleen wat harder je best doen om die te zien.

En nu is het tijd om afscheid te nemen.

EPILOOG

DUNWORLEY BAY, WEST-CORK, IERLAND, JANUARI

Grania stond boven op de kliffen en de wind huilde om haar heen, net zoals destijds, acht jaar geleden, toen ze Aurora voor het eerst had ontmoet.

Haar schouders schokten van het snikken zonder tranen terwijl ze aan het kleine meisje dacht dat zo opeens, als een geestverschijning, was opgedoken en haar leven zo onomkeerbaar had veranderd. Acht jaar geleden had ze gerouwd om het verlies van haar baby. En nu was ze ondergedompeld in haar verdriet om een ander kind.

'Waarom?' schreeuwde ze naar de woedende golven die beneden haar op de rotsen stuksloegen. 'Waarom?' Krachteloos zonk ze op haar knieën neer en verborg haar gezicht in haar handen.

De beelden van Aurora bestormden haar – ze had altijd zo'n tomeloze energie. Aurora dansend, wervelend, springend over het klif, het strand... Haar kracht, haar optimisme en eeuwige zin in het leven waren kwaliteiten die bij Aurora's wezen hoorden. In de acht jaar dat Grania voor haar had gezorgd, was Aurora nauwelijks verdrietig of negatief geweest. Zelfs in de laatste paar maanden, toen haar fysieke kracht uit haar was weggevloeid, lachte Aurora's opgewekte gezicht haar altijd toe vanuit haar ziekenhuisbed, vol hoop en plezier, zelfs tijdens de ergste momenten van haar ziekte.

Grania hief haar hoofd uit haar handen en dacht eraan hoe moedig Aurora op deze plek was geweest, toen ze haar had moeten vertellen dat haar vader dood was. Zelfs toen had Aurora haar lot aanvaard en door haar verdriet heen had ze de positieve kanten kunnen zien.

Grania wist dat zijzelf nu ook de innerlijke kracht moest vinden die Aurora had gehad, om hier doorheen te komen. Aurora had het nooit nodig gevonden om te zoeken naar de reden voor iets, het 'waarom'; ze had zichzelf niet kapotgemaakt door woede over de onrechtvaardigheid van haar leven. Misschien kwam dat doordat ze een zekerheid had, een innerlijke overtuiging dat als het leven hier op aarde voorbij was, het niet echt ten einde was.

Aurora had een brief voor haar achtergelaten, maar in de vreselijke tien dagen sinds haar dood was Grania niet in staat geweest om die te openen.

Grania stond op en liep terug naar de met mos begroeide rots waar ze zo vaak had gezeten en haalde de brief uit de zak van haar jas. Haar vingers waren blauw van de kou en ze wist de envelop met moeite open te scheuren.

Mammie,

Ik wed dat ik weet waar je bent als je deze brief leest. Je zit op je favoriete rots op de top van de kliffen van Dunworley en kijkt over de zee uit. Je mist me en vraagt je af waarom ik er niet meer ben. Mammie, ik weet dat je verdrietig zult zijn. Iemand verliezen doet altijd pijn, maar misschien is het wel het ergste om een kind te verliezen, omdat het zo in de natuur niet hoort te gaan. Maar eigenlijk zijn het gewoon mensen die het begrip 'tijd' hebben bedacht. Ik geloof dat het de Romeinen waren die de eerste kalender maakten en bedachten dat er dagen, maanden en jaren bestonden. En echt, mammie, ik heb het gevoel dat ik heel lang heb geleefd.

En misschien is dat ook wel zo.

Ik heb trouwens altijd het gevoel gehad dat ik niet echt thuishoorde op de aarde. En, lieve mammie, we eindigen allemaal waar ik nu ben en het is alleen maar ons lichaam, waardoor we zichtbaar zijn voor anderen, dat sterft. Vlees en botten...

Onze geest sterft nooit. Wie zegt dat ik, als je daar op je rots zit,

niet naast je sta, om je heen dans, van je hou zoals ik altijd heb gedaan, alleen maar omdat je me niet kunt zien?
Mammie, je moet niet zo verdrietig zijn omdat ik weg ben dat je geen aandacht meer hebt voor papa en Florian. Dank je wel dat je mijn kleine broertje hebt genoemd naar de prins in Doornroosje *– en ik hoop dat hij op een dag zijn prinses zal vinden en haar wakker zal kussen. Alsjeblieft, omhels opa en oma en Shane heel stevig van me. Zeg maar tegen Shane dat ik op hem let, om te zien of hij goed voor Lily zorgt! Ze begint oud te worden en heeft meer aandacht nodig.*
Mammie, probeer te geloven dat niets ooit eindigt, vooral liefde niet.
Je zult nu oom Hans wel hebben gesproken en van hem hebben gehoord dat ik je Dunworley House en Cadogan House nalaat. Het lijkt passend op de een of andere manier dat jij die twee huizen krijgt. Ze horen bij de gezamenlijke geschiedenis van onze families en ik stel me graag voor dat de lijn van sterke vrouwen die daarin een rol spelen, zich voortzet binnen die muren. De rest van mijn geld... oom Hans weet wat ik daarmee wil en ik vertrouw erop dat hij mijn liefdadigheidsplannen op zijn kenmerkende, weloverwogen manier ten uitvoer zal brengen!
Ik heb trouwens nog een cadeautje voor je achtergelaten. Het ligt in de la die mijn papa Alexander altijd op slot hield in zijn werkkamer – je weet wel welke ik bedoel. Ik heb het voor ons geschreven en voor allebei onze families, als bewijs van de band die jou en mij al meer dan honderd jaar met elkaar verbindt.
Mammie, ik weet iets wat jij niet weet – als ik jou was zou ik het volgende maand checken, maar de kleine geest is al diep in je genesteld. Het wordt een meisje.
Mammie, dank je voor alles wat je me gegeven hebt.
Tot heel gauw,
Je Aurora
xxx

Grania keek langzaam op, haar ogen verblind door tranen. Ze zag een kleine witte zeemeeuw naar haar kijken vanaf de rand van het klif, de vogel hield haar kopje een beetje schuin.

'Grania?'

Langzaam keerde ze zich in de richting van de stem. Matt stond een eindje verderop.

'Gaat het, lieverd?' vroeg hij.

Grania kon geen antwoord geven. Ze knikte zwijgend.

'Ik was bezorgd. Het stormt zo hard en... kan ik naar je toe komen en je vasthouden?'

Grania strekte haar armen naar haar echtgenoot uit. Hij boog zich naar haar toe, sloeg zijn sterke armen om haar heen en hield haar stevig vast. Toen hij zag wat ze in haar hand hield, vroeg hij: 'Is dat de brief die ze voor je heeft achtergelaten?'

'Ja.'

'Wat staat erin?'

'O, van alles.' Grania snoot haar neus in een oude tissue die ze in haar zak vond. 'Ze was – is – zo bijzonder. Zo wijs, zo sterk... hoe kan dat toch, zo jong?'

'Misschien omdat ze een oude ziel was, zoals je moeder altijd zegt,' mompelde Matt.

'Of een engel...' Grania leunde zwakjes tegen Matts schouder. 'Ze zegt erin dat ze iets voor me in de la in de werkkamer heeft achtergelaten.'

'Zullen we naar huis gaan om het te zoeken? Je handen zijn helemaal blauw, liefje.'

'Ja.'

Matt hielp haar overeind en sloeg zijn arm om haar heen. Ze draaiden zich om en begonnen het klif op te lopen. 'Aurora zei nog iets in haar brief.'

'Wat dan?' vroeg Matt.

'Ze zei dat ik...'

Plotseling rukte een windvlaag de brief uit Grania's ijskoude handen en nam die mee naar de rand van het klif.

'O, liefje,' zei Matt hulpeloos, wetend dat de brief niet meer te redden was. 'Wat erg.'

Grania draaide zich om en keek hoe de brief weg danste en wervelde in de wind. De zeemeeuw vloog erachteraan, in de richting van de zee.

Grania voelde een diepe vrede in haar binnenste. 'Nu begrijp ik het.'

'Wat begrijp je, lieverd?'

'Dat ze altijd bij me zal zijn,' fluisterde ze.

DANKWOORD

Op deze pagina heb ik me het meest verheugd. Nu heb ik mijn boek af en is het op zijn weg om gepubliceerd te worden, dankzij de onwankelbare steun, het advies en de aanmoediging – op velerlei manieren – van alle mensen die ik hieronder noem:

Ten eerste, Mari Evans, mijn fantastische redacteur bij Penguin, voor haar gouden 'puntjes op de i'. Het hele team bij Penguin dat het boek zo enthousiast heeft geprezen, vooral Roseanne Bantinck, Anna Derkacz en de afdeling buitenlandse publicaties, die mijn verhaal aan een mondiaal publiek zullen presenteren. Karen Whidock, mijn bureauredacteur, Pat Pitt, mijn typiste, en alle mensen 'achter de schermen' die van allerlei dingen hebben bijgedragen.

Jonathan Lloyd, mijn fantastische agent en vriend. Zijn geduld (en torenhoge onkostenrekening gespendeerd aan mij) heeft eindelijk succes opgeleverd. Susan Moss en Jacquelyn Heslop, de enige twee die ik voldoende vertrouwde om het manuscript te laten lezen voordat ik het opstuurde, en die me zo opbeurend hebben gerustgesteld totdat het professionele eindoordeel arriveerde. Helene Rampton, Kathleen MacKenzie, Tracy Blackwell, Jennifer Dufton, Rosalind Hudson, Adriana Hunter, Susan Grix, Kathleen Doonan, Sam Gurney, Jo Blackmore, Sophie Hicks en Amy Finnegan... meiden, waar zou ik zijn zonder jullie?! Danny Scheinmann, je kalme adviezen waren van onschatbare waarde, Richard Madeley en Judy Finnigan, wier 'Richard and Judy Bookclub' me een geweldig podium gaven om mijn komende boeken te lanceren. David Makinson van The Holt Bookshop, Richard, Anthony en Felicity Jemmett, Moreno Delise, Patrick Greene, en een heel speciaal bedankje aan Isabel Latter, fantastische bottenkraker en vriendin, en Rita Kalagate, die me lichamelijk aan de gang hield tijdens het eindeloze herschrijven.

Mijn gezin, dat het dag in dag uit, zonder (veel) geklaag, heeft uitgehouden met mij en mijn rare schrijfgewoontes. Mijn altijd aanmoedigende moeder, Janet, mijn zus, Georgia, en Olivia, met haar redactionele type-ervaring, die, gevoed met een glas 'Voddy', nog altijd meer dan onberispelijk zijn. En mijn fantastische kinderen (van wie ik de namen hier noem in volgorde van leeftijd, niet van belangrijkheid): Harry, Isabella, Leonora en Kit. De laatste verdient een speciaal bedankje omdat ik de openingszin van dit boek uit zijn geweldige verhaal mocht stelen. Ik hou van jullie allemaal en ieder van jullie heeft me op zijn of haar eigen manier enorm veel liefde, plezier en energie gegeven. Ik kan alleen maar zeggen dat ik me vereerd voel dat ik het voorrecht heb gehad jullie op de wereld te mogen zetten.

En mijn echtgenoot, Stephen. Voor één keer valt mijn dank niet in woorden uit te drukken. Ik kan alleen zeggen: 'Dank je wel. Voor alles. Dit boek is voor jou.'

BIBLIOGRAFIE

Het meisje op de rots is een fictief verhaal, dat zich afspeelt tegen een historische achtergrond. De bronnen die ik heb geraadpleegd om de tijdsperiode en de personages accuraat te beschrijven, zijn hieronder op een rij gezet.

Juliet Nicholson, *The Great Silence: 1918-1920, Living in the Shadow of the Great War* (John Murray, 2009)
Virginia Nicholson, *Singled Out* (Penguin Books, 2008)
Alison Light, *Mrs Woolf and the Servants* (Penguin Books, 2008)
David Stevenson, *1914-18: The History of the First World War* (Penguin Books, 2005)
David Stevenson, *The Outbreak of the First World War: 1914 in Perspective (Studies in European History)* (Palgrave Macmillan, 1997)
Jim Eldridge, *The Trenches: A First World War Soldier, 1914-1918, My Story* (Scholastic, 2008)
Sebastian Faulks, *Birdsong* (Vintage, 2007)
Tim Pat Coogan, *Michael Collins* (Arrow, 1991)
Joseph J. Lee, *Ireland 1912-1985: Politics and Society* (Cambridge University Press, 1990)
Orlando Figes, *A People's Tragedy: The Russian Revolution 1891-1924* (Pimlico, 1997)
Lynn Garafola, *Diaghilev's Ballets Russes* (De Capo Press, 1998)
Serge Lifar, *Serge Diagbileu* (Putnam, 1945)
Meredith Daneman, *Margot Fonteyn* (Viking, 2002)
Ninette De Valois, *Invitation to the Ballet* (Bodley Head, 1937)
Lutz Röhrich, *'And They Are Still Living Happily Ever Afier': Anthropology, Cultural History and Interpretation of Fairy Tales*, vertaald door Paul Washbourne (University of Vermont, 2008)